复旦宋代文学研究书系　第二辑

王水照　主编

朝野与雅俗：宋真宗至高宗朝词坛生态与词体雅化研究

赵惠俊　著

复旦大学出版社

复旦宋代文学研究书系第二辑序

王水照

2013年,我们推出了"复旦宋代文学研究书系"第一辑,这套"书系"承袭我所编"日本宋学六人集"而来,可谓"六人集"的国内版。其中选入六部中青年学者的著作,作者都是我的学生。"书系"出版后,引起学术界的关注。同年12月,我们在复旦大学召开了新书座谈会,邀请中国社会科学院、北京师范大学、南京大学、华东师范大学、华中师范大学、上海外国语大学等高校的同行,就这套书做了一次集中评议,讨论评述了"书系"的学术价值和相关问题,评议成果陆续在各类期刊发表。同时,在这次座谈会参与人员的基础上,这批中青年学者又联络同道,互相砥砺,相约成立了宋代文学同人读书会,编辑《宋代文学评论》专刊。"书系"的积极效应显现,影响力也明显扩大,获得了第十二届上海市哲学社会科学优秀成果一等奖(集体),其中两部著作又获得了教育部第七届高校人文社会科学优秀成果二等奖、三等奖。这些都说明,我在第一辑序言中许下的"精选几部著作,形成一个品牌"的愿望,得以部分实现。

当然,要真正"形成一个品牌"并不是一件容易的事情,只有坚持标准,持续发力,才可能得到大家广泛认可。我们秉持"文化—文学"的学术思路,在强调文学本位的同时,注重交叉型课题的研究,以拓宽研究视野和研究路径,期能在得出具体论断之外,也为学界提供一些研究方法和研究角度上的启示。职是之故,我们又精心遴选,推出了第二辑。本辑在学术理念上,与第一辑一脉相承。比如本辑陈元锋《北宋翰林学士与文学研究》一书,是其博士学位论文《北宋馆阁翰苑与诗坛研究》的姊妹篇,两书研究角度都聚焦于"制度与文学"这一交叉型课题。书中全面讨论了北宋翰林学士的政治文化职能,以及他们主持文坛所形成的文学图景,突出了翰林学士在文学集团中的领袖作用,拓展了我们对北宋文学的认识。他提到交叉型课题要避免使文学沦为历史文化研究的附庸,这是我在第一辑序言中也着重强调过的。又如朱刚的《苏轼苏辙研究》,是作者长期钻研唐宋八大家的重要成果,与第一辑的《唐宋"古文运动"与士大夫文学》形成互补,加深了我们对苏氏兄弟文学、文献和行迹的认识,丰富了北宋士大夫文学的面相。再如侯体健的《士人身份与南宋诗文研究》,标题拈出"士人身份"一词,这在第一辑《刘克庄的文学世界——晚宋文学生态的一种考察》中,就已是全书的关键词之一;而戴路《南宋理宗朝诗坛研究》也主要从不同的诗人身份入手,架构全文。这都充分显示出本辑和第一辑内在的延续性。

但更值得注意的是,本辑较第一辑又有一些新的变化,某种程度上反映出近年来宋代文学研究整体格局的调整,主要表现在以下三个方面:

一是研究时段后移,南宋文学逐渐被大家所重视。第一辑的研究重心在北宋,除了侯体健一书是论南宋刘克庄,其他几部都是讨论北宋的文学现象,像朱刚《唐宋"古文运动"与士大夫文学》、李贵《中唐至北宋的典范选择与诗歌因革》两部还是从中唐谈起的。本辑论题在时段上则以南宋为主,侯体健《士人身份与南宋诗文研究》、戴路《南宋理宗朝诗坛研究》、王汝娟《南宋"五山文学"研究》书名都明确标示出南宋,赵惠俊《朝野与雅俗:宋真宗至高宗朝词坛生态与词体雅化研究》也有半部涉及南宋。侯体健在引言中还提出了"作为独立研究单元的南宋文学"的理念,更是显示出作者对南宋文学的特别关注。十多年前,我曾指出宋代文学研究存在"三重三轻"(重北宋轻南宋、重词轻诗文、重大作家轻中小作家)的偏颇。经过学界同仁的共同努力,这些偏颇现在都得到不同程度的纠正,宋代文学研究格局日益合理。我认为南宋文学是我国文学史上一个独立的发展阶段,呈现出诸多重大特点:文学重心在空间上的南移,作家层级下移,文体文风由"雅"趋"俗",文学商品化的演进与文学传播广度、密度的加大等,都具有里程碑式的转折意义。我们应该在文学领域积极推动"重新认识南宋"这一课题的深入。侯体健、戴路、王汝娟的著作,可以说是对这个课题的初步探索与回应。

二是论题的综合性趋强,所涉文体论域更广。宋代是我国文学样式、文人身份、文体种类最为丰富的历史时期之一,要全面展现这个时代的文学图景,就必须多层次、多视角、多维度地观照。第一辑主要集中于以欧、苏为代表的士大夫文学,即使是刘克庄这样的文人,也多具士大夫色彩;文体上则偏重诗歌,如李贵论典范选择、金甫暻论苏轼"和陶"、成玮论宋初诗坛都是讨论宋诗之作。第二辑论题就明显广泛一些:从身份来看,除了依然关注翰林学士、苏轼兄弟之外,江湖诗人、地方文人、禅僧诗人被着重提出来讨论,在好几部书中都有不同程度的反映;从文体来看,诗文虽然仍是重点,但又添入赵惠俊关于词体雅化一书,可谓弥补了第一辑宋词缺席的遗憾,而且讨论宋代骈文的篇幅明显增加,侯体健、王汝娟的著作都有专章专节研讨"宋四六";从研究模式来看,个案研究明显减少,时段研究、专题研究增多,出现了"翰林学士与文学""理宗诗坛""五山文学""词的雅化"等具有学术个性的专题,等等。这从侧面反映出当前宋代文学研究已经进入新的阶段。突破个案局限,走向更具挑战性的综合研究,成为大家共同的选择。这自然也对作者的知识结构、学术视野和资料搜集解读能力,提出了更高的要求。

三是尝试提出新视角与新概念,显示出学理性建构的努力。本辑的一些研究视角,都是以前研究比较少见或多有忽视的,比如陈元锋从翰林学士角度切入讨论北宋文坛,戴路以诗人身份属性分疏理宗诗坛,赵惠俊重构词体雅化脉络等,前人都未特别措意,他们却能独出机杼,另辟蹊径,提供了有意义的研究视角。另外还有一些新概念被提出来,如王汝娟使用南宋"五山文学",这是受到日本五山文学的影响而自创的概念。我们知道,日本之所以有"五山十刹"之称,本就是受到南宋寺庙规制影响,然而南宋禅宗文学并无专门指称,现在再"由日推中",借用为南宋"五山文学"以代指南宋禅僧文学,是具有学理意义的。侯体健则提出"祠官文学",以统称那些领任祠禄官的宋代士人表达祠官身份和志趣的文学作品,并认为是一窥南宋文人心灵世界的重要视角,也颇有启发意义。这些新的概念能否为大家所接受并获得进一步的讨论,自然有待时间的检验,但它们确实有助于我们思考当前宋代文学研究如何拓展视野,更新路径,以获得长足发展。

其他像陈元锋对翰林学士制诰典册的解读、朱刚对审刑院本《乌台诗案》的分析、侯体健对南宋骈文程式的讨论、王汝娟对日本所存禅宗文献的利用、戴路对晚宋士大夫诗人群体的挖掘、赵惠俊对词作的细读及"雅词"的辨析等具体的创获还很多,这里就不一一介绍了。宋代大儒朱熹有云"旧学商量加邃密,新知培养转深沉",本辑所收著作既有对旧题的再讨论、再补充、再纠正,也有自创新题的开拓与建构,邃密深沉,两兼其美,展现出宋代文学研究领域的求新面貌和广阔前景。

本辑呈现的变化,既是大家不甘守旧、努力创新的结果,也是学界新生力量不断成长的必然。第一辑的作者以出生于 60、70 年代为主,这一辑则已然是 80、90 后占绝对优势;而且他们中间有几位是我学生的学生,戴路是吕肖奂的博士,赵惠俊是朱刚的博士,王汝娟也曾随朱刚读研。学术事业,薪火相传,这是作为老师的我非常乐意也非常期盼见到的,希望他们能够戒骄戒躁,再接再厉,百尺竿头更进一步。

最后,我还想借此机会诚邀全国优秀的中青年学者加入我们,只要认同我们的学术理念,符合我们所追求的学术品格,就欢迎加盟,以推出第三辑、第四辑、第五辑……真正让"复旦宋代文学研究书系"成为学术共同体广泛认同的品牌。

目 录

绪论 …………………………………………………………… 1
  第一节 现代词学解释框架的反思与问题的提出 ……………… 1
    一、问题点：苏辛相承与柳周姜吴——断裂的词体雅化脉络 ………………………………………………… 3
    二、传统词学的断裂因缘："词分南北"与"婉约豪放"的词学阐释框架 ……………………………………… 9
    三、现代学术的断裂成因：胡适三分词史观与龙榆生的补正 ……………………………………………… 13
    四、本书的旨趣 …………………………………………… 15
  第二节 宋人雅词话语的多元意蕴指向 ………………………… 19
    一、礼乐与诗教：以雅论词的理论基础与最基本的雅词内涵 ……………………………………………… 21
    二、雅乐：对于声律与音乐系统的规范 ………………… 26
    三、颂雅：盛德形容与承平记录 ………………………… 30
    四、骚雅：寄托讽谏谲怨的男女相思 …………………… 34
    五、儒雅：日常生活间士大夫人格与情趣的展现 ……… 38
    六、雅辞：诗化的字面 …………………………………… 41
    七、概念混淆的开始：朱彝尊的雅词选择与相关论述 … 45
  第三节 令曲与慢词辨析 ………………………………………… 48

一、令曲慢词的多重意义指向与本书的选择 …… 48
　　二、词中唐宋：令曲与慢词之分的体式意义 …… 55

第一章　雅俗之间：宴饮活动与京城歌词形态 …… 63
　第一节　军功贵戚的宴饮活动与科举士大夫的渐次参预 …… 63
　　一、从门阀士大夫到军功贵戚：宴饮活动参与主体的转变 …… 65
　　二、象征太平的公私宴饮：科举士大夫参与宴饮的契机 …… 72
　第二节　宋真宗的礼乐活动与慢词雅化的宫廷契机 …… 77
　　一、"太平家法"：宋太宗确立的礼乐统治手段与宋真宗的
　　　　沿袭发扬 …… 79
　　二、宋初宫廷音乐机构的高度世俗化与国家礼乐需要的
　　　　矛盾 …… 83
　　三、长短句词体进入宫廷雅乐系统与雅化契机的获得 …… 88
　　四、帝王意志主导的颂体文风与士大夫接受慢词写作的
　　　　历程 …… 92
　第三节　代言体，专业词人与慢词特质 …… 101
　　一、为帝王代言：颂体慢词与铺叙典丽的雅化路径 …… 102
　　二、为歌妓代言：俗体慢词的文体特质与写作场合 …… 112

第二章　江湖雅意：地方词坛与士大夫的词体尝试 …… 117
　第一节　北宋前期的词中城市与朝野词风的离立 …… 119
　　一、开封：繁庶与豪艳 …… 120
　　二、两浙诸郡：清丽与闲情 …… 126
　　三、洛阳：游宴与名教 …… 133
　第二节　地方座主与应酬之词 …… 140

一、地方送别文学的词体选择 …………………………… 140
　　二、座主的词学趣味与应酬词风的变换 ………………… 147
第三节　从令曲到慢词：士大夫词人的词体儒雅化
　　　　进程 ………………………………………………… 151
　　一、类型化的时光感伤：令曲儒雅化的深入 …………… 152
　　二、从闺阁到客馆：柳永为慢词构建的时空传统 ……… 159
　　三、柳苏之间：类型化情感与自我身世寄寓 …………… 166
　　四、以文为词：苏轼的慢词贡献 ………………………… 174

第三章　"升平"时代（上）：徽宗朝政治与京城雅词 …… 183
第一节　宫廷都下：大晟词人的流行实质 …………………… 184
　　一、京城：大晟词人有限的流行空间 …………………… 186
　　二、周邦彦与徽宗朝京城词人群体 ……………………… 191
第二节　复归三代与朝野离立 ………………………………… 194
　　一、皇位继承波折与"太平家法"需求 ………………… 196
　　二、崇宁党禁：令出于中与朝野政治空间的离立 ……… 202
　　三、星变与政令：功业未成时的危机与坚持 …………… 208
第三节　三代制度建设与大晟雅乐 …………………………… 212
　　一、徽宗之前的北宋雅乐制作 …………………………… 213
　　二、大晟雅乐与大晟府 …………………………………… 219
　　三、"以身为度"：利用皇权的定律方式 ………………… 225
　　四、收复河湟：大晟雅乐首次发布时间的选择 ………… 229
第四节　庶政惟和：政和改元与大晟词人的活动时空 …… 231
　　一、政和改元与复归三代建设的完成 …………………… 232
　　二、政和改元之后的太平展示 …………………………… 235

三、大晟乐下播教坊与大晟词人群体的出现 ············ 239
四、面向外邦的展示 ························ 243
第五节 富丽精工：徽宗朝京城文化风尚与京城词人
　　　　创作 ······························ 248
一、精致与日常：徽宗主导下的宫廷文艺 ············ 249
二、精致日常与太平歌词 ······················ 255
三、雅俗交杂的依旧：宸幸审美趣味与世俗流行词风 ····· 261

第四章 "升平"时代（下）：徽宗朝地方生态与词体写作日常化 ·· 270

第一节 词体唱和的文本形态与唱和形态的诗化 ············ 271
一、以词和诗：刘禹锡《忆江南》（春去也）的唱和对象 ··· 274
二、异域之眼：嵯峨天皇《渔歌子》唱和词的文本形态 ··· 278
三、传统承袭：重意轻韵的文本形态在北宋即席应歌唱
　　和中的延续 ·························· 280
四、"画楼钟动"：勾连今昔的词作与唱和形态的案头化
　　扩容 ······························ 284
五、"杨柳春风"：身后追和形态的引入 ············· 287
六、自和己作：苏轼对词体唱和形态的再次扩容 ········ 291
第二节 谪居生活与词体"日常化"写作 ··················· 296
一、朝野离合与山谷词的前后变化 ················ 297
二、谪居文学的词体选择及其内在动因 ············· 307
三、集句词：诗词日常化的桥梁 ················· 311
第三节 经典另立：徽宗朝地方词坛的追和词写作 ·········· 318
一、创作生态：地方对元祐党人的尊重 ············· 319

二、我本苏门：黄庭坚的追和东坡词 ………………… 321
　　三、苏门追忆：晁补之追和形式的悼念词 …………… 329
　　四、苏门再传：李之仪与南渡前向子諲的追和词 …… 332
　　五、地方经典：徽宗朝其他地方词人对苏轼的摹效 … 337
第四节　日常与本色：徽宗朝地方雅词的多重面貌 ……… 343
　　一、本色当行：晁补之、李之仪的闲居词 …………… 343
　　二、贵族风尚：古乐府与东山词 ……………………… 351
　　三、内在转向：叶梦得宣政年间的日常生活与词体酬唱 … 360
　　四、京城元夕：江湖漂泊与旧游追忆 ………………… 368
　　五、别是一家：雅词各体成熟后的词史总结 ………… 374

第五章　秩序重建：高宗朝词坛的异动与承继 ……………… 380
第一节　南渡前后两浙士大夫的日常化雅词写作 ………… 383
　　一、地方官员：无涉党争与东堂词的两浙日常 ……… 384
　　二、江湖闲士：吕渭老宣和年间的词体写作 ………… 389
　　三、退居大员：叶梦得绍兴五年所作诸阕同韵《临江仙》… 395
　　四、南渡异动：南渡北人与江南士人的心态异同 …… 400
第二节　朝野转换与东坡词朝野影响的加深 ……………… 404
　　一、建炎更化与颂体之词的消退 ……………………… 405
　　二、江西诗人诗法论词的普及 ………………………… 410
　　三、词体写作日常化后士大夫对词集保存的重视 …… 413
　　四、逃禅词中的苏词影响与东坡形象 ………………… 417
第三节　绍兴和议与颂体复归 ……………………………… 421
　　一、绍兴和议签订前徽宗"令出于中"精神的恢复 …… 422
　　二、绍兴和议后的礼乐重举 …………………………… 430

三、杭州感觉文化认同与士庶生活习尚 …………… 433
　　四、中兴之颂：由野归朝的太平歌词 ………………… 440
　　五、以雅为名：《乐府雅词》《复雅歌词》等词选中的朝野
　　　　立场与词坛雅正争夺 ……………………………… 445
第四节　融通朝野的雅词追求与周邦彦的经典化 ……… 454
　　一、南渡后大晟词人经典化可能性丧失与周邦彦的凸显 …… 455
　　二、清真词结集性质与集中诸词的作者立场 ………… 461
　　三、集大成：清真词的"潜气内转" …………………… 464

结语 …………………………………………………… 473

参考书目 ……………………………………………… 481

绪　论

第一节　现代词学解释框架的
反思与问题的提出

20世纪初,词学从探讨词体作法技巧的倚声之学转变为以词体文学为研究对象的现代学术门类,在至今近百二十年的发展历程间,一直是中国古典文学研究的重要领域。随着吴熊和《唐宋词通论》与杨海明《唐宋词史》分别于1985年与1987年出版,现代词学最繁盛时期的序幕被拉开。在随后的20世纪90年代,涌现了一批由杰出词学家所著的具有经典研究范式意义的词学著作。这些著作不仅总结了百年词学的研究经验,更为词学研究确立了对象、范畴和基本方法,同时也对一些重要的概念、术语予以确切的定义,构建起了现代词学的解释框架。这场建构研究范式的思潮最终被1996年出版的《中国词学大辞典》系统总结,直接促成了词学研究特别是唐宋词研究在本世纪第一个十年大放异彩,无论从成果的质量还是数量来说都独领宋代文学研究的风骚,甚至放在中国古典文学研究的大背景下依然光彩夺目。杨海明在为《中国词学研究》一书所写的序文中就非常自信地说:"新时期的词学研究在这短短20多年间也获得了空前蓬勃和迅猛的发展,成为当代古典文学研究领域中的一门'显学'。"[①]

[①] 曹辛华、张幼良《中国词学研究》,福建人民出版社,2006年。

施议对更明确表态:"中国文学研究基本没有观念,但是词学研究是有观念的。"①

词学家的自信来源于现代词学研究范式的巨大能量,而能量源泉则是词学罕见地做到了传统与现代的结合,既能够符合现代学术的基本样态,接轨于不断出新的学术思潮,更始终保持着与清代浙西、常州二词派的承续关系,许多重要的词学概念、经典的阐释框架都可以直接上溯清人,今日大部分词学研究者的师承学统依然是从浙西、常州二派宗匠那里薪火相传。于是乎词学研究呈现出非常独特的中国化学术样貌,获得新旧两方面的推动力。这是中国古典文学的其他研究门类极难实现的目标,因为它们主要就渊源于"五四"新文化运动的大家,尽管也需要借鉴吸收明清论家的成果,但大部分现代学者与他们并无师承渊源,也就无法产生施议对指出的词学研究经历的"传统文化的现代化"与"现代文化的传统化"的两次过渡。②

然而就在词学研究蔚然大观的时候,宋代文学研究就已悄然孕育着新的学术增长点。随着《全宋诗》《全宋文》的相继出版,宋代诗文研究迅速升温,加之日益扩大的跨学科交流与研究取向的多元化剧烈转变着学术思潮,为词学带来无上光环的"一代之文学"说受到了致命的挑战与解构,使得词学研究不再拥有"一家独大"的优势,研究热度也逐渐消退,反倒是宋代诗文研究不断推陈出新,保持着蓬勃的学术生命力。到了本世纪第二个十年即将过去的今日,词学研究似乎很难再称得上是"显学"了。

除了学术风气转变的外部因素,词学研究热度的退潮也有着来自内部的原因。依照上世纪八九十年代建立起的研究框架,可以进

---

① 施议对《历史的论定:二十世纪词学传人》,《学苑效芹:施议对演讲集录》,上海古籍出版社,2015 年,第 466 页。
② 详见施议对《百年词学通论》,《文学评论》2009 年第 2 期。

行大量填补"空白"式的平推研究,但当"空白"被依次填补之后,词学研究拥有研究范式与观念的红利也就逐渐消失,反倒成为对接新思潮新观念的阻碍。因此今日的词学研究实际上应该进入新的阶段,即对现有的研究范式予以反思与再认识,以深入理解词人、词作、词史等相关问题。这并非是重起炉灶式的否定过去,因为得以推动再认识的基础,恰恰就是先前研究提供的。除了反思现有研究范式的问题,引入新理念观照旧命题也是再认识的重要手段。这本来就是词学研究的优秀传统,无论是"传统文化的现代化"还是"现代文化的传统化",都是积极融汇新观念而取得的辉煌成就。在"一代文学观"已饱受质疑的今日,词学研究亟待重新发挥这一长处,再次打开自我天地的大门,积极与诗文研究对话交流,共同参与某个命题的理解。实际上宋代文学并没有那么多的领域切分,词作者同时也是诗文作者,更会身兼知识渊博的学者身份,因此本就需要跨越学科的界限,才能更全面深入地理解词坛生态、词人心态与文本形态。当然,突破学科界限的对话融通并不意味着要取消界限,不同的学科门类本就具备自我独特的专业个性,而研究对象的不同也意味着需要掌握的专业知识各有特性。词体文学本身就具备极强的专业性,被李清照总结为"别是一家",填词就首先得掌握"别是一家"的专业知识才能言说创新。这其实也是现代词学得以自备观念的深层渊源,为词学研究也带来"别是一家"的样貌与优势,从而非"别是一家"不得入其门。只不过在今日的研究格局下,专"别是一家"已不能出,需要更广泛的反思与融通,才能为词学延续蓬勃的生命力。

一、问题点:苏辛相承与柳周姜吴——断裂的词体雅化脉络

词体雅化是词学研究的核心问题,配合词体文学演唱的隋唐燕乐来自西域,本就与中原清商乐构成了一组音乐层面的雅俗对立,再加之词体最初是作为流行歌曲最先在世俗社会传播开来,然后才于

宫廷与士大夫间产生影响,于是又出现了社会阶层领域的雅俗对立。因此一部词史就是由雅化尊体、雅俗的对立与交融贯穿,关于词体雅化脉络的描述、相关词人雅化贡献的认识,会直接影响对于历时的词史与共时的词坛生态的判断。

今日关于词体雅化的认识主要可以概括为两个核心与一条脉络。两个核心分别是词体雅化的发端人物苏轼与南宋雅词的宗主姜夔,一条脉络则是"柳永—周邦彦—姜夔—吴文英"的词体雅化演进线索。但是这三种认识并不是对词体雅化作通盘式的宏观把握后得出的整体结论,而是来自不同审视角度的独立理解,因此所谓"柳周姜吴"的词体雅化脉络内部,存在着一定程度的断裂。

将苏轼视为词体雅化的发端主要是把世俗社会与士大夫社会的对立作为考察词体雅化的落脚点,从而将"雅"定义为由文人士大夫组成的上层文化圈的审美风尚与文艺追求,于是将词体雅化理解为世俗歌词由民间到士大夫社会的文人化、士大夫化的尊体过程。叶帮义在其专门论述北宋时代的词体雅化面貌的博士论文《北宋文人词的雅化历程》中就如是指出:"'雅'是中国传统文化的重要审美观念,是文人士大夫阶层人生理想与艺术趣味的综合体现。所谓'文人词的雅化',也就是文人在词作中体现出士大夫所特有的人生理想、人格追求与艺术趣味,使词从质朴粗糙的民间状态和绮艳柔媚的花间境界中走出来,与士大夫的情感世界更为接近,与士大夫的艺术世界更为相通。由于词本身没有'雅'的传统,因此,文人词的雅化是向传统文化回归的产物(当然也受到宋代文化自身的制约);由于诗歌是传统文化的主要艺术载体之一,因此文人词向传统文化回归在相当程度上也就是推尊词体、使词不断诗化的过程。"①叶帮义将词体雅化定性为内容士大夫化与文体诗化,是非常精准的判断,也成了今日

---

① 叶帮义《北宋文人词的雅化历程》,苏州大学 2002 年博士学位论文。

讨论词体雅化的基本共识。

在这样的定义下,具备为词体"指出向上一路"词史地位的苏轼便成为词体雅化的核心人物,因为东坡词同时符合士大夫作者与诗人句法的双重条件。谢桃坊《南宋雅词辨原》一文就认为:"词体文学发展至北宋中期,苏轼扩大其社会作用并寓以诗人句法之后,在内部出现追求典雅的审美倾向。这导致南宋词坛的复雅运动,从而产生了雅词及其理论。"①如是所云,词体雅化的序幕主要是由苏轼开启,南宋初年是雅化运动最激烈的时期,而以姜夔为代表的南宋雅词正是这条脉络下的最终产物。谢桃坊的判断得到了其后论者的沿袭,如张屏的博士论文《两宋词雅化进程研究》就以"北宋前期—苏轼及苏门学士—姜张风雅词派"的线索梳理词体雅化的流变②。

尽管张屏如此梳理词体雅化,但姜夔成为另一位雅词的核心人物并不是从叶帮义—谢桃坊的研究生成发展而来,而是源于具有浓郁传统词学色彩的"风雅词派"论述。所谓的"风雅词派"滥觞于宋末词家张炎、沈义父等人的词学主张,但其实又与张炎所论不尽相同。张炎、沈义父等人在宋亡之后出于整理故国文献的目的,对周邦彦、姜夔、吴文英等南宋词家的创作经验加以总结,提出"清空骚雅"的词学追求,并以之指导自己的词体写作。由于张炎对姜夔最为推崇,故而他在《词源》中大量列举姜夔的词句,视之为"清空骚雅"的典范。于是严格来说,"清空骚雅"只是张炎的词史总结与自我追求,姜夔的词作尽管呈现了这样的特征,但他却并没有如此的创作自觉,更不会在"清空骚雅"的词学观念下组建词派。但是现代词学根据张炎所论阐释南宋词坛的时候,姜夔总是会当仁不让地成为自觉创作雅词的

---

① 谢桃坊《南宋雅词辨原》,谢桃坊《词学辨》,上海古籍出版社,2007年,第204页。
② 张屏《两宋词雅化进程研究》,华东师范大学2011年博士学位论文。

典范,甚至成为一种名为风雅词派的词派领袖。《中国词学大辞典》在"流派"类目下就收录了"风雅词派"词条,与"花间词派""南唐词派""婉约词派""豪放词派""大晟词派""格律词派""江西词派"等构成了以八大词派论述唐宋词史的框架,而《大辞典》对于"风雅词派"的解说,就是从词派角度对南宋雅词的阐释:

> 南宋中后期词的流派。清汪森《词综序》:"鄱阳姜夔出,句琢字炼,归于醇雅。于是史达祖、高观国羽翼之,张辑、吴文英师之于前,赵以夫、蒋捷、周密、陈允衡、张炎、张翥效之于后,譬之于乐,舞箾至于九变,而词之能事毕矣。"姜夔等人非仅擅词笔,且精通音律,在词的体制上承袭北宋乐府流风,亦复参究周邦彦等人的技法、风格而有所变化发展,其风雅词派之影响及于清代。①

这个以雅词为主要写作追求的词派又被称作"典雅词派"或"清雅词派",无论名称为何,论者都会如引文这般将姜夔视作开宗立派的核心人物,然后为其罗列众多后辈词人以壮声势,并将这些南宋词人的词作定义为雅词的最高形态,成为论述南宋词史的重要落脚点。由于宋人建立的江西诗派是宋代诗史上的重要文学流派,直接影响了宋诗研究的话语和框架,故而两宋词史的研究也就深受影响,论者往往会下意识地寻找如江西诗派那般由宋人自觉形成的词人集合。但上引文字在追溯风雅词派渊源之时并没有引录宋人的话语,而用了四百余年后清人汪森勾勒出的词人统绪,这显然意味着风雅词派与江西诗派有着本质的不同,其并不是宋代人自己建立并已有认识的历史存在,而更多是后人建构出来的词学观念,是清人在构建自己的

---

① 马兴荣、吴熊和、曹济平《中国词学大辞典》,浙江教育出版社,1996年,第264页。

词学门派时追溯的一条词学统绪。于是浙西词派的经典论述在被现代词学承继发展的时候,发生了概念的混淆与转换。实际上只能说南宋时期有一批词人的创作面貌比较接近,大致符合张炎提出的"清空骚雅"标准,他们之中尤以姜夔的创作最为突出,成为后世奉行"清空骚雅"的填词者追摹的先贤。但却不能以此论定在南宋中叶存在一个风雅词派,因为姜夔诸人并没有提出"清空骚雅"的主张,也就不能把姜夔为首的南宋词人创作就限定在"清空骚雅"这一种面貌上。事实也正是如此,白石词的面貌是复杂多元的,但在"典雅词派"的叙述框架下,一提到白石词,就只会浮现起那些符合"清空骚雅"的词作,而其他风格体貌的作品就隐而不显了。

如果各自独立来看,苏轼与姜夔被推为词体雅化的核心人物皆眉目清晰,亦有相对充足的道理。但将二者放在一起考察就可以明显看到这两番论述中的"雅"其实有着不同的内涵。因此当整合二者,欲梳理出一条完整的词体雅化脉络的时候,就会产生前后无法连接的困惑。按照"扩大其社会作用并寓以诗人句法"的标准理解雅词的话,承继苏轼的并非是姜夔,而应该是辛弃疾。如若以"清空骚雅"的标准追溯姜夔的远祖,周邦彦应该是比苏轼更为适合的人选。如是乎并不能构建起苏轼—姜夔的词体雅化演进脉络。现代词学关于词史脉络的叙述恰是把苏轼与姜夔断开,将辛弃疾视作苏轼在南宋的传人,二者之间的六十余年由张元幹、张孝祥等词人联系沟通。蒋哲伦在讨论叶梦得词风与词史地位时将这条线索叙述得最为明确:"人们通常把张元幹以及稍后的张孝祥视为沟通苏、辛的桥梁,自然是不错的,而对早于张元幹一二十年登上词坛的叶梦得,却缺乏足够的重视。其实,叶梦得不仅接受苏轼的影响在先,他那寓壮怀于清旷的词风,恰恰显示了由苏词向辛词过渡的最初迹象。比试之下,二张的亢壮激越,则显然已更迫近辛派词人的藩篱了。总之,发源于苏轼的豪放词风,经过叶梦得、张元幹、张孝祥,到辛弃疾始集其大成,构成一条完整的链索。"①在这样的论述框架下,浙西词派描述的姜夔以降的词统完全无法介入其间,只能被视作与辛弃疾及其后劲对立的词人群体。如是乎苏轼到姜夔的雅化线索被完全打断,不仅词史叙述基本不谈苏轼与姜夔的关系,甚至会把姜夔视作苏轼词风发展的对立面,词体雅化的研究也往往将苏轼的雅化成就与姜夔等人的雅词创作分别讨论,并不讨论二者之间有什么联系。如上文提到的张屏论文,就在论述完苏轼及苏门学士之后直接跳到姜张风雅词派,并未阐释由苏到姜的过程;谢桃坊尽管已经指出南宋雅词的苏轼缘起,但也基本没有讨论东坡词是如何发展到姜张的。这样的论述使得词体雅化似乎在苏轼至姜夔的百余年间没有任何波动或进展,可是谢桃坊却又表示这段时期词坛复雅运动极其兴盛,诚为根本不能被绕过的重要阶段,于是就这样产生了较深的断裂感。

既然苏轼与姜夔之间存在断裂,那么词体雅化脉络"柳周姜吴"的生成就自有机制,应是渊源于"婉约"与"豪放"对立的现代词史论述框架,主要目的是描述婉约词派的发展线索,但其和"风雅词派"纠缠在一起后,就悄然带上了词体雅化脉络的身份。上引蒋哲伦的论述带有鲜明的"豪放词派"印记,苏辛相承的脉络其实就是"豪放词派"的发展历程,那么与辛弃疾对立的姜夔诸人势必在"婉约词派"的统绪里,这样"苏轼-姜夔"的雅化脉络就悄然顺着婉约词派的脉络变为"周邦彦—姜夔",关于词体雅化的探讨就可以抛开苏轼,完全按照现代词学架构中的"婉约词派"线索进行论述了。黄雅莉《宋词雅化的发展与嬗变:以柳周姜吴为核心》便是这种观念下的重要著作,她完全按照现代词史的"婉约词派"线索讨论词体雅化进程,在雅词形式、样制、技法等问题上获得了不少令人信服的结论,但对于苏轼的忽略却

---

① 蒋哲伦《〈石林词〉和南渡前后词风的转变》,《文学评论》1985年第5期。

使得她的论述存在着严重的前后断裂①。柳周与姜吴之间其实存在着较大的差异,这种差异就源于姜吴借鉴吸收了苏轼及其门人的巨大雅化贡献,可惜在"婉约词派"立场下的叙述并不会涉及苏轼与姜吴的联系。与之相同,"豪放词派"立场的叙述同样也无法做到缝合断裂。东坡词是词体内容士大夫化与写作方式诗化的雅化路径典范,但是士大夫的生活是丰富的,苏轼擅长用词体表达的功业豪情与政治生活是士大夫的生活,姜吴擅长表达的风雅趣味与江湖人生同样也是士大夫的生活。既然宋诗已经可以触及宋人生活的各方面,那么词体写作方式的诗化势必会深受宋诗写作的影响,不局限于士大夫生活的某一方面,苏轼会用词写作日常风雅,姜吴同样可以之表达慷慨,二者之间也就会存在联系与效法。可是在"豪放词派"的叙述框架下,苏轼为代表的雅化路径总是被单一化地落在功业豪情与政治生活上,自然也就无法寻觅苏轼上继柳永下开姜吴的一面了。

二、传统词学的断裂因缘:"词分南北"与"婉约豪放"的词学阐释框架

只要对词学研究稍有了解,就可以看出苏辛相承与柳周姜吴就渊源于"婉约豪放"相对立的词学阐释框架。但断裂并不仅源于这一层,"词分南北"的词史阐释框架也是其间的重要推手。正如谢桃坊所言,苏轼的雅化贡献是经过南渡前后高涨的复雅运动之后才获得词史影响,因此如若将苏轼纳入词体雅化的脉络,就必须探究南北宋之间的相续相承。然而在"词分南北"的阐释框架下,南北二宋被割裂开来,关于南渡词坛的论述侧重因政治剧变而产生的变革,而文学的相承演进面相则罕见探讨,于是加剧了词体雅化论述的断裂与矛盾。

"词分南北"其实是来自传统浙常词学的阐释框架,但是在清人

---

① 黄雅莉《宋词雅化的发展与嬗变:以柳、周、姜、吴为核心》,文津出版社,2002年。

那里更多指的是北宋重令曲、南宋擅慢词的区别,词学家在论述"词分南北"的时候往往是针对偏执一端的弊病而发,希望当代词人能够令曲与慢词兼擅。尽管清人并不太割裂南北宋之间的联系,但却提供了一条历时的词史阐释模式,南北的对立已经悄然存在。到了清末民初词学走向现代化的时候,恰逢民族危机日益激化之秋,时人同样感受到南北宋之交的危难与救亡,于是会非常关注政治动荡带来的变化,建炎南渡也就成为了两宋文学的重要转关,将两宋文学由此划分成前后两个阶段逐渐成为通行观念,"词分南北"也正是在这场思潮下转型为重视南北宋词坛之异之变的词学解释框架。① 这个解释框架为词学研究带来了极大的推动,不被传统词家关注的南渡词坛与南渡词人得到了关注与清理,对于苏门词法在南宋的发展与苏门后劲的认识也得以深入,词史描述也就较先前史为全曲。不过到了今日,曾经的优势成了另外视角下的阻碍,文学本有自身的发展演进机制,并不完全与政治变迁重合。南渡为词体文学带来了剧烈变化,但也有很多重要的改变在南渡之前即已孕育生成,这需要缝合南北的分裂才能获得更清晰的认识,词体雅化的脉络便是如此。

"婉约豪放"尽管是由明人张继作为独立概念提出,但也被清人拉进了词分南北的话语体系,成为了弥补"词分南北"缺憾的一环。因为在清人的南北宋之别中,并没有苏辛的话语空间,但这却是词史叙述绕不开的一环,于是就出现了厉鹗这样借用南北宗之分的讨论:"尝以词譬之画,画家以南宗胜北宗。稼轩、后村诸人,词之北宗也。清真、白石诸人,词之南宗也。"② 厉鹗之论实际上为历时的"词分南北"线索引入了共时的论述框架,南北二宗是词体文学共时存在的两

---

① 关于"词分南北"话语体系的形成及演变至今的过程,可以参见拙文《"词分南北"话语体系的成立与流变——兼论两宋词的分期问题》,《新宋学》第七辑,复旦大学出版社,2018年。
② 厉鹗《樊榭山房文集》卷四,罗仲鼎、俞浣萍点校《厉鹗集》,浙江古籍出版社,2016年,第546页。

个面相,需要为二者做出正变优劣的判断。厉鹗的共时正变判断其实正是张綖的本意,他那段著名的论述就归结在孰正孰变之上:

> 词体大略有二:一体婉约,一体豪放。婉约者欲其辞情酝藉,豪放者欲其气象恢弘。盖亦存乎其人,如秦少游之作多是婉约,苏子瞻之作多是豪放。大抵词体以婉约为正。①

很显然,张綖并没有说淮海词都是婉约词、东坡词都是豪放词,只是将秦观与苏轼分别作为婉约豪放二体的代表,并最终提出婉约为词之正体,豪放是词之变调的观点。张綖的论述其实是明人论诗重正变思潮的产物,他就是把明代诗学的诗体观与正变观引入词论,所谓的婉约豪放二体并不是简单的风格言说,而指的是体式,即作家通过斟酌取舍遣词造句、声律对偶、典故修辞等众多文学手段而形成的特定的文本组成方式,也只有在这种观念下才能展开正变讨论。② 正变论是中国古典诗歌的经典批评话语,是渊源于《诗经》学的术语,也是诗歌研究者非常熟悉的概念。但是清人论词并不常把词体文学上溯至《诗经》,从而现代词学研究范式在建立的时候也就没有参考《诗经》学,甚至还会有意识地强调词体与古典的《诗经》并不相属,于是中国古代文论的重要概念正变论被疏离于"别是一家"的门外,导致词学研究者难以进行相关知识的迁移,对于婉约豪放二体也就更多从风格的角度予以理解。然而将《诗经》排除在词体之外并不符合宋人的实际,宋人其实一直在努力将词体上溯至《诗经》。早在柳永的

---

① 张綖《诗余图谱》,《续修四库全书》第 1735 册,上海古籍出版社,2002 年,第 473 页。
② 20 世纪 80 年代的文艺理论界已经讨论出这样的共识,"体"指的是"体式",是不同文学手段的有机组合方式,这应该是"诗体""词体""文体"等概念的应有之义。而明人在讨论诗体的时候,正是秉持体即体式的观念,先仔细探讨不同诗体内部的各种体式因素是如何组合的,然后再根据不同的组合方式对照他们理想的组合模型予以孰正孰变的区分。张綖论"婉约""豪放"二体,亦当如是观。详细论述参见刘佳《明人诗体观念研究》绪论与第四章"明人的诗体正变论",复旦大学 2018 年博士学位论文。

时代就已经出现用诗教理论言词的现象,后来逐渐兴盛于宋徽宗政和年间,到了高宗的时候,以《诗》论词达到了高潮并确立为共识。《诗经》与词体的勾连正是词体雅化的重要内容,而最关键的时间段就是谢桃坊所指出的但被今日研究范式遮蔽的南渡之初,恰好可以由此缝合词体雅化脉络中的断裂。而且站在《诗经》正变论的立场来看,婉约豪放就不再是僵化死板的二元对立,而是互有差异与联系,毕竟正风变风是可以因由时局人心互相转换的。于是我们在柳永与苏轼、苏轼与姜夔,甚至苏轼与周邦彦之间也就可以消解掉过往简单对立的鸿沟,自由地探寻其间的相异与共通。

不可否认,婉约豪放的共时区分为词学研究带来了极大便利,其与"词分南北"一起为现代词学搭建了纵横交织的立体解释框架。但是过于明显的弊端也促使词学界在 20 世纪 80 年代就对此展开反思,获得了非常深入的思考,然而却并没有建立起可以与之对等的新解释框架,故而本世纪以来的词学专著,无论是词人个案研究还是断代研究,基本还是在婉约、豪放对立的大框架下展开讨论,平面化的分块描述依然主流,相对的变化只是在于对婉约豪放稍作融通。产生这种现象的原因应与词体研究的专门化有关,如若站在其他文体立场上观照婉约豪放,其实很容易获得相对合理的解释。在反思婉约豪放的论文中,王水照《苏轼豪放词派的含义和评价问题》一文最为特别,尽管王先生认为婉约豪放的界说是从艺术风格着眼,但却直接指出婉约豪放是一种正变的区分,从而得出苏轼的豪放是放笔快意的创作个性与革新传统词风的"以诗为词"手法,实际上又悄然跳出了风格之限。[①] 王先生是宋代诗文研究的大家,并非专力治词的学者,他在这番"词学蠡测"中直接点出正变之说显然是缘于宋代诗文

[①] 王水照《苏轼豪放词派的含义和评价问题》,《中华文史论丛》1984 年第 2 期;后收入《王水照自选集》,上海教育出版社,2000 年。

视阈的观照与知识迁移,是学科互济融通后的成果。这未尝不能视作一种提示,跨学科的对话与融通以及借鉴宋代诗文的研究方式与成果完全可以为今日词学研究带来非常积极的意义。

三、现代学术的断裂成因:胡适三分词史观与龙榆生的补正

既然现代词学是传统与现代的结合,那么词体雅化脉络的断裂就不仅与传统词学有关,也和现代学术的话语体系联系密切。"五四"以来的文学研究主要以文学史模式展开,即梳理文学发展演变的脉络,至今依然是教学与研究的主导范式。这种研究模式不仅源于西方文学史书写的传入,还在于进化论的全方位影响,这是"五四"时代最重要也是对国人冲击极大的社会文化思潮。

首次以文学史模式明确勾勒词史线索的是胡适,他在 1926 年出版的《词选》序文中提出唐宋词的三段分期:"歌者的词,诗人的词,词匠的词。苏东坡以前,是教坊乐工与娼家妓女歌唱的词;东坡到稼轩后村,是诗人的词;白石以后,直到宋末元初,是词匠的词。"① 胡适的词史描述一方面配合着提倡白话文学的新文化主张,另一方面又秉承着为每一种文体寻找一条生命公式的进化论观念,从而形成了"歌者—苏轼—姜夔"的单向演进线索,对应着发展、高潮、衰落的价值判断。胡适的三分词史观影响非常大,不仅被后来的文学史沿袭,还左右了对于众多词学问题的思考。比如将苏轼视作雅化的核心人物而导向姜夔的词体雅化论述,就难免受到三分法的影响。

胡适的三分词史观优缺点都非常明显,其优势在于眉目清晰,便于把握,而且打破了"词分南北"的束缚,从文学本身寻找发展演变的脉络。而不足则在于过分简单化,仅凭一条单向线性的脉络不足以解释多元的历史现象。比如上文已经提到针对苏轼与姜夔的雅词讨

---

① 胡适《词选》,中华书局,2007 年,序第 3 页。

论实际上有着不一样的雅词内涵,于是无论是柳周姜吴还是苏轼姜夔,都不足以反映词体雅化的复杂性。但是受胡适等新文化运动主将的影响,我们习惯于寻找一种可以统摄全体的公式或规律,从而不知不觉地片面起来。词体雅化是内容士大夫化与文体诗化的定义同样也是如此,这句判断本没有错,但士大夫的生活是多样的,诗歌的类型也是丰富的,如果只将二者限定在功名怀抱与苏轼之诗上,那就片面了。词体雅化的脉络本来就不止一条,如果一定要用某种线索统摄的话,无疑会带来顾此失彼的断裂。

　　胡适的问题早已被当日的词学家察觉,龙榆生是其间的重要代表,他曾撰文指出胡适单一化的弊病,并强调歌者之词,诗人之词以及姜吴之词各有发展脉络,并非前后相承的一条线。[①] 龙榆生主张的便是多元化探索词体演进的思路,他不止一次地尝试多线索的勾陈,甚至还明确表示:"必执南北二期,强为画界,或以豪放婉约,判作两支,皆'囫囵吞枣'之谈,不足与言词学进展之程序。"[②] 然而可惜的是,龙榆生在勾勒多条线索的时候,往往将之冠名以"词派",如"大晟典型词派""苏辛豪放词派""姜吴典雅词派"等名,皆由龙榆生最早使用,这无疑是重视差异的论述模式,因而很容易被放归"婉约""豪放"的对立模式中。再者,宋人本无词派,要到清代词坛才出现有意识的词派构建,而用词派论述宋词,便渊源于浙西词派后劲将本派遵奉的词学统绪与自我流派相混融,从而产生宋代也有类似清词之流派的误会。从传统词学而来的龙榆生沿袭了这场误会,又加之由西方传入的"文学流派"一词的干扰,龙榆生的多元线索梳理愈发给后人以对立感,远远偏离了他的本意。此外,龙榆生出于为民族发扬蹈厉之精神、提倡沉雄刚毅之英气的现实关怀,大力研究与宣传苏辛词派,赞扬南宋爱国救亡

[①] 龙榆生《论贺方回词质胡适之先生》,《龙榆生学术论文集》,上海古籍出版社,2017年,第150—151页。
[②] 龙榆生《两宋词风转变论》,同上书,第295页。

之词,进一步变向地巩固了人们心中"婉约""豪放"二词派相对立的刻板印象,而且还将胡适淡化的词分南北又重新拉回到人们的视线中。

四、本书的旨趣

上文从传统与现代两个方面探讨了现代词学阐释框架与词体雅化脉络断裂的关系,核心的断裂原因当在于雅词概念并不唯一,而是有着宽泛驳杂的内涵,于是某条单独的脉络也就不足以解释全部。在词体由俗到雅的大发展趋势下,每一位词人都或多或少地涉足于雅化,相关词作其实都可以称之为雅词。也就是说雅词实际上是一种相对概念,会随着参照对象的变化而产生雅俗不同的定性,于是词体雅化也就不止一种方向或路径。例如与敦煌曲子词相比,《花间集》所收的诗客曲子词已初见雅意,但若与晏欧之词相较,则显然只能是艳俗之词。再如苏轼展现士大夫情感世界并贯以诗人句法的歌词是雅词,柳永抒发天涯士子羁旅伤怀的慢词同样也是雅词,只不过二者的雅化方向以及依托的雅化基础有所差异,才造成了大为不同的词作面貌。因此绝大多数士大夫词人与词作都可以用雅化或雅词来形容,从而简单宽泛的雅词定性是没有意义的,无论是对于理解词作与词人,还是对于探究词体雅化进程,都毫无帮助。只有回归到具体历史语境中去,探究某位词人在什么立场什么基础上进行词体雅化,词人各自选择了雅词内涵中的哪些元素,承担起哪条雅化路径上的任务,才能全面揭示词体的雅化历程,才能看出姜夔以下的南宋雅词是如何承继前代雅化成果而出现的。质言之,无论是词体雅化还是词史演进都不是一条单向线性的框架足以概述的,而需要建构多维多层级的模型方能统摄。这便是本书着力词坛生态研讨的原因,即希望借此尽量还原立体的时空,由此逐一清理不同维度、不同层级的雅词面相是怎样产生与发展的。

本书最初的动机是试图缝合产生于苏轼与姜夔之间的词体雅化脉络断裂,尽量全面地理解动态多元的词体雅化过程,于是关注的重点自然就落在徽宗与高宗两朝词坛生态与词史发展的考察上,并且需要将二者视作一个整体的时段进行研究,才能更好地探讨"词分南北"之外的南北承续。史学研究早已关注徽宗朝的重要性,刘子健在讨论南宋初期发生内在转向的时候,就已经指出许多转向要素已经在徽宗朝孕育。近来的研究也越来越展现将徽宗、高宗两朝打通的研究趋势,不仅专门论述徽宗朝的著作会涉及相关现象在南宋的承继①,而且还注意到在宁宗嘉定改元前后存在着不同的格局,如黄宽重就提出"嘉定现象"这一概念以期待更多的关注。② 按照这个思路,其实可以构建出徽宗—高宗、孝宗—光宗—嘉定改元前、嘉定改元后—宋末的分期方式。王瑞来针对唐宋变革论提出的宋元变革说同样也关注着主要涌现于孝宗朝之后的诸多近世性变化,在另一方面也弱化了南北界限。③ 史学研究的这番思潮近来也获得了文学研究者的响应,王水照就已经指出:"南宋最著名的文学家大多在宋宁宗开禧年间(1205—1207)前后去世,如陆游(1125—1210)、范成大(1126—1193)、杨万里(1127—1206)、辛弃疾(1140—1207)。此外,陈亮卒于1194年、朱熹卒于1200年、洪迈卒于1202年、周必大卒于1204年、刘过卒于1206年、姜夔约卒于1209年。自此以后七十多年(几乎占南宋时期的一半)成为一个中小作家腾喧齐鸣而文学大家缺席的时代。文学成就的高度渐次低落,但其密度和广度却大幅度上升。"④这自然是"嘉定现象"在文学上的体现,不过文学领域的变化再次比政治领域提前了。王先生仅就南宋的变化而谈,其间未能涉及的南北承续在日本学者的南宋文学近世性研究中得到回应。内山精

---

① 如藤本猛就在其关注徽宗朝君主独裁加强的著作中讨论了徽宗政治对孝宗朝武将与近习地位的影响。参见藤本猛《風流天子と「君主独裁制」—北宋徽宗朝政治史の研究》,京都大学学术出版会,2014年。
② 黄宽重《"嘉定现象"的研究议题与资料》,《中国史研究》2013年第2期。
③ 详见王瑞来《近世中国:从唐宋变革到宋元变革》,山西教育出版社,2015年。
④ 王水照《南宋文学的时代特点与历史定位》,《文学遗产》2010年第1期。

也就认为南宋诗歌在"南宋三大家"之后有一个明显的转变,也就是说杨万里、范成大、陆游三人的诗作依然是北宋的延续,都是围绕士大夫的作诗环境或者言说环境的产物,要等到三人相继逝世之后,方才真正进入"诗歌近世"的前夜。① 村上哲见更是将这个思路引入词学研究,他在《南宋词研究》的结尾明确表示:"南宋的文人文化,是一种在诗文书画音乐,即文学艺术的所有方面,一味追求精致的文化。这条道路在北宋末的徽宗朝可以说即已开通。在汴梁开花的这种文化,虽被女真族的野性所摧毁,却在北宋以来便已充分发达的都市杭州为中心的江南一带,以更为浓重的形式展开了。"② 以姜夔为代表的南宋雅词便是精致文化的代表,如此就意味着南宋雅词的文化艺术追求在徽宗朝就已蔚为大观,苏轼与姜夔间的断裂也就获得了缝合的可能。本书关于徽宗——高宗朝词坛生态的论述便是遵循这一思路,由于前贤研究多关注南北之异,故而本书主要讨论的是承续,这是缝合断裂的需要,并非否定南渡前后词坛词风发生的剧变。至于孝宗以降以及宁宗嘉定改元之后的词坛,是经历了徽宗——高宗词坛复雅思潮之后的雅词繁荣期,此时雅词共识已经建立,雅词写作就在共识的基础上展开新变,呈现出明显的近世特征,可以被视作一个新的发展阶段,需要另做系统阐释,故本书的论述就截止到高宗朝,重点讨论雅词的各项内涵是如何在北宋确立发展,并在高宗朝碰撞交融,最终形成雅词共识的。当然,徽宗朝的很多现象往往在同样大规模运用礼乐统治手段的真宗朝即已萌芽,因此讨论徽宗朝的政治与文化,很多时候都会溯源至真宗朝。而对于词体雅化的研究来说,要探讨苏轼词风及苏门词法如何在徽宗——高宗朝不绝如线的传续过程,也有必要首先对苏轼词体写作予以深入理解。在词体雅化动态

---

① 内山精也《宋代士大夫的诗歌观》,内山精也《庙堂与江湖——宋代诗学的空间》,朱刚等译,复旦大学出版社,2017年,第30—31页。
② 村上哲见《宋词研究》,杨铁婴、金育理、邵毅平译,上海古籍出版社,2012年,第465页。

多元的发展面貌下,苏轼既有自己的雅化独创,更有来自前辈词人的承续翻新,除了欧阳修之外,柳永也是他重要的师法对象,因此寻找到柳苏之间的相承演变的关系,也是缝合传统雅化脉络断裂的必要前提。而且苏轼也并非全面囊括雅词的所有面相,两宋间的承续也包括柳永一脉的独特元素,是以本书的论述需要从雅词思潮的第一次高峰真宗—仁宗朝开始。

当然,对于词坛生态的研讨还是离不开解释框架的帮助,毕竟多维动态的词体雅化过程提供给后人大量凌乱复杂的雅化现象,只有把这些散乱的碎片予以相对有序地归类才能呈现有效的意义。有序的归类也就是解释框架,因此尽管龙榆生从词派角度切入的研究依然有着融通性不足的问题,但依然足以成为多元化梳理词史问题的典范。必须承认,归类的行为必然会产生相互对立的范畴或概念,需要警觉任何一组对立都是相对的,二者在差异之外也存在密切的联系。就如同雅俗之别也并非严格的泾渭分明,雅中有俗、俗中有雅的现象经常发生,比如说京城词坛既是雅词的中心,也是俗词的天堂,毕竟词体文学本就是横亘雅俗之间的。至于如何避免某种解释框架导致的过分对立之弊,除了时常反思与再认识外,运用多组解释框架或归类方式观照同一个问题也是有效的办法,它们可以互相照见各自视阈中的盲区,使得研究者能够看到尽量全面的现象。本书便采取这种方式应对单纯的南北或婉豪之分,借鉴村上哲见"官僚文人"与"专业文人"的身份区分[①],两宋党争视阈下的朝野空间之离立,词学传统概念"令曲""慢词"之别,"唐宋变革"论中的贵族士大夫到科举士大夫的转变以及士大夫—庶民的社会分层等概念,尽量在多维度视角的观察下还原当日词坛生态,由此对词体雅化问题取得相对全面与深入的思考。

[①] 详见村上哲见《宋词研究》,第438页。民国学者已经提出过类似的分类,如郑振铎《插图本中国文学史》:"苏轼可以说是'非职业'的词人,柳永则为'职业的'词人。"(上海人民出版社,2005年,第512页)另外龙榆生、詹安泰等学者也有过专业与非专业的分类尝试。

第二节　宋人雅词话语的多元意蕴指向

今日对"雅词"的理解,最常见的就是在以词派论词史的框架下将之与所谓姜张风雅词派等同,这个词派名目也可以称为格律词派、骚雅词派、典雅词派等,近又出现江湖词派、清雅词派等名目,所指其实并无差别。但是正如宋人没有婉约、豪放二词派一样,姜夔也不曾建立过"风雅词派",就算是张炎,建立词派的意识也并不很强。他论词崇雅一方面是指出填词应遵循的作法,另一方面则抱有宋亡后存南宋一代之词史的心态,而所谓姜张词派或风雅词派其实是浙西词派将作为本派渊源的姜张词统与自我词派相混融后的误会。① 这场误会在清代尚且未深,然自胡适标举三分词史观之后,误会就彻底定型。观20世纪30年代前后出版的词史类著作,皆标举姜张雅词派之说,尤以薛砺若1935年《宋词通论》将姜夔、史达祖、吴文英定性为风雅派(古典派)三大导师为现代学术话语中最早②。风雅词派实际上是现代词学话语体系建构出来的,一旦产生,便遮蔽了雅词在姜张之外的丰富元素,由苏轼到姜夔的雅化发展也就无人问津了。目前已有不少学者撰文质疑南宋风雅词派的合理性,谢桃坊《南宋雅词辨原》一文可为典范。谢氏首先抛开雅词词派的观念,回到两宋词论话

---

① 刘少雄《南宋姜吴典雅词派相关词学论题之探讨》绪论中提及:"总结上述三家词法,或宗周吴,或主周姜,系统似有参差,宗派的思想仍不够明白完整;不过,就创作与批评的看法言,三家已达成共识,那就是:重视词的音乐美与文字美,讲究篇章字句之铺排锻炼,要求声韵格律之谐协和雅,以维持词体协律、雅正、深隐、含蓄之特质。"然其所引例证如《词源》《作词五要》《词旨》等论著皆各自为政,互相未有融汇。而且在略有差异的词统间也没有一批奉此词统为学习法门的词人,而且张炎诸人在写就这些论著的时候已是暮年,完全没有建立词派统词坛风骚的意气与能力,与清代王士禛、朱彝尊、张惠言诸人境遇迥异。同时,刘氏最多的证据来源自周济诸人的论述,显然是再次承继了词统混入词派的误会。故宋末词人论词风格崇雅只是总结自我一生的习词经验,并没有立派的意识。参见刘少雄《南宋姜吴典雅词派相关词学论题之探讨》,台湾大学文学院,1995年,第9—28页。
② 薛砺若《宋词通论》,上海书店,1989年,第269页。

语语境中探讨宋人标举之雅词的含义,经过细密的考察之后,最终得出"南宋词坛存在复雅运动,南宋前期曾有一些受东坡词风影响的词人倡导雅词,而南宋中期以后姜夔、吴文英和张炎等在词史上形成正宗雅词,但并无什么'格律词派''风雅词派''骚雅词派'或'典雅词派'"的结论①。谢氏的论述缜密有力,虽未从词统词派之误会角度切入,然亦动摇了此种误解的根基。其后探讨雅词含义者,多见以雅词词人或雅词群体为周姜吴张诸人定性,则是更为合理科学的方案,从中探寻出的"雅"之内涵则更为全面中的。

不过,这些论述的重点都在论证风雅词派的不成立,而非一一阐释雅词的丰富内涵。尽管谢桃坊指出了苏轼的雅化开拓,但他似乎并不认为姜张雅词与苏轼有什么直接承续。或是因为现代词学对立色彩强烈的解释框架过于深入人心,论者实际皆在胡适的词史三分法中打转,认为雅词主要分北宋士大夫小令之雅,苏轼词风之雅和姜张词风之雅三种类型②,但又往往把三者论述为各成系统、互不干涉,对其间千丝万缕的联系并不抱有太大的研究热情,也就不会在雅词内涵的细化上进行深入研究。既然本书已经强调宋人雅词内涵的多

---

① 谢桃坊《南宋雅词辨原》,载谢桃坊《词学辨》,第218页。
② 聂安福稍早于谢桃坊讨论雅词含义,得出"回溯两宋词学发展历史,雅俗之辨体现在两种主要趋势之中:言情之婉雅和言志之骚雅"的结论,显然是针对婉约、豪放二体归纳出的两种雅化现象。谢桃坊则指出:"南宋初年以来,以儒家诗教为理论指导的,以学习东坡词为榜样的复雅运动曾在词坛掀起热潮,表现了时代文化精神,它至南宋中期告一段落了。淳熙三年(1176)年轻词人姜夔的自度曲《扬州慢》在艺术上的成功,标志着南宋词发展进入一个新的历史时期,同时也标志着一种新的雅词词人群体的兴起。"便是北宋—苏轼—姜夔先后相承的观念在探讨雅词概念时的体现。与谢氏文章初次发表的时间相近,王晓骊《闲雅·高雅·清雅——论宋代雅词发展的三个阶段》一文也将雅词进程前后三分,她归纳出的三种雅词类型与谢桃坊的线索是一致的,闲雅即北宋令曲,高雅即苏轼的开拓,清雅即姜张雅词,可见三分法的强大生命力。本世纪以来,探讨雅词概念较为深入的应属吴蓓《南宋雅词的特质与时代因素》,其在聂、谢二氏的基础上提出张炎所论骚雅的表现之一在于与俗世、政治的疏离,是很有见地的补充,不过依旧在北宋、苏辛、姜张的三分体系之下进行讨论。详见聂安福《两宋词坛雅俗之辨》,《中国韵文学刊》1996年第1期;谢桃坊《南宋雅词辨原》,第208页;王晓骊《闲雅·高雅·清雅——论宋代雅词发展的三个阶段》,《山西师大学报(社会科学版)》2001年第1期;吴蓓《南宋雅词的特质与时代因素》,《浙江学刊》2003年第3期。

元性,因此首先需要探讨一下这些内涵究竟包括了什么,如此方能再现出形态各异又相互影响渗透的多重雅化路径。

一、礼乐与诗教:以雅论词的理论基础与最基本的雅词内涵

"雅"之名目最初源于《诗经》,本来指的是围绕天子的宫廷食举、祭祀音乐,与来源诸侯地区的音乐构成了中央与地方的雅俗或雅郑之别。随着毛诗大小序主张的儒家诗教观被立为官方正学,原本因音乐类型而生的概念被添加了浓厚的政教礼乐意义,"雅"在宫廷生活、上层文化之外,也越来越与中央权力密切相关。由于秦汉之后诗乐散佚,故而新兴音乐文学乐府诗实际上承担着诗教观念的实践任务。作为宫廷音乐机构的乐府设立于秦代,在其创始之初的功能更多偏重于宫廷娱乐,然而到了通行意义上的汉武帝"始立乐府"之时,乐府的功能就大量向着诗教所规划之政治蓝图的礼乐功能倾斜。那些从民间收集来的歌辞经乐工配乐之后,便成为中央帝王观地方风俗的窗口,同时中央也通过音乐的传播向地方宣示自己的权力。自汉至唐,乐府诗与诗教传统的联系始终延续,乐府也就始终具备娱乐与礼乐的双重功能。

可是同样作为与音乐相配合的文学,词体文学似乎不被当前学术话语体系容纳进乐府与诗教的范畴,在讨论词体与音乐的关系时,词乐的特殊性往往被格外强调:

> 从音乐方面说,词是燕乐发展的副产品;从文学方面说,词是诗、乐结合的新创造。燕乐的兴盛是词体产生的必要前提,词体的成立则是乐曲流行的必然结果。①

吴先生的观念反映了当代词学家对于"词别是一家"的坚守,将词视

---

① 吴熊和《唐宋词通论》,商务印书馆,2003年,第1页。

为有别于乐府诗的新兴文体。可是当词体文学渐渐脱离民间乐工之后,文士开始浸染这种与音乐相配的文体,其创作心态难免会受到前代乐府诗的影响。而帝王于宫廷的大力推崇又使这种新兴歌词成为宫廷娱乐生活的重要一环,久而久之,未尝不会与前代乐府诗一样,与礼乐诗教相合流,在宴飨娱乐之外添上了礼乐意义。其实,民国的学者在探讨词之传统的时候,往往会将其与乐府相联系:

> 今溯词曲之源,《雅》《颂》而外,不得不首援乐府。顾乐府之范围广矣:若两汉,若魏晋,若南北朝,若隋唐,其历时远而为体众也;若述原,若别类,若解题,其为事繁而取材广也。兹既非专研乐府,则皆可置不细论;而吾人所务者,盖在词曲之所以形成,与其迁流衔接之迹耳。则乐府之结体,实为本篇研究之中心。①

> 顾炎武论诗,尝曰:"《三百篇》之不能不降而楚词,楚词之不能不降而汉魏者,势也。"是则《三百篇》之不能不降而乐府,乐府之不能不降而为词者,亦势也。②

> 词之为学,意内言外。发始于唐,滋衍于五代,而造极于两宋。调有定格,字有定音,实为乐府之遗,故曰诗余。③

尽管词起源于乐府的说法在今日看来并不成立,然而深受传统词学浸染的民国词学家共同发出这种声音则不能不让人思考其中的意义。传统词家立论多是建立在大量词集的阅读以及自己填词实践体会之上,这种词与乐府的相承关系极有可能就是词体发展至宋代时被增添进的内容,被宋代词人视作写作传统与精神,虽非起源之正,亦需要在习词论词之时加以充分考虑。

---

① 王易《词曲史》,江苏古籍出版社,2005 年,第 14 页。
② 刘毓盘《词史》,上海古籍出版社,2011 年,第 19 页。
③ 吴梅《词学通论》,上海古籍出版社,2011 年,第 1 页。

就宋人词论来看,北宋时期尚未有明确以乐府诗教传统论词者,然从具体创作以及多见以乐府名词集的现象可以发现其时已有以乐府行词的萌芽,不过主要就娱乐功能将词与乐府系联①。但据《宋史·乐志》载:"自国初已来,御正殿受朝贺,用宫县;次御别殿,群臣上寿,举教坊乐。"②可见在宋朝立国之初,俗乐在一定时间内承担了国家礼乐任务,这虽然是因为新朝伊始,雅乐未制的缘故,但也与音乐的雅俗交替现象密不可分。在中国音乐史上,每当遭逢易代之变,前朝雅乐往往在动乱中丧失殆尽,新王朝只能依靠将俗乐上升为雅乐来维持国家的礼乐制度。而与此同时,自有新俗乐在民间产生或外国传来。所以宋初的音乐以教坊俗乐为雅乐的现象并非奇特。如果按照音乐发展的规律,宋廷很快就会依照文献记载与参订俗乐制定出新的雅乐。可是北宋雅乐"自建隆讫崇宁,凡六改作",故而唐代兴起的燕乐始终没有上升到雅乐地位,无论是创作还是评论都只能围绕着娱乐功能的乐府传统展开。

这种情况到了宋徽宗时代发生了变化,大晟雅乐的成功制作使得徽宗完成了前七代帝王都没有实现的雅乐理想。徽宗登基之时距离北宋开国已过去了140余年,此时创制的大晟雅乐很难说有多少先代雅乐的遗风,当时精通音乐的士大夫也有种胡部燕乐与清商乐相交融的认识③,再加上以徽宗手指长度定调值的方案,都表明大晟雅乐有着很深的当代音乐色彩。政和三年(1113)五月,大晟乐被播之俗乐机构教坊,这就使得雅乐俗乐的界限愈发地模糊,词乐在此时

---

① 陈世修《阳春集序》云:"公以金陵盛时,内外无事,朋僚亲旧,或当燕集,多运藻思,为乐府新词,俾歌者倚丝竹而歌之,所以娱宾遣兴也。"是为宋人词集序跋与词论中最早见以乐府视词者,其间很明显可以看出陈世修强调的正是娱宾遣兴的娱乐功能。见黄畬《阳春集校注》,天津古籍出版社,1993年。
② 脱脱《宋史》,卷一二六乐一,中华书局,1985年,第2941页。
③ 王钦臣《王氏谈录》载:"公洞晓音律,自能辨声度曲。尝究今乐之与古乐所由变,而总诸器之同归,以籍引为谱,至如言黄钟某声,则属弦之某抑,按金石之某声,考筦之某穴,皆衡贯为表而别之,至于胡部诸器亦然,虽不知者,可一视而究,号曰《古今乐律通谱》。又云:'今胡部乐,乃古之清商遗音。'其论甚详。"王钦臣《王氏谈录》,见朱易安、傅璇琮《全宋笔记》第一编第十册,第169—170页。

完全具备了承担礼乐功能的资格,再加之大晟府词人依据大晟乐律创作的一系列词作,使得词体文学被纳入诗教传统成为可能。

在这种音乐环境的变化下,南渡初年的词论家纷纷将词源上溯至乐府。韩经太针对北宋论词多强调乐府与词体对立,南宋论词出现乐府与词体混融的裂变现象指出:"裂变之所以发生,实际上是由争取词体独立这一词学主体的意识自觉所引发的。"①韩经太指出的原因非常重要,但除此之外,词体在徽宗朝真正具备了礼乐功能而不再如之前那样仅有单一的娱乐功能也不容忽视。南宋前期以乐府论词者其实主要就是围绕礼乐功能展开立论,而礼乐功能背后的理论正是将词体上承诗教原则:

> 词曲者,古乐府之末造也。古乐府者,诗之旁行也。诗出于离骚楚辞,而骚词者,变风变雅之怨而迫、哀而伤者也。其发乎情则同,而止乎礼义则异。名曰曲,以其曲尽人情耳。②

> 古诗自风雅以降,汉魏间乃有乐府,而曲居其一。今之长短句,盖乐府曲之苗裔也。③

> 《关雎》而下三百篇,当时之歌词也。圣师删以为经,后世播诗章于乐府,被之金石管弦,屈宋班马,由是乎出。而自变体以来,司花傍辇之嘲,沉香亭北之咏,至与主人相友善,则世之文人才士,游戏笔墨于长短句间。④

如是乎宋人以雅论词除了基于世俗与士大夫的对立之外,诗教传统承载的"雅"含义在词体具备乐府的礼乐功能之后也被全面引入,论者得

---

① 韩经太《唐宋词学的自觉与乐府传统的新变》,《文学遗产》2000 年第 6 期。
② 胡寅《酒边词序》,向子諲《酒边词》,见毛晋《宋名家词》,上海古籍出版社,2014 年,第 495 页。
③ 王炎《双溪诗余》自序,见王鹏运《四印斋所刻词》,上海古籍出版社,1989 年,第 793 页。
④ 张镃《梅溪词序》,史达祖《梅溪词》卷首,《四印斋所刻词》,第 375 页。

以全面按着诗教之雅为词体雅化建构理论框架。诗教之"雅"的论述主要见于毛诗大序对于风雅颂三者的阐释。风就是讽刺,将自己的政治建议或政治批评寄寓在诗句之中,在上位者可以把下属臣僚的错误寄寓在诗中,在下位者也可以通过诗歌表达自己的建议。而对于风的要求是"发乎情、止乎礼义",必须中正平和。雅则是对于王政的叙述,是参阅各地区对中央的意见之后做出的总结,反映当下政治得失。所谓政有废兴,雅有小大,显然指的是雅有两种类型,叙述王政之废的是小雅,叙述王政之兴的则为大雅,情感上依然需要保持中正平和,即所谓"小雅怨悱而不乱"。最后一种传统颂则是叙述帝王之德行,描绘百姓安康之景象,既然是告于神明的祭祀歌曲,内容自然是对先祖功德、太平盛世、人间帝王的歌颂。于是《诗经》四始即是四种礼乐功用与写作传统,可以根据内容的褒贬分成两部分,风与小雅主讽谏及对社会弊端的揭露,大雅与颂则是对帝王功德、太平盛世的书写与歌颂,满足其中任何一种要求的文本就是符合诗教标准的作品,也就是雅。

这样来看,词体文学借由乐府礼乐功能而上承诗教传统是宋人以雅论词的前提,也是今日考察宋人雅词内涵的出发点。而诗教传统下的"雅",本就是概念多元的批评范畴,是以词体雅化与雅词至少也应具备讽怨与美颂两种类型。不过现代论者更多关注乱世之音的词体书写,认为这才是体现士大夫生活与思想的雅文字,而治世之音则是思想性、文学性都很低的颂谀之作,并不视之为雅。[1] 这当然不

---

[1] 近来学者开始逐渐关注与"五四"平民文学话语体系相对的上层文学,探讨此类文学作品与特定文学场域、文学功能的关系,试图发掘其间独特的阶层、权力、礼仪、空间等元素。而与之相关的颂体文学也在这股思潮中得到一定的清理。这种思路目前主要运用在魏晋南北朝文学的研究中,已取得了一定的成果。参考林晓光《王融与永明文学时代:南朝贵族及贵族文学个案研究》(上海古籍出版社,2014年)。颂体文学的研究可参见陈开梅《先唐颂体研究》(中山大学出版社,2007年),不过此书多平面化描述,是这一领域的早期探索,但方法论开拓意义并不明显。将这股思潮借鉴到词体文学的案例并不多,惟彭国忠在《〈乐记〉:宋代词学批评的纲领》(《文学遗产》2014年第5期)一文中分别论述过词体中表现治世之音、乱世之音、衰世之音的现象,但彭国忠论述的重点还在于肯定后两者,并未详细讨论治世之音的意义。

符合古人的思维,在他们那里,治乱二音都是"雅"之属,诗教传统下的礼乐政治与文化,既要有讽谏怨刺也要有盛德形容,从而宋人雅词话语的意蕴也就要比目前通行的三分法丰富得多。

二、雅乐:对于声律与音乐系统的规范

既然宋人以雅论词的理论基础是诗教理论,那么宋人的雅词意蕴势必会全方位地吸收其间不同层面的雅正要求。诗教理论的雅正观并非单一地在内容方面予以规范,在音乐方面同样也有着胡夷雅俗的区别。由先王圣贤制作并流传于今的用于郊庙祭祀等国家典礼的古乐是雅,而盛传于地方民间的新兴流行乐曲则是俗;源出中原华夏的音乐是雅乐正声,而来自四夷的胡地乐曲则是俗曲邪音。同属于音乐文学的词体文学,音乐本就是创作过程中不可或缺的部分,于是当其被上溯至诗教理论的时候,这番属于音乐层面的雅正观当然也会被一并引入。更何况源于胡夷里巷的词乐与中原清商乐有着夷夏之异的雅俗之别,所以对词乐的雅化改造本就是词体雅化的重要内容,从而宋人也就会更为重视音乐领域的雅正规范。特别是对于专业词人来说,音乐的雅正是更为看重的元素,只不过在今日讨论雅词涵义的时候多被忽略了。

音乐层面的雅词意蕴的论述主要见于张炎的《词源》,其间的某些内容也早已被词学研究者注意,谈到张炎总会提及协律是他主张的雅词内涵之一。合律当然是张炎雅词观的重要组成部分,但其内涵也不是单一的。除了文字声律要相协之外,还有来自音乐层面的要求。张炎在《词源》中也描述过不同曲调的音乐风格:

> 有法曲,有五十四大曲,有慢曲。若曰法曲,则以倍四头管品之,即筚篥也。其声清越。大曲则以倍六头管品之,其声流美。即歌者所谓曲破,如望瀛,如献仙音,乃法曲,其源自唐来。

如六幺,如降黄龙,乃大曲,唐时鲜有闻。①

可见甄别不同曲子的音乐风格同样重要,而甄别的目的自然是保证文字与音乐有着一致的风格。张炎亦指出:"作慢词,看是甚题目,先择曲名,然后命意。命意既了,思量头如何起,尾如何结,方始选韵,而后述曲。最是过片,不要断了曲意,须要承上接下。"②则词之字面不仅要在四声阴阳上受音乐控制,在词情风格、词情流转上也要遵循音乐的流动。于是,张炎甄别不同曲调的风格隐隐有种择腔填词的意识,清越的曲调不能用于表达流美的词情,可见他对于协律的要求是多方面的,毕竟张炎所论之雅更多是指雅正,"正"者,即对于规范的追求,一切不合规范的现象都应摒弃。其实,北宋沈括即已讨论过曲调声情与词情配合的问题:

> 唐人填曲多咏其曲名,所以哀乐与声尚相谐会。今人则不复知有声矣!哀声而歌乐词,乐声而歌怨词,故语虽切而不能感动人情,由声与意不相谐故也。③

沈括所论,可以做张炎协律之注脚,亦可知此种相谐乃是宋代精于声律者之常识公论,张炎强调四声阴阳的配合其实是他为协律做出的补充,而今则需要认识到其协律说中的传统部分。

协律之外,张炎对文字所协的音乐也有着要求,并不是任何音乐系统都能够被张炎接纳,其实他也只认可一种音乐系统,这是他的雅词观最基本也是最重要的部分:

---

① 张炎《词源》卷下,第 256 页。
② 同上书,卷下,第 258 页。
③ 沈括《梦溪笔谈》,见朱易安、傅璇琮《全宋笔记》第二编第三册,大象出版社,2006 年,第 40 页。

> 古之乐章、乐府、乐歌、乐曲，皆出于雅正。粤自隋唐以来，声诗间为长短句。至唐人则有尊前、花间集。迄于崇宁，立大晟府，命周美成诸人讨论古音，审定古调，沦落之后，少得存者。由此八十四调之声稍传。而美成诸人又复增演慢曲、引、近，或移宫换羽，为三犯、四犯之曲，按月律为之，其曲遂繁。美成负一代词名，所作之词，浑厚和雅，善于融化词句，而于音谱，且间有未谐，可见其难矣。……余疎陋谫才，昔在先人侍侧，闻杨守斋、毛敏仲、徐南溪诸公商榷音律，尝知绪余，故生平好为词章，用功逾四十年，未见其进。今老矣，嗟古音之寥寥，虑雅词之落落，僭述管见，类列于后，与同志者商略之。①

从首句即可看出，张炎所言雅正即是指上古雅乐，是属于一代的正声。历代王朝皆会制作属于自己的雅乐，尽管实际上就是将俗乐上升而成，但对外总是宣称古意相承。在崇古的帝制时代，强调本朝与上古的相关性正是宣示政权合法性、权威性的表现，雅乐恰好扮演了沟通古今的角色。属于宋代的雅乐自然就是徽宗朝制定的大晟雅乐，张炎也用"少得存者"承认了这一点。因此只有确认了音乐之雅的音乐所指后，才能进入对于协律的讨论。张炎对周邦彦的评论可以看作对雅词的界定，所谓浑厚和雅属于内容层面上的风骚之雅，即将词情寄寓在景物之内，传递一种中正有节的风韵；善于融化前人成句属于文本层面的字面之雅，二者都将在下文详论。而音谱谐合就是音乐之雅，即遵协有宋正声的大晟乐律。遵协大晟乐律是这三项要求中最难达到的，不仅负一代词名的周邦彦并不完美，在先人前辈指教下学词四十余年的自己也不能全尽其意。最后，张炎以古音和雅词相对，感慨如今寥落的现状，更加显著地说明与大晟雅乐相配是

---

① 张炎《词源》卷下，第 255 页。

他所云雅词的首要条件。

尽管将雅乐等同于王朝正声的论述非常晚出,但这种雅乐追求的实例却早已有之,王灼就如此记载《霓裳羽衣曲》的流变:

> 帝为太上皇,就养南宫,迁于西宫,梨园弟子玉瑁发音,闻此曲一声,则天颜不怡,左右歔欷。其后宪宗时,每大宴,间作此舞。文宗时,诏太常卿冯定,采开元雅乐,制云韶雅乐及霓裳羽衣曲。是时四方大都邑及士大夫家,已多按习,而文宗乃令冯定制舞曲者,疑曲存而舞节非旧,故就加整顿焉。①

唐文宗希望能够尽量再现玄宗旧谱,故令冯定重整《霓裳羽衣曲》,这正是本自对王朝之乐纯正性、连续性的坚守,因为这是国家与王朝尊贵与正统的象征。从这段材料也可以看出音乐角度言雅就是本之宫廷与民间、华夏与四夷这两种最基本的雅俗对立,张炎等宋末词论家在音乐之雅方面将这两点秉承下来,并由此直接以雅论词:

> 古曲谱多有异同,至一腔有两三字多少者,或句法长短不等者,盖被教师改换。亦有嘌唱一家,多添了字。吾辈只当以古雅为主,如有嘌唱之腔不必作。且必以清真及诸家目前好腔为先可也。②

此处的"古雅"便是就音乐之雅而言,即严格遵循古乐的和缓旋律,既不随口语俗乐增添虚字,也不因外来新兴乐曲而破坏原初的音乐结构。沈义父与张炎一样,表达了对于大晟雅乐的执着,他们都是在宋

---

① 王灼《碧鸡漫志》卷三,见唐圭璋《词话丛编》,第94页。
② 沈义父《乐府指迷》,见唐圭璋《词话丛编》,第283页。

亡三十余年后发出此番言论，无疑是借象征国家权力及国家意识形态的大晟雅乐寄托自己的亡国之思，这也是他们对音律格外在意的重要原因之一。

三、颂雅：盛德形容与承平记录

上文已论，诗教理论中的雅乐指的是流传自先王先圣的古雅音乐，这种音乐的使用场合是国家祭祀典礼，相关歌词也就以美颂盛德升平的内容为主。既然音乐是雅乐，那么配合雅乐的国家歌词也就是雅词。于是乎形成了内容层面的一种雅正意蕴，即美盛德之形容的赋颂之雅。这在诗大序中有明确的说明，毕竟雅有小大，讽刺朝政荒乱的是小雅，而赋颂升平之象的是大雅，赋颂之雅的地位甚至比讽怨之雅要高得多。当代词体雅化的论述一般并不认可内容层面的赋颂是雅词内涵之一，但这不仅不符合诗教理论的定义，也与宋人论词之雅的实际情况相悖。其实赋颂之雅是宋人较早集体关注到的词体雅化元素，早在大晟雅乐成功制作之前，宋人就已经普遍地将以赋颂为内容的颂体词作认作为雅词，这是词乐逐渐参与国家礼乐活动，具备礼乐功能之后的自然现象。

这些颂体之词的作者往往是中央音乐机构的专业词人，词作内容是在帝王及国家意识形态指导下的升平赋咏。当然也有较多的颂体之词作者并不是专业词人，也不在国家音乐机构任职，但是他们在词中展现的宴饮逸乐、城市景观及民生祥和等内容却是对一代太平的记录，从中可以一观盛德之形容，也已然具备了雅化的质素，在赋颂之雅一途上与宫廷专业词人同样重要。最先被宋人注意到的这条雅化路径实践便是柳永的相关词作，柳词也率先被冠以这样的雅名：

> 仁宗四十二年太平，镇在翰苑十余载，不能出一语歌咏，乃

于耆卿词见之。①

至柳耆卿,始铺叙展衍,备足无余,形容盛明,千载如逢当日。②

予观柳氏乐章,喜其能道嘉祐中太平气象,如观杜甫诗,典雅文华,无所不有。是时予方为儿,犹想见其风俗,欢声和气,洋溢道路之间,动植咸若。令人歌柳词,闻其声,听其词,如丁斯时,使人慨然所感。呜呼! 太平气象,柳能一写于乐章,所谓词人盛世之黼藻,岂可废耶?③

可见在宋人眼中,太平治世必须有盛世气象的词章与之相配,这些词既可以歌颂创造当今盛世的帝王,也可以为后世留作一观太平的记录。如范镇这样的士大夫也有着歌咏太平的责任感与使命感,即可见这是宋人普遍的心态与认识。黄裳将柳词与杜诗相类比,并冠以典雅文华四字,是目前所见最早的以典雅评词案例,可知最先明确进入雅词范畴的便是展现太平气象及文物风流的颂体词章。黄裳是元丰年间状元,在徽宗朝历官中央,自己的词篇就多见展示当代的风华太平,是大晟雅乐制定之后创作颂体词篇的重要士大夫词人,词可观风俗,记承平之象,正是大晟府词人之精神,故而黄裳这番论述当是徽宗朝词乐真正具备礼乐功能之后的意识。黄裳不仅推崇柳词的颂体之雅,还大力推动词体与诗教传统的融汇,他的《演山居士新词序》便是所见第一篇详细论述词体与风雅颂关系的文字,可以看作徽宗朝京城词坛的词学纲领:

---

① 祝穆《方舆胜览》卷一一一引范镇语,祝洙增订,施和金点校,中华书局,2003 年,第 197 页。
② 李之仪《姑溪居士文集》卷四十《跋吴思道小词》,见四川大学古籍整理研究所《宋集珍本丛刊》第 27 册,线装书局,2004 年,第 89 页。
③ 黄裳《演山居士文集》卷三五《书〈乐章集〉后》,见《宋集珍本丛刊》第 25 册,第 64 页。

> 演山居士闲居无事,多逸思,自适于诗酒间,或为长短篇及五七言,或协以声而歌之,吟咏以舒其情,舞蹈以致其乐。因言,风雅颂,诗之体;赋比兴,诗之用。古之诗人,志趣之所向,情理之所感,含思则有赋,触类则有比,对景则有兴,以言乎德则有风,以言乎政则有雅,以言乎功则有颂。采诗之官收之于乐府,荐之于郊庙,其诚可以动天地、感鬼神;其理可以经夫妇、移风俗。有天下者得之以正乎下,而下或以为嘉。有一国者得之以化乎下,而下或以为美。以其主文而谲谏,故言之者无罪,闻之者足以戒。然则古之歌词,固有本哉!六序以风为首,终于雅颂,而赋比兴存乎其中,亦有义乎?以其志趣之所向,情理之所感,有诸中以为德,见于外以为风,然后赋比兴本乎此以成其体,以给其用。六者圣人特统以义而为之名,苟非义之所在,圣人之所删焉。故予之词清淡而正,悦人之听者鲜,乃序以为说。①

黄裳这段论述明显照搬《诗大序》,强调词体在娱乐功能之外还有风雅颂的政教之用,而此用应是歌词之本。可以看出在黄裳心目中,雅颂的地位要高于讽谏,特别是其言上以之化下,并不在于规劝下属臣僚,而是让下感到一种嘉美,即被圣主贤君统治的愉悦。这种深受诗教传统影响的词论即是徽宗朝京城词坛的创作纲领,即本之风教,铺陈功德,偶涉谲谏。黄裳也注意到这样的词作在艺术性方面的弱势,大方地承认了不悦人听,从而使得这篇序文更为重要,因为他揭示了雅颂类词作重在社会功用而非艺术动人,论证了其存在与流行的合理性。

---

① 黄裳《演山居士文集》卷二○《书〈乐章集〉后》,见《宋集珍本丛刊》第 25 册,第 790—791 页。

黄裳的序文与大晟雅乐、大晟词一起,在词论与词乐、词作三个部分为词体完全接轨乐府与诗教铺平了道路,是徽宗朝留给后世的重要词学遗产。于是,在绍兴十一年解除乐禁之后,铜阳居士在为其编撰的大型词选《复雅歌词》所写的序文中就大力鼓吹词体渊源于《诗经》、乐府,并用大段的文字描述长短句经由《诗经》到乐府的生成过程,并感慨两宋之交雅词沦丧的局面。然而其词选既以"复雅"标目,显然是指其有复归雅词的志向,既然他认为词体渊源于《诗经》、乐府,那么他期望中的所复之雅自然是符合诗教传统的雅,也就是包括讽怨与美颂两者。铜阳居士在序文的最后就如此说道:

> 属靖康之变,天下不闻和乐之音者,一十有六年。绍兴壬戌,诞敷诏旨,弛天下乐禁。黎民欢抃,始知有生之快,讴歌载道,遂为化围,由是知孟子以今乐犹古乐之言不妄矣。①

所谓和乐之音,所谓有生之快,显然是指颂体词篇而言,那么美盛德之形容就是铜阳居士所复之雅的重要内容之一,希望可以在今日的歌词中也能够观一代之典章文物、见一朝之升平安康。在时人的意识中,安以乐的音乐与歌词是与治世相生共存的,因此对于颂体之雅的复归呼唤,很大程度上反映了南渡初年饱受战乱的人们对于和平安定生活的期望。而这种期望始终都是词家追求的最高典雅境界:

> 夫诗可以歌功德、被金石而垂无穷,其来尚矣。自黄桴土鼓,泄而韶濩;桑间濮上,转而郑卫;玉树后庭,变而霓羽;于是亡国之音肆,正雅之道熄。悲夫!词起于唐而盛于宋,宋作尤莫盛于宣靖间,美成、伯可各自堂奥,俱号称作者。近世姜白石一洗

---

① 《复雅歌词序略》,见葛渭君《词话丛编补编》,中华书局,2013年,第24页。

而更之,《暗香》《疏影》等作,当别家数也。①

可以很明显地看出,柴氏所言的正雅之道即歌功德之颂体,故其下举宣和以概之。姜夔虽也近雅,然与宣和时代相比,终究颂语不显,还是隔了一层,只能列为别派了。如此,赋颂之雅在宋人雅词话语中地位崇高,而柳永的赋颂升平之作,大晟府词人歌功颂德之作,尽管存在强烈的阿谀奉承之弊,但仍然应该承认它们的雅词身份,这些作品其实也在词体雅化进程中扮演了相当重要的角色。

四、骚雅:寄托讽谏谲怨的男女相思

诗教理论在内容方面的雅正要求除了赋颂之外,还有人们非常熟悉的讽谏谲怨。高举诗教理论而言词之复雅的鲖阳居士,在认可赋颂之雅外,自然也少不了利用讽谏谲怨为其雅词张本。《复雅歌词序》中就有这样的话语:"我宋之兴,宗工巨儒,文力妙于天下者,犹祖其遗风,荡而不知所止。脱于芒端,而四方传唱,敏若风雨,人人歆艳,咀味于朋游樽俎之间,以是为相乐也。其韫骚雅之趣者,百一二而已。"②此处出现了骚雅概念,而与之相对的一系列描述,明显是在针对词体的娱乐功能而发。正由于北宋前期词体只有乐府的娱乐功能,从而会出现大量沉溺于言情与燕饗之乐的作品,也就形成了内容上的俚俗与滥情。鲖阳居士正是利用诗教理论中的风诗传统,将讽刺与寄托引入词体,补救词体因娱乐功能而生的单纯男女滥情。于是这里的骚雅也就指的是寄托个人政治情志的男女相思内容。

当代论者大凡言雅词意蕴,都会提及这种骚雅,主要内涵是词情表达需要婉雅,不为情所泥,同时需要在词中寄寓他事,或是感慨自

---

① 柴望《凉州鼓吹自序》,柴望等《柴氏四隐集》,见《宋集珍本丛刊》第86册,第85页。
② 《复雅歌词序略》,第24页。

我身世,或针砭当朝时局,使得词章不专写情事而有言外之意。在诗教传统的话语中,寄寓他事正是风诗谲谏怨悱的传统,而《离骚》又在传统诗学阐释中是借香草美人寄托君臣之遇的典型,完全可以视作风诗传统的绝佳实践,因此每每风骚并称,也就为词体文学带来了以风骚或骚雅指称的雅范畴。尽管以寄托论词大倡于张惠言,但是宋人论词已经有寄托说之先驱,反映的便是这种骚雅意识。由于怨悱寄托本是诗人写诗的基本素养,故而以之论词首见于诗家。

> 虽若此,至其乐府,可谓狎邪之大雅,豪士之鼓吹。其合者,《高唐》《洛神》之流;其下者,岂减《桃叶》《团扇》哉!①
> 王君玉流落在外,转守七郡,意不能觖望,然终篇所寄,似为执政者不悦而独怜之耶?②
> 世之言雄暴虓武者,莫如刘季、项籍,此两人者,岂有儿女之情哉?至其过故乡而感慨,别美人而涕泣,情发于言,流为歌词,含思凄婉,闻者动心。为此两人者,岂其费心而得之哉?直寄其意耳!余友贺方回,传学业文,而乐府之词高绝一世。携一编示余,大抵倚声而为之,词皆可歌也。或者讥方回好学能文,而惟是为工,何哉?余应之曰:是所谓满心而发,肆口而成,虽欲已焉而不得者。若其粉泽之工,则其才之所至,亦不自知也。夫其盛丽如游金张之堂,而妖冶如揽嫱施之袂,幽洁如屈宋,悲壮如苏李,览者自知之,盖有不可胜言者矣。③

黄庭坚"狎邪之大雅"一语即是指词体文学并非文学正道,多俚俗淫

---

① 黄庭坚《小山词序》,晏幾道《小山词》卷首,见朱孝臧《彊村丛书》,广陵书社,2005年,第173页。
② 黄庭坚《跋王君玉〈定风波〉》,黄庭坚《山谷题跋》卷九,中华书局,1985年,第95—96页。
③ 张耒《东山词序》,贺铸《东山词》卷首,见《彊村丛书》,第359页。

艳之语,但是晏幾道的词作却蕴含着《诗经》之雅的元素。黄氏将小晏词高者比拟为《高唐》《洛神》二赋,下者比拟为《桃叶》《团扇》二诗,而这两赋两诗在传统儒家文艺理念下正是借男女遇合之事寓讽谏幽怨之思的典范,故而黄氏之大雅论词乃是风诗传统下的寄托之雅,词中虽言男女情感,然事外应有深意在。黄庭坚对王君玉《定风波》一词的寄寓解读,更能够体现其秉承的是风诗讽谏传统。张耒也明确指出词章所言之情皆需寄其意,而寄意的传统就是根据《离骚》而来。其序文最末提出的盛丽、妖冶,乃是词之言情本色,语多赋颂而近俗;幽洁、悲壮则是词之变化,寓君臣离合之意一发为诗。这两组概念强调的是贺铸词篇在富贵妖冶的词藻下蕴含着寄托深意,这与《离骚》香草美人的传统吻合,故王灼云:"'离骚寂寞千年后,戚氏凄凉一曲终。'戚氏,柳所作也。柳何敢知世间有离骚,惟贺方回、周美成时时得之。"即本张耒之说而来。

建炎南渡之后,随着词体正式取得与诗教传统的勾连,骚雅与颂雅一并兴盛。由于北宋时以风诗传统论词者多是苏门后劲,苏轼及苏门学士的词作也有很强的寄寓意识,故而在南渡初年重苏的时代风气下,骚雅成为了雅词的主流。不仅鲖阳居士在论词时常用解诗方式阐释苏轼词中的寄托,诸词家在谈及词体写作之时都会带上寄意于风花雪月之外的色彩:

> 诗人之义,托物取兴,屈原制骚,盛列芳草,今之所录,盖同一揆。①
> 造意正平,措词典雅,格清而不俗,音乐而不淫,斯为上矣。高人胜士,寓意于风花雪月,以写夷旷之怀,又其次也。②

---

① 黄大舆《梅苑序》,黄大舆《梅苑》卷首,见《唐宋人选唐宋词》,上海古籍出版社,2004年,第195页。
② 曹冠《燕喜词》卷首《燕喜词叙》,见《四印斋所刻词》,第749页上。

可见到了南宋中叶,这种寄托并非如张惠言所说局限在君臣遇合之一端,也会寄托词人更广阔的志向抱负与人生情感。《燕喜词叙》下文即举苏词为例"歌《赤壁》之词,使人抵掌激昂而有击楫中流之心;歌《哨遍》之词,使人甘心淡泊而有种菊东篱之兴",即见寄托的范围非常广泛,词体由之从言情之俗转向言志之雅。

　　风诗传统下的寄托不仅在于要蕴含谲谏讽刺,而且还要保证具备怨悱不乱的平和词情。当这一概念被引入词论之后,言词之骚雅也应符合这种一体两面的要求,当词人在寄托哀怨的时候,必须加以节制,不能一任使气,批评苏辛末流的论者即多从此点入手。不过既然骚雅是寄托在男女相思情爱之上的,那么中正平和的情感就不仅是对于寄托情绪的要求,寄托的依附男女相思也要符合这一标准。张炎在《词源》中的相关论述即可察见此点:

　　　　景中带情,而存骚雅。故其燕酣之乐,别离之愁,回文题叶之思,岘首西州之泪,一寓于词。若能屏去浮艳,乐而不淫,是亦汉魏乐府之遗意。①
　　　　词欲雅而正,志之所之,一为情所役,则失其雅正之音。②
　　　　辛稼轩、刘改之作豪气词,非雅词也。于文章余暇,戏弄笔墨,为长短句之诗耳。康、柳词亦自批风抹月中来,风月二字,在我发挥,二公则为风月所使耳。③

所谓"景中带情,而存骚雅"即是指在情事中应寄托情之外的意蕴,而乐而不淫则就是平和中正的词情。张炎不仅批评辛弃疾将内心的志向与愤懑一泻而出的不加节制,也否定柳永执泥于风月之情的无节制,足

---

① 张炎《词源》卷下,第264页。
② 同上书,卷下,第266页。
③ 同上书,卷下,第267页。

以察见词情中正是两方面的骚雅要求。毕竟风月是发挥所借之题,若沉溺于风月甚至被风月所驱使,则真正寄托的深意就会难以显露了。

五、儒雅:日常生活间士大夫人格与情趣的展现

除了赋颂之雅与风骚之雅,内容层面的雅词意蕴还包括展现士大夫日常生活与审美情趣的儒雅。毕竟在夷夏、朝野的雅俗对立之外,士大夫与民间的区别也是一种重要的雅俗区别,即谢桃坊指出的"社会上层文化圈的一种文化风尚,它是与世俗文化和流俗习尚相对立的。"士大夫与市民最重要的区别就是是否掌握知识,于是士大夫的种种生活方式、审美情趣以及人格追求无一不闪动着对于掌握知识的自得。然而赋颂太平的内容是以供士庶同欢的,寄托情志的骚雅毕竟还保留着世俗民众嗜好的男女情事之外衣,于是直接描述士大夫日常生活与审美情趣的内容也就成了一种重要的雅化工作,当然这与音乐是疏离的,而越来越与徒诗趋同,毕竟这一方面的内容是只供士大夫自我欣赏与陶醉的。

关于词体儒雅的要求最初源于对专业词人不守士大夫人格规范的批评,主要受到冲击的便是赋颂升平并在民间获得极高传唱度的柳永。吴曾就记载了多条仁宗斥责柳永柳词的轶事,并云仁宗的出发点是:"留意儒雅,务本理道,深斥浮艳虚薄之文。"[1]可见这种针对柳词而发的雅词话语在其产生之初就不仅仅针对文本层面的俚俗字词,流连光景与情爱的内容同样是攻击的对象。作为一位士大夫,他应该沉潜于儒家学问,而发为文字的东西应与徒诗一样,展现士大夫的生活面貌与精神追求,这便是"儒雅"与"理道"。胡仔《苕溪渔隐丛话》引述《艺苑雌黄》的这段话更全面地论述了儒雅内涵:

---

[1] 吴曾著,刘宇整理《能改斋漫录》卷一六,见上海师范大学古籍整理研究所《全宋笔记》第五编第四册,大象出版社,2012年,第198页。

> 柳三变字景庄,一名永,字耆卿,喜作小词,然薄于操行。……呜呼,小有才而无德以将之,亦士君子之所宜戒也。柳之乐章,人多称之。然大概非羁旅穷愁之词,则闺门淫媟之语。若以欧阳永叔、晏叔原、苏子瞻、黄鲁直、张子野、秦少游辈较之,万万相辽。彼其所以传名者,直以言多近俗,俗子易悦故也。……余谓柳作此词,借使不忤旨,亦无佳处。如"嫩菊黄深,拒霜红浅",竹篱茅舍间,何处无此景物。方之李谪仙、夏英公等应制辞,殆不啻天冠地履也。①

这里也是针对柳永与柳词谈论儒雅,出现了人品与词品相统一的价值观,既追求词体字面文雅、内容雅正,更明确要求词人也需具备才德兼具的人格。论者在其后又指出柳永的颂体之词用事寻常,一副小家子气,则说明学养是儒雅之词的重要组成部分。这样一来,在词中展现富贵雍容、人格方正、学问广博、政治进取、风神萧散等等的词人风貌都是儒雅这条雅化路径上应该完成的任务,这番雅化意蕴是针对词人自身的雅化要求。苏轼及其后学就主要致力于让词体能够全面表达上述所有的内容,他们也已具备将之论述为雅的意识。如苏轼就曾这样评价黄庭坚表达林泉渔隐心态的《渔家傲》:"鲁直此词清新婉丽,其最得意处,以山光水色替却玉肌花貌,真得渔父家风也。然才出新妇矶,便入女儿浦,此渔父无乃太澜浪乎?"②即是对黄庭坚用词体表达士大夫生活情趣的肯定,但又对黄庭坚未能完全脱离词体之艳而感到遗憾。黄庭坚本人更曾直接表示这些林泉渔隐之作"雅有远韵"③,明确将士大夫的生活内容、精神志趣与雅系联。

实际上士大夫词人很早就有这样的雅化的意识,不过往往执士

---

① 胡仔《苕溪渔隐丛话》后集卷三九,第319页。
② 吴曾著,刘宇整理《能改斋漫录》卷一六,第192页。
③ 胡仔《苕溪渔隐丛话》后集卷三九,第326页。

大夫人格精神、审美趣味的一端言之,于是会出现"风雅""闲雅""高雅"等多种相似而不尽相同的术语。早在柳词大行于世之前,潘阆便在《逍遥词附记》中写下了这样超越时代的文字:"闻诵诗云:'入廓无人识,归山有鹤迎。'又云:'犬睡长廊静,僧归片石闲。'虽无妙用,亦可播于人口耶。然诗家之流,古自尤之,间代而出,或谓比肩。当其用意欲深,放情须远,变风雅之道,岂可容易而闻之哉!其所要《酒泉子》曲十一首,并写封在宅内也。若或水榭高歌、松轩静唱,盘泊之意,缥缈之情,亦尽见于兹矣。"①这应当是现存最早的将诗教之风雅与词体相系联的论述。不过潘阆"变风雅之道"云云更多应是针对那几句描写山间日常的诗句而发,反映着宋诗由美颂讽怨的政教风雅转向士大夫日常生活的改变,即是所谓宋诗"日常化"特征。只不过潘阆将其十一首《酒泉子》也视作表现士大夫日常里居间风神的载体,本质上与黄庭坚追求的渔父家风同一机杼。与之相似,晁补之在"评本朝乐章"中也指出:"晏元献不蹈袭人语,而风调闲雅。如'舞低杨柳楼心月,歌尽桃花扇底风',知此人不住三家村也。"此处之闲雅,当是指二晏父子在词中呈现出的雍容富贵与渊博学识,这正是宋代士大夫不懈追求的人格之一,是宋人的重要日常,也本就是上层文化圈用于区别世俗社会的重要内容,当亦属于以士大夫日常生活与审美趣味为词作内容的儒雅一层。

要之,儒雅的雅化路径主要由宋代士大夫词人选择与发展,核心任务实际上是将流行歌曲的类型化男女相思内容转变为士大夫自我生活与情感。首次在词中大规模地展现自我生活、志向抱负与情趣追求的词人确实是苏轼,但这条雅化路径并非起步于斯。苏轼之前的士大夫词人将类型化的男女情爱表达扩展到个体面对宇宙人生的咏叹是苏轼得以新天下耳目的重要基础。因此在论述这条雅化线索

---

① 潘阆《逍遥词》,见《四印斋所刻词》,第708页。

的时候,不能简单地从苏轼写起,也需要关注前人的雅化实践如何被苏轼承继与改造的。同样地,与儒雅对立的柳永与柳词也未尝没有对苏轼予以较强的词体艺术指导意义,这种联系性考察是破除简单的婉约、豪放二元对立之后应当密切关注的。

六、雅辞:诗化的字面

以国家典雅音乐作为词作的配套音乐是音乐层面的雅,赋颂之雅、风骚之雅与意趣儒雅是内容层面的雅,而构成音乐文学作品的要素在音乐与内容之外,当然还包括外在的词句,于是探讨宋人的雅词意蕴,也就少不了字面之雅的探讨。实际上字面的雅化是最直观的雅化现象,是一切以雅论词者都会涉及的内容,也是读者最直观的雅词阅读感受。所谓字面之雅即是填词的时候不用俗词俚语,而使用与口语有别的诗歌化语言,这是文人涉足词作之后就会产生的变化,他们会自觉地通过文言语言系统将自我与另一庞大作者群体乐工歌伎划清界限。正如沈义父所言:"前辈好词甚多,往往不协律腔,所以无人唱。如秦楼楚馆所歌之词,多是教坊乐工及市井做赚人所作,只缘音律不差,故多唱之。求其下语用字,全不可读。"[①]可见南宋专业词人一方面强调知音识律的专业素养,一方面也在士大夫追求的字面之雅上达到更为极端的程度,于是会出现诸如吴文英这样以生僻辞藻替换常见物象的创作方式。

那么如何在词中使用诗化词句使之达到字面之雅? 不同的词人对这个问题有着不同的解决方案,但是将前人诗句化用到词体中来是共通的创作精神。从张炎"汉魏乐府之遗意"一语即可看出,他主张从乐府诗中寻找可供入词的语料,于是让词体成为汉魏乐府的嗣响更是张炎的终极雅词追求,这也是词体得以上承乐府与诗教之后

---

① 胡仔《苕溪渔隐丛话》,第281页。

的必然。

张炎的字面雅辞追求其实是词体雅化进程中渊源最深的传统,早在大晟雅乐创制之前,对于词体字面之雅的追求就已经出现上承齐梁乐府的声音。尽管词体与齐梁乐府在音乐上属于两个不同的系统,然而发展历程却有着相似性,二者都是起自民间的俗乐俗词,内容多是表达男女情爱。后经文人涉足,字面逐渐文雅典丽,形成独特的言情风格。于是文人士大夫开始从事词体写作之时,难免会从与之类似的齐梁乐府中寻求借鉴。此外,唐代清商乐已不再流行,南朝乐府所配之乐多已隐没不闻,故而此时的乐府诗分成三种类型,一种是杜甫以降的新题乐府,冠以一个乐府式题目,写就讽谏的诗篇,实际上就是新式徒诗创作;一种是旧题乐府,此种沿用汉魏六朝的乐府旧题,内容还是书写题中本义,然而由于音乐已亡,所以只能根据现有作品进行模仿,故而风格与词藻皆与相应时代传统保持一致,诗人在传统的约束下完成自身的创造;一种则是乐府新词,乃配合新兴燕乐写就的歌词,其间包括了齐言与杂言。而所谓词体在字面上与乐府相连,即是指乐府新词与旧题乐府的汇通。吴熊和早已针对乐府与词体的关系提出过相似的论述:"本来中唐乐府,已分三派:元白近师杜甫,致力于新题乐府;孟郊思矫近体,力复汉魏古风;李贺沉思翰藻,转而采撷齐梁。温庭筠的乐府诗,即承李贺一脉而来。但温庭筠不仅多作齐梁体乐府,还进一步将齐梁体用于新兴的燕乐曲辞。"①孟郊与李贺的乐府诗其实都是旧题乐府,只不过他们并没有从事乐府新词的创作,只有温庭筠横亘二者。综观温庭筠的诗作,可以发现其有着明显的文体意识,他的乐府诗辞藻典雅华丽,惯于在铺陈摛藻间表达艳情之事,而内容本事又多来源齐梁宫廷旧事,即乐府旧题之本意;而他的徒诗则清疏浅近,表现的是自我生活中的真实情感。温庭

---

① 吴熊和《唐宋词通论》,第173页。

筠乐府与徒诗的巨大风格差异显然是缘于两种文体不同的功能——乐府代言类型化情感而徒诗书写自我心志。于是,同为代言体的乐府新词便很自然地与旧题乐府相接,温庭筠的词作同样具备词藻华丽典雅的特征,与乐府诗有相互融通之感,王国维所评之"画屏金鹧鸪"完全可以两者并指。

温庭筠的融旧题乐府的笔法字面入乐府新词并非个案,而是唐末五代文人词的共态。欧阳炯《花间集序》有云"自南朝之宫体,扇北里之倡风",这完全可以视作对当时乐府生态的反应。南朝宫体早已不歌,其所指当然是晚唐五代本之齐梁的旧题乐府,而北里倡风则是现今流行于坊间里巷的歌曲,当属乐府新词无疑,于是花间时代的词人就有意识地用旧题乐府的手段雅化流行于民间的俗词,可见这不仅是温庭筠个人追求,也是群体性的雅词选择。欧阳炯在序文的最后提到"因集近来诗客曲子词五百首,分为十卷。……庶使西园英哲,用资羽盖之欢;南国婵娟,休唱莲舟之引"。所谓诗客曲子词,是指这些歌词的作者实际上是诗人,而欧阳炯建议不再演唱的莲舟之引作者自然是乐工或歌女,那么已经构成了作者身份上的雅俗之别。

韩经太将这一融合现象上溯至中唐的元白,并认为"面对西凉胡夷歌舞进入主流乐舞文化而大为流行,自身即为'新乐府'诗人的早期文人词客,秉着复兴华夏之声的精神,又不能不逆时尚而偏选于南国清商乐府传统,而这一传统,当然不仅是齐梁乐府之遗韵,自晋宋以来兼求情景之美的诗学意识也在其中,唯其如此,词学的自觉,就其新的胎体而言,是倚新声之长短句的自觉,而就其生命元素之遗传而言,则是乐府流丽与诗境雅润的双重自觉"[①]。这段论述精到地指出了两种乐府歌词融通后带来的美学色彩,一部《花间集》正是乐府流丽与诗境雅润结合的最好体现。虽然要等到温庭筠的时代二者才真正地结合,

---

① 韩经太《唐宋词学的自觉与乐府传统的新变》,载《文学遗产》2000年第6期。

但是不可否认在中唐时代的文人诗客就已经在娱乐功能领域逐渐染指词体的字面雅化，词体文学也由此被打上了深刻的齐梁乐府烙印。

　　随着词体的不断发展，有一批词人在字面之雅的追求上不再停留于以齐梁乐府入词的层面，而在词中推广徒诗的词法句法。张耒、晁补之针对苏轼词作发出的"少游诗似小词，先生小词似诗"①之评论正是字面之雅日趋丰富的表现。不过，毕竟雅之初始是摹效齐梁乐府，因此流丽华美的字面是最有力的传统，以此谋求字面之雅还是词体主流，只不过会将取材扩展到同样秾丽迷离的晚唐诗。在这个角度上来看，周邦彦与贺铸分别在慢词与令曲上将字面之雅推向了第一次高峰，共同扮演了结北开南的角色②。贺铸曾自道："吾笔端驱使李商隐、温庭筠，常奔命不暇。"③即是自陈深受晚唐诗与旧题乐府华美风气的影响。正如龙榆生指出的那样："以诗入句法入词，小晏而后，贺氏其嗣响矣。其《陌上郎》（《生查子》）云：'西津海鹘舟，径度沧江雨。双橹本无情，鸦轧如人语。　挥金陌上郎，化石山头妇。何物系君心，三岁扶床女。'如此风调，不几与南朝乐府相仿佛乎？"④贺铸词作在字面之外的创作方法上亦深受乐府浸染，而且其不仅借鉴旧题乐府，还直承齐梁乐府古辞，在大晟雅乐创制的前后，为词体正式获取乐府传统地位提供了字面上的贡献。贺周之后，词人对于字面之雅的雕琢愈发精工，而以乐府入词也成了词家常态。不仅如吴文英、周密等以密丽字面见长的词人广泛化用李贺、李商隐、温庭筠等人的诗句，就是辛稼轩较为粗放的笔端也经常驱使乐府之词。可见南宋时期士大夫与非士大夫词人不仅有着共同的审美文化心理和精神追求，也一同承继着温庭筠以来的词体写作传统。

---

① 胡仔《苕溪渔隐丛话》前集卷四二，第284页。
② 关于贺铸、周邦彦词作在南北宋之际的特殊意义，可参考符继成《走向南宋："贺周"词与北宋后期文化》，湖南师范大学2010年博士学位论文。
③ 周密《浩然斋雅谈》卷下，中华书局，2010年，第59页。
④ 龙榆生《两宋词风转变论》，见《龙榆生学术论文集》，第279页。

七、概念混淆的开始：朱彝尊的雅词选择与相关论述

综上所述，宋人雅词话语的意蕴大致可以分成上述五种类型，即音乐系统与声律层面的雅乐，文本内容层面的颂雅、骚雅与儒雅，以及文本字面层面的雅辞，代表着词体雅化的五种方向。但这五类也并非互相独立，论者可以根据不同立场、不同话语前提将其间若干种糅和言说，更可以混用相同的术语言说不同的意蕴。而且一位词人可以主攻一条雅化道路，也可以兼具数种特征，故而不同词人的雅词表征与雅化贡献在各有差异的同时也互有重合，于是就出现了随着参照系的转变，对于同一位词人的身后评价有雅俗并存的矛盾或遭遇由雅变俗的下落。就是张炎为代表的宋末词人，尽管他们的雅词观尽量多地囊括了宋人论雅的各种内涵，但依然没有网罗全部，更何况他们是在宋亡三十年后回顾与总结故国词史，更多是以他们追求的雅词为线索展现南宋一代之词的面貌与格局，故而论述中势必会忽略旁支错出的环节。这本来无可非议，历史变迁的线索梳理本就是如此，宋人论雅的各方都和张炎等人一样，而今日的词史叙述亦是持与张炎近似的心态，从而今日单向线性的论述模式自然与张炎无关，而是后人片面地利用张炎之说，同时更有其他概念混淆其间所致。这虽然主要因由"五四"之后进化的现代词史叙述框架，但还是滥觞于朱彝尊为浙西词派留下的派系经典论述。

根据拙文《"词分南北"话语体系的成立与流变》对于"词分南北"的梳理可知，朱彝尊高举南宋词大旗以成浙派是对明人偏重北宋令曲的补弊，而崇雅的主张也是基于同样的目的。其在《乐府雅词跋》中云："孟随叔言作长短句必曰雅词，盖词以雅为尚，得是编《草堂诗余》可废矣。"① 相对于南宋慢词来说，北宋令曲本就大多为俗，更何况

---

① 朱彝尊《曝书亭集》卷四三，见《清代诗文集汇编》第 116 册，上海古籍出版社，2010 年，第 352 页上。

《草堂诗余》是应歌唱本,所选之词更包括了大量世俗民众喜闻乐见的曲词。朱彝尊不止一次这样针对《草堂诗余》而言雅,《书绝妙好词后》一文更详细地论道:"词人之作,自《草堂诗余》盛行,屏去激楚阳阿,而巴人之唱齐进矣。周公谨《绝妙好词》选本虽未全醇,然中多俊语。方诸《草堂》所录,雅俗殊分。"①更可见朱彝尊的崇雅旨在宣扬填词时应当遵守的审美范式,而无建构词史之目的,因此他的言论势必会专详一点。

明人谈词尚俗,言必称《草堂诗余》与《花间集》,这两种选本所录皆是唐五代北宋令曲的典范,但花草仍互有不同,《草堂诗余》的编者为了迎合世俗听众的审美趣味,收录了不少字面俚俗、情感淫放的作品,而收录诗客曲子词的《花间集》相对雅丽平和,更富文人思致。朱彝尊在针砭明人填词之弊的时候,主要攻击的就是《草堂诗余》,很少对《花间集》表示不满,他甚至对市面上销售的《花间集》文字舛讹甚多而深感痛惜,当发现一种精校善刻时旋即买下珍藏。② 由此可见,朱彝尊选择的雅主要是相对于世俗社会流行的俗词艳曲而言之概念,完全不包含颂雅成分,对骚雅只采幽独姿态而不取比兴寄托,在儒雅、雅乐等方面也都是只取一瓢而饮。尽管他本着乡党意识宣称遵奉张炎的雅词理论,但实际上他对于姜夔词的理解与张炎却也不尽相同,只是宣扬自我主张的一种手段,甚至有如苏利海指出的那样对张炎的雅词概念进行了偷换③。

朱彝尊为了扩大自己雅词主张的影响力,广泛将宋人以雅论词事例征引至自己的浙西大旗之下,如《群雅集序》中云:"予名之曰群雅集。盖昔贤论词,此出于雅正。是故曾慥录雅词,鲖阳居士辑复

---

① 朱彝尊《曝书亭集》卷四三,见《清代诗文集汇编》第 116 册,第 352 页下。
② 朱彝尊《书花间集后》,《曝书亭集》卷四三,第 351 页下。
③ 详见苏利海《从文人之雅走向学人之雅——朱彝尊与姜夔、张炎雅词之辨》,《浙江学刊》2013 年第 2 期。

雅也。"①曾慥的《乐府雅词》与鲖阳居士的《复雅歌词》在宋人雅词话语下属于两种不同的范畴,但朱彝尊并不顾历史语境的限制,将不同立场的论述打并言之,为自己的词学观念张本,以之强调填词尚雅是源于宋代的词体正途。尽管他指出的词体雅化大趋势并无问题,但却开启了雅词涵义混淆的序幕,被浙派后劲代代相承。如厉鹗《群雅词集序》就云:"词源于乐府,乐府源于诗,四诗大小雅之材,合百有五。材之雅者,风之所由美,颂之所由成。由诗而乐府而词,必企夫雅之一言而可以卓然自命为作者。故曾端伯选词名《乐府雅词》,周公谨善为词,题其堂曰志雅。词之为体,委曲啴缓,非纬之以雅,鲜有不与波俱靡,而失其正者矣。"②尽管厉鹗为浙西词派引入了诗教论词的方式,但所持之雅仍旧主要选择与世俗对立的一面,而且仍延续了朱彝尊混曾慥、鲖阳居士等人为一谈的错误。作为当代词学对于南宋雅词与词体雅化认识的起点与论述范式,朱彝尊与浙西词派的误会被深深根植于进化的词史脉络中,共同导致了对词体雅化的片面理解。

至此宋人雅词话语的多重涵义与当代片面理解的致误之由已然明晓,故而探究词体雅化进程的时候需要清理出宋人不同立场下的雅化线索,然后再通盘把握总体趋势。谢桃坊在解构所谓风雅词派之后宽泛地认为"(雅)体现社会上层文化圈内的一种文化风尚,它是与世俗文化和流俗习尚相对立的"③。这实际上已经具备将原本对立的苏辛词人与周姜张诸人融合在一起的性质,构成与世俗市民相对立的广义士大夫词人群体,与唐宋转型之后士大夫社会与世俗社会的分野暗自相合,也与村上哲见所言"追求精致的文化"遥相呼应。词体雅化就是一段词体由世俗到士大夫、由胡夷到华夏的复杂而漫

---

① 《曝书亭集》卷四○,第333页下。
② 厉鹗《樊榭山房文集》卷四,见《厉鹗集》,第547—548页。
③ 谢桃坊《南宋雅词辨原》,第204页。

长的道路,最终成为宋代精致文化的组成部分,而以姜夔为代表的词人作品则是其间最为极致精彩的艺术佳品,成为后世用来代表雅词典范的南宋雅词。

第三节 令曲与慢词辨析

上文已论,本书借助多重解释框架观照词坛生态,包括词人身份领域的专业词人与士大夫词人,创作空间领域的京城(朝)与地方(野),词体文学的基本体式划分令曲与慢词等。在这些概念中,专业词人与士大夫词人、京城与地方等不会存在意义的误会,唯有令曲与慢词,在漫长的词学史上众说纷纭,当前词学研究的通行概念解释也存在着误植与混淆。因此在进入本书的论述之前,还需要对令曲与慢词的概念加以辨析,明确本书所使用的概念指向,并交代为何要以此作为讨论的视角。

一、令曲慢词的多重意义指向与本书的选择

令曲与慢词的区分源于词体文学的"令""慢"两种体式,早在宋代的音乐文献与词学文献中,"令""慢"二字就已经频繁出现。仔细探究宋人所使用的"令""慢"二字,会发现在不同场合下有着不同的语义指向。尽管都冠以"令"或"慢"的名称,但所言内容却各自为政,构成了若干组有独立内涵的"令""慢"之分。驳杂的来源使得后人在使用与定义令曲、慢词之时会产生疑惑,但是在宋人那里,这几组"令""慢"之分的界限本自鲜明,绝不会用此组概念解释彼组。只是随着词乐的流散,这几组概念在清代被混淆在一起,导致令曲与慢词之义模糊不清。今日词学本自清人,故而承袭了这种误解。所以要辨析"令""慢"之含义,必须先将被融混在一起的几组本不相关的概念重新拈出,各自归位,然后再作讨论。

首先一组概念是"急曲子"与"慢曲子",二者并不常见于传统词论,主要在曲谱及乐章歌词汇录中出现,一般以小字注于调名之下。如敦煌琵琶谱即有在调名下标注"急曲子""慢曲子"的歌词,再如《高丽史·乐志》抄录了徽宗朝传入高丽之歌词,一些歌词调名之下亦见用小字标注的"慢"①。这种标识其实是对乐师及歌者的提示,遇到"急曲子"标注时需要在演奏时加快节拍,而遇到"慢曲子"标注时则在演奏时尽量舒缓节拍。二者只与演出相关,与词体本身的音乐性质无涉,是对于词体歌法节奏快慢的区分。

第二组概念是"令""引""近""慢",这是根据乐曲音乐性质或制曲来源的不同而划分的乐曲类型名称,与字数长短没有必然的联系,即王灼所谓"凡大曲,就本宫调制引、序、慢、近、令,盖度曲者常态。"②盖今日所见唐宋词,多是小唱之曲,往往从大曲中摘出,上述名称或源于摘自大曲的特定体段,或是源于不同的采摘方式,亦或是来自脱离大曲全然新造时的新法。这种乐曲类型的区别就如今日音乐有"进行曲""协奏曲""钢琴曲""交响曲"之别一样,是完全属于音乐本体的概念③。

不过这里虽然有四种名词,但概念实际上还是一种二分,即"令"与"引""近""慢"的对立。吴熊和指出:"令又称为小令、歌令、令曲、

---

① 徽宗朝传入高丽的乐章歌词被收入《高丽史》卷七一《乐志二》中,见郑麟趾等著,孙晓主编《高丽史》卷七一,西南师范大学出版社、人民出版社,2014年,第2211—2238页。亦可参阅吴熊和《高丽唐乐与北宋词曲》一文,见《吴熊和词学论集》,杭州大学出版社,1999年,第34—76页。
② 王灼《碧鸡漫志》卷三,第101页。
③ 关于"令""引""近""慢"各自概念的论述可参见吴熊和《唐宋词通论》第三章第二节"曲类与词调",第84—107页;王力《汉语诗律学》第三章第三十七节"词的字数",见《王力文集》第14卷,山东教育出版社,1989年,第636—655页。李飞跃《唐宋词体名词考诠》上篇"'令引近慢'考辨"是目前关于此问题的最详细全面的论述,细致叙述了关于"令引近慢"的研究史,并勘正了前代学者关于"令引近慢"的众多误解,颇具慧眼,有极高的参考价值。但遗憾的是,此文在破除误说之余并没有自立新见,"令""引""近""慢"究竟各指什么并没有得到明确的解答。参见李飞跃《唐宋词体名词考诠》,文化艺术出版社,2015年,第1—100页。

令章。词曲称令,盖出于唐人宴席间所行酒令。"① 王力更明确认为"唐代无所谓'令''引''近';南唐后主有《浪淘沙令》和《三台令》,然而宋代以前还没有所谓'引''近'。如上文所说,既然唐五代只有短调,而'引''近'之名始于宋人,那么即使'引''近'别无深意,也只有宋人新制的词(或更变词牌)才可以称为'引'或'近'。我们只能以知其大略为满足,不能深究了。"② 其实"引""近"在《教坊记》与敦煌曲中均已出现,故将"令"与"引""近""慢"当作唐宋音乐的区别并不符合词乐原貌。车锡伦认为:"宋词的词牌(曲调)一部分继承唐五代的曲子,一部分来自民间,另有许多曲牌来自大曲。词牌名中缀以'引''歌头''慢''近'的,便是标明它们原在大曲中演唱的部位,如【水调歌头】【祝英台近】等。小唱是大曲中词曲的摘唱,所以,也可以说小唱是宋词的演唱;但宋词中还包括许多令曲小词和民间流行的俗词,它们不属于小唱的范围。"③ 这是从音乐角度对"令"与"引""近""慢"之区别做出的最准确论述,简单来说就是短小的隻曲是"令",从大曲中摘出的较长音乐段落是"引""近""慢","令"的唱法比较随意散漫,而另三者则使用"小唱"或"浅斟低唱"等相对高雅的演唱形式。由是可以判断,唐五代的流行歌曲主要以令曲为主,其在唐五代即已发生雅化,《花间集》便是典型展现。而在宋代,显然会涌现大量的新兴令曲,但是文人士大夫并不太愿意为新兴令曲填制歌词,绝大多数还是习惯于采用唐五代即已雅化的曲调;而"引""近""慢"三者或从大曲摘出、或由乐工新创,虽已见于唐五代,但是要到宋代方才大为流行,从而并没有和"令"一样在唐五代就已经发生雅化,相关乐曲与歌词的雅化要延后至北宋前期才开始,从而北宋词人并没有前代"引""近""慢"的雅化现象,于是往往就选择流行于当下的乐章

---

① 吴熊和《唐宋词通论》,第91页。
② 王力《汉语诗律学》,第649页。
③ 车锡伦、刘晓静《小唱考》,《中华戏曲》2007年第1期。

撰制歌词。这种流行时间上的二分已然构成了近似于第三组的二元概念。

第三组概念是小令与慢词。上两组概念紧密围绕乐曲演出与自身形制，是伴随乐曲创作同步共生的音乐概念。而这一组概念则属于词学，是后代学者在总结词史的时候提出的。宋人虽没有明确使用这组概念，但南宋中后期已经有这种二元意识。刘克庄在《跋刘叔安感秋八词》中提到："然词家有长腔、有短阕，坡公《戚氏》等作，以长而工也；唐人《忆秦娥》之词曰'西风残照，汉家陵阙'《清平乐》之词曰'夜夜常留半被，待君魂梦归来'，以短而工也。"[①]其间的短阕、长腔俨然就是小令与慢词二分的先声。陈鹄《耆旧续闻》卷二亦有类似的论述："盖唐词多艳句，后人好为谑语，唐人词多令曲，后人增为大拍，又况屋下架屋，陈腐冗长，所以全篇难得好语也。"[②]故知此种观念实际上是对于士大夫词中"令"与"引""近""慢"之分的理论表达。南宋人在论述词体创作的时候注意到了唐人曲与本朝词在形制、风格、作法等方面均有区别，故特为拈出。由于南宋中后期词乐已经逐渐沦散，只有一小群专业词人才精通音律，多数论者已经不太清晰"令""引""近""慢"在音乐上的区别，只是凭借直观上的字数短长为其分类命名，因唐人歌曲多数为短小的隻曲，而本朝歌曲相对要绵长繁复一些，故有"短阕""长腔"与"令曲""大拍"之语，实质即是唐人曲与本朝词的区分。这种二元的词学观念在后世得以承续，但明确以小令与慢词冠名论述，将其真正纳入词学体系中，还是有待清代词家。最明确论述者莫过于宋翔凤《乐府余论》"慢词始于耆卿"条：

---

① 刘克庄《后村题跋》卷二，中华书局，1985年，第114页。
② 陈鹄著，孔凡礼点校《西塘集耆旧续闻》卷二，《师友谈记·曲洧旧闻·西塘集耆旧续闻》，中华书局，2002年，第300页。

> 词自南唐以后,但有小令。其慢词盖起于宋仁宗朝。中原息兵,汴京繁庶,歌台舞席,竞睹新声。耆卿失意无俚,流连坊曲,遂尽收俚俗语言,编入词中,以便伎人传习,一时动听,散播四方。其后东坡、少游、山谷辈,相继有作,慢词遂盛。①

宋翔凤所指范围明显只局限在士大夫创制的词上,故其言南唐以后,但有小令,指的是南唐至北宋初年,士大夫只创制唐五代即已经流行的小令,当时民间显然是小令、慢词共存,只是士大夫不愿意填写慢词而已。所以"慢词始于耆卿"一句指的是柳永首先将慢词引入士大夫的词体文学世界,这是完全没有士大夫文学传统或写作案例的领域,故柳永必须流连坊曲、尽收俚俗语言,从而柳词不可能做到使慢词完全士大夫化,这需要下一代甚至下两代词人的相继努力才能实现。其实刘克庄的论述已经隐隐含有这种范围,毕竟其所举之例皆是士人之作,倒是陈鹄的论述中带有几分世俗的成分。所以出现在词学领域的小令(令曲)与慢词概念有广狭之分,狭义上专指士大夫词的两种类型区分,呈现着唐五代重小令,宋人好慢词的面貌,特别是与词分唐宋观念牵连的时候尤为如此。广义则统合雅俗而言之,无论唐宋,皆是令曲与慢词并存。不过在词学话语中,绝大多数时候都选择狭义的概念层面作为讨论词史话题的出发点。

那么究竟如何定义词学中的令曲与慢词之分?若仅以字数多少的标准将短的称令、长的叫慢似乎总有未尽之感。郑骞《再论词调》一文中有一段论述可以给予一些启示:

> 长调又有快慢之分,这要看句式之单双,而不在字数之多少。三五七言的谓之单式句,二四六言的谓之双式句。一个调

---

① 宋翔凤《乐府余论》,《词话丛编》,第 2499 页。

子,单式句多了就快,双式句多了就慢。①

尽管郑骞还是仅依照字数多少来区分令曲与慢词,但其对词调快慢的区分却未尝不可以作为字数之外的补充标准。三五七言的单式句是近体诗的形制,故以单式句为主的词调在节奏上接近于近体诗;而二四六言的双式句则不是近体诗的习惯,传统上更多见于雅乐歌辞,因此以双式句为主的词调更富有歌词的独特节奏。上文已言,令曲与慢词实际上是"令"与"引""近""慢"的词学表达,宋代士大夫所撰写的"令"多来源于唐人酒令,"引""近""慢"则摘自大曲,在节奏上自然会出现前者短快、后者舒缓的不同,于是在字面上就会出现前者多为单式句,后者多为双式句的区别。唐代文人在为新兴燕乐填词的时候多用七言绝句的形式,一方面是本自齐言诗体的传统,一方面即是节奏上的考量。这样来看,令曲即多体制短小,以单式句为主,节奏上接近于近体诗的词调;慢词则体制较长,以双式句为主,富有歌词特色节奏的词调。当范围局限到士大夫作者群体时,除了上述区别外,还存在着其他的相异内容:令曲在唐五代时期即已被士大夫接受,而慢词则要到柳永时代才从民间走向士大夫;士大夫更多按照诗法创作令曲,而制作慢词时会使用徒诗之外的作法。于是士大夫领域中的令曲与慢词有种类似诗分唐宋的区别,这种区别将在下文详论。

最后一组概念是小令、中调与长调,三者完全以字数多少相区分,是源于词集编纂的一组概念。宋人最多只有根据字数多少进行长短二分,此种三分法最初见于明人顾从敬重刊《草堂诗余》。顾氏将南宋原本次序打乱,按照词调将各词归类,并以小令、中调、长调分编词调顺序。此法一出,后人纷纷仿效,遂成一种词选体例,并在清

---

① 郑骞《再论词调》,见郑骞著,曾永义编《从诗到曲》,商务印书馆,2015年,第45页。

初形成了"凡填词,五十八字以内为小令,自五十九字始至九十字止为中调,九十一字以外者俱长调也"①的词学论断。这种分法完全脱离音乐与宋人填词实际,是词体定型为格律诗之一种后的产物。如饶宗颐指出的那样"自宫调失传,此种以字数排列之本,最便于文人浏览"②,这种分类方式对于初习填词者有一定的帮助,但在研讨宋词方面则无甚意义,只能徒增概念困惑。

由于这组概念的产生时间不晚不近,故极容易被误解为宋人定例,并与"令引近慢"及"令曲慢词"两组概念相混。将令曲与慢词二分概念引入词学论述的宋翔凤即已有这种误解,其《乐府余论》"论令引近慢"条即云:"则令者,乐家所谓小令也。曰引、曰近者,乐家所谓中调也。曰慢者,乐家所谓长调也。不曰令曰引曰近曰慢,而曰小令、中调、长调者,取流俗易解,又能包括众题也。"③结合上引条目可知宋翔凤心中其实有着上述第二、三、四组令慢概念的分别,并且知道第二组是音乐概念,第四组是词选为便于读者理解的新创,但是他愣是将二者强合一起,只能是因为将第四组概念错误地认作是宋人旧说。前人已经不断指出宋翔凤的分法流于机械之弊,但又不得不承认其有一定的合理性。究其实质,则是因为其与令曲、慢词的二元命题缠绕在一起,所谓的合理,其实是后者带给它的。

本书讨论的令曲与慢词,即是选择第三种概念。近诗之令曲于宋初拥有士大夫创作的传统,慢词则是世俗民众喜歌之调。盖世俗民众填词乃用生活之语言抒写自我生活情绪,故与士大夫诗化之精炼典雅语言不同,双音化更为明显,一句所需字面容量较大,故更喜好新兴的绵长慢词。本书第一章第二节将会讨论宋代宫廷音乐机构世俗化的特征与北宋帝王礼乐需求为慢词提供了来自宫廷的雅

---

① 毛先舒《填词名解》卷一,《四库存目丛书》集部四二五,齐鲁书社,1997年,第174页。
② 饶宗颐《词集考:唐五代宋金元编》总集类卷十,中华书局,1992年,第365页。
③ 宋翔凤《乐府余论》,第2500页。

化契机,其最初是世俗曲词向上影响宫廷的过程,主要的文本桥梁是歌颂太平的歌词,这也本是世俗社会嗜好的内容之一,因此世俗化的乐工在创作帝王需要的颂体歌词时会不自觉地将习唱之体引入宫廷①,也就造成了慢词更倾向于世俗的写作传统,雅化的开端当然远较令曲为后了。

二、词中唐宋:令曲与慢词之分的体式意义

上文所论的令曲与慢词最显著的区分就在于令曲流行于唐,而慢词盛行于宋。这主要是从音乐层面而言的先后,对词体雅化的多维发生时空与丰富雅化途径的理解意义重大。然而就歌词写作层面来说,宋人在撰制慢词的同时,也大量写作令曲,这样就并不存在时间先后的差异。但是上引刘克庄《跋刘叔安感秋八词》明明白白地说东坡以长而工,唐人以短而工,又是非常明确的在歌词写作层面指出令曲慢词有着唐宋之别的表达。音乐与歌词之间的矛盾其实根据刘克庄下文"余见叔安之似坡公者矣,未见其似唐人者"云云即可迎刃而解。刘克庄已经明言刘叔安既可以填出苏轼那样的长腔,也可以写就唐人那样的短调,可见令曲与慢词既包括音乐领域的时代之别,更涵盖歌词写作领域的体式之分,这种体式之分与重要的诗学命题诗分唐宋同气连枝,构成了词学领域的词分唐宋观。

刘克庄的"词分唐宋观"实际上在北宋末年业已发轫,李之仪《跋吴思道小词》即言:"长短句于遣词中,最为难工,自有一种风格,稍不如格,便觉龃龉。唐人但以诗句,而用和声抑扬以就之,若今之歌《阳

---

① 世俗民众对于粉饰太平的国家宴饮活动往往会出现热衷与欣狂的心态,于是世俗慢词的写作传统中也包含了颂体题材的创作。如《云谣集杂曲子》即收录《拜新月》一阕,词云:"国泰时清晏,咸贺朝列多贤士。播得群臣美。卿敢同如鱼水。况当秋景,莫叶初数卉。向登楼上仰望,蟾色光迟回。 顾遇玉兔影媚。明镜匣参差斜坠。澄波美。犹怯怕衔半钩耳。万家向月下,祝告深深跪。愿皇寿千千岁,登宝位。"见唐圭璋点校《云谣集杂曲子》,《唐宋人选唐宋词》,第16页。

关词》是也。至唐末,遂因其声之长短,句而以意填之,始一变以成音律。大抵以《花间集》中所载为宗,然多小阕。至柳耆卿,始铺叙展衍,备足无余,形容盛明,千载如逢当日。较之《花间》所集,韵终不胜,由是知其为难能也。"①李之仪所言正是唐人令曲、宋人慢词二分的先河,不过他将慢词的代表视为柳永,说明慢词的雅化与词中宋调的定型始于柳永。但到了刘克庄那里,代表词人变成了苏轼,显然是发生了从专业词人到士大夫词人的变化。尽管二者是慢词发展的两条道路,但苏轼终究是在柳永的基础上开辟慢词格局,本质精神是统一的,都展现着有别于唐音的宋调特征。

宋代之后的词论家其实秉承了这种词分唐宋的观念,如蒋景祁在《陈检讨词钞序》中说到:"《花间》犹唐音也,《草堂》则宋调矣。"②即是在明末重《花间集》《草堂诗余》的遗风下秉承传统,根据体式为歌词写作提供分类指导。不过在现代学术注重唐宋诗之别的热情下,词中唐宋这一命题被完全忽视,直到 2009 年孙虹《北宋词风嬗变与文学思潮》一书的出版,才被重新提及。孙虹借鉴诗分唐宋的论述,阐释了词中唐音与宋调的基本特征,为后学导夫先路。其后符继成、赵晓岚《词体的唐宋之辨:一个被冷落的词学命题》一文在孙虹的基础上从表现内容、艺术技巧和语言风格三个方面深入论述了唐宋之异,颇可参考。③ 但是二者均没有注意到刘克庄的论述,于是忽略了宋人"词分唐宋"观念与令曲慢词的对应关系。与符、赵之文发表在同一期刊物上的房日晰《论宋词的唐调与宋腔》倒是有相关判断:"首先,以词的体裁言,小令多为唐调,长调则多为宋腔。"④可是此

---

① 李之仪《姑溪居士文集》卷四十,第 89 页。按是本所载此跋文题为"跋吴思道小诗",与通行之"跋吴思道小词"有别,详见下,本书姑依通行跋名行文。
② 蒋景祁《陈检讨词钞序》,见陈维崧《湖海楼词集》卷首,《四库备要》本。
③ 符继成、赵晓岚《词体的唐宋之辨:一个被冷落的词学命题》,《文艺研究》2013 年第 10 期。
④ 房日晰《论宋词的唐调与宋腔》,《文艺研究》2013 年第 10 期。

文没有意识到这是宋人本有的观念,从而并未具体论述原因。实际上令曲与慢词之别是词分唐宋最具词体特质的部分,也是宋人论述的核心,所以坚持以此为原点,再充分吸收诗分唐宋的概念与研究成果,才能更好地看待宋人提出词分唐宋的缘由与词体雅化的路径。

上文已经提到,令曲和慢词在体式上的区别是令曲多用近诗之单式句,慢词则多用双式句;在文学传统上令曲于花间时代即已被纳入乐府与宫体诗的统绪,士大夫开始用近诗之法歌咏富贵、描摹女性与情爱,这是门阀贵族时代的遗风;慢词则完全在北宋才被士大夫填写,于是有着强烈的时代新质与俗词特征。这已经体现出令慢之别在于二者与诗的不同关系上——令曲近于诗貌,慢词则与诗疏离。李之仪的论述正表达了这种意识,他将词体文学划分为唐人、《花间》、柳永三种范式,描绘出诗—令曲—慢词的发展线索,并且将花间置于柳永之上,给予柳永"韵终不胜"的评价,秉持着士大夫诗本位的观念,提出长短句词章既要符合音律、句读等词之本色,也要尽量与诗靠拢,表现诗之意韵。李之仪并非不赞同柳永大展慢词的功绩,但是他认为柳永的铺叙展衍之法只能形容盛明,达不到与诗相类的高度,若是能跳出颂体之词的局限,走入士大夫的精神境界,慢词也能够获得与令曲一样的成就。这其实已经点出慢词重铺叙的宋调特征,更说明北宋人心目中《花间》令曲已经是雅化之词,以诗为词也早就是令曲创作的常态。

根据李之仪《跋吴思道小词》的异文,我们也可以看出时人令曲近诗的意识。在傅增湘手校清抄本《姑溪居士文集》中,通行的"跋吴思道小词"题名作"跋吴思道小诗"。小词与小诗是宋人惯用的两种文学概念,各有领域,本不相涉。小词与大词相对,即短小令曲与长篇慢词,如张炎《词源》所谓:"大词之料,可以敛为小词;小词之料,不可展为大词。若为大词,必是一句之意引而为两三句,或引他意入来捏合成章,必无一唱三叹。"①沈义父《乐府指迷》亦云:"作大词,先须立间架,将事与意分定了。第一要起得好,中间只铺叙,过处要清新,最紧要是末句,须是有一好出场方妙。小词只要些新意,不可太高远,却易得古人句,同一要炼句。"②可以看出大小只是长短之分,并无褒贬的价值取舍③。同样的,小诗即指篇幅短小的诗歌,多是五七言绝句或五言古风短歌。有些小诗也可以被付诸歌唱,黄庭坚《四休居士诗》序文中就提到他与四休居士孙君昉比邻而居,经常往来,"故作小诗,遣家僮歌之,以侑酒茗"④。此处小诗即指《四休居士诗》,乃三首七言绝句,可知北宋配乐演唱的歌词不仅有长短句体制,也包括一些齐言小诗,从而小诗与小词在篇幅短小之外,也存在着配乐歌唱的共通特性。由于这两层原因,小诗与小词本就易于相混,从而会出现《跋吴思道小词》与《跋吴思道小诗》的异文。进一步来讲,这处异文很可能并非抄录者因小词与小诗概念易混而造成的讹误,而就是当日之原貌。毕竟在当时的士大夫意识中,已经出现了将令曲通过小诗这道桥梁上升为诗体的观念。相关案例在李之仪之前就已经出现,其正与苏轼有关。《苏轼诗集》卷一一收有《刘贡父见余歌词数首以诗见戏聊次其韵数首》一诗,盖是苏轼与刘攽围绕几阕词发生的诗歌唱和行为,诗云:"十载飘然未可期,那堪重作看花诗。门前恶语谁传去,醉后狂歌自不知。刺舌君今犹未戒,炙眉吾亦更何辞。相从痛饮无余事,正是春容最好时。"⑤刘攽《彭城集》中存有原唱:"千里相思无见期,喜闻乐府短长诗。灵均此秘未曾睹,郢客探高空自欺。不怪

---

① 张炎《词源》卷下,第266页。
② 沈义父《乐府指迷》,第283页。
③ 关于宋人"小词"一语并非贬低词体文学的详细论述,参见许兴宝《"小词"考述》,《中国韵文学刊》2003年第2期。
④ 任渊、史容、史季温注,刘尚荣校点《黄庭坚诗集注》,《山谷诗集注》卷一九,中华书局,2003年,第666页。
⑤ 冯应榴辑注,黄任轲、朱怀春校点《苏轼诗集合注》卷一一,上海古籍出版社,1986年,第500—501页。

少年为狡狯,定应师法授微词。吴娃齐女声如玉,遥想明眸颦黛时。"①刘攽在诗中将所见苏词称为"乐府短长诗",显然其心中完全有长短句词体与齐言诗体的区别,但却有意将二者混同并提。此外刘攽的诗题为"见苏子瞻所作小诗因寄",更是直接以短诗之名指代长短句歌词。虽然刘攽看到的究竟是哪几首词并无明证,但是此诗作于熙宁八年(1075),时苏轼方知密州,尚未大量填写慢词,故应该就是与短诗篇幅接近的令曲。李之仪跋文题名的异文,或正是苏门群体令曲同诗观的延续。

小诗与小词的混同表明令曲所近之诗乃短小绝句,这一观念在南宋被承袭与固定,张炎即云:"词之难于令曲,如诗之难于绝句,不过十数句,一句一字闲不得。末句最当留意,有余不尽之意始佳。"②这种文体特质还是源于花间词人的以诗为词,他们更多效仿南朝宫体,在对女性的静观而富丽的描写中展现某一有限时空下的人物情绪。宫体诗本来就有这样的缘情成分,"即把体物的笔法展伸到人类心理领域,客观地体写人的主观情感",通过感受细小、暧昧的物象,达到对细节背后之情感意味的暗示。③宫体艳情的复兴是晚唐五代的重要文化思潮,以温韦为首的早期花间词人皆擅写艳情小诗,加之宴饮场合与社会环境与齐梁时代的相似,他们填写曲子词时也就自然会参考习写的艳情诗。但是与诗从体物到缘情的道路相反,源于世俗社会的词本身就是宣泄情绪的,而且这种情绪宣泄是大胆直露的。诗人利用宫体诗的缘情因子将诗词联系,把体物手段引入言情之词,在细腻描绘女性与器物之间暗示出艳情。这可以达到节制情绪的效果,尽量向传统诗教的哀而不伤、好色不淫靠拢。词的宫体诗化秉承着感受细小、暧昧物象的传统,有力促进了词情狭深特

---

① 刘攽《彭城集》卷一五,商务印书馆,1937 年,第 210 页。
② 张炎《词源》卷下,第 265 页。
③ 张一南《中晚唐七律向齐梁宫体诗的功能扩张》,《云南大学学报》2015 年第 4 期。

质的形成,当其在南唐士大夫词人的改造下从简单的男女情爱中走出,进入宇宙人生情绪抒写时,便更加契合绝句的诗情,只不过要更细更深。

　　由于篇幅长短、流行时间先后与近诗与否等差异,令曲与慢词有着不一样的结构组织方式与情绪表达方式,这是歌词写作领域的词分唐宋最重要的区别,张炎与沈义父的论述已经指明了其中的差异。令曲中的情绪应该较为简单,是受某一特定场合、事件而触发的刹那情绪。无论词中的刹那情绪是人类共有的类型化情感,还是作者个人性情感体验,它们并不需要曲折繁复的词笔、复杂的典故、具体的叙事,而是以简练与细腻的方式时空再现、即景抒情,使读者能够借之迅速重复这种刹那情绪的体认。而慢词则因其浓厚的俚俗背景与颂体功能,使得铺陈之赋笔与内容之叙事成为重要写作手段。所以慢词之情不是刹那情绪的再现,而是对某种情绪的赋咏,往往要将情绪包裹在事件与典故的记叙中铺陈出来,这种缘情赋景的方式并不期待读者情绪能够被瞬间击中,反而是要让读者在众多不同的文本时空中反复咀嚼与回荡这种情绪,故有张炎所谓一唱三叹之妙,需要沈义父所说的搭好事与意的间架之构思。这与钱锺书"唐诗多以风神情韵擅长,宋诗多以筋骨思理见胜"[①]的论述相契合,但却不能与诗分唐宋完全对等,因为诗词在各自领域以不一样的方式呈现这两种风神样态,词分唐宋命题始终对应着令曲与慢词的二分,并不常见在令曲中行宋调,于慢词里展唐音的现象。于是理解词分唐宋还是要更多关注令曲与慢词在文本体式上的差异,探究慢词的哪些体式特征促使其构建出属于宋调的筋骨思理。

　　吴曾《能改斋漫录》卷一七有一段记载,恰好是令曲与慢词对比的绝妙参照,其云:

---

① 钱锺书《谈艺录》,生活・读书・新知三联书店,2001年,第3页。

王都尉有《忆故人》词云:"烛影摇红向夜阑,乍酒醒,心情懒。尊前谁为唱《阳关》,离恨天涯远。　无奈云沉雨散。凭阑干、东风泪眼。海棠开后,燕子来时,黄昏庭院。"徽宗喜其词意,犹不以丰容宛转为恨。遂令大晟府别撰腔。周美成增损其词,而以首句为名,谓之《烛影摇红》。云:"方脸匀红,黛眉巧画宫妆浅。风流天付与精神,全在娇波眼。早是萦心可惯。向尊前、频频顾眄。几回相见,见了还休,争如不见。　烛影摇红,夜阑饮散春宵短。当时谁会唱《阳关》,离恨天涯远。争奈云收雨散。凭阑干、东风泪满。海棠开后,燕子来时,黄昏深院。"①

王诜的原作展现一次夜阑酒醒之时的情绪,唱响《阳关》的酒席就是令词中人沉醉的送别宴会,现在酒醒人散,再回味方才的祖席离歌,顿时生起离愁别恨,这是令曲常用的乐极而悲章法。过片云沉雨散更可能是当下之景,尽管雨已不下,但夜空依然阴沉,词中人在独自咀嚼着类似春恨的别愁。煞尾用三种春愁场景作情绪的闪回,将此刻的离愁勾勒得愈发浓重。然而读者并不知道此词抒发的离愁究竟是为何而生,有可能是为情人,也有可能是为朋友,也不知道酒席的具体情形,这便是令曲刹那情绪的特质,它是人类共通的类型化情绪,并不需要点破或具体说明,只要是经历过离别的人都可以从中获得情绪的感发与审美的体验。这首词煞尾处的三种情境有点慢词潜气内转的味道,黄昏深院显然不会在词中夜阑的时空中出现,正好为周邦彦提供了展现时空交错功力的场合,成为文本扩展的基础。周词开篇描摹了一位歌女的形象,显然是一次酒宴歌席上的表演,或即是词中人与其邂逅之时。"早是萦心可惯"句从相逢时空中跳出,点出词中人此刻对这位歌女的思念,觉得早知如此不如当时多看几眼,

---

① 吴曾著,刘宇整理《能改斋漫录》卷一七,第214页。

然而又转念一想既然终究免不了一场离别，倒不如从未见面，这样就不会有此刻的牵肠挂肚了。周邦彦则在上片为原词增加了一个故事情节，于是类型化情绪被限定在男女情爱上，尽管丧失了原词共通感发性质，但具体情绪可以被描绘得更深切更详细，从而出现这种来回往复的心理描写，正是徽宗所期待的丰容宛转。下片主体内容基本保留了原词的面貌，但正因为上片的时空跳跃，使得词中人醉酒之宴席并不是当初的离别宴会，而是往事重现的相似场景，上片的时空跳跃与情感铺叙正是被这次宴会所勾起的。"当时"一句将时空从当下又切回过往，唱《阳关》的人显然就是歌女，但如今相隔天涯，故产生浓烈的离愁。从"云沉雨散"到"云收雨散"的一字之改更将词情完全坐实在高唐神女的典故上，而煞尾的三种场景可以是以类型之景勾勒情绪，也可以是词中人在往事重现时思念歌女，也可以是词中人在身处场景之中时不经意间勾起对歌女的回忆。此外，这三种场景更可以是设想对方寂寞空闺、如是思我之辞，如此时空结构就更为复杂。可见慢词不仅用铺叙的手法细腻描绘词中人的情感变化，还构架了非常复杂的时空结构，场景在过去与现在、现实与想象之间来回切换，是与单线时空与刹那场景为主的小诗、令曲完全不同，完全是宋代才产生的文本体式与写作技巧。所谓词中宋调的建立，便是词中时空结构与章法布局由平面到立体的日趋繁复过程，这个过程是在令曲与慢词各自发展又互为影响中完成的。

第一章
雅俗之间：宴饮活动与京城歌词形态

　　中国文学史上的任何一种文体,发生伊始的面貌总是模糊不清,似乎方在萌芽便突然群芳盛开,成鼎盛之势,又迅速衰落,让位于新兴的文体,这种特性便成为一代之文学观得以产生的文学内在机制。然而江河之源由无数小溪流构成,文体的发展也不是一种单向箭头,应有多条发生脉络,在迷雾中尽量找寻出不同的源头是治文学史者的职责。上文已论,雅词之雅可分为乐雅、颂雅、骚雅、儒雅、雅辞等多种,显然任何一位词家乃至一个词人群体皆无法独立承担如此纷繁的雅化任务,雅词的源头必须是多流并进的样态,以此铺成词体雅化的不同路径,这些路径也构成了雅词最初的传统。酒宴歌席间的应歌之曲是词体文学最本质的文体特性,不同的宴饮场合也就成为雅化最初的发生空间,伴随着不同宴饮主人的审美趣味与歌词喜好,形态各异的雅化路径与雅词传统由此形成。在帝制时代,京城是全国财富的荟萃之所,从而也是宴饮活动最频繁最侈靡的地方,自然会当仁不让地成为词体写作与词体雅化的文学中心,本书的叙述也就先从京城的宴饮开始。

第一节　军功贵戚的宴饮活动与
　　　　　科举士大夫的渐次参预

　　自内藤湖南1910年发表《概括的唐宋时代观》一文,"唐宋变革"

就成为中国史研究领域的一种重要分期理论,相关讨论层出不穷,直至今日依旧是中国史研究领域的热点话题,无论承认与否,任何领域的治唐宋史者都无法绕开它的影响。由于京都学派过于强调唐宋之变,故而不断有学者试图打破唐宋对立以找寻唐宋相承的脉络,也有学者尝试建立新的转变话语,并从京都学派的学术立场出发讨论"唐宋变革论"的真正含义①。然而无论如何,唐宋之际确实发生了一些十分巨大的变化,这些变化足以让唐与宋成为两个截然不同的时代。尽管"变革"一词不太准确,但"转型"二字终究是唐宋之际无法否认的存在,诚如柳立言所说:"我们固然可以不谈'变革',只谈'转变',但历史不断在变,唐宋两代有着六百六十二年,不用说都知道有各种转变,所以只说'唐宋转变'或'唐宋演变',其实跟说'唐宋两代'并无多大分别。问题不在有没有变,而在变的重要性和对后世的影响。"②如是,我们在利用唐宋变革论讨论自己领域的话题时,抓取其间最为重要的转型事件是至关重要的。

历史学界已经对此有着较为清晰的认识,各个专门史领域都有提纲挈领式的论述,指导学者如何利用"唐宋变革论"解决本专业领域的问题③,时下已非常熟练。唐宋文学研究也渐次熟悉这一套话语,在诗文领域出现了一些相关论著④,王水照先生更特为撰文介绍

---

① 参见柳立言《何谓"唐宋变革"》,《中华文史论丛》2006 年第 1 期;王瑞来一直致力于宋元变革的研究,试图将唐宋变革论调整为宋元变革,他关于宋元变革的一系列文章已结集于《近世中国——从唐宋变革到宋元变革》。
② 柳立言《何谓"唐宋变革"》,《中华文史论丛》2006 年第 1 期。
③ 参见李华瑞主编《"唐宋变革"论的由来与发展》,天津古籍出版社,2010 年。
④ 日本的中国学界其实更为熟悉"唐宋变革论"的话语体系,文学研究者也较早将其引入,如浅见洋二《距离与想象:中国诗学的唐宋转型》(上海古籍出版社,2005 年)便是代表,而近来日本学者关于宋代文学近世性的讨论也是"唐宋变革论"的延伸与反思。刘方《唐宋变革与宋代审美文化转型》(学林出版社,2009 年)当是大陆较早的一以唐宋变革视角观照宋代文学艺术的专著,可惜只是浅尝辄止,未能引风气之先。朱刚《唐宋"古文运动"与士大夫文学》(复旦大学出版社,2013 年)与李贵《中唐至北宋的典范选择与诗歌因革》(复旦大学出版社,2012 年)当分别是目前于宋文与宋诗领域呼应"唐宋变革论"的代表论著,朱刚从唐宋之际士大夫的身份由贵族士大夫转变为科举士大夫出发,以大文学变革的视角展开对唐宋"古文运动"的新讨论。李贵在其著第一章详细梳理了"唐宋变革论"的学术史,并予以反思,特别以蒙文通"中唐—北宋连贯说"弥补过分重变的不足,从而对于唐宋之际的诗歌因革两面都有较为切实的把握。

"唐宋变革论",期待宋代文学研究能借此为"纲",获得新的认识与研究思路。① 王先生所言便是强调研究视角、解释框架的多元与翻新,同属宋代文学领域的宋词研究也大可借助此纲获得新的思考维度。而且相较诗文,词体文学其实更适应"唐宋变革论"的话语体系,唐宋转型后产生的士大夫社会与庶民社会之别正是雅俗的分野,游走于雅俗世界之间的词体文学显然会受到来自两方面的影响,而其雅化的进程也会因为二者的分离而产生一种雅中有俗、俗中有雅的交融与撕裂感。此外,词体文学的主要发生场合酒筵歌席本是六朝士族习尚的富贵生活方式,随着唐宋转型之后,士大夫的身份由门阀士大夫转变为科举士大夫,原本象征贵族身份的宴饮活动随着宾主身份的变化而变化,自然也会左右着词体文学的书写传统与发展走向。因而词学研究者完全可以借鉴"唐宋变革论"中的某些认识,以此抓住词体写作主导者身份与社会阶层发生的唐宋之变来考察词体雅化与词史发展,许多问题也就可以得到新的认识与解答。

一、从门阀士大夫到军功贵戚:宴饮活动参与主体的转变

宫崎市定指出"在封建制度下,家族的继承人在继承祖先财产的同时,也一并继承了他们的政治地位,而在贵族制度下,家族虽然完全继承祖先的财产,但父祖所得的政治地位则和其他贵族共有"②。尽管确如宫崎所云六朝门阀士族不能够像先秦时期那样直接承继父祖的官爵,但士族子弟的身份还是能保证其出生伊始便获得绝大多数寒门子弟终身无法企及的政治高位,虽不能继承某一特定的职务,但始终可以位居上流政治群体则是必然。因此六朝至隋唐,一个家

---

① 王水照《重提内藤命题——宋代文学研究的整体性建构的一种设想》,《文学遗产》2006年第2期。
② 宫崎市定《东洋的近世》,《日本学者研究中国史著译选译》第一卷,中华书局,1992年,第187页。

族世代出相的现象依旧常见,所谓世家大族就是世代相承着经济与政治的优势,在这两方面都与寒门士人拉开了很大的差距。从而在中古时代,富豪多数是重臣,重臣通常出富家,象征富贵的宴饮沙龙只能是属于贵族的生活方式,而参与宴饮沙龙,并在其间从事文学活动更是贵族身份的标志。

除却财富和政治地位,门阀士族的另一种重要的身份标志就是高度的文化修养。在中古时代,教育并未普及,往往是世家大族独有的权利,故而士族子弟得以在童蒙时期即能接受良好的教育,形成与寒门、庶民完全不同的精神面貌。又由于政治地位的世代相袭,士族子弟的成长必然伴随着严格的政治训练,主要就是对儒家经典的深入研习,以此提升自己的道德水准与政治能力。在这种世代繁衍的传递下,义教家风也逐渐成为世代相承的元素,文化修养、学术水平也被视作贵族身份的标志。东汉豪族向魏晋士族转变的契机就是在于这一家族是否具备了儒学传家的特征,士族应该具备本家特有的学术传统与品格作风,即所谓家风或门风。[①] 这样一来,贵族士大夫并非仅是财富和高位的结合,还有着文化学术的第三重要素。

士大夫身份的转型是唐宋之间发生的最重大变化之一,贵族世家的消亡致使政治高位不再是与生俱来的天赋,"任何人要担任高职,亦不能靠世家的特权,而是由天子的权力来决定和任命"[②]。于是,士大夫由门阀贵族士大夫转型为科举士大夫,他们变成了天子门生,要想实现自己的政治理想,只有依靠科举这一条道路,而且自己获得的政治地位也无法直接传递给家族后代,甚至随时还会面临全然逆转的危机。这就要求科举士大夫必须时刻不忘自身修养的砥砺,无论是在公共政治空间还是私人空间,都应尽量保持对于家国政

[①] 参见陈苏镇《东汉世家大族的崛起及其本质特征》,陈苏镇《两汉魏晋南北朝史探幽》,北京大学出版社,2013年,第111、122页。
[②] 内藤湖南《概括的唐宋时代观》,《日本学者研究中国史著选译》第一卷,第11页。

事的关注,才不失大臣风范。于是士大夫的生活方式也悄然发生变化,中古贵族式的宴饮沙龙在新时代中就会显得过于荒淫逸乐。他们并非不可以参与宴饮活动,但要注意场合与时机,不能像前代贵族士大夫那样单纯地沉浸于宴饮的逸乐享受中,而要在宴饮中也不忘展示家国之忧。

六朝贵族式的宴饮沙龙活动并没有随着贵族士大夫的消亡而湮灭,它在唐宋转型之后依旧延续,只不过主体人物的身份发生了改变。这番延续与变化展现了唐宋转型之后财富与政治的相对分离,富豪家族不一定同时具备政治高位,也不一定非要文教家风的传承。这场转变的契机是宋朝"祖宗之法"的确立,最初缘于著名的"杯酒释兵权"的故事:

> 上因晚朝,与故人石守信、王审琦等饮酒……上曰:"人生如白驹之过隙。所谓好富贵者,不过欲多积金银,厚自娱乐,使子孙无贫乏耳。汝曹何不释去兵权,择便好田宅市之,为子孙立永久之业;多置歌儿舞女,日饮酒相欢,以终其天年。君臣之间,两无猜嫌,上下相安,不亦善乎!"皆再拜谢曰:"陛下念臣及此,所谓生死而肉骨也。"明日,皆称疾,请解军权。上许之,皆以散官就第,所以慰抚赐赉之甚厚,与结婚姻,更置易制者,使主亲军。①

不论这个传奇色彩强烈的故事真实与否,其间体现出富贵与权力的断裂显然展现着当日之面貌。在门阀士族看来,政治地位是世代相袭的重中之重,财富是政治地位的回报,文教是政治地位的点缀。然而经过了唐宋转型,政治地位不再是与生俱来的家族禀赋,那么唯一能够世代相承的便只有财富。于是宋人心中也产生了一种新

---

① 司马光著,邓广铭、张希清点校《涑水记闻》卷一,中华书局,1989年,第11—12页。

的人生目标,即不执着于政治高位,只单纯追求财富的积累,最好能拥有田宅这种不动产以供子孙世代享用,故事中的太祖正以此说服功臣交出兵权。北宋武将对于太祖的建议是无奈的,在"祖宗之法"的时刻提防下,他们只能获得高阶寄禄官给予的丰厚财富,却无法在政治领域有任何非分之想。司马光在记载中也提到太祖与功臣结姻,这其实暗暗指向了另一个被"祖宗之法"时刻提防的群体——外戚,他们与武将一样在北宋被限制了参政权利。于是外戚与武将在宋代往往交织在一起,武将时常通过与皇室联姻成为外戚,而外戚又往往在武阶中迁转,他们都不能进入政治中心,除了经济来源丰厚稳定外,并没有其他的权力。于是富贵清闲的宴饮活动就这样在北宋初年发生了转型,原本属于清要贵族士大夫的生活方式被转移至贵戚、武将之家。

由于贵戚、武将群体在北宋无法获得参与政治的权利,故而他们的子弟也就并没有太多文教传承的责任与使命。既然此生只能在富贵场中游走,那又何必辛苦地学习为政治生活服务的文教?更何况这些富贵之家本身就不以儒学艺文发迹,家族的创始者一般出身低贱、文化程度较低,于是他们的子弟便成为市井间的游少,尽管腰缠万贯,却无道德文化修养,宋廷更严格限制他们与科举士大夫私第往来[①],从而也很难耳濡目染科举士大夫的风采,使得主要的交往对象只能以市井狭邪为主,导致了他们的文化类型与审美趣味与庶民更为亲近。

如是,原本贵族士大夫宴饮活动中的两大要素富贵和学养被割裂开来。科举士大夫接过了文教与学养,也承担起贵族士大夫的政治职能,他们因为政治理想的追求而注重子弟学术、文学的教育,以

---

① 《宋会要辑稿·帝系八》"驸马都尉杂录"记载:"仁宗天圣元年十二月十七日,诏:'驸马都尉等自今不得与清要权势官私第往还。如有公事,即赴中书、枢密院启白。仍令御史台常切觉察,如有违犯,纠举以闻。'"上海古籍出版社,2014年,第203页。

求能代代通过科举保持家族地位;贵戚群体则接续了贵族富贵豪奢的生活方式,但失去了文教带给贵族宴饮沙龙的雍容与典雅。当然,军功贵戚终究不是庶民,还是富贵人家,所以也必须要展示符合上层身份的文化修养,但他们不会像士大夫那样围绕儒家经典开展文化活动,而偏向选择绘画、音乐等艺术门类,毕竟这些行为在传统上与政治无关。

在这种时代背景下,发生于宴饮活动间的词体文学在创调伊始便有一种身处雅俗之间的撕裂感。原本豪奢的宴饮场合是贵族身份的象征,是贵族私人生活空间中的行为,因此需要与公共空间中的政治行为保持距离,那么发生于其间的一切文艺活动也就会疏离于政治,跳脱出政治性道德的束缚,体现着贵族的独特审美,这种审美有着精致的性格,细腻而轻盈,典丽而从容。唐宋转型之后,这种与政治疏离的宴饮活动得以延续,宴饮间的文艺依然带有贵族审美的底色,只不过它们的主人变成了亲近庶民的贵戚群体,于是庶民阶层的俚俗趣味大规模涌入宴饮场合下的文艺,两相合力,词体也就被导向了香艳靡丽一路。尽管这场合力最初发生在后蜀的宫廷,但是孟氏以武人身份获取雄踞一方的富贵也是庶民闯进了贵族的生活空间,与北宋贵戚的文艺选择及其生成机制风神一致。更何况北宋贵戚的政治空间极度狭小,他们会更自然地选择孟氏主导的这种与政治疏离的精致与俗艳。宋前的文学史上也有一次类似的际遇,那便是齐梁宫体诗,这提示着词体文学与宫体诗有着相近的特质与生成机理。不过军功起家的兰陵萧氏毕竟能依靠政治地位得到士族群体的文化浸染,故而宫体诗是雅中显俗。而身处贵族消亡时代的后蜀孟氏,已然罕遇贵族,至于北宋贵戚,那就更难体认到贵族的雍容华贵,于是将自我喜好的世俗歌曲带进富贵的宴饮场合时,歌词的文本形态就只能是俗中带雅了。

贵戚群体亲近庶民的生活方式显然被科举士大夫所不屑,宋太祖一方面给予贵戚金银财富让他们去听曲宴乐,一方面也批评道:"贵家子弟,惟知饮酒弹琵琶耳,安知民间疾苦!"①其实贵家子弟的这种生活状态本是太祖所期望的,他的批评实际上是在提醒科举士大夫,你们是承担政治责任的群体,不应该过着与贵戚子弟一样的生活,而应该时刻体察民情、提高自己的政治能力。北宋前期的科举士大夫大多也以此规范着自己的行为,他们在以天下为己任的价值观下进退皆忧,无时不心怀家国。自我要求更加严格的科举士大夫还会自觉地与宴饮活动保持距离,出身底层寒门的他们在获得高位的时候也希望能保持自己的本来面目。《宋史·范仲淹传》末有云:"仲淹内刚外和,性至孝,以母在时方贫,其后虽贵,非宾客不重肉。妻子衣食,仅能自充。而好施予,置义庄里中,以赡族人。"②正是非常典型的科举士大夫在由贫入贵后依旧保持昔日清苦的生活方式。不过北宋前期仍然有一些重臣在生活方式上倾向于贵族士大夫的传统。比如《寇准传》篇末就有着与《范仲淹传》极为迥异的记述:"准少年富贵,性豪侈,喜剧饮,每宴宾客,多盍扉脱骖。家未尝爇油灯,虽庖匽所在,必燃炬烛。"③寇准虽然也是科举出身,但其父寇相是后晋魏王府的记室参军,属于军事幕府中的文职人员,故少年时就喜好飞鹰走狗的寇准,无疑深受军功贵戚子弟豪奢生活方式的陶染。加之他十九岁即中科举,很早就获得政治地位,故而亲近六朝贵族士大夫的生活方式,不啻为少年得志的日常展示。不过寇准也因此遭致了科举士大夫的指责,张咏就为寇准学术不足而感到遗憾,并且在寇准特地为他设下的豪宴上规劝寇准多多读书。可见科举士大夫心中最在意的是自己的学问与道德,一味豪奢的生活是与道德学术相悖的。作为带有武将家世背景又学问相对不足的重臣寇准尚且过着如此豪奢

---

① 《涑水记闻》卷一,第19页。
② 《宋史》卷三一四,第10276页。
③ 《宋史》卷二八一,第9534页。

的生活,那些本身文化修养就不高,又无法参与政治活动的贵戚子弟显然会有过之而无不及,他们喜欢的文艺作品也自然是铺张扬厉、富丽堂皇了。

科举士大夫对于豪奢宴饮活动的取舍不仅构成了与贵族士大夫、贵戚群体不一样的风景,在他们内部也存在着意见的分歧,还是有不少科举出身的士大夫向往贵族生活的豪奢:

> 宋相郊居政府,上元夜在书院内读《周易》,闻其弟学士祁点华灯、拥歌妓、醉饮达旦。翌日,谕所亲令诮让云:"相公寄语学士:闻昨夜烧灯夜宴,穷极奢侈,不知记得某年上元同在某州州学内吃齑煮饭时否?"学士笑曰:"却须寄语相公:不知某年同在某处州吃齑煮饭是为甚底?"①

宋郊、宋祁兄弟二人在元夕夜不同的生活方式正体现着唐宋转型之后新旧价值观的碰撞。宋祁显然还是贵族的做派,尽管他不是贵族出身,但贫寒之时就向往着贵族的欢娱,将其视作人生目标。于是当其通过科举改变政治经济地位后便要参与豪宴、过上理想中的生活。宋郊以曾经某州州学内吃齑煮饭的经历提醒宋祁我们的身份是科举士大夫,豪奢宴饮的生活方式并不属于我们,我们应该时刻研习经典,磨砺道德学术品质。宋郊的敲打正是范仲淹传的最好注脚,给出了科举士大夫生活方式的细节。所以科举士大夫视词体文学为小道而不屑为之不仅是因为其源于庶民世界,从宴饮生活参与主体的承变方面看来,与贵族生活方式的矛盾也是重要因素之一。发生于宴饮活动的词体文学没有承载北宋前期科举士大夫的姿态与精神世界,既然做一个合格的科举士大夫要与宴饮生活保持距

---

① 钱世昭著,查清华、潘超群整理《钱氏私志》,《全宋笔记》第二编第七册,第71页。

离,那么他们显然就很难介入歌词创作。宋庠并没有词名,而宋祁却是词体名流,文学发生场所与文人之文体选择的关系可见一斑。于是词体雅化就面临着亟待解决的两方面问题:庶民的俚俗语言自是不雅,而与政治疏离的贵族式宴饮生活也是不雅,词体不仅要提升字面之雅,还要符合唐宋转型之后科举士大夫的政治意识。前者依靠借鉴与承续六朝贵族文化已能解决,而后者则是新时代的任务,如何让科举士大夫也成为宴饮活动的参与主体,如何让宴饮中的词体文学能表现科举士大夫的审美趣味、人格姿态,是有待宋人解决的课题。

二、象征太平的公私宴饮:科举士大夫参与宴饮的契机

科举士大夫为什么要让自己与宴饮活动保持疏离?除了随时砥砺提升自己的道德学养的生活方式外,不合适的宴饮时机也导致他们对宴饮提出拒绝。欧阳修在晏殊的私第宴会上以诗讽谏,正是因为他觉得在边关将士浴血奋战的时候,国家重臣不应该在后方安享宴乐,而需要与国家同甘共苦。北宋初年的士大夫就已经意识到这个问题:

> (太平兴国三年)三月一日,帝谓宰相李昉曰:"春色方盛,朕欲诏群臣后园赏花,而近尝宴会,又将大宴,不欲数为乐。卿可召同列及翰林、枢密直学士、中书舍人就第,为观花赋诗之会。"仍赐羊、酒。昉曰:"北边方用兵,陛下宵旰为念,群臣当夙夜供职以辅帷幄,若尔宴集,诚所未安。"帝曰:"芳辰嘉致,不可虚度,公余集会,未至过也。"既宴,饮酒酣,各赋《奉诏赏花》诗,帝亦作诗赐之。[①]

[①] 《宋会要辑稿》礼四五,第1753页。

尽管是太宗主动赐宴私第,但李昉依旧推辞,理由便是北边用兵之时不适合人臣私第宴饮,在太宗的一再劝说下,李昉方才答允。太宗的说辞明显带有贵族意识,"芳辰嘉致,不可虚度"正是贵族宴饮沙龙活动的永恒主题,当遇到春色方盛之时,贵族就应该在这个时空中进行宴饮活动,天上春色自是良辰美景,而与之相配的赏心乐事便是人间富贵了,四美相逢既不负春意,亦可陶冶性情。太宗"公余集会"一语更消解了因北方用兵而产生的不安,宴饮活动发生在公事之外的私人空间,这是公共政治不能侵犯的领域,只要在公共空间里尽臣之忠,那么公事之余宴饮赏春就并不是什么过错。但是到了北宋中前期的刚健士风环境下,科举士大夫的个人生活空间也被嵌套在公共政治空间中,他们是不会接受太宗说辞的。

科举士大夫对于不合时宜之宴饮的排斥反过来也为他们提供了可以参与的宴饮类型,既然不能在国有干戈之时私第宴饮,那么当天下太平、朝野无事的时候,是否就可以了呢?答案是肯定的,帝王也试图利用这种方式宣扬时世的太平,如果本身要与宴饮活动保持距离的科举士大夫都主动参与宴饮,那么此刻的天下一定是太平无事,朝野多欢。率先以此为目的而举行国家宴饮活动的便是宋太宗,上引其与李昉的对话距他的即位也只过了三年,就已经能看出他欲通过群臣私第宴饮活动展现太平的意图。到了太平兴国九年(984),上距统一五代十国最后一个割据政权北汉已过五年,中原地区得到了一段时间的稳定恢复,太宗便在一次群臣御园赏花活动中公开表达心迹:"春气暄和,万物畅茂,四方无事,朕以天下之乐为乐,宜令侍从、词臣各赋诗。"[①]并于次年颁诏赐酺:"王者赐酺推恩,与众共乐,所以表升平之盛事,契亿兆之欢心。累朝以来,此事久废,盖逢多故,莫举旧章。今四海混同,万民康泰,严禋始毕,庆泽均行,宜令士庶之

---

① 《宋会要辑稿》礼四五,第1753页。

情,共庆休明之运。可赐酺三日。"①这样一来,原本显示贵族身份的宴饮活动在国家力量下转变为太平盛世的象征,成为北宋帝王宣扬国家权威的惯用手段。而在经历五代十国的纷乱之后,这种国家礼仪行为首先会得到庶民群体的认同,他们会率先参与进宴饮及与之相关的一系列文学艺术活动中来,从而为宴饮场合中的文艺更添几分横亘雅俗的特质。②

正因为帝王的有意识推动,使得本就风靡军功贵戚间的私第宴饮得以更充分地举行,不仅能够满足军功贵戚的豪奢生活方式,也摇身一变成为太平盛世的点缀。这就令原本与政治疏离的宴饮活动暗中和政治发生了联系,也就开始向雅转身。毕竟雅分大小,对国事的忧虑与操劳是雅,形容太平之盛美同样也是雅。久而久之,被欧阳修指摘的晏殊宴饮活动成为了后世士大夫钦羡的风流:

> 晏元献公虽早富贵,而奉养极约,惟喜宾客,未尝一日不燕饮,而盘馔皆不预办。客至,旋营之。顷有苏丞相子容尝在公幕府,见每有嘉客必留,但人设一空案、一杯,既命酒,果实蔬茹渐至,亦必以歌乐相佐,谈笑杂出,数行之后,案上已粲然矣。稍阑,即罢,遣歌乐曰:"汝曹呈艺已遍,吾当呈艺。"乃具笔札相与赋诗,率以为常。前辈风流,未之有比也。③

叶梦得钦羡的前辈风流未尝不是在南渡后对于东都盛日的追慕,因为只在太平无事的时候,朝廷重臣才能有这种富贵雍容的举止。

京城的宴饮活动可示太平,地方也同样需要类似的礼仪性活动

---

① 《宋会要辑稿》礼六〇,第 2097 页。
② 《宋会要辑稿》礼六〇记载了真宗大中祥符元年的赐酺场景,其间"有王太微者,年仅百岁,语诸叟曰:'不识兵戈将六十载,今天子明圣,海内清宴,岂意垂老,睹此太平'"云云便是体现庶民群体对于君王宴饮活动为太平景象的认同。第 2098 页。
③ 叶梦得著,徐时仪整理《避暑录话》卷上,《全宋笔记》第二编第十册,第 267 页。

的展示。京城的宴饮是围绕着帝王,那么地方上类似的宴饮就围绕郡守展开,这可以体现一郡之地的政和民安。韩琦在《定州众春园记》开篇便指出,"天下郡县,无远迩小大,位署之外,必有园池台榭观游之所,以通四时之乐",显然是说明地方需要与京城类似的官民同乐之所。韩琦在下文更指出:"中山之地,自唐天宝失御,盗据戎猾,兵革残困,民不知为生之乐者百有余年。至我朝而后,始见太平,亭障一清,生类蕃育。不有时序观游之所,俾是四民间有一日之适以乐太平之事,而知累圣仁育之深者,守臣之过也。"①如果一地已然太平,但郡守无法通过宴饮、游冶等活动向民众展现太平,便是其过失。这体现出随着时间的推移,科举士大夫群体也接续贵戚与庶民的意趣,逐渐认可起这种以宴饮活动象征太平的价值观。于是当他们担任郡守之时,就必须主动成为宴饮富贵活动的参与者,这是属于自己的政治责任,他们甚至会利用这种方式在动乱时安抚本地民众②,从而宴饮活动通过政治在地方上与科举士大夫发生兼容,另一重词体文学的写作中心与雅化场域随即产生,也就形成了有别于京城的地方雅化路径。

尽管科举士大夫在镇守一方时会主动参与宴饮活动,但当他们在京为官时还是与之保持距离。科举士大夫真正主动参与宴饮活动,并自愿成为太平盛世点缀的时候是要待其光荣致仕,此时他们的身份不再是朝廷重臣,而是退居在家的朝廷耆旧,故而不再需要时刻磨砺品节、提高政治素养,反倒需要参与宴饮活动展示太平。如《宋史·李昉传》所载:"昉所居有园亭别墅之胜,多召故人亲友宴乐其中。既致政,欲寻洛中九老故事,时吏部尚书宋琪年七十九,左谏议

---

① 韩琦《安阳集》卷二一,见《宋集珍本丛刊》第 6 册,第 484 页。
② 如《宋史》卷二九八《司马池传》所载:"蜀人妄言戍兵叛,蛮将入寇,富人争瘗金银逃山谷间。令间丘梦松假他事上府,主簿称疾不出,池摄县事。会上元张灯,乃纵民游观,凡三夕,民心遂安。"第 9903 页。

大夫杨徽之年七十五,鄞州刺史魏丕年七十六,太常少卿致仕李运年八十,水部郎中朱昂年七十一,庐州节度副使武允成年七十九,太子中允致仕张好问年八十五,吴僧赞宁年七十八,议将集,会蜀寇而罢。"①只有太平盛世才会出现朝中耆旧得以晚年悠游富贵的景象,如此一地出现诸老集会,则就具备礼仪象征的意义,李昉诸人便是通过宴饮活动在致仕之后依然承担着士大夫的责任。最后因四川爆发王小波、李顺之乱而作罢也体现着士大夫的行事操守,即必须符合宴饮活动得以发生的条件,这还是缘于私人空间受政治空间左右的特征,和贵族时代终有不同。

　　明晓了宴饮活动参与主体在唐宋转型之际发生的变化,就可以从文学发生的角度重新审视词体雅化问题。宋代帝王善于利用赐酺、元夕等国家性宴饮活动展示太平,所以在北宋产生了一条经由赋颂太平而易俗为雅的词体雅化路径,这将在下节详论。科举士大夫在京城的时候,往往也只能在这些象征太平的宴饮场合成为主导,而这些场合间的歌词创作,皆主要遵循帝王意志,是以科举士大夫在京城词坛并未对雅词基本形态产生决定性的影响。而在唐宋转型之际逐渐失去政治权力的军功贵戚,却可以自由地出入于京城的私第宴饮间,他们横亘雅俗之间的审美趣味也就强烈影响到了宴饮场合下的歌词写作,使得相关词作呈现出靡丽奢艳的风格。不过同样身处宴饮之中,依附于军功贵戚的文人学士也是重要的作者群体,尽管他们必须迎合贵戚的审美趣味进行填词,但也暗自做着添加士大夫雅化元素的努力,《花间集》便是文人参与下的军功贵戚宴会歌词的雅化形态。② 这条

---

① 《宋史》卷二六五,第 9139 页。
② 《花间集》编者赵崇祚就是疏离政治的军功贵戚典型。其父赵廷隐为五代著名武将,在后唐时已官居兵部尚书,后随李继岌灭前蜀,最终助孟知祥建立后蜀,官至太师,封宋王。赵家生活方式极尽豪奢,史载赵廷隐"久居大镇,积金帛钜万,穷极奢侈,不为制限"(路振《九国志》卷七,《粤雅堂丛书》本)。其墓中出土的 20 余件伎乐俑"色彩鲜艳、神态各异,手执陶瓷质乐器,是迄今西南地区发现的最精美伎乐俑组合,且其中部分俑所着(转下页)

词体雅化的最初路径便具备了转型时代不同身份作者的碰撞,使得雅俗混杂成为看似矛盾又不可避免的雅词现象。士大夫作者在这场雅俗混杂间寻找自我趣味与贵戚意志的平衡,从而为词体雅化带来了复归六朝贵族宫体艳情与齐梁乐府诗的雅化路径,这也造就了最富词体文学特质的写作传统。实际上这就是《花间集》最为重要的雅化意义,北宋士大夫在京城宴饮场合的词体写作多从"绮筵公子"写给"绣幌佳人"的诗客曲子词借鉴与沿袭,于是不仅采用相近的方式,选择的体式也以令曲为主。

第二节 宋真宗的礼乐活动与慢词雅化的宫廷契机

京城私第宴饮间的歌词适应着军功贵戚的审美趣味,文本形态呈现雅俗交错的秾艳靡丽。同样作为重要京城宴饮活动的国家性宴饮与帝王赐宴则是天下太平的象征,是国家性的礼乐行为,故而在庄重的公共场合下不可能出现涉及男女情爱内容的歌词,而应该是与宴饮目的相配合的赋颂太平之词。于是国家性宴饮与私第宴饮一起构成了京城词坛的两大创作空间,分别产生了两种京城歌词形态与雅化契

(接上页)服饰有典型的异域风格"(王毅等《四川后蜀宋王赵廷隐墓发掘记》,《中国社会科学报》2011 年 5 月 26 日),更体现其家的宴饮音乐不仅繁丽奢华,更有着交融雅俗胡汉的欣赏趣味。在豪奢靡丽的生活方式之外,赵廷隐还重视其间的文教点缀,其私第宴饮中大量出现文人的身影,使之带上贵族沙龙的色彩。《北梦琐言》中就有这样的记载:"伪蜀主当僭位,诸勋贵功臣竞起甲第,独伪中令赵廷隐起南宅北宅,千梁万栱,其诸奢丽,莫之与俦。……每至秋夏,花开鱼跃,柳阴之下,有士子执卷者,垂纶者,执如意者,执麈尾者,谭诗论道者。"(孙光宪撰、贾二强点校《北梦琐言》逸文卷四,中华书局,2002 年,第 431 页)其间的士子便扮演着点缀风雅文教的角色,也就是《花间集序》中所谓的"诗客"。作为赵廷隐长子的赵崇祚,显然深受这种生活方式的熏染,且赵廷隐的爵位是由赵崇祚之弟赵崇韬承袭,故可以推测赵崇祚可能并不善于政治角力或没有军事才华,他更擅长在豪奢宴饮中悠游,展现贵戚公子的才情风趣。这就与北宋军功贵戚的生存状态极为接近。而且《花间集》结集的广政三年(940),赵廷隐尚在人世,因而《花间集》的性质只能是贵戚公子于宴饮游冶之时的兴会,更加易于被北宋军功贵戚所接受。而花间诗客曲子词的定性也给参与宴会的文人提供写作的允许,从而花间词风及其间承载的雅化元素也就被一并延续与发展。

机。不过来自国家性宴饮活动的雅化契机并未对私第宴饮间的主流令曲发生太大影响,而是在慢词领域影响深远。将雅化契机付诸实践的作者群体也不是士大夫词人,而是由帝王领军,以专业词人为主力并掺杂教坊乐工的复合型团队。这意味着这条契机下的雅词写作与京城私第宴饮促生的第一批雅化令曲一样,带有极强的雅俗相融性质。

词源民间是"五四"以来词学研究的基本认识。由此生发,来自西域的新兴燕乐最初流行于市井里巷,旋律及歌词都符合世俗民众的审美与趣味。随着士大夫渐次接触词体写作,词体文学便在他们手中开始了雅化。这样的叙述将词体雅化视作一次由世俗社会向士大夫社会的上升过程,凸显了士大夫词人在歌词文本领域的雅化贡献。然而词体雅化不仅包括了文本雅化,音乐雅化也是同样重要的雅化内容,这是"五四"以来的研究传统较为忽略的层面,以至于在音乐领域扮演关键角色的帝王与重要雅化空间宫廷被长久忽略。实际上,由西域传来的隋唐燕乐并未在民间盘桓太久,便很快传进了宫廷,与渊源齐梁的宫廷音乐文学交融互动,形成了新的宫廷文艺,由此也为词乐与词体文学带来了宫廷与世俗两条各成体系的发展道路。这两条路线并不是完全平行的,而是交互影响。世俗会不断进入宫廷,宫廷也屡屡改变着世俗的面貌。这种交互影响实际上是音乐文学的常态,历代王朝都会发生这样的情况。随着北宋建立之后,宫廷与世俗的交互又一次剧烈地发生起来,围绕着国家音乐机构的建设,世俗音乐与歌词不断冲击着国家雅乐与宫廷歌词的面貌。相应地,出于国家基本礼乐制度建设与帝王个人推行的礼乐活动需要,宫廷音乐与歌词必然需要典雅化,这就促成了宫廷歌词作者群体的出现,最初的一批典雅歌词也就诞生于他们笔下。正是在这样的背景下,流行于宋初市井间的慢词被按照歌功颂德的文本形态进行雅化改造,原本拒绝写作宫廷歌词的士大夫也在礼乐活动与帝王意志下逐渐参与慢词写作,为词体文学带来一次来自宫廷的雅化契机。这场源于北宋宫廷的歌词雅化契机发轫于太宗朝,催生出的词体文学雅化风潮则大行于真宗,更在真宗东封西祀的礼乐活动中达到了高潮。

一、"太平家法":宋太宗确立的礼乐统治手段与宋真宗的沿袭发扬

"祖宗之法"是北宋政治史的核心命题之一,是北宋帝王与士大夫共同建立、认可并维护的政治原则。邓广铭从宏观上将"祖宗之法"概括为太祖即位之后,在"以防弊之政,为立国之法"的原则下为新王朝建立政治、军事和财政经济等诸多法则,后被宋太宗继承,并概括为"事为之防,曲为之制"的八字方针。① 其后学者在"祖宗之法"如何确立,具体表现为哪些内容等方面取得了可观成果,逐渐认识到"祖宗之法"不仅仅是防微杜渐、相与制衡的政治基调,也包含存在于政治、社会、文化交汇面上的一切"祖宗典故"。② 实际上,太祖只是确立了"祖宗之法"的基本架构与精神,而众多具体的祖宗典故主要由太宗首次实践,这在社会文化领域表现得最为明显。太祖鉴于五代政权更迭频繁之教训,在宫廷政治生活中非常强调重俭防奢,对于祭祀、宴饮、道路等礼乐活动本就兴趣不大,加之其时海内并未统一,故终太祖一朝,并没有举行什么大型礼乐活动。但到了太宗时代,情况就完全不同。不仅如上一节所述,太宗屡屡举行国家性宴饮活动,而且会强调这并非缘于自己生性奢靡逸乐,而是出于展现太平的政治需要。《宋史·李昉传》记载的至道元年元夕宴饮便是如此:

> 至道元年正月望,上观灯乾元楼,召昉赐坐于侧,酌御尊酒饮之,自取果饵以赐。上观京师繁盛,指前朝坊巷省署以谕近臣,令拓为通衢长廊,因论:"晋、汉君臣昏暗猜贰,枉陷善良,时人不聊

---

① 详见邓广铭《宋朝的家法和北宋政治改革运动》,《中华文史论丛》1985 年第 3 期。
② 参见邓小南《"祖宗之法":北宋前期政治述略(修订版)》第四章"从'保祖宗基业'到'守祖宗典故'——真宗朝的过渡",生活·读书·新知三联书店,2014 年,第 285—343 页。

生,虽欲营缮,其暇及乎?"昉谓:"晋、汉之事,臣所备经,何可与圣朝同日而语。若今日四海清晏,民物阜康,皆陛下恭勤所致也。"上曰:"勤政忧民,帝王常事。朕不以繁华为乐,盖以民安为乐尔。"①

国家性宴饮活动会流入奢侈之弊,这是五代政权频繁更迭的教训之一,故太宗在国家宴饮场合下强调其所为并非喜爱繁华,而是以民安为乐,此刻的宴饮活动是顺应时代,顺应民意,是为了展示与观览时下的太平盛世。除了国家性宴饮活动之外,太宗还频繁赐予大臣私第宴饮,开放皇家园林空间纵京城市民节序游观②,亦通过壮丽的建筑与崇奉宗教等手段推进太平之象的建设③。于是乎国家宴饮活动、国家祭祀仪典、大型国家礼仪性建筑等礼乐工程被有机整合在一起,构成了一套有机统一的礼乐活动,可供后世继任者遵奉仿效。后世北宋诸帝也确实经常整套沿袭太宗的做法,故而这套借助礼乐活动展示太平的统治手段逐渐被接纳进"祖宗之法"的体系中,成为宣扬时世清平的祖宗典故。太宗之后,真宗与徽宗也是大行礼乐建设的北宋帝王,二者也都遭遇到不顺畅的皇位交接,多多少少面临着皇权危机。前后相较,太宗的"太平家法"应当具备着展示与强化帝王威权的意图,只是真宗与徽宗将帝王的威权展示当成了礼乐活动最核心的目的。

---

① 《宋史》卷二六五《李昉传》,第9138页。
② "(太平兴国九年)四月十四日,幸金明池习水战。帝御水殿,召近臣观之,谓宰相曰:'水战,南方之事也。今其地已定,不复施用,时习之,示不忘战耳。'因幸讲武台阅诸兵,都试军中之绝技者,递加赏赉。登琼林苑楼,楼前百戏皆作,士庶阗咽。掷金钱,令乐人争之,极欢而罢。""淳化三年三月二十二日,幸金明池观水嬉,命为竞渡之戏。掷银瓶于波间,俾军人撇波取之。因御楼船,命奏教坊乐于池岸,都人士女纵观者亿万。帝顾视高年皓首者,命以白金器皿就赐之。宴从官于琼林苑,帝作《游琼林苑》诗赐近臣。"记载中的太宗开放金明池纵士民游观场景与后世真宗、徽宗的国家礼仪活动非常接近,完全可以视作真宗、徽宗秉持的祖宗故事。《宋会要辑稿》礼五二,第1910、1911页。
③ 《儒林公议》记载:"太宗志奉释老,崇饰宫庙。建开宝寺灵感塔以藏佛舍利,临瘗为之悲涕。兴国寺构二阁,高与塔侔,以安大像。远都城数十里已在望,登六七级方见佛腰腹,佛指大皆合抱,观者无不骇愕。两阁之间通飞楼为御道。丽景门内创上清宫,以尊道教,殿阁排空,金碧照耀,皆一时之盛观。"见田况著,储玲玲整理《儒林公议》,《全宋笔记》第一编第五册,大象出版社,2003年,第93页。

真宗朝是北宋时代出于巩固与展示帝王威权而运用"太平家法"的第一次高潮。尽管真宗是太宗亲自选定的继承人,但太宗生前即已存在皇储地位不稳固的隐患,在皇位交接之际更是遭遇了差点被换掉的危机,仅仅依靠"大事不糊涂"的吕端护佑,才得以顺利登基。前辈学者对此已有充分的论述,指出这场危机导致真宗的帝王威权被大幅削弱,他需要获得其他的功绩以维护并巩固皇权。① 本来澶渊之盟是一个很好的契机,毕竟真宗御驾亲征,击退了辽军的进攻,从其后宋辽之间百余年未发生大规模战争的事实来看,澶渊之盟实际上为北宋王朝解决了来自东北方向的最大边患。于是真宗的功绩已经可以挽救登基事件带来的不利影响,然而王钦若出于攻击政敌寇准的需要将澶渊之盟解释成屈辱色彩强烈的城下之盟,又消解了真宗的这番功绩:

> 契丹既受盟,寇准以为功,有自得之色,真宗亦自得也。王钦若惎准,欲倾之,从容言曰:"此《春秋》城下之盟也,诸侯犹耻之,而陛下以为功,臣窃不取。"帝愀然曰:"为之奈何?"钦若度帝厌兵,即谬曰:"陛下以兵取幽燕,乃可涤耻。"帝曰:"河朔生灵始免兵革,朕安能为此?可思其次。"钦若曰:"唯有封禅泰山,可以镇服四海,夸示外国。然自古封禅,当得天瑞希世绝伦之事,然后可尔。"既而又曰:"天瑞安可必得,前代盖有以人力为之者,惟人主深信而崇之,以明示天下,则与天瑞无异也。"帝思久之,乃可。②

这段材料在讨论真宗朝政治的时候经常被引录,学者多从中认为真宗后来的天书封禅是为了向辽展示自己的神圣与尊严,洗刷自己被迫签订和约的耻辱。不过真宗的天书封禅还有其他的礼乐目的与威

---

① 参见邓小南《"祖宗之法":北宋前期政治述略(修订版)》,第285—315页。
② 《宋史》卷二八二《王旦传》,第9544页。

权展示对象,毕竟澶渊之功已被否定,自己登基以来国内威权不足的问题依旧未得解决。而且从真宗与王钦若的对话中可以发现,在真宗还认可澶渊之功的时候,寇准就已将功劳归于自己,这显然是北宋前期士大夫强调自我是政治生活之主导的惯常做法,但实际上却构成了与真宗争功的矛盾,使得澶渊之盟本身并不足以成为真宗在士大夫间提升威权的契机,他就需要另寻方式。于是在真宗以澶渊之盟为耻的时候,面向国内士大夫的威权宣示也就更显迫切了。真宗实际上面临着对内对外的双重威权不足的危机,从而后来的神道设教、东封西祀等活动是面向本国士大夫与外国君臣两个群体的表演。邓小南指出:"天书的意义,不仅在于慑服北使乃至外夷,更是要告谕海内,宣示给自己的臣民。"①方诚峰则进一步判断:"回顾真宗朝的五次天书降临事件,可以看到其从君主寝殿推向大内、都城,从君主本人推向官僚群体、都城民庶的过程,空间、观众都在不断扩大。从这个过程可知,天书的用意显然主要不在外,而在内。"②这场表演不仅仅只有王钦若建议的封禅与天书,还包括了一系列的赐酺、祭祀、纵民游观金明池等礼乐活动,更出现了利用道教宣扬太平的活动。这些活动多是太宗做过的事,真宗显然是在遵奉祖宗典故。不过真宗面向的臣民亦有轻重之分,科举士大夫群体才是他最在意的观众。

　　北宋科举士大夫大多并不赞同真宗的礼乐行为,他们的出发点即是太宗意识到的奢侈之弊,李沆即云:"人主少年,当使知四方艰难。不然,血气方刚,不留意声色犬马,则土木、甲兵、祷祠之事作矣。"③但是真宗展示威权的信念也非常坚定,他经常搬出祖宗故事为他的礼乐活动提供依据,如对陈彭年就这样强调:"太祖、太宗丕变弊俗,崇尚斯文。朕获绍先业,谨导圣训,礼乐交举,儒术化成,实二后垂裕之

---

① 邓小南《"祖宗之法":北宋前期政治述略(修订版)》,第285页。
② 方诚峰《祥瑞与北宋徽宗朝的政治文化》,《中华文史论丛》2011年第4期。
③ 《宋史》卷二八二《李沆传》,第9539页。

所致也。"①可见在真宗心中,太宗创立的"太平家法"确实存在,可以借此堵住士大夫的反对声音。不仅如此,真宗还积极寻找祖宗之法之外的礼乐活动依据:

> (真宗)而心惮旦,曰:"王旦得无不可乎?"钦若曰:"臣得以圣意喻之,宜无不可。"乘间为旦言,旦黾勉而从。帝犹尤豫,莫与筹之者。会幸秘阁,骤问杜镐曰:"古所谓河出图,洛出书,果何事耶?"镐老儒,不测其旨,漫应之曰:"此圣人以神道设教尔。"帝由此意决,遂召旦饮,欢甚,赐以尊酒,曰:"此酒极佳,归与妻孥共之。"既归发之,皆珠也。由是凡天书、封禅等事,旦不复异议。②

真宗从儒家经典那里获得了礼乐活动的理论许可,这相较于"祖宗之法"更加客观有力,圣人典故也让士大夫不易攻击。同时真宗又通过非常规的手段让当时的士大夫领袖宰相王旦保持沉默,可见其展示帝王威权的礼乐活动最大阻力与最终展示对象就是科举士大夫。因此这场神道设教的礼乐活动的成功标志不仅在于典礼有没有如期举行,也在于科举士大夫能不能因此接受他的威权,甚至可否主动参与国家性礼乐活动的表演。

二、宋初宫廷音乐机构的高度世俗化与国家礼乐需要的矛盾

"太平家法"下的诸多礼乐活动都需要演奏国家雅乐,各种典礼仪式还需要演唱与雅乐相配的歌词。对于真宗出于提高自我帝王威权的礼乐活动来说,音乐与歌词不仅需要新撰,而且必须满足高度典雅的艺术标准。这两项工作当然就落在了宫廷音乐机构身上,不过

---

① 《宋史》卷二八七《陈彭年传》,第 9664 页。
② 《宋史》卷二八二《王旦传》,第 9544—9545 页。

北宋初年宫廷音乐机构的面貌与性质却并不能满足真宗礼乐活动的需要,甚至与雅乐雅词的标准发生严重的矛盾。

  中国古代宫廷音乐机构主要分为两大系统:一是太常系统,其与礼制紧密结合,主要创制国家礼仪活动所用雅乐乐曲,如郊庙、朝会、宴射等,这是代表国家意识形态的音乐,通常在王朝建立之初即予以创制,其后一直沿用,具有很强的封闭性,内容以歌颂先王功德、时世太平为主;一是教坊系统,其主要掌管燕乐,即宫廷娱乐活动所用音乐,没有太常雅乐的封闭性,与民间俗乐交流频繁,甚至还包括倡优杂伎等散乐活动。① 不过教坊要到唐朝才出现,在此之前扮演类似教坊角色的宫廷音乐机构应是乐府。但是太常与乐府的雅俗界限其实比较模糊,太常乐工会参与娱乐活动的俗乐演奏,而乐府则需要承担房中食举、鼓吹道路等雅乐工作。尽管唐高祖设立了教坊,但当时太常教坊依然延续了雅俗浑融的格局,这两套音乐系统的完全雅俗分流要等到唐玄宗开元二年(714):

  旧制,雅俗之乐,皆隶太常。上精晓音律,以太常礼乐之司,不应典倡优杂伎;乃更置左右教坊以教俗乐,命右骁卫将军范及为之使。又选乐工数百人,自教法曲于梨园,谓之"皇帝梨园弟子"。又教宫中使习之。又选伎女,置宜春院,给赐其家。②

至此之后,太常与教坊不仅在掌管的音乐上有雅俗之别,其乐工的身份也不一样。既然唐玄宗认为太常礼乐之司不应典倡优杂伎,那么太常乐工应该是经过国家礼乐系统培养的。这些乐工训练有素,隶

---

① 散乐即百戏,包括"杂手技、舞稍、掷盆、弄丸、藏珠于器、吐幡口中之戏"等内容。教坊管辖散乐的情况,详见《宋会要辑稿》职官六,第 3180 页。亦可参看赵维平《中国历史上的散乐与百戏》,《中央音乐学院学报》2006 年第 1 期。
② 《资治通鉴》卷二一一,中华书局,1956 年,第 6694 页。

属国家,只在国家礼仪活动中演奏,也只学习演奏雅乐,甚至会接受儒家礼乐经典的教育。而教坊乐工则就是倡优杂伎,世俗社会背景很深,有一部分成员甚至可以直接来源于市井。教坊乐工的世俗色彩使得他们可以自由地向民间乐曲汲取营养,新曲的频繁制作又使其不必局限在固定音乐的反复演练上,再加之帝王因个人喜好而增设教坊之外的俗乐机构梨园,实际上是变相提升了俗乐的地位,促成了教坊系乐工在艺术造诣上要远优于太常乐工。①

这种雅俗分立的宫廷音乐机构格局在唐末五代的动乱中受到了极大的冲击,最受影响的就是太常系统。毕竟太常雅乐从属于国家礼仪,需要一段较长的和平稳定时间才能够制作与教习,祭祀郊庙等仪式也只有在天下安定时才能顺利举行。而晚唐五代时期,政权交替极为频繁,各个政权尚未来得及完成礼乐制度的建设就被下一代王朝取代了。在这样频繁的循环往复中,不仅太常雅乐的封闭性丧失,太常系统中熟习基本音乐演奏的乐工数量也无法保证,不得不向教坊系统借调乐工:

> 太常丞刘涣奏:"当寺全少乐工,或正、冬朝会,郊庙行礼,旋差京府衙门首乐官权充,虽曾教习,未免生疏,兼又各业胡部音声,不闲太常歌曲。伏乞宣下所司,量支请给。据见阙乐师添召,令在寺习学。"敕:"太常寺见管两京雅乐节级乐工共四十人外,更添六十人。内三十八人,宜抽教坊贴部乐官兼充;余二十二人,宜令本寺招召充填。仍令三司定支春冬衣粮,月报闻奏。其旧管四十人,亦量添请。"②

---

① 《旧唐书·音乐志一》记载唐玄宗于一次朝会上"令宫女数百人自帷出击雷鼓,为《破阵乐》《太平乐》《上元乐》。虽太常积习,皆不如其妙也"。其中所提之曲皆属太常雅乐,本应是太常乐工熟习之曲,这说明玄宗教坊梨园弟子的雅乐表演水平都已经超过了太常乐工,其在艺术领域的领先程度也可以想见。《旧唐书》卷二八,第 1051 页。
② 王溥《五代会要》卷七,上海古籍出版社,1978 年,第 124 页。

动荡时局下,教坊乐工的艺术优势便发挥了作用,他们优秀的音乐功底能使其很快掌握新制乐曲,于是从教坊系统升入太常系统。然而五代动乱时期,教坊乐工的来源较之前更为混乱,世俗程度进一步加重,甚至出现了本与音乐工作无关的人员,他们随着教坊乐工充填太常而一并流入了太常雅乐系统:

> 然礼乐废久,而制作简缪,又继以龟兹部《霓裳法曲》,参乱雅音,其乐工舞郎,多教坊伶人、百工商贾、州县避役之人,又无老师良工教习。明年正旦,复奏于庭,而登歌发声悲离烦慝,如《薤露》《虞殡》之音,舞者行列进退,皆不应节,闻者皆悲愤。①

可见在唐末五代动乱时期宫廷音乐机构大规模缩减的背景下②,上调教坊乐工也无法满足正常国家典礼需要,只能从市井中征召狭邪之徒,使得宫廷音乐机构的成员更为芜杂,不仅让音乐机构、音乐类型更加俗化,也对正常的礼乐演出构成了严重的干扰。

北宋王朝的建立结束了五代十国政治混乱的局面,中原地区的正常政治秩序得以恢复,然而宫廷音乐机构依然延续了五代时期的雅俗混乱。太祖登基之初的七年,宋廷根本没有进行本朝雅乐的制作,如御正殿受朝贺之类的典礼性活动,皆以教坊乐权充。其后太祖虽然下令创制雅乐,但宋廷雅乐真正制作成功要等到徽宗即位之后,而太常与教坊二系统的雅俗分立更在北宋始终未能恢复,因此北宋太常系统的雅乐职能很大程度还是由教坊承担。此外北宋前期宫廷音乐机构的乐工来源亦十分随意,不仅教坊的创制主要依靠吞并南

---

① 《新五代史》卷五五《崔梲传》,中华书局,2015年,第719页。
② 关于盛唐至五代宫廷音乐机构规模的锐减,可参见康瑞军《宋代宫廷音乐制度研究》,上海音乐学院出版社,2009年,第28—29页。

方割据政权后的收编①,其后很长时间内,新征召的乐工也基本来自市井民间,这招致了士大夫的不满:

> (嘉祐)六年十二月二十一日,太常寺言:"准诏,翰林学士范镇与本寺官同定夺冯致祥奏议。伏见元会日登歌宫架之乐,其钟磬丝声随逐歌管,有击至五七声者,烦手夺伦,无甚于此。盖缘五代乱离之后,工人亡散,国初只以坊市细民为乐工,因循未能厘正。寻令依谱,每字止击一声,随逐歌管,实甚和谐。②
>
> 汉氏叙得人之盛,而协律在乎儒雅质直之列。又汉制,卑者之子不得舞宗庙之酎,取二千石至关内侯適子,方为舞者。历代而下,乐府令丞多用士人。臣伏见太常乐工,率皆市井间阎屠贩末类,猥恶污浊,杂居里巷,国有大事,辄集而教之,礼毕随散,则其艺安得而详,业安得而精?③

可见就算到了仁宗朝后期,宫廷音乐仍然深受乐工世俗化的影响。不过此时的士大夫已经主动承担起正雅乐的任务,用自己的学识论说音乐的雅俗之别。从范镇的奏议即可看出,世俗乐工熟悉的俗乐演奏习惯会被带进宫廷,甚至以此干预本朝雅乐的制作④,因此北宋宫廷雅乐才始终无法达到尽量恢复先王音乐的宗旨。此间关于乐工

---

① 《宋史》卷一四二《乐志十七》:"宋初,循旧制,置教坊,凡四部。其后平荆南,得乐工三十二人。平西川,得一百九十三人。平江南,得十六人。平太原,得十九人。余藩臣所贡者八十三人。又太宗藩邸有七十一人。由是四方执艺之精者皆在籍中。"第3347页。
② 《宋会要辑稿》乐三,第382页。
③ 张方平《乐全先生文集》卷一一《礼乐论·雅乐论》,《宋集珍本丛刊》第5册,第709页。
④ 《归田录》卷一云:"国朝雅乐,即用王朴所制周乐。太祖时,和岘以为声高,遂下其一律。然至今言乐者犹以为高,云:'今黄钟乃古夹钟也。'景祐中,李照作新乐,又下其声。太常歌工苦其太浊,歌不成声,当铸钟时,乃私赂铸匠,使其减其铜齐,而声稍清。歌乃叶而成声,而照竟不知。以此知审音作乐之难也。"不管此处乐工行为合理与否,至少说明乐工会干预雅乐的创制,甚至会绕开乐官自行处理,私自改钟更是忤逆中央的行为,这显然与世俗身份有关。第250页。

一字击五七声的记载是对宋代词乐一字一音说的冲击,宋词的歌唱显然具备了缠声繁音,一字一声只是礼仪性场合音乐的追求。张方平的策论则指出有些世俗乐工不但来源于市井,而且还不是宫廷音乐机构的常职人员,只是临时征调,随至随散。他认为这种人员结构大大降低了宫廷音乐机构的技艺水准,建议以士大夫子弟充任音乐机构的大小成员。这是科举士大夫面对宋代国家雅乐迟迟不能制作成功的焦虑,试图让自我群体参与进国家音乐与歌词的雅化事业以扭转这种困局。范镇与张方平代表的科举士大夫礼乐参与意识与礼乐主张,其实是经由真宗礼乐活动之后才产生的新现象,在真宗之前,宫廷音乐与歌词的俚俗样态显然要较仁宗时代更为夸张。于是在真宗强力推行的礼乐活动面前,国家音乐与歌词势必都会产生强烈的雅化需求。

三、长短句词体进入宫廷雅乐系统与雅化契机的获得

既然真宗的礼乐活动带来了北宋国家音乐的雅化契机,那么国家音乐的歌词也就同样存在雅化的需要。按照传统来说,流行于北宋市井的长短句体式歌词本不会被国家音乐歌词采用,但恰是由于北宋初年宫廷音乐机构的高度世俗性,其居然经由鼓吹军乐进入到了国家雅乐系统,从而由宋真宗礼乐活动带来的雅化契机,也对长短句歌词特别是慢词体式产生了深远影响。

鼓吹军乐系统源于汉乐四品中的黄门鼓吹与短箫铙歌,传统上用于乘舆仪仗,虽不用于郊庙祭祀,却可以在宴饮场合中演奏。[1] 在

---

[1]《西京杂记》卷五:"汉朝舆驾祠汾阴,备千乘万骑,大仆执辔,大将军陪乘,名为大驾。……黄门前后鼓吹,左右各一部,十三人,驾四。"《东观汉记》卷五《乐志》:"汉乐四品,一曰《大予乐》……二曰《周颂雅乐》……三曰《黄门鼓吹》,天子所以宴乐群臣,《诗》所谓'坎坎鼓我,蹲蹲舞我'者也。其《短箫铙歌》,军乐也,其传黄帝岐伯所作,以建威扬德,风劝士也。"《宋史·乐志十五》:"鼓吹者,军乐也。昔黄帝涿鹿有功,命岐伯作凯歌,以建威武,扬德风,励士讽政。"可见鼓吹与铙歌本分属食举与军乐,然因鼓吹用于道路仪仗缘故,与军队相关,后世逐渐合而为一。至宋时,黄门鼓吹已经完全被纳入军乐系统。葛洪《西京杂记》卷五,中华书局,1985年,第33—34页;刘珍等著,吴树平校注《东观汉记校注》卷五,中华书局,2008年,第158—159页;《宋史》卷一四〇,第3301页。

北宋国家雅乐迟迟不能创制成功的情况下,原本处于雅乐边缘的军乐地位开始上升,与教坊乐一同承担起某些国家礼乐活动,特别是国家宴饮活动的用乐职能,从而军乐与真宗的礼乐活动关联密切。《宋会要辑稿》礼六〇就记载了大中祥符元年(1008)二月一日赐酺用乐情况:

> 楼前筑土为露台,半门扉,上设教坊乐。又骈系方车四十乘,上起彩楼者二,分载钧容直、开封府乐。复为棚车二十四,每车联十二乘为之,皆驾以牛,被之锦绣,蒙以彩绸,分载诸军、京畿妓乐,又于衢中编木为栏处之。①

这段材料明显透露出太常雅乐系统在北宋前期的国家性宴饮活动中的缺席,国家宴饮用乐呈现着雅俗混用的面貌。材料中提到的钧容直即是宋代宫廷军乐的一种,设立于太平兴国三年(978),成员为军中之善乐者,使用场合为巡省游幸时骑导车驾的奏乐,亦用于御楼观灯、赐酺等国家宴饮行为。② 军乐在国家宴饮场合的使用不仅因为其宴饮用乐的传统,而且还与自两汉以来军乐就也具备着面向雅俗的开放性质有关,这其实更加切合国家性宴饮活动的用乐需求。帝王之所以要举行国家性宴饮活动,多是为了通过与民同乐的方式展现天下太平,故而宴饮所用之乐显然也要满足普通市民的审美趣味与娱乐需求,应该具备雅俗共济的特征。在北宋初年宫廷音乐机构雅俗混杂的氛围下,军乐的世俗性质较前代更为浓烈,其实与教坊差异不大:

> 嘉祐二年,监领内侍言,钧容直与教坊乐并奏,声不谐。诏

---

① 《宋会要辑稿》礼六〇,第 2097 页。
② 《宋史》卷一四二,第 3360 页。

> 罢钧容旧十六调,取教坊十七调肄习之,虽间有损益,然其大曲、曲破并急、慢诸曲,与教坊颇同矣。①

上引材料所见北宋军乐与教坊乐一并演奏的情况,本身就意味着北宋军乐同样也是雅俗混杂的。而仁宗面对军乐与教坊乐相互冲突的时候,决定让军乐迁就于教坊,完全意味着军乐在雅俗二者间更亲近俗乐的特征。经仁宗这样归并后,北宋军乐的高度世俗性质也就进一步落实与加强了,其所用之曲、所歌之词受到俗乐的支配与影响势必更加强烈,也正因此,新兴的流行音乐歌词体式长短句被引入了鼓吹军乐歌词的写作。

实际上,无论哪个朝代,对于郊庙、朝会等国家典礼场合所用之乐都希望承袭诗教的颂体传统,所以这些乐章歌词皆以四言诗体式写就,尽管宋廷雅乐成分芜杂,但从《宋史》卷一三二至一三九所载乐章歌词来看,还是沿袭了这一传统,绝大多数是整齐的四言诗,偶有五言、六言者,然皆为齐言诗体。② 不过用于宴饮活动及道路仪仗的鼓吹军乐歌词并不必非常严守四言传统,可以融入当时流行的歌词体式。如著名的汉鼓吹铙歌十八曲便是杂言形态,体现了一定的流行音乐特征,而《旧唐书》卷三〇所载《享龙池乐章十首》③,乃姚崇、沈佺期、苏颋等十位文臣分制,所用体式为七言八句诗体,大部分已经符合甫时方才定型的七言律诗格律。但尽管如此,在雅俗音乐界限分明的时代,从属于太常雅乐的鼓吹军乐歌词还是能够保证以齐言诗体为主的大格局,歌词撰者也逐渐会有意识地将军乐歌词向着四言传统靠拢。《旧唐书·音乐志》所载宴饮、鼓吹歌辞就均遵守齐言诗体传统,就并未出现当时已经流行的长短句体式。然而宫廷音

---

① 《宋史》卷一四二,第 3360—3361 页。
② 《宋史》卷一三二—一三九,第 3067—3299 页。
③ 《旧唐书》卷三〇,第 1124—1126 页。

乐机构雅俗交杂宋代军乐歌词则离传统相去甚远,收录于《宋史》卷一四〇、一四一两卷中的宋代鼓吹曲歌词全部都是长短句体式①,每首歌词前都标注词调名,共计五种词调:《导引》《六州》《十二时》《奉禋歌》《降仙台》。同一词调名下的不同歌词在字数、韵脚、各句长短参差变化等方面均保持一致,显然具备按谱填词的词体文学特征。再加之《六州》与《十二时》更是宋词习见的乐调,完全可以断言宋代雅乐系统接受了流行世俗间的长短句歌词体式。而且,两卷鼓吹歌词涵盖南北二宋,可见随着政权的稳定,宋廷对于鼓吹歌词的制作完全没有如前代那样渐渐回到齐言诗体的传统上,反而是把长短句词体作为了固定体式。故而程大昌有云:"魏、晋、唐郊庙歌,率多四字为句。唐曲在者,如《柳枝》《竹枝》《欸乃》,句皆七字,不知当时歌唱用何为调也。张华表曰:'汉氏所用文句,长短不齐。'则今人以歌曲为长短句者,本张华所陈也。"②程大昌为今曲以长短句为体寻找典故支持,正是说明南宋时代雅乐歌辞容纳长短句词体已成惯例。

结合上述可知,长短句词体借由鼓吹乐进入国家雅乐系统,获得的唐代近体诗所无之俗乐入雅的幸运,其原因就在于北宋音乐机构的高度世俗化。《宋史》所载的《导引》《六州》《十二时》三调本就属于世俗流行的燕乐,而且也不是花间时代就已经获得士大夫写作传统的近诗令曲,而是流行于北宋市井民间的慢词,这本就是世俗乐工熟悉的调式。可以想见,在世俗乐工刚刚将长短句体式引入鼓吹曲的时候,歌词内容与文本样貌势必会沾染极大的世俗风气,不仅与国家典礼、道路的使用场合极不协调,更不适合在真宗出于展示太平的国家宴饮活动中演奏歌唱,北宋国家雅乐与歌词的雅化契机也就覆盖

---

① 《宋史》卷一四〇、一四一,第3301—3337页。
② 程大昌著,许沛藻、刘宇整理《演繁露》卷六,《全宋笔记》第四编第八册,大象出版社,2008年,第225页。

到了长短句歌词体式。《宋史》所载的鼓吹歌词均典雅平和,显然是经历雅化之后的面貌。

四、帝王意志主导的颂体文风与士大夫接受慢词写作的历程

尽管北宋宫廷音乐机构的高度世俗性使得雅乐与歌词存在强烈的雅化契机,但若真的要使契机转变为实践乃至风潮则完全取决于帝王的意志,也就是要不要采取礼乐手段的统治政策。其实在太祖鼎革之初,宫廷音乐高度的世俗性就已经爆发出与国家基本雅乐需求之间的矛盾,相关大臣已经呼吁宫廷歌词需要雅化:

> 乾德六年十月二十七日,判太常寺和岘言:"郊祀有夜警晨严,《六州》《十二时》及鼓吹回仗时驾前导引三曲,见阙乐章,望差官撰进,下寺教习应奉。"诏诸乐章令岘修撰,教习供应。①

和岘的奏章表明长短句词体借鼓吹军乐进入北宋雅乐在太祖朝就已经发生,更佐证了慢词雅化存在着来自宫廷的契机与路径。身为前朝宰相和凝之子的和岘借助鼓吹乐章见阙的机会请求差官撰进,很可能希望由此促成士大夫参与歌词撰写以完成雅化工作。但是太祖的诏令却粉碎了鼓吹曲歌词在开国之初便得以雅化的可能,他依然下令由和岘修撰,将音乐与歌词的制作严格限制在音乐机构的范围中。这与太祖严格限制乐工群体,不予其文官政治地位的政策相合②,应

---

① 《宋会要辑稿》舆服三,第2220页。
② 《宋史全文》卷二载:"(开宝八年)夏四月,教坊使卫德仁以老求外官,且援同光故事求领郡。上曰:'用伶人为刺史,此庄宗失政,岂可效之耶。'宰相拟上州司马。上曰:'上佐乃士人所处,资望甚优,亦不可轻授,此辈出当于乐部近转耳。'乃命为太常寺太乐署令。"太祖此举,实将乐工、乐官与科举士大夫截然分开,致使北宋前期科举士大夫不屑入乐官系统,亦对雅乐制作事业予以漠视。所以会有注引中富弼的评论:"古之执伎于上者,出不得与士齿。太祖不以伶官处士人之列,止以大乐令授之,在流外之品。所谓塞僭滥之源。"汪圣铎点校《宋史全文》卷二,中华书局,2016年,第86—87页。

是太祖鉴于后唐庄宗以伶人为官的教训而设,但这却直接导致了科举士大夫对于乐官的轻视,从而宋初士大夫并不愿意参与国家音乐歌词的撰制工作,北宋初年宫廷音乐的雅化进程因此步履维艰。

这种情况也在太宗创设"太平家法"的时候发生改变,出于巩固帝王威权的礼乐活动本就是多领域、全方位的文化综合体,是需要士大夫在帝王意志下集体参与的事业,太宗也就会一改太祖做法,主动促成士大夫参与进各项礼乐活动。不过太祖对于伶人为官的防范使得宋初士大夫并不屑于参与音乐工作,从而太宗选择宴饮间的诗歌作为突破口,通过命令士大夫即席写诗的方式使其参与礼乐活动,并且太宗还会即席评论,借此主导着相关文学艺术的风格取向:

> 太宗太平兴国九年三月十五日,诏宰相、近臣赏花于后园。帝曰:"春气暄和,万物畅茂,四方无事,朕以天下之乐为乐,宜令侍从、词臣各赋诗。"帝习射于水心亭。宋琪等以应制诗进,帝吟咏久之。学士扈蒙诗有"微臣自愧头如雪,也向钧天侍玉皇",帝笑谓曰:"卿善因事陈请。"①

虽然并不清楚这次即席应制诗篇的具体内容,但从太宗赏叹的两句来看,太宗不仅要求宴饮诗歌需要将赋颂帝王作为主要内容,还希望能达到较高的艺术标准,即诗歌要切合创作场合与作者身份,在达到赋颂旨趣的同时,还要词藻华贵、语意雍容,又不显阿谀。太宗多次在宴饮中亲自撰写诗篇,并频繁赐诗,想必是为了提供此种诗风类型的范本。这实际上是在以帝王意志主导国家文学艺术的创作,是"太平家法"在大规模礼乐活动之外的重要内容。太宗不仅重视诗歌创作的引导,在书法绘画等艺术领域也有着相同的态度,上述太宗对于诗歌的写

---

① 《宋会要辑稿》礼四五,第 1753 页。

作要求,其实是"太平家法"下所有艺术门类都应呈现出的审美样态。①

效法太宗典故而大行礼乐活动的真宗,于文学艺术领域也秉承着太宗的法度,他效仿太宗故事,不仅频繁赐宴群臣,还于席间席后赠予御制诗歌,进一步规范着符合"太平家法"需求的赋颂诗风。而且伴随着东封西祀等重大典礼活动的举行,更明确在文章领域也提出同样的艺术与审美追求,使得这一时期出现了赋颂之文的井喷:

> 人臣作赋颂,赞君德,忠爱之至也。故前世司马相如、吾丘寿王之徒,莫不如此,而本朝亦有焉。吕文靖公、贾魏公,则尝献《东封颂》,夏文庄公则尝献《平边颂》《广文颂》《朝陵颂》《广农颂》《周伯星颂》《大中祥符颂》《灵宝真文颂》,庞颖公则尝献《肇禋庆成颂》,今元献晏公、宣献宋公遭遇承平,嘉瑞杂遝,所献赋颂尤为多焉。②

其间提到的赋颂文作者分别是吕夷简、贾昌朝、夏竦、庞籍、晏殊、宋绶,他们都是真宗、仁宗两朝的重臣,是一代士大夫的领袖,却在真宗朝皆创作了这些与东封西祀密切相关的赋颂文字,可见真宗成功地拉拢了一部分士大夫参与进他的礼乐建设。真宗的手段也很简单,就是将进献赋颂作为晋身仕途的一条途径,贾昌朝便是通过这种方式获得同进士出身:

---

① 米芾《书史》即云:"太宗皇帝文德化成,靖无他好,留意翰墨,润色太平。"又云:"本朝太宗挺生五代文物已尽之间,天纵好古之性,真造八法,草入三昧,行书无对,飞白入神。一时公卿以上之所好,遂悉学钟王。"钟王书法是历代君王喜尚的书风,二人书法史地位的确立也有赖于帝王的推崇。米芾的记载可见太宗在书法领域也有着以之润色太平的意识,钟王雍容平和的书风也非常适合与太平盛世相配,书法领域正是遵循着与诗歌同样的标准。太宗之亲自参与创作,左右着文艺风潮的走向,奠定了"太平家法"中帝王主动参与文艺活动的典故。《全宋笔记》第二编第四册,第229、260页。
② 吴处厚著,李裕民点校《青箱杂记》卷六,中华书局,1985年,第62页。

(天禧元年夏四月壬午)赐进士杨伟及第,贾昌朝同出身。大礼之初,贡举人献赋颂者甚众,诏近臣详考,惟伟及昌朝可采,故召试学士院而命之。①

不仅进献赋颂文章可以获得晋升,写作赋颂诗歌也可以获得同样的机会,而针对北宋宫廷音乐高度世俗化而撰制符合礼乐活动需求的内容雅正、辞藻雅丽的歌词当然更不会例外,其与礼乐活动的相关度本就更加紧密,更是以士大夫作为最重要的威权展示对象的真宗最期待士大夫参与的礼乐工作。于是真宗彻底打破太祖将音乐事务限制在音乐系统内部的政策,以行政命令的手段要求士大夫参与音乐事业。他在将要举行封禅仪式之际连下两诏,把撰写鼓吹曲歌词的职责交付给学士院:

真宗景德三年八月五日诏:太常鼓吹局见用三调六曲,词非雅丽,令太常寺会音律人就学士院令晁迥以下依谱修正词理,降下本局教习。

大中祥符元年六月六日,详定所言:"鼓吹旧用《六州》《十二时》曲,将来导引封禅,请下学士院增损旧词,付本局教习。"从之。②

这两道诏书明确展现了慢词雅化的契机来自国家礼乐活动需求,最大的动力就是国家行政命令,而雅化的艺术方向便是符合礼乐活动需求与帝王文艺旨趣的颂美铺叙,这直接导致了雅化后的慢词形成了重铺叙、贵典丽、章法结构复杂精工的文体特质,呈现出与近诗令曲不一样的写作传统。真宗不仅命令学士院撰写鼓吹曲歌词,还逐渐将郊庙歌词的职责也转交给士大夫:

---

① 《续资治通鉴长编》卷八九,中华书局,1983 年,第 2055 页。
② 《宋会要辑稿》舆服三,第 2220 页。

>　　帝谓王旦等曰："鼓吹局现用乐曲,词制非雅;及郊祀五時饗庙歌词、冬正御殿合用歌曲,可并令两制分撰,预遗教习。"①

中书舍人与翰林学士是北宋科举士大夫非常向往的官职,主要职能即草拟皇帝诏令,科举士大夫往往通过这项职能实现"共治天下"的政治理想。如今在真宗的行政命令下两制也必须参与雅乐歌词的写作,这显然就是真宗的一种威权宣示,强行让士大夫在帝王意志下参与太平礼乐活动,而相关的齐言杂言歌词也就与礼乐浪潮下的赋颂诗文一起,在帝王意志的主导下构成了真宗朝后期"神道设教"时代追求颂美的文学风潮。

上文已论,真宗发动的礼乐活动不仅需要表演给国内臣民看,也把周边国家当作威权展示的对象。这样非但国内礼乐活动歌词需要雅化,涉及外宾的礼仪活动歌词同样也需要士大夫的参与,不然无法在外国使臣面前展示本国的威仪。不过涉外音乐歌词需要雅化的建议最初是由大臣提出,也在此出现了正反意见激烈交锋的情况:

>　　(天禧三年十二月)丙午,翰林学士钱惟演上言:"伏见每赐契丹、高丽使御筵,其乐人词语多涉浅俗,请自今赐外国使宴,其乐人词语,教坊即令舍人院撰,京府衙前令馆阁官撰。"从之。既而知制诰晏殊等上章,援引典故,深诋其失。乃诏教坊撰讫,诣舍人院呈本焉。②

钱惟演提及的赐契丹使宴所用之乐也是鼓吹军乐系统,据陈旸《乐书》卷一八八记载:"大中祥符中,建玉清、昭应等宫,亦选乐工教于钧

---

① 《宋会要辑稿》乐三,第 374 页。
② 《续资治通鉴长编》卷九四,第 2174 页。

容,诏中人掌之,春秋赐会诸苑及馆伴契丹使。"①可见此乐与真宗在礼乐活动中所用音乐同属一体,于是钱惟演的上奏就是缘于高度世俗性乐工撰写的歌词与国家礼乐活动之间的不相匹配。钱惟演是吴越皇室之后,身份上隶属于贵戚,他的建议表明贵戚群体对于真宗大规模礼乐活动的支持。但是晏殊的强烈诋斥就值得玩味,既然晏殊在真宗朝创作了大量的赋颂之文,那么他的反对就不应该是对需要写作颂美文风的不满,而只能是与轻视、拒绝参与音乐工作的传统有关。《长编》的记载表明晏殊此时的身份是知制诰,若钱惟演的建议被通过,晏殊就要参与国家音乐歌词的写作,这既没有士大夫写作传统,而且本来还是世俗色彩浓重的教坊乐工之职责,士大夫本以两制身份为荣为贵,如今却要与乐工一起参与本被士大夫不屑的音乐工作,甚至还要与宦官打交道,这显然不符合他们的道德价值与行为准则,是他们难以接受的身份落差。尽管钱惟演并没有让晏殊填制鼓吹慢词,只是期望撰写串场性质的齐言诗体乐语口号,但依然遭遇了晏殊的强烈抵制,由此也可以想见上引真宗对于鼓吹曲歌词、郊庙歌词的行政命令应也遭致过士大夫的抵制,让士大夫真正参与雅乐乐章,甚至长短句体式的鼓吹歌词,会遇到无比深重的阻力。

真宗对于钱惟演和晏殊的纷争采取折中调停的办法,让舍人院只是负责修改教坊乐工草拟好的乐章词语,虽然退让了一步,但让士大夫参与进歌词雅化事业的意志并未改变。真宗应对士大夫反对意见的切实方法就是亲自制作雅乐乐曲并撰写词章②,这也是秉承太宗故事的手段,太宗不仅亲自创作诗歌以推进特定诗风的流行,而且还亲身参与雅乐制作。据《续湘山野录》记载:"太宗尝酷爱宫词

---

① 陈旸《乐书》卷一八八"东西班乐",《景印文渊阁四库全书》第 211 册,上海古籍出版社,1987 年,第 849 页。
② 《宋史》卷八《真宗本纪》:"(大中祥符)五年闰十月戊子,御制配享乐章并二舞名,文曰《发祥流庆》,武曰《降真观德》。"第 152 页。

中十小调子,乃隋贺若弼所撰,其声与意及用指取声之法,古今无能加者。十调者:一曰《不博金》、二曰《不换玉》、三曰《夹泛》、四曰《越溪吟》、五曰《越江吟》、六曰《孤猿吟》、七曰《清夜吟》、八曰《叶下闻蝉》、九曰《三清》。外一调最优古,忘其名。琴家只命曰《贺若》。太宗尝谓《不博金》《不换玉》二调之名颇俗,御改《不博金》为《楚泽涵秋》,《不换玉》为《塞门积雪》。命近臣十人各探一调撰一辞。苏翰林易简探得《越江吟》,曰:'神仙神仙瑶池宴。片片碧桃,零落春风晚。翠云开处,隐隐金辇挽。玉麟背冷清风远。'"①太宗对于小调曲名的修改已经是雅化宫廷乐章的行为,而苏易简之词更可以算是最早的学士所作颂体之词,皆可成为真宗亲自撰制乐章并让学士填词的祖宗典故。

在真宗朝大规模礼乐活动带来的赋颂文学风潮以及真宗各种促使士大夫参与相关音乐活动的手段下,士大夫不可避免地会涉及赋颂太平的歌词创作。《青箱杂记》中就记载到擅长创作赋颂文章的夏竦撰制赋颂歌词的故事:

> 景德中,夏公初授馆职,时方早秋,上夕宴后庭,酒酣,遽命中使诣公索新词。公问:"上在甚处?"中使曰:"在拱宸殿按舞。"公即抒思,立进《喜迁莺》词,曰:"霞散绮,月沉钩。帘卷未央楼。夜凉河汉截天流。宫阙锁新秋。　瑶阶曙,金茎露。凤髓香和云雾。三千珠翠拥宸游。水殿按梁州。"中使入奏,上大悦。②

夏竦完全是因为真宗的命令而写作赋颂歌词,内容与风格上应承着赋颂太平、展示皇家气象的真宗期待。值得注意的是,夏竦此刻是以

---

① 文莹著,郑世刚、杨立扬点校《湘山野录·续湘山野录·玉壶清话》,《续湘山野录》,中华书局,1984年,第67—68页。
② 《青箱杂记》卷五,第48—49页。

馆阁学士身份填制此词,与晏殊诋斥钱惟演的建议相比,体现着在帝王意志与行政命令下,士大夫对雅乐歌辞写作终究还是要屈服的,不得不被动参与进这场雅化工作中。久而久之,翰林学士撰写赋颂歌词就变成了习以为常的事情:

> (天圣九年四月)丁酉,诏太常寺,太后御殿乐升坐降坐曰《圣安之曲》,公卿入门及酒行曰《礼安之曲》,上寿曰《圣安之曲》,公卿入门及酒行曰《礼安之曲》,上寿曰《福安之曲》,初举酒曰《玉芝之曲》,作《厚德无疆之舞》,再举酒曰《寿星之曲》,作《四海会同之舞》,三举酒曰《奇木连理之曲》。初命翰林侍讲学士孙奭撰乐曲名,资政殿学士晏殊撰乐章。至是上之,仍改《厚德无疆》曰《德合无疆》。殊子秘书省正字居厚、奭孙将作监主簿惟直,并迁奉礼郎。①

从晏殊与钱惟演抗章论争的天禧三年到天圣九年,也就过去了十二年,但晏殊不得不屈服于时代大势,完全遵照命令撰写乐章歌词。尽管此番晏殊撰写的歌词更可能是齐言诗体形式,但毕竟从事了十二年前认为的有失身份的俚俗工作,想必他的心情是无奈的,但同时也说明真宗一朝的宫廷音乐与歌词得到了成功的雅化转型,以至于到了北宋中后期,能够为君王写作颂体歌词也成为士大夫文才的象征,是值得在诗文中称颂的美谈。晏殊撰写乐章之举竟然还为自己的儿子获得了官职升迁,可见宋廷对于颂体歌词的态度与赋颂诗赋一样,可以根据文辞质量给予官职的迁转②。这在拉拢士大夫群体进入颂

---

① 《续资治通鉴长编》卷一一〇,第 2557 页。
② 真宗朝即已采用类似诗赋的奖励方式,《宋会要辑稿》职官六:"大中祥符元年正月,以天书降,皇帝奉迎酌献。翰林学士、判太常寺李宗谔上登歌乐章,令本院降诏奖谕。"第 3181 页。

体慢词创作领域的同时,也给那些游走于雅俗之间的进士、下层官僚提供了一条晋升捷径,他们可以利用慢词写作的才能获得如贾昌朝、夏竦那样的机遇,从而相关创作实践也就会大量增多,以柳永为首的慢词雅化大潮与雅化慢词文体特质、写作传统也就由此而成。

实际上晏殊也留下了两阕吟咏升平的词作,从中不仅可以看出士大夫词人在时代大势下的无奈附和,也能察见他们对内心操守与自我群体写作传统的执着坚守:

拂 霓 裳

喜秋成。见千门万户乐升平。金风细,玉池波浪縠文生。宿露沾罗幕,微凉入画屏。张绮宴,傍熏炉蕙烛、和新声。神仙雅会,会此日,象蓬瀛。管弦清,旋翻红袖学飞琼。光阴无暂住,欢醉有闲情。祝辰星。愿百千为寿、献瑶觥。

拂 霓 裳

乐秋天。晚荷花缀露珠圆。风日好,数行新雁贴寒烟。银簧调脆管,琼柱拨清弦。捧觥船。一声声、齐唱太平年。 人生百岁,离别易,会逢难。无事日,剩呼宾友启芳筵。星霜催绿鬓,风露损朱颜。惜清欢。又何妨、沉醉玉尊前。①

二词同用《拂霓裳》之调,展现出太平之世下的欢娱场景。然而此调明显以单式句为主,是近于诗体的令曲之调,晏殊还是选择了士大夫习惯的调式填写升平内容,这在词调上就与宫廷音乐歌词拉开距离。颂体之词在吟咏太平盛世的时候,往往会使用赋笔对于城市、宴饮、游观等景象进行铺叙,但晏殊二词并没有可以想见太平的具体景象,

---

① 张草纫《二晏词笺注》,上海古籍出版社,2008年版,第151、152页。

只是将太平年作为宴饮活动的虚幻背景,衬托着词中人物的欢乐心情,表达的情感还是一种在酒宴歌席间感受到的时间流逝。只不过与大部分语涉惆怅的珠玉词不同,二词在太平盛世的氛围下突出及时行乐的意识,这当然也是为了与祝寿题旨相切合。此外,二词中没有明确的语涉帝王之提示,意味着词中的宴饮活动不是国家性宴饮或宫廷宴饮,"剩呼宾友启芳筵"一句更明确指向士大夫的私第宴饮,这也不符合颂体之词的主流词中空间皇家园林或京城巷陌。综上可见,二词还是花间传统下的士大夫宴饮歌词,只不过体现了真宗以来礼乐活动之盛的时代色彩。

缘于北宋宫廷音乐机构高度世俗性而产生的宫廷歌词雅化契机,在真宗朝的礼乐建设浪潮下得到了完全激发,帝王的行政命令与个人意志不仅促成士大夫参与宫廷音乐歌词的雅化工作,也使得慢词走进了士大夫的生活与文学世界。在这场发源于真宗朝的雅化浪潮中,那些具备音乐与歌词专业技能而又希冀由写作雅化慢词而获得官位升转的士大夫成为意义突出的群体,他们在歌词文学上扮演着与音乐领域里的乐工、歌伎一样的角色,促成着长短句体式歌词在宫廷与市井间双向互动。而他们的士大夫身份又使其不自觉地将只属于士大夫的生活与情感写入慢词,从而为慢词打开了一扇赋颂太平与帝王之外的雅化窗口。这当然是慢词在这场宫廷雅化契机的影响下,于仁宗亲政之后完全获得士大夫接受之后的雅词写作新貌了。

第三节　代言体,专业词人与慢词特质

上两节分别讨论了令曲与慢词的雅化契机,从中可以看出二者在不同的雅化契机下走上了不同的雅化路径,也就形成了各自的写作传统与文体特质。在私第宴饮场合下写作的令曲在唐时就已经获得士大夫作者的参与,更在《花间集》时代便已开始雅化。在宴饮主体军功

贵戚的影响下,令曲雅化的方式是向贵族宴饮文学回归,用类似宫体诗的写法在词中展现贵族式的富贵生活,无论是精致富丽的文本空间,还是幽怨美丽的词中女性,都是用静观的方式写就。这些词中女性没有个人主体情感,与封闭空间中的其他华丽物品一样是贵族的附属之物,只能拥有单调的类型化幽怨之情,被词人静观描摹。而慢词的雅化契机则源于帝王的礼乐需求与北宋宫廷音乐高度世俗化的矛盾,因此雅化的主要动力是帝王的行政命令,最初的发生场所是世俗化极强的北宋宫廷音乐机构,文本内容则是赋颂时世太平与帝王盛德,这些差异使得慢词的写作传统与文本特质与令曲极为不同。目前关于词体文学的写作传统与文体特质多围绕令曲展开,已经获得不少深入有力的结论,慢词一体则相对要岑寂许多。本节即主要关注慢词的词体特质及其生成因素,以上节关于慢词雅化契机的阐述为基础,借由宫廷空间、帝王意志、专业词人、雅俗性质等视角展开讨论。

一、为帝王代言:颂体慢词与铺叙典丽的雅化路径

"男子作闺音"是对词体文学写作传统的经典概括,这主要指的是男性词人在词中以女性口吻发声,他们这样做或是表现类型化的男女幽怨相思以应歌,或是借词中苦闷失落的女性寄托自我的政治遭际。这种词中抒情主体与词人本体不一致的情况也被称作"代言体",通常对于词中"代言体"的理论解释就是词人借他人口吻说他者之事,即如钱锺书所云:"设身处地,借口代言,诗歌常例。貌若现身说法(Ichlyrik),实是化身宾白(Rollenlyrik),篇中之'我',非必诗人自道。"[①]但是中国文学中的"代言"其实可以再细分为两种,一是如钱锺书所云作者出于主观目的借他者之口说事,或以游戏戏谑心态而效仿他者口吻想象他者生活,或出于寄托目的而借他人酒杯浇自我

---

① 钱锺书《管锥编》,生活·读书·新知三联书店,2007年,第150页。

块垒；另一种则是他者因文采不足或时空所限无法应对写作要求，故而邀请擅长此道的作家代为写作。尽管文本中的人、情、事与作者无关，但却是求助者的切实想法与切身之事。词中的"男子作闺音"当然多属于前者，但也有兼具后者的情况，即为一位歌妓创作新词，词中的情事虽与词人无关，却是歌妓的真实心态，这样当歌妓演唱此曲的时候，就会出现歌唱者与词中人的合一。更何况词体也并非只为女性代言，帝王也是常见的词中代言对象。而当词人在词中以帝王之口发声时，代言的性质更多属于后者，因此词作在文本风貌、表达内容等方面都必须切合帝王形象与皇家规范，也就形成了特定的表达习惯与审美范式。在北宋时代慢词的宫廷雅化契机下，代帝王立言的赋颂词篇更是慢词踏上雅化进程的最初脚步，也是士大夫词人最早接触的慢词写作类型，于是与皇家、赋颂等相关审美趣味与表达规范也就深切地影响到了慢词词体特质的形成。

为君王代言的颂体之词是遵照帝王的行政命令为展示太平的礼乐活动创制的歌词，首先便从属于应制文学的范畴，受到应制文学的审美趣味与写作规范的深刻影响。应制文学通常发生于帝王宫廷宴饮的时空下，是预宴臣僚奉皇帝之命而创作，内容以赋咏本次宴饮为主，最终需要完成颂圣的目的。这样一来，应制文学使用的词汇、典故皆需与皇家英主相关，才能与主旨相配，于是形成了题材狭窄，意象贫乏，表达情感单一程式化的文学特质。要满足这些写作规范已经难度极大，再加上上文所论的宋太宗提出应制诗在颂圣的基础上还应该具备较高的艺术水准，无疑进一步加大了宋代应制文学的写作难度。

创作上的困难促使作者动用更多的思力，为了展现才华，应制文学往往在前一天晚上就预先准备好，也形成了一套固定的写作程式。[①]但是宿构无法应对非常规情况的出现，突发事件恰是展现作者捷才

---

① 参见范镇著，汝沛点校《东斋记事》卷一，中华书局，1980年，第3—4页。

的时刻,若写成佳篇则更能够体现作者的卓尔不群,获得君王的赏识。欧阳修在《归田录》中就记载了这样一个故事:

> 真宗朝,岁岁赏花钓鱼,群臣应制。尝一岁,临池久之而御钓不食。时丁晋公应制诗云:"莺惊凤辇穿花去,鱼畏龙颜上钓迟。"真宗称赏,群臣皆自以为不及也。①

赏花钓鱼宴是帝王在宫中举行的不定期臣僚聚会,有着君臣同乐、四方无事的象征意义。真宗每年都举行赏花钓鱼,显然也是与天书封禅之事配套的礼乐活动。此年的非常规事件正好给了丁谓一展捷才的机会,诗句并没有回避宴席中的尴尬之事,而是巧妙地将其绾合在颂圣主题上,获得了真宗与群臣的称赏。丁谓借事发挥其实是一种在程式化束缚下的花样翻新,这本是应制文学作者非常重视的写作技巧,毕竟非常规事件只是偶一出现,绝大多数情况还是要运用有限的意象进行工整的谋篇布局:

> 元祐中元夕,上御楼观灯,有御制诗。时王禹玉、蔡持正为左右相,持正叩禹玉云:"应制上元诗,如何使故事?"禹玉曰:"鳌山凤辇外不可使。"章子厚笑曰:"此谁不知?"后两日登对,上独赏禹玉诗云:"妙于使事。"诗云:"雪消华月满仙台,万烛当楼宝扇开。双凤云中扶辇下,六鳌海上驾山来。镐京春酒沾周宴,汾水秋风陋汉才。一曲升平人尽乐,君王又进紫霞杯。"②

王珪是北宋中后期非常善于写作应制诗的士大夫,因此蔡确向他请

---

① 《归田录》卷二,第 254 页。
② 《谈苑》卷四,第 330 页。

教如何制作元夕应制诗,可以看出蔡确面对已被写得滥熟的应制诗有些才窘。但是应制赋诗是展现自我才能的时刻,更何况对方是与自己平起平坐的大臣,所以王珪不愿意金针度人,只是简单地说只能使用"鳌山""凤辇"两词。蔡确显然有些自讨没趣,但他的回答恰恰说明可供应制诗使用的意象极其贫乏,难以由此写出新意。最终王珪巧妙运用拆词手段写出"双凤云中扶辇下,六鳌海上驾山来"一句,既完成了"凤辇""鳌山"入诗的固定套路,又让众人皆知皆用的二词得以在诗中规避,从而呈现出与众不同的诗歌新貌。这便是神宗①赞赏的"妙于使事",即将经典烂俗的故典用新颖方式巧妙地呈现出来。事实上王珪的作法并不见得有多么高明,说白了就是一次文字游戏,并没有体现士大夫看重的学识,在日常诗歌写作中很可能就流入谐谑,很难写出真正的好诗。但是应制文学狭窄单一的题材、情感与词汇却要求作者必须这么做,非此不可以创作出应制文学中的好作品,于是应制文学便较其他文学门类更具备人工思力的特质。

除了素材、意象的有限外,宫廷应制文学还要时刻注意不能犯忌,文本中不能出现凶险不祥的字眼,北宋帝王对此更是格外重视:

> 上书郑谷《雪诗》为扇,赐禁近。"乱飘僧舍茶烟湿",改云"轻飘僧舍茶烟湿"。云:禁中讳危乱倾覆字,宫中皆不敢道着。②

这段材料提示着就连带有不吉利字样的唐人诗句也不能在宋廷中原貌流传,则应制文学的写作空间就更显拘束,这种禁忌后来发展成宋

---

① 此处"元祐"应为"元丰"之误。元丰五年,王珪拜尚书左仆射兼门下侍郎,蔡确拜尚书右仆射兼中书侍郎,正是引文中所言为左右相之时。哲宗登基之初王珪即去世,蔡确则于元祐二年被贬,旋使遭车盖亭诗案,故上述事件不可能发生于哲宗朝。而且元夕御楼观灯是神宗习惯使用的太平典故,《宋史·神宗本纪》中屡见元夕御楼赐宴观灯记载,与引文背景亦相吻合。
② 晁说之著,黄纯艳整理《晁氏客语》,《全宋笔记》第一编第十册,第96页。

代诗文不能出现宫闱秘事,更是相较唐代的重要变化①。在这种变化下,宫廷应制文学实际上完全成为了一种为帝王服务的代言文字,即借帝王之口讲述宴饮之乐与君臣之欢。当礼乐活动频繁的时候,受帝王之命写作赋颂文学的作者,更需要帮助帝王以各种形式向天下诉说此刻的太平之盛,而赋颂词篇便是礼乐应制文学中的核心。

既然颂体之词是以帝王之口在词中发声,有时候也确实付诸帝王之口宣读或演唱,那么词中人物的气质风神都必须展现皇家气象,一言一行更需要符合帝王身份,这无疑又给作为应制文学的颂体之词增添了新一层束缚。这种写作规范与宫廷诏令文书的写作心态非常相近,而我国传统文献中的"代言"一词也就是源于对制诰文章的评价中。杨亿即尝谓晁迥所作书命无过褒,得代言之体②,这里的代言显然是代替君王撰写将要从君王口中说出的话,于是杨亿看重的"无过褒"展现之持平中正,即完美符合人间帝王应该具备的品质。如是,颂体慢词能否展现完美帝王形象也成为写作时需要优先思考的问题,从而颂体慢词也就更添人工之美的色彩。既需要在结构、词藻、字眼上下功夫以求避免滥俗,也需要完全模拟帝王的身份和语气,或许这正是真宗下令让两制撰写歌词的缘故之一,毕竟这与两制日常草拟的制诰有着体式上的共通。综上可见,颂体慢词是应制文学的重要组成部分,而慢词也正是依靠颂体才得以由俗入雅,从而应制文学的重思虑、重人工、严忌讳、展现帝王与皇家风神等特征成为深烙在慢词内部的文体基因,造就了慢词结构精巧、下字典雅、铺叙见长的

---

① 洪迈《容斋续笔》卷二"唐诗无讳避"条云:"唐人歌诗,其于先世及当时事,直辞咏寄,略无避隐。至宫禁嬖昵,非外间所应知者,皆反覆极言,而上之人亦不以为罪。如白乐天《长恨歌》讽谏诸章,元微之《连昌宫词》,始末皆为明皇而发。杜子美尤多,如《兵车行》《前后出塞》《新安吏》《潼关吏》《石壕吏》……如此之类,不能悉书。此下如张枯赋《连昌宫》……《雨霖铃》等三十篇,大抵咏开元、天宝间事。李义山《华清宫》《马嵬》《骊山》《龙池》诸诗亦然。今之诗人不敢尔也。"《容斋随笔》,上海古籍出版社,1978年,第236—237页。
② 《宋史》卷三〇五《晁迥传》,第10086—10087页。

词体特质。这些特质在柳永的应制词章中体现得尤为明显。

柳永在真宗朝大兴礼乐之时便已开始颂体之词的写作,希冀通过投词获得释褐,吴熊和早已指出柳永《玉楼春》《巫山一段云》诸词与天书崇道事件有关①。然而柳永却没有因此获得真宗赏识,若在颂体应制文学的标准下观其词作,可以发现触犯忌讳、有违传统之处,故其潦倒场屋之时未能因词得进或与此有关。试看两阕《玉楼春》:

玉 楼 春

昭华夜醮连清曙。金殿霓旌笼瑞雾。九枝擎烛灿繁星,百和焚香抽翠缕。　香罗荐地延真驭。万乘凝旒听秘语。卜年无用考灵龟,从此乾坤齐历数。②

玉 楼 春

凤楼郁郁呈嘉瑞。降圣覃恩延四裔。醮台清夜洞天严,公宴凌晨箫鼓沸。　保生酒劝椒香腻,延寿带垂金缕细。几行鹓鹭望尧云,齐共南山呼万岁。③

第一阕铺叙金殿设坛、宫中夜醮之事,第二阕则述夜醮次日朝臣庆贺之宴,词中极尽铺陈能事,曲终更奏颂圣之意,遣词华丽、典故切实,在遣词造句与颂贺表达上都已达到了极高的水准。薛瑞生云二词可见柳永对真宗天书事件持腹诽态度,寓反讽于歌颂之中④,以将此视为真宗不喜二词的原因。可是实在难以确认其间是否有反讽的寄

---

① 吴熊和《柳永与宋真宗"天书"事件》,《吴熊和词学论集》,第180—192页。
② 柳永著,薛瑞生校注《乐章集校注》(增订本),中华书局,2010年,第144页。
③ 同上书,第156页。
④ 同上书,第146、158页。

寓,观柳永在仁宗朝时也频频献词以求改官,应该不会在尚未中举时写作暗含讽刺的词章并以此投赠。二词较为明显的失误还是在于不符合应制颂体的规范。

首先,《玉楼春》一调是非常典型的近诗令曲,不符合真宗命士大夫写作颂体慢词的政策。观柳永于真宗朝所作的颂体之词,皆使用令曲之体,与上节所引晏殊的赋颂词相类,自然不易受到真宗的青睐,他若以此题写赋颂文章或许会有不同的命运。其次,词中赋颂的事件是夜醮与庆典,皆发生在宫廷之中,其时尚未及第的柳永并不能参与其间。更何况第一阕中的夜醮是真宗亲自于大内正殿设坛祈祷,隆重而神秘,本属于宋时人臣不便在诗歌中表达的宫闱秘事,但柳永却将其详述铺陈,大有不合时宜之感,已然犯忌。不过这场宫闱秘事是需要公开的,但必须由帝王本人完成。真宗通过自撰之《圣祖降临记》将夜醮之事公之天下,这成了未预夜醮的柳永填词素材来源。吴熊和指出:"《玉楼春》所述宫中夜醮,以及'延真驭''听秘语'等情节,实有其本事,并非柳永凭空虚构或虚辞夸饰。柳永可以说是'忠实地'根据真宗'布告天下'的御撰《圣祖降临记》来写这两首词的。"①可是帝王文字岂可被随意引用? 这又犯一忌讳。就算此举可被允许,通过櫽括他文来建构词篇显然不符合花样翻新的要求,根本无法展现捷才与文采。再者,早在太宗时即已确定颂体应制之作需要符合作者身份的评价标准,既然如此,未第举子柳永就不应该赋咏他不能参与的活动,这是朝臣才能做的事情。其实真宗为了配合天书事件也给下级官吏与世俗民众设置了欢庆活动,最隆重者即天庆节,史载此节"休假五日,京师于上清宫建道场七日,宰相迭宿。罢日,文武官、内职皆集,赐会锡庆院。是夕,京师张灯。五日内无得用刑,仍禁屠宰。诸州建道场三日,

---

① 吴熊和《柳永与宋真宗"天书"事件》,《吴熊和词学论集》,第 183 页。

群臣亦赐会"①。这是柳永可以参与的礼乐活动,他应该通过吟咏此空间中的太平盛景获求释褐机会,别人也正是在这些场合下创作赋颂诗文而获得升迁。柳永却超越自身身份直接吟咏宫闱之事,这当然不会受到真宗的赏识,或许也是令人怀疑其中语涉讽刺的原因吧。

经历了真宗朝的失败,柳永在仁宗朝开始使用慢词作为投赠的文体,艺术上更加注重技巧的打磨与思力的安排,以求获得帝王的青睐。虽然仁宗即位后就将天书随葬真宗,也没有大规模开展礼乐活动,但其个人的音乐喜好以及对君民同乐的期待使颂体慢词依旧有强劲的生命力②。柳永这阕著名的《醉蓬莱》便是这一时期的代表:

醉 蓬 莱

渐亭皋叶下,陇首云飞,素秋新霁。华阙中天,锁葱葱佳气。嫩菊黄深,拒霜红浅,近宝阶香砌。玉宇无尘,金茎有露,碧天如水。　　正值升平,万几多暇,夜色澄鲜,漏声迢递。南极星中,有老人呈瑞。此际宸游,凤辇何处,度管弦清脆。太液波翻,披香帘卷,月明风细。③

柳永此时已经考中进士,具备了应仁宗之命集体赋咏此次老人星事件的身份,而且他也不再像真宗朝时那样选择令曲,而使用起了宫廷

---

① 《续资治通鉴长编》卷七〇,第 1578 页。
② 苏象先《丞相魏公谭训》卷一记载:"仁宗皇帝恭俭节用,常服练素,不御珍奇,临天下四十年版,未尝妄用一钱。常云:'平生无所好,惟修《唐书》及制雅乐。'"其间透露出仁宗对于雅乐的个人喜好,《宋会要辑稿·乐三》中也有仁宗自制雅乐十曲并撰序章的记载,可以相印证。又罗从彦《遵尧录》卷四云:"仁宗一夕既寝,闻乐声,命烛兴坐,使内侍审之,曰:'樊楼百姓饮酒乐声也。'帝欣然曰:'朕为天下父母,得百姓长如此,足矣。'听彻,乃就寝。"可见仁宗秉承太宗的风格,喜好君民无事、同乐太平。故而表达此种场景的颂体慢词会更受仁宗的喜爱。苏象先著,储玲玲整理《丞相魏公谭训》卷一,《全宋笔记》第三编第三册,第 42 页;《宋会要辑稿》乐三,第 377 页;罗从彦著,黄宝华整理《遵尧录》卷四,《全宋笔记》第二编第九册,第 155 页。
③ 《乐章集校注》(增订本),第 231 页。

乐曲习用的慢词。这意味着柳永对于颂体之词作规矩的熟悉,他可以尽情施展自己的慢词才华以求改官了,而这阕词也典型地展现了慢词的词体特色与铺叙魅力。

全词开篇以"渐"字领起三句一韵,一对一收,对句化用柳恽"亭皋木叶下,陇首秋云飞"之句,以"素秋新霁"总结对句之义,这是柳词惯用的开篇之法,铺叙工整,结构精巧。"华阙中天"用周穆王所建中天之台领出宫廷台观的词中空间,绾合宫廷应制的题旨。其下再接一对句"嫩菊黄深,拒霜红浅",添以红黄二色,消解与首联对句会有的重复之感,更收以单句"宝阶香砌",融声色味于一体,极尽思力之变。上片煞尾结以"玉宇无尘,金茎有露,碧天如水"的鼎足对,既再展对仗铺叙变化,又暗用杜甫《秋兴八首》(其五)"蓬莱宫阙对南山,承露金茎霄汉间"与李益《诣红楼院寻广宣供奉不遇留题》"柿叶翻红霜景秋,碧天如水倚红楼"句意,不仅再次切合皇宫,亦绾合秋景。换头一句以"正值升平"点出此词赋颂太平时节的主旨,而又可作四字领句观,领起下三句具体铺陈的升平之象。经"老人星见"一句点明应制缘起后,以凤辇、宸游等颂体专用词汇引出帝王形象。下片行笔至此,已完成颂体慢词的规定套路,故结句词笔宕开,将人事情全然抛向太液池边的风景,有余音绕梁之感,此乃词家惯用的手段,更是后来苏辛最擅之法。然柳词继续使用单句收合对句之法,又与开篇三句遥相呼应,使得全词结构完整而圆融。

据说柳永填此词时浮沉选海多年,这次献词是极佳的改官机会,故将毕生所学尽数抖出。全词鲜明地呈现出雅化慢词的基本特质:行词以骈句为主,尽力化用前人诗句以求字面之典雅,频繁变换句式修辞构成文本张力以避免单调冗长,追求字音的响亮与声律的和谐[1],这

---

[1] 关于此词声律的论述,详见焦循《雕菰楼词话》"柳永醉蓬莱词"条,见《词话丛编》,第1495—1496页。

些特质完全是依靠思力铺排的结果,也是应制颂体的写作动机下才会出现的文学追求。后世的大晟词人群体就是沿袭柳词开创的法门继续填制颂体慢词,并将之拓展至所有题材的慢词写作。

尽管柳永此词在艺术上已臻颂体慢词的高峰,但依然没有让其圆梦,他再一次触犯了宫中忌讳。王闢之《渑水燕谈录》卷八记载了仁宗对此词的态度:

> 耆卿方冀进用,欣然走笔,甚自得意,词名《醉蓬莱慢》。比进呈,上见首有"渐"字,色若不悦。读至"宸游凤辇何处",乃与御制《真宗挽词》暗合,上惨然。又读至"太液波翻",曰:"何不言波澄!"乃掷之于地。永自此不复进用。①

帝王病笃曰"大渐",故开篇即见一"渐"字,显然非常刺眼。上文已言"禁中讳危乱倾覆字"的传统,而"翻"字正是危乱倾覆字的典型代表,再一次触犯应制文学大忌。更何况"宸游凤辇何处"与仁宗自制《真宗挽词》相合,既是触及君王的伤心之事,又是擅自化用帝王文意,柳永《玉楼春》二词因翻写真宗御文而不被真宗所喜亦可得以旁证。时人已经注意到柳永的这种缺点:

> 柳耆卿祝仁宗寿,作《醉蓬莱》一曲。此词一传,天下皆称绝妙。盖中间误使宸游凤辇挽章句。耆卿作此词,惟务钩摘好语,却不参考出处,仁宗皇帝览而恶之。②

不参考出处云云自是士大夫立场下的批评,从中可见词人在典雅语

---

① 王闢之著,吕友仁点校《渑水燕谈录》卷八,中华书局,1981年,第106页。
② 杨湜《古今词话》,《词话丛编》,第25页。

句与避免忌讳之间需要做的斡旋周转是极难之事,更何况还要考虑到音乐与字声的因素。故而颂体慢词还是需要完全以填制颂体词曲为生的专业词人才能胜任,如柳永这种仍然以士大夫为主要身份的词人还是有所欠缺。从而士大夫尽管接受了慢词写作,但是终究不愿意将其视作自己的专门之术与晋身之途。如叶梦得所言:

> 永初为上元词,有"乐府两籍神仙,梨园四部管弦"之句,传禁中,多称之。后因晚秋张乐,有使作《醉蓬莱辞》以献,语不称旨,仁宗亦疑有欲为之地者,因置不问。永亦善为他文辞,而偶先以是得名,始悔为己累。后改名三变,而终不能救。择术不可不慎。①

叶梦得并没有批评柳永擅写乐章的性格,只是对其的仕宦经历表示遗憾,并指出柳永希望通过应制乐章获得晋身并不是士大夫的正途,若以文学进官还是要选择诗文之体,毕竟颂体慢词没有士大夫写作传统,也不是士大夫适合从事的当行专业。因此,尽管慢词通过颂体走向雅化,并奠定了其基本的文学特质,但要真正在雅化的道路上继续前行,必须要从单一颂体之路跳出,使其能真正吟咏士大夫的日常生活。同时,慢词源于赋颂的雅化基因也使得只有依靠专业词人的力量才能进一步发扬光大,走向铺陈典丽的雅化之巅。

二、为歌妓代言:俗体慢词的文体特质与写作场合

为令曲奠定雅化基础的《花间集》成书于后蜀广政三年(940),到了北宋仁宗亲政的明道元年(1032)已过去了近百年。在此期间,士大夫频繁在私第宴饮之际填制令曲,积累了丰富的写作经验,已经将

---

① 《避暑录话》卷下,第285—286页。

令曲的雅化又翻新一层。然而就当日创作生态而言,于今日所见士大夫令曲之外,显然同时存在大量的世俗作品,只不过令曲的雅化范式早被《花间集》定下,所以北宋士大夫填制的令曲大部分是唐五代即已存在的词牌,绝少填制北宋新出的令调,那些世俗作品得不到很好的保存而旋即散失,因此今日可见的令曲鲜见俚俗。但慢词的情况则恰好相反,由于慢词的雅化契机是真宗朝的礼乐活动,而主要参与单位宫廷音乐机构又有着强烈的世俗性,从而俚俗慢词也成为慢词词体特质形成时的重要源头,成为与颂体慢词双峰并峙的写作传统。

世俗社会歌词的主要参与群体是歌妓,从敦煌曲可以看出世俗歌词尽管内容多样,但还是以诉说男女情爱为主,只是词中人的身份往往是市井女子或下级妓女,与演唱者歌妓的身份一致,其实就是述说世俗男女的日常生活与情感。世俗歌词中的女性形象并不是雅化令曲中被士大夫静眼旁观的他者,而是有自我生命的主体,她们在词中自由发声,直白袒露着自己内心的炽烈情感。然而歌妓群体也不满意始终演唱世俗之人撰写的歌辞,她们希望可以演唱士大夫的作品以增声价。这些歌妓并不一定有个人性的文学审美追求,也并非对文本有着较强的认知能力,只是基于市场需求而产生这样的求作心理。这种带有浓厚世俗色彩的行为在中唐即已出现,白居易便向元稹提到过:"及再来长安,又闻有军使高霞寓者,欲娉倡妓。妓大夸曰:'我诵得白学士《长恨歌》,岂同他妓哉?'由是增价。"[①]明显是根据市场导向选择着自己应该记诵学习的歌词。北宋歌妓亦是如此,她们还会主动向深受市场欢迎的词人索取新词:

耆卿居京华,暇日遍游妓馆。所至,妓者爱其有词名,能移

---

① 白居易《与元九书》,顾学颉校点《白居易集》卷四五,中华书局,1979年,第963页。

宫换羽；一经题品，声价十倍。妓者多以金物资给之。①

柳永的生活状态使其获得沟通雅俗的机会，他一方面知晓庶民听众喜歌爱听之曲，另一方面又具备士大夫的写作水准，因此其词被认作世俗社会中的金曲，自己也成为慢曲雅化的重要人物。不仅歌妓会向其索取新词，就是教坊乐工也同样如此：

柳永字耆卿，为举子时，多游狎邪。善为歌辞，教坊乐工每得新腔，必求永为辞，始行于世，于是声传一时。②

世俗化的教坊乐工与歌妓持有相近的审美趣味，他们从宫廷音乐机构下班之后也要面对相同的市场以谋生活，故二者皆向柳永索词，显然是因为市场对柳词需求极大，而他们的索词又进一步推进了柳词的流传，甚至声名扩展至国外。由于填制出的新词面向的不是宫廷而是大众音乐市场，那么柳永应歌妓、乐工之要求填写的乐章显然必须按照通俗词体的写作方法来撰制，表达歌妓的日常生活与情感。所以柳永笔下的歌妓形象及所说之语并非柳永设想或寄托之辞，而就是她们心里想说的话，只不过被柳永的生花妙笔写出来而已。这其实与颂体慢词代君王立言的性质一样，试看《传花枝》一阕：

平生自负，风流才调。口儿里、道知张陈赵。唱新词，改难令，总知颠倒。解刷扮，能咳嗽，表里都俏。每遇着、饮席歌筵，人人尽道。可惜许老了。　　阎罗大伯曾教来，道人生、但不须烦恼。遇良辰，当美景，追欢买笑。剩活取百十年，只恁厮好。

----

① 罗烨《醉翁谈录》丙集卷二，古典文学出版社，1957年，第32页。
② 《避暑录话》卷下，第285页。

若限满、鬼使来追,待倩个、淹通着到。①

此词呈现出与柳永颂体慢词完全不同的风貌,词中人在诉说着自己的容貌与唱曲技艺,之后转以年华老去的感叹,但词情并不沉溺于哀伤,反倒落在了人生苦短不如及时行乐上,完全就是一副世俗情感的姿态。而此词也就是由歌妓之口唱出,实际表演情境与文本内容完全符合,就是一阕"代歌妓立言"之词。从词汇句式角度来看,这阕词皆是口语俚言,不仅符合歌妓身份,也非常契合慢词较长的篇幅,而倾泻松散的句法节奏更可察见世俗慢词并不追求句法的骈俪,就是用日常语言说一个故事或讲一个道理,这样便于听者记诵。这种句法节奏与诗歌迥异,倒是与文章有些许相通,于是宗教人士也会将布道内容、宗教故事填进词体传唱,使得通俗歌词的语言类型与风格可以依托传道歌词在慢词雅化大成之后得以保留。

柳永虽然通过为歌妓立言获得了世俗间的词名,但是却被士大夫所不屑,仁宗时代士大夫最多被允许填制颂体慢词,像这样的词章完全不能出现在士大夫的笔下,批评柳永的士大夫主要针对的就是这类为歌妓立言的词作,但由于此类文献数量过多,反而将柳永颂体慢词的雅化之功给埋没了。比如在其与晏殊的那段著名公案中,晏殊即以"彩线闲拈伴伊坐"一句驳斥柳永"只如相公亦作曲子"的攀附②。此句出于《定风波慢》,尽管字面上没有《传花枝》那样俚俗,但却也强烈呈现出通俗慢词代女性立言的特点:

自春来、惨绿愁红,芳心是事可可。日上花梢,莺穿柳带,犹压香衾卧。暖酥消、腻云亸。终日厌厌倦梳裹。无那。恨薄情

---

① 《乐章集校注》(增订本),第363页。
② 张舜民著,汤勤福整理《画墁录》,《全宋笔记》第二编第一册,第218页。

> 一去,音书无个。　　早知恁么。悔当初、不把雕鞍锁。向鸡窗、只与蛮笺象管,拘束教吟课。镇相随,莫抛躲。针线闲拈伴伊坐。和我。免使年少,光阴虚过。①

此词上阕描摹女性镇日闲闷无聊的样态,近似于花间令曲中静观下的女性形象。但是词人并没有停滞在对于美丽容貌与装束的描写上,在上阕的煞尾就开始使用口语化词汇让女性自我陈诉内心。过片之后,词中女性自述衷肠的面貌愈发明显,而且随着词文的深入,情感表达越来越直白,甚至出现"免使年少光阴虚过"的自我呼唤。但是柳词还是使用了富丽精工的词语,并在对仗上花了点功夫,这样就比通俗曲词更具艺术魅力。但由于此词的情感表达还是使用了世俗的方式,所以庶民群体会觉得这首词中之人就是自己,更会因为语言的雅丽而奉为金曲。如是可以推测,柳永在晏殊面前说的"如相公亦作曲子"指的是私第宴饮之曲和宫廷鼓吹雅乐乐章,仁宗朝的晏殊已然二者皆写。但是晏殊显然不会用这种情感表达方式建构词中女性形象,这是属于庶民女性的特征,士大夫笔下的女性要符合士大夫的身份,因此晏殊将此词特为拈出,说明他与柳永的雅俗之别。

---

① 《乐章集校注》(增订本),第52页。

第二章
江湖雅意：地方词坛与士大夫的词体尝试

象征国富民安的宴饮活动在京城和地方都要举行，京城宴饮自然是以帝王为中心展开，体现着帝王与国家意志下的礼乐政教目的，与之配套的文学艺术面貌也受到帝王文艺观的强烈影响，从而京城是颂体之词的起源地，也是最主要的流行空间，颂体的雅正词风无论何时都在京城占据重要的位置。对于私第宴饮而言，《花间集》确立了令曲向贵族宴饮文学复归的雅化传统，但终究描述的还是富贵生活，需要财富集中的地区为其提供创作空间。以农业经济为基础的帝制时代，满足这种文学空间条件的只有为数不多的中心城市，京城显然是中心的中心，是私第宴饮歌词最主要的发生空间。奠定令曲雅化范式的后蜀、南唐词人，他们的歌词创作空间成都与金陵也是各自政权的京城。但是唐宋转型之后，京城私第宴饮活动的参与主体成了与政治联系不大的贵戚群体，他们亲近世俗的生活方式与审美趣味使得竞豪尚奢成为京城宴饮歌词的主流。加之游走于京城坊曲巷陌中的举子与选人群体，又不断地与教坊乐工合力，将世俗词风扇入上层文学，于是京城词风总是带有浓郁的世俗色彩，士大夫终究不是京城歌词的创作主导与核心作者群。

地方的文学生态却与京城迥异，在中央集权的政治模式下，一郡之守是皇权在地方行政空间的代理，地方政治、经济、文化活动都围绕着郡守展开。象征太平的地方宴饮活动也是如此，实际上是把京城礼仪按比例缩小到地方,郡守代理着帝王在京城扮演的角色。宋代以科举士大夫充任州县长官,从而地方宴饮活动的中心就是科举士大夫,他们获得了京城没有的即席歌词创作风气主导者身份。地方宴饮除了扮演展示太平的礼仪之外,也具备着士大夫交际场合的功能。参与宴饮的人员往往是围绕地方座主的一郡同僚,于是产生了贵戚私第宴饮所没有的政治色彩。这种围绕地方座主的宴饮活动不仅允许了科举士大夫自由接触词体文学写作,还使其能够按照自己群体的风尚影响词体的发展轨迹。

周济有一句被词家频繁引用的论述:"北宋有无谓之词以应歌,南宋有无谓之词以应社。"①所谓应歌之词,即指酒宴歌席之际付诸歌女演唱的即兴歌词创作;所谓应社之词,则是文人雅集、词社的分题赋咏。这正是南北词风典型范式的差异关结,即创作围绕的中心群体从贵戚转变为士大夫。只不过二者应该是对立的两个极端,应歌之词是词体最初的样态,创作核心是专业词人;应社之词则是南宋词极工极变的面貌,创作核心也相应变为了士大夫。于是应该存在一个连接二者的过渡形态,使得士大夫词人由此被完全容纳进词体文学世界。地方宴饮适时地扮演了这个角色,在此场合下创作的歌词并非简单地交付歌女以侑觞,还有着士大夫之间交际迎合的政治目的,可以说是一种应酬之词,同样也充满了大量的无谓之作。但就是这些以供应酬的无谓之词,使得重要的士大夫作者与词体写作发生交会,出现了与京城不一样的词体雅化路径,以苏轼为典范的儒雅之词也在这片空间内产生。

---

① 周济《介存庵论词杂著》,《词话丛编》,第 1629 页。

第一节　北宋前期的词中城市与
　　　　朝野词风的离立

在词体文学的应歌时代,词作的主要创作场合是酒宴歌席,主要写作内容是灯红酒绿间的脂粉莺燕与男女情事,一曲曲章台走马的背后依靠的是具备雄厚财力的城市。在唐宋时期,能够支撑起这种文学任务的城市其实也就都城与益州、扬州等少数区域性中心城市,于是词中城市也就集中在这些地方,久之便固定为词中重要的地理意象,与艳情、豪宴主题发生双向互动。再加之仁宗前后,通过铺叙市井繁华以赋颂太平盛世的文学手段逐渐在词中普及,于是奢华靡丽、轻薄风流的样态更加成为读者对词中城市的主要感觉映象。

读者的感觉映象往往只择取文学的一面,富贵风流并不能统摄词中城市的全部。词人在塑造城市意象的时候,除了需要适应艳情豪宴的写作场合,其实也与时人对于相关地区的特定感觉文化认同密不可分。如是词中城市在共性之外,亦有丰富的个性,有些城市甚至会出现与富贵迥异的萧疏样态。这种现象在《花间集》中即已发生,花间词中的长安与成都非常典型地展现着城市的巷陌繁庶与贵族公子的风流浪荡,而金陵、姑苏等江南城市却是一副水村山郭的萧疏与沧桑,词情也以斜阳草树间的闲愁为主。这种离立显然与唐末五代时人对各地域不同的感觉文化认同以及地域文学传统密切相关。此外,离立双方的城市身份更值得玩味,长安是唐朝故都,成都则是后蜀的都城,二者与金陵、姑苏实际上构成了一组朝野关系,甚或是对敌国的想象,因此它们在词中呈现出不同的面貌实际上是时人对于朝野不同的感觉文化认同,也就构成了一种朝野文学的离立态势。[①]

---

① 关于《花间集》中的地理意象讨论,可以参看拙文《〈花间集〉的地理意象》,《中国韵文学刊》2016年第2期。

在中国文学史上,朝野离立是一种非常重要的文学格局,严迪昌以此分析清诗时明确指出:"这里呈相对离立之势的'朝',是指庙堂朝阙;'野',则是概言草野遗逸。清代诗史上作为离立一方的'朝',固已非通常所说的馆阁之体,实系清廷'文治武功'中'文治'的重要组成部分;而'野'也不相同于往昔每与庙堂呈互补态势的山林风习,乃在总体性上表现为与上述'文治'持离心逆向趋势。"①其实这种呈离心状态的朝野格局正是唐宋转型之后的重要变化,京城之外也拥有了高文化素质的作者群体,他们往往会发出与中央不太一致的文学声音,特别是北宋中后期,政治上的党禁人为地造成了朝野作家分属两个不同的政治派系,于是朝野文学在此时极度撕裂。作为起源于中唐之际的词体文学,从发生伊始就带上了深刻的朝野离立烙印,颂体之词更从始至终都是"文治"的重要组成部分。不过文学现象的发生除了与政治历史因素有关之外,也深受文学内部发展因素的影响,北宋前期词承继了萌芽于花间时代的朝野城市差异,并结合相关城市在北宋时代的经济状况、空间环境与文化感觉等形成了新的朝野城市意象,已然在政治形势发生变化之前就初步形成了朝野不同的词情词貌,成为来自文学内部的徽宗朝词坛朝野离立因素。

一、开封:繁庶与豪艳

在北宋人的感觉文化认同中,京城依然保持着繁庶富贵与恣意艳游,而且在北宋东京开封稠密的人口与高昂的地价面前,这种感觉较之前代更加浓郁。北宋初年的科举士大夫就已经开始感叹开封过高的地价,王禹偁《李氏园亭记》开篇便云:"重城之中,双阙之下,尺地寸土与金同价,其来旧矣。"其后他解释了地价之高的原因:"虽圣

---

① 严迪昌《清诗史》,浙江古籍出版社,2002年,第16—17页。

人示俭,宫室孔卑,而郊庙市朝不可阙。已有百司之局署,六师之营壁,侯门主第,释宇玄宫,总而计之,盖其半矣。非勋戚世家,居无隙地,设或有之,则又牵于邸店之利,其能舍锥刀之末,资耳目之娱者亦鲜矣。"①原来除却中央政府机构占据了半数土地之外,大量的商业土地需求是地价高昂的另一层重要原因,这是唐宋转型之后的新现象。在商业市场的作用下,开封私家园林经常被富室高价买下,之后就被分成若干商铺、旅店再次租售。王禹偁所记之李氏园亭就遭遇这样的命运,其在主人去世后以四百万的价格被卖给了富室,好在太宗出面干预,保住了这片园林,但是太宗竟然是用内府钱从富室那里同价赎回,虽然这个举动与太宗的个性密切相关,然而这终究是帝王遵守土地市场规律的事件,开封土地的商业化程度即可想见。

面对如此的土地市场,刚至京师的科举士大夫往往面临买房租房的困窘无奈。欧阳修在《答梅圣俞大雨见寄》一诗中就说到:"嗟我来京师,庇身无弊庐。闲坊僦古屋,卑陋杂里闾。"②可见外籍官员在开封购置房产是相当艰难的事情,而能在开封拥有一处规模较大的私家园林显然需要更巨量的财富,这是刚入仕途的科举士大夫无能为力的,只有世家贵戚方能为之。正如张咏所言:"公之门勋耀于世,孝友光于家,得不崇轩馆,疏亭苑,以发其荣耶?……且大梁天帝之都,亩地千锾,一庐十金,安然辟广庭,伫芳致,岂不尊性而贵奇欤?"③既然财力雄厚的贵戚把置办开封私家园林作为自我富贵身份的标志,那么开封大多数园林的主人也就是贵戚,他们承办了大量的开封私第宴饮,而即席应歌的词体文学活动也就以他们为中心,相关词作需要符合他们的审美趣味与心中所好,渲染与展示着贵戚的富贵豪奢,词情词貌也就愈发地纸醉金迷。不过无论哪家贵戚,在开封紧俏

---

① 王禹偁《李氏园亭记》,《小畜集》卷一六,《四部丛刊》本。
② 洪本健《欧阳修诗文集校笺》居士集卷八,上海古籍出版社,2009年,第216页。
③ 张咏《春日宴李氏园林记》,《乖崖先生文集》卷八,《续古逸丛书》本。

的土地市场面前也只能在围墙以内的空间凿池植树,因此开封的园林绝大多数是封闭的、内向的,围墙之外就是熙攘的街巷,并没有其他的风景。于是京城的私第宴饮只能在有限的园林内部空间举行,宾主与歌妓皆束缚于此,连视线也无法向外活动。两相结合,使得京城宴饮歌词愈发单纯地注重豪奢宴饮、美艳妓女、华美器物而不太关注园林风景。

较高的土地利用率使得开封缺乏开阔的公共空间以供士民游乐,但是君王需要与民众一起出现在公共空间以完成与民同乐的任务,这是宣扬太平盛世的基本手段。为了解决这一问题,北宋帝王选择将皇家园林在特定时段向民众部分开放,临时扮演公共空间的角色。其间最重要的公共性皇家园林就是金明池,其为都城士民游观与君民同乐的政治活动提供了场所,也催生了第一批极具京城特质的游湖词,与贵戚私第宴饮词构成了京城词坛的两大主流。在京城游湖词中,可以发现贵戚私第宴饮所无的外向风景,展示着词中京城最为雍容精工的富贵样态:

破 阵 乐

露花倒影,烟芜蘸碧,灵沼波暖。金柳摇风树树,系彩舫龙舟遥岸。千步虹桥,参差雁齿,直趋水殿。绕金堤、曼衍鱼龙戏,簇娇春罗绮,喧天丝管。霁色荣光,望中似睹,蓬莱清浅。

时见。凤辇宸游,鸾觞禊饮,临翠水、开镐宴。两两轻舠飞画楫,竞夺锦标霞烂。声欢娱,歌《鱼藻》,徘徊宛转。别有盈盈游女,各委明珠,争收翠羽,相将归远。渐觉云海沈沈,洞天日晚。①

这是一阕典型的通过铺叙金明池游宴来赋颂帝王与太平的慢词。上

---

① 《乐章集校注》(增订本),第219页。

片从清晨写起,焦点皆在金明池的景物上,从远处的花树,到湖中的建筑,再至近前的妓乐,依次写来,由远至近,以动接静,是极富层次感的笔法。过片自然转入对皇家游池活动的铺陈,不仅点出了金明池的皇家身份,亦用"镐宴""鱼藻"等典故称颂着时世的太平①,更以典故为媒介,将视线自然地从君王转移到同游的士民。不过柳永以女性作为游人的代表,既是词为艳科的传统,亦是众多身份的女性汇集开封的展现,这也是独属京城的感觉文化认同。在全词的煞尾处,柳永铺排出黄昏中的沉沉云海,正与开篇的朝阳相互映衬,构成了一个从早到晚的完整时间段,再次烘托着京城的雍容。这阕词的铺陈方式与时间结构是慢词典范,也只有帝王与繁庶二因素交融的京城才能促使柳永创制出如此谨严密丽的体式。随着南渡之后开封与杭州的空间转换,源于京城的"屯田蹊径"在西湖之上得以重生,成为南宋大量游湖词的滥觞。

不过京城中只有一位帝王,大部分围绕贵戚展开的京城词作并没有如上词这般的雍容华贵,竞富斗侈的样态与皇家审美构成了相对的雅俗。实际上雅俗交杂也是京城词的重要特征之一,二者并不矛盾,也非简单对立,其实都是由巨量财富促生,与高昂的地价同一渊源。城市中的财富越多,富人自然越多,为了满足富人的物质、精神文化的消费需求,从乡村流动而来的服务行业从业者也会大量增长,构成了出入于富人生活但实际经济收入低下的世俗群体,词中游妓便是其间的重要代表。更何况中国古代城市的繁荣往往与城市财富的累积关系较小,更多是因为该城市拥有的巨大流通财富数字。美国汉学家施坚雅即指出,中国古代城市往往建设在以水路运输为主的交通运输线上,城市的形制、人口有着长期稳定

---

① 《诗经·小雅·鱼藻》:"王在在镐,岂乐饮酒。"郑玄笺云:"岂亦乐也。天下平安,万物得其性。武王何所处乎? 处于镐京,乐八音之乐,与群臣饮酒而已。"《毛诗注疏》卷一五,上海古籍出版社,2013年,第1280页。

的特性①。形制、人口的长期稳定正说明财富并未随着时间在城市中累积,那么城市的繁荣就与交通运输线带来的流通贸易密切相关。南北之人携带财富与商品来到城市,进行交易、消费,然后带着交易后的商品与财富离去。尽管他们的财富并未留在城市中,但正因为交易行为的发生,城市经济依然会无比繁荣。可是又因为城市实际上并没有获得财富及人物的积累,于是也就难以沉淀出精英而典雅的文化,风俗也就长时间地徘徊在尚富竞奢的世俗层面。这一点对于北宋东京来说格外明显,王安石即对东京的财富与风俗作出类似的解释:

> 是以京师者风俗之枢机也,四方之所面内而依仿也。加之士民富庶,财物毕会,难以俭率,易以奢变。至于发一端,作一事,衣冠车马之奇,器物服玩之具,旦更奇制,夕染诸夏。②

开封四方交汇的性质不仅造就经济的繁荣、市民的尚奢,也使其成为流行文化的风向标,政治中心的身份也促使地方民众纷纷效仿京城的喜尚,开封高度商业化的土地市场也是这种经济模式的典型体现。同时为满足四方毕会之人的生活、娱乐等需要,相关从业人员再一次大规模扩张,于是出现北里平康妓女如云的场景。因此恢宏殿宇、相连坊巷、娇艳游女、人物时尚才会成为开封独享的感觉意象,而冶游豪宴、狎妓赏春也就随之成为感觉中符合开封景观的生活方式。这种感觉不仅促成着词风的尚艳尚奢,也改变着士大夫的出处空间,成为京城词作的重要表征:

---

① 施坚雅《中华帝国的城市发展》,施坚雅主编《中华帝国晚期的城市》,叶光庭等译,中华书局,2000年,第10—17页。
② 王安石《风俗》,《王安石全集》第七册,复旦大学出版社,2016年,第1250—1251页。

透 碧 霄

月华边。万年芳树起祥烟。帝居壮丽,皇家熙盛,宝运当千。端门清昼,觚棱照日,双阙中天。太平时、朝野多欢。遍锦街香陌,钧天歌吹,阆苑神仙。　　昔观光得意,狂游风景,再睹更精妍。傍柳阴、寻花径,空恁辔辔垂鞭。乐游雅戏,平康艳质,应也依然。仗何人、多谢婵娟。道宦途踪迹,歌酒情怀,不似当年。①

这也是一阕典型的颂体之词,依次铺叙了帝居的壮丽与京城市民富贵狎邪的生活,但与上引《破阵乐》相比还是有一些区别。《破阵乐》是应帝王之命撰写的应制词,赋颂的太平之象是自上而下的风化,是帝王视角中的天下太平。此词则与之相反,过片"观光得意"表明词中人是以普通市民的视角体认京城,是在冶游平康巷陌中自下而上感受到的太平气象。最为重要的是,煞尾"宦途踪迹"一韵点出词中人的身份是士大夫,全词铺叙的京城景象是他的回忆,而词旨则是在宦海浮沉中期望重回京城艳游的岁月。

出处选择是士大夫的重要人生命题,也是常见于诗文的主题。最传统的出处之别就是在朝为官与归隐江湖,大多数士大夫感到宦途疲惫的时候,总会向往与城市有别的山林意趣。这阕词中的士大夫虽然也有退出官场的心理,但是他却选择了传统上与官场密切相关的京城空间,在平康巷陌中的风流宴饮成为了渔樵耕读之外另一种逃避政治的方式。这是京城感觉文化认知在词中的反映,有时还会发生与士大夫归隐传统完全悖逆的空间选择:

安 公 子

远岸收残雨。雨残稍觉江天暮。拾翠汀洲人寂静,立双双

---

① 《乐章集校注》(增订本),第196页。

鸥鹭。望几点、渔灯隐映蒹葭浦。停画桡、两两舟人语。道去程今夜,遥指前村烟树。　　游宦成羁旅。短樯吟倚闲凝伫。万水千山迷远近,想乡关何处。自别后、风亭月榭孤欢聚。刚断肠、惹得离情苦。听杜宇声声,劝人不如归去。①

词中描写的景色是羁旅所见,这片蒹葭南浦、鹭飞渔唱的空间是传统士大夫向往的归隐场所,他们可以在此实现烟波钓徒的愿望。为数甚多的士大夫在遇到词中之地时,会选择买田置产,以待他年来此退居。然而此词尽管也呈现着水村鱼市与京城繁华的对立,但是柳永的词笔却将其描述成一种为官的苦痛,把京城风亭月榭中的欢娱艳游视作弃官后的快乐。最后出现的杜宇唤归是弃官归隐的经典典故,柳永也是用其表达从官场抽身而归的愿望,只不过词中人从江湖回归城市的期待恰与传统从城市回归江湖的方向相反。这种异质情感并不是科举士大夫的主流生活面貌,因为他们大多不能承担京城高昂的地价,无力在京城置办退居后的产业。于是此词应该还是一种京城感觉文化的类型化表达,利用京城繁庶的文化感觉在应歌之曲中歌咏羁旅薄宦的艰辛。

二、两浙诸郡:清丽与闲情

上引柳永《安公子》一词展现的水村渔市风貌,与唐五代以来对于江南地区的感觉文化认同基本一致,而辖区大致与今日江南范围相同的北宋两浙路也确实呈现这样的景观,深刻影响到了其地词体文学的风貌。

尽管两浙地区也存在诸如平江、杭州等规模较大的城市,但由于城市经济主要由运河流动的财富发展,故而与四方财富交汇的开封

---

① 《乐章集校注》(增订本),第277页。

相比还是差距极大。这种经济差距在土地利用率上有着明显的体现,苏舜钦《沧浪亭记》即云:

> 予以罪废无所归,扁舟南游,旅于吴中,始僦舍以处,时盛夏蒸燠,土居皆褊狭,不能出气,思得高爽虚辟之地,以舒所怀,不可得也。一日过郡学东,顾草树郁然,崇阜广水,不类乎城中。并水得微径于杂花修竹之间,东趋数百步,有弃地,纵广合五六十寻,三向皆水也。杠之南,其地益阔,旁无民居,左右皆林木相亏蔽。访诸旧老,云钱氏有国,近戚孙承祐之池馆也。坳隆胜势,遗意尚存,予爱而徘徊,遂以钱四万得之,构亭北碕,号"沧浪"焉。①

作为东南剧镇的苏州,连郡学附近都出现这么一大块废弃之地,可以想见城中的闲置土地非常多。这片废地原来是吴越国贵戚的私家园林,与王禹偁所记的李氏园亭相仿佛,若放在开封,显然很快就会被富室买去开商铺,而李氏园亭四百万的售价更是沧浪废园价格的一百倍,京城与地方城市的经济差距实可想见。既然地方城市的地价是科举士大夫可以承受的,于是他们便习惯于在地方求田问舍,甚至直接扩充官府修建园林。陈尧佐即言其就任潮州后"即辟公宇之东偏,古垣之隅,建小亭焉,名曰'独游'。清江照轩,叠巘堆望,几案琴酒,轩窗图书。是独也,不犹愈于人之嗷嗷者乎?"②可见与京城园林展现贵戚的财富与地位不同,地方园林更多是士大夫风雅趣味的表达,产生于此的歌词自会深受影响,产生与京城不一致的清疏风貌。

而且地方词坛的中心人物就是作为郡守的士大夫,他们不仅时

---

① 沈文倬校点《苏舜钦集》卷一三,上海古籍出版社,1981年,第157—158页。
② 陈尧佐《独乐园记》,《全宋文》第10册,上海辞书出版社、安徽教育出版社,2006年,第10页。

常召集宾客聚会,同时也要在所辖空间内从事类似帝王在京城所为的与民同乐活动,于是会产生地方郡守携众出游的风气,也就会有铺陈郡守游宴的赋颂词章。这些词章就需要适应士大夫审美趣味与地方城市的文化感觉,从而与京城游宴词就构成了朝野差异。依然以柳词为例:

笛家弄

花发西园,草薰南陌,韶光明秀。乍晴轻暖清明后。水嬉舟动,禊饮宴开,银塘似染,金堤如绣。是处王孙,几多游妓,往往携纤手。遣离人,对嘉景,触目伤怀,尽成感旧。　　别久。帝城当日,兰堂夜烛,百万呼卢,画阁春风,十千沽酒。未省,宴处能忘管弦,醉里不寻花柳。岂知秦楼,玉箫声断,前事难重偶。空遗恨,望仙乡,一晌消凝,泪沾襟袖。①

此词上片铺叙地方游湖场景,主要描绘的是山川风物与游人欢娱,与柳永《破阵乐》相比,缺少了铺陈雄伟建筑的句子,这正是京城与地方的景观差异,使得地方游湖词更加注重自然湖山,风格也就清疏许多。而两词之间"游妓"与"游女"的用词差异说明地方游湖活动中的女性群体主要是官员携带的官妓或营妓,不存在京城士女云集的场面,奢靡的意味也随之变淡。下片转入对京城宴饮的追忆,完全不涉及园林的风景,只在意宴饮的奢华与人物的豪纵,已然呈现了富贵与清赏的朝野之分。欧阳修对这种京城与地方宴饮场合所展现的不同精神风貌有过明确的解释:

夫举天下之至美与其乐,有不得兼焉者多矣。故穷山水登

---

① 《乐章集校注》(增订本),第81页。

> 临之美者,必之乎宽闲之野、寂寞之乡,而后得焉;览人物之盛丽,跨都邑之雄富者,必据乎四达之冲、舟车之会,而后足焉。盖彼放心于物外,而此娱意于繁华,二者各有适焉。然其为乐,不得而兼也。①

欧阳修明确提出两种美乐,一是城市的繁华欢娱,一是乡林的山水佳趣,这正是传统意义上朝野不同的感觉文化认识,前者主要在京城实现,而与之经济差距甚大的两浙城市往往扮演后者的角色,于是北宋涉及两浙的词篇会依然延续着唐五代以来的传统,建构出以水村鱼市为主的空间,词人的视线和笔触会更多投向江南的山水。同时,江南山水又会对词体文学呈现反作用。宋人已经认识到山川风物对人情风俗的巨大影响,若亲身涉足两浙之地,外乡人的心情品性也会发生契合吴山越水的改变②,于是特定风格的文学艺术随之产生。两浙山水对人物性格、文艺风尚的影响是北宋中前期整个文化领域的重要现象,不过首先受其浸染的是诗僧群体。由于六朝佛教兴盛,江南地区作为当时的政治中心,存在过大量的僧人。到了宋初,两浙依然保有僧人活动中心的地位,但此时的僧人不仅在两浙的名山古刹中集会谈佛,也会在其间从事诗文创作。释智圆就这样记载了一次诗僧的诗会活动:

> 大中祥符三禩春二月,湘川德圆、虞江咸润、雪溪清用、山阴智仁,皆禅讲达观之士也,会于云门精舍。论道之余,历览暇旷,

---

① 欧阳修《有美堂记》,《欧阳修诗文集校笺》居士集卷四〇,第 1035 页。
② 庄绰《鸡肋编》卷上云:"浙西谚曰:'苏杭两浙,春寒秋热。对面厮嗽,背地厮说。'言其反覆如此。又云:'雨下便寒晴便热,不论春夏与秋冬。'言其无常也。此言亦通东西为然。九州以扬名地,本其水波轻扬为目。《汉三王策》亦有五湖轻心之戒。大抵人性类其土风。西北多山,故其人重厚朴鲁。荆扬多水,其人亦明慧工巧,而患在轻浅,肝鬲可见于眉睫间。不为风俗所移者,唯贤哲为能耳。"《全宋笔记》第四编第三册,第 15 页。

俯察胜异,且曰:"灵越照湖,天下嘉致,方外胜游。既清景在目,而无题咏,诗人耻之,吾亦耻之。"于是操觚染翰,神发思涌,联成五言八韵唐律诗一章,而格调清卓,辞意平淡,兼美之难,其实有焉。感叹之深,则有"菱花在何处,千古碧沉沉";写状之极,则有"润汛春游棹,晴分晚过禽";言其广,则有"冷光通禹穴,寒色绕山阴";语其用,则有"有象难逃影,无人不洗心"。其布义感物有如此者。①

参与联句的诗僧多在两浙住持,而这场方外文会的地点亦恰在山阴,正是环太湖流域的南部地带。从诗僧的诗句来看,他们运用的意象多为菱花、湖水、游船、光影,正是传统感觉文化的典型,也是此地确实存在的江山之助。从序文中可以看出,诗僧对于诗歌并不过分追求辞藻,而是更在意诗中表达的禅意与理趣,这与科举士大夫的文学追求有所暗通。于是两浙山水不仅仅可以被选用为适合诗僧身份的意象,也能够帮助诗僧在诗中更好地展现禅意。在如此的反复影响与创作中,宋初诗僧的诗社活动成为两浙地区重要的文学基因。诗僧因清丽的山水而发言清苦之诗,文学亦因诗僧的创作打上了浓重的清冷印记,并影响了士大夫的诗文风格与感觉文化认同。丁谓提及朝中士大夫与杭州僧人唱和诗文时有云:"自相国向公而降,凡得若干篇,悉置意空寂,投迹无何,虽轩冕其身,而林泉其心。噫!作诗者其有意乎?观其辞,皆若缋画乎绝致,飞动乎高情,往心东南,如将傲富贵,趣遗逸,朝夕思慕,飘飘然不知何许之为东林也。"②可见真宗朝的士大夫已经自然地将两浙地区与林泉高致联系在一起,不能不说诗僧在其间扮演着非常重要的推动角色。范仲淹在来到睦州后就

---

① 释智圆《联句照湖诗序》,《全宋文》第 15 册,第 235 页。
② 丁谓《西湖结社诗序》,《全宋文》第 10 册,第 264 页。

这样告诉晏殊两浙山水对士大夫日常活动与文学趣味的整体影响：

> 郡之山川，接于新定。谁谓幽遐，满目奇胜。衢歙二水，合于城隅，一浊一清，如济如河，百里而东，遂为浙江。渔钓相望，凫鹜交下，有严子陵之钓石，方干之隐茅。又群峰四来，翠盈轩窗，东北曰乌龙，崔嵬如岱，西南曰马目，秀状如嵩，白云徘徊，终日不去。严泉一支，潺湲斋中。春之昼、秋之夕，既清且幽，大得隐者之乐。惟恐逢恩，一日移去。且有章阮二从事，俱富文能琴，凤宵为会，迭唱交和，忘其形体。郑声之娱，斯实未暇。往往林僧野客，惠然投诗，其为郡之乐，有如此者。①

范仲淹细致描绘了今日浙江富阳、桐庐一带的山水风貌，其清丽秀美，正符合五百年前齐梁文人吴均在《与朱元思书》中下的那句著名断语"自富阳至桐庐，一百许里，奇山异水，天下独绝"，可见两浙山水在文人士大夫心中亘古不变的地位。范仲淹进一步表达了在这片风景下会产生的文化情感，首先便是隐居，这不仅是因为清且幽的山水是理想中的隐居环境，而且曾经生活在这里的著名隐士严子陵也为两浙增添了浓重的文化记忆。最后范仲淹更提到了今日两浙地区存在的两种文化风尚：一是士大夫好文酒诗会，并在其间助以歌曲之兴，尽管范仲淹提到的是琴曲，但其郑声一词还是透露着此地流行的长短句词体的身影。两浙作为南唐、吴越的旧地，自然会保留着歌词的遗习，而南唐词人近似士大夫的身份以及词情使得北宋士大夫于其间能够入乡随俗地发为歌诗。另外一种就是诗僧，他们主动与士大夫交往并投赠以诗，士大夫与其唱和的诗篇自然要尊重方外的习惯，从而僧诗的特征总会不自觉地影响士大夫在两浙地区的文

---

① 范仲淹《范文正公集》尺牍卷下，《四部丛刊》本。

学创作。

在江南山水、感觉文化认同、诗僧群体、长短句歌词创作传统等多重因素的影响下,两浙地区成为北宋初年京洛之外另一个词体文学创作中心,形成了有别于京城豪奢、市井升平的清丽风貌。创作群体也与京城有别,主要围绕士大夫展开,既是南唐词传统的延续,也是北宋地方政治以科举士大夫为中心所致。因此清丽的词风背后包含的是士大夫的意趣,与错落其间的士大夫园林交相辉映,而受诗僧影响的清冷风格与林泉主题也融入了写于两浙的歌词:

> 常州武进县厅壁,有旧题二曲,未知作者名氏。云:"倦客东归得自由。西风江上泛扁舟。夜寒霜月素光流。　想得故人千里外,醉吟应上谢家楼。不多天气近中秋。""北固江头浪拍空。归帆一夜趁秋风。月明初上荻花丛。　渐入三秋烟景好,此身将过浙江东。梦魂先在鉴湖中。"①

两阕小词清新淡雅,使用两浙地区常见的意象表达着官宦倦意与山林归趣,《浣溪沙》一调六句七言的体式也允许词人按照近诗的方式填词,延续着张志和在此地开创的以令曲歌词道渔隐的传统,是为两浙歌词的经典面貌之一,与诗文同调。而作为词体文学主体的游宴词也主要体现着士大夫的生活意趣,与上引柳词一样呈现出与京城的不同风貌。只不过对于占籍两浙的词人而言,他们不会像柳永那样时时挂念京城艳游,而是全身心地享受清美山水中的游宴渔唱:

虞 美 人

苕花飞尽汀风定。苕水天摇影。画船罗绮满溪春。一曲石

---

① 杨彦龄著,黄纯艳整理《杨公笔录》,《全宋笔记》第一编第十册,第143页。

城清响入高云。　　壶觞昔岁同歌舞。今日无欢侣。南园花少故人稀。月照玉楼依旧似当时。①

张先这阕词以湖州实际景物苕水苕花起兴,是湖州诗文的常见手段,苏轼《宿余杭法善寺寺后绿野堂望吴兴诸山怀孙莘老学士》即有句:"北望苕溪转,遥怜震泽通。"施注引《杭州图经》云:"苕水出天目山,古老相传,夹岸多苕草,秋风吹花,浮如飞雪,因以名溪。"②可见与京城词泛言坊市里巷不同,地方文学往往会被富有特色的实际风物吸引,呈现强烈的地方色彩,而两浙地区的芦花、苕草、溪水、太湖更是诗词互通的实际地理意象。下片使用词中常规的今昔对比章法,抒发物是人非、艳事不再的传统情感。但是词中抒情主体并不是花间习见的男子作闺音,而是明确的男性口吻,而且思念的故人很可能并不专指女性,而是文期酒会中的男性友朋,或许这就是范仲淹提到的与下属诗酒唱和之际未发出的郑声吧。可以说,两浙清丽的山水与词学传统不仅允许士大夫得以从事词体文学的写作,并可以在词中自由地表现自己的生活与意趣,词体的情事空间随之得到扩容。

三、洛阳:游宴与名教

在开封与两浙的朝野离立之间,还有一座扮演中间角色的城市洛阳。作为五代旧都,洛阳也拥有大量私家园林,艳游风气也很盛行,但它与开封最大的不同就是活跃其间的人物主要是科举士大夫。很多北宋名臣在致仕之后选择定居洛阳,过起日日笙歌的富贵悠游生活。这种行为一方面秉承着洛阳城的汉唐遗风,另一方面则在承

---

① 吴熊和、沈松勤《张先集编年校注》,浙江古籍出版社,1996年,第162页。
② 《苏轼诗集合注》卷七,第322页。

担着通过自我富贵悠游的生活展示太平的致仕官员责任,于作者身份的角度促成了洛阳文学与京城两浙皆有异同的沟通性面貌。

北宋之前,东周、东汉、曹魏、西晋、北魏、后梁、后唐等朝代相继在洛阳建都,隋唐两代则设为东都,承担向长安转运江南财赋的任务。于是洛阳城的经济模式与开封有着时代性差异。宋朝之前的都城,不仅拥有繁华的经济,还汇集了帝国最主要的门阀士大夫群体。门阀不仅拥有雄厚的财力,还具备雍容的涵养与渊博的学识,从而洛阳城一方面有着富贵豪侈的生活,一方面还有浓郁的文教之风,这是后周一朝才成为都城的开封无法比拟的。受此影响,洛阳的富贵艳游风气也并非像开封那样是士庶走集、军功贵戚展示富贵的结果,更主要是缘于士大夫文化的传承。周师厚明确指出:"天下之人徒知洛土之宜花,而未知洛阳衣冠之渊薮,王公将相之园第鳞次栉比。其宦于四方者,舟运车辇,取之于穷山远辙,而又得沃美之土,与洛人之好事者又善植,此所以天下莫能拟其美且盛也。"①可以推见洛阳的财富、园林与牡丹花一样,是来此定居或致仕的士大夫将四方之所得汇聚于此,建构出可供他们传承贵族时代衣冠风流的空间。这种经济模式使洛阳的土地不会像开封那样高度商业化,加之前朝故都的格局为洛阳带来的比开封还要大的城市面积②,因此洛阳的地价完全在科举士大夫的承受范围内,可供他们自由买地以建造园林。

王水照曾指出:"洛阳园林的营建是一种具有历史传承性的文化

---

① 周师厚《洛阳花木记》,《全宋文》第69册,第348页。
② 《宋会要辑稿·方域一》记载东京:"旧城周回二十里一百五十五步,即唐汴州城,建中初,节度使李勉筑。国朝以来,号曰阙城,亦曰里城。……新城,周回四十八里二百三十三步,周显德三年令彰信节度使韩通董役兴筑。国朝以来,号曰国城,亦曰外城。"而西京洛阳则为:"唐曰洛州,后为东都、河南府,寻改为京。梁为西都,晋复为西京,国朝因之。京城周回五十二里。"可知洛阳的城市空间因前朝旧都的缘故远在东京之上。第9265、9268页。

活动,并常成为历代文士集团活动的场所。"①北宋科举士大夫在洛阳的园林建造与相关活动便是属于宋人的承继。宋初李昉就已欲效法白居易,在洛阳重办"九老会",尽管最后因四川兵兴而作罢,但其梦想却被后人在洛阳多次实现。参与宋代"耆旧会"的人士往往是一代重臣,科举士大夫的楷模,于是这类私第园林聚会当然承载着科举士大夫的意趣与价值观,洛阳城公私游赏的风气也就不能不受其影响。邵伯温就这样记载道:

> 洛中风俗尚名教,虽公卿家不敢事形势,人随贫富自乐,于货利不急也。岁正月梅已花,二月桃李杂花盛,三月牡丹开。于花盛处作园圃,四方伎艺举集,都人士女载酒争出,择园亭胜地,上下池台间引满歌呼,不复问其主人。抵暮游花市,以筠笼卖花,虽贫者亦戴花饮酒相乐,故王平甫诗曰:"风暄翠幕春沽酒,露湿筠笼夜卖花。"②

醉赏洛阳花是洛阳最负盛名的艳游活动,但是邵伯温却把它视作士大夫与庶民共乐的风流雅事。尽管邵伯温对于看花场景的描写与开封金明池游观并没有什么不同,但是"于货利不急也"则点出了洛阳与开封最重要的区别,即崇儒与重商之异,从而文艺风尚自然也就产生名教与徒奢之别。在这种情况下,北宋军功贵戚与宗室贵戚群体也无法在洛阳一昧炫富,还是要对科举士大夫作一定程度的妥协,苏辙《洛阳李氏园池诗记》就非常典型地反映了这点,兹节录于下:

> 洛阳古帝都,其人习于汉唐衣冠之遗俗,居家治园池,筑台

---

① 王水照《北宋洛阳文人集团与地域环境的关系》,《王水照自选集》,第158页。
② 李剑雄、刘德权点校《邵氏闻见后录》卷一七,中华书局,1983年,第186页。

榭,植草木以为岁时游观之好。其山川风气,清明盛丽,居之可乐。平川广衍,东西数百里。嵩高少室天坛王屋,冈峦靡迤,四顾可挹。伊洛瀍涧,流出平地。故其山林之胜,泉流之洁,虽其间阎之人与其公侯共之。一亩之宫,上瞩青山,下听流水,奇花修竹,布列左右。而其贵家巨室,园囿亭观之盛,实甲天下。若夫李侯之园,洛阳之所以一二数者也。

李氏家世名将,大父济州,于太祖皇帝为布衣之旧,方用兵河东,百战百胜。烈考宁州,事章圣皇帝,守雄州十有四年,缮守备,抚士卒,精于用间,其功烈尤奇。李侯以将家子结发从仕,历践父祖旧职,勤劳慎密,老而不懈,实能世其家。既得谢居洛阳,引水植竹,求山谷之乐。士大夫之在洛阳者,皆喜从之游,盖非独为其园也。凡将以讲闻济宁之余烈,而究观祖宗用兵任将之遗意,其方略远矣。故自朝之公卿,皆因其园而赠之以诗,凡若干篇,仰以嘉其先人,而俯以善其子孙,则虽洛阳之多大家世族,盖未易以园囿相高也。①

苏辙在开篇也是将洛阳的园林游宴之风认作是汉唐衣冠遗俗,一上来就表明士大夫在洛阳园林游宴是有传统的,是可以被允许的。其后苏辙列叙了洛阳的山川,这是位处四战平原的开封没有的江山之助,以此论证洛阳的风气是清明盛丽,俨然与两浙山水的清洁秀丽接近,这些都符合士大夫的审美趣味。尽管苏辙不得不承认洛阳城最壮丽的园林还是军功贵戚所有,但其在羡慕园囿壮丽之余,仍然不忘发出群体价值之声,指出士大夫与军功贵戚的诗酒交往并非贪慕富贵,而是希望从世家门第中知晓祖宗之法,更好地为自我政治生涯服务。于是也就顺畅地接到了文章的结论——洛阳宴饮艳游风气有着

---

① 曾枣庄、马德富校点《栾城集》卷二四,上海古籍出版社,1987年,第515—516页。

不单以园林豪奢为追求的特征,这当然是科举士大夫对于洛阳游宴旨趣的要求。

不过苏辙这篇序文写于神宗熙宁年间,正是北宋科举士大夫精神最昂扬的时期,但这种精神实际上只有极其自律的少数精英才能坚守。特别是在仁宗庆历之前,大多数在洛阳的士大夫尽管承认富贵之外有政治、道德、文学等更高追求是最理想的状态,但他们还是会迷恋于洛阳园林的富贵太平,毕竟这是允许他们恣意风流的空间。于是,洛阳宴饮尽管承载着科举士大夫的价值观,但洛阳文学的意义更多是在呈现士大夫特有的富贵表达上,还由此促成一批重要的年轻士大夫参与写作,他们日后将成为词体文学的重要作家,朝野双方皆甚为遵奉。这些年轻官员不仅在士大夫园林中依照令曲传统即席应酬,也在与之数量相当的贵戚、寺庙园林中纵饮观花、艳游恣狂,似乎完全没有实践进退亦忧的政治追求。这其实是青年人的常态,是开封新进士出入南北二巷在洛阳的迁移,只不过在洛阳强大的士大夫传统中,这些举止有着较为风雅而不世俗的方式。在这些青年官员中,最杰出的当属欧阳修。

欧阳修与洛阳的相逢正是缘于其中举后的第一任差遣西京留守推官,王水照先生早已揭示,在欧阳修这三年的任期中,洛阳形成了以钱惟演为核心、谢绛为实际盟主的洛阳文人集团,其成员包括了欧阳修、尹洙、梅尧臣、富弼、张先等中青年文士。这一文人集团不仅对欧阳修的政治、文学生命有着一锤定音式的作用,也对宋代文学在诗词文各方面的发展产生了重大影响。[①] 王先生重点论述了该文人集团的诗体写作,而词体文学也同样深受触动,比如欧阳修就留下了这么一阕洛阳词篇:

[①] 详见王水照《北宋洛阳文人集团的构成》《北宋洛阳文人集团与地域环境的关系》《北宋洛阳文人集团与宋诗新貌的孕育》,《王水照自选集》,第 131—152、153—173、174—197 页。

玉 楼 春

洛阳正值芳菲节,秾艳清香相间发。游丝有意苦相萦,垂柳无端争赠别。　杏花红处青山缺,山畔行人山下歇。今宵谁肯远相随,惟有寂寥孤馆月。①

这是一阕游春词,但没有京城游览词中常见的如云游女,也不见两浙游春词中的太守,而充满着洛阳的代表元素洛城花。这场寻春之游应该是充满富艳的,但欧阳修并没有露骨地展示艳情或豪奢,只是从侧面烘托出洛城春的恣意,而且他也并没有沉溺于富贵艳游的快乐,反倒在煞尾处翻出笙歌散去后的悲凉之意。这便是士大夫钟情的富贵表达,既是一种从容不迫的气度风范,也有在富贵状态下不忘反省自我生命的宇宙意识。这与晏殊赞赏白居易"笙歌归院落,灯火下楼台"一句最善言说富贵风神一致,是士大夫在享受花前月下的时候才会产生的惊觉。欧阳修这阕洛阳词不仅实践着士大夫的富贵艳情表达,而且还透露出,对于洛阳文人集团中的青年才俊来说,近诗之令曲依然是创作主流,相关歌词创作与诗文一样,深受集团核心钱惟演的影响,欧阳修本人正是在洛阳风气与钱惟演的共同作用下开始从事词体文学的写作。

钱惟演是吴越王之后,不仅行为举止有着贵族遗风,文学风格也同样秉承着贵族传统。如吴曾《能改斋漫录》"钱文僖赋竹诗唱踏莎行"条所云:

钱文僖公留守西洛,尝对竹思鹤,《寄李和文公》诗云:"瘦玉萧萧伊水头,风宜清夜露宜秋。更教仙骥傍边立,尽是人间第一流。"其风致如此。淮宁府城上莎,犹是公所植。公在镇,每宴

---

① 胡可先、徐迈《欧阳修词校注》,上海古籍出版社,2004年,第226页。

客,命厅籍分行划袜,步于莎上,传唱《踏莎行》。一时胜事,至今称之。①

钱惟演的洛阳诗篇完全符合士大夫的高致,尽管《踏莎行》一阕并非作于洛阳,但也可以因之想见洛阳词篇也是传统的令曲,内容也是与诗类似的士大夫关于艳情的趣味。欧阳修诸人往往在钱惟演的洛阳宴饮上撰写歌词,也就需要如上引《玉楼春》一词那样,展现士大夫对于艳情艳事的捷才与风趣,成为他们日后宝贵的文学财富。

最后需要说明的是,欧阳修词在离开洛阳之后发生的重要变化,正是朝野写作空间与文学创作之间的正相关反映。作为日后科举士大夫的领袖,年轻的欧阳修清楚地知道只有洛阳城才能为他提供轻狂艳游的空间,离开了这里,生活与文学就需要换一副面孔。钱惟演在宴会上劝诫欧阳修不要太过清狂恣游的故事屡见于宋人笔记,这提示着洛阳城实际上只允许致仕士大夫纵情游宴。年过七十的钱惟演当然可以悠游宴乐,然而刚刚踏入仕途的年轻士大夫欧阳修却并不太适合过分放纵。钱惟演用寇准因过度享乐而至晚节不保的事例敲打欧阳修,但欧阳修却敏锐地指出寇准晚年之祸并非由宴饮引起,而是在年纪已老之时还不停止对于权力的欲望。这不啻可以视作欧阳修对宴饮与政治地位的态度,二者是在不同时空做的事情,也是不能同时进行的。如果在京为官又年富力强,那就应该勤恳为政,时刻不忘道德的砥砺;如若已届致仕,那就应该急流勇退,去承担安逸宴乐以示太平的责任,这样年轻的时候在洛阳城诗酒风流也就不见得是太大的过错。可以看到,离开洛阳之后的欧阳修展现出不一样的人格面貌,他时刻不忘科举士大夫群体的家国责任、人生理想与价值追求,甚至在晏殊的家宴上写下不合时宜的讽劝之诗。这其实也从

---

① 《能改斋漫录》卷一一,《全宋笔记》第五编第四册,第55页。

另一方面再次说明,不同的城市空间有着不同的词体写作中心群体,也就具备不同的词体文学写作传统,京城属于帝王与贵戚而地方属于科举士大夫的朝野离立状态在北宋时代即已界限分明,词情词风也已经产生了京城与两浙的大致轮廓。好在此时还有扮演中间角色的洛阳城,能满足科举士大夫对于富贵游宴的需求。到了徽宗朝,党籍士大夫连洛阳也不能居住,朝野之间也就产生极强的撕裂感。不过朱敦儒、陈与义等词人又以富贵的山林野老身份,塑造起新时代下的中间面貌。

第二节 地方座主与应酬之词

京城与地方城市的分立使得朝野文学有着非常不同的样态,其影响渗透在文学的各个方面。上一节从感觉文化认同、城市经济面貌、朝野写作传统等方面论述了科举士大夫何以能够在地方接触词体,词体又为何在地方呈现出与京城不一样的风貌。本节拟从文体选择的角度入手考察科举士大夫接触词体文学写作及其词风形成与地方应酬、地方座主之间的关系。词体的宴饮歌词性质是探讨任何词史早期问题时都必须紧密抓住的元素,而送别宴饮是士大夫传统的应酬场合,送别文学的作者群体也始终是以士大夫为主,所以送别宴饮歌词典型地展现了士大夫在词体文学世界的一颦一笑与创作心态,故本节选取送别宴饮活动作为讨论的聚焦点。

一、地方送别文学的词体选择

送别文学本有其自己的传统,被称为"万古送别之祖"的《诗经·邶风·燕燕》就为其奠定了哀婉凄怆的基调,之后的送别诗文多如此表达分别之际的不舍与悲伤,这种文学情致与词体要眇宜修的狭深特质非常契合。离别更是每一个人的生命都会反复遇到的情事,是个体生命面对宇宙时产生悲态的一种契机,于是会成为文学中的一种类型化表达。作者无需此时此刻正经历离别,只要根据自我的人生体会、阅读经验以及离别故实构建出相关情绪即可。最适宜表现类型化情感的文学空间还当属流行歌词,其实歌唱往往伴随着送别活动一同发生,如易水荆轲、垓下项王、河梁李陵、马上昭君等著名典故均带有音乐元素,这不仅是"情动于中而形于言,言之不足则嗟叹之,嗟叹之不足则咏歌之"的情绪宣泄,也是送别宴饮空间环境所致,祖席离亭之间总会有乐人歌女相侍,既可遣兴娱宾,亦能助唱离歌以表别情。于是,作为北宋流行歌曲的词体文学,应该常见于各种送别场合。

可是北宋京城的送别文学中很难觅见词体的身影,这并不是说京城送别没有乐人歌女的相随,如帝王赏赐的公共性送别宴饮,肯定会附赠规模较大的鼓吹乐队,这也是传统上君王表达恩宠的重要方式,而是与京城送别活动被赋予高度礼仪性有关,于是席间作品也就多选择更为庄重典雅的诗歌了。当时的士大夫作者对流行歌词的缺席也有所认识,他们有意识地用雅郑之别来解释这种现象。如杨亿《群公饯集钱侍郎知大名府诗序》就将群公所赋诗篇定性为与郑声有别的雅音①,显然暗含着祖席离宴之际有唱长短句歌词的风气。杨亿也有更明确的雅郑对立表达:

> 大宗伯太原公,嘉达人之知止,美公朝之尚德。嗟叹不足,形于咏歌。为长句二百二十有四言,揄扬其事,群公属而和者,凡十有二人。藻绣纷敷,琳琅焜耀。登于乐府,何愧《中和》《乐职》之诗;布于郢中,足掩《阳春》《白雪》之唱。雅言四达,颂声载扬。②

---

① 杨亿《群公饯集钱贤侍郎知大名府诗序》,《武夷新集》卷七,《宋集珍本丛刊》第 2 册,第 254—255 页。
② 杨亿《送致政朱侍郎归江陵唱和诗序》,《武夷新集》卷七,《宋集珍本丛刊》第 2 册,第 255—256 页。

此段记载说明士大夫好作古体长诗以供送别,这出自美盛德之形容的需要,近体律绝的文本容量只能表达一时之情绪,若要铺陈行者的一生德行之盛与君臣知遇之欢,没有长篇歌行的篇幅则无法容纳。当然,杨亿这段话更重要的意义是道明了离别宴饮文学与音乐的联系,他将毕士安所作的三十二句七言古诗也视作咏歌之辞,并且认为无论是雅乐还是俗曲,毕士安的原唱及和作都可以成为典范。这些古体长诗是否真的在宴席中被于管弦并不能被确认,但是杨亿这么说自然因为送别宴饮有即席撰词付歌的习惯,而且不以颂体为尚,还是多发传统的当筵悲怆,所用文体多是庶民喜好的长短句歌词。

送别文学的创作环境使得无论哪一类作者群体都免不了与新兴燕乐曲子词发生勾连。京城送别的礼仪性质限定了文体之选,这是政治与权力的力量,但到了地方则不再有这种束缚,士大夫能够以放松的心态创作文学,完全可以根据自己或座主的喜尚选择原本就与离别聚会相契合的词体。送别聚会成为士大夫在地方接触词体文学的重要场合。欧阳修在洛阳城开始填词,除了缘于花前月下的风流生活之外,送别集会也是一种重要契机,这也与洛阳文人集团的盟主钱惟演相关:

> 谢希深、欧阳永叔官洛阳时……后钱相谪汉东,诸公送别至彭婆镇,钱相置酒作长短句,俾妓歌之,甚悲。钱相泣下,诸公皆泣下。①

在洛阳送别钱惟演的酒席上,核心人物就是钱惟演,与会人员也都是关系密切的忘年友朋,所以不必像在京城那样顾虑高高在上的帝王,文学活动只需要围绕当前座主、行客展开就可以了。于是钱惟演完

---

① 《邵氏闻见录》卷八,第82页。

全依照自己的文体喜尚即席填词,并且肆意地表达自己对于贬谪的忧伤,丝毫不顾京城送别文学哀而不伤的情感要求,以至于宾主皆悲而泣下,在文体选择和体式风貌上都呈现了与京城的疏离。

欧阳修在离开洛阳后仍然保持着以词送别的习惯①,而一些科举士大夫得以存留至今的一两首词也都是地方承别之作②,足见当日地方送别词的数量之夥,也使得送别成为了词体文学重要而常见主题。这些词作皆以令曲写就,用清丽的笔调描写离别风物,抒写离别愁绪,而且常以实际景物入词,从而此类歌词性质就与充满南浦、横塘、桃叶等泛化意象相异,不再是应歌之词,而是表现士大夫个人情感的应酬之作,比如张先这阕《渔家傲》:

渔 家 傲
和程公闿赠别

巴子城头青草暮。巴山重叠相逢处。燕子占巢花脱树。杯且举。瞿塘水阔舟难渡。　　天外吴门清霅路。君家正在吴门住。赠我柳枝情几许。春满缕。为君将入江南去。③

此词是张先嘉祐初离开渝州之时所作,观其词题可知程师孟填词一阕为张先赠行,张先和韵作答,是典型的士大夫交际应酬活动。词的上片所言巴子城、巴山与瞿塘皆是渝州的实际地名,而且并没有与送

---

① 《湘山野录》卷上:"欧阳公顷谪滁州,一同年将赴阆倅,因访之,即席为一曲歌以送,曰:'记得金銮同唱第,春风上国繁华。而今薄宦老天涯。十年岐路,孤负旧江花。　　闻说阆山通阆苑,楼高不见君家。孤城寒日等闲斜。离愁无尽,红树远连霞。'其飘逸清远,皆白之品流也。"第15页。
② 如范公偁《过庭录》记载了李师中与曾肇小词各一,是二者至今惟存的词作,皆为地方承别之曲。云:"李师中诚之,帅桂罢归,一词题别云:'子规啼破城楼月,画船晓载笙歌发。两岸荔支红,万家烟雨中。　　佳人相对泣,泪下罗衣湿。从此信音杳,岭南无雁飞。'荔支烟雨,盖桂实景也。""曾肇子开守亳,秩满,丐祠归江南,一词别诸僚旧云:'岁晚凤山阴,看尽楚天冰雪。不待牡丹时候,又使人轻别。　　如今归去老江南,扁舟载风月。不似画梁双燕,有重来时节。'"第366—367页。
③ 《张先集编年校注》,第27页。

别发生典故沉淀,显然是张先在借此抒发当下情感。下片转入对未来的设想之辞,清雪和吴门分别绾合自己与程师孟的家乡湖州与苏州,还是有当下意义的真实地名,表达张先对于移船归乡的喜悦与自得。这阕词与张先其他的即席类型化应歌之作非常不同,体现的是个性化的自我情感,从而士大夫借地方送别将自我生活、个性情感融入词体,扩展了令曲的情感范畴,成为令曲儒雅化的重要门径。

在洛阳文人集团时代,地方送别宴饮还只是因座主的个人喜尚而发生的与京城有别的一时之举,但随着时间的推移,这种宴饮集会在北宋中后期越来越程式化,成为一种固定的应酬活动,往往由郡守发起,参与者涵盖了在郡的大小官员,他们在郡守的要求下撰写即席歌词。由于人数的大规模增加,所赋出的词情不大可能真实反映所有作者的情感,于是产生了类似京城的无谓之应酬文字。但这种身不由己的创作却让词体文学与最重要的那位士大夫作者发生了交会。

苏轼究竟何时开始填词,诸家说法不一,但无论持何种说法,苏轼在通判杭州之前的词作都是一副零星试笔的面貌,这说明杭倅时期才是东坡词的最初阶段,毕竟探究东坡词的早期面貌必须有较多数量的文本作为支撑,否则尚不能认为他真正花了心力在填作与琢磨上。关于苏轼为何直到杭州通判任上才开始填词,前辈学者已经从外部环境的角度做了详细的探究,分别得出了极有见地的结论①。刘少雄在此基础上认为促使东坡从事填词的动因不仅有外在的契机,还有诗人内在情感表达的需要,是为东坡填词的内在动因。刘少雄指出,探讨东坡词必须了解他的诗,苏轼已在杭州通判之前的诗歌

---

① 刘少雄《会通与适变——东坡以诗为词论题新诠》第一章第二节"东坡填词缘起说的再思"详细梳理了村上哲见、西纪昭、谢桃坊、叶嘉莹、薛瑞生等学者对此问题的阐释,可以参考。详见刘少雄《会通与适变——东坡以诗为词论题新诠》,里仁书局,2006年,第3—9页。

中表达过近词的时间意识与宦途感慨,在杭州的湖山、应酬的两相作用下,苏轼多年以来隐藏于心底的时空意识恰好借长短句的韵律抒发出来,他找到了更适合表达这种心情的文体,这种填词心境相比于填词契机更加重要[①]。刘少雄的观点全面而到位地解释了苏轼与词体文学发生碰撞的因缘,弥补了过往论述片面注重外部因素的不足,而且诗词互济的思路更突破了片面看词的局限,值得词学研习者参考借鉴。

不过刘少雄并没有补充前辈学者关于外部契机论述的不足,依然将苏轼接触词体写作的契机简单地归结为江山之助与人事应酬,并将江山之助视为最重要的促成因素。两浙山水的感觉文化认同渊源于六朝,其地的填词传统也早早被南唐吴越词人建立,诗化令曲与清丽词风也早已成型。故而苏轼于浙西地区写就的第一批词作有着词风清丽,笔法近诗的特征,就并非是他的个性新创,而是遵循两浙地区的词学传统。此外,人事应酬应是相比于江山之助更重要的外部因素,围绕郡守的送别应酬便是主要填词契机之一。苏轼最早的送别词作大多奉命而写,词中并没有展现苏轼日后通过词体表达的时间意识,当皆属于应酬文字。将苏轼带进应酬集会的人是陈襄,他是苏轼刚到杭州时的知州,喜好湖山间的宴饮唱和,张先就是他的座上宾。在陈襄的要求下,苏轼开始于杭州的交际应酬间大量填词,并且在诗词中均留下了与陈襄唱和往来的印记。苏轼与陈襄在杭州共事一年有余,在这段时间中,熙宁七年(1074)七月是东坡词最值得注意的时间点。是月陈襄接到移任的命令,于是苏轼需要填写送别陈襄的词作。现存东坡词中送别陈襄词甚夥:《虞美人·为杭守陈述古作》《诉衷情·送述古迓元素》《菩萨蛮·述古席上》《江城子·孤山竹阁送述古》《菩萨蛮·西湖送述古》《清平乐·送述古赴南都》《南乡

[①] 刘少雄《会通与适变——东坡以诗为词论题新诠》,第10—20页。

子·送述古》,共计七阕。这些作品的写作时地并不一致,乃是在不同的送别陈襄宴会上所作。原来陈襄接到命令后并没有马上启程,而是在杭州又徘徊了一个多月,每隔几日即会在一处西湖盛景举行离别宴会,并要求参与人员即席填词。反复多次的送别酬唱显然难以次次产生情真意切的分别之感,故而相关作品的艺术感染力也就并不突出。其实,苏轼对于陈襄的宴饮聚会本就有所厌倦①,如此反复的创作只能更添疲惫,但却为其熟悉词体写作的基本技法提供了大量训练机会。

苏轼在送别集会上应酬填词,对所有的传统与惯例均亦步亦趋。他不仅采用两浙的词法与词情,还非常遵守京城与地方在送别场合的不同文体选择习惯。上文已见苏轼送别陈襄之词多达七阕,而是年九月,苏轼移任密州知州,接替陈襄的杨绘亦同时改任,为此苏轼亦有许多送别词:《南乡子·和杨元素,时移守密州》《浣溪沙·菊节别元素》《浣溪沙·重九》《南乡子·沈强辅雯上出犀、丽玉作胡琴,送元素还朝,同子野各赋一首》《南乡子·赠行》《定风波·送元素》等。但是这两场重要的送别事件,在苏轼诗文中并无只语及此。与之相反,苏轼回到京城后词作骤然减少,送别词更是了无踪迹,倒是送别诗呈现井喷之态。如诗集卷一五收录密州任满回到京城所作诗六首,其中有三首送别诗;再如卷二七、二八收元祐年间在京为官所作诗,送别诗多达二十首。这不仅说明苏轼填词就是缘起于送别应酬,也表明词体文学的朝野之壁非常坚固。京城与地方的词体写作有着不同的发端,并在各自的道路上不断向雅化的目标前行。京城在帝王与贵戚的主导下以专业词人为创作主体,地方则是属于士大

---

① 苏轼有诗《初自径山归述古召饮介亭以病先起》《明日重九亦以病不赴述古会再用前韵》二首,是借病推辞应酬之举。诗集中另有《述古以诗见责屡不赴会复次前韵》一首,可见苏轼推辞不赴并不是偶一为之,而是较为频繁,甚至引起了陈襄的不满。见《苏轼诗集合注》卷一〇,第478—480、488页。

夫的空间。专业词人可以在身份切换间联系朝野，将京城词的雅化经验传到地方，而士大夫只能在地方进行词体写作的革新，他们的雅化成果无法被带入京城，基本不能对京城产生影响。所以北宋词坛已经呈现出双流互进的大格局，一时期最杰出的词人总归出自京城的专业词人，但士大夫在地方不断努力摸索属于自己的词学方向，并尝试树立群体经典。

二、座主的词学趣味与应酬词风的变换

上一章已经论述过京城词坛在帝王主导的国家礼乐活动中开始雅化，主要集中在专业词人创制的颂体慢词领域，奠定了慢词的写作传统与审美特质。本章从地方文学生态的角度描述了词体文学朝野离立的现象，下节即将讨论士大夫词人如何承继地方词体传统并进行词体雅化的工作。但在此之前，尚有一个重要的文学创作生态问题需要再补叙一下，这是地方词体写作的典型特质，也是发生雅化的关键因素。

上文反复强调地方座主对送别文学的影响，其实这是在宴饮之际产生的文学之天然性质，作者不可能在受邀的酒席上自由抒发情感，文本中的情与事都会受到限制，不可能绕开座主只顾自己的意志。无论是京城还是地方，北宋前期的词体文学都是这样戴着镣铐跳舞，入京要听从帝王的旨意与趣味，出外则要把握座主的好恶。帝王只有一个，而且历代帝王的价值取向差别不大，所以京城的词风较为统一。但是地方座主却身份各异，词学趣味也不尽相同，所以北宋前期的士大夫词人即席应酬之词会随着座主的改变而改变，并没有独立的个性化词风，更没有主动改造词体的追求。最典型者就是张先。

张先是北宋享寿最永的词人，生于太宗淳化元年（990），卒于神宗元丰元年（1078），八十九年的生命时空贯穿了北宋最鼎盛繁华的岁月,见证着时代与文学的变迁。张先四十一岁方中进士,在此之前或于家乡湖州拜谒郡守,或在京城狎邪艳游。中举后辗转多地,在地方官僚任上缓慢升迁,出入不同郡守的聚会,诸如晏殊、蔡襄等主导的郡斋雅集中都能找到他的身影。六十四岁时出任渝州知州,但六年后即致仕归乡,在此后的近二十年间被历任杭州、湖州知州奉为上宾,频繁参与相关宴饮集会。张先的词体文学世界就是在宴饮中构建而成,他并没有形成自己的风格,更没有在宴饮应酬之外的个人场合选择词体表情达意,而只是根据不同场合写作逢迎座主喜好的词作,他的词史地位很大程度上要归功于他与北宋前期几位重要词人都有接触,而且都曾写过符合这些词人各自词学趣味的词作。

上文已经引到了几阕张先词,都体现着张先根据应酬对象选择词意词情的特点。如《泛清苕·正月十四日与公择吴兴泛舟》利用湖州清丽山水表现士大夫的湖山雅趣,与李公择的书画家身份相映衬。而当其身处晏殊的席间时,他的词作就从清丽摇身变化为契合晏殊的富贵气象,如这阕《碧牡丹》:

碧 牡 丹
晏同叔出姬

步障摇红绮。晓月坠、沉烟砌。缓板香檀,唱彻伊家新制。怨入眉头,敛黛峰横翠。芭蕉寒,雨声碎。　镜华翳。闲照孤鸾戏。思量去时容易。钿盒瑶钗,至今冷落轻弃。望极蓝桥,但暮云千里。几重山,几重水。①

此词赋咏被出之歌姬,但主要以景色渲染情绪,并没有过度描写女性

---

① 《张先集编年校注》,第14页。

的愁容,女子的穿戴也不似花间诸词一般富丽炫目,但是女子因为分别而产生的哀怨就在深远的风景中被悠悠乎乎地歌咏出来。这本是晏殊的惯技,晏殊非常善于通过远近景的切换组合展现对于生命的体认,借此表达怜取当下的意旨,著名的"满目山河空念远,落花风雨更伤春。不妨怜取眼前人"便是如此,而张先此词中的"芭蕉寒、雨声碎""几重山,几重水"不啻为是向"落花风雨"与"满目山河"致敬。而笔记小说中关于晏殊听闻此曲后发出"人生行乐耳,何自苦如此"的感慨更可见张先此词与晏殊词情的互通。

张先在其他士大夫席上也多秉承类似的仿效座主习惯,为了方便迅速模拟适宜的词风,他会通过和韵来进行创作,在相同韵脚字的帮助下,很容易达到与原唱风格近同之目的。如《好事近·和毅夫内翰梅花》一阕,与郑獬原唱在风格与情意等方面均近同。更明显的例子要属张先在陈襄、杨绘席上次韵苏轼的词作,苏轼对待陈、杨二人有着不同的情感,从而影响到了词情词意的表达。张先的次韵作品在各个方面都效仿苏轼,甚至对待二公的微妙情感差异也基本一致,显然是觉得既然座主喜欢苏轼之词,那么自己也就应该填写相近面貌的词作。于是我们就可以对苏轼在《祭张子野文》中对张先词做出的评价有所理解。苏轼称其"微词宛转,盖诗之裔"[1]当是针对张先皆于士大夫应酬宴饮中创作歌词而发。由于张先不再一味地填写应歌之作,而会选取眼前情、心中事作为素材,展现着士大夫宴饮之际的生活,这就与诗的表现主题相近,即是将诗延展到了宴饮中来。尽管张先词并未达到村上哲见认为的"日常性"[2],但是他开始在词中关注士大夫宴饮之际发生的日常事件,则是词体文学日常化走向的开始。不过张先并没有在词体写作上费太多心力,他只是将其当做应酬的

---

[1] 孔凡礼点校《苏轼文集》卷六三,中华书局,1986年,第1943页。
[2] 村上哲见《宋词研究》,第156—159页。

工具,根据座主的喜尚投其所好而已。所以他的词作风格多样,从中可以找到类似花间、南唐、晏欧甚至柳永的作品,但是各组作品皆达不到其效仿对象的艺术高度,也形成不了属于他自己的个性词风。究其原因,还是因为他深受宴饮歌词性质的束缚,词人只有自己身处郡守这一地方文化主导之位,才可以自由地按照个性书写词篇。其实,上引《渔家傲·和程公闢赠别》一阕就已见若干端倪,张先此时乃渝州知州,为一方座主,故而此词在清雅词句间呈现出别样的戏谑风流,或许这是张先词本来面目,但遗憾的是,张先自己为座主的词作实在有限。

张先没有的座主机遇却被苏轼获得,苏轼最初填词也和张先心态一致,都是随着座主的变化而改变词风,他在陈襄和杨绘面前展现的不同文本形态即是明证。有学者指出,杨绘的到来使得苏轼将现实境遇感慨和故乡思念填进词中,促发了苏词内在质素的变化,对苏词有着扭转乾坤的意义[①]。这两种情感确实不见于苏轼在陈襄宴会上所作之词,但却是苏轼内心始终抱有的激荡情绪,当其在与陈襄的应酬间发现词体文学适合这种情绪的宣泄后,即已开始尝试在个人空间内用词来表达这两种情感,且已见于杨绘到来之前的词作(详见下文)。所以并不能把杨绘对苏轼的影响定得太高,作为座主与友朋的杨绘,其只是允许苏轼将这种写作方式在宴饮场合中表达出来,缩短了苏轼熟练掌握此类型词作的时间。真正对东坡词产生扭转意义的事件是知密州一任,从此苏轼完全成为一方座主,他可以自由地在词中抒发属于士大夫的个人情感,也可以随心所欲地进行各种词体革新尝试。他的僚属并不会太过介意,反而会仿而效之或大力鼓吹。重要的士大夫词人成为地方座主是地方词坛深入雅化的必要条件,历史的风云际会将这个任务

[①] 马里扬《北宋士大夫词研究》,北京大学 2012 年博士学位论文。

恰好交给了苏轼。

第三节 从令曲到慢词：士大夫词人的词体儒雅化进程

苏轼因应酬开始大规模填词的时候，无论面对的座主是陈襄还是杨绘，他主要填写的调子都是令曲，这是来到地方才得以接触词体写作的士大夫之共性。一方面令曲的贵族传统符合北宋前期地方座主的审美趣味，另一方面近诗的体式也易于士大夫作者接受。因此士大夫主导的词体儒雅化进程首先就在花间—南唐的令曲传统上不断深入，成就北宋令曲格高韵远的特质。不过在此之前，慢词雅化进程就已经于京城词坛轰轰烈烈地展开，士大夫词人在帝王礼乐活动与意志下开始触及慢词的填写。神宗时代的士大夫在京填写慢词已趋寻常，而且也被熟稔京城词风的士大夫词人扇入地方，比如柳永晚年的羁旅行役之作，张先晚年的湖州诸什皆是如此。二人都是游走于朝野与雅俗之间的士大夫词人代表，为慢词的儒雅化奠定了深厚基础。对于陈襄、欧阳修等老一辈地方座主而言，他们还是习惯于令曲写作，故而围绕他们的席间应酬依然以令曲为主。待到成长于慢词逐渐兴盛之仁宗朝的苏轼等人成为地方座主后，已经被柳永、张先等人扇入地方的慢词也开始在应酬席间身影闪动，词体儒雅化路径也全面拓展到慢词一体上。不过以苏轼为代表的士大夫词人在着手慢词雅化的时候，当然不是在建造空中楼阁，而是于熟习柳永、张先等人的传统法度之后变换翻新，苏轼其实很早就与柳永发生交汇，柳词本就是东坡重要的追摹对象。本节的内容即围绕词体儒雅化由令曲向慢词扩容的进程展开，探讨进程中不同词人的雅化贡献，以及令慢二体儒雅化后相应体式风格的形成，特别是苏轼在其间的创新与承继。

一、类型化的时光感伤:令曲儒雅化的深入

晚清词家况周颐所著《蕙风词话》中,有一段细致入微的体认词心、词境的文字:

> 人静帘垂,灯昏香直,窗外芙蓉残叶,飒飒作秋声,与砌虫相和答。据梧冥坐,湛怀息机。每一念起,辄设理想排遣之。乃至万缘俱寂,吾心忽莹然开朗如满月,肌骨清凉,不知斯世何世也。斯时若有无端哀怨,枨触于万不得已,即而察之,一切境象全失,唯有小窗虚幌,笔床砚匣,一一在吾目前。此词境也。
>
> 吾听风雨,吾览江山,常觉风雨江山外有万不得已者在。此万不得已者,即词心也。①

况周颐所谓之词心,是词体文学最善表现的情绪;词境,则是为表现这种情绪而建构的文本时空。况周颐用虚玄的方式将词心定义为"万不得已",杨海明将其解释为:"一种'无端哀怨'而令人深感'万不得已'的'忧患意识'。"②若再解释得具体些,这种忧患意识就是个体生命在面对永恒宇宙时感到自我有限的悲态,是对时光终究离逝的无可奈何。红颜老去、壮志难酬、家国之恨、看破红尘,这些词中常见的题材无不建立在无可奈何的时光感伤上。心思细密的词人本就拥有这样的情绪,他们需要宣泄的途径,恰好词体的流行歌曲性质本就给这种文体带上了频繁表达时光感伤的底色,也就成为词人填词的最初契机。

唐宋之前的宴饮活动早已有悲歌时光的传统,汉人于酒席间好唱挽歌《薤露》《蒿里》便是最极端的表现,新兴于隋唐的燕乐曲子也就少不了这一文学基因影响下的歌词。无论在什么时代,流行歌曲

---

① 况周颐《蕙风词话》卷一,《词话丛编》,第 4411 页。
② 杨海明《论唐宋词中的忧患意识》,《杨海明词学文集》第三册《唐宋词论稿》,江苏大学出版社,2010 年,第 18 页。

的主要题材都是抒发男女恋爱中的情感,起于胡夷里巷间的词体文学,在其创调之初同样秉承着这种传统。花间词人较词体起源相去未远,尚无法完全从男女情爱中跳出,故而在宴饮之际填写歌词的时候,主要借用闺中女子对爱情的怨诉透露时光感伤。这不仅使词人可以借鉴宫体诗、艳情诗的写作模式,也促使词体得以形成自我特色的文本时空,即况周颐所说的词境。

  况周颐虽未具体描述词境是怎样的文本时空,但已经用具体意象给出了答案,所谓"人静帘垂,灯昏香直,窗外芙蓉残叶,飒飒作秋声,与砌虫相和答"正是指出在词境中,时间是凝固的,空间是幽闭的。由于词中人只能在这幽闭空间中活动,更往往孤身一人,从而会感到时间是缓慢的。在这种时空中,人的心绪会变得异常敏锐,能够察觉到细致入微的变化,并体认出其间隐秘的情感意味。词中的时空还不仅仅只是词中人所处的幽闭空间,往往还包括充满着物候流动的外部空间。尽管词中人不能走出幽闭他的空间,但可以通过视听感受到外部世界的物候状态,并在此刻敏锐的心绪下捕捉到时间终究是不停流逝着的,从而生发出宇宙无限生命有涯的悲态,也就是一种刹那间体认到的时间意识。无论是况周颐举出的败叶秋虫,还是未举之芳草落花,都是勾起词中人体认出时间流动的外部物候,久而久之,便成为词中的常见意象。

  流行歌曲的男女情爱主题为词体文学提供了最初的幽闭凝重的文本时空——闺阁,这种时空随之成为最富本色的词境。花间词人善于静观幽闭于闺阁中的女性,吟咏她们寂寞无聊的情绪与绵长哀怨的相思,其间已然出现借女性之口道出的类型化时光感伤:

更 漏 子

温庭筠

玉炉香,红蜡泪。偏照华堂秋思。眉翠薄,鬓云残。夜长衾枕寒。　　梧桐树。三更雨。不道离情正苦。一叶叶,一声声。空阶滴到明。①

此词上下两片分别描述了闺阁内外不同的时空状态。上片述闺阁,起首玉炉红蜡是典型的凝重意象,幽闭于华美画堂之中的女性感受到的漫漫长夜,也是时空凝滞的体现。下片述闺阁之外的情境,词中人应是依靠听觉感知夜雨梧桐的物候现象,体认到时光在片片落叶、滴滴雨点间悄然流逝,红颜易老的伤感情绪也就油然而生。花间词人利用宫体诗的经验为令曲雅化迈出了第一步,南唐词人则进一步消解艳情色彩,开始模糊词中人的性别,并明确点出时光感伤的主题:

浣　溪　沙
李　璟

菡萏香销翠叶残。西风愁起绿波间。还与容光共憔悴,不堪看。　　细雨梦回鸡塞远,小楼吹彻玉笙寒。多少泪珠何限恨,倚阑干。②

一般认为李璟的这阕名作还是思妇词,但实际上词中并没有任何的性别提示,解词者容易将其间情感比附于李璟的自我寄托,既是受常州派比兴寄托的影响,也是因为词中人性别模糊所致。如若不对词中人性别强作定性,则可以看出此词只是单纯地抒发人与容光共憔悴的情绪,这是人类共有之情绪,无论男女都可以产生。此词的时空仍然继承花间传统,词中人在高楼凭阑,显然不能随意走动,还是一

---
① 《花间集》卷一,第32页。
② 《南唐二主词校订》,第8页。

个幽闭的空间。但是全词只有最后三字涉及空间内部,其余皆在描述空间之外与人物情绪。这是对《花间》的突破,可以着力于抒写幽闭空间之外的物候带给人的时间意识。全词便以勾起时间意识的外部物候起笔,秋风中的荷花本自芜秽,正可勾起人生迟暮的情绪。过片二句历来广为传颂,却不是词中时空的当下所见,而是词人就菡萏香销所作之点染,是将容光憔悴具象化的两种场景。二者并不互涉,也与词人本身经历无关,只是用于词中人与听者情绪的触发,是词人倾注才思心血之处。但是李璟在这首词中并没有融入太多的作者主体,两句尽管精细地道出了人类面对宇宙人生时的微妙感触,却仍然是歌词之语,只是给出意象与画面,缺少自我思辨的过程。如詹安泰所说,两句用普通的景物和情事言内心之感,普通而具有一般的意义,就给人以极其深刻的印象,容易引起人们的共鸣①。但是此词也就停留在一般的意义上,无法产生更深更强烈的情绪感发,体现着简单类型化歌词有限的情绪深度。

尽管李璟的《浣溪沙》犹是歌词,但词中人性别的隐去,使得词人可以用第一人称抒发类型化的时光感伤。于是后代词家可以进一步地融入作者主体,用歌词传递自我对于宇宙人生的个性认识。于是李璟之后,同样抒写类型化时光感伤的歌词会呈现不同的情感深度,比如下面这两阕著名的小词:

乌 夜 啼

李 煜

林花谢了春红。太匆匆。无奈朝来寒雨晚来风。 胭脂泪。相留醉。几时重。自是人生长恨水长东。②

---

① 詹安泰《李璟李煜词校注》,《詹安泰全集》,上海古籍出版社,2011年,第219页。
② 《南唐二主词校订》,第32页。

浣 溪 沙

晏 殊

一曲新词酒一杯。去年天气旧亭台。夕阳西下几时回。
无可奈何花落去,似曾相识燕归来。小园香径独徘徊。①

这两阕词都是抒发因落花物候而体认到的春愁,章法结构皆承自李璟,隐去了词中人所处的幽闭凝重时空,主要关注外部物候及情绪书写,更近于第一人称表达。晏殊词中的小园就是词中人所处的幽闭空间,斯人只能在里面徘徊而不能自由进出。同时,引起词中人时间意识的物候变化也发生在小园,可见空间内外已悄然合并,为词人自由抒发园林宴饮间的现实风物与当下情绪提供了可能。李煜词虽未明说,但也是如此,文本时空就是一场园林送别宴饮,谢了春红的林花当然就是此刻留醉之景。

这两阕词的相似还在于二者都用人事变与不变的对比表现时光感伤,尤其是晏殊,他的词中人甚至觉得身边的一切在一年内都没有任何变化,但一场小小的夕阳西下就触动起内心深处的时间意识,情绪的狭深已然较李璟更进一层。过片继续体察物候,花落与燕归是频繁出现于词体的意象,足以说明词中人并非晏殊,但是"无可奈何"与"似曾相识"二词却真真切切是晏殊的个人体认。花落象征着时光流逝,词人承认这是无可奈何的,也就是况周颐所谓风雨江山外的万不得已,可是词人又接以似曾相识的燕归,对万不得已给予了乐观的消解。如叶嘉莹所说,似曾相识意味着并不见得就是去年的燕子,两句词是通观和伤感的结合②,但毕竟花还未落尽,燕子还有旧雨的可能,一切还都停留在好的层面,词中人还有怜取而

---

① 《二晏词笺注》,第21—22页。
② 叶嘉莹《北宋名家词选讲》,北京大学出版社,2007年,第11页。

今现在的机会。李煜词同样表达对于花落的无可奈何,读者并不需要将词中人坐实为谁,就是一首与晏殊相似的类型化时光感伤歌词。不过李煜决绝地用风雨将林花全然打尽,完全不给任何的回旋余地。结句更是将情绪喷薄而出,直接点出人生时刻都伴随着恨,恨林花谢去、恨情人生离、恨青春易逝、恨时光不回……但就像江水终究要向东流去,人生也终究是长恨的,词中人只能在长恨中感受幽闭时空的凝重。此刻,幽闭词中人的时空已不再是闺阁或园林,而扩展为整个宇宙。

　　同样是因为落花而体认到的类型化时光感伤,李煜和晏殊呈现出了不同的情感状态,叶嘉莹针对这两阕词指出晏殊是圆融的观照,李煜则是往而不返[1],这是很到位的概括,在此基础上可以作进一步阐释,二人实际上是对时间意识提出了解决方式,即人类如何应对个体生命有限的无可奈何。将二者与李璟的《浣溪沙》相比,可以看到李璟并没有给出解决方案,他只是将类型化的时光感伤展现给读者看,让读者自行处理,这便是优秀的流行歌词能给听众带来情绪感发但却无法深入的原因。李煜和晏殊则给出了答案,晏殊认为这是可以消解的,所以词情呈现圆融的状态;李煜则觉得无法消解,于是情绪往而不返。既然词人要给出答案,那么必然得根据词人自我的时间意识来作答,也就会与词人的生命经验发生联系。两词呈现出的决绝与圆融之不同,显然是亡国之君与太平宰相会做出的相应选择。这是第一人称叙述引入词体写作后的发展,为士大夫在地方送别宴饮上填写送别歌词时,提供了抒发即景即事的个人性时光感伤的基础,与诗的联系也随即从宫体艳情拓展到应酬赠答。士大夫在填词的时候不仅可以运用诗法,也由此可以主动吟咏只属于士大夫群体的类型化情感:

---

[1] 叶嘉莹《唐宋词十七讲》,北京大学出版社,2007年,第181页。

行 香 子

过七里滩

一叶舟轻,双桨鸿惊。水天清、影湛波平。鱼翻藻鉴,露点鸥汀。过沙溪急,霜溪冷,月溪明。　　重重似画,曲曲如屏。算当年、虚老严陵。君臣一梦,今古虚名。但远山长,云山乱,晓山青。①

这是苏轼初任杭州通判时所作,全词因经过严子陵垂钓处而起兴,词中山水的清丽与渔隐主题无一不显示着两浙的感觉文化特征,可见苏轼填词除了应酬所需,两浙山水在另一方面扮演了填词初始的促成角色,也影响着东坡清丽词风的形成。值得注意的是,这阕词并非在陈襄席上应酬所作,其时苏轼正独自沿檄富阳、桐庐等地,词作内容也与应酬陈襄或公事无关,可见苏轼杭倅时期也已开始在个人空间中尝试用词体表达自我情绪。此词虽然在吟咏严子陵,但目的并非表达归隐的志趣,而是东坡词中常见的人生如梦主题。最明显处莫过于"君臣一梦,今古虚名",慨叹无论功过是非皆已成空。煞尾领字"但"意即仅仅,言留存至今的仅仅是连绵云山而已,显然是青山依旧的沧桑感。这种沧桑感仍然是从类型化时光感伤发展而来,但其间融进了士大夫个人对于功业、理想、声名等的种种渴望,已经处于个人情感书写的边缘,如若加上理想无法实现的无可奈何之忧伤,则就是完全的个人性情感了。苏轼此时尚未熟练掌握用词体表达这种情绪,他需要假以时日,通过杨绘席间的大量训练并借鉴柳永经验后,方能写出《念奴娇》之类的巨作,但是由时光感伤而生发出来的人生如梦之情,早已借由词体特质种在了苏轼的词心中。

---

① 《苏轼词编年校注》,第 24 页。

尽管令曲雅化在从类型化向个人性情感的转变道路上不断深入，李璟式的单纯呈现类型化情感场景的歌词方式依然存在，并不断出现更细微更新颖的意象建构，如秦观的这阕《浣溪沙》：

浣　溪　沙

　　漠漠轻寒上小楼。晓阴无赖似穷秋。淡烟流水画屏幽。
　　自在飞花轻似梦，无边丝雨细如愁。宝帘闲挂小银钩。①

这阕词非常传统，无论从什么角度都不能将词中人与秦观画上等号。词中人身处的小楼是典型的幽闭空间，上下片的煞尾皆是空间内部的景象，这两种较为新颖的意象场景仍然传递着时间凝固的旧情。空间外部勾起词中人情绪的物候是飞花与丝雨，梦轻似飞花，愁细如丝雨的比喻非常精妙，但其与"细雨梦回鸡塞远，小楼吹彻玉笙寒"一样是词人精心安排的抽象情绪具象化，除了体现才情思力，让读者听众被瞬间击中外，没有给予任何解决这种情绪的方法。这正是歌词底色影响下的独特面貌，无论再怎么深入表达个人情感及日常生活，此类歌词式作品会一直存在，词人会不断地翻新意象，使类型化情绪得到更精妙的表达，这也是一种将雅词推向深细的方式。

二、从闺阁到客馆：柳永为慢词构建的时空传统

随着令曲雅化的深入，令曲越来越与诗交融，以至出现小词近诗的现象。词人在表达类型化情感的时候，也会尝试突破刹那情绪，使词中时空复杂化跳跃化。如欧阳修的这阕《生查子》：

---

① 徐培均笺注《淮海居士长短句笺注》卷中，上海古籍出版社，2008年，第111页。

生 查 子

去年元夜时,花市灯如昼。月上柳梢头,人约黄昏后。
今年元夜时,月与灯依旧。不见去年人,泪湿春衫袖。①

这阕词由于误入女词人朱淑真的《断肠集》而非常著名,但是其间的时空结构其实比词人归属更有意思。此词表达元夕物是人非的惆怅,依然是类型化的情感,词人将前后两年的时空分置于上下两片,以换头作为天然的时空切换标志,谨严而巧妙,今昔时空的跳跃也突破了令曲当下时空限制。这种去年今日的章法结构很容易让人联想到崔护名诗:"去年今日此门中,人面桃花相映红。人面不知何处去,桃花依旧笑春风。"吴世昌便以之将词中类似的章法结构命名为"人面桃花型"②,这种结构类型正是欧阳修首次从诗中引入歌词,而且以反复的实践使其成为词中的重要时空结构模式③。但是令曲主要歌咏刹那情绪的文体性质使其时空结构不能过于复杂,否则无法使读者的情绪一击即中。时空结构的真正复杂化还是要在慢词中展开,领风气之先者自然是柳永。

柳词的题材类型大致可以分为三种,一是歌咏升平的颂体之词,一是为妓女所作的俗体之词,一是表现士大夫宦途况味的羁旅之词。上章已经讨论过前两种,它们分别是代帝王立言与代歌妓立言的应歌之作,是专业词人的本职。而第三种则描述的是士大夫的生活与心态,体现柳永的士大夫身份,这也终究是他自己最认可的身份。这

---

① 《欧阳修词校注》卷一,第78页。
② 吴世昌《论词的读法》,吴令华等编《吴世昌全集》第4册《词学论丛》,河北教育出版社,2003年,第27页。
③ 欧阳修另有《少年游》一阕,词云:"去年秋晚此园中。携手玩芳丛。拈花嗅蕊,恼烟撩雾,拚醉倚西风。 今年重对芳丛处,追往事,又成空。敲遍阑干,向人无语,惆怅满枝红。"此词上下片分别叙写今昔时空,章法结构与物是人非的情绪与《生查子》完全相同,可知欧阳修在歌词创作中有意识地建立这种"人面桃花型"模式。《欧阳修词校注》卷三,第404页。

些词无论在章法层次、时空结构还是情绪表达上都呈现出高度一致的特征,不能不让人怀疑词中人是否就是柳永,它们应该仍然是一种歌词,只不过代言的对象从帝王、歌妓扩展到了文士。柳永士大夫的身份是市井乐工等专业词人没有的优势,他切身感受过宦途之苦,所以填写出的此类歌词真切感人,同时更以专业词人的素养为慢词建构了符合词体特质的代士大夫立言的新模式。这在其名作《八声甘州》中表现得最全面典型:

八 声 甘 州

对潇潇、暮雨洒江天,一番洗清秋。渐霜风凄惨,关河冷落,残照当楼。是处红衰翠减,苒苒物华休。惟有长江水,无语东流。　不忍登高临远,望故乡渺邈,归思难收。叹年来踪迹,何事苦淹留。想佳人,妆楼颙望,误几回、天际识归舟。争知我、倚阑干处,正恁凝愁。[①]

既然是描述行役生活情感的代文士立言,词人柳永更多本着士大夫心态在创作,所以会不自觉地将自己熟习的文体创作方法引入歌词,这是花间词人与颂体词人共有的创作心态,只不过花间偏诗,颂体近赋而已。此词同时融诗赋入词,最明显的就是字面上融汇名诗成句,并吟咏出被苏轼称赞为不减唐人高处的"霜风凄惨,关河冷落,残照当楼"之句[②],已经表明以诗为词在柳永时代已经从宫体、艳情诗深入到徒诗。此词呈现出成熟的上片写景、下片抒情层次结构,这种结构早已被词家注意,在历代学者的努力下,其文学渊源的揭示已经深入,可知诗赋二体共同影响了这种

[①] 《乐章集校注》(增订本),第101页。
[②] 赵令畤著,孔凡礼点校《侯鲭录》卷七,中华书局,2002年,第183页。

体式的定型①。不过着力于文体互济的探究忽略了这种层次结构的词体本源。上文已经提到,在花间令曲中已经出现了上下片叙述内容各有侧重的结构。这种结构的上片述幽闭时空内的各种人物、陈设,表现一种凝重的时空感,下片则转入时空之外的物候变化,传递词中人在内外之异中体认到的时间意识。这其实正是上片写景、下片抒情的先声。随着词中幽闭空间从女性闺阁演变为庭院,空间内外的景物差异变得模糊,上片内容不断出现触发刹那情绪的物候变化,于是这些景物逐渐集中到上片,下片内容则主要是展开对时间意识的发挥,这应该是上片写景、下片抒情结构的词体内在质因。

柳永这阕词以行役为题材,行役本身就是一种易于产生时间意识的场合,唐人行旅诗多表达羁宦之苦、乡关之思或人生如旅之叹,已然存在永恒宁宙与有限人生的对立,柳永选择行役作为代文士立言之词的主要题材,巧妙地连结上了词体最擅表达的情绪。全词开篇点出早秋暮雨初霁的时空,直接展开对外部物候的铺叙。"渐"字领起的三句是对当下时空的描摹,以远景带给词中人感觉、触觉、视觉的变化铺叙着夕阳西下的动态场景。"是处"二字将视线从远景切换到近前的物华凋零,而"惟有"二字又将视线切回到远处的江水。这种极富层次的笔触显然是颂体之词带给词人的写作经验,但是其铺叙出的夕阳西下、木叶凋零与江水东流三种场景还是词中惯用的

---

① 夏敬观最先指出:"耆卿词当分雅、俚二类。雅词用六朝小品文赋作法,善为铺叙,情景交融,一笔到底,始终不懈。"其后孙维城在其基础上进一步认为:"柳永登临词的写法不仅学习六朝小品文赋,其最早源头还在宋玉《高唐》《神女》两赋。他正是采用宋玉两赋的写法开创了宋代慢词上景下情的结构。"而施议对则认为这种结构受诗影响,云:"柳词铺叙,往往'蹊径仿佛',给人以程式化的感觉。但是,也正因为这种程式化,却将双调歌词上下两片的作法诗化了。有如李渔所说,'大约前段布景,后半说情者居多,即毛诗之兴比二体。若首尾皆述情事,则赋体也'。说穿了,这种程式,也就是诗歌中赋、比、兴传统表现手法的运用。"夏敬观著,葛渭君辑录《吷庵词评》,葛渭君《词话丛编补编》第五册,第3445页;孙维城《论宋玉〈高唐〉〈神女〉赋对柳永登临词及宋词的影响》,《文学遗产》1996年第5期;施议对《词与音乐关系研究》,中华书局,2009年,第209页。关于柳词上片写景下片抒情结构的更详细的研究综述,可参见黄雅莉《宋词雅化的发展与嬗变——以柳、周、姜、吴为探究中心》第五章第一节,第339—344页。

触发时间意识的物候变化,只不过在用颂体铺叙的新笔书写着词中旧情。其后词人以换头的天然隔断转入情绪的抒发,"不忍"二字领出了词情,亦点出了词人所在的幽闭空间;"叹"字领起词中人的生活叙述;"想"字则转入设想对方之辞,又一次突破了词中的当下时空。这种想象他者时空状态的章法也是从诗中借鉴,吴世昌指出,"这种结构模式的构成包括两个方面,即时间的推移及空间的变换。其具体结构方法是'从现在设想将来谈到现在'或'推想将来回忆到此时的情景'",并将其与李商隐名作《夜雨寄北》"君问归期未有期,巴山夜雨涨秋池。何当共剪西窗烛,却话巴山夜雨时"系联,命名为"西窗剪烛型"结构。① 不过《夜雨寄北》只涉及对未来的推想,但是柳词中的时空跳跃并不仅仅只有这一种,正如施议对指出的那样:"就柳永的具体构造看,其家法和模式可以用以下两个公式加以展示——'从现在设想将来谈到现在'和'由我方设想对方思念我方'。前者表明时间的推移,后者表明空间的变换。"②这阕词中的时空转换是属于由我方设想对方思念我方的变换,这样"西窗剪烛型"似乎就有概括不周之嫌。其实,在李商隐之前,已经出现过囊括二者的诗作,如杜甫的《月夜》:

> 今夜鄜州月,闺中只独看。遥怜小儿女,未解忆长安。香雾云鬟湿,清辉玉臂寒。何时倚虚幌,双照泪痕干。

此诗前三联即是杜甫设想妻子此刻于鄜州对月思我之辞,引出这种想象的正是困居长安的杜甫对月思妻儿的当下时空。最后一联则是

---

① 吴世昌《论词的读法》,《吴世昌全集》第 4 册《词学论丛》,第 31 页。
② 施议对《论"屯田家法"》,载《第一届词学国际研讨会论文集》,"中央研究院"文哲研究所,1994 年,第 193 页。施议对关于这两种公式的详细论述见其著《宋词正体——施议对词学论集第一卷》,澳门大学出版中心,1996 年,第 153—159 页。

杜甫对于未来重聚的设想之辞,正是李商隐"何当共剪西窗烛,却话巴山夜雨时"之本。尽管诗中没有出现杜甫自我时空的描述,但已经完全具备柳词中的二种时空跳跃模式,柳永更可能是借鉴杜甫《月夜》的经验,在词中人不能离开幽闭时空的基础上,拓展词体文本时空范围,改称为"鄜州月夜型"会更为合适。

柳词"鄜州月夜型"时空结构也是一种创新与传统的交融方式。于词中代文士立言、述士大夫羁旅之情是创新与突破,妆楼颙望天际归舟的佳人却是词中传统形象,"想佳人、妆楼颙望,误几回、天际识归舟"之句不啻为温庭筠"梳洗罢,独倚望江楼。过尽千帆皆不是,斜晖脉脉水悠悠。肠断白蘋洲"的情景再现,可以说柳永将一阕令曲的内容嵌套进了慢词,在抒写男子情绪的词作中仍不忘展现自己的闺音功夫,这种略带炫技色彩的方式透露着浓郁的歌词特质,不仅大开士大夫用词体书写自我身处地方之情感的法门,也为后世专业词人指出了一条突破文本限制以展示技艺的路径。

除了时空结构之外,此词展现出的幽闭空间也是一场创新与传统的相逢。词中传统幽闭空间是女性的闺阁,词情也主要是思妇的幽怨,当空间进入庭院之后,依然保持着佳人伤春的基调,至多以模糊词中人性别抒发人类共通的类型化时光感伤。但是这阕词的词中人性别明确是男性,所抒情感也是只有男性才会拥有的类型化羁旅之愁,尽管文本时空不断跳跃,柳永却依然将词中人固定在幽闭时空中,词中人始终没有离开其所处的高楼。这正是专业词人在创新时对于词体本色的坚守,柳词中大量出现以描写闺阁女性的笔法展现男性词中人的现象,比如这阕《忆帝京》:

忆 帝 京

薄衾小枕凉天气。乍觉别离滋味。展转数寒更,起了还重睡。毕竟不成眠,一夜长如岁。　　也拟待、却回征辔。又争奈、已成行计。万种思量,多方开解,只恁寂寞厌厌地。系我一生心,负你千行泪。①

若仅依上片所写,词中人即是传统寂寞空闺中孤枕难眠的女性,然而下片却明显是以男性口吻说话。由于换头处"也拟待"三字,提示着上下片并未发生词中人转换,全词就只表现了一位男性形象。这可谓是词中的夺胎换骨,并未改变幽闭空间的基本状态,惟将人物性别悄悄换为男性而已。《八声甘州》一词也是如此,用传统诗词中女性的登楼望远行为抒发男性情感。柳永除了用这种方式为男性代言外,还在大量的羁旅题材歌词实践中创造了只属于男性的幽闭空间,下面一阕《尾犯》体现得更为明显:

尾　犯

夜雨滴空阶,孤馆梦回,情绪萧索。一片闲愁,想丹青难貌。秋渐老,蛩声正苦,夜将阑、灯花旋落。最无端处,总把良宵,只恁孤眠却。　佳人应怪我,别后寡信轻诺。记得当初,剪香云为约。甚时向、幽闺深处,按新词、流霞共酌。再同欢笑,肯把金玉珠珍博。②

此词依然是典型的上片写景、下片抒情结构,上片将幽闭空间内外的场景交融在一起,既有引发情绪的物候蛩声,也有展现时空凝重的灯花旋落意象。换头处既是转入抒情,亦直接点明词中人为男性。词人在开篇即已交代词中幽闭空间并非是传统的闺阁,而是孤馆。孤馆即男性于行旅间投宿的驿站或客馆,往往建在城外道路

---

① 《乐章集校注》(增订本),第29页。
② 同上书,第36页。

上,是山野环境中唯一的人工建筑,故称孤馆。而以郊外驿站客馆作为男性词中人的幽闭空间当是柳永的新创,却在柳词中频繁出现,如《满江红》一阕:

满　江　红

万恨千愁,将少年、衷肠牵系。残梦断、酒醒孤馆,夜长无味。可惜许、枕前多少意,到如今、两总无终始。独自个、赢得不成眠,成憔悴。　　添伤感,将何计。空只恁,厌厌地。无人处思量,几度垂泪。不会得、都来些子事,甚恁底、抵死难拚弃。待到头、终久问伊着,如何是。①

此词又见以驿馆作为幽闭空间,时间还是夜晚,词中人也被明确确认为男性。他孤枕难眠,甚至空自垂泪,只是缘于思念远方的情人。这种女性化举止完全符合传统中的词中人物形象,加之程式化的上景下情结构、固定的幽闭空间以及俚俗词句,完全可以推测这种羁旅行役词依然是一种应歌之作,是付与歌女甚至男性歌者的歌词。但不管这种推测是否成立,柳永为词体带来的客馆空间既完美适应了独属于男性的幽闭空间的需要,也为士大夫在地方填词提供了有别于京城的文学意象与文本空间。从此之后,秋馆成为了与春闺同样重要的词中时空,不仅士大夫词人可以借此直接书写自己的日常生活与情感,专业词人也获得了新的类型化情感书写范式,这不能不说是柳永在词中时空方面做出的最重要的贡献。

三、柳苏之间:类型化情感与自我身世寄寓

尽管类型化情感的抒发可以感人至深,但个性的不足终究会带

---

① 《乐章集校注》(增订本),第42—43页。

来千篇一律的单调感,除了词句可以不断打磨得精细典雅,在情感方面终究有限。一种文体若欲保持其生命力,势必要与作者的个人身世联系起来,抒发特定时空下的个性化情感。诗词二体都经历了这种从类型到个性的过程,不过词体在这个过程中显得格外忸怩,传统与本色始终是挥之不去的创作意识。如同柳永在为文士立言的时候依旧保持传统章法,词人用词体抒发自我个性情感时,总是会在保持基本格局的基础上进行创新,这导致了词体文学对体的格外重视。

周济有一句针对秦观的经典评价:"将身世之感,打并入艳情。"① 这正是指出了将自我身世寄寓在类型化情感中的手法。但是秦观大量运用这种创作手法是元祐之后的事情,此前的淮海词并不见得都在寄寓身世之感。周济是就《满庭芳》(山抹微云)一词下此断语,但是这阕词可以被歌妓直接改换韵脚却不影响词意②,更应该是一阕类型化歌词。周济或是认为词中的"蓬莱"是特定地名,乃秦观早年游越时登临的绍兴蓬莱阁,故认为情感应更偏向个性化。其实南宋人就已经将词中"蓬莱"比附于"蓬莱阁",但并没有做个人身世的词情系联。《苕溪渔隐丛话》即有引录:"程公闢守会稽,少游客焉,馆之蓬莱阁。一日,席上有所悦,自尔眷眷不能忘情,因赋长短句,所谓'多少蓬莱旧事,空回首、烟霭纷纷'是也。"③ 可见在宋人那里,就算将地名与词人生活坐实,词情依然还停留在男女艳情之上,并没有身世感慨的牵连。尽管词情不好明确按断,但坐实地名却是阅读淮海词的常态,因为秦观经常将真实的地名填入词中,如下面这阕词:

---

① 周济《宋四家词选》,古典文学出版社,1958 年,第 24 页。
② 《能改斋漫录》卷一六:"杭之西湖,有一倅闲唱少游《满庭芳》,偶然误举一韵云:'画角声断斜阳。'妓琴操在侧云:'画角声断谯门,非斜阳也。'倅因戏之曰:'尔可改韵否?'琴即改作'阳'字韵云:'山抹微云,天连衰草,画角声断斜阳。暂停征棹,聊共饮离觞。多少蓬莱旧事,频回首、烟霭茫茫。孤村里,寒鸦万点,流水绕低墙。 魂伤。当此际,轻分罗带,暗解香囊。漫赢得、青楼薄幸名狂。此去何时见也,襟袖上、空有余香。伤心处,长城望断,灯火已昏黄。'东坡闻而称赏之。"第 201 页。
③ 胡仔《苕溪渔隐丛话》后集卷三三,第 248 页。

临 江 仙

　　髻子偎人娇不整,眼儿失睡微重。寻思模样早心忪。断肠携手,何事太匆匆。　　不忍残红犹在臂,翻疑梦里相逢。遥怜南埭上孤篷。夕阳流水,红满泪痕中。[①]

此词是传统的思妇之词,从题材到章法均是歌词写作的规范。但是其间出现的南埭却是具体的真实地名,乃秦观家乡高邮的邵伯埭,因为在高邮城南,故称南埭,秦观诗文中也经常用南埭指称邵伯埭。然而南埭却又是江南习见的地名,反复出现于王安石诗中的金陵鸡鸣埭亦可称南埭,故此词中南埭诚难确指。但就算南埭是指高邮邵伯埭,也不必因此将词与秦观本人情感经历联系,这更应该是地方流行歌词的重要表征。叶梦得曾指出秦观词元丰间盛行淮楚[②],可见秦观前期词作多是面向江淮之间的歌者与听众而填,在类型化情感抒发之际掺入本地地名,无论歌者还是听者,都会感到亲切,对词中情感的体认也更易相通,歌词也就极易在本地流行。京城的流行歌词也会出现泛化的京城地名,如西园、西池、帝京等,秦观词中淮楚地名的作用应与之同。这说明在流行歌词领域也有着朝野不同的流行中心,就是柳永在江淮之地任泗州判官时,也留下了含有当地地名的词作,想必于其身后依然在淮楚地区流行,成为秦观填词的师承之源,这样来看淮海词大类柳永并盛行淮楚也是渊源有自了。地方流行歌词将当地风物填入词中的习惯为来到地方的士大夫抒发个人身世遭际提供了契机,后世词论家由于太过重视秦观苏门士大夫的身份,从而习惯根据词中的真实地名寻找个人身世寄寓的线索,但在元祐之前,秦观填词时更多还是秉持专业词人的身份。

[①]《淮海居士长短句笺注》卷下,第183页。
[②]《避暑录话》卷下,第286页。

元祐之后,随着政治局势的变化,以及苏轼革新词体的成熟,秦观越来越多地将自我身世遭际填入词中,但是他的词依然保持着言情为主的基本面貌,并依旧常用斜阳芳草等哀怨典故,这便是所谓将身世之感打并入艳情,即以男女情爱之悲怨寄寓自我身世感慨,于是词情便悲上加悲,后期淮海词由此变得凄厉。但是这种手段实际上是属于以类型化情感寄寓个人身世遭际的一种,元祐之前即已全面出现,这与秦观的政治座师苏轼及歌词师承柳永密切相关。众所周知,在词体抒情内容从类型化到个人化的发展过程中,苏轼扮演着最重要的历史角色。但苏轼本非专业词人,他真正填词还是由于地方官员交际的应酬需要,所以他在革新词体之时必然要借鉴专业词人的经验,于是在苏词中就已经出现将自我身世遭际寄寓在类型化情感中的现象。苏轼最主要的效法摹习对象就是柳永,也正是在此基础上,他将柳永开拓出的为文士立言的慢词章法结构再进一层,融进了自我身世的感慨。

薛瑞生曾撰文讨论苏词与柳词的师承关系,其间根据"柳永以行役词著称,东坡发轫试笔之作亦以行役词始"判断苏轼在填词伊始确效法柳永[①]。薛瑞生指出的行役词现象正是苏轼借用柳永新创词法的体现。但苏轼填词初起更多是送别之令曲,自密州后方逐渐进入慢词写作。而他也不似秦观爱用男女情事寄寓自我身世,更多则是借用与士大夫生活相关的类型化情感写作的结构来创作。这种词大量出现在苏轼填词的早期阶段,显然是苏轼为了熟练词体而进行的模拟与练习。

作为欧阳修的门生,苏轼当然不会忽视座师引入的"人面桃花型"结构,但他并未秉承以此抒发男女邂逅之类型情感的传统,而是将其用于送别词中:

---

① 薛瑞生《东坡词编年笺证》,三秦出版社,1999年,前言第49—50页。

少　年　游
润州作,代人寄远

去年相送,余杭门外,飞雪似杨花。今年春尽,杨花似雪,犹不见还家。　对酒卷帘邀明月,风露透窗纱。恰似嫦娥怜双燕,分明照,画梁斜。①

据词题可知这并非苏轼抒发自我离别情绪,而是代别人撰写的文字,故而类型化情感表达是此词的创作心态,这正好可以用于练习词体的基本写作模式。苏轼将欧阳修分置于上下两片的今昔对比合并在上片,恰好符合《少年游》一调并非双调但上片由一组重复句式构成的格式,可见苏轼还是重视词调格律在写作时的规整地位。当然,苏轼在练习座师的范式时也不忘加入自我的改造,看似秉承人面桃花型的结构间却悄悄把"物是"一环偷换了,只是用杨花与雪的相近设置往事重现的画面,这正体现苏轼欲自成一家的意识。

苏轼也练习柳永的"郴州月夜型"结构,其间更明显地体现以类型化情感表达方式述说个人情感遭际的特征:

江　城　子
乙卯正月二十日记梦

十年生死两茫茫。不思量。自难忘。千里孤坟,无处话凄凉。纵使相逢应不识,尘满面,鬓如霜。　夜来幽梦忽还乡。小轩窗。正梳妆。相顾无言,惟有泪千行。料得年年肠断处,明月夜,短松冈。②

---

① 《苏轼词编年校注》,第59页。
② 同上书,第141页。

从现存词作来看,以词悼亡应始于柳永,苏轼这首名篇其实是接续着柳永的开拓,并将悼亡对象从不可明知是否确有所指,拓展至直接表明悼念亡妻,这已经是一种用类型情感诉个人遭际的现象①,而其间回荡的对方相逢不识、对镜梳妆以及月夜墓中空自肠断之我方设想就是"鄜州月夜型"结构,苏词的感人之处正在于词中情感就是苏轼的真实之情,将柳永的类型情感带回到了杜诗的原初精神。

苏轼亦善于用类型情感模式抒发自我志向,这体现在怀古主题的词作中。柳永亦有怀古之作,如《双声子》一阕即是:

双 声 子

晚天萧索,断蓬踪迹,乘兴兰棹东游。三吴风景,姑苏台榭,牢落暮霭初收。夫差旧国,香径没、徒有荒丘。繁华处,悄无睹,惟闻麋鹿呦呦。　　想当年,空运筹决战,图王取霸无休。江山如画,云涛烟浪,翻输范蠡扁舟。验前经旧史,嗟漫载、当日风流。斜阳暮草茫茫,尽成万古遗愁。②

此词为姑苏怀古之作,上承唐诗,近源花间,乃江南感觉文化认同在慢词中的体现。全词表达的因姑苏而生之沧桑惆怅与前代诗词差别不大,是典型的类型化怀古情感。上片所写亦与词情一样无甚新意,是以诗家惯用手段表现物是人非、繁华已逝的景象。但是下片却见

---

① 柳永《离别难》词云:"花谢水流倏忽,嗟年少光阴。有天然、蕙质兰心。美韶容、何啻值千金。便因甚、翠弱红衰,缠绵香体,都不胜任。算神仙、五色灵丹无验,中路委瓶簪。　　人悄悄,夜沉沉。闭香闺、永弃鸳衾。想娇魂媚魄非远,纵洪都方士也难寻。最苦是、好景良天,尊前歌笑,空想遗音。望断处,杳杳巫峰十二,千古暮云深。"显然是一阕悼亡之词,故悼亡词之始自应归功于柳永。此词是否确如薛瑞生所言是悼念柳永前妻诚未可知,由于《离别难》一调始于唐教坊曲,柳永铺展音声后的内容与调名依然相合,故亦有可能是传统吟咏调名之歌词。《乐章集校注》(增订本),第140—141页。
② 同上书,第294页。

柳永之新笔,他在过片重现了吴越争战的场面,将当年的英雄置于恢弘的文本空间中。这个空间显然是词人虚构的壮阔画卷,因为只有如画之江山才能适配往昔英雄的豪气。当词情在追忆过往风流中达到高潮时,突然收以英雄与往事已风流云散,而今只剩永恒之山川江月,人事变迁的伤感与苍凉油然而生。柳永独异的怀古词笔不能不让人联想到苏轼名篇《念奴娇·赤壁怀古》,苏词中"乱石穿空,惊涛拍岸,卷起千堆雪"一韵始终被人津津乐道,因为苏轼为了承载赤壁群英,不惜改变黄州江面的现实空间,虚构了一个波澜壮阔的场景,这正是与柳永同一机杼,二词共有的"江山如画"四字也悄然透露着相承关系。唯一的不同便是苏轼以我之早生华发煞尾,将词情归宿到自我伤怀,而柳永始终都是文人共通的怀古幽情。苏轼通过自我理想使词体情感容量极度增加,但又不失词体有别徒诗之独特魅力,正是以类型化情感寄寓个体遭际的巨大效用。

由于苏轼更在意自我理想情怀的抒发,所以往往不会像秦观那样保持斜阳芳草式的基本歌词色调。不过秦观的方式在柳词中也已初见端倪,如这阕《留客住》:

留　客　住

　　偶登眺。凭小阑、艳阳时节,乍晴天气,是处闲花芳草。遥山万叠云散,涨海千里,潮平波浩渺。烟村院落,是谁家、绿树数声啼鸟。　　旅情悄。远信沉沉,离魂杳杳。对景伤怀,度日无言谁表。惆怅旧欢何处,后约难凭,看看春又老。盈盈泪眼,望仙乡、隐隐断霞残照。①

登高在歌词传统中也是女子的常见行为,此词所述是游子登高,不再

---

① 《乐章集校注》(增订本),第57页。

是思妇登阁,可见柳永仍然是借鉴诗法,将诗中常见的男性登高引入词中。词中的游子被限制在高楼空间,在传统斜阳芳草情致间抒发内心惆怅,显然是借闺情抒内心遗恨的手法。苏轼虽借用这种男性幽闭空间结构,但却突破绮罗香泽之态,不再将程式化的斜阳芳草当作词中人眼前之景,而直接铺叙切身所见以抒内心豪情。曾慥正是在此点上言苏词之登高有万里江山之感,故曰豪放。但实际上词中豪放一体在柳词中已经发轫,柳永将词体可以表现的容量大规模扩大,基本涵盖了士大夫会有的各方面人生情感,苏轼是在柳永的基础上明确表达自我个人情感,并将柳永恪守的本色词法稍作淡化,但柳苏之间的联系却是不能被忽视的,甚至苏轼一些表现自我人生意趣、消解政治挫折之痛苦的豪放词作亦是如此①。这样看来,秦观便是横亘柳苏之间的词家,他最完美地实践了将身世之感打并入艳情的词法。南宋人孙竞在《竹坡词序》中即云:"先生蔡伯评近世之词,谓苏东坡辞胜乎情,柳耆卿情胜乎辞,辞情兼称者,唯秦少游而已。"②情者,类型化之情;辞者,个人情意,非特指遣辞之文雅。夏敬观即以此观点详细阐释道:"少游词清丽婉约,辞情相称,诵之回肠荡气,自是词中上品。比之山谷,诗不及远甚,词则过之。盖山谷是东坡一派,少游则纯乎词人之词也。东坡尝讥少游:'不意别后,公却学柳七!'

---

① 苏轼有阕《满庭芳》词云:"蜗角虚名,蝇头微利,算来著甚干忙。事皆前定,谁弱又谁强。且趁闲身未老,尽放我、些子疏狂。百年里,浑教是醉,三万六千场。　思量。能几许,忧愁风雨,一半相妨。又何须,抵死说短论长。幸对清风皓月,苔茵展、云幕高张。江南好,千钟美酒,一曲满庭芳。"词中表现的对于身外名利的消解及自在游戏人间的人生态度历来被人称道。然而这种情绪亦见于柳词,柳永《凤归云》词云:"向深秋,雨余爽气肃西郊。陌上夜阑,襟袖起凉飙。天末残星,流电未灭,闪闪隔林梢。又是晓鸡声断,阳乌光动,渐分山路迢遥。　驱驱行役,苒苒光阴,蝇头利禄、蜗角功名,毕竟成何事,漫相高。抛掷云泉,狎玩尘土,壮节等闲消。幸有五湖烟浪,一船风月,会须归去老渔樵。"此词下片显然是苏词所本,与赤壁怀古词同样借鉴屯田家法。由上文可知,柳永对于士大夫归隐江湖的地方情感主要持相反意见,词人往往不愿意终老渔樵,而欲回到京城冶游平康,故此词或是柳永入苏州时受两浙山水及座主应酬的影响而填,与苏轼黄州时期自我人生解嘲不同,依然是柳苏之间由类型化情感向个人遭际的写照。词见《苏轼词编年校注》,第458—459页;《乐章集校注》(增订本),第301页。

② 周紫芝《竹坡词》卷首,《宋名家词》,第1212页。

少游学柳,岂用讳言?稍加以坡,便成为少游之词。学者细玩,当不易吾言也。"①要之,词中之雅并不仅仅追求内容与文辞的雅正,还要符合词中艳情与章法结构的传统。柳永和苏轼是词体雅化道路上的一体两极,既需要在词体章法结构与抒写士大夫日常生活这两方面不断深入,也需要在二者之间找到切实的平衡点。好在柳苏本非泾渭分明的对立,而是承继之上的革新,完全可以在柳苏之间达到另一层面的平和中正,秦观便是徽宗朝词坛极工时代开始的前奏。

四、以文为词:苏轼的慢词贡献

身处地方的士大夫在接触词体文学时主要创作令曲,但他们也会偶尔尝试慢词,给出自我群体在地方雅化慢词的探索。与柳永同时代的士大夫词人由于专业素养达不到柳永的高度,无法同时进行慢词男性叙事的改造,他们偶作慢词时,往往以令曲的作法撰制,难免会带有俗体之词的痕迹。如欧阳修的这阕《鼓笛慢》:

鼓 笛 慢

缕金裙窣轻纱,透红莹玉真堪爱。多情更把,眼儿斜盼,眉儿敛黛。舞态歌阑,困偎香脸,酒红微带。便直饶、更有丹青妙手,应难写、天然态。 长恐有时不见,每饶伊、百般娇骏。眼穿肠断,如今千种,思量无奈。花谢春归,梦回云散,欲寻难再。暗销魂,但觉鸳衾凤枕,有余香在。②

此词主要描述一位歌女,词末展现男性对她的眷恋,可见叙述者也是男性。但是留恋对方的情感与柳永行役羁旅之词并不完全相同,柳

---

① 《咉庵词评》,第 3469 页
② 《欧阳修词校注》卷一,第 420—421 页。

词的男性词中人直接在词中空间出场,是主体人物形象,设想对方思我之时,也没有细致描摹女性的容貌,而是借以表达女子的自我情感,于是词情显得真挚。而欧词中的男性抒情者并未出场,词人也没有通过他的眼睛展现外部空间场景,词中人看到的只是女性的身体与容貌,这显然是花间令曲的写法,将女性视作与屋内陈设同样性质的观察客体。尤其是上片,词中人完全在静观这位歌女,女性没有一丝半毫的自我情感。下片转入对歌女的思念,但还是穿插对其容貌神态的描摹,亦涉及室内生活用具的观察,乃静观写作与"人面桃花型"结构的融合。士大夫词人这种慢词写作方式当然是缘于对令曲的熟习,他们在写作慢词时或许会将其当作篇幅较长的令曲来处理①。苏轼在填词初始不仅会学习柳永开创的慢词结构,也会练习士大夫融令曲入慢词的作法,如这阕《哨遍》:

哨　遍
春　词

睡起画堂,银蒜押帘,珠幕云垂地。初雨歇,洗出碧罗天,正溶溶养花天气。一霎暖风回芳草,荣光浮动,掩皱银塘水。方右麛匀酥,花须吐绣,园林排比红翠。见乳燕捎蝶过繁枝。忽一线炉香逐游丝。昼永人间,独立斜阳,晚来情味。　　便乘兴、携将佳丽。深入芳菲里。拨胡琴语,轻拢慢捻总伶俐。看紧约罗

---

① 欧阳修《梁州令》词云:"红杏墙头树,紫萼香心初吐。新年花发旧时枝,徘徊千绕,独共东风语。阳台一梦如云雨,为问今何处。离情别恨多少,条条结向垂杨缕。　此事难分付。初心本谁先许。窃香解佩两沉沉,知他而今,记得当初否。谁教薄幸轻相误。不信道、相思苦。如今却恁空追悔,元来也会忆人去。"此词虽篇幅很长,但词牌已经显示其为令曲,词中也基本由五七言句式构成,符合词学中令曲慢词概念的划分标准。此词作法亦是令曲传统,表现词中女性在幽闭空间中因物候变迁而生之刹那情绪,再加之词中的五七言句式也被欧阳修用近诗的节奏写就,此词就是一阕长篇幅的令曲。北宋前期士大夫词人在地方写作词体文学时也较多触及这类令曲的写作,如《水调歌头》等调,故很有可能在填制慢曲时不能像专业词人那样区分得那么清楚。词见《欧阳修词校注》卷一,第431页。

裙,急趣檀板,霓裳入破惊鸿起。聱月临眉,醉霞横脸,歌声悠扬云际。任满头红雨落花飞。渐鹈鹕楼西玉蟾低。尚徘徊、未尽欢意。君看今古悠悠,浮宦人间世。这些百岁,光阴几日,三万六千而已。醉乡路稳不妨行,但人生、要适情耳。①

卓人月《古今词统》有评云:"此词情采密丽,气质香婉,乃是以残唐诸公小令笔意用之于长调,在宋一代中固不多,在眉山一身中尤其少。"②此论甚为精到。全词叙述一场从昼到夜的春游,上片从词中女性起床写起,描摹春日园林风景,结到夕阳西下,极尽赋情。下片转以铺叙携妓夜游,但词中男性并未现身,还是在描摹歌妓的容貌。这两处对于园林春日与妓女容貌的描写颜色艳丽、用笔细腻,是以冷静客观的心态细致观察包括女性在内的外部客体,正是卓人月所谓残唐诸公小令笔意。但是此词与欧公相比最大的不同就是从"君看古今悠悠"开始的煞尾部分,词中男性抒情者突然从静观状态跳出,不再顾及女性、风景等客体,而是自陈内心情感,以人生适情的议论收束这场铺叙。这是苏轼慢词的个性所在,不仅词情有男女之别,句法也呈现与上文完全不一样的面貌。可以明显感到苏轼最后几韵使用了散文的句法,特别是"而已""耳"这样的句末语气虚字,乃以文为词的明证。卓人月也指出"结处略萌故态",正是言苏轼在煞尾处出现的散文句法是苏轼慢词的独特面貌。

词学命题"以文为词"主要围绕稼轩词展开,通常认为辛弃疾将散文笔法引入词体,而苏轼则主要是融以诗人句法的"以诗为词"。由于《后山诗话》曾云:"退之以文为诗,子瞻以诗为词,如教坊雷大使

---

① 《苏轼词编年校注》,第 590—591 页。
② 卓人月汇选,徐士俊参评,谷辉之校点《古今词统》卷一六,辽宁教育出版社,2000 年,第 610—611 页。

之舞,虽极天下之工,要非本色"①,故论者均围绕苏轼以诗为词展开讨论,目前除一篇硕士论文外②,基本没有将以文为词上推到苏轼的论述。第四章将会详论,以诗为词早在花间时代即已开始,其后融于词法的诗体逐渐从宫体、艳情诗转入徒诗,苏轼并非以诗为词的开创者,只是在晏殊、欧阳修的基础上将以诗为词的范围扩大,使词体可以完全抒发士大夫情感,而非晏欧时代集中在时间意识与离别感伤。而且苏轼主要在令曲中以诗为词,显然也表明这种词法是承继士大夫词人的雅化经验。类似地,以文为词也并非要到辛弃疾时代才出现,苏轼已经大开其声色,惟苏轼主要在慢词中实践此法,既是令曲慢词分野之体现,也是本着在慢词领域突破屯田家法的心态。盖自密州之后,苏轼于词体已练习纯熟,加之自己成为地方应酬座主,故开始有意识地在词体领域树立自我个性。作于密州的著名论词书信《与鲜于子骏书》即云:"近却颇作小词,虽无柳七郎风味,亦自是一家。呵呵。数日前,猎于郊外,所获颇多。作得一阕,令东州壮士抵掌顿足而歌之,吹笛击鼓以为节,颇壮观也。"③既然是颇作小词,当然不会止于《江城子·密州出猎》一阕,而欲异于柳永自成一家,亦不能只限于令曲写作,显然要进入柳永代文士立言的慢词领域。夏承焘早已指出:"令词自晏、欧以降,其势渐穷,耆卿阐其变于声情,东坡肆其奇于文字,昔之以莹冰晖露、不著迹象为尚者,至是泮为江河而沛然莫御,盖自凝而散,合其道于诗文矣。"④正是道出柳永与苏轼在慢词领域的前后相承与互为创体之功。

无论以诗为词还是以文为词,最直接的表征就是以近于诗文的句法与节奏填词。令曲多近诗之单式句,本自适应诗句节奏,慢词显

---

① 陈师道《后山诗话》,何文焕辑《历代诗话》,中华书局,1981 年,第 309 页。
② 蔡凌《苏轼以文为词研究》,贵州大学 2007 年硕士学位论文。
③ 《苏轼文集》卷五三,第 1560 页。
④ 夏承焘《东坡乐府笺序》,原载《词学季刊》第二卷第二号,1935 年 1 月,见国家图书馆出版社 2015 年影印本《词学季刊》中册,第 676 页。

然并非如此,需要为双式句为主的体式另辟雅化蹊径。苏轼以文为词的尝试在最初的慢词写作中即已开始,如这阕赴任密州前寄赠苏辙的《沁园春》:

沁 园 春
赴密州早行马上寄子由

孤馆灯青,野店鸡号,旅枕梦残。渐月华收练,晨霜耿耿;云山摛锦,朝露漙漙。世路无穷,劳生有限,似此区区长鲜欢。微吟罢,凭征鞍无语,往事千端。　　当时共客长安。似二陆初来俱少年。有笔头千字,胸中万卷,致君尧舜,此事何难。用舍由时,行藏在我,袖手何妨闲处看。身长健,但优游卒岁,且斗尊前。①

这阕词上下片呈现完全不同的文句风格。柳永代文士立言的行役羁旅之词以运用大量对句与典雅词语的方式由俗入雅,苏轼此词上片亦在练习这种屯田家法。上片第一韵为鼎足对,第二韵为隔句对,第三韵是以散句收束对句的句组,非常全面地练习了词中对句的使用。而此词更以行役为题材,采用上片写景下片抒情的结构以及属于男性的幽闭空间孤馆,皆与柳词同一生气。但是苏轼在下片不再亦步亦趋,似将下片抒情部分视作书信文本空间,将自己想对弟弟说的话倾泻而出,尽管不能随意减字偷声,但已经尽量向尺牍文字的句法节奏靠拢,于情意娓娓道来之际构成了以文为词的面貌。可见苏轼在开赴密州之初即已抱有突破柳永的自成一家意识。元好问《东坡乐府集引》一文对此词有所非议,其云:"就中'野店鸡号'一篇,极害义理,不知谁所作,世人误为东坡,而小说家又以神宗之言实之,云'神宗闻此词,不能平,乃贬坡黄州,且言教苏某闲处袖手,看朕与王安石

---

① 《苏轼词编年校注》,第 134—135 页。

治天下。'安常不能辨,收入集中。如'当时共客长安。似二路出来俱少年……闲处看'之句,其鄙俚浅近,叫呼衔鬻,殆市驵之雄,醉饱而后发之,虽鲁直婢仆且羞道,而谓东坡作者,误矣。"①元好问此语,虽于作者考订方面不堪一击,然其特拈出下片,言其鄙俚浅近,却也透露了以文为词的内在文体契机。由于慢词雅化在北宋方才开始,并且最初创作空间是雅俗混杂的宫廷音乐机构,故而北宋前期的雅化慢词仍然保持着很强的俚俗痕迹。无论是从敦煌曲子词,还是从柳永的俗体之词中,都可以看出民间喜好用生活中使用的口语俚句入词,又因宋代口语已经趋于双音化,故欲用庶民社会语言表达庶民阶层情绪需要较长的篇幅以及双式句为主的调式,这正是慢词在宋代更为流行的重要原因。这种俗语俚句的节奏显然与诗相去甚远,却与文较为接近,从而可供苏轼用以文为词作为雅化词体的方式。

密州就任之后,苏轼在慢词领域的以文为词日渐自觉,许多慢词都可发现散文句式的身影,而且日臻成熟,如《醉翁操》词文:

> 琅然。清圜。谁弹。响空山。无言。惟翁醉中知其天。月明风露娟娟。人未眠。荷蒉过山前。曰有心也哉此贤。　醉翁啸咏,声和流泉。醉翁去后,空有朝吟夜怨。山有时而童巅。水有时而回川。思翁无岁年。翁今为飞仙。此意在人间。试听徽外两三弦。②

此词呈现成熟的以文为词特征,不仅大量出现常见文言虚词,而且"山有时而童巅。水有时而回川"更是明明白白的散文句式。黄庭坚《跋子瞻醉翁操》即这样说到:"人谓东坡作此文,因难以见巧,故极

---

① 元好问《遗山先生文集》卷三六,《四部丛刊初编》本。
② 《苏轼词编年校注》,第 451—452 页。

工。余则以为不然。彼其老于文章,故落笔皆超轶绝尘耳。"①可见时人已经认识到此词与文章的契合。黄庭坚的评论亦可见苏门文人对以文为词的追求已经从句法节奏的近似上升到理趣风神层面与文章的一致。朱刚指出"以文为诗"的意思不仅仅如字面所示,以古文笔法作诗而已,其在创作精神上需要作家展现他的思想风貌,写出他对宇宙、社会和人生的思考,从而把"文以载道"的创作主张贯注于诗歌领域,故"以文为诗"的实质是将理性精神贯注到诗歌创作中,苏、黄二人皆在诗歌创作中实践着这种精神。②同样地,"以文为词"也需要达到这种境界,理性精神的贯注势必会在词中出现议论,唯其如此,才能将作家自我对于外部世界的体认表达出来,上引苏轼以文为词之例已经体现出议论色彩,给出的词句皆是自我思考后的答案。朱刚亦指出:"在北宋诗歌的发展史上,能够集思理、盛气、法度于一体而开合自如、变化无穷的,大概只有苏轼一人。"③其实不仅诗歌是如此,苏轼在词体文学领域也是这样,他在填词初始反复训练各种词体结构,正是本着在引思理、盛气入词同时,不废对于法度的恪守。"以文为词"之法是苏轼首创,他也意识到这种手法需要勤加练习方能如"以文为诗"那样纯熟与圆融,于是他在词中有意识地与散文名篇进行文本互动,以之作为"以文为词"的练习。如《满江红·东武会流杯亭》一阕结尾数句云:"君不见、兰亭修禊事,当时坐上皆豪逸。到如今、修竹满山阴,空陈迹。"④即是在柳永使用的添字变化基础上以散文句法展开与《兰亭集序》的互动,将王羲之笔下的宇宙人生之感在词中复述。这种词文互动的极端表现就是檃括词。

苏轼第一阕檃括词即是以《哨遍》一调檃括陶渊明的《

---

① 黄庭坚《山谷题跋》卷二,中华书局,1985年,第15页。
② 详见朱刚《唐宋四大家的道论与文学》,东方出版社,1997年,第203—228页。
③ 同上书,第222页。
④ 《苏轼词编年校注》,第168页。

辞》,内山精也有专文详细分析这阕词①,认为苏轼是利用陶渊明为媒介,表现自己贬谪黄州后的生命思考与人生志趣。内山精也的媒介观点颇具启发意义,可以借鉴在以文为词命题的阐释中。以文为词的目的是在词体中贯彻理性精神与自我对于外在世界、内在生命的思考,但是词体文学是否适合这种类似文章的创作态度并不是非专业词人苏轼所能预知的,而且怎样才是词文二体融合的最佳文本面貌也是苏轼必须要回答的问题。这样一来,櫽括一篇自己心有戚戚的文章便成为了以文为词的媒介,如果可以用词体成功改写这篇文章的话,那就说明词体完全可以自由抒发自我理性,而改写后的词句基本以文章原句组成,那便构成了独立地以文章句法、创作精神抒发个人情感的文本样态基础,以文为词也就得以正式宣告成立,并获得特别的练习方式。内山精也在另一篇文章中指出櫽括词的重要意义:"酒宴、歌妓、奏乐等场面要素的作用,为词这种文学样式带来了强固的传统,同时也必然产生了难以克服的陈规旧套。于是,以苏轼为始的北宋后期士大夫们为了打破此陈规旧套,把词的创作半强迫地拉入了自己所擅长的领域,櫽括正可被解释为他们这种做法留下的痕迹。"②这是从宏观的角度指出櫽括词体现着士大夫词人雅化词体的方式是结合自己所擅长的文体而"以诗为词"与"以文为词"。

苏轼在《哨遍》之后的櫽括词作品绝大多数是令曲,但这些作品并未櫽括文章,而是櫽括诗歌,如《木兰花令》(鸟啼鹊噪昏乔木)櫽括白居易《寒食野望吟》诗,《定风波》(与客携壶上翠微)櫽括杜牧《九日齐山登高》诗等,甚至出现《定风波》(好睡慵开莫厌迟)这种櫽括自己诗歌《红梅三首》(其一)的作品。倒是后辈士大夫接续着櫽括文章的

---

① 内山精也《苏轼櫽括词考——围绕对陶渊明〈归去来兮辞〉的改编》,内山精也著,朱刚等译《传媒与真相——苏轼及其周围士大夫的文学》,上海古籍出版社,2013年,第388—407页。
② 同上书,第428页。

尝试,无论是黄庭坚櫽括《醉翁亭记》的《瑞鹤仙》,还是王安中櫽括《北山移文》的《哨遍》,亦或朱敦儒櫽括《前赤壁赋》的《秋霁》,都可以看出慢词主要櫽括文章的特点。櫽括词也透露着北宋后期士大夫词人在令曲以诗为词,于慢词以文为词的创作特点。于是旧题陈师道"退之以文为诗,子瞻以诗为词"之语可以得到新的阐释,熟习用诗歌实践"以文为诗"之理性精神的陈师道,将"以文为诗"与"以诗为词"连说并提,目的并不在于言苏轼泛以诗法入词,而是在说苏轼将以文为诗之后的诗法引入词体,使得无论是诗是词,都成为士大夫作者灌注自我理性精神的文本空间。令曲的以诗为词,慢词的以文为词是这一创作态度的不同表现,也都是苏轼为词体雅化做出的贡献与实践,但终究以文为词的意义要更重大一些。

第三章
"升平"时代(上):徽宗朝政治与京城雅词

在柳永与苏轼的前后努力下,最具词中宋调特色的慢词在哲宗元祐之后完全进入了士大夫的文学世界,并在苏轼之革新与秦观之本色的双重引领下,地方词坛形成了与京城不同的慢词面貌与写作传统。与此同时,士大夫仍然继续着在近诗令曲上的雅化工作,但在元祐之前,即席歌词写作早已完成了从贵戚豪奢宴饮到士大夫雅集聚会的题材转变,元祐时代的士大夫词人在创作令曲的时候,出现了令慢合一的迹象。既然此时慢词已经可以与令曲一样,用来表达士大夫的自我个性化情感,那么士大夫作者完全可以将慢词的章法、结构灌注到早已熟习的令曲中去。

另一方面,颂体之词的写作在元祐之后仍在继续,无论新旧两党何方执政,国家礼乐制度都是必须建设的,需要不断地创制雅颂新曲,也就需要撰制与之相配的歌词。当然,此时的撰词工作早已不同于北宋前期以乐工及专业词人为主,哲宗时代的士大夫开始主动参与雅乐事业,在定律、制曲、撰词等方面都可以见到他们的身影,并有意识地与过去专业词人填写的词章保持距离。晁说之《晁氏客语》中就曾记载:"纯夫撰《宣仁太后发引曲》,命少游制其一。至史院出示同官。文潜曰:'内翰所作,《烈文》《昊天有成命》之诗也。少游直似柳三变。'少游色变。"[1]

---

[1] 《晁氏客语》,第125页。

可见此时的士大夫将北宋迟迟未制作成功的雅乐事业也视为自己的责任,试图将雅乐完全回归到乐府诗教传统上去,以之解决北宋音乐机构雅俗混杂带来的歌词涉俗的问题。这是北宋科举士大夫以天下为己任的政治使命与政治理想在音乐领域的实践,但他们这样的音乐追求却不大符合北宋帝王的期待,也无法适应京城市民对歌词的审美需求。随着哲宗绍圣党禁的开始,一批群体精神高扬的科举士大夫被贬出京城,他们对颂体之词的儒雅化改造随即宣告结束,京城的颂体文学也就回到帝王主导之路上,采用与士大夫不同的追求精致风格与思力安排的雅化方式,这当然需要专业词人来完成。无论如何,繁庶的京城终究以贵戚与市民为主体,出入于宫廷与市井之间的专业词人依旧维系着雅俗音乐互相影响的状态,使得俚俗之词在京城仍然有着强大的生命力与流行空间,词体文学朝野离立的格局始终存在。

由此看来,截止到哲宗绍圣时期,北宋词的所有特征均已建立,相关重要词人完成了各自的历史使命,词体文学接下来的发展趋势便是沿着他们创立好的雅化道路继续前行。随着苏轼、秦观等士大夫在徽宗即位前后相继辞世,加之徽宗朝的政治变化,新一代词人在朝野两处树立起了各自的群体经典与摹效对象,不断深入着相应雅化路径下的雅词范式,朱彝尊所言"极其工"的南宋词时代就此到来。

第一节　宫廷都下:大晟词人的流行实质

大晟乐与大晟词人是徽宗词坛最鲜明的标志,二者都与官方音乐机构大晟府的设立紧密相关。大晟府是宋徽宗崇宁二年(1103)设置,崇宁四年独立,又于宣和七年(1125)废置的音乐机构,设置目的是创制宋朝官方雅乐,承担本在宋初就应该完成的国家礼乐任务。

最终大晟府也成功创制了大晟乐,为漫长的北宋雅乐制作历程画上了句号。在这期间,有一批具有音乐才能的文士供职大晟府,他们审音定调、讨论古音,同时也从事词体文学写作,词史上把具备这种身份的词人称为大晟词人或大晟府词人。南宋人王灼就已经认定周邦彦曾任大晟府提举,云:"崇宁间,建大晟乐府,周美成作提举官,而制撰官又有七。"①于是传统词学即以周邦彦作为大晟词人的核心人物,以至于到了民国词学界,对大晟词人的词作讨论就只局限在周邦彦一人身上。这种局面在20世纪80年代得以改变,周邦彦之外的大晟词人开始重新获得关注。吴熊和《唐宋词通论》即明确指出:"周邦彦于政和六年(1116)提举大晟府。王国维《清真先生遗事》考其僚属,有徐伸(字干臣)、田为(字不伐)、姚公立、晁冲之(字叔用)、江汉(字朝宗)、万俟咏(字雅言)、晁端礼(字次膺)。这就是以周邦彦为首的大晟词人。"②基本划定了大晟词人的范围。杨海明《唐宋词史》亦认可此群体范围,但更进一步地将这些词人统称为"大晟词派"并予以初步论述③,其后龙建国在此基础上更详细地论述"大晟府词派"的种种特征④。但是大晟府存在时间不过二十余年,相关词人数量较少且关系松散,也没有一致的词学宣言或定期的集会唱和,所以"大晟词派"确实存在是否能够成立的问题。诸葛忆兵在论述"大晟词风"时就承认"'大晟词人'是一个很松散的创作概念"⑤,彭国忠则直接撰文否定"大晟词派""大晟词风"等命题⑥。因此在探讨徽宗朝京城词坛之前,首先需要对于大晟词人的概念与实质作一清理。

---

① 王灼《碧鸡漫志》卷二,第87页。
② 吴熊和《唐宋词通论》,第224页。
③ 杨海明《唐宋词史》,第270—272页。
④ 龙建国《大晟府与大晟词派》,《文学遗产》1998年第6期。龙建国对"大晟府词派"更详细的论述见其著《唐宋音乐管理与唐宋词发展研究》,南开大学出版社,2012年,第104—162页。
⑤ 诸葛忆兵《徽宗词坛研究》,第4页。
⑥ 彭国忠《大晟词派质疑》,《上海大学学报》(社会科学版)2000年第3期。后被收入《唐宋词学阐微——文本还原与文化观照》,安徽大学出版社,2008年,第32—48页。

一、京城：大晟词人有限的流行空间

必须承认，确实不能用"大晟词派"来统摄晁端礼、万俟咏诸词人，他们供职大晟府的时间实际上要比大晟府存在时间还要短得多，在下文的论述中将会看到，大晟乐的制作与配合大晟乐的长短句歌词撰制实际上是徽宗朝音乐工程前后两个阶段的任务，并非如王灼所言崇宁间就已经开始创作配合大晟乐的歌词。但是，这些供职于大晟府的词人却又实实在在是徽宗朝词坛存在感很强的人物，他们的歌词在当时非常流行，并屡见记载。如《铁围山丛谈》云晁端礼词"时天下无问迩遐小大，虽伟男髫女，皆争气唱之"①，又如《碧鸡漫志》言万俟咏"每出一章，信宿喧传都下"②。他们不仅词誉甚高，流行甚速，更在当时即已有词集刊刻出版。还是王灼的记载："雅言初自集分两体，曰雅词，曰侧艳，目之曰胜萱丽藻。后召试入官，以侧艳体无赖太甚，削去之。再编成集，分五体，曰应制、曰风月脂粉、曰雪月风花、曰脂粉才情、曰杂类。周美成目之曰大声。"③又陈振孙《直斋书录解题》卷二一"歌词类"记载："《大声集》五卷。万俟雅言撰。尝游上庠不第，后为大晟府制撰。周美成、田不伐皆为作序。"④王灼所言之万俟咏词集即五卷本《大声集》，可见万俟咏词集于徽宗朝即已刊行，至陈振孙时代尚存。在徽宗朝就能够出版单行词集是非常罕见的事，毕竟词集的刊刻与出版是要到南渡之后才渐次普及的事情。万俟咏之所以一下就能出版五卷词集，显然是因为他的确拥有如记载中那样的流行程度，应是市场需求导致的出版行为。由此看来，这些供职于大晟府的词人在徽宗朝享有极高的词坛地位，而且在南宋词论家那里往往被群体性提及，尽管不能以大晟词派统而言之，但也确

---

① 蔡絛著，冯惠民、沈锡麟点校《铁围山丛谈》卷二，中华书局，1983年，第28页。
② 王灼《碧鸡漫志》卷二，第87页。
③ 同上书，第83—84页。
④ 陈振孙著，徐小蛮、顾美华点校《直斋书录解题》卷二一，上海古籍出版社，2015年，第619页。

实是一种词人群体。这些词人执徽宗词坛之牛耳,在当时极为流行,只是因为靖康之难的剧变而词作散佚、词名岑寂。

这些词人为何在当日异常流行,却如流星般迅速陨落? 吴惠娟以万俟咏为例初步回答了这个问题①,但是这场流行并未成为经典的现象并不仅仅因为万俟咏的词作过于适时,只符合徽宗时代特定的审美趣味。多达五卷的《大声集》中应该存在一批富含经典性的作品,且风格技巧类似周邦彦而不输之,不然周邦彦、田为也不会为之作序,南宋时代标举苏辛的黄昇更不会发出"雅言之词,词之圣者也。发妙旨于律吕之中,运巧思于斧凿之外,平而工,和而雅,比诸刻琢句意而求精丽者远矣"②的极高评价。影响文学作品经典化的元素非常复杂,往往交织着偶然与必然,吴惠娟的论述偏重必然层面,故而有些现象没有得以揭示。其实,万俟咏诸人在当日流行的实质使得靖康之难成为了其人其词经典化失败过程中的偶然因素,但却就是这场偶然,起到了比作品的内容与水准重要许多的作用。

根据上文所引材料,晁端礼词的流行程度可谓遍布中原,"天下"一词似乎囊括了北宋疆域的全部。然而蔡絛在这里其实只是用了一种传统叙述模式来形容晁端礼词的流行程度。宋代笔记中经常给予某首词作"争唱""喧传"之类的形容词,而与之对应的传播空间往往就是京城,而能有词作在京城流行是一位词人的最高荣誉,欧阳修、秦观等皆有类似"都下传唱"的记载。晁端礼词的流行程度应该也与万俟咏一样,主要在都下空间流传。上文也已论及,朝野离立的现象在流行歌曲层面上依然存在,京城与地方存在着不同的流行音乐中心与样式,流行于地方的歌词往往带有与该地相关的地名或风物,同时地方也有相对独立的流行曲调。苏轼《江城子》(玉人家在凤凰山)

---

① 吴惠娟《论万俟咏词的流行与衰落》,《词学》第三十一辑,华东师范大学出版社,2014年。
② 黄昇选编,邓子勉校点《唐宋诸贤绝妙词选》,《唐宋人选唐宋词》,第658页。

小序中有这样的记载:"陈直方妾嵇,钱塘人也,丐新词,为作此。钱塘人好唱《陌上花缓缓曲》,余尝作数绝以纪其事矣。"①《陌上花》一调是吴越旧曲,在北宋时代的传唱度不高,主要就在吴越旧地钱塘这一有限空间内流行。而且京城作为流行文化的中心,新的曲调往往最先在这里产生,京城市民也就更喜好新调新词,而非旧日的金曲。此外,京城市民对歌词也有特定的偏好,王明清就曾记载蔡挺于边关填一曲《喜迁莺》,传入京城后,就因为其间有"太平也"三字,便被争相传唱②,可见颂美太平的歌词更容易在京城流行。而无论是词调新声还是太平歌词,都是晁端礼、万俟咏诸人的擅长,他们显然更容易在京城空间流行,"天下"只不过是蔡絛的夸饰。《词苑萃编》卷二四引录了毛开《樵隐笔录》中的一段记载,是反复被词家提及的重要材料,从中更可见当时京城流行的曲调与地方并不互通:

> 绍兴初,都下盛行周清真"咏柳"《兰陵王慢》,西楼南瓦皆歌之,谓之《渭城三叠》。以周词凡三换头,至末段,声尤激越,惟教坊老笛师能倚之以节歌。其谱传自赵忠简家。忠简于建炎丁未九日南渡,泊舟仪真江口,遇宣和大晟乐府协律郎某,叩获九重故谱,因令家伎习之,遂流传于外。③

这段记载明确地告诉我们被收入大晟府演奏歌唱的词章需要从九重传出才能被世人知晓,地方上其实极难获得他们的词章曲谱,而且这些歌曲需要音乐素养极高的乐工才能演奏歌唱,这显然是只有京城才能满足相关条件。对于周邦彦这么一个历任外官的词人来说,他

---

① 《苏轼词编年校注》,第 42 页。
② 王明清著、燕永成整理《挥麈录余话》卷一,《全宋笔记》第六编第二册,大象出版社,2013 年,第 27—28 页。
③ 冯金伯《词苑萃编》卷二四,《词话丛编》,第 2270 页。

的京城词篇尚且需要在遭遇国难后被某位流寓江南的大晟府官员偶然传出,更别说前半生只浪迹于开封的"大梁词隐"万俟咏了,因此所谓"盛传"只局限在"都下"这个狭小的范围中,不能望及柳永"有井水处即能歌柳词"的高度。这种流行实质使得他们在靖康之难这一突发事件面前显得特别脆弱,随着开封沦陷,他们的流行空间也就不复存在,而之前在京城的歌女、词集、乐谱等均随着战乱而迅速流散,只能如毛开记载的那样被曾经的乐工偶传一两阕而已,当然也就无法继续流行下去了。倒是未被徽宗朝京城流行文化接纳而只在江南地方流行的词人在国变后仍然保有较强的生命力,他们的词作词集由于流行区域未受战乱而继续传唱,又因宋室的南迁成为了政治中心流行的歌词,构成了流行歌词领域的朝野转换。朝野转换是建炎南渡对于词坛最重要的影响,渗透在词体文学的方方面面。但是朝野词坛各自的面貌、风格、技巧等内容都已经在徽宗朝完全定型,不能因为建炎南渡导致了朝野转换就认为文学本身的面貌也发生了剧烈的变迁。

晁端礼、万俟咏诸人词作集中于京城流行的实质,意味着他们的创作符合京城对于歌词的审美趣味。他们的词作在音律精细与赋咏升平方面有着极高的水准,这是士大夫词人相对不足的领域。但是晁端礼、万俟咏等人或是中举或是入太学读书,显然也是士大夫群体中的一员,如此这群词人实际上和柳永一样,拥有士大夫和专业词人的双重身份,当帝王产生颂体雅词的需求时,他们自然会因为词名而被授予音乐机构的官职。从大晟词人供职大晟府的经历来看,他们都是先有词名然后因此被选入大晟府。也就是说,在徽宗的雅乐政策要求下,大晟府将已经流行于京城或曾经创制过极佳颂体之词的词人尽量收入彀中,让他们在大晟府里专注于颂体之词的创作,这样能够保证新制之词的典雅程度,避免过往因音乐机构雅俗混杂而将俚俗词风扇入国家典礼歌词的现象。这样一来,诸葛忆兵所言之"大晟词人实际上是徽宗的御用文人群,故推而广之,大晟词人创作中表现出来的共同性,也同样存在于大晟府以外的其他御用文人的创作中,大晟词人是御用文人的典型代表"①就不够全面,他们在供职大晟府时确实主要撰写歌功颂德的颂体之词,也确实具备御用文人的身份,但是他们如果只有这重身份显然不足以获得那样的流行程度。他们实际上秉承着柳永的传统,在为帝王代言、为歌妓代言以及为文士代言三种层面同时展现自己的词体特长,本着符合京城审美趣味的创作要求,继承着北宋前期以来的京城词风,成为徽宗朝京城词坛的代表词人群体。于是他们的词作既有典雅的颂体之作,也有符合柳词传统的羁旅行役之词,更有如曹组《红窗迥》那般滑稽无赖的俗词,满足了京城各阶层的歌词需求,从而在都下空间大为流行。如是这些词人其实更适合用徽宗朝京城词人群体统而言之,由于他们中的佼佼者曾供职于大晟府,故而可以继续沿用大晟词人群体概念来指称当时最杰出的京城词人。也就是说,大晟词人群体是徽宗朝京城词人群体的一种亚群体,这些词人以大晟词人身份活动是与他们供职大晟府的时间相系联的,而在入职大晟府之前,他们已经从事京城之词的写作,并在京城词坛大为流行了。

后世所谓南宋"姜吴典雅词派"或者"姜张风雅词派"实际上就继承了这群徽宗朝京城词人的事业,他们已经在徽宗朝完成了从柳词向南宋词的转变工作,南宋雅词的主体就是徽宗朝京城词风删汰过于俚俗之作后的面貌。这种雅词文学性格与传统的形成实际上是徽宗政治、文化政策的产物,是徽宗主导的文艺风气在词体文学上的表现。京城词人群体的流行实质更是徽宗词坛朝野离立现象的体现,由于徽宗朝政治政策的变化,这一时期的朝野离立要比两宋其他任何阶段都要坚固,对词体雅化之路产生了非常深远的影响。因此,雅

---

① 诸葛忆兵《徽宗词坛研究》,第4页。

词传统与性格在徽宗朝的建立是一次政治影响词体文学发展的文学史现象,特别是对于京城雅词而言,必须结合徽宗朝政治政策的讨论展开论述,才能解释大晟府究竟扮演的是怎样的角色,南宋雅词究竟在什么时候正式产生,京城词人群体的流行实质为何只局限在京城,他们又何以呈现出追求精致又雅俗混杂的词作风貌。

二、周邦彦与徽宗朝京城词人群体

在进入徽宗朝京城雅词的论述之前,还有一个问题必须先作交代,即周邦彦在徽宗朝京城词人群体之中究竟处于怎样的地位。如若以过往的大晟词人群体定义来看,周邦彦并不能算作他们中的一员。无论是如孙虹所言周邦彦根本未曾提举大晟府[1],还是如诸葛忆兵所说周邦彦仅于政和六年短暂提举大晟府数月[2],都表明周邦彦崇宁间即提举大晟府之说甚误,其与大晟府并无太大联系。王国维亦早已指出清真集中"无一颂圣贡谀之作""词中所注宫调,不出'教坊十八调之外',则其音非大晟乐府之新声,而为隋唐以来之燕乐,固可知也"[3],是故若将之视为以颂体之词为主要创作内容的徽宗御用词人,周邦彦显然也不够格。但实际上大晟词人并非专门制作颂体之词,他们与柳永一样拥有士大夫和专业词人双重身份,并将屯田蹊径开拓得更加精细。若以这种标准来看,周邦彦又完全符合。虽然周邦彦与大晟雅乐的制作无关,但其早年以《汴都赋》称誉一时表明他熟知颂体文学的创作技巧,而其又于崇宁、大观间入职议礼局,从事后来被命名为《政和五礼新仪》的编订工作,实际上和入职大晟府的词人一样性质,都曾是切身参与徽宗主导的京城礼乐文化事业的在

---

[1] 孙虹《清真事迹新证》,孙虹校注、薛瑞生订补《清真集校注》,中华书局,2007年,前言第66—74页。
[2] 诸葛忆兵《徽宗词坛研究》,第11页。
[3] 王国维著,邬国义点校、戴燕复校《清真先生遗事》,谢维扬、房鑫亮主编《王国维全集》第二卷,浙江教育出版社,2010年,第420、424页。

朝士大夫。更何况周邦彦终究与万俟咏、田为等人有所来往,清真集中的词作从风格到章法结构都体现着与大晟词人的互通,并且毛开的记载又直接证明周邦彦京城词作确实被采入大晟府。这些现象都表明周邦彦可以被归入徽宗朝京城词人群体,清真集中的许多作品体现着徽宗朝京城雅词的特征。

然而周邦彦却并非徽宗京城词坛的领军人物,不能被归入大晟词人这一亚群体内。不仅如此,他的词作在当日京城并不流行,不能因为清真词具备集北宋词大成的历史地位便认为他在当时就极为流行。杨万里针对徽宗之前的词论词评并不言及周邦彦的现象总结到:"很显然,邦彦此时,并不是人们所说的'北宋词坛领袖',此时词坛领袖恰恰是欧阳修和秦少游。"①这当然是徽宗朝之前士大夫词人的宗尚,其时年纪尚轻的周邦彦自然无法企及过世欧公与在世秦观的词坛声誉。徽宗即位之后,朝野词坛分别出现了活跃词人并树立起各自的宗主,然而不管持什么立场的词论词话都罕见周邦彦的身影,更遑论诸如"盛传都下"这样的评价了,他要一直等到南宋孝宗朝的笔记中才被这样言说,而且并没有类似晁端礼、万俟咏式的流行记忆。这已经能够说明周邦彦并非徽宗词坛的主流词家。

词集文献可以在词论词话之外提供新的印证。与万俟咏不同,周邦彦的词集并未在徽宗朝即已付梓,要等到南宋方才问世。吴则虞《清真词版本考辨》云"清真词在宋绍兴间已别行"②,然未详何据,或是由绍兴间都下盛传《兰陵王》而发。《景定严州续志》卷四记载了严州郡所刻"经史诗文方书凡八十种",其间包括《清真集》与《清真诗余》二种③,均不明刊刻时间。《宋史·艺文志》著录有《清真居士集》

---

① 杨万里《论清真词在宋代的文学效应》,《上海师范大学学报》1997年第1期。
② 吴则虞《清真词版本考辨》,《西南师范学院学报》1957年创刊号。
③ 钱可则修,郑瑶、方仁荣纂《景定严州续志》卷四,《宋元方志丛刊》第四册,中华书局,1990年,第4383页。

十一卷,亦未及明确刊刻时间,观其被列于《稼轩长短句》、周必大《平园类稿》之后,陆游《渭南文集》之前,或是刻于嘉定前后①。而楼钥所序二十四卷《清真居士文集》据陈振孙所言是由明州太守陈杞于嘉泰年间刊刻②。是故从现存文献来看,还是要属强焕于孝宗淳熙七年(1180)刊刻的《片玉集》为周邦彦词付梓之初始,这显然与万俟咏有很大的差距。实际上强焕所谓"暇日从容式燕嘉宾,歌者在上,果以公之词为首唱,夫然后知邑人爱其词,乃所以不忘其政也"云云,正是透露出周邦彦词作在当日仅仅在其任职的地方上才得以流行,其于元祐朝就已经开始词体文学的创作,更较徽宗京城词人早了许多。

种种迹象都表明,周邦彦在其主要活动时空哲宗、徽宗两朝都未获流行,词名寂寞。他在元祐朝地方词坛开始创作,作品却与当时地方士大夫词作风格异质,呈现出二十余年之后徽宗京城雅词的风格。他继承着柳永同时具备专业词人与士大夫两重身份的特征,却又与柳永相反,更偏向士大夫一极,但作为士大夫,他似乎又对政治理想、党派之争不那么感兴趣。这种创作的超前性以及身份的微妙使得周邦彦实际上成为驿寄朝野的词人,在当时显然两边都不讨好,自然无法获得流行。但是随着靖康之难带来的朝野转换,周邦彦被重新发现,原先不利于其流行的驿寄朝野特征反而成为他在新时代大为流传的推手,不仅使其获得了身后传唱都下的流行地位,也被认作是徽宗京城词坛的代表人物,更被视作集北宋词大成的巨匠。其实,强焕序文中所谓"故哀公之词,旁搜远绍,仅得百八十有二章"也表明南宋刊刻的清真词并非有北宋祖本或是草稿,就是通过重新搜集而成,中原沦陷与朝野转换对于这种词集形成方式也起着巨大的影响,使得

---

① 《宋史》卷二〇八,第5379页。
② 《直斋书录解题》卷一七,第516页。

新辑的清真词集呈现着王国维所指出的文本面貌。限于篇章结构，建炎南渡之后词坛朝野转换现象以及周邦彦由此得以经典化的过程将在之后的章节里详细论述，本节只是将此现象提前略作交代，以方便下文对于徽宗朝政治与京城雅词讨论的展开。

第二节　复归三代与朝野离立

夏商周三代被中国传统史学认作是"圣明时代"，在宋代儒学复兴运动与士大夫政治高扬的背景下成为了社会秩序的理想样态，复归三代更被视作宋代政治实践追求的最高目标。这种政治理想主要在仁宗朝形成，当所谓"涵养百余年，礼乐文武大备"之后，确实需要一种与之配合的文治追求与模式，复归三代正好适应了这种需要，被北宋君臣采纳，最终成为南宋重臣史浩口中的"祖宗之法"[①]。余英时指出，"宋仁宗时代回向'三代'的大运动则起于士大夫间"，士大夫在"'三代'理想的号召下，提出了对文化、政治和社会大规模革新的要求"。[②] 尽管这是科举士大夫自下而上的政治理想诉求，其实也是北宋帝王认可并向往的政治实践。尹洙《岳州学记》提到范仲淹在岳州兴学重教一事时云："会京师倡学，诏诸郡置学官，广生员，公承诏，忻曰：'天子有意三代之治，守臣述上德，广风教，宜无大于此，庸敢不虔？'于是大其制度营之。"[③] 可见仁宗时代帝王与士大夫在复归三代上达成了一种政治默契。而当神宗发出"先王之迹息灭，时君世主祖述不及三代，其施为卑陋不足法"[④]的叹息时，北宋帝王已然主动将复

[①] 李心传《建炎以来朝野杂记》乙集卷三载史浩对孝宗进言云："我太祖皇帝深以行一不义、杀一不辜为戒，而得天下，制治以仁，待臣下以礼。列圣传心，至仁宗而德化隆洽，至于朝廷之上，耻言人过，故本朝之治独与三代同风。此则祖宗之家法也。"中华书局，2000 年，第 545 页。
[②] 余英时《朱熹的历史世界》，生活·读书·新知三联书店，2011 年，第 194 页。
[③] 尹洙《河南先生文集》卷四，《四部丛刊初编》本。
[④] 李焘《续资治通鉴长编》卷三五三，第 8458 页。

归三代当作自己的政治责任与使命。这样一来就会产生一种张力,即复归三代的政治理想与政治实践究竟以谁为主体?是最初提出这种理想诉求的士大夫?还是将其意识为自我责任的帝王?来自仁宗时代的老臣文彦博尚且可以用"为与士大夫治天下"①之语在神宗面前强烈表达自我政治主体意识以与君权相抗衡,但这种声音在神宗朝新兴的士大夫间逐渐消逝。一方面是因为党争而带来的士大夫内部分裂,另一方面则是帝王在有意识地重构并强调自我的政治主导地位,士大夫的权力终究是皇权的代理与赐与。如是,北宋后期复归三代的政治实践,实际上是在帝王的主导下进行的,高举文彦博等先辈精神传统的士大夫当然会予以反抗,从而产生了党禁这样的极端政治事件。

除了帝王与士大夫在复归三代主导者问题上存在张力外,二者描绘出的三代政治的最终图景也各有侧重。《宋史·太祖本纪》赞云:"在位十有七年之间,而三百余载之基,传之子孙,世有典则。遂使三代而降,考论声明文物之治,道德仁义之风,宋于汉、唐,盖无让焉。"②余英时由此申发出宋代"'后三代'概念中,文化成分重于政治成分,大致可以断定。宋代在政治史上虽不能和汉、唐争辉,但在文化史上则有超越汉、唐的成就"③。那么这种文化上的三代理想如何体现在具体实践上呢?《太祖本纪》的赞语已经指明了两种图景,即"考论声明文物之治"与"道德仁义之风"。前者要求国家在礼乐制度、器具仪式等方面重现三代之盛貌,后者则是在君臣个人品性、道德方面提出复归三代圣明的要求。若站在士大夫的立场上,当然道德仁义之风是更为重要的,这是复归三代理想的本质,如果君臣士民都能达到三代的文质修养与道德状态,那么自然就会出现礼乐文物

---

① 李焘《续资治通鉴长编》卷二二一,第 5370 页。
② 《宋史》卷三,第 51 页。
③ 余英时《朱熹的历史世界》,第 189 页。

大备的社会风貌。但是帝王似乎更在意后者,毕竟如范仲淹、尹洙期待的通过文教事业提高士民的文化道德水准来达到复归三代是一次漫长的过程,很可能要几代人的努力才能实现,而且这样一来自我势必难以成为施政主体。而礼乐制度建设则不同,其可以动用国家权力在短时间内完成,既可以成为政治政策的主导,亦能够通过建造出的礼乐文物展示圣明君主与升平王朝的形象。徽宗朝的政治政策便是在两种张力作用之下,基于宣示皇权的政治目的,在复归三代的话语下向声明文物之治的严重倾斜。

一、皇位继承波折与"太平家法"需求

徽宗制礼作乐、崇尚道教等一系列礼乐政策往往会被后世与真宗相比较,方诚峰即云:"宋真宗朝以天书、圣祖作为祥瑞系统的两个核心,因为其需求非常明确:在澶渊之盟后的内外压力下,如何重建真宗个人及其政权的权威,天书、圣祖就足以传达这一意思。说到底,这仍是传统的合法性诉求。""与此不同,徽宗朝的祥瑞体系不为合法性,而是要呈现自身的历史定位,故追求的是全面展现王朝形象:君主本身有神性的,其统治就是圣治,当下就是圣时。"[①]这是对于真宗、徽宗两朝政策表面相似而性质不同的精到之论,不过徽宗政治政策是否真的不存在个人皇权合法性的诉求,还是值得斟酌的。第一章已经论述,真宗的天书封禅行为是运用太宗创制的"太平家法"向国内国外进行的权力展示,其不仅在澶渊之盟后发生了权力危机,也由于皇位继承之时的波折让其在士大夫面前感受到了压力,"太平家法"的目的之一便是消解不顺畅的皇位继承带来的影响。徽宗同样也遇到了皇位继承的波折,《宋史·徽宗本纪》即记载道:

---

① 方诚峰《祥瑞与北宋徽宗朝的祥瑞文化》,第 250 页。

元符三年正月己卯,哲宗崩,皇太后垂帘,哭谓宰臣曰:"家国不幸,大行皇帝无子,天下事须早定。"章惇厉声对曰:"在礼律当立母弟简王。"皇太后曰:"神宗诸子,申王长而有目疾,次则端王当立。"惇又曰:"以年则申王长,以礼律则同母之弟简王当立。"皇太后曰:"皆神宗子,莫难如此分别,于次端王当立。"知枢密院曾布曰:"章惇未尝与臣等商议,如皇太后圣谕极当。"尚书左丞蔡卞、中书门下侍郎许将相继曰:"合依圣旨。"皇太后又曰:"先帝尝言,端王有福寿,且仁孝,不同诸王。"于是惇为之默然。乃召端王入,即皇帝位,皇太后权同处分军国事。①

哲宗猝然去世之时尚无子嗣,这便导致了皇权的真空,徽宗能够即位只是依靠向太后与数位大臣的意见,合法性显然不是那么强大,章惇的强烈反对表明神宗的其他皇子也有相应的机会②。真宗作为法定的太子,在经历皇位继承波折后尚且在士大夫面前有所弱势,徽宗本没有太子身份而依靠太后与部分士大夫的力量继承大统,显然更无太多权势可言,是故徽宗再三请求向太后垂帘听政,便是一种处于弱势地位的自我保护。

向太后垂帘六个月后便还政徽宗,实现了权力由哲宗—太后—徽宗的转接,这在程序上使徽宗的皇权获得了合法性来源,但是这并不能改变徽宗即位之初的基本局面,他依然没有属于自己的政治力量与资本。徽宗也意识到了这个问题,于即位两个月后在曾肇制词的诏令中表露了"朕以眇身,始承天序,任大责重,罔知攸济"③的心

---

① 《宋史》卷一九,第357—358页。
② 章惇支持的简王为朱太妃所生之哲宗亲弟,宫内还有宦官梁从政的支持,在哲宗从未留下嗣君意见的情况下,端简二王都需要依靠各方势力才能即位,是故当时充满了偶然与凶险。关于二王争立的详细论述,可参看杨小敏《蔡京、蔡卞与北宋晚期政局研究》,中国社会科学出版社,2012年,第104—108页。
③ 黄以周等辑注,顾吉辰点校《续资治通鉴长编拾补》卷一五,中华书局,2004年,第581页。

声,向士大夫广开言路,欲消弭新旧两党的纷争,获得双方共同的支持,以培养自己的政治基础。于是被哲宗贬谪边远州军的元祐党人纷纷北归,离京未远者亦获得出入宰执的机会,如韩忠彦即从大名府入京拜相。后世也往往将此时比附于元祐时代的回归,如称赞拜相韩忠彦为"贤誉熙然,时号'小元祐'"①,也有"建中靖国初,徽祖自藩王入继大统,虚心纳谏,弊政大革,庶几庆历、元祐之治"②这样的总体评价。这些后世的称赞其实反映着徽宗即位之初的政策获得了元祐旧党士大夫的支持,他们对于这位年轻的新皇帝充满着期待,徽宗也以此逐渐稳固自己的皇位与权力。

除了通过允厥执中的政策以求士大夫的支持,徽宗还通过祥瑞、符兆等神秘叙事传达自己皇权不仅合法亦承天赐的信息。《铁围山丛谈》卷一即留下这样的故事:

> 太上皇帝端邸时多征兆,心独自负。一日呼直省官者谓之曰:"汝于大相国寺迟其开寺,时持我命八字往,即诣卦肆,徧问以吉凶来。第言汝命,勿谓我也。"直省官如言,至历就诸肆问祸福,大抵常谈,尽不合。末见一人,穷悴蓝缕,坐诸肆后。试访,曰:"浙人陈彦也。"直省官笑之黾勉,又出年命以示彦。彦曰:"必非汝命,此天子命也。"直省官大骇,狼狈走归,不敢泄。翌日,还白端王。王默然,因又戒访:"汝迟开寺,宜再一往见。第言我命,不必更隐。"于是直省官乃复见彦,具为彦言。彦复咨嗟久之,即藉语顾直省官曰:"汝归可白王:王,天子命也。愿自爱。"逾年,太上皇帝即位,彦亦遭遇,后官至节度使。③

---

① 《宋史》卷三七八《胡交修传》,第 11679 页。
② 岳珂著,吴企明点校《桯史》卷一〇,中华书局,1981 年,第 110 页。
③ 《铁围山丛谈》卷三,第 41—42 页。

蔡絛的《铁围山丛谈》当然秉持徽宗与蔡京的立场,故于靖康之后追忆徽宗即位前的符兆本不奇怪,但是持元祐党人立场的何薳,在其著《春渚纪闻》中同样提到了符兆事件,其云:"哲宗皇帝即位既久,而皇嗣未立。密遣中贵往泰州天庆观问徐神公,公但书'吉人'二字授之。既还奏呈,左右皆无知其说者。又元符已来,殿庭朝会,及常起居看班舍人,必秉笏巡视班列,惧有不尽恭者,连声云:'端笏立。'继而哲宗升遐,徽宗即位,自端邸入承大统。而吉人二字,合成潜藩之名,无小差。"①可见在南宋初期,无论持何种政治立场的士人,均对徽宗继位的合法性毫无异议,并对相关符兆津津乐道,说明徽宗登基之初的政策确实获得了元祐旧党的支持,皇权地位获得了他们的认可。但为何围绕徽宗会有如此多的符兆事件,而其他正常继位的帝王却并无相关叙事?这当然是出于徽宗巩固皇权来源合法性的需要,想必当时会有更多的类似事件流传,蔡絛与何薳的记载只是流传到南宋的吉光片羽,透露着徽宗初年在权力掌控上实际存在的危机。

尽管徽宗的皇权获得了士大夫的承认,但是君臣之间的张力依然存在,更有愈演愈烈的趋势。元祐旧党刚从哲宗的禁锢中走出,对徽宗抱有过高的期待,认为新天子将重现仁宗朝与元祐时代的政治局面,士大夫在政治生活中可以重新扮演与帝王共定国是的角色,主导着复归三代的事业。于是他们积极投身政治生活中,在言官之位上发扬仁宗时代的精神,在"祖宗之法"的话语体系下试图将国是转变为自己所期待的路线上去。这与甫才即位,急于建立自我政治地位的徽宗产生了矛盾。而且元祐旧党士大夫在展现自我政治主体的时候也过于偏执与激进,他们甚至通过防范女后、外戚干政的"祖宗之法"对向太后也提出了批评。元符三年九月,刚刚升任右司谏的陈

---

① 何薳著,张明华点校《春渚纪闻》,卷一,中华书局,1983年,第2页。

瑾指责还政后的向太后尚与国事，攻击的焦点在于向太后戚里向宗良兄弟，其言："宗良兄弟，依倚国恩，凭藉慈廕，夸有目前之荣盛，不念倚仗之可畏，所与游者，连及侍从，希宠之士，愿出其门。裴彦臣无甚干才，但能交通内外，漏泄机密，遂使物议藉藉。或者以为万机之事，黜陟差除，皇太后至今与也。良由中外关通，未有禁戒，故好事之人得以益传耳。"①徽宗能够即位完全出于向太后的旨意，即位之初追复元祐旧党的政策显然更是向太后的主张，而旧党士大夫在其已还政徽宗的局面下仍然对其防微杜渐，无疑是对其一种告诫，不能因定策之功而破坏祖宗家法，士大夫才是与帝王共治天下的政治主体。由于徽宗的皇权来自太后，陈瑾诸人对于这位不是那么执着站在旧党这一边的向太后的防制，也未尝不是对徽宗的敲打，试图让其将国是从允执厥中彻底转为元祐之法。

面对这种弱势局面，徽宗坚决站在向太后这边，将陈瑾贬出京城，以明确自己权力来源，这当然遭致了相关士大夫的反对，所以需要在另一方面运用"太平家法"展现自己治下的升平以展示皇权。然而与太宗、真宗不同，徽宗十九岁由藩邸即位，此时并没有现世的功德，而"太平家法"中的礼乐祥瑞等内容是需要有功成这一前提的，徽宗必须先获得类似太宗统一中原、真宗定盟澶渊的功业才能够施行，于是复归三代的政治理想正好符合了徽宗这一需要。又由于神宗正是在复归三代理念下主导政治改革运动，故而以此为旗帜获取功业又可以将自己的权力来源跳过太后而直承父兄。这种为政心态与相应方针在徽宗崇宁元年七月发布的诏令中可以获见一二：

> 朕闻治天下者以立政训迪为先，笃孝思者以继志述事为急。盖制而用之存乎法，推而行之存乎人。虽夷夏乂安，黎民乐业，

---

① 《续资治通鉴长编拾补》卷一六，第606页。

而法难一定,事贵变通,损益之间,理宜稽考。况宗室蕃衍而无官者尚众,吏员冗滥而注拟者甚艰,蓄积不厚于里间,商旅未通于道路。廉耻盖寡,奔竞实繁,风俗浇漓,荐举私弊,盐泽未复,赋调未平,浮费尤多,贤鄙难辨,岁稍饥馑,民辄流离。然制之必有原,行之必有序,施设必有方,举措必有术。是故俊彦不可以不旁求,法度不可以不修讲。宜如熙宁置条例司体例,于都省置讲议司,差宰臣蔡京提举,遴简乃僚,共议因革,庶臻至治,以广贻谋。①

无论徽宗将社会问题的责任归咎给未行熙丰之法正确与否,这道诏书终究是指出了存在的问题以及徽宗试图努力的方向,即宗室、冗官、国用、商旅、士风、党争、盐泽、赋调等内容,而重中之重者莫过于修讲法度,要创作出一套由君王主导推行的举国统一的各项制度。蔡京主持的讲议司就是在帝王主导下的制订各项制度的机构,而其在刚起步阶段的最重要任务便是为徽宗组建一支属于自己的政治团体,故先遴简乃僚,再共议因革。这样来看,徽宗企求的功业极为宏大,他既要解决上引诏令中列出的各种问题,又要制作各项制度,于是当所有内容都完成之时,便是复归三代之日,这样他才能向天下展示此刻就是圣时,而且是通过他推行制作的各项制度进行展示。这样来看,"好大喜功,锐意改作"的蔡京确实非常适合徽宗的政治需要,而且新党成员很多并不太有高昂的士大夫精神,他们在意自我晋身之路胜过学术道德之正②,故而积极地响应徽宗的趣味将绍述熙丰

---

① 《续资治通鉴长编拾补》卷二〇,第 700—701 页。
② 如《宋史·赵挺之传》即记载到:"曾以使事联职,知禁中密指,谕使建议绍述,于是挺之排击元祐诸人不遗力。由吏部尚书拜右丞,进左丞、中书门下侍郎。时蔡京独相,帝谋置右辅,京力荐之,遂拜尚书右仆射。既相,与京争权,屡陈其奸恶,且请去位避之。"这非常典型地体现着新党中人的面貌,即并不在意立身、学术之正,只是利用党禁党争为自己政治晋身服务而已。第 11094 页。

之法与帝王功业相系联①,与徽宗欲法令尽出于中相互契合。由此可见,徽宗在同情元祐旧党的向太后去世之后,将国是从允执厥中迅速复归到绍述自有其内在的动因。

综上可见,徽宗于崇宁开始施行的一系列政策应是秉承着"太平家法",其内容分成前后两个阶段,第一阶段是制度的制作时期,也就是完成神宗、哲宗未竟的复归三代事业,第二阶段才是升平时代的展示时期。也就是说只有当徽宗完成了绍述的事业,他才真正消解因继位问题导致的权力弱势,才具备展示其历史地位的资格。但必须注意的是,无论神宗还是哲宗,他们复归三代的实践道路都是由下往上展开的,即通过地方兴学提高士人道德水准,以务实政策管理天下财富,以社会总体经济水准、道德仁义的提升来实现声明文物之治的目标。徽宗的实践途径则正好与之相反,秉承着"上以风化下"的思路,先在京城区域通过托古改制的方式达成声明文物之治的状态,然后再以圣明君主的形象带领地方共同实现复归三代的理想。

二、崇宁党禁:令出于中与朝野政治空间的离立

徽宗意欲自我主导实现复归三代的理想,更将运用以上化下的手段,这两个方面都与高扬的科举士大夫精神相违背。庆历以来奠定的科举士大夫精神就是要与帝王同时成为治理天下的主体,每一位士大夫个体都可以自由发表政治观点,这是朝堂之上出现士大夫争论不休的原因之一,党争则是最极端的体现。士大夫之间的论争

---

① 如钟世美在建中靖国年间即进言云:"乞复熙宁、绍圣故事,以为神考道过百王,庶事具举,没犹未久,而匹夫之臣,相与诬毁,传播当年,曾不及中材庸主。哲宗振起斯文,六七年间,天下大治,复见熙丰之盛。不折尺箠而西羌纳土,不勤师旅而尽复故疆。若谓神考不当创法,先帝不当追述,则何以著巍巍赫赫之功?若谓元祐更而当,当何以致官府废坠,财用匮乏,京师累月冰霜,河朔连年灾荒,西贼长驱寇边,如入无人之境?"《续资治通鉴长编拾补》卷一五,第581—582页。

显然会让法令、制度等左右摇摆,无法统一,但无论如何争吵,秉持的精神都是帝王与士大夫共治天下,最终施行的政策都是士大夫主导的国家意志。对于迫切需要建立功业展示皇权的徽宗来说,这显然是不被允许的。于是,如何让法令制度尽出于中,使得帝王意志成为天下唯一的标准,便成了他首先需要解决的课题,同时也是徽宗在建设各项三代制度时始终秉持的精神。神宗、哲宗已经做出过这方面的努力,徽宗重树"绍述"国是,一方面强调自己皇权的正统,一方面在父兄的基础上进一步将政治、思想、文化等各方面生活都统一到帝王意志之下。

徽宗与蔡京在三代制度建设伊始便具备这种意识,他们首先做的事情就是兴学。崇宁元年八月,蔡京就奏请道:"以学校为今日先务,乞天下并置学养士,如允所请,乞先次施行。"[1]这与范仲淹以学校为本的复归三代理念相同,只不过这次不是士大夫在地方办学的自发行为,而是秉承帝王的旨意,继续元符年间将太学三舍法下播地方学校的举措。与此同时,徽宗与蔡京还新建外学于都城南郊[2],将神宗、哲宗建立的"县学—州学—太学"三级升贡体制改造成"县学—州学—外学—太学"四级,这实际上扩大了京城地区对于学校的影响力,外学的建立让地方升贡而来的生员必须首先接受帝王主导的学术教育,考核通过之后才能升入太学,这尽量保证太学生都呈现着徽宗期待的学术面貌。因此徽宗非常重视外学的建设,他的声明文物之治也始于外学,即按照《周官》外圆内方之制为外学建造校舍,赐名"辟雍",并修建配套的祭祀建筑明堂。崇宁四年,徽宗下了一道关于明堂的诏书,云:

---

[1]《续资治通鉴长编拾补》卷二〇,第704页。
[2]《宋史》卷一九《徽宗本纪》,第364页。

> 朕若稽先王飨帝之义,严父之礼,布政之居,夏有世室,商有重屋,周有明堂,对越在天,以孝以享。朕承祖宗积累之绪,永维先帝盛德休烈,惧无以称,而宗祀之报,尚有阙焉。中夜以兴,怵惕靡究。比诏有司,审加论定,具图来上,于礼有稽。追三代之坠典,黜诸儒之异说,作而成之。①

这道诏书鲜明地体现了两种精神,前半部分提及严父与三代,表示明堂乃"绍述"国是下秉承父兄遗志的复归三代之作;后半部分则言明堂建筑的建造依据,所谓"黜诸儒之异说"云云即是不参考士大夫的个人意见,而以帝王主导的制订小组为准,显然是加强君主集权的表现。可见徽宗的复归三代与加强君主集权是相辅相成的,虽不能说复归三代是徽宗与蔡京的幌子,但这一目标确实为其权力的加强充当了合理的借口。除了建立外学,徽宗对于太学的改造还包括兴办专门学校书学、画学、算学、医学。崇宁三年,尚书省对于设立算学就有这样的说辞:"窃以算数之学其传久矣。《周官·大司徒》以乡三物教万民,而宾兴之。三曰六艺:礼、乐、射、御、书、数,则周之盛时,所不废也。神宗皇帝将建学焉,属元祐异议,遂不及行。"同时又发表关于书学的意见:"窃以书之用于世久矣。先王为之立学以教之,设官以达之,置使以谕之,盖一道德,谨家法,以同天下之习。世道衰微,官失学废,人自为学,习尚非一,体画各异,殆非书同文之意。"②可见四学的建立不仅仅出于徽宗的个人爱好,同样也属于复归三代的声明文物之治,而且其间"一道德""书同文"等皆符合一统于君主的精神,徽宗意欲在各个领域都能实现令出于中并一统于中。

从加强京城学校地位来看,京城在徽宗的规划中占据了非常关

---

① 《续资治通鉴长编拾补》卷二五,第 850 页。
② 同上书,卷二四,第 815—816 页。

键的地位,崇宁四年的一道诏令就体现着徽宗对于京城的重视:

> 京师根本之地,王化之所先。鳏寡孤独与贫而无告者,居养之法,施于四海,而未及京师。殆失自近及远之意。今虽有福田院,所养之数未广,祁寒盛暑,穷而无告及疾病者或失其所,朕甚悯焉,可令开封府依外州法居养鳏寡孤独及置安济坊,以称朕意。①

京城是徽宗实践政治理念的首冲之地,所谓"根本之地""王化所先"表明一切复归三代的措施都必须先在京城完成,而且规模都要比地方宏大许多,这样才能实现第二步自近及远、以上化下的展示太平内容。京城的地位要求着在朝士大夫应该与徽宗立场一致,这是一切政策得以实施的基础,但是元祐士大夫显然不能接受徽宗政出于中的集权思想,他们还是追求着士大夫政治主体的理想。提倡"允执厥中"的宰相曾布在给弟弟曾肇的一封信中曾这样提到:

> 上践祚之初,深知前日之敝,故尽收元祐窜斥之人,逐绍圣之挟怨不逞者,欲破朋党之论,泯异同之迹,以调一士类。而元祐之人,持偏如故,凡论议上前,无非誉元祐而非熙宁、元丰,欲一切为元祐之政。不顾先朝之逆顺,不恤人主之从违,必欲回夺上意,使舍熙、丰而从元祐,以遂其私志,致上意愤郁,日厌元祐之党。乃复归咎于布,合谋并力,诡变百出,必欲逐之而后已,上意益以不平。②

其实无论国是定为"允执厥中"还是"绍述",都是徽宗欲政出于中以

---

① 司义祖整理《宋大诏令集》卷一八六《开封府置居养安济御笔手诏》,中华书局,1962年,第680—681页。
② 《续资治通鉴长编拾补》卷一七,第640页。

实现自我功业的方式。曾布所说的"破朋党之论,泯异同之迹,以调一士类"正是统一思想的体现,只不过"允执厥中"要比"绍述"缓和许多,在这个国是指导下,徽宗很可能就不会采用后来的极端政策复归三代。然而元祐士大夫不肯做出妥协与让步,他们始终秉持着士大夫主体意识,努力实现帝王与士大夫共治天下的理想,这自然与徽宗政出于中的追求相违背。叶梦得曾向徽宗进言云:"《周官》太宰以八柄诏王驭群臣,所谓废置赏罚者,王之事也,太宰得以诏王而不得自专。夫事不过可不可二者而已,以为可而出于陛下,则前日不应废,以为不可而不出于陛下,则今日不可复。今徒以大臣进退为可否,无乃陛下有未了然于中者乎?"①这段话非常契合徽宗的政治思路,即在复归三代的指引下加强帝王的集权,政策应专出于帝王,而不以大臣之进退为进退,帝王是治天下的唯一主导。而且在北宋以来的太平话语中,元祐士大夫为实现自己的政治主张常用的苦谏方式并不被视作太平之象②。可见元祐士大夫与徽宗之间的张力无处不在,势必会让徽宗重拾党禁之法,为自己提供一个异见罕闻的京城空间。

将反对现行政策的官员集体调出京城,是帝制时代常用的手段,这样可以保证中央的权威与政策的有效实施。就是主张"允执厥中"的曾布,也说过:"贬责之人,但可复职,寘之名藩巨镇,无所不可,但不可在朝廷耳"③的话,显然也是为了保证不被偏激之人干扰国是。徽宗不过将此旧法广而行之,打着继承父兄之志的旗号,带上了些北宋的特色而已。

崇宁党禁于兴学之后旋即开始,崇宁元年到崇宁三年,徽宗三次籍定"元祐党籍碑",将入籍士大夫分成"邪上尤甚""邪上""邪中""邪

---

① 《宋史》卷四四五《叶梦得传》,第13133页。
② 《宋史·吕夷简传》即记载:"郭后废,孔道辅等伏阁进谏,而夷简谓伏阁非太平事,且逐道辅。"可见北宋初期即有太平话语出现,而且这种君臣意见不合的事件已然不被视作太平盛世的标志。第10210页。
③ 《续资治通鉴长编拾补》卷一七,第641页。

下者",按照等级将其"永不收叙",依次送配边远州军羁管。不仅如此,在籍人士的子弟亦被逐出京城,无法获得官职任命。这样一来,基本囊括全部元祐士大夫的崇宁党禁使得徽宗朝人事呈现了尖锐的朝野离立格局。除了政治上的人事安排之外,崇宁党禁在学术与文学两方面都予以禁锢。崇宁二年四月,诏令"焚毁三苏、黄、张、晁、秦及马涓文集,范祖禹《唐鉴》、范镇《东斋记事》、刘攽《诗话》、僧文莹《湘山野录》",并追夺程颐出身文字,其所著书令有司审查①。同年十一月,更下诏规定:"以元祐学术政事聚徒传授者,委监司察举,必罚无赦。"②这些政令针对着北宋士大夫的独特追求,他们期待自己能够兼具政治、学术、文学三位一体的完美人格,在此三种领域都能达到领时代之风气的地位。因此一旦对元祐士大夫群体实行党禁,那么他们的学术与文学成果同样也要受到与政治地位相同的待遇,二程的理学、司马光的史学、苏门的文学分别是元祐学术的典范,当然必须予以禁锢。在这样残酷的局势下,元祐学术被切断了与京城的联系,随着元祐后学一起退居地方,而将京城空间留给徽宗。同样地,徽宗重建的京城也必须是政治、学术、文学三位一体的空间,加强京城太学的地位便是提高徽宗意志的影响力,而贬出元祐士大夫与禁毁相关文集也能够保证京城地区的学术、文学与徽宗意志高度一致。实际上,重新树立一位集政坛领袖、一代儒宗、文坛盟主于一身的当代之人也是徽宗复归三代建设的重要内容之一,不过在令出于中的精神下,这位拥有完美人格的领袖不再是欧阳修、王安石这样的士大夫,而悄然变成了追求圣王形象的徽宗。

综上可见,崇宁党禁带来的朝野离立是全方位的,在徽宗三代制度建设时期,政治、人事、经济、文化等各方面均呈现着朝野不一的样

---

① 杨仲良《皇宋通鉴长编纪事本末》卷一二一"禁元祐党人上",《续修四库全书》第387册,第309—310页。
② 《宋史》卷一九《徽宗本纪》,第368页。

态。朝中按照徽宗与蔡京的规划向礼乐文物大盛的场景不断前行,地方上则随着元祐士大夫的贬居而暗流涌动着元祐学脉。徽宗也不断加强朝野在空间上的区分,崇宁四年,蔡京上奏云:"伏奉圣旨,京畿四面可置辅郡,屏卫京师。谨酌地里远近之中,割移县镇,分置四辅。"①四辅的建立在政区上为朝野空间划清了界限,"以颍昌府为南辅,襄邑县为东辅,郑州为西辅,澶州为北辅"②的布局建立在仁宗时代即已产生的京畿城市圈基础上③,加以军事防卫的考量,空间得以向外极大延展,实际上为徽宗提供了充裕的实现自我功业理想的京城空间。徽宗也就在这一空间内制作着他期待的各项复归三代的礼乐制度,完成他在政治、经济、军事、文化等各方面的功业,期待着突破四辅空间的局限、将自己的胜利成果风化到地方各个角落的那一天。

三、星变与政令:功业未成时的危机与坚持

尽管徽宗采取了严厉的政治手段建构了离立的朝野空间,但是当其功业未成、制度在建之时,其权力依然处于不稳固的状态,崇宁五年发生的彗星出于西方事件便构成了徽宗建设三代制度道路上的严重危机。由于古人将星变认作是国运衰微、朝有苛政的暗示,而此年的彗星出现时间较长、体积极大④,故朝野士大夫纷纷借此上书抨击蔡京及相关政策。徽宗面对星变危机也无法强硬,发布了一系列

---

① 《续资治通鉴长编拾补》卷二五,第845页。
② 《宋史》卷二〇《徽宗本纪》,第374页。
③ 《宋史·仁宗本纪》载:"(皇祐五年)十二月壬戌,以曹、陈、许、郑、滑州为辅郡,隶畿内,置京畿转运使。"这是北宋京畿辅郡城市圈的首次出现。观仁宗为其设转运使一事,可知京畿辅郡的设置最初更多是从经济方面考量。盖至北宋中叶,京城的繁庶已经辐射至周边城市,致使这一区域的经济较地方突出许多,故需特设一转运使专门负责此区域的财赋征调。卷一二,第235页。
④ 《文献通考·象纬考九》记载:"徽宗崇宁五年正月戊戌,彗出西方,如杯口大,光芒散出如碎星,长六丈,阔三尺,斜指东北,自奎宿贯娄、胃、昴、毕,后入浊不见。"卷二八六,中华书局,1986年,第2271页。

诏令取消了正在制作的各项工程。在这些诏令中,最显著的莫过于罢免蔡京与摧毁元祐党籍碑。《宋史·徽宗本纪》记载道:"五年春正月乙巳,诏求直言阙政。毁元祐党人碑。复谪者仕籍,自今言者勿复弹纠。丁未,太白昼见,赦天下,除党人一切之禁。"①不仅石刻被毁,"所有省部元镂印板并颁降出外名籍册,并令所在除毁"②。这些都是史家常用的材料,但是否可以因此就说党禁在崇宁星变发生之后就结束了呢?或是说徽宗的政策左右不一,风流天子艺术帝王在政治上任听权臣摆布呢?

答案当然都是否定的。观察星变前后的诏令内容,可以发现徽宗对于建立功业与建设三代制度的决心是强大的,他始终坚持着崇宁之初的规划路线。其实在星变发生之前,就已经出现了对于党禁予以松弛的诏令。崇宁四年五月,有诏云:"元祐奸党系籍除情罪人子不得到京师及不注知州、知县差遣外,父子孙兄弟并余指挥并罢。"③这道诏书实际上解除了对党人父兄子弟的禁令,他们可以重获做官的资格。同年七月,徽宗又发布了一道松弛党禁的诏令:

> 朕嗣承先烈,夙夜究怀,罔敢怠忽,尝惧弗及。乃者询谋逮下,而士辄乘间诋讪,无所忌惮。朕父子兄弟之分,于义有害,在法靡容。已屈常刑,止从远窜。然士流于俗,见利忘义久矣,朕甚悯焉。盖行法则明教,宥过则示恩,贷其终身不齿之罪,俾之自新,朕之遇士厚矣。应上书奏疏见羁管编管人可特与放还乡里,仰州县长吏及监司取责亲属保任其身,仍令三省量轻重具名定法闻奏。④

---

① 《宋史》卷二〇《徽宗本纪》,第375页。
② 《皇宋通鉴长编纪事本末》卷一二四"追复元祐党人",第330页。
③ 同上书,卷一二二"禁元祐党人下",第320页。
④ 《宋大诏令集》卷二一七《上书羁管编管人放还诏》,第829页。

这是在解除父兄子弟之禁后对于定罪较轻的党人本身予以的豁免。而同年九月,徽宗再一次对党禁予以松弛,这次的范围涉及所有的党籍人士,他们获得了量移的机会。可以看出,崇宁四年的三道松弛党禁诏令实际上构成了一次完整的弛禁政策,按照关联程度依次予以相应的减刑,这是在星变之前发生的事件,可知在徽宗本来的计划中,不仅有高压的政治禁锢,还要配以怀柔的政治手段,党禁是要随着制度建设的深入逐步松弛的。其实,崇宁四年发布弛禁诏令并非偶然为之。是年西北边境收复河湟地区,这是神宗时代就期待的边功;京城空间又成功制作了九鼎,此乃三代声明文物的重要成果。这一内一外的成就是徽宗功业道路上的重要里程碑,在这个节点上松弛党禁显然是与盛世、圣王形象制作相辅相成的措施,可以为徽宗增添仁德元素。可以想见,就算没有星变这一突发事件,党禁也会随着制度建设的不断完善而逐渐淡化,党籍碑的取消也是大势所趋。

不过令徽宗始料不及的就是一年之后发生了星变事件,这打乱了原先安排好的节奏,徽宗不得不迅速完成松弛党禁的计划,但是这与当时许多政令一样,是面对天谴的妥协之策、权宜之计,党人碑虽然已毁,但朝野离立的政策精神始终未变。据载党人碑被毁的第二天,蔡京就厉声云:"石可毁,名不可灭也。"①这种强硬的宣言不仅出于蔡京个人的权力意识,实际也符合徽宗的圣意。徽宗在毁碑未久就发布一道关键诏令:

  日者符、祐邪臣,乘间擅权,变乱政事,奸朋并兴,肆为谤讟,诬诋宗庙。乖父子之恩,斁君臣之义。推原用心,罪在不赦。朕继承祖宗,用德为治,明示好恶,止从窜斥,以为天下万世臣子之

---

① 彭百川《太平治迹统类》卷二四"元祐党争始末",《适园丛书》本。

戒。累年于兹,不忍终弃。是用差次蠲叙,复畀禄秩,惟以示恩,顾岂复用? 尚虑奸朋妄意,私议害国,士大夫狃于邪说,胥渝溺以败类,朕甚悼焉。布告天下,明谕朕意,毋惑。故兹诏示,想宜知悉。①

可见随着党籍碑被毁,地方上的元祐士大夫重新开始进行政治活动,意图重回中央,实现自我的政治理想。徽宗这道诏令明确断绝了元祐士大夫的念头,强调毁党籍碑的目的是让在籍党人可以被放还乡里,甚至可以重新担任地方官职,但是这只能显示皇恩浩荡,并不意味着元祐士大夫可以重回中央被大用,人事上的朝野之隔依然存在。崇宁五年七月,随着星变的结束,徽宗再次强调党籍人士的区域限制:

> 旧系籍人子弟不得到阙,而今许到阙者,见讫赴部,令预集注三次,籍满不授差遣者,特与直差注。又选人限一季,若在外指射差遣者听,仍免直差。朝辞讫,限三日出门。一系旧籍人子弟,曾任监司以上职事而身无显罪者,令本部特与陞一等资任差注。一系旧籍人子弟不许注授在京差遣,其余亲属不得注在京应奉官司差遣。一应旧系石刻人,并不许到阙。②

这道诏令的精神实际上与星变前即已实行的松弛党禁政策完全一致,崇宁四年九月那道松弛党籍人士本身的诏令就特为说明到:"应岭南移荆湖,荆湖移江淮,江淮移近地,惟不得至四辅畿甸。"而且更明确表示:"今来系特降诏许量移,今后有司不得用例检举量移。违者以违制论。"③可见松弛党禁的政策允许党籍人士可以复官,甚至能

---

① 《宋大诏令集》卷一九六,《诫谕符祐邪臣妄议复用诏》,第722页。
② 《皇宋通鉴长编纪事本末》卷一二四"追复元祐党人",第333页。
③ 同上书,第326页。

够被置于名藩巨镇,但是唯独不能在京为官,也不能在京城居住,四辅围出的京城空间依旧是一道不可被逾越的朝野鸿沟。此外,党禁是否松弛都是出于圣意,边远州军羁管的党籍人士如何量移并非出于祖法旧制的遵循,而只是浩荡皇恩的展示,党籍人士仍然是受到禁锢的群体,哪怕党籍碑被毁,但党籍之名诚如蔡京所云不可磨灭。如此星变前后对于党禁的松弛实际上是相贯相续的,突发事件只是使得过程骤然加快,徽宗计划中的朝野空间的离立始终存在着。

不仅党禁政策未随星变而发生质的变化,徽宗期待的所有复归三代建设都只是因星变而暂停,并没有就此放弃。如因星变而求直言阙政的诏令在两个月后就因星变结束而取消①。更滑稽的是书、画、算、医四学在崇宁五年正月丁巳被罢,但徽宗在同月壬戌就悄悄复置书、画、算三学,年之后更下诏命令:"书画学并依崇宁四年十二月已前敕令式人额等,其后来裁损指挥勿行。"②这些政策的反复的确说明星变是徽宗面临的一次严重危机,他不得不做出妥协,但是其对于圣王的功业与形象、以上化下复归三代的信念始终坚定,从未放弃他在崇宁之初就规划好的一系列方案。星变导致的政策反复只能是崇宁年间徽宗并未完成制度建设的写照,但是他能够在短时间内重新恢复各项工程,也表明崇宁以来五年时间的建设已经为其获得了相当的政治资本,权力较即位之初已经要稳固、强大许多。

第三节 三代制度建设与大晟雅乐

国家雅乐是帝制时代礼乐建设的重要内容,这种托古而作的音乐象征着一个王朝的正统与权力。每个王朝都有专属于自己

---

① 《宋史》卷二〇《徽宗本纪》,第 376 页。
② 《皇宋通鉴长编纪事本末》卷一三五"四学",第 426 页。

的本朝雅乐,往往在政权甫一建立便着手制作,这是属于开国君主的权利,继任帝王除非能获得与开国相当的巨大功德,否则无法对先王之乐大动手脚。在徽宗全面复归三代的规划中,新作雅乐显然是最基本的环节,音乐将与其他礼乐工程一起建构起徽宗朝京城的盛世图景,徽宗为大晟乐命名的诏令中所云之:"昔尧有《大章》,舜有《大韶》;三代之王,亦各异名。今追千载而成一代之制,宜赐名曰'大晟'。"① 正是最显明的复归三代印证。然而《礼记》中早已规定"王者功成作乐,治定制礼。其功大者其乐备,其治辩者其礼具"②,那么徽宗究竟需要建立怎样的功业才能在北宋开国一百余年之后重新制作一套新的雅乐系统?实际上北宋的官方雅乐在徽宗之前屡次制作但皆未成功,每次订议出的音乐都不能获得君臣一致的认可。于是,徽宗一方面也在积极寻求功业以为新乐提供更恰当的制作时机,另一方面则以继承列朝先帝未竟之志的名义理所当然地展开新乐的制作,这同时也可以彰显他的皇权是从太祖那里一脉相承的③。

一、徽宗之前的北宋雅乐制作

宋太祖立国之初,由于中原尚未完全统一,故其对雅乐的制作不太积极。第一章已经论述过,太祖不仅对雅乐一事不太挂心,而且鉴于后唐庄宗以伶人为官的教训,严格限制乐官的地位与权力,导致了士大夫不屑入职太常,宋初音乐机构成员呈现高度俗化的特征。这非常不利于新政权雅乐的制订,毕竟历朝雅乐都要宣称效古

---

① 《皇宋通鉴长编纪事本末》卷一三五"大晟乐",第424页。
② 吕友仁整理《礼记正义》卷一九,《乐记》,上海古籍出版社,2008年,第1479页。
③ 本节讨论围绕大晟雅乐与徽宗的功业获取展开,出于论述大晟雅乐具备继承前任帝王雅乐事业意义的需要,下文即对徽宗之前的雅乐制作历史作一简要概述,主要针对徽宗之前的雅乐是否可以称为皇家雅乐以及为何历代帝王都执着于雅乐的制作但皆失败这两项议题,而关于北宋雅乐制作历史的全面阐述可参阅胡劲茵《从大安到大晟——北宋乐制改革考论》,中山大学2010年博士学位论文。

而作,礼乐制度又是儒家治国基本而重要的文治手段,因此必须要通晓儒家经典的士大夫参与方能成功。此外,若没有经过高度雅乐训练的乐工群体,新制出的雅乐也无法得以进行符合要求的演奏,也不利于雅乐的推行。因此,太祖一朝并不具备成功制作宋朝新乐的环境。

宋初承担王朝雅乐职责的是王朴和窦俨,但二人在后周时代即扮演制乐角色。周世宗忧虑五代动乱而导致的雅乐陵替,故以翰林学士窦俨兼判太常寺,并令时任枢密使的王朴参与详定。这场发生于后周时代的制乐活动取得了实际成果,一种名为《正乐》的雅乐被制作出来①。陈桥兵变之后,窦俨仍然兼领太常,尽管他提出"三王之兴,礼乐不相沿袭。洪惟圣宋,肇建皇极,一代之乐,宜乎立名,禋享宴会乐章,固当易以新词,式遵旧典"②的建议,要求制作属于新朝的雅乐,但是其最终仅"改周乐文舞《崇德之舞》为《文德之舞》,武舞《象成之舞》为《武功之舞》,改乐章十二'顺'为十二'安',盖取'治世之音安以乐'之义"③。显然只是将后周诸乐章改换了名字,并没有变动原来的音乐系统。故而所谓的宋初王朴乐实际上就是后周乐,与用新乐宣示新帝国的建立与运作之精神并不相符。

这种将先朝旧乐改换名目的做法在不那么重视雅乐的太祖那里似乎也无法接受,他在登基五年之后就对王朴乐提出异议,谓其声高,近于哀思,不合中和,于是令后晋宰相和凝之子和岘讨论其理④。太祖提出异议的时间非常微妙,其时王朴、窦俨皆已辞世,暗暗透露出太祖并不满意完全照搬后周乐,他还是期望有一种属于新朝自己的雅乐,既然二人已逝,自然不会再执着于旧乐了。但是这也并不说

---

① 《宋史》卷一二六《乐一》,第 2939 页。
② 《续资治通鉴长编》卷一,第 11 页。
③ 《宋史》卷一二六《乐一》,第 2939 页。
④ 《宋会要辑稿》乐一,第 341 页。

明太祖决心重作一套新的雅乐系统,和岘也就表示一句:"以朴所定律吕之尺较西京铜望臬古制石尺短四分,乐声之高,良由于此。"然后将王朴乐降律一度,就此了事。和岘所为实际上只是对旧乐予以修改,并未重新制作一套新的音乐系统,但太祖对此已然满意,表示修改之后雅音和畅①。但是北宋士人并不认为和岘乐是真正的皇宋之乐,其仍然是后周旧乐的延续,曾巩在《本朝政要策·雅乐》中即明确指出:"周世宗患雅乐陵替,得王朴、窦俨考正之。宋兴,俨定文舞为文德之舞,武舞为武功之舞,大朝会用之。又定十二曲名,以为祭祀,会朝出入之节焉。朴、俨所考正,有未备者,和岘继成之。然裁减旧乐,乃太祖之圣意。"②曾巩说得很清楚,无论是王朴、窦俨还是和岘,他们的工作都只是对周朝旧乐做裁减,而这一制乐思路是出于太祖的圣意。宋太祖没有决定重新制作雅乐,或是打算等待中原完全统一之时再行礼乐之事,或是出于其他的特殊原因,但无论如何,其为后代帝王留下了一个未完成的雅乐工程。

太宗与真宗二帝对于国家音乐皆有所贡献。太宗以其高超的音乐才华创制了新式乐器九弦琴、七弦阮,并将隋代流传下来的宫词十小调重新整理,改换雅名③。太宗此举乃效仿舜造乐器之说干预音乐,但似乎更侧重在燕乐领域,而与雅乐有所疏离。真宗亦是如此,尽管他以国家力量使士大夫开始从事雅乐歌词写作,并命令李宗谔主持内府乐器的整修工作④,但都未触及音乐本身,有宋雅乐依然没有制作新的音乐系统。其实太宗、真宗两朝要解决的课题是让音乐制订及其他相关礼乐活动可以被士大夫接受并参与其中,他们选择以歌词、乐器为突破口,逐渐让士大夫可以主动讨论并审定雅乐。林

---

① 《宋史》卷一二六《乐一》,第2941页。
② 陈杏珍、晁继周点校《曾巩集》卷四九,中华书局,1984年,第660页。
③ 《湘山野录续录》,第67—68页。
④ 《宋史》卷一二六《乐一》,第2945页。

萃青指出,李宗谔领导的音乐工作让真宗十分高兴,因为"他看到了他的百官履行了他们的职责"①。这便是太宗、真宗想要看到的结果,既然士大夫已经能够履行雅乐职责,那么重新制作皇宋雅乐的任务应该水到渠成了,这个任务也随着真宗的去世被传递给了仁宗。

仁宗其实是一位非常重视礼乐建设的帝王,他在位的时候北宋已进入涵养百余年、礼乐文武大备之时,完备的一代礼乐正是时代之需要。仁宗也将重新制作雅乐视为自己的使命,其亲政之初便下诏"天下有知乐者,所在荐闻"②。而且他曾向臣僚明言自己"平生无所好,惟修《唐书》及制雅乐"③。经过了太宗、真宗两朝的政策铺垫,士大夫已经主动参与音乐工作。如房庶在奏折中就直面雅乐问题,他指出:"《尚书》'同律、度、量、衡',所以齐一风俗。今太常、教坊、钧容及天下州县,各自为律,非《书》同律之义。"④可见在雅乐未定以及宫廷音乐机构雅俗混杂的局势下,不同的音乐机构各自为政,没有统一的音乐标准,这完全不符合北宋士大夫对于正统的追求。是故杨杰发出这样的呼喊:"今雅乐古器非不存也,太常律吕非不备也,而学士大夫置而不讲,考击奏作,委于乐工,如之何不使雅郑之杂耶?"⑤伴随着如此号召的是士大夫纷纷参与雅乐的讨论,但是仁宗朝已经到了科举士大夫精神高扬的时代,这对需要统一的雅乐制作构成了负面影响,士大夫各持己见,莫衷一是,一乐方出,质疑声音随即出现。景祐元年,李照在仁宗的授意下改制雅乐,李照在"取京县秬黍累尺成律,铸钟审之,其声犹高。更用太府布帛尺为法,乃下太常制四律"的情况下,"自为律管之法"⑥,这已然可证李照在重新制作音乐系统。

---

① 林萃青《宋徽宗的大晟乐:中国皇权、官权和宫廷礼乐文化的一场表演》,林萃青《宋代音乐史论文集:理论与描述》,上海音乐学院出版社,2012年,第76页。
② 《宋史》卷一〇《仁宗本纪》,第200页。
③ 苏象先著,储玲玲整理《丞相魏公谭训》卷一,《全宋笔记》第三编第三册,第42页。
④ 《续资治通鉴长编》卷一七一,第4122页。
⑤ 杨杰《上言大乐七事》,《无为集》卷一五,《宋集珍本丛刊》第15册,第361页。
⑥ 《宋史》卷一二六《乐一》,第2949页。

但是李照新乐刚成,左司谏姚仲孙就言:"照所制乐多诡异,至如炼白石以为磬,范中金以作钟,又欲以三辰、五灵为乐器之饰。臣愚,窃有所疑。自祖宗考正大乐,荐之郊庙,垂七十年,一旦黜废而用新器,臣窃以为不可。"①姚仲孙搬出"祖宗之法"的话语体系反对李照新乐,使得北宋雅乐制作到了仁宗时代出现了完全重新制作与遵循祖宗旧制改造旧乐的两种思路。其后反对李照新乐的意见层出不穷,以至于在景祐五年,随着韩琦、孙绥、晏殊等重臣相继上奏异议后,仁宗不得不下诏,"悉仍旧制,其李照所作,勿复施用"②,并令阮逸、胡瑗等士大夫重新进行雅乐制订的工作。但是阮逸、胡瑗诸人依然面临着与李照相同的困境,意见不一的士大夫仍然不断对他们的音乐提出质疑,甚至党争中经常出现的以个人道德品性判断政策可否之弊也涌现到雅乐领域,李兑即尖锐奏道:"阮逸罪废之人,安能通明述作之事,务为异说,欲规恩赏。"③如此,新乐的制作也流入意气之争与人身攻击,已然步履维艰。再加之仁宗并不擅长利用帝王威权,当皇祐年间阮逸、胡瑗新乐制成之后,他并未用行政命令强行推广,于是出现了新旧二乐并用的局面。胡宿即就此进谏道:"自古无并用二乐之理,今旧乐高,新乐下,相去一律,难并用。且新乐未施郊庙,先用之朝会,非先王荐上帝、配祖考之意。"④可见仁宗不仅默许二乐并用,而且也未将新乐使用在雅乐系统最上层的郊庙祭祀,这导致新乐既受士大夫争吵的干扰,也无法通过以上化下的途径获得正统地位,这两个方面共同造成了终仁宗朝四十余年也没有完成新雅乐制作的结局。

英宗享国日浅,接续仁宗未竟事业的便是逐渐将复归三代之主导收归帝王的神宗。神宗计划的复归三代路线是从经济领域入手,

---

① 《宋史》卷一二六《乐一》,第 2956 页。
② 同上书,卷一二七《乐二》,第 2961—2962 页。
③ 《续资治通鉴长编》卷一七四,第 4206 页。
④ 同上书,卷一七五,第 4230 页。

因此他将制作皇宋雅乐的任务托付给士大夫。元丰三年,刘几、范镇、杨杰三人被任命考订新乐,但此时已至新旧党争激烈之时,任何政治活动都会带上党争相互攻讦的色彩,不仅在朝士大夫的反对声音依旧不断,新乐制订三人组内部也发生了分裂。据《宋史·乐志》记载:刘几与杨杰"请遵祖训,一切下王朴乐二律,用仁宗时所制编钟,追考成周分乐之序,辨正二舞容节",而范镇则"欲求一秬二米真黍,以律生尺,改修钟量,废四清声"。① 可见在雅乐的新制程度上,范镇更加果决地要求与后周旧乐断绝联系。但是由于党派归属不同,神宗下诏从刘几与杨杰之说,以至于范镇以"此刘几乐也,臣何与焉"②的决绝之语与神宗新乐划清界限。而且神宗也和仁宗一样,尽管颁布了新乐,但并未废止旧乐,两乐并存的局面显然意味着制乐任务没有成功③。

随着神宗的去世,新法被全面废除,旧党重新重用,范镇即以自己所制之乐上呈朝廷,高太后为首的执政集团随即废刘几、杨杰之乐而行范镇新乐。但是范镇之乐本身并未获得太多士大夫的支持,与其政见、大节不谋而同的司马光在这一问题上就与其完全相左,二人往返争论,留下了数十封讨论书信,三十余年终不能以相一。司马光尚且如此,范镇的对立面刘几与杨杰显然更会反复攻讦,范镇乐本身就处于风雨飘摇之势,到了哲宗亲政尽逐元祐党人之时,范镇乐终究避免不了与前辈同样的被废止之命运④。哲宗在绍圣年间暂停了制

---

① 《宋史》卷一二六《乐一》,第 2937—2938 页。
② 同上书,卷三三七《范镇传》,第 10789 页。
③ 王得臣《麈史》卷上记载:"予尝问圣与曰:'乐之高下不合中声,何以察之? 是以积黍定管,生律而知耶?'圣与曰:'不然。凡识乐者,惟在于耳聪明而已。今高乐,其歌者必至于焦咽而彻。下乐,其歌者必至于暗塞而不扬。以此自可以察之。'又云:'今教坊乐声太高。'神宗因见弦者屡绝而易,歌者音塞而气单,遂问其然。对曰:'以太高故也。'上曰:'为下两格可乎?'乐工拜而谢焉。遂下两格,乃律矣。今教坊与京师悉以新乐从事,他处或未用之。"此即神宗并未用行政命令推行新乐的明证,更说明徽宗朝政治、经济、文化全方位的朝野离立现象在神宗时代已初见端倪。《全宋笔记》第一编第十册,第 18 页。
④ 《宋史》卷一二八《乐三》,第 2996 页。

定雅乐的工程,元符二年悄悄复作,遗憾的是哲宗很快就去世了,将北宋列祖列宗的雅乐使命留给了他的继任者。

北宋徽宗朝之前六次制作雅乐的历史表明,雅乐是政治的一环,其与当朝政治格局、风气、走势等密切相关。范镇乐与刘几乐的反复上位正符合熙宁以来政局在新旧两党之间反复摇荡,而士大夫纷纷提出自己对雅乐的意见也体现着当时朝中学派众多、党派林立的格局。《宋史·乐志》即敏锐地指出:"是时,濂、洛、关、辅诸儒继起,远溯圣传,义理精究。"①既然雅乐已经被士大夫视作自我群体之责任,那么显然会根据自己的学统、党派归属发表相应的言论。不同地区的大儒所持意见皆各有道理,但由于各自意气与家法传承而得不到一个获得公认的结论,间接导致需要统一规范的雅乐不能制作成功。这也与徽宗即位之初面临的朋党争吵风神一致,因此徽宗在制作大晟雅乐的时候也与其他政治领域一样期待能够令出于中,他需要找到一种堵住士大夫争论之口的方法。

二、大晟雅乐与大晟府

公元 1102 年,徽宗改元"崇宁",将国是重新定为"绍述",一系列的复归三代的建设也随之展开,作为三代制度基础的雅乐成为了第一批上马的工程②。徽宗一方面秉承历代先帝的雅乐遗志,一方面本着自我功业与皇权的需要,方改元便下诏征求天下真正识乐者。最先响应号召的是礼部员外郎陈旸,他于崇宁二年正式向朝廷进献了

---

① 《宋史》卷一三一《乐六》,第 3056 页。
② 胡劲茵在详细梳理大晟乐的制作与颁行后指出:"大晟乐是贯穿在徽宗朝整个政治史的发展之中的,徽宗所行之'新乐'正是其'绍述'神宗'熙丰变法'而实行的'崇宁新政'的一个重要组成部分。"这是目前为数不多的结合徽宗政治探究大晟乐性质的观点,其于大晟乐制作与颁行的梳理颇为详尽。但遗憾的是,其文叙述略显枝蔓,未能突出大晟乐与徽宗复归三代建设的关系,对于一些特殊政策的意义亦有未尽之感,且其对于大晟乐制作的四阶段分期较为繁杂,故本小节予以重新概述,突出与政治、皇权相关的细节阐释。详见胡劲茵《北宋徽宗朝大晟乐制作与颁行考议》,《中山大学学报》(社会科学版) 2010 年第 2 期。

两年前写作完成的二百卷《乐书》①,是书全面总结了各类音乐知识,并提出了自己对于新乐制作的意见,即废除二变音与四清声的使用②。但是这个观点实际上与范镇一致,在强调绍述父兄遗志的徽宗看来,用近同范镇的理论制乐似乎与其国是有所矛盾,因此他只是命有司讨论《乐书》而已。

通晓圣意的蔡京又适时为徽宗排忧解难,他推荐了一位年过九十的四川人魏汉津,此人方士的身份契合着徽宗崇道的个人喜好。崇宁三年正月二十九日,魏汉津上了一道讨论雅乐的奏疏,其内容让徽宗颇为心动:

> 洪水之变,乐器漂荡,禹效黄帝之法,以声为律,以身为度,用左手中指三节三寸谓之君指,裁为宫声之管;又用第四指三节三寸谓之臣指,裁为商声之管;又用第五指三节三寸谓之物指,裁为羽声之管。第二指为民为角,大指为事为徵。民与事,君、臣治之,以物养之,故不用为裁管之法。得三指,合之为九寸,即黄钟之律定矣。黄钟定,余律从而生焉。又中指之径围乃容盛也,则度量权衡皆自是出而合矣。商周以来,皆用此法,因秦火,乐之法度尽废。汉诸儒张苍、班固之徒,惟用累黍容盛之法,遂至差误。晋永嘉之乱,累黍之法废,隋时牛洪用万宝常水尺。至唐室田畸及后周王朴,并有水尺之法。本朝为王朴乐,声太高,

---

① 陈旸何时撰写《乐书》并进献徽宗目前仍存争议,苗建华认为成书于元符三年秋冬之际,崇宁二年进献;刘再生认为成书于元符二年版,进献于崇宁二年;郑长铃则认为成书于元符三年,进献于建中靖国元年;林萃青则言陈旸崇宁元年三月进献《乐书》,但未作论证。然无论何家说法,均比魏汉津崇宁三年上呈的乐律奏疏要早。详见苗建华《陈旸〈乐书〉成书年代考》,《音乐研究》1992 年第 3 期;刘再生《中国古代音乐史简述》,人民音乐出版社,1989 年,第 333—334 页;郑长铃《陈旸及其〈乐书〉研究》,文化艺术出版社,2005 年,第 70、80 页;林萃青《宋徽宗的大晟乐:中国皇权、官权和宫廷礼乐文化的一场表演》,第 81 页。
② 陈旸《乐书》卷一〇一、一〇七,第 415—416、441—442 页。

令窦俨等裁损,方得声律谐和。声虽谐和,即非古法。

　　有大声,有少声。大者,清声,阳也,天道也。少者,浊声,阴也,地道也。中声,人道也。今欲请圣人三指为法,谓中指、第四指、第五指各三节。先铸九鼎,次铸帝座大钟,次铸四韵清声钟,次铸二十四气钟,然后均弦裁管,为一代之乐。①

这道奏疏实际上完全遵照徽宗的心思,为其精心制订了一套新的定律方案"以身为度",这样制定出的音乐完全是一套新的音乐系统,而且是独属于徽宗一朝的音乐。魏汉津为"以身为度"说提供了上托三代的说法,既然夏商周皆如此定律,那么追求复古的本朝以此为法乃是应尽之责。魏汉津并不满意宫廷现有的乐器,他提出重新制作配套乐器的要求,建议依次铸九鼎、景钟。正如林萃青所质疑的那样"没有材料说明鼎是如何作为乐钟来悬挂起来并击奏的"②,鼎作为乐器出现是一件匪夷所思的事情,但若考虑到三代声明文物的需求,似乎也不是那么奇怪。九鼎传说是大禹所铸,三代相承的国家重器,象征着至高王权。欲重建复归三代的声明文物自然少不了九鼎,而以身为度既然据称始自大禹,那么理论上也需要获得大禹铸鼎的功绩才能够以此作乐。所以魏汉津提出铸鼎只是作为雅乐的前提,其后提到的帝座大钟、四韵清声钟与二十四气钟才是定律乐器,观其后铸九鼎时"取九州水土内水中"③,也说明九鼎始终保持着对天下权力的宣示,与定律并无关联。这套复古的音乐学说从理论到器物都与徽宗的需求相契合,于是徽宗便下令按照魏汉津的理论,以自己左手三指之长定律黄钟,并建造九鼎与景钟,徽宗朝的雅乐制作就此开始。

　　崇宁四年七月,九鼎与景钟制作完成,雅乐也相应产生。徽宗效

---

① 《宋会要辑稿》乐二,第372页。
② 林萃青《宋徽宗的大晟乐:中国皇权、官权和宫廷礼乐文化的一场表演》,第81页。
③ 《宋史》卷六六《五行三》,第1437页。

仿太祖"旧乐声高近于哀思"的评价,对前朝屡修屡补的雅乐也发表了"旧乐如泣声"的观点,提出了推行新乐的要求。同年九月朔,徽宗在大庆殿第一次向臣僚发布新乐,据称伴随着新乐之声,"有数鹤从东北来,飞度黄庭,回翔鹤唳"①。这一现象说明徽宗的新乐发布会是成功的,并未有强烈的反对声音出现,当时殿上君臣应如记载中的瑞鹤飞旋一样,呈现着和谐的图景,徽宗也借此发布诏书,说明自己制作新乐的理想,并为其赐名《大晟》。但是崇宁四年九月的发布会只能标志大晟乐的产生,并不能以此视作大晟乐完全制作成功。毕竟此时距景钟制成未久,乐律系统还需进一步打磨,基本演奏乐器尚待重新制作与调校,此外还需与新谱配套的乐曲与舞蹈,乐工与演员的教习亦要耗费大量时间,只有完成了这些项目,大晟雅乐才算真正制作成功,才能颁行天下。为此,徽宗特在开封宣德门外天街之东设府司乐,隶属礼部,与太常同一序列②。于是太常不再兼掌礼乐而专职礼制,雅乐独立出来被这一新建机构专掌,这便是大晟府。因此大晟府与大晟雅乐系统制作并无关联,其职责是依据新制的雅乐系统谱制新曲、编配舞蹈等,是大晟雅乐的实践与推广机构。

  大晟府建立之后,其经历也与徽宗其他政策措施、礼乐工程一样并非一帆风顺,崇宁五年九月,有一道诏令非常特别,云:"乐不作久矣。朕承先志,述而作之,建官分属,设府庀徒,以成一代之制。而近者省废,并之礼官。夫舜命夔典乐,命伯夷典礼,各分所守。其大晟府名可复旧。"③这说明大晟府曾一度被裁撤,雅乐的职能又重归太常,到了此时,礼乐分立的政策再次复归。不过其时距离大晟府建立的崇宁四年九月不过一年,短短时间内政策反复如此,显然又是雅乐从属于政治的写照。大晟府的省废只能是缘于崇宁五年正月出现的

---

① 《宋史》卷一二九《乐四》,第 3001 页。
② 《宋会要辑稿》职官二二,第 3626 页。
③ 同上书,第 3627 页。

彗星事件,其与四学一起在徽宗的妥协政策中被废除,又随着星变的结束重现京城。这次省废又复置的事件也说明着大晟雅乐的发布并不意味着雅乐之功成,其离真正可以传播天下尚需时日。

大观元年五月,徽宗下诏云:"乐作已久,方荐郊庙,施于朝廷,而未及颁之天下。宜令大晟府议颁新乐,使雅正之声被于四海。先降三京四辅,次帅府。"①这道诏令明确表明徽宗制定雅乐的方式是自上而下的风化,先在郊庙祭祀中使用,再于朝廷中发布,然后依次下播地方。徽宗此年即以四辅空间作为试验区,在京城空间先行铺开,为日后风化地方做一演习,可见此时大晟雅乐的制作又向前迈出了重要一步。然而目前为止尚未出现撰词的命令,说明徽宗与太宗、真宗以歌词作为突破口不同,他走的是先乐后词的路线,只有大晟雅乐真正成功,才能涉及相关乐曲制词的问题。大观四年八月,徽宗亲撰《大晟乐记》,并令太中大夫刘昺编修《乐书》②。徽宗的《乐记》共分八个部分,提纲挈领地论述了大晟雅乐的理论及其制乐意图。刘昺的二十卷《乐书》可以视为徽宗《乐记》的详细注疏,进一步阐释了大晟雅乐的乐理、宇宙观、目的、乐器以及陈设方式。大晟雅乐从此有了明确的理论依据,标志着大晟雅乐制作的最终完成。

随着徽宗《大晟乐记》与刘昺《乐书》的发布,徽宗开始使用行政命令真正将大晟乐下播地方,他的命令极为详细与强硬:

一、新乐颁降后,在京限两季,在外限三季,川、广、福建又展一季,其旧乐更不得作。所有旧来乐器不合行用者,如委是前代古器免申纳外,余并纳所在官司讥讫申礼部。即限满用旧乐并听之者,并徙一年;旧乐器应纳不纳者依此。一、应教坊、钧

---

① 《宋会要辑稿》乐五,第 417 页。
② 《宋史》卷一二九《乐四》,第 3003 页。

容及中外不依今乐,辄高下其声,或别为他声,或移改增损乐器者,徒二年,许人告,赏钱一百贯。……一、旧来淫哇之声,如打断、哨笛、呀鼓、十般舞之类,悉行禁止。违者杖一百,听之者加二等,许人告,赏钱五十贯文。其淫哇曲名,令开封府便行取索,申尚书省审讫,颁下禁止。一、天下如有善音律人,能翻乐谱,广其声律,许以所撰谱申州,州为缴申礼部,令大晟府按协,可用听行用。其翻谱撰词人,大晟府看详委是精熟,给券马召赴府按试,申尚书省取旨。①

用如此强硬的行政手段推行对于音乐的整饬,是北宋诸帝并未使用过的手段,但北宋各音乐机构各自为政现象已积重难返,或许也只有这种方式才能在让新制于建国百余年后的雅乐顺利施行。这道诏令颁布之后,大晟府的角色与任务也就发生变化,之前侧重音乐的制作,而现今则偏向音乐的展示与教习,并提供符合标准的乐器和乐谱案例。诏令的最后出现了对翻谱撰词人的征召,精通乐理并善于撰词之人可以通过这项才能入职大晟府,也就是说,所谓的大晟词人群体应该在此之后方才出现,之前只需要翻谱制律的人才即可。

大晟雅乐与大晟府就这样平稳地度过了政和年间,到了宣和二年,发生了一件重要的事情。是年七月十六日,有诏令云:"大晟府近岁添置按协声律及制撰,殊为冗滥,白身满岁即补迪功郎,侥幸为甚。可并罢,在任者依省罢法。"一个月后,另有诏罢大晟府制造所②。论者多据此云大晟府此时已经大规模缩减,作用已非前日可比,如杨万里即云:"宣和二年八月罢大晟府制造所并协律官,使大晟府处于名存实亡的状态。"③但事实应非如此,七月十六日的诏令明确说裁撤

---

① 《宋会要辑稿》乐三,第 388 页。
② 同上书,职官二二,第 3627 页。
③ 杨万里《宋词与宋代的城市生活》,华东师范大学出版社,2006 年,第 4 页。

的是近岁添置按协声律及制撰,盖先前曾有扩充大晟府官员之举,是年将扩增的人员裁撤,依旧遵照原来的制度,并非将所有的按协声律与制撰官都罢免。八月十八日尚书省的汇报也证明了此点:"奉诏,在所及诸路乐工,旧制上係免行,后来增破请给,必为冗滥,可并依旧制。内在京乐工,遇朝会祠事日,特与支给食钱,仍立定人额。……本府见管乐工六百三十五人,舞师一百五十人,共计七百八十五人。今欲用见管七百八十五人立为定额,今后便不添人。"①故而宣和二年事件只是整顿大晟府吏治,树立一个标准规范,这也是大晟府在不断发展过程中必然会经历的事情,大晟府在此之后仍然平稳地承担着帝国的雅乐使命。至于罢除大晟府制造所则是制礼作乐完成之后的写照,制造所只是大晟府的从属机构,负责新乐的各项制作,而此时新乐已按序逐渐下播教坊、州县,故不须制造所再制新乐,工作重点应在教习与监督了。

宣和七年,由于金兵南侵,徽宗诏罢大晟府并教乐所②,大晟府走完了短短二十三年的音乐生命。徽宗完成了北宋历代先帝期待的本朝雅乐,但他的大晟雅乐随着靖康之难沦丧几尽,今人只能通过遗留下来的二十余枚大晟乐钟想象其曾经的宏大与壮观③。但是大晟雅乐并未随着北宋灭亡彻底消失,徽宗在大观四年之后以上化下的行政手段为南宋保存了大晟雅乐的吉光片羽,其不仅成为元明雅乐的制订依据,更是南宋雅词的音乐基础。

三、"以身为度":利用皇权的定律方式

不管最后的结局怎样,徽宗终究完成了皇宋雅乐的使命。徽宗

---

① 《宋会要辑稿》职官二二,第3627页。
② 同上书,第3628页。
③ 关于现存大晟乐钟的叙述,详见李幼平《大晟钟与宋代黄钟音高标准研究》,上海音乐学院出版社,2004年,第40—67页。

成功的原因很多,比如政治上的朝野离立格局使京城空间鲜有反对意见,经济上扬厉王安石的手段将天下财富聚敛至京城等等。雅乐建设是徽宗三代礼乐建设系列的一种,是其构建自我功业与圣王形象的重要环节也是重要原因之一,这意味着徽宗会坚决动用行政、经济等各种手段保证其最终的成功①。在礼乐与皇权的视阈下,可以看到两个微小而重要的细节,它们从两个角度为徽宗雅乐制作的胜利奠定了基础,应该是徽宗及其官僚的有意之举,也透露着大晟雅乐本质上就是象征皇权与三代的符号,其音乐本身与传统的宴饮燕乐有别,所谓的大晟词人在填词的时候并不会简单地使用大晟雅乐,更不会以此撰写柳永开创的为文士立言的羁旅行役之词。

第一个细节就是大晟雅乐的定律方式,即"以身为度"。这种以徽宗手指确定黄钟律管长度的方法看上去非常匪夷所思,无论是传统乐律学家还是现代音乐研究者始终都在批评此法的荒诞不经,并以之否定徽宗制乐的严肃程度以及大晟雅乐的成就。然而这种定律方式却并没有真正应用于实践,政和七年,徽宗言梦中得神谕而知大晟律制有不准之处,故其令刘昺重新丈量他的手指,此与之前大晟雅乐发布时的徽宗反应相悖,可见这种定律方式很可能就是一种对外的说辞。南宋人程大昌直接揭穿了背后的事实,在《演繁露》卷六"景钟"条中如是记载:

> 徽宗崇宁四年,铸景钟。《大晟乐书》具载其制曰:"景钟垂则为钟,仰则为鼎。鼎之中大为九斛,中声所极九数,退藏则八斛有一焉。"至其律度,在崇宁则用徽宗君指中节,以为三寸,三三而九,推展用之。绍兴十六年四月,再铸景钟,有司上崇宁指

---

① 对于徽宗各项三代制度建设的礼乐意义与皇权象征的论述,传统学术探讨得不多,这是英语学术界最先关注的领域,可参看林萃青《宋徽宗的礼乐事迹及其符号意义》,《宋代音乐史论文集:理论与描述》,第96—112页。

> 法。六月,诏《大晟乐书》并金字牙尺,令参用之。段拂等契勘：……照得金字牙尺,用皇祐中黍尺,点量到太常寺见存黄钟律编钟,一颗正高九寸,故依此累及九尺,随宜制造。诏亦可之。予案：大晟乐之用君指,正为古今尺度不同,无可执据,遂援黄帝之指尺,与夫大禹之身度,而用徽宗皇帝御指,以为一寸之始。今拂等所定,却是用太常见存九寸之钟,与皇祐黍尺参用,以为起度之本,是元不曾用人主君指为则也。①

可知"以身为度"的大晟雅乐定律方式只是对外宣称的口号,并未真正施行,实际上还是参校先王修订雅乐的成果而成,不然也不能成为后代雅乐与南宋雅词的音乐基础。那么为何魏汉津要提出以身为度之说？徽宗为何接受此论并大肆宣扬？

从上文对于徽宗之前数次作乐失败历史的叙述中可以发现,雅乐制作的核心问题就是律准,也就是黄钟律管究竟多长。围绕这个核心问题延伸出了真正中和之音的音调应该多高、黄钟律管究竟用什么方法制定等具体操作问题,士大夫一直在这些问题上争吵不休。魏汉津的理论与其他士大夫一样上托儒家经典,但却附和了徽宗令出于中的政治目的。在中国古代音乐理论中,黄钟宫音对应着帝王是基本概念,如此将黄钟律管的物理长度与帝王自身联系起来,能起到以皇权结束争吵的作用,同时又能反过来进一步提升皇权的强度。林萃青早已指出："身为实践型的艺术家,徽宗深谙音乐的特征和意义,他看到魏汉津的理论给了他一个走出象数、音乐和政治谜团的藉口。当时正值北宋末期,朝廷为音乐问题争论得不可开交,魏汉津的理论有效地借用古代圣王的制度来说服朝臣,令他们无法挑战：徽

---

① 《演繁露》卷四,第232页。

宗的手指就是最'自然'、最具权威的定律依据。"①事实也正是如此，徽宗通过"以身为度"的旗号结束了围绕黄钟律准的争吵，新乐得以顺利制作与推行，可见徽宗以皇权手段促成"以身为度"是出于保证新乐制作成功的需要。但同时也必须看到，这种皇权手段是与党禁相互配合的，如果没有党禁带来的人事朝野离立格局，京城空间中同样会出现反复挑战魏汉津之说的士大夫，不会只有陈旸等人组成的单薄群体②。

徽宗除了利用"以身为度"结束士大夫围绕黄钟律管的争吵外，还以此解决了另一个争论不休的话题，即新乐应该是修改后周旧乐的律准还是完全重新制作，张康国所撰之《景钟铭》，明确给出了答案：

> 今之所作乃宋乐也，不当稽用前王之法。宜以皇帝身为度，自度而为权量，以数乘之，则声谐而乐成，无所沿袭。③

可见徽宗利用"以身为度"的口号向天下宣示，他制订的雅乐是皇宋一代之乐，是代表本朝国家形象、体现本朝意识形态的，同时也是继承先皇遗志的事业，因此他需要推翻先王之法，用一套完全新颖的方式构建音乐系统，这才能保证本朝的纯正性。《景钟铭》所言的"前王之法"不仅包括了后周旧乐，更涵盖了之前所有王朝的雅乐，展现的

---

① 林萃青《宋徽宗的大晟乐：中国皇权、官权和宫廷礼乐文化的一场表演》，第89页。
② 《宋史·陈旸传》："魏汉津议乐，用京房二变四清。旸曰：'五声十二律，乐之正也。二变四清，乐之蠹也。二变以变宫为君，四清以黄钟清为君。事以时作，固可变也，而君不可变。太簇、大吕、夹钟，或可分也，而黄钟不可分。岂古人所谓尊无二上之旨哉？'时论方右汉津，绌旸议。"可知在朝野离立的格局下，京城士大夫意见的主流是听君之命，故诸如陈旸的反对声音非常单薄无力。陈旸攻击魏汉津之说的点在四清声的运用上，亦从侧面反映徽宗一面"以身为度"的旗号可以制止音乐领域不同角度的论争。卷四三二，第12849页。
③ 《宋会要辑稿》乐五，第416页。

正是徽宗复归三代的宏大规划。

四、收复河湟：大晟雅乐首次发布时间的选择

另外一个细节便是大晟雅乐第一次发布时间的意味，这暗示着徽宗制作大晟雅乐不仅仅是继承先帝未竟事业，更是满足自我建功立业、构造圣王形象的需要。上文已言，大晟雅乐第一次公开发布是在崇宁四年九月，而在此之前六个月，也就是崇宁四年三月发生了一件相当重要的事情，是月枢密院言："鄜延路经略司奏，已收复银州，乞赐名。"①这意味着徽宗在西部拓边事业的完成，他获得了重要的功业基础，在此之后发布大晟雅乐，完全遵循着《礼记》对于功成作乐的要求。

徽宗对于西北边境的军事行动主要围绕开拓河湟地区展开，这是复归三代事业的重要环节，既然要超越汉唐直承三代，那么恢复汉唐旧疆显然是三代功业的前提。神宗时代的王韶即云"武威之南，至于洮、河、兰、鄯，皆故汉郡县"②，故其积极建议神宗开拓西北。而将收复河湟地区作为国家使命实际上是仁宗、神宗时代士大夫的共识，富弼亦曾表态道："闢地进境，开拓故疆，诚为国朝美事。"③在这种意识下，神宗采纳了王韶的意见，命其率兵开边西北④。但是神宗与王韶并未完成收复河湟旧疆的事业，意图绍述父兄之志的徽宗当然不会错过这个能为其建立功业的机会。崇宁二年二月，王韶之子王厚向徽宗重议开边之事，云："熙宁间，神宗皇帝以熙河边事委任先臣韶，当时中外臣僚凡有议论熙河事者，蒙朝廷批送先臣看详可否，议论归一，无所摇夺。今朝廷措置一方边事已究见利害本末，欲乞自今

---

① 《续资治通鉴长编拾补》卷二五，第836页。
② 《宋史》卷三二八《陈旸传》，第10579页。
③ 《续资治通鉴长编》卷二七六，第6754页。
④ 黄纯艳对于神宗拓边西北与宋代士大夫"汉唐旧疆"话语的关系论述颇详，可以参考。见《"汉唐旧疆"话语下的宋神宗开边》，《历史研究》2016年第1期。

中外臣僚言涉青唐利害者,乞依熙宁故事,并付本路经略司及所委措置官看详。"①王厚所言不仅迎合了徽宗建立功业复归三代的意图,同时"议论归一"云云亦符合令出于中的精神,是故徽宗坚定了决心,令王厚赴西北边境,重开边境战事。其实,徽宗西北拓边的意图早在建中靖国之年即已付诸行动,是年八月,陈瓘上奏谏云:"臣昨守无为,奉行诏令,窃见一年之内,连下五敕,而天下诸路三十年蓄藏之物,皆已运之西边。"②正是言徽宗早已为西北拓边做了准备,显然说明无论国是定为"允执厥中"还是"绍述",徽宗对于功业的渴望以及令出于中的理想始终一致,他关于复归三代建设的一系列规划与安排早在即位之初就暗暗成型。

于是收复河湟就成了制礼作乐的一种时机前提,徽宗也为此制定了一套迂回的作战方案。他并没有直接与西夏军队作战,反而是攻击与北宋亲善却实际控制青唐地区的唃厮啰部落,以此获得名义上河湟地区的收复。事情似乎按照徽宗理想的势态发展,崇宁二年七月,在王厚与童贯的率领下,宋军收复湟州,百官入贺③,徽宗的军功大业取得了实质性成果,于是我们看到崇宁三年正月,徽宗采纳魏汉津意见开始制作九鼎。而崇宁三年四月,王厚做了一件非常有象征意义的事情:

> (崇宁三年四月)庚午,王厚过湟州,沿兰州大河并夏国东南境上,耀兵巡边,归于熙州。厚所克复三州及河南地土,自兰州京玉关沿宗河而上,取湟州临宗寨乳酪河之西,入鄯州界管下宣威城……开拓疆境,幅员三千余里。④

---

① 《续资治通鉴长编拾补》卷二一,第735页。
② 同上书,卷一八,第645页。
③ 同上书,卷二三,第787页。
④ 同上书,第805页。

这次边境上向西夏炫兵的行为实际上是对徽宗西北拓边的一次总结,标志着大规模开边战事的结束,徽宗的军功实际上已经建立。等到崇宁四年收复银州,则完全落实了徽宗的功业,大晟雅乐的发布也就获得了名正言顺的时机。当发布会成功结束,徽宗特地下诏云:"道形而上,先王体之,协于度数,播于声诗。其乐与天地同流,雅颂不作久矣。朕嗣承令绪,荷天降康,四海泰定,年谷顺成。南至夜郎、牂柯,西踰积石、青海,冈不率俾,礼乐之兴,百年于此。然去圣逾远,遗声复存。"①诏令中叙述了一连串的功业,其间特别提到了此刻的疆域,"南至夜郎、牂柯,西踰积石、青海"是完完全全的汉唐旧疆,是徽宗将之视作自己功业的明证。更有顺应徽宗心理的士大夫在听乐之后云:"此圣德所致,可谓治世之音安以乐,至如陛下收复青唐,赵怀德归顺,近古州二千余里尽内附,今正功成作乐之时。"②这种功成作乐的舆论已然在京城空间散布开来。

大晟雅乐从开始制作到首次发布,都与西北拓边的进展前后相连,这种时机选择意味着大晟雅乐更偏重于徽宗的功业需求,只有功成才能作乐,故其实质就是从属于徽宗三代制度建设规划的一部分,没有什么独立的意义。而大晟雅乐从乐曲、乐器、乐章到日后方才具备的乐词,都秉承着徽宗的主导,全然不出徽宗意志之左右,为其圣王形象与圣世风景点缀与服务。

第四节　庶政惟和:政和改元与
　　　　大晟词人的活动时空

大观四年五月,又有一个彗星出于奎、娄之际。面对这次星变,徽宗完全没有崇宁年间的惊慌失措,他按部就班地做着避殿减膳、直

---

① 《续资治通鉴长编拾补》卷二五,第851页。
② 同上书,第853页。

言阙失、大赦天下等常规行为①。尽管他也因此罢免蔡京相位,拜张商英为相,但是并没有像上回那样废止四学、大晟府等一系列的礼乐建设,亦未对元祐党籍之人有进一步的解禁表示。徽宗对于两次星变的不同反应意味着其权力大小有着前后之异,此时他已不需要因为自己的所作所为而对天象变化产生恐惧,星变反而带给他一种契机。在帝制时代的传统中,发生星变后的次年需要改元,徽宗正利用了这次改元的机会,向天下人展示属于他的升平时代已经到来。

一、政和改元与复归三代建设的完成

徽宗两次因星变罢免蔡京,如果说上一次罢相是无奈的权宜之计,那么这一次似乎真的借机让其改变宰相身份,只保证其位极人臣的地位与富贵。与崇宁时期一样,星变后的一系列应对政策其实在星变之前就已经开展,蔡京早在大观三年五月就被罢左仆射,以太师致仕,但仍然提举编修《哲宗实录》,京城居住。是月发布的罢免制诰透露了一些时局变化的隐曲:

> 进而经体,久专秉于国均;退以辞荣,岂遽去于王室。眷时元老,恳解繁机。其疏褒典之隆,以副具瞻之旧。诞扬丕号,敷告治廷。具官蔡京业广而器宏,智通而用博。造微之学,贯道蕴以无遗;致远之才,应事伦而有裕。蚤受知于先帝,继被遇于泰陵。肆予总揽之初,方切绍承之助,首延登于丞辖,再入冠于台衡。八载于兹,庶绩用乂。顾方隅之绥静,加年数之顺成,思共享于太平,乃力陈于疾疢。章屡却而复上,诏亟谕而莫回。重违乃诚,悯劳以事。宜席师垣之峻,俾司真馆之优。仍衍爰田,并敦采食。以厚股肱之重,以昭体貌之殊。于戏!明哲保身,虽弗

---

① 《宋史》卷二〇《徽宗本纪》,第384页。

居于宠利;忠嘉告后,当无废于燕闲。尚懋远图,以膺多福。①

从制诰所用典故与辞藻来看,徽宗没有任何罪责蔡京的意思,反而肯定了蔡京的所作所为,赞许其明哲保身、急流勇退的品质。制诰的用词体现着帝王对臣下的态度,这份制诰说明蔡京在徽宗心中的地位依然尊贵。崇宁五年罢免蔡京相位的制诰同样如此,尽管是面对星变的权宜之计,但制词仍然充满了褒扬之辞,并将罢相归因于蔡京屡次上奏请退,这已然为蔡京不久后即复相埋下伏笔。政和元年张商英被罢右仆射,在这道制诰中,出现了诸如"而乃密引群邪,阴摇先烈。诞谩自恣,寖亏享上之忠;狠傲弗恭,殊失为臣之体"②这样的词句,预示了张商英再也得不到复用的结局。两相对比,徽宗对于蔡京的恩宠可见一斑,蔡京的地位不会随着罢相而沦落。

大观四年的这道制诰更总结了蔡京为相八年的功绩,"顾方隅之绥静,加年数之顺成,思共享于太平,乃力陈于疾疢"云云是最不能被轻易放过的句子,其是徽宗对于此刻天下样貌的表态。徽宗不仅宣称边境安定,年成顺美,更明确说出可以与蔡京共享太平的话,应该是徽宗在诏令之中第一次使用升平话语。崇宁五年蔡京罢相制诰中亦总结了蔡京前四年相位的功绩,并亦以当下情境作一收束:"名声耸于戎狄,风采系于缙绅。四年于兹,百度咸若。属倚赞元之助,遽陈避位之诚。"③其间并未出现天下升平的叙述,只是说在蔡京四年的辅政之下,各项制度得到了有条不紊地建设,国家声誉无论在朝堂还是家国内外,都获得稳步提升,而帝王本自期待能够继续得到蔡京的辅佐,这显然是制度未成之时的表态,徽宗企求继续努力于先前的规划。于是大观三年制诰中出现的"共享太平",正说明此刻与前时不

---

① 徐自明著,王瑞来校补《宋宰辅编年录校补》卷一二,中华书局,1986年,第747页。
② 同上书,第760页。
③ 同上书,第723页。

同,徽宗的功业与复归三代的声明文物已然大备,国家政治的主题需要从建设太平转变为展示太平,如此蔡京也就完成了辅佐徽宗建设各项制度的使命,需要像宋初士大夫那样改换身份,以致仕名臣的样态向天下展示升平,继续为徽宗服务。

各项工程的建设进度也确实符合徽宗在制诰中的说辞,截止到大观四年,朝野离立的政治格局已经固化,郊庙祭祀已经使用大晟雅乐①,明堂辟雍更早已筑造完备,后来被命名为《政和五礼新仪》的礼典也于是年完成初稿②,故而星变着实为徽宗提供了政策转变的机会,其在告知天下改元政和的制诰中即明确表示道:

> 朕绍膺骏命,祇奉燕谋。永惟置器之安,常轸临渊之虑。躬揽万务,兹越十年。荷上帝之降康,底群生之咸遂。礼制乐作,仁治道丰。……朕奉承圣绪,遹追先猷。荷穹昊之休,蒙宗庙之祐。昭事有翼,夙夜惟寅。中外靖绥,年谷登稔。礼乐明备,百志用成。嘉与多方,布新显号。可以来年正月一日改元政和。云云。于戏!一人有庆,既敷锡于蕃厘;庶政惟和,其永绥于极治。尚赖辅弼励相,官师交修,增隆不拔之基,益固无疆之作。③

---

① 崇宁五年九月二十六日,徽宗有诏令云:"大乐新成,将荐祖考,其神宗本室与配位乐章,朕当亲制,以伸孝思追述之志。可令大晟府先考定谱调声以进。"可知徽宗于崇宁星变结束之后即将大晟雅乐用于郊庙祭祀,并以亲自撰词的方式进一步提升新乐地位。《宋会要辑稿》乐三,第 387 页。
② 礼典的编修较大晟雅乐起步稍晚,大观元年才正式下诏促成此事,时有御笔云:"承平百五十年,功成治定,礼可以兴。而弥年讨论,尚或未就。稽古之制,随今之宜,而不失先王之意,斯可矣。防民范俗,在于五礼,可先次检讨来上,朕将裁成损益,亲制法令,施之天下,以成一代之典。"亦是表明收复河湟之功乃制礼作乐的前提,不过经崇宁星变之耽搁,于是年才展开制作,但亦符合《礼记》"功成作乐、治定作礼"的次序规定。到崇宁四年二月九日,二百三十一卷的吉礼先行编成,周邦彦在内的议礼局成员获得转官两阶的奖赏。《宋会要辑稿》职官五,第 3131—3132 页。
③ 《宋大诏令集》卷一二二《大观四年南郊改来年政和元年赦天下制》,第 417 页。

这道制诰更详尽地展开了去年出现的太平话语,徽宗正式宣布了礼乐明备、制度建成的太平时代已经来临,他完成了父兄遗志与自我功业。庶政惟和即政和年号的命名之本,其出自《尚书·周官》:"曰唐、虞稽古,建官惟百,内有百揆、四岳,外有州牧、侯伯,庶政惟和,万国咸宁。"①徽宗将颂美上古圣王尧的话语用作自己的年号,也是一种复归三代建设已经完成的宣示手段,既然年号改为了政和,那么此刻人间也就进入了与上古三代同类的太平治世,它的君王自然也就是一代圣主。三代礼乐建设的完成也意味着徽宗皇权地位的加强与巩固,他以这些功业作为自己的政治资本,实现了令出于中的理想,从此不必太过担心士大夫在其面前指手画脚,可以自由地按照自己的意愿安排人事,展示太平。蔡絛所谓"政和初,上始躬揽权纲,不欲付诸大臣"②正是从皇权的角度揭示出政和改元在徽宗朝政治变迁中的转折意义。

二、政和改元之后的太平展示

政和二年,蔡京被重新召回京城,这次他并没有复相,只是延续了大观三年罢相之后尊贵的太师致仕身份,负责向天下展示徽宗与他共同建设规划的太平盛世。当蔡京刚一回到京城,徽宗便于太清楼设宴,蔡京敏锐地捕捉到这场宫廷宴会展示升平的礼仪性质,毕竟徽宗亲口以"承平无事,君臣同乐"为其定性,故而他写作了一篇《太清楼侍燕记》,以文学方式履行了点缀升平的责任。在制度建设的崇宁、大观年间,并没有出现赋咏升平的文学作品,甚至京城文学总体上都是岑寂无闻的。故而这篇《太清楼侍燕记》可以视作重要的文学事件,标志着文学在徽宗朝京城空间的复兴,同时也为展示升平时期

---

① 黄怀信整理《尚书正义》卷一七《周官》,上海古籍出版社,2007年,第702页。
② 《铁围山丛谈》卷一,第18页。

的京城文学应该具备的风格做了示范。《太清楼侍燕记》虽然是一篇散文,但其却用了赋的写作方式,在按时间顺序记叙君臣宴乐之欢中大量穿插对皇家园林的铺陈描写。尽管蔡京也极力表现皇家气象,但这篇记文的重要特征在于其铺陈的园林布局与室内陈设并非铺张扬厉、奢华艳丽,反倒是呈现一种素净精美、清丽文雅的面貌。如其叙宣和殿内陈设云:"中置图书、笔砚、古鼎、彝、罍、洗。陈几案、台榻,漆以黑。下宇纯朱,上栋饰绿,无文采。"又如叙殿外池沼云:"宣和殿阁亭沼,纵横不满百步,而修真观妙,发号施令,仁民爱物,好古博雅,玩芳缀华咸在焉。楹无金瑱,壁无珠珰,阶无玉砌,而沼池严谷,溪涧原隰,太湖之石,泗滨之磬,澄竹山茶。崇兰香茝,葩华而纷郁。无犬马射猎畋游之奉,而有鸥凫、雁鹜、鸳鸯、鸂鶒、龟鱼驯驯,雀飞而上下。无管弦、丝竹、鱼龙曼衍之戏,而有松风竹韵、鹤唳莺啼,天地之籁,适耳而自鸣。其洁齐清灵,雅素若此。"①这些句子展示出徽宗青睐的太平富贵生活之样态,其不再是五代宋初贵戚群体那样的竞丽争奢、盛席豪宴,而是一种融汇文人雅趣的精致富贵生活方式。没有富裕的物质基础无法置备图书笔砚、金石文物这样的收藏,但它们具备着金玉珠宝所没有的展示主人学问与品味的功能,这正是科举士大夫尤为看重的素质,徽宗正意图展示这样的生活方式以改变人们因北宋帝王出身行伍而产生的文教不足印象。《太清楼侍燕记》之后,蔡京又写作了《保和殿曲燕》《延福宫曲燕》二记,进一步用文学展示了徽宗宫廷精致清雅的富贵生活,从而京城空间深受其影响。而这种本身就契合士大夫审美趣味的生活方式更在宣政年间以风化政策传播到地方,得到了地方士大夫的接受与承继。但是士大夫的财力终究比不过徽宗,从而南宋士大夫看到这些记文时都会发出"极承平一时之盛"的感叹,从侧面也说明这场以文学展示升平

---

① 蔡京《太清楼侍燕记》,《挥麈录余话》,第14、15页。

之举应该是成功的。

《太清楼侍燕记》不仅展示了徽宗清雅富贵的生活,也展示了徽宗在制度建设完成之后所获的政治权力。本来帝王设宴群臣的各项制度与安排都是诏付有司准备,由于有配套的制度,帝王只需象征性地批阅同意即可。尽管徽宗也命有司置办,但其将上呈的计划全部推翻,自己重新安排器物样式、陈设位置、食物酒水、女乐舞容等各项环节①,全然展示出大权独揽、令出于中的帝王形象。其实,皇权是进入升平时代之后徽宗首先展示的内容,在尚未召回蔡京的政和元年,徽宗连下四道训饬士大夫的诏令,主要精神都是严禁朋党、遵守绍述国是、杜绝元祐风气的复归、官员言事都需符合国是精神,语气极为严厉,将皇权的威严全然展示给士大夫看②,这正是西北军功与三代制度建设完成带给徽宗的政治资本与政治信心,以至于政和二年,他果断说出"朕所与共天下之政者,惟二三执政之臣"③的话。徽宗此语显然针对曾经的文彦博而发,将原来的士大夫群体缩减为二三执政之臣,断绝了士大夫承担政治主体的追求,宣示着天下与政治都只属于君王,皇权只会下移至二三执政大臣,士大夫不能遵照自我群体的政治观念言说行事,必须统一在君王的主导下。

徽宗的皇权宣示进一步加强了君主的集权,只有完成这一项任务,蔡京才能重回京城,一系列升平时代的展示才能推行。政和二年开始,各种点缀升平的方式都大规模铺展开来,既然颂体文学已经出现,祥瑞事件当然也不可或缺。众所周知,徽宗朝祥瑞频出,乃是徽宗点缀升平的产物。但是祥瑞事件并非徽宗甫一即位就大规模出现,还是要等到政和改元后才频繁起来。如《宋史·五行志》记载的

---

① 蔡京《太清楼侍燕记》,《挥麈录余话》,第13—14页。
② 《宋大诏令集》卷一九七《申谕公卿士大夫砥砺名节诏》《训饬士大夫御笔手诏》《训饬百司诏》《诫饬台官言事御笔手诏》,第725—726页。
③ 同上书,卷一六三《新定三公辅弼御笔手诏》,第618页。

芝草祥瑞,崇宁凡五次、大观共四次,二者一年一次的频率与前任宋帝相比并无差异。然自政和始,芝草陡然增多,导致《五行志》无法分别详述,只能笼统概之云:"政和元年正月,莱州芝草生。十一月,虔州圣祖殿芝草生。二年二月戊子,河南府新安县蟾蜍背生芝草。自是而后,祥瑞日闻。玉芝产禁中殆无虚岁,凡殿宇、园苑及妃嫔位皆有之,外则中书、尚书二省,太学、医学亦产紫芝。"①不仅芝草祥瑞如此,其他各种祥瑞均符合这种政和之后大量出现的规律。如连理木祥瑞,崇宁凡一次,大观凡三次,频率亦与往岁同。然政和间骤然多至十余次。②再如出现频率较少的甘露祥瑞,通常一个年号也难以出现一次,但"大观初,甘露降于九成宫帝鼐室。三年冬,降于尚书省及六曹,御制七言四韵诗赐执政已下。其后内自禁中及宣和殿、延福宫、神霄宫,下至三学、开封府、大理寺、宰臣私第皆有之,岁岁拜表称贺"③。在帝制时代的政治理念中,祥瑞是太平盛世的标志,政和之后频繁出现的祥瑞自然是不断向天下官民展示此刻正是圣时,来年又是太平,其实也说明政和之前徽宗尚未有相应的政治需求。如是,蔡絛才会针对政和发出"政和初,中国势隆治极之际,地不爱宝,所在奏芝草者动二三万本"④的追忆感慨。

政和三年二月二十五日,徽宗派遣宗室成员赵孝骞、赵孝参分别祭谒神宗、哲宗陵寝,并宣读谒陵册文。这两道册文的性质都是奏告先帝,内容也都一致。徽宗在昭告神宗册文中云:"敦宗广爱,勤学兴能;董正治官,阜通美利;惠养鳏寡,俾无困穷;怀辑羌夷,列为郡县。诸福毕至,昭受神宝,告成厥功。永言孝思,系我烈祖。爰遵古义,祗告太平。"⑤历数了自己在宗室、兴学、吏治、转运、救济、开边、文物、祥

---

① 《宋史》卷六三《五行二上》,第1395页。
② 同上书,卷六五《五行三》,第1417页。
③ 同上书,第1428—1429页。
④ 《铁围山丛谈》卷一,第12页。
⑤ 《宋会要辑稿》礼一四,第780页。

瑞等各方面的成就,得出太平已成的结论。昭告哲宗册文虽然没有如此详细列举功业,但亦是以太平之世已成告慰先帝:"伏以励志凤宵,绍休统绪,于兹一纪,庶绩咸熙。天告厥成,锡之大宝。仰惟盛烈,骏惠大谋。遵制扬功,假以溢我。载用有嗣,登兹太平。稽协前经,敢忘昭告?"①可见这是徽宗在运用祭祀的方式向天下展示太平,更是政和改元标志着制度建设结束、承平时代开始的明证。既然秉持"绍述"国是的帝王敢于向父兄的在天之灵明言太平已成,天下臣民便没有理由不相信此刻就是圣时。至少徽宗自己是坚信京城空间是繁荣与太平的,因此他才会经常微服出行,一方面以这种行为展示朝野的无事多欢,一方面也可以亲眼看看自己建设出的太平景象。徽宗的这一被后人津津乐道、频出传说的行为其实也发生于政和之后,《宋史》明言:"自政和后,帝多微行,乘小轿子,数内臣导入。置行幸局,局中以帝出日谓之有排当,次日未还,则传旨称疮痍,不坐朝。"②由此看来,所有关于徽宗朝京城的风雅趣闻、文坛逸事,都应从政和二年说起。

三、大晟乐下播教坊与大晟词人群体的出现

展示升平的各种方式都在政和改元后全面展开,京城文学在政和二年才得以复兴,词体文学同样也受此番政治潮流所裹挟。上文论述大晟雅乐的制作时已经提及,大晟府在崇宁、大观年间并没有撰写歌词的任务,直到大观、政和之际才下诏征求四方识乐善词之士,此番变化的时间点正意味着大晟府所撰词章其实也是一种展示升平的文学方式。如蔡絛所记载,大晟词人江汉因投赠蔡京之词甚为和美,故于政和初被蔡京荐入大晟府,充任制撰使,其工作乃"遇祥瑞时

---

① 《宋会要辑稿》礼一四,第781页。
② 《宋史》卷三五二,《曹辅传》,第11128页。

时作为歌曲焉"①,可知大晟府所需之词更多是赋咏祥瑞、展示升平、沟通帝王与百姓的颂体之词,这就不是郊庙祭祀乐所能扮演的音乐任务,而需要真宗时代雅化改制的鼓吹道路音乐才能胜任。由于政和之前大晟雅乐的应用只局限于郊庙祭祀,因而大晟词人何时开始填制配合大晟雅乐的词章需要考察鼓吹道路音乐是否运用了大晟雅乐系统。同时,词体文学的创作空间从始至终都是以宴饮场合为主,是故燕乐系统的音乐背景也应成为重点考察的对象。如果徽宗朝掌管燕乐的机构教坊与前代宋帝制作雅乐时一样,依然使用旧乐而将新乐弃置一旁,那么就不能说大晟雅乐是徽宗朝京城词坛所用之音乐系统,大晟词人群体也就随即不能成立。

徽宗深知个中道理,既然要全方面地展示皇权与升平,那么决不能重蹈仁宗、神宗允许新旧乐并用的覆辙。崇宁四年建立大晟府之时,徽宗已经明确规定了大晟府的职能:"所典六案:曰大乐,曰鼓吹,曰宴乐,曰法物,曰知杂,曰掌法。其所辖则钤辖教坊所及教坊。"②教坊从大晟府创立伊始就是其下属机构,燕乐也同样是属于大晟府的工作,只不过崇宁、大观年间制度未成,大晟雅乐并没有用于教坊与燕乐,新旧音乐系统并存的现象依旧延续。到了政和改元之后,随着"上以风化下"的展示时期到来,大晟雅乐开始从郊庙祭祀的局限中走出,全方面地进驻帝国音乐生活的各个角落。政和二年,徽宗赐宴新进士于辟雍,席间用大晟雅乐,兵部侍郎刘焕因此进言:"州郡岁贡士,例有宴设,名曰'鹿鸣',乞于斯时许用雅乐,易去倡优淫哇之声。"③标志着大晟雅乐下播工作的开始,与蔡京用文学点缀升平的时间节点相吻合。政和三年五月,徽宗在崇政殿大宴侍从以上官员,席间正式发布了天下皆行大晟雅乐的诏令:

---

① 《铁围山丛谈》卷二,第 27—28 页。
② 《宋会要辑稿》职官二二,第 3626—3627 页。
③ 《宋史》卷一二九《乐四》,中华书局,1977 年,第 3012 页。

> 乐废久矣，历世之君，千有余岁，莫之能兴，以迄于今。去古既远，循沿五季之旧，诚非治世之音。祖宗肇造之始，实未遑暇，百年后兴。盖自崇宁之初，纳汉津之说，成大晟之乐，荐之郊庙，而未施于燕飨。夫今乐犹古乐也，知其情而已，循声以知音，循音以知乐，循乐以知政，所通在政，所同在音，而无古今之异。比诏有司，以大晟乐播之教坊，按试于庭。五声既具，八音始全，无滞焦急之声，有纯厚缜绎之美。朕奉承圣绪，立政造事，昭功继志，一纪于兹。乃者元圭告成，今则雅乐大备。功成作乐，于是始信。荷天之休，宗庙顾谡，追三代之盛，成一代之制，以遗万世，嘉与天下共之。可以所进乐并颁天下，其旧乐悉行禁止。①

这道诏令结束了新旧音乐并用的历史，鼓吹道路音乐自然也概莫能外。从此以后，徽宗朝音乐无论雅俗，均应用大晟雅乐提供的乐律标准，因之音乐领域被统一于中央意志之下，可以用以辅助祥瑞事件、承平风景的展示。于是徽宗征召一批具备颂体之词写作才能的文士入职大晟府，让他们用大晟雅乐系统赋咏祥瑞、颂美升平。除了上述之江汉外，晁端礼于政和三年应诏赴京②，曹棐于政和三年充任大晟府制撰③，久困场屋的万俟咏在"政和初，招试补官，置大晟乐府制撰之职"④，徐伸于政和初以知音律为典乐⑤，田为亦在政和末担任大晟

---

① 《宋大诏令集》卷一四九《行大晟新乐御笔手诏》，第551—552页。
② 李昭玘《晁次膺墓志铭》云："政和癸巳，大晟乐既成，八音克谐，人神以和，嘉瑞继至，宜得能文之士作为词章，歌咏盛德，铺张宏休，以传无穷。士于此时，秉笔待命，愿修撰述，以幸附托，亦有日矣。公相太师蔡鲁公，知公之才，以姓名闻上，诏乘驿赴阙。"李昭玘的铭文不仅记载了晁端礼被诏入京的时间，亦明白揭示了徽宗对于组建大晟词人群体的目的，就是为其构建的升平时代点缀粉饰。李昭玘《乐静先生李公文集》卷二八，《宋集珍本丛刊》第27册，第748—749页。
③ 《宋会要辑稿》乐三记载："(政和三年八月)二十八日，诏：平江府进士曹棐撰到徵调《尧韶》新曲，文理可采，特补将仕郎，充大晟府制撰。"第389页。
④ 《碧鸡漫志》卷二，第87页。
⑤ 《挥麈录余话》卷二，第39页。

府典乐之职①。这些词人无一例外地于政和改元之后入职,也就是说,具备徽宗朝京城御用词人性质的大晟词人群体在政和二年之后方才产生,这一群体的活动时空是政和、宣和年间的京城升平时代②,音律、乐章兼精的他们往往使用着诸如新广八十四调这样的新制之曲来为当下的升平填制颂体之词。③

最后还有一点必须要说明,大晟词人群体在宣政时空中除了撰制新曲、填写颂体之词外,整理教坊燕乐旧曲也是一项重要任务。政和八年九月二十日,蔡攸进言:"昨奉诏,教坊、钧容、衙前及天下州县燕乐,旧行一十七调,大小曲谱声韵各有不同,令编修燕乐书所审按校定,依月律次序添入,新补撰诸调曲谱令有司颁降。今撰以均度,正其过差,合于正声,悉皆谐协。将燕乐一十七调看详到大小曲三百二十三首,各依月律次序,谨以进呈。如得允当,欲望大晟府镂板颁行。"④这段奏文说明大晟雅乐下播教坊后,大晟燕乐曲子并非全部新创,旧有的教坊燕乐诸曲亦被承继,大晟词人的工作就是将原先的曲谱按照大晟雅乐新定的音准调值予以修订,使之进入大晟雅乐的音乐系统,并配以符合帝王、中央审美趣味的歌词,并将其颁布到各个音乐机构,使其有统一标准的乐曲与乐章歌词,避免各自为政的现象。这样看来,旧曲的旋律并不会变化太多,调名也没有必要加以改换,如果有词人填写过符合标准的旧调乐章,当然可以继续沿用编入乐书,提供给天下以作示范。这样就能够解释为何

---

① 《宋史》卷一二九《乐四》,第 3026 页。
② 张春义对今存词作的大晟词人事迹逐一详订,颇可参考。根据他的成果可以看到,这些词人不仅在政和之后入职大晟府,而且他们从事与宫廷音乐相关的工作与活动的时间也都集中在政和、宣和时期。详见张春义《大晟府词人新考》,《浙江大学学报》(人文社会科学版)2012 年第 6 期。
③ 《宋会要辑稿》载:"政和六年闰正月九日,诏大晟府编集燕乐八十四调并图谱,令刘昺撰文。"而万俟咏在八十四调制成后表示"新广八十四调,患συ弗传,雅言请以盛德大业及祥瑞事迹制词填谱"。《宋会要辑稿》乐四,第 391 页;《碧鸡漫志》卷二,第 87 页。
④ 《宋会要辑稿》乐四,第 392 页。

周邦彦词集不见教坊旧曲之外的词调但清真词确实曾被大晟乐府采用教习的现象。大晟词人群体不仅需要通过自身创作展示升平时世,也需要配合其他手段向天下展示升平时代的歌词应该是什么样子的。

四、面向外邦的展示

升平时代的社会景象并非仅是国内的太平无事、君臣同乐、百姓安康,还需要具备四夷臣服、万邦来华的国际声望,帝王的威德在风化臣民之外,还需要远播四海。编撰好的成套大晟雅乐及相关歌词最先承担起向外邦展示中国升平的礼仪任务,朝鲜史家郑麟趾编纂的《高丽史》中就留下了这么一段文字:

> 睿宗十一年六月乙丑,王字之还自宋,徽宗诏曰:"三代以还,礼废乐毁。朕若稽古,述而明之。百年而兴,乃作《大晟》。千载之下,聿追先王。比律谐音,遂致羽物雅正之声诞弥率土,以安宾客,以悦远人。遹惟尔邦,表兹东海,请命下吏,有使在庭。古之诸侯,教尊德盛,赏之以乐,肆颁轩簴,以作尔祉。夫移风易俗,莫若如此。往祗厥命,御于邦国,虽疆殊壤绝,同底大和,不其美欤!今赐《大晟》雅乐。"①

高丽睿宗十一年是公元 1116 年,也即徽宗政和六年,正是北宋国内大规模展示三代升平之时,大晟雅乐也已播诸教坊,完全可以成套搬来向高丽展示中国的丰仪。从后文所载的乐章来看,徽宗赐予高丽的乐曲不仅有郊庙祭祀雅乐,也涵盖了经大晟雅乐系统改造后的燕乐,可知徽宗试图将自我建设的恢宏礼乐完全展示

---

① 郑麟趾《高丽史》卷七〇《乐一》,第 2190 页。

给高丽王看。实际上在两年之前,徽宗已经做过一次赐乐高丽王的行为①,这第二次的赐乐礼仪更隆、礼物更重,是故高丽史官将其郑重记下。然而此时高丽并不是中原政权的附属国,早在太宗淳化四年(993)高丽就臣服于辽,并与北宋断绝外交关系。尽管神宗熙宁四年(1071)北宋与高丽恢复邦交,但高丽仍然从属于辽,宋丽两国之间的关系其实是平等而互相猜疑的,苏轼就曾担忧高丽使节买回去的中原图书最终流入契丹而上奏神宗禁止卖图书于高丽②。到了徽宗政和年间,高丽已经终止与辽的臣属关系,但其并没有转而臣属北宋,反倒是对新兴之女真政权颇为忌惮,苏轼的担忧实际上仍然存在,可是徽宗却大张旗鼓地主动赐乐,这非同寻常之举背后的动机确实是值得深思的。英国学者基思·普兰特(Keith, Pratt)认为徽宗是迫于女真的压力不惜屈尊讨好高丽国王,以赐乐方式显示大宋文化优于辽金,希望高丽王能够联宋抗金③。普兰特最先揭示出徽宗此举背后的礼仪政治意义,颇具启示,但是其将徽宗意识里的潜在敌手认作金政权则显然有误。在赐乐之后的宣和年间,宋金双方展开海上之盟,相约联兵灭辽,可见在徽宗心中最大的外邦升平展示观众还是辽。此外,徽宗赐乐高丽国王也并非是屈尊之举,反而是作为宗主国的象征,这不仅意味徽宗试图向高丽展示大宋的优越文化,更是单方面宣示自己宗主身份,希望高丽能由此重新臣服大宋,这样就算不能联合攻辽,也可以在外交上获得对辽的征服感,亦能向国内臣民展示在圣王的领导下,本朝已然优越于前代宋帝的存在。

这种面向辽国的展示在徽宗许多升平手段中都有所体现,不仅展示着大宋优于辽国,也凝聚起国人对于汉家身份的归属感。林萃

---

① 《高丽史》卷一三《睿宗世家二》记载:"(睿宗九年)六月甲辰朔,安稷崇还自宋,帝赐王乐器。"第393页。
② 苏轼《论高丽买书利害札子三首》,《苏轼文集》卷三五,第994—1001页。
③ Keith, Pratt. *Sung Hui Tsung's Musical diplomacy and the Korean response*. Bulletin of the School of Oriental & African Studies.1981, 44(3): 509—521.

青就这样认为:"如果说宫廷祭祀活动与祭祀音乐将徽宗君臣与普通老百姓区分开来的话,那么他们平常的元宵赏乐、观潮和游玩等活动,就会把他们在地理空间、文化和社会地位等方面的界限打通,让他们可以联结成上下一心的群体。礼仪和音乐体现了他们种族和文化上的属性,确立和重申了他们的汉族身份,与辽人、金人和西夏人形成鲜明的对比。"①当时的京城确实有喜尚北俗的风气,曾敏行就曾记录其父对当时京城风貌的叙述:"街巷鄙人多歌蕃曲,名曰《异国朝》《四国朝》《六国朝》《蛮牌序》《蓬蓬花》等,其言至俚,一时士大夫亦皆歌之。又相国寺货杂物处,凡物稍异者皆以"番"名之,有两刀相并而鞘,曰'番刀',有笛皆寻常差长大,曰'番笛'。及市井间多以绢画番国士马以博塞。"②徽宗也确曾针对这种风气发布诏令严行禁止③,这样来看,大晟雅乐被附加上强调汉家身份、展示中原正乐的职责,是完全可能发生的。

企求复归三代的徽宗本就有着强烈的汉家意识,这不仅是华夷之辨高涨的宋朝时代特征,也是实现三代盛世的必要条件。徽宗崇道抑佛政策其实要比大晟雅乐带上更多夷夏之分的色彩,这一点似乎在讨论徽宗崇道抑佛的复杂原因时,经常被忽略掉。早在宋初,一些士大夫就已经因佛教西来而对其颇有微词,只是受到了太宗干预与压制,并未大成气候④。徽宗正与太宗相反,其主动对佛教仪式提出质疑:

> 士庶每岁中元节拆竹为楼,纸作偶人,如僧居其侧,号曰盂

---

① 林萃青《宋徽宗的大晟乐:中国皇权、官权和宫廷礼乐文化的一场表演》,第63页。
② 曾敏行著,朱杰人整理《独醒杂志》卷五,《全宋笔记》第四编第五册,第158页。
③ 《能改斋漫录》卷一三:"大观四年十二月诏:'京城内近日有衣装,杂以外裔形制之人,以戴毡笠子、着战袍、系番束带之类,开封府宜严行禁止。'"第107页。
④ 《玉壶清话》卷二:"开宝塔成,欲撰记,太宗亲近臣云:'儒人多薄佛典,向西域僧法遇自摩竭陀国来,表述本国有金刚坐,乃释迦成道时所踞之坐,求立碑坐侧。朕令苏易简撰文赐之,中有鄙佛为夷人之语,朕甚不喜。'词臣中独不见朱昂有讥佛之迹,因诏公撰之。"第13页。

> 兰盆,释子曰荐度亡者解脱地狱,往生天界,以供者听行于世俗可矣。景陵两宫,祖考灵游所在,不应俯狥流俗,曲信金狄不根,而设此物。纵复释教藏典具载此等,在先儒典籍有何据执?并是日于帝后神御座上铺陈麻株练叶,以藉瓜花,下委逐项可与不可施之宗庙?详议以闻。佛乃西方得道之士,自汉明帝感梦之后,像教流于中国,以世之九卿视之。见今景灵两宫帝后忌辰,用释教设水陆斋会,盛陈帷幄,揭榜曰帝号浴室,僧从召请,曰:"不违佛敕,来降道场。"以祖宗在天之灵,遽从佛敕之呼召,不亦渎侮之甚乎?况胡佛可以称呼敕旨乎?①

徽宗强调一系列的制度应以儒家经典为准,中原帝王应是儒家正统的继承者与捍卫者,不能够和世俗民众那样遵循胡地传入的佛教习俗,汉家先王更不能被胡地神灵呼来喝去。明辨华夷之外,这道御笔手诏亦强烈体现帝王独尊的精神,严厉批评了将帝王专享词汇用于佛陀。不仅是佛教,就是徽宗嗜爱的道教也不能如此僭越,政和三年六月,徽宗一道御笔手诏严令:"天下道士,不得称宫主、观主,并改作知宫观事。女冠准此。僧尼不得称寺主、院主、庵主、供养主之类。并改院主作管干院事,副作同,供养主作知事,庵主作主持。"②徽宗将佛道的头衔名目改成类似朝中官名的样态,强调天下之主只有帝王一人,方外人士同样也是帝王的臣子。于是徽宗一方面推崇源出中华、可以附会于老子的道教以抗衡西来佛教,另一方面自称为昊天上帝的嫡长子,自封教主道君皇帝,充当此在人间的教主:

> (政和七年)四月,庚申,御笔:朕每澄神默朝上帝,亲受宸命,

---

① 杨仲良《皇宋通鉴长编纪事本末》卷一三三"议礼局",第411—412页。
② 《能改斋漫录》卷一三,第108页。

> 订正讹俗,朕乃昊天上帝元子,为太霄帝君,睹中华被金狄之教盛行,焚指炼臂,舍身以求正觉,朕甚悯焉。遂哀恳上帝,愿为人主,令天下归于正道。帝允所请,令弟青华帝君权朕太霄之府。①

徽宗将令出于中的追求也扩展到了宗教领域,不仅具体教规的制订皆遵循其主导,而且他自己更成为领导人间教众、沟通天地的唯一人选②,这无疑又进一步向内展示其无与伦比的帝王威权。同时崇道之举也隐隐有着面向辽国的展示意味,陆游《家世旧闻》中的这段记载透露了一些消息:

> 北虏崇释氏,故僧寺猥多,一寺千僧者,比比皆是。楚公出使时,道中京,耶律成等邀至大镇国天庆寺烧香,因设素馔。公问成:"亦有禅僧乎?"曰:"有之。顷有寂照大师,深通禅理,今亡矣。"公又问:"道观几何?"曰:"中京有集仙观而已。"以知北虏道家者流,为尤寡也。先君言:高丽之俗,亦不喜道教。③

在北方诸国皆大盛佛教、不喜道教的时局下,徽宗在中原地区的崇道抑佛不可能没有面向外邦的意图。徽宗的宗教政策与大晟雅乐、政和礼典等礼乐工程一起建构出与外邦迥异的汉家文化独特面貌,展示着中原政权的民族身份与文化属性,而这些礼乐文化工程的具体表现内容,当然也必须符合徽宗的意旨。

---

① 《续资治通鉴长编拾补》卷三六,第1142页。
② 政和七年正月癸丑,秘书省言:"据左右街道录院申恭依指挥,将所降道教五宗再行条具立为永式。第一,天尊之教以道德为宗,元始天尊为宗师;第二,真人之教以清净为宗,太上玉晨天尊君为宗师;第三,神仙之教以变化为宗,太上老君为宗师;第四,正一之教以诚感为宗,三天法师静应真君为宗师;第五,道家之教以性命为宗,南华真人为宗师。至于上清通真,达灵神化之道,感降仙圣,不击教法之内,为高上之道,教主道君皇帝为师。"同上书,第1138页。
③ 陆游著,孔凡礼点校《家世旧闻》卷上,中华书局,1993年,第192页。

第五节　富丽精工：徽宗朝京城文化风尚与京城词人创作

　　文艺作品也是一种重要的升平时代展示方式,特定的政教礼仪背景与功用使这些作品带上了独特的风格与体式,上文提及的蔡京《太清楼侍燕记》便是升平时代京城文艺面貌的典型展现。当然,《太清楼侍燕记》的特征并非简单出自蔡京自己的文学喜尚,而是依循徽宗的审美趣味与文艺主张。徽宗于政和三年所作之《保和殿记》中有云:"工致其巧,人致其力。始于四月癸巳,至九月丙午殿成。上饰纯绿,下漆以朱,无文藻绘画五采。垣墉无粉泽,浅墨作寒林平远禽竹而已。前种松竹、木犀、梅桐、橙橘、兰蕙,有岁寒秋香、洞庭吴会之趣。后列太湖之石,引沧浪之水。陂池连绵,若起若伏,支流派别,萦纡清泚,有瀛洲方壶、长江远渚之兴。左实典谟、训诰、经史,以宪章古始,有典有则;右藏三代鼎彝、俎豆、敦盘、尊罍,以省象制器,参于神明,荐于郊庙。东序置古今书画,第其品秩,玩心游思,可喜可愕。西梜收琴阮笔砚,以挥毫洒墨,放怀适情。"①这段文字清疏萧散,铺叙出朴素而雅致的园林风格、芳郁而繁富的园中陈设,更展示着园林主人好古博雅、书卷风流的意趣与生活。这些特征在蔡京的记文中都能找到,这显然不会是蔡京影响徽宗,而应是蔡京遵照徽宗的文艺方针所为之先行创作。当政和年间徽宗躬揽朝纲,完成令出于中的理想后,他似乎希望所有领域都能体现着圣王的意志,因而各类文艺作品都呈现着较为统一的风格与体式,在展示圣王生活与盛世风景间将艺术样式与人工技巧推进得愈发精致。大晟雅乐本是重要的复归三代礼乐建设工程,与之相配的乐章歌词显然更易受到徽宗文艺理念的

---

① 陈均编,许沛藻等点校《皇朝编年备目纲要》卷二八,中华书局,2006年,第709页。

左右,从而使得雅词的体式与样制在徽宗政和之后的京城空间被完全建立起来。遗憾的是,大晟词人的词作已经严重散佚,故而只能在有限的遗存中结合其他文艺作品寻找当年京城雅词面貌与发展线索的吉光片羽。

一、精致与日常:徽宗主导下的宫廷文艺

作为一位杰出的艺术家,徽宗对文艺的引导首先就体现在书画领域上。书学与画学的设立为王朝提供了书画人才的储备基地,也为徽宗提供了文艺主张的发布与实践空间,从徽宗对于宫廷画家的品鉴中就可以窥见徽宗对于文艺精致化的追求:

> 徽宗建龙德宫成,命待诏图画宫中屏壁,皆一时之选。上来幸,一无所称,独顾壶中殿前柱廊栱眼斜枝月季花。问画者为谁,实少年新进,上喜,赐绯,褒赐甚宠,皆莫测其故。近侍尝请于上,上曰:"月季鲜有能画者,盖四时朝暮,花、蕊、叶皆不同。此作春时日中者,无毫发差,故厚赏之。"[1]

细节处理的精工是最基本的精致表现形式,徽宗也最先追求这一点,他希望画师能够摹画出对象的精微之处,完美呈现难以捕捉的典型细节,以创作出一幅再现真实的作品。面对着"毫发无差"的文艺要求,画家既需要具备细致的观察能力,也必须熟练掌握各种精细的绘画技巧,这样一来,宫廷画作势必具备富丽精工的面貌。徽宗对于画师的要求甚至扩展至绘画之外的学问领域,他希望自己的画师能拥有广博的知识储备:

---

[1] 邓椿著,刘世军校注《画继校注》卷一〇,广西师范大学出版社,2015年,第213页。

> 徽宗兴画学,尝自试诸生,以"万年枝上太平雀"为题,无中程者。或密扣中贵,答曰:"万年枝,冬青木也;太平雀,频伽鸟也。"①

没有良好的学问不能解此试题,就算明晓太平雀即指频伽鸟,更需要另一层的知识储备才能画出这本不存在于中原现实的净土极乐之鸟。徽宗对于知识与学问的要求就是这般精细,其实这种要求对于精致再现对象细节亦大有裨益,也应本自徽宗对于精致文艺的期待,毕竟再细致的观察也会遗漏一些内容,而辅以学问与知识的储备方能尽力再现对象所有的特征:

> 宣和殿前植荔枝,既结实,喜动天颜,偶孔雀在其下,亟召画院众史,令图之。各极其思,华彩灿然,但孔雀欲升藤墩,先举右脚。上曰:"未也!"众史愕然莫测。后数日,再呼问之,不知所对,则降旨曰:"孔雀升高,必先举左。"众史骇服。②

孔雀升高先举哪只脚本无关紧要,但在追求精致的立场上看来却是令人遗憾的细节错误,这不仅没有完成严格再现对象细节的文艺任务,也反映着画者观察能力或知识储备有所欠缺。反过来说,在绘画中追求完美的细节,既可以展示画者高超的技巧与工力,也可以展示充沛的学识。徽宗对于绘画的赏鉴与要求不免会让人联想起北宋士大夫的诗歌追求,梅尧臣曾将最好的诗定义为"状难写之景,如在目前",这句话完全可以作为徽宗大加赞赏那位画出春日午间月季的青年画师之注脚,徽宗将技巧、观察与学识融汇而一的追求从文学延伸

---

① 方勺著,许沛藻、杨立扬点校《泊宅编》卷一,中华书局,1983年,第4页。
② 《画继校注》卷一〇,第213页。

到了绘画。然而这句话只是梅尧臣好诗定义的前半部分,他后面还跟着另一层期待——"含不尽之意,见于言外"①。梅尧臣所言的意当然是士大夫的个人性情感,故而文艺作品是表达自我情绪的一种方式,于是作品的风格与表达出的情绪应是呈现多样的面貌。但是梅尧臣后半部分的文艺追求却是徽宗坚决拒绝的,在令出于中、展示升平的时代,他希望画作的主题都是展示吉祥与富贵,从而使得京城画师更加追求技巧的精致与法度的遵守:

> 国画院,四方召试者源源而来,多有不合而去者。盖一时所尚,专以形似。苟有自得,不免放逸,则谓不合法度,或无师承,故所作止众工之事,不能高也。②

可见在徽宗的文艺引导下,宫廷画师片面追求形式、技巧的精工,在规矩与程式间亦步亦趋,使得笔下的形象只是一个个再现客观的冷漠静物,缺乏画师自我主体情感的融入。正如姜斐德指出的那样:"作为画院的画家一定要隐藏起自己。他的责任就是按照皇帝要求的风格——无论是古代大师的或皇帝本人的——来作画。"③徽宗就这样悄悄地将皇权的展示与威严带到了文艺领域,让他的臣民相信当世圣王的影响无处不在④。但是重形轻意却与士大夫的绘画追求截然相反,诗画合一的理念本是北宋士大夫的追求,他们已经完整地将梅尧臣的好诗标准融入画作,重视在山水或花鸟的摹画中体现

---

① 《六一诗话》,《历代诗话》,第 267 页。
② 《画继校注》卷一〇,第 221 页。
③ 姜斐德《宋代诗画中的政治隐情》,中华书局,2009 年,第 164 页。
④ 姜斐德认为徽宗对于孔雀先举哪只脚的执着也体现了皇帝至高无上的权威,他通过此事让国家明白必须对皇帝的命令俯首帖耳。此论可备一说,若确实成立,则可与本书相为发覆。但无论如何,徽宗不断品鉴画作的行为已经构成了在艺术领域内的皇权展示与令出于中,宫廷画师都必须按照其布局好的艺术方向工作。参见上书,第 164 页。

象外之意。苏轼即明确表示"古来画师非俗士,摹写物象略与诗人同"①,并将他人"文以达吾心,画以适吾意而已"②的论调郑重记下。李公麟亦如是强调:"吾为画,如骚人赋诗,吟咏性情而已,奈何世人不察,徒供玩好耶?"③是故徽宗一朝在绘画领域也存在着朝野离立的格局,而这种形意追求的差异在其他艺术门类中也同样适用,何薳《春渚纪闻》中就记载道:"崇宁已来,都下墨工如张孜、陈昱、关珪、弟琪、郭遇明,皆有声称,而精于样制。"④可见形式、技巧的精致与极尽人工的样制是徽宗朝京城艺术的共同追求。

既然徽宗时期已经出现了诗画合流的艺术一体化特征,徽宗自然不会放过本由士大夫主导的文学空间,这门艺术也同样需要控制与引导。早在哲宗绍圣年间,擅于作诗就被视作元祐士大夫的重要标志之一,新党成员往往通过不写诗来表明自我身份。陈瓘在徽宗即位之初便这样弹劾蔡卞:"蔡卞痛斥流俗,力主国是,以不任元祐为高节,以不习诗赋为贤士,自谓身之出处,可以追配安石。"⑤到了严设朝野之限的三代制度建设时期,诗更是成为了在朝士大夫避之若浼的对象,出现了诸如"自崇宁以来,时相不许士大夫读史作诗,何清源至于修入令式,本意但欲崇尚经学,痛沮诗赋耳,于是庠序之间以诗为讳"⑥的现象。这一局面同样随着政和升平时代的到来而在徽宗的引导下逐渐改变:

> 政和间,大臣有不能为诗者,因建言诗为元祐学术,不可行。李彦章为御史,承望风旨,遂上章论陶渊明、李、杜而下,皆贬之。

---

① 苏轼《欧阳少师令赋所蓄石屏》,《苏轼诗集合注》卷六,第253页。
② 苏轼《书朱象先画后》,《苏轼文集》卷七〇,第2211页。
③ 俞剑华注译《宣和画谱》卷七,江苏美术出版社,2007年,第174页。
④ 何薳著,张明华点校《春渚纪闻》卷八,中华书局,1983年,第124页。
⑤ 《续资治通鉴长编拾补》卷一五,第592页。
⑥ 洪迈《容斋随笔》,《容斋四笔》卷一四"陈简斋葆真诗",第782页。

因诋黄鲁直、张文潜、晁无咎、秦少游等,谓为科禁。故事,进士闻喜宴例赐诗以宠。自何丞相文缜榜后,遂不复赐,易诏书以示训戒。何丞相伯通适领修敕令,因为科云:"诸士庶传习诗赋者杖一百。"是岁冬,初雪。太上皇意喜,吴门下居厚首作诗三篇以献,谓之"口号"。上和赐之。自是圣作时出,讫不能禁,诗遂盛行于宣和之末。①

徽宗不仅通过自我创作允许诗歌文艺复归京城,并不断亲力亲为向天下展示自己期待的诗歌样貌。徽宗流传至今的诗歌远较歌词、文章为多,《全宋诗》光是徽宗所作宫词就收录有二百九十首。这些宫词实际上是徽宗政和之后所作七言绝句的汇编②。三百首的成数不能不让人联想到"诗三百",或许徽宗心中正是将之认作当代诗歌的典范,他吟咏这些诗篇是要给当世与后人效仿与摹习的。这三百首宫词同样依循着样制精致的京城文艺路数,遣词造句追求雍容与华美,同时也融汇了北宋诗歌"日常化"的写作经验,充分吟咏着属于徽宗的宫廷日常。这种日常化的写作不仅涵盖了徽宗私人性的宫廷生活,还涉及了一些重要的政治事件③,故而三百首宫词不仅展示着盛世诗歌应有的风貌,也给世人一探太平天子的生活日常之机会,同时也可以作为展示升平时代的一种手段。宫词文本世界内的生活就发生在文章大肆铺叙的园林空间,但多出了游戏于那些风雅陈设间的主人形象。他好古博雅,徜徉于园林的精致,对奇花异石有着独特的

---

① 《避暑录话》卷下,第 309 页。
② 许顗《彦周诗话》云:"政和间,御制《宫词》三百首。"(《历代诗话》,第 380 页)高儒《百川书志》亦云:"徽宗《宫词诗集》三卷,缉熙殿所收御制七言绝句,积二十二年版,得三百首,皆咏宫掖之事,乐升平之句也。"(卷一五,古典文学出版社,1957 年,第 221 页)
③ 如"嘉禾呈瑞已为殊,更有灵芝拱翠趺。通进刻章知异物,翻传绘画作新图"一首咏政和后一次生芝草祥瑞;"雅乐方兴大晟谐,均调律吕贯三才。广庭度曲笙铺间,羽翻翩翔赴节来"一首咏某次大晟雅乐的发布会;"高丽新贡欲还朝,舟御东回一水遥。祖饯国门仍赐乐,屡传恩语下层霄"一首咏赐高丽大晟乐一事。分见《全宋诗》第 26 册,北京大学出版社,1996 年,第 17044、17048、17058 页。

兴趣,不喜世俗的游戏①,偏爱书卷间的日常②,以至于他的女眷也具备高度的文教素养,可以充任草拟诏书的工作③。正如艾朗诺敏锐指出的那样:"徽宗的宫词也许可以被视作其宫廷生活的投射,但这种宫廷生活是他自己希望被时人与后世所知晓的影像。"④徽宗希望大家知道,他并非如宋初军功贵戚群体那样炫富竞奢,一昧贪图感官上金碧辉煌的刺激与享受,而是采用一种看似恬淡素朴的新方式过着富贵生活。张明华指出,徽宗宫词中写景作品多达 70 余首,其中不少是表现奇花异石的,他采集的花木种类繁多,至少有秋橙、杨梅、金柑、枇杷、牡丹、杉、桧、棕榈、秀竹、小松、瑞竹,等等。⑤ 这些花木确实没有金玉满堂式的奢华豪艳,但要将产自各地的花木荟萃于此显然必须具备富裕的物质基础,然而若没有深厚的学问与细致的观察能力,也无法以此作为玩乐方式,更别说将其细致吟咏、写入诗歌了。这种富贵生活方式的核心精神便是博雅,依托的基础是深厚的学问与艺术造诣,实际上是一种与世俗社会迥异的生活状态与娱乐手段。其实这些古器花木、书卷笔砚在军功贵戚那里也必须置备,但它们与金银珠宝一样只是富贵生活的点缀与展示,主人并不需要亲身参与,也不必对其有什么深入追求与独特理解。但到了徽宗时代,这些陈设不再是被主体静观的无情客体,而被主人融入了自我生命,成为一种日常生活方式,于是各种文艺也都会较五代宋初发生相应的改变。不过徽宗依然希望诗人不要在诗歌中透露自我情意,只需用精致的

---

① "斗鸡园里诚非雅,射鸭池边岂足多。最好芰荷香隔岸,画舡摇曳按笙歌。"《全宋诗》第 26 册,北京大学出版社,1996 年,第 17045 页。
② "早临书殿启芸香,冰砚难开肃晓霜。谁制暖炉新样巧,云龙突镂遍金箱。"同上书,第 17046 页。
③ "史女荣当直笔权,事治毫楮待承宣。一回写着推恩字,特地忻愉择素笺。"同上书,第 17052 页。
④ Ronald Egan. Huizong's Palace Poems // Patricia Buckley Ebrey, Maggie Bickford. Emperor Huizong and Late Northern Song China: The Politics of Culture and the Culture of Politics. Harvard University Press, 2006: 393.
⑤ 张明华《徽宗朝诗歌研究》,上海古籍出版社,2008 年,第 202 页。

技巧与应制文学的法度展示帝王富贵与太平时世就可以了。他格外青睐陈与义"含章檐下春风面"一句或许正缘于此①,毕竟这句诗并不算非常突出,只是化用寿阳公主的梅花旧典,然而诗句呈现出的画面正是宫廷景象,与徽宗宫词展示的生活面貌与文学风格相仿佛,徽宗很可能经历过类似的场景,于是激起了他的审美体验,也反映着他的文艺追求。

二、精致日常与太平歌词

身为徽宗朝京城词人群体成员的大晟词人,他们的歌词也需要遵循徽宗主导的文艺路线。而且这些作品是配合大晟雅乐的乐章,展示升平更是最重要的文艺任务,颂体之词便成为政和之后京城词坛最主要的内容。于是柳永必然会成为大晟词人摹效的对象,他们一方面继承柳词代君王立言的写作经验,一方面又在追求精致的文艺风潮下将承平展示打磨得愈发精细。如晁冲之的这阕《上林春慢》:

上 林 春 慢

帽落宫花,衣惹御香,凤辇晚来初过。鹤降诏飞,龙擎烛戏,端门万枝灯火。满城车马,对明月,有谁闲坐。任狂游,更许傍禁街,不扃金锁。　　玉楼人、暗中掷果,珍帘下、笑著春衫袅娜。素娥绕钗,轻蝉扑鬓,垂垂柳丝梅朵。夜阑饮散,但赢得、翠翘双軃。醉归来,又重向,晓窗梳裹。②

这阕词吟咏元宵佳节,向天下展示徽宗与民同乐的升平景象。尽管

---

① 胡仔《苕溪渔隐丛话》云:"去非《墨梅绝句》云:'含章帘下春风面,造化功成秋兔毫。意足不求颜色似,前身相马九方皋。'后徽庙召对,称赏此句,自此知名,仕宦亦寖显。"前集卷五三,第361页。
② 晁补之、晁冲之著,刘乃昌、杨庆存校注《晁氏琴趣外篇·晁叔用词》,上海古籍出版社,1991年,第272页。

此词的章法结构并不谨严工巧,但是其间对于游女头饰的描摹却是一大特色,不仅刻画细腻,而且式样繁富,是柳词没有的细节描写。朱弁《续骫骳说》就已指出:"都下元宵观游之盛,前人或于歌词中道之。而故族大家,宗藩戚里,宴赏往来,车马骈阗,五昼夜不止。每出,必穷日尽夜漏,乃始还家,往往不及小憩,虽含醒溢疲恶,亦不暇寐,皆相呼理残妆,而速客者已在门矣。又妇女首饰至此一新,髻鬓簪插,如蛾、蝉、蜂、蝶、雪柳、玉梅、灯毬,袅袅满头,其名件甚多,不知起于何时,而词客未有及之者。晁叔用作《上林春慢》,此词虽非绝唱,然句句皆是实事,亦前所未尝道者,良可喜也。"①这段论述可以体现徽宗朝颂体之词的写作要求,既要美盛德之形容,铺陈出宏观上的壮美气象,也要重视对于细节的刻画与风俗真实的再现,以将当下升平尽量完整与细腻地展示出来。

徽宗朝颂体之词的精细化不仅体现在风物刻画上,可供赋颂的节序种类大规模增加也是重要特征。在真宗、仁宗时代,专业词人主要围绕元夕、金明池、赐酺等国家重大典礼展开颂体之词写作,而大晟词人却需要一一赋咏诸如清明、中秋、端午、冬至等没有仪式、典礼的普通节序,这样可以告知世人,升平气象无时不在,已然成为当下的日常。故而大晟词人不能如士大夫地方词作那样借节序抒发自我情感,始终要秉持展示升平的单一主题,那么只能将思力重点放在每一节序的特殊面貌上,这样才能避免千篇一律的单调。于是词人也和画师一样,需要通过细腻的观察能力获取被常人忽略的时令细节,需要广博的学识知晓冷僻的节序典故,也需要高超的写作技巧将前人用滥的成句典实翻出新样,于是这些词作呈现出与诗画类似的和雅工丽面貌,万俟咏的《三台·清明应制》便是典型代表:

---

① 陶宗仪《说郛》卷三八,中国书店,1986年影印涵芬楼1928年版,第6册,第397页。

三　台
清明应制

　　见梨花初带夜月,海棠半含朝雨。内苑春、不禁过青门,御沟涨、潜通南浦。东风静、细柳垂金缕。望凤阙、非烟非雾。好时代、朝野多欢,遍九陌、太平箫鼓。　　乍莺儿百啭断续,燕子飞来飞去。近绿水、台榭映秋千,斗草聚、双双游女。饧香更、酒冷踏青路。会暗识、夭桃朱户。向晚骤、宝马雕鞍,醉襟惹、乱花飞絮。　　正轻寒轻暖漏永,半阴半晴云暮。禁火天、已是试新妆,岁华到、三分佳处。清明看、汉宫传蜡炬。散翠烟、飞入槐府。敛兵卫、阊阖门开,住传宣、又还休务。①

全词首韵以夜月与朝雨对举,从开篇就告诉读者这阕清明词并非记叙一日游冶之事,而是在揉碎昼夜的时空中铺叙节令。万俟咏使用了红叶题诗、斗草游女、香饧新火、春色三分、汉宫传烛等典故或风俗,几乎把清明典实网罗殆尽,以此展示清明时节下的盛世升平。其实这些都是赋咏清明的习用路数,但万俟咏却写得并无俗滥之感,其原因正在于万俟咏不再依着瞬间情绪的流转填词,而是先通过思力结构布局,形成疏密错杂的意象与情绪节奏,并将事典语典改换句式造成陌生化的效果,这不仅需要精通音律的专业功夫,也需要有赋体写作的经验。徽宗朝京城诗坛已经有很明显的融赋体或四六文之法入诗的痕迹,这样可以利用二者对仗工巧与精于用典的长处为富丽和雅的颂体文艺路线服务②。万俟咏遵循的屯田家法本就有以六朝小赋章法为词的手段,故而与诗赋相融的京城文艺风潮相结合,就出现了这阕具备高度赋化魅力的词作,与柳词之赋体相比,技法更为纯

---

① 《全宋词》,第 1047—1048 页。
② 详见张明华《徽宗朝诗歌研究》,第 221 页。

熟，亦更耗思力。万俟咏其他数阕节序应制词都可以视作赋化之词的精工典范，说明以赋为词的主要实践对象依然是京城的颂体之词，而这种词法在徽宗政和之后的京城词坛达到了成熟与极工的状态，是词学家法与时代文艺风潮交汇导致的结果。

精致之外，深受徽宗新式富贵生活日常影响的文艺风格也促进了词体文学的变化，万俟咏这阕赋咏升平的词章并非极力铺陈京城金碧辉煌式的壮丽与艳游的恣意欢谑，而是运用清丽意象展现雍容式的太平，以花木物候将艳情丽事点而不破，包装上一层乐而不淫的外衣，从而使得京城雅词更具情感雅正的色彩。徽宗日常生活玩赏之物在这里发挥了作用，士大夫为其注入的文雅性格与学识色彩可以有效地消解艳俗之弊。这在元夕词中体现得最为明显，一旦在璀璨灯火、盈盈游女之际插入一韵风雅花木的细节描写，顿时会有艳而不俗的格调产生。如著名的元夕词《宝鼎现》(夕阳西下)一阕，词人在三叠的文本容量间大肆铺陈元夕艳游的盛丽与恣肆，但却以"任画角、吹老寒梅，月落西楼十二"一韵收束全词，将喧闹的场面陡然消散在空寂开阔的景色中，避免了沉溺于豪奢而不能自拔的淫声，已然具备了野鹤孤飞去留无迹的清空节奏。

赋咏节序之外，另一种能够结合样式精致与富贵日常的题材当属咏物词，词人若能够自在地吟咏园林花木、细致地推敲章法句式，显然是一种太平无事的盛世风景。而徽宗朝京城文艺风尚一方面促进咏物词更加追求技巧的精工，一方面又为词人提供了丰富的新兴吟咏对象，使得咏物词进入了精致化与日常化的时代，正是发展成熟的标志。尽管大晟词人存词寥寥，但依旧能够从偶获流传的咏物词中看出南宋姜吴诸家的先路：

水　龙　吟

夜来深雪前村路，应是早梅初绽。故人赠我，江头春信，南枝向暖。疏影横斜,暗香浮动,月明溪浅。向亭边驿畔,行人立马,频回首、空肠断。　　别有玉溪仙馆。寿阳人、初匀妆面。天教占了,百花头上,和羹未晚。最是关情处,高楼上、一声羌管。仗谁人向道,何如留取,倚朱栏看。①

咏物词需要咏物而不滞于物,精巧切题的典故是达到这一追求的重要手段,是专业词人反复精研、一展才思的领域。晁端礼这阕咏梅词正体现着经过思致布局后的用典技巧。开篇即以郑谷《早梅》诗句"前村深雪里,昨夜一枝开"拉启连续用典的大幕,之后数韵分别化用晏殊《浣溪沙》"早梅先绽日边枝"、陆凯《赠范晔》"折花逢驿使,寄与陇头人。江南无所有,聊寄一枝春"、某妇人之"南枝向暖北枝寒"②、林逋《山园小梅》"疏影横斜水清浅,暗香浮动月黄昏"、雍陶《送客》"行人立马强盘回,别字犹含未忍开"等成句表现词中人面对梅花时的思绪流动。下片继续铺排梅花典故,但与韵韵语典的上片不同,随着过片出现承载"红梅阁"故事的"玉溪仙馆"③,词人将文本空间从当下窗前切换到设想中的殿阁,梅花也从路边村梅变成仙境宫梅,使用的典故类型也随即转变成事典。之后寿阳公主、调鼎和羹、梅花落诸典实将下片空间描绘得幽远迷离,吟咏对象实际上不再是梅花,而悄然转变为佳人,但正因为典故背后的故事,又使得句句不离梅花。晁

---

① 《全宋词》,第541页。
② 《全芳备祖》前集卷四:"蜀中有红梅数本,郡侯建阁扃钥,游人莫得见。一日有两妇人高髻大袖,凭栏大吟,郡侯启钥,阒不见人,惟东壁有诗云:南枝向暖北枝寒,一种春风有两般。凭杖高楼莫吹笛,大家留取倚栏干。"前集卷四,农业出版社,1982年影印本,第213—214页。
③ 《中吴纪闻》卷一"红梅阁"条云:"吴感字应之,以文章知名。天圣二年版,省试为第一。又中天圣九年书判拔萃科,仕至殿中丞。居小市桥,有侍姬曰红梅,因以名其阁。尝作《折红梅》词曰:'喜轻澌初泮,微和渐入,芳郊时节。春消息,夜长斗觉,红梅数枝争发。玉溪仙馆,不是个、寻常标格。化工别与、一种风情,似匀点胭脂,染成香雪。　　重吟细阁。比繁杏夭桃,品流真别。只愁共、彩云易散,冷落谢池风月。凭谁向说。三弄处、龙吟休咽。大家留取,倚兰干,闻有花堪折,劝君须折。'其词传播人口,春日郡宴,必使倡人歌之。"《全宋笔记》第三编第七册,第182页。

端礼的思力安排造就了用典类型与吟咏对象之间的微妙联系，而全词也因为典故技巧的精工成为了一个首尾完整的艺术品。全词最精妙处便是煞尾一句陡然放下任何典故，而用浅白之语道出离人情思，点出全篇意旨，将咏物笼罩在一场情绪之中，从而避免凝滞于物的弊病。张炎在《词源》中表示过对咏物词的意见，云："诗难于咏物，词为尤难。体认稍真，则拘而不畅，模写差远，则晦而不明。要须收纵联密，用事合题，一段意思，全在结句，斯为绝妙。"① 晁端礼这阕词完全符合张炎的要求，无论典故使用还是章法结构都可以作为张炎意见的典范。观张炎自己所举的史达祖《双双燕》正是在疏密有致的典故铺排的最后结以点出情事的"愁损玉人，日日画阑独凭"一句，正与晁端礼同出一辙，可以想见南宋咏物词的特征在徽宗朝京城词人那里已经成型。

徽宗朝京城词坛开启南宋姜吴诸词人的现象不仅体现在创作实践上，其时的词学评价标准亦与张炎风神一致，还是以一阕咏梅词为例：

汉宫春

梅

潇洒江梅，向竹梢稀处，横两三枝。东君也不爱惜，雪压风欺。无情燕子，怕春寒、轻失佳期。惟是有、南来归雁，年年长见开时。　　清浅小溪如练，问玉堂何似，茅舍疏篱。伤心故人去后，冷落新诗。微云淡月，对孤芳、分付他谁。空自倚，清香未减，风流不在人知。②

---

① 张炎《词源》卷下，第261页。
② 《晁氏琴趣外篇·晁叔用词》，第275页。

这阕词通常被视作晁冲之的压卷之作①,《苕溪渔隐丛话》记载:"端伯所编《乐府雅词》中,有《汉宫春》梅词,云是李汉老作,非也,乃晁冲之叔用作。政和间作此词献蔡攸。是时,朝廷方兴大晟府,蔡攸携此词呈其父云:'今日于乐府中得一人。'京览其词喜之,即除大晟府丞。"②不管此词的本事有多少种,这段材料又有多少舛误之处,但终究可以从中得出这阕词符合政和之后京城词坛审美趣味的结论。与上引晁端礼之词相比,这阕词在用词清雅、典故切题等方面基本一致,但是由于没有一笔宕入情意的结句,故更应是纯粹的体物之作,更符合徽宗只求样式而不重个人私意的文艺路线,因而只在行词技法上更为出色方能得到赏识。曾敏行就指出此词被蔡京父子青睐的原因是"以为燕与梅不相关而挽入,故见笔力"③。所谓可见之笔力不仅仅是用典的精巧,亦是能够用罕见构思吟咏常见题材,这便是张炎追求的精致法度基础下的旧题新意,在徽宗朝京城词坛已然出现了同样的评判标准,应是当时总体文艺风尚的词体文学表现。

三、雅俗交杂的依旧: 宦幸审美趣味与世俗流行词风

徽宗通过皇权手段向天下推行自己的文艺路线,希望京城文艺呈现着典雅精致、大展升平的面貌。然而事实似乎并没有完全符合徽宗的期待,京城文艺在雍容华贵之外还是充斥着大量的世俗元素,雅俗相杂依然是京城词坛的基本特质。比如《高丽史·乐志》中记载的徽宗政和六年赐给高丽的七十阕乐章歌词中就有这样一首俗词:

---

① 陈振孙《直斋书录解题》:"《晁叔用词》一卷,晁冲之撰。压卷《汉宫春》梅词行于世,或云李汉老作,非也。"《直斋书录解题》卷二一,第618页。
② 《苕溪渔隐丛话》前集卷五九,第410页。
③ 《独醒杂志》卷四,第150页。

解 佩 令

脸儿端正。心儿峭俊。眉儿长、眼儿入鬓。鼻儿隆隆,口儿小、舌儿香软。耳垛儿、就中红润。项如琼玉,发如云鬓。眉如削、手如春笋。奶儿甘甜,腰儿细、脚儿去紧。那些儿、更休要问。①

对于这阕词的内容无需多做陈述,其在《高丽史·乐志》收录的大量歌咏升平乐章之间显得格外刺眼。由于颂体之词占据《高丽史·乐志》所录乐章之大半,而且还包括晁端礼《黄河清》(晴景初升风细细)一阕,故这七十阕乐章的性质应该是政和二年之后使用大晟音乐系统的燕乐歌辞,很可能就是从刘昺编订的乐书草稿中摘选而成②。可以想见,大晟燕乐歌词包括了大量诸如此类的世俗曲词,既然徽宗宫廷尚不能全部歌唱典雅精致、赋咏升平之词,那么京城世俗社会显然不仅喜好太平之曲,而且依然流行着吟咏他们自己日常生活与情感的歌词。

其实宫廷与世俗的审美对立本不奇怪,随着士大夫社会与世俗社会于宋代分离,自然会出现各自不同的流行文艺,况且北宋时代的世俗文艺已经自成系统并蔚为大观,市井中传唱的俚词俗曲本就很多。奇怪的地方在于为何世俗流行的歌词会混入由国家颁布的体现徽宗意志的乐章汇编中呢? 这些歌词完全不符合徽宗规划的文艺路线。这种现象的产生其实是北宋音乐机构性质与徽宗朝人事政治的朝野离立共同作用下的结果。

前文已经详细论述过北宋前期音乐机构雅俗混杂的特点,由于乐工来源的芜杂,使得北宋前期的宫廷乐章本就充斥着大量俚俗之

---

① 郑麟趾《高丽史》卷七一《乐二》,第 2238 页。
② 对《高丽史·乐志》收录的七十阕乐章歌词为大晟燕乐的详细论述,可参见谢桃坊《〈高丽史·乐志〉所存宋词考辨》,《文学遗产》1993 年第 2 期。亦见谢桃坊《宋词辨》,上海古籍出版社,1999 年,第 360—362 页。

曲,在音乐与歌词两个方面都带有浓重的世俗色彩。在另一方面,士大夫不愿参与音乐事业也使得雅俗混杂的现象得不到扭转的机会,而音乐机构以宦官为主事者的人事安排也进一步加强了北宋音乐机构沟通雅俗的性质①。宦官群体与士大夫本自殊途,他们一般在很小的时候选自民间,知识水平与审美趣味当然与世俗一致,他们与士大夫在风俗认识与价值观等方面的雅俗矛盾屡见记载。既然如此,宦官群体在乐章歌词方面也就偏爱市井的俗词俚曲,他们掌管的宫廷音乐机构被扇入世俗歌词也就不奇怪了。士大夫也意识到了这一点,随着北宋中后期士大夫开始主动参与音乐事业,他们不断努力让自我群体成为音乐机构的主导。到了徽宗朝,入职音乐机构已不再是令人不齿的事情,不会对士大夫的政治生涯产生负面影响②,士大夫主导音乐及乐章发展方向的理想已经拥有坚实的基础。但是由于崇宁党禁造成的朝野离立,具备雄健科举士大夫精神的士人被贬出京,丧失了主导京城政治、学术、文化的可能,这些任务被徽宗自己全部揽下,而且并不愿意与士大夫群体共治天下,只将皇权委托于三两执政大臣与宦寺手中,让他们去推行自己的政策,使得宦官权力在徽宗朝达到了空前的膨胀,出现了童贯、梁师成等手握兵政的实权宦官③,本就以宦

---

① 以宦官执掌音乐机构本自唐制,主要出现在教坊系统中,《新唐书·百官志》即记载:"武德后,置教坊于禁中。武后如意元年改曰云韶府,以中官为使。开元二年版,又置教坊于蓬莱宫侧。有音声博士、第一曹博士、第二曹博士。京都置左右教坊,掌俳优杂伎,自是不隶太常。以中官为教坊使。"宋代因袭之,诸如"清卫军习乐者,令钧容直教之,内侍主其事"之类的记载在相关文献中多见。又因为宋初音乐机构雅俗混杂,使得宦官在音乐机构中的主导也扩展至太常系统。详见《新唐书》卷四八《百官三》,中华书局,1975年,第1244页;《宋史》卷一四二《乐十七》,第3361页。
② 叶梦得《避暑录话》卷上云:"政和间,郎官有朱维者,亦善音律,而尤工吹笛,虽教坊亦推之,流传入禁中。……维不得已,以朝服勉为一曲。教坊乐工皆称善,遂除维典乐。维为京西提刑,为余言之。"观其后朱维任京西路之职,可知其并没有因典乐而不得升转,反倒是由于除典乐一事使其为宦早期的迁转得以加快。第277页。
③ 徽宗朝宦寺专权其实也从前代帝王发展而来,可以详见张邦炜对北宋宦官问题的总体梳理。而徽宗朝宦官之盛的详细讨论,可以参见王增瑜的研究。见张邦炜《北宋宦官问题辨析》,《四川师范大学学报》(社会科学版)1993年第2期;王增瑜《宋徽宗时的宦官群》,《隋唐辽宋金元史论丛》第五辑,上海古籍出版社,2015年,第141—186页。

官为主管的音乐机构于此时当然会更加带上宦官主事的色彩。《宋会要辑稿》就明确记载大晟府："有侍从及内省近侍官提举。"①可知大晟府提举本就以宦寺为主,兼带杂用侍从,观杨戬与蔡攸即分以宦官与侍从身份提举大晟府,则周邦彦并无提举大晟府的身份,后人或因徽猷阁待制之贴职而引此误会。这样来看,大晟燕乐歌词中出现市井俗曲就可以理解了,毕竟宦官才是政策的执行者,他们会和前代同人一样将喜好的词风引入宫廷。在后人的笔记中,也出现了宦官与士大夫于徽宗宣政年间产生歌词方面争吵的记载:

> 柳永耆卿以歌词显名于仁宗朝,官为屯田员外郎,故世号"柳屯田"。其词虽极工致,然多杂以鄙语,故流俗人尤喜道之。其后欧、苏诸公继出,文格一变至为歌词,体制高雅,柳氏之作殆不复称于文士之口,然流俗好之自若也。刘季高侍郎宣和间尝饭于相国寺之智海院,因谈歌词,力诋柳氏,旁若无人者。有老宦者闻之,默然而起,徐取纸笔,跪于季高之前请曰:"子以柳词为不佳者,盍自为一篇示我乎?"刘默然无以应。②

宦官的世俗身份使他们与市民一样喜欢太平之曲与流俗歌词,能同时具备这两类乐章名手的前代作家也就只有柳永了,因此他们不喜士大夫群体中的词坛经典欧阳修与苏轼。其实柳永在世的时候就与宦官交往频繁③,这一群体崇尚柳词也是一以贯之的偏好。不过宦官

---

① 《宋会要辑稿》职官二二,第 3626 页。
② 徐度著,朱凯、姜汉椿整理《却扫编》卷下,《全宋笔记》第三编第十册,第 164 页。
③ 吴处厚《青箱杂记》卷一〇:"仁宗朝,内臣孙可久,赋性恬澹,年逾五十,即乞致仕。都下有居第,堂北有小园,城南有别墅,每良辰美景,以小车载酒,优游自适。……屯田外郎柳永亦赠诗曰:'故侯幽隐直城东,草树扶疏一亩宫。曾珥貂珰为近侍,却纡绦褐作闲翁。高吟拥鼻诗怀壮,雅论盱衡道气充。厌尽繁华天上乐,始终踪迹学冥鸿。'"此外王闢之所记的柳永《醉蓬莱》一词本事也明言柳永此词是通过内侍总管史氏进呈仁宗的。第 109 页。

毕竟长时间处于宫廷,尽管他们崇尚柳词中的代帝王立言与代歌妓立言的部分,但是终究会因为对徽宗文艺喜好与实践的耳濡目染而更偏向于遣词较雅、样式精致的词篇,《苕溪渔隐丛话》引《复斋漫录》的记载云:

> 政和中,一中贵人使越州回,得辞于古碑阴,无名无谱,不知何人作也。录以进,御命大晟府填腔,因词中语,赐名《鱼游春水》云:"秦楼东风里,燕子还来寻旧垒。余寒犹峭,红日薄侵罗绮。嫩草方抽玉茵,媚柳轻窣黄金蕊。莺啭上林,鱼游春水。几曲阑干遍倚,又是一番新桃李。佳人应怪归迟,梅妆泪洗。凤箫声绝沉孤雁,望断清波无双鲤。云山万重,寸心千里。"①

这曲《鱼游春水》就是传统的述闺怨别情之作,并不存在士大夫的个性情感,显然是世俗民众喜听之词。但是文词上并不似《解佩令》那样俚俗不堪,而以典雅的文句行词。所以主事徽宗朝音乐机构的宦官不仅允许世俗曲词流入宫廷,其实也为词体向精致工丽方向的发展贡献了力量,进一步巩固了柳永在徽宗朝京城词坛的经典地位。

宦官之外,深受徽宗宠幸的京城政治人物还包括大量身份俗杂者,他们与宦官一起将世俗曲词扇入宫廷,而其发挥的作用甚至较宦官更为重要。这一群体的出现与徽宗个人喜好密切相关,由于徽宗崇佞道教与方术,故而大量道士、方士及流杂人等得以出入宫廷,到了政和之后,这些世俗色彩浓烈的人士也得以进入政治高层,于是屡屡出现当朝大员从事一些不符合身份之世俗行为的现象:

> 宣和间,人材杂进,学士待制班常有数十人。乙巳之春,开

---

① 《苕溪渔隐丛话》后集卷三九,第 325 页。

> 金明池，有旨令从官于清明日恣意游宴。是夜，不扃郭门，贵人竞携妓女，朱轮宝马骈闐西城之外，诸公仍群聚赌博，达旦方归。议者以谓，上恩优渥如此，而身为从官，乃为赌钱汉，何也？或答曰："非是从官为赌钱汉，乃是赌钱汉为从官故也。"①

这些得以成为待制侍从的赌钱汉显然来自市井，他们因为徽宗朝特殊的朝野离立政治格局而获得了从太学入官的机会。既然他们不会因为获得政治地位就改变他们的行为习好，显然也不会放弃他们原本的音乐喜尚。其实这些来自市井的官员往往擅长以市井俚词为谑，比如这位出身银工之家的李邦彦：

> 李邦彦字士美，怀州人。父浦，银工也。邦彦喜从进士游，河东举人入京者，必道访邦彦。有所营置，浦亦罢工与为之，且复资给其行，由是邦彦声誉弈弈。入补太学生，大观二年，上舍及第。……邦彦俊爽，美风姿，为文敏而工。然生长闾阎，习猥鄙事，应对便捷；善讴谑，能蹴鞠，每缀街市俚语为词曲，人争传之，自号李浪子。……俄以吏部员外郎领议礼局。②

李邦彦从事的文艺活动完全就是世俗市民的嗜好，可以想见他并没有北宋科举士大夫期待的学术基础与经典素养。但就是这么一个人居然可以兼管议礼局，后来甚至一路升至尚书左丞的高位，可以想见徽宗朝政和之后的侍从群体素质之低下。而从李邦彦兼领议礼局一事也可以推测，展示升平时期的礼乐机构长官需要完全听命于徽宗意旨的人充任，那么除了宦官之外，也就这种出身市井，没有科举士

---

① 曾慥著，俞纲、王燕华整理《高斋漫录》，《全宋笔记》第四编第五册，第109—110页。
② 《宋史》卷三五二《李邦彦传》，第11120页。

大夫精神与追求的官员最为适合,从而得以提举大晟府的侍从官也应与李邦彦同一格调。很难想象周邦彦也是这副面貌,毕竟他生在士大夫家庭,其父周原虽未为官,但已博览百家之书,而且周邦彦还是议礼局中干实事的工作人员,从这个角度来看他也不具备提举大晟府的资格。李邦彦更有一点周邦彦所无的优势,即他以街市俚语所作的词曲也获得了盛传都下的记载。他的作品当然不是晁端礼、万俟咏那种用词典雅的颂体之词,但却同样广受京城听众喜爱。尽管颂美与俚俗是任何时期京城词坛的两大流行元素,但是一般见不到俚俗之词大传都下的记载,毕竟这在士大夫看来既不符合他们的审美趣味,也不是个可以被公开谈论的话题,更会有损他们的道德形象。于是文献中屡见俗词大传徽宗朝京城的记载[1]意味着科举士大夫群体在京城影响力甚微,世俗色彩浓烈的人物将这种审美趣味带到了宫廷,被直接端上台面演唱与谈论。

实际上,徽宗不仅一手造就了政和之后京城政治人物中的世俗色彩,而且也默许了他们将世俗歌词带入京城并堂而皇之地收进大晟府编纂的规范乐章。诸葛忆兵即指出:"徽宗虽然有很深厚的艺术修养,很高雅的欣赏趣味,但是,由于耽于淫乐的天性使之然,他又特别喜爱淫俗谑浪、靡俚侧艳的风调。对'雅''俗'的同样爱好,是徽宗审美观不同侧面的表现,二者并不矛盾冲突。"[2]无论徽宗再怎么展示自己好古博雅的生活趣味,北宋皇室世俗性色彩尚不能完全消除,何况帝王尚奢爱富、好听繁声也是寻常之事,以节俭清静著称的仁宗也喜好听柳永觳觫从俗的乐府新词[3]。于是

---

[1] 如《能改斋漫录》也用"盛传都下"定义一曲俗词《踏青游》在政和年间盛传都下之事。卷十七"咏崔念四词",第208页。
[2] 诸葛忆兵《徽宗词坛研究》,第119页。
[3] 《后山诗话》云:"柳三变游东都南北二巷,作新乐府,觳觫从俗,天下咏之,遂传禁中。宋仁宗颇好其词,每对酒,必使侍从歌之再三。"此即言仁宗喜好的柳词近于世俗市民审美趣味的部分,则仁宗朝宫廷乐章也会有类似的俚俗之曲。第311页。

戏谑游乐,倾听与撰写俚词艳曲也是徽宗日常生活的重要内容,尽管徽宗不愿意展示他的这些日常,但还是被出入游走于宫廷世俗之际的宦官、侍从传播开来,以至于被民间好事者编排出许多有趣而荒诞的故事。

最后有必要回到《高丽史·乐志》所载的七十阕大晟燕乐乐章,上文分析了其间出现的世俗歌词与皇家音乐并不矛盾,这正是徽宗朝政治、文化、艺术生态的展现,在不断雅化不断精致的时代风潮下融杂着大量的世俗风味。但是并不能忽略《高丽史·乐志》在颂体之词、世俗歌词之外还收录了表现士大夫情感的歌词,不仅有柳永《雨霖铃》《临江仙》这种更可能是表达类型化情感的歌词,甚至还有苏轼《行香子》这样自述情怀之词。这种结构分布正说明代文士立言的歌词在徽宗时代已经成为词体文学中不可忽视的力量,与代帝王立言、代歌妓立言构成了三足鼎立的局面。所以得以获得至高无上的经典地位词人必然是柳永,因为他最先集三者之高峰于一身,并奠定了三条道路的发展方向。柳永身后的词人无不行走在这三条路上,或专攻一种,或数路兼修。这三种词路在徽宗朝宣政年间都获得了繁荣与定型,已经发展成为与北宋词有别的新样态,基本具备了以往为南宋词概括的各种特征。徽宗朝京城词人群体遵循着徽宗文艺路线的指示,尽量不在词中融入自我个性化情感,在颂体之词与羁旅行役之词方面将"屯田家法"开拓得更加复杂与精致,并积极在词中展现新时代帝王的富贵而风雅的日常生活。然而雅词的终极指归还是要表现士大夫的个人情感与生活,局限于代言层面或是帝王一人终嫌不足,代文士立言之词还需要进一步突破方能完成雅词定型的词史任务。这个任务还是要落在被逐出京城的在野士大夫词人身上,毕竟京城词人不仅受到徽宗意志的束缚,而且也不能避免京城世俗风气的沾染。在野士大夫则没有这两种顾虑,何况在徽宗朝之前,他们已经在令曲领域先行尝试了将身世之感打并入艳情的手段,如今只需要进一步将这种性格灌入全部的词体,使其能够自由表达士大夫的意趣与日常生活。样制与意趣正是南宋雅词的一体两面,二者正是由徽宗朝朝野两方分别确立的。

第四章
"升平"时代(下):徽宗朝地方生态与词体写作日常化

徽宗的三代制度建设与文艺路线规范在京城空间获得了成功,京城官民都沉浸在盛世升平的风景之中,不同领域的文艺作品纷纷承担起展示升平的角色,在样制、技巧等方面都努力追求极尽人工的精致。按照徽宗在崇宁改元之时的规划,京城空间大展升平之后,需要按照"上以风化下"的途径逐渐将礼乐制度普及到地方,大晟雅乐在政和年间下播各州县便是风化任务的重要一环。但是礼乐政策对于地方的影响却并未达到徽宗的预期,反倒是遇到了较强的阻力,京城空间展开的三代制度实际上在地方未能有效推行,文艺领域同样也没有出现向京城流行风尚的靠拢。张邦基《墨庄漫录》中就记载道:

> 政和丙申岁,先君为真州教官。时朝廷颁雅乐下方州,仪真学中,建大乐库屋,积新瓦于地。一夕,霜后皆成花纹,极有奇巧者。折枝桃、梨、牡丹、海棠、寒芦、水藻,种种可玩,如善画者所作。詹度安世为太守,讽学中图绘,以瑞为言,欲谀于朝。先君不从,乃已。①

---

① 张邦基著,孔凡礼点校《墨庄漫录》卷一〇,中华书局,2002年,第271页。

可以看到,地方上存在着与徽宗主导的政策方针意见相左的士大夫,而且也有勇气坚持己见。这一群体数量显然很庞大,而且对地方的影响颇巨,不然以一介州学教官何以打消知州的命令？他们正是地方上阻挠徽宗风化政策的主力,也是崇宁党禁下朝野政治离立的重要产物之一。由于大量的"元祐士大夫"被驱逐出四辅围出的京畿空间,地方实际上成为他们的天下。当徽宗于崇宁、大观年间忙于建设京城三代制度时,被贬逐的"元祐士大夫"已经在地方贬所产生了巨大影响。从上一章的论述可以看出,崇宁、大观年间旧作家群体被逐出京城,但又因为三代制度与文艺路线尚未确立,故而难以产生新的作家群体,所以这一期间的在京作者群体出现了真空,京城文学实际上是岑寂的。但是地方却并非如此,分居各地的旧作家群体在这段时期继续着他们的创作,而且又因为京城禁锢诗赋等时代因素,地方士大夫逐渐习惯于选择词体表情达意与日常交际,从而使得徽宗崇宁大观年间成为了词体文学士大夫化的蓬勃发展时期,建立起南宋雅词抒发士大夫意趣的传统。等到徽宗完成制度建设的政和年间,贬谪士大夫已经按照自己的宗旨与意趣创作了十余年,相关传统已然建立与普及,也就会出现上引材料所记的对徽宗风化的抵制,于是徽宗朝词体文学创作的朝野离立更加鲜明。实际上,由党禁造成的士大夫地方性词体写作高涨在哲宗绍圣年间即已开始,其源头甚至还要追溯到更早的时候,所以本章对地方词坛的雅化脉络叙述较京城词坛有一定的时间错位,但最后依然归结到政和改元这一时间点,这是徽宗朝朝野词坛都达到蔚然大观的共同节点。

第一节　词体唱和的文本形态与
　　　　唱和形态的诗化

词体文学本是酒筵歌席之际的歌曲,以之唱和作为交际的方式有很强的表演性、即时性与应酬性,而且应歌之曲表达类型化情感的传统又限制了可供容纳的情事范畴,从而使得词体文学的唱和功能较为单一,就是即席助兴、以荐觥筹,内容也多见感风吟月或赋颂功德,最多遵照座主的审美趣味在词风词情上做一些变化。但是诗文则与之不同,二者可以涉及不同的生活状态与情感类型。文章自不用多说,大量的不以抒情审美见长的应用文体随处见于作者不同身份下的生活交际。而诗歌的吟咏题材也在宋代得以不断扩充,在干预时政的传统之外也关注并描写异于政治身份的日常生活与相关心态,于是诗歌唱和的功能也随之大为增加,进入了士大夫日常交际的深处,这也是宋诗"日常化"特征的表现之一。自吉川幸次郎在初版于1962年的《宋诗概说》中提出宋诗的"日常化"倾向以来,相关含义与表现一直是重点讨论话题。在中外学者的相继努力下,目前已经认识到"日常化"不仅是日常生活的简单诗歌记录,诗人在其间也有着超越日常生活的诗意追求。同时宋诗"日常化"特征更是社会生活发生近世、近代转型的体现,诗人记录与吟咏的是至今还延续在我们周围的日常生活。① 前贤的研究细腻而精微,但是似乎都将诗歌与日常生活对立起来讨论。如若不再将诗歌与其吟咏的对象视作相互对立的主客二体的话,则可以发现诗歌写作在宋代不再局限于政事或沙龙等固定场合,而随意出现在士大夫日常生活的各个空间,写诗成为了宋代及其后士大夫日常生活的一部分,与读书、习字、作画、赏花等一样,是士大夫消遣日常的一种方式。而具体落实到每一首吟咏某种日常生活的诗歌上时,诗人写诗是在从事这场日常活动中的一项必须完成的环节,于是诗歌的风格与体式就会与生活方式的样态高度趋同。到了江湖文人那里,写诗更成为了谋生的方式,他们的工作就是参与进士大夫的一

---

① 详见朱刚《唐宋"古文运动"与士大夫文学》,第 155—159 页。

场日常文学活动。这或许可以为宋诗"日常化"倾向的意义与表现作一补充。

在这种文学环境下,词体文学的雅化也需要像诗歌一样深入士大夫的日常生活,这不仅仅体现在由类型化情感抒发转变为吟咏个人情志,亦非只是成为士大夫干预政治的手段,而是士大夫也将其作为一种日常生活的方式。只有完成了这一步,才能出现花间尊前以外的各种题材与风格,而不同的词体体式也才能伴随着不同的生活方式相继产生。由于诗词的不同起源与写作传统,词体文学疏离于政治之外的特性尤为明显,故而以往研究都会注意到北宋中后期士大夫开始用词体干预政治的变化,而且主要集中在讽谏领域展开论述,将其视为雅化的重要手段。然而词体文学是在同一时期进入士大夫的政治生活与日常生活的,二者实际上也相互交织在一起,在各自生活场景的写作中都或多或少会牵涉对方领域,因此词体文学的日常化也是认识雅词的一个关注点,通过探究填词成为士大夫日常生活方式的过程,也有助于理解词体干预政治生活的缘起、特征与实质。由于人际交往是日常生活中最突出的部分,故而词体唱和功能的变化与扩展是一个很好的考察日常化的角度。

唱和本是文人群体的一种重要文学活动与交际方式,诗歌唱和是其间最主要的形式。就诗歌唱和的文本形态而言,原唱与和作之间需要具备若干相同的元素作为文本系联标志。至迟到晚唐,韵脚就已经被固定为沟通原唱与和作的主要桥梁,从而诗歌唱和作品往往也被称为和韵诗。不过文本形态并不能完全囊括唱和活动的全部,唱和行为本身的形态也是考察文学唱和的重要命题。在唐人那里,诗歌的唱和形态就是文人在特定的创作场合下围绕某首作品展开的个人唱和或群体唱和,原唱与和作创作于同时或相近时空,并与唱和双方皆发生联系,形成赠答酬唱的人际关系,就算双方不在一时一地进行唱和,那也多见于相隔并不太久的书信往来。这种唱和形态在宋代产生新变,文本时空突破了写作当下的限制,诗人不仅会在一段时间内反复唱和同一首诗,更会在时隔多年之后以不同的心态重和当年旧诗,而唱和的对象甚至可以是自己的作品,这也正是宋诗"日常化"特征的表现之一。

现有的诗歌唱和研究多集中在文本形态的探讨,而不大注重唱和形态变化对作品产生的影响,较诗后出的词体唱和更是如此,而且研究者判断词体唱和作品的文本形态标准也主要依循诗歌,即围绕同调和韵词展开词体唱和研究。尽管词体唱和发轫于诗,但是新兴于中唐的燕乐曲子词具备一些徒诗所无的文体特质,这使得唐宋词体唱和的文本形态较为多元,并不囿于同调依韵。而在唱和形态方面,词体唱和也经历着由酒筵歌席之际的当下应酬到突破时空所限的扩容过程,即新兴于宋诗的唱和形态被引入词体,词体唱和的功能就随之丰富起来。目前关于词体唱和研究在文本形态与唱和形态方面都有所不足,但唐宋时期词体唱和的发展实际上就是二者交错缠绕的进程,相关词人于其间的贡献不仅改变着词体唱和,更对词体文学创作意义非凡。本节即拟围绕二者展开讨论,考察唐宋词体唱和在同调依韵外还存在哪些其他文本形态,由此又如何发生唱和形态的扩容,使其得以全面具备文学唱和的各种形态与功能。

一、以词和诗:刘禹锡《忆江南》(春去也)的唱和对象

在唐宋时期,诗歌唱和最主要的文本形态和韵就已经固定为依韵、用韵、次韵三种方式。其中和其原韵并遵照韵脚先后次第的次韵最难,用其韵脚字但不遵先后次序的用韵次之,只用其韵部而不必用其韵脚字的依韵最易。尽管次韵一体在北宋中后期就已成为和韵诗最主要的形式,但在唐代却非是主流。先贤的研究已经表明中唐前

后的唱和诗往往和意不和韵①,内容是最重要的原唱与和作的连接。而对于此时方兴未艾的词体文学来说,唱和的文本形态只会比诗歌更为宽松。

刘禹锡的《忆江南》(春去也)是文人染指词体唱和的最初文本留存,一直以来都将这阕词的唱和对象认作是白居易的《忆江南》(江南好),然而事实应该并非如此,这场误会也使得这阕词透露出的词体唱和发生机缘与词体唱和个性化的文本形态未能得到清晰的认识。刘禹锡《忆江南》文本如下:

> 春去也,多谢洛城人。弱柳从风疑举袂,丛兰裛露似沾巾。独坐亦含嚬。②

此词被通行词选集或总集收录的时候,后面都会附有一段跋语:"和乐天春词,依《忆江南》曲拍为句。"据称这是刘禹锡自己题写的,论者多以此判断刘禹锡唱和的是白居易著名的三阕《忆江南》,并进一步根据此词的韵脚与白氏三阕均不相同,判断出刘禹锡本就不打算和韵,而是根据《忆江南》的调名本意进行唱和③。这一说法现已成为共识,可是尽管其间指出的重意轻韵的特性与唐代诗词唱和的主流相合,但刘白二词并没有内容意蕴上的关联,并不符合唱和诗词的基本要素。

白居易三词是首尾完整的组词,主旨是追忆曾经的江南生活,第一阕以江南春景总起江南可忆,后两阕承此情感分忆秋日杭州与春日姑苏,因此"春词"一名并不能涵盖三词的全部内容。若将刘禹锡

---

① 参见赵以武《和意不和韵:试论中唐以前唱和诗的特点与体制》,《甘肃社会科学》1997年第3期;汤吟菲《中唐唱和诗述论》,《文学遗产》2001年第3期。
② 曾昭岷等《全唐五代词》正编卷一,中华书局,1999年,第60页。
③ 参见黄文吉《唱和词体的兴衰》,《黄文吉词学论集》,学生书局,2003年,第26页;王兆鹏、刘尊明主编《宋词大辞典》,凤凰出版社,2003年,第35页。

的唱和对象只限定在白词第一阕,虽可与"春词"之名相符,但依然解决不了刘白二词在内容上缺失相关性的问题。刘禹锡所咏的是暮春时节洛阳城中的歌女,而白居易关注的却是江南仲春的江景;刘禹锡词中的歌女充满伤春愁怨,而白居易词却饱含对于江南春日的炽烈热爱。无论是内容还是情感,二词均相差甚大。唐人的唱和诗尽管也不在意和韵,但是和作的内容、场景、情绪都不会与原唱相去太远。从而刘禹锡写人写愁写洛阳的《忆江南》与写景写乐写江南的白居易《忆江南》不能形成唱和关系。若说刘禹锡吟咏《忆江南》调名本意则更不可能,其首句"洛城人"便已然否定了这种联系。

那么刘禹锡的唱和对象究竟为何?其实将跋语句读为"和乐天《春词》"便可迎刃而解。白居易有一首题为《春词》的诗:

> 低花树映小妆楼,春入眉心两点愁。斜倚阑干臂鹦鹉,思量何事不回头。①

这首诗描写的是一位春日间闲闷闲愁的闺中女子,与刘禹锡《忆江南》的内容与情绪完全吻合,故而刘禹锡的唱和对象应该就是这首诗。其实刘禹锡也有次韵这首《春词》的诗作,就题名为《和乐天春词》:

> 新妆宜面下朱楼,深锁春光一院愁。行到中庭数花朵,蜻蜓飞上玉搔头。②

此诗的内容正是吟咏一位春日惆怅的女子,结合与诗题相同的词跋,更可以相信刘禹锡的《忆江南》与这首诗一样,皆在唱和白居易的《春

---

① 顾学颉校点《白居易集》卷二五,中华书局,1979 年,第 575 页。
② 刘禹锡著,卞孝萱等点校《刘禹锡集》卷三一,中华书局,1990 年,第 432 页。

词》诗,或许是他写完这首和韵诗后感到意犹未尽,还想继续就此诗意再作唱和,但是却不愿再严格步韵,故而将文本形态变换为以词和诗。唐人本就习惯以新兴燕乐曲子的旋律咏唱齐言七绝,也有可能白居易的这首《春词》就是在席间用《忆江南》曲调付诸歌喉,而七言绝句的句式与乐曲旋律节奏会有一定程度的出入,于是刘禹锡才会说"依《忆江南》曲拍为句"。亦或是刘禹锡觉得《忆江南》的旋律声情与春日闺怨的诗情非常相配,故而依此曲曲拍唱和《春词》。但无论如何,这首依《忆江南》曲拍而写就的"和乐天春词"本质上是一首唱和诗,只不过写成了与原唱齐言不同的长短句样式。

  刘禹锡这首作品的诗歌性质在文献上亦能有所凭据,其最初见于《刘宾客文集》外集卷四,而外集卷一至卷四全部收录酬和类的古今体诗,故而其是被当作一首诗收入文集的。上引跋语文字集中亦见,只不过是以诗题的面貌出现[1],诗歌性质更加明显。由于今传外集十卷是宋敏求在宋初刊刻《刘宾客文集》时为补缺漏的十卷而四处搜访而成,故而可以相信保留了一定唐人原貌,这首作品是诗非词也就完全可能,至少在宋敏求心目中其为诗体当属无疑,而"和乐天春词"云云是诗题而非附在词后的跋语更无异议。其实《尊前集》收录刘禹锡这首《忆江南》的文本,并未在词末附有这段跋语,要到明清选家选词时方才这样处理,很可能就是参考文集诗题而增,但却将原来的诗体性质遮蔽了。这样来看,刘禹锡两和白居易《春词》的行为表明,词体唱和就发轫于诗歌唱和,是唐代诗人因诗乐尚未完全分离而在即席诗体酬唱时新翻的花样。于是词体唱和从一开始就与诗貌离神合,早为其后与宋诗的交融埋下了伏笔。此外,刘禹锡以词和诗的行为也说明词体唱和在最初的时候也不重视韵脚,更注重的是原唱与和作间的意蕴系联。

---

[1] 刘禹锡著,卞孝萱等点校《刘禹锡集》,卷三四,第495页。

二、异域之眼：嵯峨天皇《渔歌子》唱和词的文本形态

早在刘禹锡之前，词体唱和活动就已经发生。现今最早的词体唱和记录是颜真卿在湖州刺史任上组织的唱和张志和《渔歌子》活动，尽管颜真卿等人的和作今已不存①，但是李桂芹根据张志和之兄张松龄的《渔歌子》判断，当时的唱和歌词并不和韵，而是同调和意。②词体唱和在唐代是否还有更加个性化的文体形态特征？由于并没有其他唱和词文本留存，也就难以考索。不过在张志和写就《渔歌子》之后不到半世纪，日本词坛也兴起了一场针对此词的唱和活动，于809—823年在位的嵯峨天皇对张志和五阕《渔歌子》非常热衷，也摹写了五阕《渔歌子》，被认作是日本填词之始。嵯峨天皇的词作保留于今，在文本形态上呈现着较为特别的样貌，或可作为窥测词体唱和最初形态的异域材料。张志和原唱如下：

西塞山边白鹭飞，桃花流水鳜鱼肥。青箬笠，绿蓑衣，斜风细雨不须归。

钓台渔父褐为裘，两两三三蚱蜢舟。能纵棹，惯乘流，长江白浪不曾忧。

霅溪湾里钓渔翁，蚱蜢为家西复东。江上雪，浦边风，反着荷衣不叹穷。

松江蟹舍主人欢，菰饭莼羹亦共餐。枫叶落，荻花干，醉泊渔舟不觉寒。

青草湖中月正圆，巴陵渔父棹歌还。钓车子，掘头船，乐在风波不用仙。③

---

① 旧题温庭筠《金奁集》目录载有《渔父》名目，其下小字注云"和张志和十五首"，曹元忠已考证这十五首应是当日诸贤唱和之作的汇集，惜这十五首只是有目无辞，无法窥晓文本形态。
② 李桂芹、彭玉平《唱和词演变脉络及特征》，《甘肃理论学刊》2008 年第 3 期。
③ 曾昭岷、曹济平、王兆鹏、刘尊明《全唐五代词》，中华书局，1999 年，第 25—26 页。

嵯峨天皇所作如下：

> 江水渡头柳乱丝。渔翁上船烟景迟。乘春兴,无厌时。求鱼不得带风吹。
>
> 渔人不记岁月流。淹泊沿洄老棹舟。心自效,常狎鸥。桃花春水带浪游。
>
> 青春林下度江桥。湖水翩翩入云霄。烟波客,钓舟遥。往来无定带落潮。
>
> 溪边垂钓奈乐何。世上无家水宿多。闲钓醉,独棹歌。洪荡飘摇带沧波。
>
> 寒江春晓片云晴。两岸花飞夜更明。鲈鱼脍,莼菜羹。餐罢酣歌带且行。①

嵯峨天皇的和作不仅依循原唱,描述着山林江湖间的渔父形象,而且每一首的要旨均与原作相应,其一铺叙隐居地的烟景,其二总述行舟间的意趣,其三描摹漂泊无定踪的风神,其四聚焦渔舟间的醉卧,其五予以其乐陶陶的总结,极见和意之严谨。而在韵脚方面,和词只有前两首与原唱同一韵部,但也并非严格步韵,后三首则完全与原韵无关,故而相对于词意,韵脚并不是嵯峨天皇的关注重点。结合李桂芹的研究与上文关于刘禹锡词的论述,中日词人在重意轻韵方面呈现着一致的面貌,这或许意味着嵯峨天皇的唱和方式与唐人存在着某些共通。

重意轻韵之外,嵯峨天皇的和作还有着个性化极强的系联原唱的体式。这五阕唱和词的总题下有小注云"每歌用'带'字",即指每

---

① 嵯峨天皇词作与后文涉及的日本皇亲、大臣之和作文本,参见神田喜一郎著,程郁缀、高野雪译《日本填词史话》,北京大学出版社,2000年,第5—10页。

首和作的结句第五字都用"带"。张志和原唱的每首词结句第五字都用同样的"不"字,这是非常独特的句式,嵯峨天皇也正对此产生浓厚兴趣,从而在唱和时加以遵循。不仅如此,嵯峨天皇的唱和引发了日本宫廷唱和《渔歌子》的风潮,参与唱和的王公大臣的作品同样不在意原韵,但皆严格恪守每阕词结句第五字的相同。这种特殊的体式系联或许与应歌而和的唱和形态有关,词人在听曲状态下不能一下子记住全篇,而只对某些带有专门技巧或艺术感极强的句子印象深刻,从而使之成为原唱与和作的体式系联。嵯峨天皇及其大臣的词作要到南宋中叶之后才传入中原,所以其本身不可能对我国的词体唱和发展产生什么影响,他的体式选择也很可能是日本人的独特趣味。尽管如此,嵯峨天皇对于词中特殊句子的格外在意其实与宋人好言词中金句相若,未尝不可以视作词人在词体唱和时共通的处理方式。而且既然嵯峨天皇在重意轻韵方面与唐人一致,那么也就存在这种可能,将原唱金句作为体式系联而在和作中予以保留本是唐人的风气,随着《渔歌子》及其唱和词东渡日本时一并传入,这样就可以补上下文将会讨论到的宋人词体唱和个性化文本形态在渊源缺失的一环。姑且就将嵯峨天皇视作刘禹锡之前词体唱和样态的异域之眼吧。

三、传统承袭:重意轻韵的文本形态在北宋即席应歌唱和中的延续

到了北宋中后期,诗歌唱和的唱和形态已经历极大扩容,文本形态也基本固定于次韵,但词体唱和的唱和形态依然以即席应歌为主,从而大量词作依然延续着重意轻韵的文本形态,如张先这阕《劝金船》:

劝 金 船
流杯堂唱和翰林主人杨元素自撰腔

流泉宛转双开窦。带染轻纱皱。何人暗得金船酒。拥罗

绮前后。绿定见花影,并照与、艳妆争秀。行尽曲名,休更再歌《杨柳》。　　光生飞动摇琼甃。隔障笙箫奏。须知短景欢无足,又还过清昼。翰阁迟归来,传骑恨、留住难久。异日凤凰池上,为谁思旧。①

据词序可知,张先是在唱和杨绘的自度曲《劝金船》,唱和形态自是即席酬唱,内容与情感也是相应的称颂并送别座主杨绘。而文本形态则可以通过与苏轼的《劝金船》比较知晓:

劝　金　船

和元素韵,自撰腔命名

无情流水多情客。劝我如相识。杯行到手休辞却。这公道难得。曲水池上,小字更书年月。还对茂林修竹,似永和节。　　纤纤素手如霜雪。笑把秋花插。尊前莫怪歌声咽。又还是轻别。此去翱翔,遍赏玉堂金阙。欲问再来何岁,应有华发。②

张先与苏轼分别在词序中明言"唱和"与"和韵",但却用了不同的韵部,与刘禹锡用《忆江南》曲调唱和白居易《春词》诗的韵脚形态相若,但二词在称颂与送别杨绘的内容上则完全一致,正是重意轻韵的文本形态。或许这是因为《劝金船》是杨绘自度曲,张先与苏轼没有什么写作经验可以借鉴,必须即席依曲拍以填词,这需要对音律有着精熟的掌握。观二词在句读上存在微小的出入,即可证明写作的难度,若对韵脚再有所要求,未免太不近人情。是故词体唱和若要发展到

---

① 《张先集编年校注》,第66页。
② 《苏轼词编年校注》,第86—87页。

依韵酬唱的程度,则选供唱和的词调必须在大量实践中获得句读声律的固定,相关句法节奏也需要达到纯熟状态,但这样一来,词调就与音乐越来越脱离了。

张先与苏轼围绕《劝金船》的唱和呈现出的文本形态在北宋并非偶出,实际上正是北宋词体唱和通常用韵松散的体现,苏辙在唱和苏轼名篇《水调歌头》(明月几时有)时就也没有沿用兄长的原韵。而在此之前,苏舜钦曾写过《水调歌头·沧浪亭》一阕,词云:"潇洒太湖岸,淡伫洞庭山。鱼龙隐处,烟雾深锁沙弥间。方念陶朱张翰,忽有扁舟急桨,撇浪载鲈还。落日暴风雨,归路绕汀湾。　　丈夫志,当景盛,耻疏闲。壮年何事憔悴,华发改朱颜。拟借寒潭垂钓,又恐鸥鸟相猜,不肯傍青纶。刺棹穿芦荻,无语看波澜。"[①]此词写成之后,尹洙以《水调歌头·和苏子美》与之唱和,词云:"万顷太湖上,朝暮浸寒光。吴王去后,台榭千古锁悲凉。谁信蓬山仙子,天与经纶才器,等闲厌名缰。敛翼下霄汉,雅意在沧浪。　　晚秋里,烟寂静,雨微凉。危亭好景,佳树修竹绕回塘。不用移舟酌酒,自有青山渌水,掩映似潇湘。莫问平生意,别有好思量。"[②]二词在内容意趣上当然相契无间,但是苏舜钦所用韵脚为寒山韵,尹洙却使用了与之韵部有别但在方言中会发生混同的江阳韵,也是北宋词体唱和用韵宽松的例证。

当然,在张先词集中已经出现严格次韵的文本形态,说明北宋中后期这种文本形态已经进入固定阶段。但是应歌依然是张先身后词体文学主要的传播形态,从而北宋中后期仍然存在大量用韵松散的唱和文本形态,这些词作也主要出现在闻歌而和的创作场合下。比如下面两阕《河传》:

[①]《全宋词》,第215—216页。
[②] 同上书,第150页。

河　传
秦　观

恨眉醉眼,甚轻轻觑着,神魂迷乱。长记那回,小曲阑干西畔。鬓云松,罗袜划。　　丁香笑吐娇无限。语软声低,道我何曾惯。云雨未谐,早被东风吹散。闷损人,天不管。①

河　传
黄庭坚

心情老懒。对歌对舞,犹是当时眼。巧笑靓妆,近我衰容华鬓。似扶着,卖卜算。　　思量好个当年见。催酒催更,只怕归期短。饮散灯稀,背锁落花深院。好杀人,天不管。②

黄词有序云:"有士大夫家歌秦少游瘦杀人,天不管之曲,以好字易瘦字,戏为之作。"可见山谷的唱和因闻歌少游词而起,于是和作未一一对应原唱韵脚,且句读亦有所微异,正是缘于应歌特性所致。吴曾《能改斋漫录》卷一七载有陈师道和韵黄庭坚咏茶词《满庭芳》,唱和形态还是樽俎戏谈之间的应歌,文本形态也是只用同一韵部而未严格次韵③。词体唱和的文本形态完全固定在严格次韵,要等到高宗绍兴中叶之后。到了这一时期,词体唱和基本与诗歌无异,词人既没有依曲拍填词的限制,也不再重视词调本身的声情。但是此时词体文学依然付诸歌喉,从而这种与应歌传统背离的文本形态遭致了南宋专业词人的不满。张炎便指出:"词不宜强和人韵,若倡者之曲韵宽平,庶可赓歌。倘险韵又为人所先,则必牵强赓和,句意安能融贯,徒

---

① 《淮海居士长短句笺注》,第 109 页。
② 黄庭坚著,马兴荣、祝振玉校注《山谷词校注》,上海古籍出版社,2011 年,第 96 页。
③ 《能改斋漫录》卷一七,第 204—205 页。

费苦思,未见有全章妥溜者。"①这显然是站在音乐的角度强调全词结构与意脉在词体唱和中的重要性,但在词乐逐渐凋零的宋末,张炎的声音显得有些无力。

四、"画楼钟动":勾连今昔的词作与唱和形态的案头化扩容

上文已言,嵯峨天皇对于《渔歌子》中的特殊句式格外在意,这与北宋人对流行金曲的特殊称代与记忆方式相吻合。北宋歌坛那一曲曲争相传唱的词,往往就是因为其间的名句妙语而得以流行,于是也就在时人的嘴边心上以经典名句的形态存在着。一阕词中最动人心魄的句子不仅会成为指代这阕词的符号,甚至能成为词人的一种表征,宋代笔记津津乐道的"张三影""桃杏嫁东风郎中""红杏枝头春意闹尚书"等即是如此。这与嵯峨天皇对《渔父》词中特殊体式句子格外在意的心态差似,或许是东海西海心理攸同的旧时传音吧。当这种称代方式与词体写作相结合后,旧时金曲就可以通过名句闪现于新词中,于是由今到昔的这段时间便弥漫在新词文本中,使得词体写作的文本时空得以突破即席当下。如若新词作者也是旧曲创作的亲历人,那么此刻新词中的旧曲名句更成为一种典故式闪回,既是旧曲的表征,也是面向自己与读者的往事提示,勾连起的不仅是流逝的时光,还有自己在这段时间里经历的人事悲欢。这样一来,新词词情往往深衷宛转,感慨遥深。最初的实践当数欧阳修这三首语涉"画楼钟动"的词作:

采 桑 子

画楼钟动君休唱,往事无踪。聚散匆匆。今日欢娱几客同。
去年绿鬓今年白,不觉衰容。明月清风。把酒何人忆谢公。②

---

① 张炎《词源》卷下,第 265 页。
② 《欧阳修词校注》卷一,第 26—27 页。

木 兰 花

春山敛黛低歌扇。暂解吴钩登祖宴。画楼钟动已魂消,何况马嘶芳草岸。　青门柳色随人远,望欲断时肠已断。洛城春色待归来,莫道落花飞似霰。①

夜 行 船

忆昔西都欢纵。自别后,有谁能共。伊川山水洛川花,细寻思、旧游如梦。　今日相逢情愈重。愁闻唱、画楼钟动。白发天涯逢此景,倒金尊,殢谁相送。②

三阕词中都出现了"画楼钟动",而且其中两首皆以"唱"字修饰,自是代指含有"画楼钟动"四字的词作。《全宋词》收录谢绛的一阕《夜行船》,词云:

昨夜佳期初共。鬓云低、翠翘金凤。尊前和笑不成歌,意偷转、眼波微送。　草草不容成楚梦。渐寒深、翠帘霜重。相看送到断肠时,月西斜、画楼钟动。③

谢绛是欧阳修的好友,这阕词在黄昇《唐宋诸贤绝妙词选》中就收在谢绛名下,结合欧阳修三首词作的"谢公""伊川山水洛川花"数语来看,此词当无疑问是谢绛通判洛阳时所作,那时欧阳修正供职于洛阳留守钱惟演幕中,欧词中的"画楼钟动"正指称谢绛这首《夜行船》。尽管三阕欧词的编年情况众说纷纭,但至少可以确认,三首词非作于一时一地,而且有着十年以上的时间间隔。马里扬已经对其做过研

---

① 《欧阳修词校注》卷二,第220页。
② 同上书,卷三,第359页。
③ 《全宋词》,第147页。

究,指出欧阳修有着借过往之事抒当下感慨的写作心态,是其"在人生中三个重要转捩点,由谢绛《夜行船》词之触发而于歌词中暗寓一己的政治遭遇与心态变动"①。这一结论颇具启示意义,意味着欧阳修在自觉地借助友人的往日金曲,勾连起今昔时空,词情在追忆洛中岁月、怀念旧时佳友以及感慨自我当下遭际三者间反复冲荡,不仅为词体写作突破了即席应歌的时空局限,更由此将类型化情绪的咏唱转变为个人性情感的抒发。

欧阳修的这番词学贡献也同时开启了唱和词唱和形态案头化扩容的序幕。三词中《夜行船》一阕不仅与谢绛原唱同调,而且用了同样的送宋韵部。在北宋中前期词体唱和的文本形态尚存在大量用韵松散之例的情况下,欧阳修这阕《夜行船》完全可以认定是一阕唱和词。从词作内容来看,欧阳修的写作空间还是酒筵歌席,但与谢绛原唱分属不同时空,他的唱和形态就从即席唱和扩容为多年之后的重和。当下的这场宴会是一次洛阳旧友的重逢,曾经的少年郎如今皆已满头白发,此刻的匆匆相聚并不意味着能重温旧梦,因为很快又将面临一场长久的分离。突然间,歌女又唱起了当年那阕《夜行船》,将席间人撩拨得心烦意乱,离别之后的新愁旧恨纷纷涌了上来,促成了欧阳修的这场跨越时空的唱和。既然写作时空已有今昔之异,那么内容也就不必再追求与原唱的相合,可以就此为引,抒发当下的情怀,这便是唱和形态的改变对文本形态产生的影响。其实除了这阕《夜行船》,《采桑子》一阕也与谢绛原唱有着文本关联,尽管二者词调不同,但韵部却是相通,其文本内容也告诉读者欧阳修还是因重逢旧友而借当年旧曲勾连起今昔时空,用一阕新词抒发当下情怀。尽管难言《采桑子》也是唱和《夜行船》的词作,

---

① 详见马里扬《欧阳修词与政治心态的内在转向》,《北京大学学报》(哲学社会科学版)2012年第1期。

但至少可以将其视为呼应谢绛旧曲的作品,韵脚的相通很可能是欧阳修的有意为之,与"画楼钟动"一起为今昔二词带来文学体式上的勾连。

五、"杨柳春风":身后追和形态的引入

欧阳修借旧曲勾连今昔,并在新词中唱出今意的方式在他的时代只是偶出,也没有引起较大反响,还是有待于他的门生苏轼才获得接续,比如这阕《水调歌头》:

水 调 歌 头

黄州快哉亭赠张偓佺

落日绣帘卷,亭下水连空。知君为我,新作窗户湿青红。长记平山堂上,欹枕江南烟雨,渺渺没孤鸿。认得醉翁语,山色有无中。 一千顷,都镜净,倒碧峰。忽然浪起,掀舞一叶白头翁。堪笑兰台公子,未解庄生天籁,刚道有雌雄。一点浩然气,千里快哉风。①

张偓佺即张怀民,他于元丰六年(1083)筑亭黄州江上,苏轼榜之曰"快哉"。由于此亭毗邻长江北岸,为方圆百里内唯一高耸建筑物,可以一览南北之景②,故而让苏轼联想到拥有类似地理格局的扬州平山堂,从而写下"长记平山堂上"数句。此刻的苏轼不仅勾起了对于平山堂主人欧阳修的回忆,也一并联想到了欧公那阕语涉平山堂的名词:

---

① 《苏轼词编年校注》,第 483 页。
② 详见苏辙《黄州快哉亭记》,《栾城集》卷二四,第 409 页。

朝　中　措
送刘仲原甫出守维扬

平山栏槛倚晴空。山色有无中。手种堂前细柳,别来几度春风。　　文章太守,挥毫万字,一饮千钟。行乐直须年少,尊前看取衰翁。①

这首词是欧阳修嘉祐元年(1056)于京城送别刘敞时所作,由于欧阳修庆历八年(1048)在扬州知州任上修建了平山堂,故而上片出现回忆平山堂周边景色的文字,这也正是苏轼之词所本。可以看到,苏轼不仅重复使用"山色有无中"之句,而且同用《朝中措》的东冬韵,文本形态与欧阳修呼应"画楼钟动"的《采桑子》相同。除了这两种体式联系之外,苏轼亦沿用欧词上片写楼前景下片述景中人的章法结构,而且欧词名句也只是一种典故式闪回,苏轼在新词中重提旧曲,不只是欣赏欧公妙用王维诗句,更是因为平山堂背后承载的欧公心态与自己此刻极为接近。庆历五年(1045),由于庆历新政的失败,欧阳修被贬滁州,三年后移任扬州,其在平山堂畔赏玩山水、纵饮行乐的心态应与滁州时期相去不远,皆"醉翁之意不在酒也",苏轼、张怀民这两位黄州闲人对此可谓古今同慨,于是词情也就抛开欧阳修的原唱,一任抒发起当下的自我情绪。可见苏轼这阕《水调歌头》完全就在运用欧阳修开创的借旧词抒新情的写作方式,是一首跨越时空的呼应作品。不过苏轼还是较欧阳修更进一步,其与欧阳修以谢绛词篇勾连起自我生命的今昔时空不同,无论是修建平山堂还是送别刘敞,欧词的任何内容与苏轼都毫无关系,而且苏轼在写下《水调歌头》的时候,欧阳修已经下世十一年了,苏轼的这番呼应写作,实际上就是一场借他人酒杯浇自我块垒。

---

① 《欧阳修词校注》卷一,第31页。

在填就《水调歌头》的一年之后，苏轼又填了一阕呼应《朝中措》的词作，这回他就身处平山堂上。此刻苏轼自黄移汝，虽即将结束黄州生涯，但犹在继续的人生挫折与依然渺茫的未来期待交杂心中，故而借平山堂的欧公往事而生发出的今昔感慨更为浓重：

西江月

平山堂

三过平山堂下，半生弹指声中。十年不见老仙翁。壁上龙蛇飞动。　　欲吊文章太守，仍歌杨柳春风。休言万事转头空。未转头时皆梦。①

这阕词仍然与欧阳修《朝中措》存在众多体式联系，包括相同的韵部，重提"文章太守"的原句，以及将"手种堂前细柳，别来几度春风"之句浓缩为"杨柳春风"以指称欧公原唱等等。不过此词最动人心魄的地方却是没有囿于今昔时空的对比感慨，而是借题发挥，一任将自己在黄州五年间彷徨惆怅、自求解脱的心路历程浓缩成"休言万事转头空。未转头时皆梦"的概括。这不再是欧阳修那种简单的追忆青春，而是这五年来苏轼反复思考过的话题，他在词中将具体鲜活的人事瞬间抛入到广袤灵寂的宇宙中，以一种空幻而冷漠的态度观照自己与人类的生命，并将全词就结束于此，从而产生唤醒多少痴愚的凝重与通透。苏轼在这场写作中不仅继承着欧阳修借旧曲勾连今昔的词法，还融入了最典型的东坡词情，这一方面为词体写作进一步向诗歌靠拢，一方面又借此表达着只有词体才能触及的情感狭深处。

正因为苏轼频繁仿效欧阳修勾连今昔的词法是在欧公身后，从

---

① 此词的写作时间存在争议，本文同意孔凡礼《苏轼年谱》及邹同庆、王宗堂《苏轼词编年校注》的意见，定于元丰七年(1084)苏轼自黄移汝之时。详参《苏轼词编年校注》，第533—534页。

而他为词体唱和带来了进一步扩容,引入了身后追和的唱和形态。元祐六年(1091)八月至元祐七年(1092)八月间,苏轼移守欧阳修曾任知州的颍州,他触及了严格意义上的身后追和形态的唱和词写作:

木 兰 花 令
次欧公西湖韵

霜余已失长淮阔。空听潺潺清颍咽。佳人犹唱醉翁词,四十三年如电抹。　　草头秋露流珠滑。三五盈盈还二八。与余同是识翁人,惟有西湖波底月。①

苏轼追和的是欧阳修在颍州所写之《木兰花》,就文本形态而言,是北宋后期已经普遍的同调步韵。但欧公原唱是一阕传统的携妓游湖词,词情也是偏向类型化的乐极生悲之惆怅②,苏轼在这阕追和词中不仅点到了原词的艳情,更别出一层,融汇进知音稀少的感慨。这并非是和词遵循原唱内容的传统与常态,而是欧阳修借旧曲勾连今昔的写作方式之风神。可见黄州时期的数阕创作已让苏轼非常纯熟于这种形态的词体写作,从而能够自由挥洒,融入词体唱和之中。龙榆生便曾指出:"一家之作,亦往往因环境转移,而异其格调。欧阳修《六一词》,世共称其与晏殊《珠玉词》,同学冯延巳《阳春集》者也。其《蝶恋花》诸阕,并互见阳春集中,其词果属于温婉一派矣。而其晚年之作,气骨开张,如平山堂作《朝中措》,逸怀浩气,大近东坡,此又年龄之关系词格者也。"③龙先生关于人生经历影响词格的论述其实是欧公与东坡的共通,不过从上文的论述来看,逸怀浩气并非后起之东

---

① 《苏轼词编年校注》,第699页。
② 欧阳修《玉楼春》词云:"西湖南北烟波阔。风里丝簧声韵咽。舞余裙带绿双垂,酒入香腮红一抹。　　杯深不觉琉璃滑。贪看六幺花十八。明朝车马各西东,惆怅画桥风与月。"《欧阳修词校注》卷二,第234页。
③ 龙榆生《研究词学之商榷》,《龙榆生学术论文集》,第251页。

坡才开创而欧公只是偶一近之,乃是东坡效法欧公并发扬光大。苏轼在为词体唱和引入身后追和形态的时候,其实相较欧公是继承多于革新的,除了借旧曲勾连今昔的手段外,欧公原唱的章法结构、内在精神等皆被苏轼摹效,只是苏轼往往会在其他层面稍翻己意,从而不显仿拟的痕迹。

六、自和己作:苏轼对词体唱和形态的再次扩容

苏轼从欧阳修那里翻演出身后追和的唱和形态,但正如本节第三部分所述,他在填词伊始的杭倅时期就已经广泛接触传统唱和形态的词体唱和,这通常发生在与张先等人奉酬座主陈襄、杨绘的宴席上,吟咏着当下时空的欢乐与席间歌女的芳容。离任杭倅之后,苏轼继续着酒筵歌席之际的唱和词写作,但却凭借座主身份逐渐将宋诗次韵己作的唱和形态引入词体,如这三阕词:

南 乡 子
宿州上元

千骑试春游,小雨如酥落便收。能使江东归老客,迟留。白酒无声滑泻油。　　飞火乱星毬,浅黛横波翠欲流。不似白云乡外冷,温柔。此去淮南第一州。①

南 乡 子
用前韵赠田叔通家舞鬟

绣鞅玉镮游。灯晃帘疏笑却收。久立香车催欲上,还留。更且檀唇点杏油。　　花遍六幺毬。面旋回风带雪流。春入腰

---

① 《苏轼词编年校注》,第 566 页。

肢金缕细,轻柔。种柳应须柳柳州。①

南 乡 子
用韵和道辅

未倦长卿游。漫舞夭歌烂不收。不是使君能娇世,谁留。教有琼梳脱麝油。　香粉镂金毬。花艳红笺笔欲流。从此丹唇并皓齿,轻柔。唱遍山东一百州。②

从文本形态来看,这三阕词是严格的依韵唱和,但唱和形态却是次韵自己的作品。第一首《南乡子》的编年存在疑问,朱孝臧将其系在元丰八年(1085),其时苏轼自黄移汝,于元夕经过宿州而作③,其后《东坡词编年笺证》《苏轼词编年校注》均从之④。然而根据苏轼与第二阕词题中的田叔通交往情况,第二阕词应作于元丰二年(1079)知徐州时⑤,这样一来,前一阕就作于六年之后,存在较大的时空距离。但是无论诗词,出现这种时空跨度极大的依韵唱和之时,一般会在题序中做出说明,此词仅仅题四字"宿州上元",按照常理推断应该不是从事和韵六年前词作这种非常规文学活动。而且根据词中"能使江东归老客"与"此去淮南第一州"两句可知,词中人在从北往南到今日之苏南浙北区域的途中经过宿州,参与了这次元夕灯会。如果将词中人认作是苏轼自己的话,这种运动方向正好与自黄移汝相反。因此这阕词更应是元丰二年前后依韵和成,很可能是自徐州改知湖州而途经宿州所作。不管时间细节为何,在大时间段上这三阕词并没有相

---

① 《苏轼词编年校注》,第 257 页。
② 同上书,第 260 页。
③ 朱孝臧编年,龙榆生校笺,朱怀春标点《东坡乐府笺》,上海古籍出版社,2009 年,第 250 页。
④ 《东坡词编年笺证》,第 462 页;《苏轼词编年校注》,第 566 页。
⑤ 详见《苏轼词编年校注》,第 257—258 页。

隔太久,内容还是歌咏璀璨灯火与席间歌妓,也没有涉及自我情感的抒发。和韵之作与原唱在内容与情感两方面都无关联,新作只是沿用了原唱的文本形态外壳。

到了黄州时期,苏轼便开始将次韵己作与欧阳修勾连今昔的词法相融汇,正式形成了自和己作的新唱和形态。比如这阕《南乡子》:

南 乡 子
重九涵辉楼呈徐君猷

霜降水痕收。浅碧鳞鳞露远洲。酒力渐消风力软,飕飕。破帽多情却恋头。　　佳节若为酬。但把清尊断送秋。万事到头都是梦,休休。明日黄花蝶也愁。①

这阕词乍看上去似乎只是以词抒怀,但如果结合相关诗文则会发现有着非凡的词体唱和形态扩容意义。苏轼《与王定国书》(其十二)有云:"重九日,登栖霞楼,望君凄然,歌《千秋岁》,满坐识与不识,皆怀君。遂作一词云(即此词),其卒章则徐州逍遥堂中夜与君和诗也。"②徐君猷乃黄州太守,苏轼即席赠词的性质当然是应酬之作,可是苏轼在应酬的外衣之下嵌套进了唱和远方故交,以表自己的怀念与贬谪苦闷之情。就信中所述可知,苏轼填写这阕《南乡子》是因为席间听闻王巩《千秋岁》旧曲,从而勾连起今昔时空,写作心态与欧阳修围绕"画楼钟动"数词一致,唱和形态也就一脉相承。不过特别值得注意的是,这阕词和的是诗韵,乃《九日次韵王巩》一首,诗云:"我醉欲眠君罢休,已教从事到青州。鬓霜饶我三千丈,诗律输君一百筹。闻道郎君闭东阁,且容老子上南楼。相逢不用忙归去,明日黄花

---

① 详见《苏轼词编年校注》,第331页。
② 《苏轼文集》卷五二,第1520页。

蝶也愁。"①这可以视作对刘禹锡以词体唱和诗歌的规整与扩容,刘禹锡并未用白诗原韵,而且也停留在重咏诗歌内容的程度,苏轼不仅在这两方面都做了突破,而且自己明确以书信发声,表示自己有意识地在用过去的诗韵,目的就是表达怀念之情,以及同罪乌台的身份认同和排遣。

既然此词已经打开了即席应酬形态的局限,苏轼也就不再对于自和己作的新唱和形态遮遮掩掩,他为一首次韵己作的《浣溪沙》直接撰题道"寓意,和前韵"②,而且每每在写就一阕即席咏妓的应歌之作后,会再次韵一首以借艳情表达身世感慨③,这意味着自和己作逐渐进入了苏轼的日常生活。于是苏轼的和韵与首唱之间的时空距离愈发拉长,如写于元丰七年(1084)的《西江月·姑熟再见胜之,次前韵》一阕和韵的是两年前的词作④,据那首《西江月》的词题可知,胜之是黄州太守徐君猷的侍儿⑤,当日苏轼在席间即席写就此词,将胜之与席上的双井茶、谷帘水合而吟咏并赠予之,如今徐君猷已逝,苏轼亦去黄北归,在安徽当涂居然重逢改嫁的胜之,天涯之感、沧桑之叹顿时涌上心头,故次前韵再赠胜之。此处围绕同一个人用同样韵脚的唱和形态已与宋诗唱和无甚差别,更重要的是,苏轼能在两年之后严格依照前词韵脚填就新词,说明他当初即席撰制之后曾将其主动记录下来,否则两年之后的记忆似乎会比较模糊,无法严格步韵。或许有这样一种可能,苏轼自己并不在意这首《西江月》,但是获得当世

---

① 《苏轼诗集合注》卷一七,第842页。
② 《苏轼词编年校注》,第481页。
③ 如苏轼有阕《浣溪沙》,题作"赠楚守田待问小鬟",词云:"学画鸦儿正妙年。阳城下蔡困嫣然。凭君莫唱短因缘。　雾帐吹笙香袅袅,霜庭按舞月娟娟。曲中红袖落双缠。"就是吟咏这位小鬟的容貌,其后苏轼自和一阕云:"一梦江湖废五年。归来风物故依然。相逢一醉是前缘。　迁客不应常眊矂,使君为出小婵娟。翠鬟聊着小诗缠。"便是借席间红颜抒自我怀抱。《苏轼词编年校注》,第537、539页。
④ 同上书,第512—513页。
⑤ 同上书,第445—446页。

文豪馈赠的胜之一定会视为珍藏,想必会反复歌咏以至于烂熟于心,于是在重逢苏轼的时候重新咏唱,成为勾连今昔的词作。不过苏轼这种严格次韵数年前词作的现象并不仅仅发生在与婢女的交往间,元祐四年(1089)重阳节,苏轼在杭州席间写了一首次韵苏坚的《点绛唇》①,一年之后的重九席上,他又用苏坚词韵写了一首《点绛唇》,显然是对去年人、事、词的主动记忆。最为极端的是,苏轼在绍圣二年(1095)于惠州贬所填了这么一阕词:

临 江 仙

惠州改前韵

九十日春都过了,贪忙何处追游。三分春色一分愁。雨翻榆荚阵,风转柳花毬。　　我与使君皆白首,休夸年少风流。佳人斜倚合江楼。水光都眼净,山色总眉愁。②

词题中所言的前韵作于十九年前:

临 江 仙

熙宁九年四月一日,同成伯、公谨辈赏藏春馆残花,密州邵家园也。

九十日春都过了,贪忙何处追游。三分春色一分愁。雨翻榆荚阵,风转柳花毬。　　闻苑先生须自责,蟠桃动是千秋。不知人世苦厌求。东皇不拘束,肯为使君留。③

两词不仅韵脚相同,而且上片内容完全一致,若非有所记录,完全不可能在十九年后还记忆得如此准确。此外苏轼在惠州改前韵之时并

---

① 《苏轼词编年校注》,第 609—610 页。
② 同上书,第 751 页。
③ 同上书,第 171—172 页。

没有其他当年在场者相随,故而只能是他本人依据自己的记录唱和前词,这样的词体唱和形态对于宋人如何看待自己的词作、宋人词作如何保存与流传等问题有着格外的意义。苏轼主动记忆词作创作时地与文本内容体现着他已然将词作视为自我生命历程的记录,填词已然成为自我生命的一部分,与诗已没有多少文体高下之分了。而且也只有在日常生活中大量填写和韵己作的词篇,才能就一阕本身艺术价值不高的应酬之词写出半改前词半寓身世的典范作品。不过苏轼的这种做法在他的时代终究是孤独的,只有为数可观的词人集体参与经他扩容后的词体唱和写作,词体文学方能完全进入日常化的时代。

第二节 谪居生活与词体"日常化"写作

欧阳修与苏轼的尝试对京城词坛影响甚微,京城强大的流行文化氛围以及帝王威权使得士大夫审美趣味成为了相对弱势的一方。但是地方的政治与文化却由士大夫绝对主导,因而他们可以按照自己的趣味在创作中尝试新的东西。而且士大夫在地方上还能获得大量的私人空间,亦有充裕的时间过着他们的日常生活,这种创作场合与作者身份的差异也会使得文学产生相应的转变。这种朝野离立的文学格局在贬谪官员身上尤为明显,而在党禁严苛的政治环境下更会被无限放大。无论是欧阳修还是苏轼,他们对于词体唱和的贡献都是在漂泊地方时做出的,苏轼更是在黄州时期全面完成了词体的各项扩容。当哲宗、徽宗两朝的党禁开始,谪居偏远地方的元祐士大夫越来越能理解欧阳修与苏轼改进词体的意义,并对二者灌注其间的自我情感若合一契,再加之群体身份的认同感与诗文写作的受限,他们逐渐开始追随欧苏的脚步,将词体文学拉进自己的日常生活,不仅借之排解贬谪情绪,也以此记录自己贬谪岁月的闲居日常。本节就主要关注士大夫词人随着朝野转换而发生的词体写作变化,探究除了和韵追韵之外,他们还用怎样的方式填制"日常化"的词作。

一、朝野离合与山谷词的前后变化

最能体现这种谪居生活导致词体写作"日常化"转向的词人还属黄庭坚,他的词作多次随着交往对象与政治境遇的改变而改变,从骪骳随俗演变到最终的自我生命浇铸。山谷词浓烈的雅俗并存现象是古今共同的阅读感受,特别是大量用俗语俚词写成的艳情之作,无论放在黄庭坚的全集还是词集里,都显得格外刺眼。邓子勉在《论山谷词》一文中指出:"黄庭坚的文学创作活动以哲宗元祐中离开京城、丁忧归里为界,分为前后两个不同的创作时段:前段主要是将精力投入于诗歌的创作,后段则以写词和笔札为主。"[①]于是邓子勉即以此作为山谷词的创作分期,认为前期词注意诗词界限,绝大多数艳情词都在此时创作;后期词由于作为此时主要的写作文体,功能与风格也就随之向诗转变。邓子勉颇具慧眼地认识到山谷词中的雅俗作品与创作时期的对应关系,为进一步探究山谷词的前后变化及其与朝野离合之间的关系奠定了坚实的基础。

或许从黄庭坚整体文学创作来看,邓子勉以元祐离京丁忧为界的分期还是比较合理的,但是若只看词体创作的变化轨迹,似乎元祐元年在东京与苏轼见面一事更为重要。因为山谷学习借鉴东坡词法是在此之后才开始的,并于绍圣贬谪黔南之时达到高潮。黄庭坚亦没有放弃过前期词体写作经验,他将之打并入东坡词法,从而在建中靖国元年前后,形成了自我的词体"日常化"风格。尽管山谷词中大量的艳情词作不一定就是黄庭坚早年艳游生活的记录,但是不可否

---

① 邓子勉《论山谷词》,《南阳师范学院学报》(社会科学版)2003年第1期。

认的是他在会面苏轼之前主要写作为歌妓代言的俗体慢词,这段经历也为他熟悉传统的词体写作以及慢词的句法节奏积累了不少经验。比如这阕《沁园春》:

沁 园 春

把我身心,为伊烦恼,算天便知。恨一回相见,百方做计,未能偎倚,早觅东西。镜里拈花,水中捉月,觑着无由得近伊。添憔悴,镇花销翠减,玉瘦春肌。　　奴儿又有行期,你去即、无妨我共谁。向眼前常见,心犹未足,怎生禁得,真个分离。地角天涯,我随君去,掘井为盟无改移。君须是,做些儿相度,莫待临时。①

词人让词中女性主动发声,自诉衷肠,一上来就奠定了俗体慢词的基调。词中基本使用着双音节词语,与北宋流行慢曲容量变大、节奏拉长的发展趋势相匹配。而且词中反复出现的人称代词极具表演色彩,完全可以想见这首词的现场演出状态。这些都符合世俗民众喜闻乐见之声情样制,体现着北宋中前期俗体慢词的典型特点,足以让黄庭坚最直接地体会慢词词体的特殊节奏与律动。黄庭坚实际上已经在俗体句法的基础上尝试雅化改变,《喝火令》(见晚情如旧)中有这样一段句子:"晓也星稀,晓也月西沉。晓也雁行低度,不会寄芳音。"②其间使用的意象非常雅致,乃诗中常见,但是排比句式以及节奏层层加强的韵律感显然不是诗歌的创作经验,倒是与黄庭坚两阕《归田乐引》中的"怨你又恋你。恨你。惜你,毕竟教人怎生是""忆我又唤我。见我。嗔我。天甚教人怎生受"③两句有所关联,可见黄庭

---

① 《山谷词校注》,第1页。
② 同上书,第71页。
③ 同上书,第52、53页。

坚早期的雅词思路是要遵循词体特殊的文体节奏与传统的,是他在创作最流行的词体范式时产生的心得。也正是在艳情词的实践中,黄庭坚初步接触了唱和己词的写作,填制过两阕《两同心》。尽管这两首词带有强烈的修改晏几前词的色彩,不能算作严格的和韵前作,但终究可以看出早期的艳情词写作为他日后的词风变化打下的基础是深厚而全面的。

黄庭坚的早期艳词在当时就遭致了朋友的批评,最著名的便是道人法秀对其"当下犁舌之狱"的劝诫。无论是黄庭坚在《小山词序》中自陈法云秀老禅师的批评并以晏幾道词辩护之①,还是如惠洪《冷斋夜话》所记之用"空中语"一词推脱②,都表明艳情词写作对黄庭坚本人造成了较大的困扰,他需要为这个不太符合士大夫规范的行为提供一种解释。今日学者也在为黄庭坚这些不太符合士大夫行为规范的艳情词提供解释,如彭国忠就根据佛家"在欲行禅"的观念认为:"黄庭坚受佛禅悲天悯人的救世精神影响,而有意创作艳情词。"③无论这一结论是否合理,彭国忠的研究足以说明黄庭坚在早年生活中就已经频繁参悟佛禅,并影响到了他的词学观,甚至可能渗透到了传统艳情词的写作中。实际上并不需要如此曲折地从艳情词中寻找佛禅痕迹,这番日常已经被黄庭坚主动填进词中,他早年表达佛禅义理的词作数量其实并不比艳情词少多少,而且对于他的填词生涯也起到了与艳词同样的重要影响。

以佛理禅语入词实际上是僧人传法的一种手段,由于词体应歌,故而将佛理内容唱出更易于世俗民众的接受。民间其实流传着大量的和尚传道说法之词,这些词使用的语言自然是俚俗口语,但由于涉

---

① 黄庭坚《小山词序》,《小山词》卷首,《彊村丛书》,第173页。
② 惠洪著,黄宝华整理《冷斋夜话》卷一〇,《全宋笔记》第二编第九册,第81页。
③ 彭国忠《黄庭坚艳情词的佛禅观照》,《深圳大学学报》(人文社会科学版)2008年第6期。亦见《唐宋词学阐微——文本还原与文化观照》,第109—110页。

及了佛教义理,故而形成了一种特别的语言系统。当禅宗和尚不再以世俗民众为主要期待读者,而更注重自我义理的阐发与禅意的发挥,就会产生对该语言系统的审美追求。如释晓莹在《罗湖野录》中记载了这样一阕词:

> 潼川府天宁则禅师,蚤业儒,词章婉缛。既从释,得法于俨首座,而为黄檗胜之孙,有《牧牛词》,寄以《满庭芳》调曰:"咄!这牛儿,身强力健,几人能解牵骑。为贪原上,绿草嫩离离。只管寻芳逐翠,奔驰后,不顾颠危。争知道,山遥水远,回首到家迟。　　牧童,今有智,长绳牢把,短杖高提。入泥入水,终是不生疲。直待心调步稳,青松下,孤笛横吹。当归去,人牛不见,正是月明时。"世以禅语为词,意句圆美,无出此右。或讥其徒以不正之声,混伤宗教。然有乐于讴吟,则因而见道,亦不失为善巧方便,随机设化之一端耳。①

尽管这阕词的作者是南宋中叶的临济宗黄龙派高僧,但既然晓莹将之作为禅僧词的典范,那么其间的技法趣味当可以体现以禅入词的古今共同追求。这阕词重要的语言特征就是在非常口语化的句字之间夹杂着两三典雅的句子,特别是结尾"人牛不见,正是月明时"云云,就是传统歌词里常见的以景收情方式,绝类冯延巳名句"独立小桥风满袖,平林新月人归后"。但是在这首词的总体风貌下,这句结语显得非常不相称,不过佛禅词需要表达的禅意机锋就在这突然的语言变化中悄悄地灌注进来。这种语言处理方式其实是在禅僧诗中常见的诗法"筋斗样子",禅僧在写诗的时候特别喜爱在一篇充满俗语俚句的诗歌中来一句典雅风华的结尾,期望读者能够在这番突兀

---

① 晓莹著,夏广兴整理《罗湖野录》卷二,《全宋笔记》第五编第一册,第227页。

中参透禅意。天宁则禅师的这番词中筋斗当是吸收禅僧诗的语言与法度,将本来传法说道的佛禅词典雅化,构成了禅林世界的以诗为词。于是当士大夫也参与以禅入词的时候,首先就会被这种雅俗掺杂而见佛禅之道的语言所吸引,因为这一方面符合士大夫意句圆美的艺术追求,也相合于士大夫好为哲理思辨的佛禅日常。黄庭坚这阕《渔家傲》便是如此:

渔 家 傲

予尝戏作诗云:"大葫芦挈小葫芦,恼乱檀那得便沽。每到夜深人静后,小葫芦入大葫芦。"又云:"大葫芦干枯,小葫芦行沽。一往金仙宅,一往黄公垆。由此通大道,无此令人老。不问恶与好,两葫芦俱倒。"或请以此意倚声律作词,使人歌之。为作《渔家傲》。

踏破草鞋参到老。等闲拾得衣中宝。遇酒逢花须一笑。长年少。俗人不用嗔贫道。　　何处青旗夸酒好。醉乡路上多芳草。提着葫芦行未到。风落帽。葫芦却缠葫芦倒。①

《渔家傲》本来就是禅僧常用的唱道词调②,黄庭坚以此调行禅理可谓本色当行。诗词欲表达的义理无外乎佛性藏于众生之间,不管是已经不打酒的葫芦还是仍然在打酒的葫芦都同等地体现着最高的佛性。词序中提到的诗歌写作缘起可能就是他原有一大一小两个打酒葫芦,但如今大葫芦已经破了,只剩小葫芦还能打酒了,于是就借此契机用禅词话语模式开一场佛道的玩笑。黄庭坚的这阕词主要是由俚俗语句构成,而且多是略显颠倒疯癫的禅僧话语体式,但却在其间

---

① 《山谷词校注》,第75页。
② 《能改斋漫录》卷二云:"京师僧念《梁州》《八相太常引》《三皈依》《柳含烟》等,号'唐赞'。而南方释子作《渔父》《拨棹子》《渔家傲》《千秋岁》唱道之辞。"第227页。

悄悄地掺进了"醉乡路上多芳草"的常见典雅词句,显然是深受禅僧诗词"筋斗样子"的影响。不过词中还包括了孟嘉落帽这种并非来源佛典的故实,说明士大夫的佛禅词写作还是避免不了自己的知识结构影响,也就不能完全等同于禅僧之作,只是属于士大夫日常佛禅生活的记录。实际上,在日常生活中,黄庭坚经常像这样开开佛道的玩笑,戏谑本就是士大夫钟爱的日常活动之一,因此诸如此类的佛禅作品本身就与日常化写作倾向关系密切。

除了词法技巧之外,这阕词的小序也非常重要,它交代着黄庭坚是用词体重写诗意,这其实与和尚布道时先吟诗后唱词的程序相仿佛,但毕竟这是士大夫在表达自己对佛理禅意的理解,因而或许更与刘禹锡用《忆江南》曲调唱和白居易的七言绝句风神一致。黄庭坚不仅用词改写自己的禅诗,也曾用一阕《诉衷情》重写著名的华亭船子和尚偈语①,更曾在江宁江口阻风时效仿保宁勇禅师作数阕表达佛禅义理的《渔家傲》②。这些词其实也不见得有很深的义理思辨,很多就是黄庭坚一时玩笑游戏文字,但其间又或多或少地呈现着自我独特的禅理思考,说明佛禅义理的参悟与表达是黄庭坚日常生活的重要组成部分,而填词就是他从事这项活动方式,尤其是他在旅途滞留中以填词说禅消磨时间一事最能印证此点。由于这些词作大多数写在元祐元年会面苏轼之前,因此黄庭坚早就在从事将词体引入日常生活的努力,只不过他选择意句圆美的禅理词作为词体"日常化"转向的桥梁,与苏轼从欧阳修那里承继而来的道路并不一致。根据下文的论述可以知晓,黄庭坚这种日常化手段其实是从王安石那里效仿改进而来,那几阕《渔家傲》的写作空间江宁已经悄悄地透露出一些

---

① 《冷斋夜话》卷七:"华亭船子和尚偈曰:'千尺丝纶直下垂,一波才动万波随。夜静水寒鱼不食,满船空载月明归。'丛林盛传,想见其为人。宜州倚曲音成长短句曰:'一波才动万波随。蓑笠一钩丝。金鳞正在深处,千尺也须垂。　吞又吐,信还疑。上钩迟。水寒江静,满目青山,载月明归。'"第81页。

② 《山谷词校注》,第77—84页。

消息,它们是黄庭坚私淑王安石的又一层证据,可见内山精也指出的"王黄"暗流有多么得强大。就算在会面苏轼之后,黄庭坚的词作仍然保持着这种"日常化"方式的惯性,在他的现存词作中,第一阕和韵东坡的词作便是针对苏轼一首谐戏禅师与歌妓的《南歌子》,黄庭坚用金沙锁子骨的典故将苏轼开启的话头推向更深的禅意,倒是展现了彭国忠所言之"在欲行禅"的精神。不过这场词体和韵行为虽与苏轼有关,但主要精神还是秉承自王安石,可见黄庭坚在会面苏轼之后,依然保持着很强的自我创作个性。

这种状态随着黄庭坚绍圣年间贬谪黔南发生了改变,从此以后,山谷词不仅艳情词作大量减少,俗语色彩浓厚的佛禅义理词也日趋式微,取而代之的是自抒内心郁结的词作不断涌现。这些词作不仅使用着接近徒诗的语言系统,而且走上了欧阳修与苏轼之唱和前人词篇以发自我愤慨的道路,而他用来唱和的前人词篇正是以欧苏词为主,最典型的莫过于这一阕《定风波》:

定 风 波

把酒花前欲问溪。问溪何事晚声悲。名利往来人尽老。谁道。溪声今古有休时。　且共玉人斟玉醑。休诉。笙歌一曲黛眉低。情似长溪长不断。君看。水声东去月轮西。①

这阕词作于绍圣四年(1097),正是黄庭坚谪居黔南最苦闷的时候,他借一场宴饮欢乐抒发内心的惆怅与郁结,正是将身世之感打并入艳情的方法,歌词路线已然从王安石转向了苏轼。这首词的词调与韵脚很容易让人联想到欧阳修的一阕《定风波》:

---

① 《山谷词校注》,第89页。

定 风 波

把酒花前欲问伊。问伊还记那回时。黯淡梨花笼月影。人静。画堂东畔药阑西。　　及至如今都不认。难问。有情谁道不相思。何事碧窗春睡觉。偷照。粉痕匀却湿胭脂。①

这阕收录在《醉翁琴趣外篇》卷六的词不仅与山谷词韵部一致,而且在开篇"把酒花前欲问某"句式与顶真修辞格上均同,故黄庭坚应该是在追和欧阳修的这阕词。不过欧词内容是词中女性自诉一场情人重逢但未获相认的苦涩,与黄庭坚借尊前花下抒发内心惆怅并不相符。欧阳修借尊前欢娱表达的惆怅还是类型化的感春伤老,黄庭坚则在这种情绪之外添入了自我身世的感慨,最能体现此点的就是化用东坡词的最后一句。苏轼《虞美人》(波声拍枕长淮晓)中有一句著名的"无情汴水自东流。只载一船离恨向西州",言汴水可以向秦观所在之地东流而去,而我却只能背道而驰去往西部的州郡,友人分离之际的浓重不舍就在这人不如水的对比中透露出来。黄庭坚的结句"水声东去月轮西"明显本自苏词,无情之水竟然有幸向东流去,它可以到达词人魂牵梦绕的东京,而词人自己只能如这一轮明月一样孤独地滞留在西南天地之间。

为了排解这种谪居的苦闷与清寂,黄庭坚也和江宁阻风之时一样,用连续的同调词写作度日。这回他不再表达佛禅义理,也无心玩笑戏谑,而是用更加严格的和韵方式记录身边的风景与人事。这些同调和韵词的首唱也是先在宴饮场合填制的应酬文字,其后再用此韵描绘日常图景,完全就是苏轼的做派。比如作于黔南的五阕同韵《玉楼春》,主要描绘了从元日到清明的黔中风俗,首唱应是这一阕:

---

① 《欧阳修词校注》卷四,第495页。

玉 楼 春

新年何许春光漏。小院闭门风日透。酥花入坐颇欺梅,雪絮因风全是柳。　使君落笔春词就。应唤歌檀催舞袖。得开眉处且开眉,人世可能金石寿。①

这首词很显然是在黔州新守高羽的新年宴会上写作,很可能就是唱和高羽的席间春词,除了颂美与应景之外无甚深意。这阕应酬之词被黄庭坚后来自和成这个样子:

玉 楼 春

黔中士女游晴昼。花信轻寒罗袖透。争寻穿石道宜男,更买江鱼双贯柳。　竹枝歌好移船就。依倚风光垂翠袖。满倾芦酒指摩围,相守与郎如许寿。②

这阕词的内容与原唱已无甚关联,就是一场黔中游女寻春之事的记录。词人尽管没有亲身参与词中描述的活动,只在一侧静静地冷眼旁观,但是他也确实身处词中空间里。在全词呈现出的画面中,一边是黔中女子与情郎相会许誓的缠绵,一边是观看这一切的词人,在这样的动静对比之下,词人就被衬托得非常落寞孤寂与无所事事,而这正是黄庭坚谪居黔南的日常,也是他苦闷心情的写照。

经过了三年苦闷的黔南谪居生活,当元符元年(1098)移置戎州时,黄庭坚的心情要平和坦荡多了,他也已经对欧苏式的词体唱和写作非常熟练,经常在应酬之后以同韵再唱自己潦倒的境遇,似乎有意识地告诉读者前词中的欢娱与自己无关。比如在一阕颂语贯穿的送

---

① 《山谷词校注》,第119页。
② 同上书,第121页。

别戎州太守彭道微的《采桑子》(荔枝滩上留千骑)之后①,黄庭坚就有和韵词作云:"投荒万里无归路,雪点鬓繁。度鬼门关。已拚儿童作楚蛮。　黄云苦竹啼归去,绕荔枝山。蓬户身闲。歌板谁家教小鬟。"②此词既道出自己万里投荒的凄凉,也交代了此刻无所事事的日常,更首次在词中表达了期望归去的主旨。归乡是黄庭坚戎州时期词作的重要情感,他反复使用与山林江湖有关的意象,就是在为泸州太守王补之祝寿的《洞仙歌》中也出现"五湖归棹"的句子。归去是苏轼从填词伊始就反复吟咏的主题,是最能与词体情感特质相匹配的苏轼内心情绪,所以无论归去的目的地是眉州还是江南,苏轼都写得独具深致。同样也不断表达归去情绪的黄庭坚,此时显然会越来越与东坡词亲近,不仅有气骨开张,可继东坡赤壁之歌的《念奴娇》(断虹霁雨)③,还有直接和韵东坡的词作:

南　乡　子

重阳日寄怀永康彭道微使君,用东坡韵

卧稻雨余收。处处游人簇远州。白发又挨红袖醉,戎州。乱摘黄花插满头。　青眼想风流。画出西楼一幢秋。却忆去年欢意舞,梁州。塞雁西来特地愁。④

这阕作于元符二年(1099)的词正是和韵前文提到的苏轼那首《南乡子·重九涵辉楼呈徐君猷》,尽管内容是怀念去年与彭道微的歌酒欢娱,但是苏轼的原韵始终在提醒读者这是一阕贬谪之人写的词。既然苏轼借用曾经的诗韵感怀同罪乌台的朋友,那么黄庭坚唱和苏轼

---

① 《山谷词校注》,第214页。
② 同上书,第216页。
③ 详见《苕溪渔隐丛话》后集卷三一,第231页。
④ 《山谷词校注》,第131页。

这首词未尝不是明怀彭道微而暗念苏轼。黄庭坚在绍圣之后习惯随信附词,这阕词或许会由此被寄给亲密朋友,借此向四散天涯的群体中人发出问候的声音。

二、谪居文学的词体选择及其内在动因

山谷词在贬谪黔南后发生的变化体现着朝野离合对词体写作的影响,谪居生活使得其词进一步向宋诗的"日常化"方向靠拢,不仅内容上出现日常风景与人事的记录,填词本身也逐渐成为黄庭坚谪居生活的日常内容。这一方面是因为出席地方官主持的应酬场合是清闲冷寂的谪居生活中仅有的人际交往活动,故而接触到的公共文学活动大部分都是宴饮场合下的歌词写作;另一方面则是因诗文定性与获罪的群体遭际,使得黄庭坚在私人空间里也不再多作诗文,每日的文学活动除了刀笔尺牍,便是填制乐府长短句,这在他贬谪川黔时期的尺牍书信中屡有提及:

> 闲居亦绝不作文字,有乐府长短句数篇,后信写寄。(《与宋子茂书》)①
>
> 承索鄙文,岂复有此?顷或作乐府长短句,遇胜日樽前,使善音者试歌之,或可千里对面,故往手钞一卷。(《答王观复》)②
>
> 老懒,作文不复有古人关键,时有所作,但随缘解纷耳。谩寄乐府长短句数篇,亦诗之流也。(《答徐甥师川》)③

黄庭坚不仅将长短句作为日常活动,而且明言长短句为诗之流,并将

---

① 刘琳、李勇先、王蓉贵校点《黄庭坚全集》宋黄文节公全集·别集卷十五,四川大学出版社,2001年,第1789页。
② 同上书,宋黄文节公全集·续集卷三,第1971页。
③ 同上书,宋黄文节公全集·续集卷五,第2029页。

之作为指点徐俯诗法的例证,在理论上打通了诗词界限,开启江西诗派以词句证诗法的先河。川黔时期的生活习惯在崇宁年间贬谪宜州时得以延续,在黄庭坚流传至今的日记《宜州家乘》中可以看到这样的记录:

> (二月)二十六日乙丑,晴。得元明二月十四日丁卯书,寄诗一篇、《青玉案》一篇、滑石压纸五枚。
>
> (五月)十九日乙卯,晴。佃夫弄琴,作《清江引》《贺若》《风入松》。
>
> (七月)十三日戊申,晴。将官许子温见过,弹《履霜》数章,又作《霜天晓角》而去。①

填词已经完全成为与弹琴、下棋、饮酒、获赠粮食水果等等一样的日常行为,既记录着黄庭坚生活的日常,其本身也就是他的生活。由于这种"日常化"现象发生在谪居时期,故而歌词内容反映的"日常"只能是谪居的生活状态,黄庭坚在这一时期的尺牍书信中也描述了谪居生活的具体面貌,比如《与范长老》中所言:

> 某城南僦居既安便,凡百不复与公家相关,衣食厚薄随缘,时时扶杖到人家,倦时忽经月不出,亦自有味,恨未得从容耳。②

可见士大夫的谪居生活往往深居简出,交游极少,清闲无事,从而他们的贬谪居室就是一种高度私人性的空间,这与传统的词中幽闭空间有着天然的相通,成为谪居士大夫选择词体写作的内在契机。在

---

① 黄庭坚著,黄宝华整理《宜州家乘》,《全宋笔记》第二编第九册,第11、18、20页。
② 《黄庭坚全集》宋黄文节公全集·续集卷六,第2050页。

这样的生活空间与状态中,士大夫的外在身份被剥落殆尽,当其只剩下孑然一身时,所作的诗词其实并没有太大的区别。比如黄庭坚这首著名的《登快阁》:

登 快 阁

痴儿了却公家事,快阁东西倚晚晴。落木千山天远大,澄江一道月分明。朱弦已为佳人绝,青眼聊因美酒横。万里归船弄长笛,此心吾与白鸥盟。①

尽管诗人此时未遇贬谪,但是当他登上快阁的时候,所有的公家身份就已全然放却。他不再是深忧家国的士大夫,亦不是追求功名与学问的儒生,只是宇宙天地、晚晴落照中的一个人,于是情感就会变得纯真,变得没有任何俗世牵挂,成为一种由心而生的凝重,诗境于是和词情得以接近。面对着颔联描绘出的壮丽景象,似乎被幽闭在快阁之上的诗人产生了渺小无助的情感,这是有限生命在无限宇宙下都会体认到的情感,是承担着生活与家国之重的男人内心深处的柔软。它被诗人终日的劳碌潜藏起来,在此刻了却所有公家身份后突然涌现,故而不自觉地语涉佳人,不自觉地付与美酒,不自觉地向往归去,在红巾翠袖的醉乡,在芦白鸥飞的故园,以最朴素的自我身份度此一生,生命本就应该如此闲适吧。黄庭坚在写这首诗的时候心中肯定想到了杜甫的《登高》,同样是登高远眺,同样是身处颔联给予的广袤时空,但二人的选择是不同的。杜甫是沉溺身世的自悼,他始终无法放下他的家国与功名。继承门风、振兴家族是门阀时代的个体最重要的使命,也是与生俱来的宿命,他们不可能放下。但是对于门阀消失的宋人来说,并没有强烈的家门责任

---

① 《黄庭坚诗集注》,《山谷外集诗注》卷一一,第1144页。

感,于是才会出现如此看重个体闲适的观念。杜诗的时空观照正是词体常用的写作手法,但宋词的情愫每每与杜甫迥异,而与黄庭坚这首诗相合,这透露着传统认识中的诗词差异并非仅仅由于文体之别,有时是宋人共通的与前代相异的观念写照,只不过宋人需要在私人化的场合才能这样肆意表现,而诗往往出现在公共性、正式性的场合。这首写于私人空间下的《登快阁》就没有那么多的顾虑,故而与词体并无差异,反倒是典型展现着清末民初词论家追求的"重""拙""大"。

既然在未经贬谪的时候都能产生"痴儿了却公家事"的情绪,那么当士大夫处于近乎幽闭的谪居空间时,也就更没有什么公家身份可言,只不过孤独的戴罪之身,更容易兴起登高望远的情绪,永恒与短暂、庙堂与江湖这两组对立的概念就会在他们内心反复冲荡,成为孤寂的私人生活里的情感日常,于是乎日常文学写作无论选择哪种文体,都会描述着这种情感,从而出现类似《登快阁》的诗词互通现象。不过相较于诗而言,词体特质更适合表达这种情绪。在词体文学的本源流行歌曲领域,永恒宇宙与短暂人生的对立始终都是久唱不衰的话题,北宋前期士大夫又将这种强大的文学基因在令曲中深拓,使得词体能捕捉到更隐微的生命意识。此外地方词坛本就有与富贵冶艳的京城词对立的现象,特别是在清丽山水影响下的两浙词风,在中唐时代就已经建立起了渔樵江湖的啸歌传统,积累了大量的归去主题写作经验。这两方面的文体特质完美切合了谪居日常情感的表达需要。其实这种情感始终存在于北宋士大夫的内心深处,与他们高举的外在人格追求相互矛盾,于是他们只能像黄庭坚那样在私人空间里一诉衷肠,而且也习惯于选择词体作为表达方式。词体文学遣兴娱宾的传统、为他人情感立言的本色,使得词人在填词的时候往往会卸下包裹其身的多重社会性身份,这就与作者在私人空间里的状态相互契合,于是才能写出更加直指个体内心的句子。比如范仲淹在《剔银灯·与欧阳公席上分题》中借及时行乐、莫负青春的话头宣泄政治理想破灭的愤懑,显然是在与欧阳修这样的挚友面前才会吐露的牢骚。再如欧阳修《朝中措·平山堂》一阕,乃是京城送别刘敞而作,既然打破了京城送别赋诗的传统,则显然写于私人送行场合,预会者最多只有三五知交,故其才会在词中劝刘敞到扬州之后及时行乐,不要像此刻坐在面前的自己这样徒叹衰老。这些词体特质与士大夫填词传统在党禁政局下被交织汇流在一起,成为谪居生活最好的文体选择。苏轼是这样选择,黄庭坚也是这样选择,其他谪居地方的元祐士大夫都是如此,他们在各自贬所的日常词体创作共同汇聚起地方词体写作"日常化"的风潮。

三、集句词:诗词日常化的桥梁

宋诗的"日常化"创作倾向在宋初李昉、李至的《二李唱和集》中就已见端倪,因此发生于北宋中后期的词体"日常化"转向显然是借鉴诗歌的写作经验而来。"以诗为词"并不是苏轼首创的填词手段,在花间时代就已经被引入令曲写作,并经过南唐及宋初词人的相继发展而达到成熟。但是"以诗为词"终究是东坡及其门人词的重要特征,尤其表现在他们的令曲上。这个词学认识矛盾在词体"日常化"转变的视角下可以得到解决,苏轼前后的"诗"之含义其实不同,苏轼在慢词领域开创了"以文为词"之法,而他与门人一起在令曲领域完成了"以诗为词"由唐入宋的工作。也就是说,花间时代的"以诗为词"是借鉴宫体诗的写作经验将世俗艳词典雅化,南唐及宋初的词人是以晚唐诗为词而成格高韵远的气象,苏轼则秉承晚年欧阳修的精神"以宋诗为词"而将词体转入日常化的时代。这一转变过程可以通过考察集句词写作得到更好的理解,而集句词写作本身也是退居或谪居士大夫的一项重要日常活动。

北宋时期的集句词其实并不多,宋祁的这阕《鹧鸪天》向来被视

为现存最早的集句词①:

鹧鸪天

　　画毂雕鞍狭路逢。一声肠断绣帘中。身无彩凤双飞翼,心有灵犀一点通。　　金作屋,玉为笼。车如流水马如龙。刘郎已恨蓬山远,更隔蓬山几万重。②

这阕词所集诗句以李商隐为主,其间还包括了刘筠《无题》诗句,显然是深受西昆诗风影响的词作,符合北宋初年京城词坛围绕宴饮活动的华美富艳特征,也是花间以来的雅化传统。这种集句词面貌很快就发生变化,在欧阳修带有集句色彩的词中,西昆痕迹就不太强烈:

减字木兰花

　　留春不住。燕老莺慵无觅处。说似残春。一老应无却少人。　　风和月好。办得黄金须买笑。爱惜芳时。莫待无花空折枝。③

这阕词的上片分别来自白居易《城上夜宴》《大林寺桃花》《春去》三首诗,与宋祁之词相比显然有诗法取向上的转变。欧阳修另有四阕《减字木兰花》,亦有浓郁的集句色彩,所集诗人中白居易仍然比较突出,但晚唐诗源的传统也得以保持④,说明欧阳修在词体重晚唐诗的基础上融入宋初白体诗的写作经验。朱刚指出:"'日常化'并非欧阳修、梅尧臣为宋诗开创的特色,它植根于科举士大夫的生活境遇,而渊源于

---

① 参见宗廷虎、李金苓《中国集句史》,山东文艺出版社,2009年,第67—68页。
② 《全宋词》,第148页。
③ 《欧阳修词校注》卷一,第69页。
④ 同上书,第71—76页。

宋初'白体'士大夫诗人对白居易诗风的片面发展。"①因此集句词的主要诗句来源从李商隐到白居易的转变为词体带来的影响不仅仅在于扩大了入词诗句的范围,白体诗自身的日常化趋向也悄悄地渗透到词体中来,集句词的内容也随之从欧阳修保持词体即席咏妓伤春的传统转变到士大夫日常生活。率先大规模从事这项工作的当属王安石。

王安石本来就是集句诗的大家,宋人就已经认为是他将集句一体发扬光大。如《蔡宽夫诗话》云:"荆公晚多喜取前人诗句为集句诗,世皆言此体自荆公始。"②蔡絛虽然对此论作出批评,认为集句国初即有,但也不得不承认"至元丰间,王荆公益工此"③。无论二人认为集句起于何时,他们的评论都透露着王安石大规模从事集句写作是其晚年的事情,旧题陈师道亦云"王荆公暮年喜为集句"④,可以想见集句体写作是王安石晚年退居金陵半山园时的日常活动,集句词应也大多写于此时。王安石用这种游戏文字的方式吐露着政治抱负破灭后的无奈与苍凉,虽然过着与谪居有别的退居生活,但周遭环境与内在心态却是与之一致,集句诗词也就并没有什么太大的区别,都是王安石退居日常的展现,于是带来了内容与风格的变化。

学者大多判断王安石的集句词数量不足十首,如张明华就认为:"今可考的集句词作品有《甘露歌》3首、《菩萨蛮》(数间茅屋闲临水)、《浣溪沙》(百亩庭中半是苔)和《菩萨蛮》(海棠乱发皆临水)等6首。"⑤张明华指出的这六首集句词都是描绘山中风物与山居生活,统一反映着王安石晚年与政治疏离的生活状态与表面的闲适追求,已经完全从词体宴饮应歌的传统中走出,接轨于个人性的"日常化"诗歌。王安石的集句词不仅在内容上发生质变,这六首的诗源分布也体现

---

① 朱刚《唐宋"古文运动"与士大夫文学》,第162页。
② 《苕溪渔隐丛话》前集卷三五,第240页。
③ 同上书,239页。
④ 陈师道《后山诗话》,第306页。
⑤ 张明华《论古代集句词的基本特征及发展原因》,《文史哲》2016年第3期。

着强烈的写作个性。他对李商隐与白居易均不喜用,反倒是杜甫与刘禹锡的数量陡然提升,《菩萨蛮》(海棠乱发皆临水)一阕只有八句,杜诗的数量占了四句,另有韩愈诗两句,刘禹锡诗一句①,可见他进一步打破了晚唐诗的束缚,将主体诗源上推到中唐与杜甫,同时他又有意摒弃欧阳修引入的白居易,完全形成了一套自家路数。由于杜甫与韩愈是北宋诗坛绝对推崇的经典诗人,故而王安石的集句有意识地选择具备宋诗特征的诗句,为此他也集录宋人之诗入词,如《菩萨蛮》(数间茅屋闲临水)一阕中出现了吕夷简的诗句,甚至还集录他自己的诗句②,这些都表明他欲与借鉴晚唐诗写作经验的词坛传统分庭抗礼的姿态。在张明华指出的六首集句词之外,还有一阕非常明显的集句词《南乡子》(自古帝王州),或许因为主题是金陵怀古而非山居日常,故而王安石没有刻意避开晚唐诗,李商隐、郑谷、杜羔之妻等诗人的诗句与谢朓、李白、王勃、李翱的诗句一起被王安石选作咏叹金陵的材料,这首词也与《桂枝香·金陵怀古》一起成为王安石晚年以咏史怀古消遣日常的写照。

  那么王安石词作中还有没有其他的集句作品?由于长短句歌词已经被收录在宋刻王安石全集中,全集的编纂结构其实提供了非常重要的信息。今传王安石全集总共有两大版本系统,一是王安石曾孙王珏高宗绍兴二十一年(1151)重订前刻而刊行之《临川先生文集》一百卷,一是刻于安徽龙舒的《王文公文集》一百卷。长短句歌词收录在《临川先生文集》卷三七,共计十调二十阕。是卷卷首标目云"集句",则编者认为此卷所收皆是集句体作品。由于卷三六卷首亦标目"集句",并有小注"古律诗",则可以判断卷三七所收乃集句歌辞,故是卷除了收录长短句词体外,另有《胡笳十八拍》十八首与古体歌行《虞美

---

① 《全宋词》,第 268 页。
② 同上书,第 264 页。

人》一首。龙舒本的情况同样也是如此,长短句歌词被收在《王文公文集》卷八〇,共计十一调二十二阕,比《临川先生文集》多出一阕《雨霖铃》,另亦包括《胡笳十八拍》十八首。是卷卷首以更明确的"集句歌曲"标目,前卷卷七九卷首亦明确标为"集句诗"。如此可以相信这样的判断,见于王安石全集中的二十一阕长短句歌词全部都是集句词。

这样一来,王安石的集句词就不仅仅是吟咏山居日常与怀古咏史两大部分组成,集中非常显眼的佛禅义理之词也是用集句的方式制作。他并非在词中硬辟蹊径,生造佛禅词境,而仍是用"以诗为词"之法将佛经阅读与禅理思考的日常活动用词体表现出来,只不过这里入词之诗太富个性。根据这一思路考察,一些佛禅词在今日仍能浮现出完整的集句面貌,比如这阕《南乡子》:

南 乡 子

嗟见世间人。但有纤毫即是尘。不住旧时无相貌,沉沦。只为从来认识神。　作么有疏亲。我自降魔转法轮。不是摄心除妄想,求真。幻化空身即法身。①

这阕词首句集自拾得诗"嗟见世间人,个个爱吃肉"②,第二、三句集自宝志和尚《十二时颂》"若捉物,入迷津,但有纤毫即是尘。不住旧时无相貌,外求知识也非真"③,上片最后一句集自湖南长沙景岑禅师偈子"学道之人不识真,只为从来认识神"④,过片集自襄州居士庞蕴偈子"无我复无人,作么有疏亲",其下一句集自《一钵歌》"嗔即喜,喜即嗔,我自降魔转法轮"⑤,最后两句集自真觉大师《证道歌》"君不

---

① 《全宋词》,第266页。
② 《全唐诗》(增订本)卷八〇七,中华书局,1999年,第9188页。
③ 道元辑,朱俊红点校《景德传灯录》卷二九,海南出版社,2011年,第1028页。
④ 同上书,卷一〇,第241页。
⑤ 同上书,卷三〇,海南出版社,2011年,第1077页。

见,绝学无为闲道人,不除妄想不求真。无明实性即佛性,幻化空身即法身"。① 故而此词是一阕非常完整典型的集句词。谈禅问佛是王安石晚年退居金陵时的日常行为,他经常拜访钟山僧寺,并与笃信佛教的俞紫芝兄弟往来唱和,词集中就有五阕唱和俞紫芝的《诉衷情》②,内容也是近于禅理的清寂,可见填制佛禅义理的集句词已经成为王安石完成这项日常活动的方式,他可以借佛禅之说消解内心的愤懑。这阕《南乡子》除了首句用了拾得诗之外,其他皆集自北宋禅僧诗偈,这与前文提到的集本朝诗句入词的现象相吻合,王安石不仅有意抬高中唐诗人的地位,而且也将北宋方兴未艾的禅僧诗带进词体的视野,宋诗立场与诗词互通的"日常化"转向非常明显。由于禅僧诗的生存空间主要在世俗社会,而且王安石时代禅林尚未那么重视禅僧文献的保存,从而大量禅僧诗偈就此散佚,这可能是某些王安石佛禅词如今难以找到诗源的原因。但无论如何,王安石用集句的方式将士大夫退居日常全面引入词体应无太大疑议。

王安石的佛禅集句词显然是黄庭坚早期佛禅词的仿效来源,只不过黄庭坚舍弃了集句这条船,登上了直接填制禅词的彼岸。其实黄庭坚的集句词写作最初也是效法王安石,最明显的证据就是这阕《菩萨蛮》:

菩 萨 蛮

王荆公新筑草堂于半山,引八功德水作小港,其上垒石作桥。为集句云:"数间茅屋闲临水。窄衫短帽垂杨里。花是去年红。吹开一夜风。 梢梢新月偃。午醉醒来晚。何物最关情。黄鹂三两声。"戏效荆公作

半烟半雨溪桥畔。渔翁醉着无人唤。疏懒意何长。春风花草

---

① 道元辑,朱俊红点校《景德传灯录》卷三〇,海南出版社,2011年,第1067页。
② 《全宋词》,第265—266页。

香。　　江山如有待。此意陶潜解。问我去何之。君行到自知。①

这阕词不仅在小序中明言效荆公而作,也承袭了王安石以集句歌词抒发山居日常的内容,展现出早期山谷词罕见的渔樵归隐主题,俨然构成了后期以词抒谪居日常的基础。从这阕词的诗源来看,黄庭坚并未集李商隐或白居易的诗句,大半篇幅倒是被杜诗占据,要说这是黄庭坚诗法杜甫的展现,毋宁说也是继承王安石集句词的法度。但是这种现象在黄庭坚大多数集句词中并不常见,杜甫及中唐诗人不是黄庭坚的主要诗源,比如一阕《南乡子》云:"黄菊满东篱。与客携壶上翠微。已是有花兼有酒,良期。不用登临恨落晖。　　满酌不须辞。莫待无花空折枝。寂寞酒醒人散后,堪悲。节去蜂愁蝶不知。"②就是明显的白居易与晚唐诸诗家混杂的格局,在法度上与欧阳修更为接近。

这种现象其实是山谷词前后转变在集句体上的反映。大多数黄庭坚的集句词作于绍圣年间贬谪黔南之后,而且往往在重九日为之,故而与后期习用苏轼词法怀念师友的方式有所关联。苏轼有一阕作于黄州的《定风波》,词云:

定　风　波
重阳括杜牧之诗

　　与客携壶上翠微。江涵秋影雁初飞。尘世难逢开口笑。年少。菊花须插满头归。　　酩酊但酬佳节了。云峤。登临不用恨落晖。古往今来谁不老。多少。牛山何必更沾衣。③

据词题可知苏轼于此词櫽括杜牧《九日齐安登高》,切合重阳与黄州

---

① 《山谷词校注》,第 223 页。
② 同上书,第 130 页。
③ 《苏轼词编年校注》,第 295 页。

之时地。然而此词与前章提到的櫽括《归去来兮辞》的慢词手段有别,主要就是将杜牧原句重新排列,根据诗词不同之格律,略加增损改易而已,似从集句之法化出,故黄庭坚重九日自撰集句当对此词有所暗指。由于苏轼选择杜牧诗歌进行櫽括,故而黄庭坚的集句词也涉及杜牧这首诗的句子,既然如此,他也就不太可能再回到王安石的集句手段,而只能在苏轼的法度下继续展开写作。

苏轼的日常词体写作除了櫽括之外,集句也占据非常重要的地位,他其实与王安石一样,将集句词写作当成日常生活的一部分,甚至在醉酒之后还以集句词的方式吟咏墨竹①,这说明苏轼将集句词延伸至王安石未及之文人雅趣生活。除此之外,苏轼与王安石的集句词差异还体现在诗源分布上,或许王安石的方法太过激进,将宋诗的独特处全部引入词体似乎是苏轼也接受不了的事情,他还是选择了座师欧阳修的路线。根据夏小凤的研究可知,现存五阕苏轼集句词主要宗尚晚唐诗,尤以杜牧与李商隐为著,其间亦不断闪动着白居易的身影②。绍圣之后的黄庭坚也是追随着这条较为中和的欧阳修—苏轼词统,不过早期的王安石影响也一并在背后促成了他将写作谪居日常的词体功能发展成熟。

第三节　经典另立：徽宗朝地方
词坛的追和词写作

上文花费了两节的篇幅交代朝野离立状态下谪居士大夫生态与文学日常的源流,可知在崇宁党禁前,地方词坛"日常化"转向与基本面貌已经建立,徽宗朝的元祐士大夫只不过在又一场党禁中继续这

---

① 苏轼《定风波》(雨洗娟娟嫩叶光)词序云:"元丰五年七月六日,王文甫家饮酿白酒,大醉。集句作墨竹词。"《苏轼词编年校注》,第396页。
② 参见夏小凤《苏黄集句词论略》,《词学》第三十四辑,第46—48页。

种写作模式。崇宁、大观年间,徽宗忙于京城的三代制度建设,将元祐党人赶出四辅京畿区域之外后便不再费心,反而使得元祐士大夫得以充分实践刚刚建立的词体写作模式,并获得了大批地方追随者。当徽宗终于完成他的三代建设,欲大行自己主导的词风时,却发现地方上早在京城词坛岑寂的时候,就确立起了与之不同的经典词人与写作范式。

一、创作生态:地方对元祐党人的尊重

虽然元祐士大夫受到了来自中央与帝王的强力政治禁锢,但是他们在地方贬所的实际生活其实并不怎么严酷。有赖于自我道德的砥砺以及学术领域的造诣,元祐士大夫群体实际上在朝野士人间享有很高的声誉,有的地方官员反而会非常尊重来此服刑的元祐士大夫,而且他们的文学才华、艺术修养也使得贬谪之地的主政官员乐于带上他们参与地方应酬。苏轼在黄州受到太守陈君猷的礼遇与关照便是如此,而其后学在党禁中的境遇也与之类似。略举数例以证之。

黄庭坚在绍圣年间被贬谪到黔南,他尽管多次感慨那里偏僻多瘴,但仍然留下了不少与当地官员即席唱酬的词作。特别是元符元年改置戎州之时,他还特地写了一首题为《与黔倅张茂宗》的诗表达对黔南地方官员的惜别之意。史季温在诗题下注引黄庭坚《与大主簿三十三书》云:"太守曹供备谱,济阳之侄;通判张诜,张景俭孙,公休之妻弟,皆贤雅,相顾如骨肉。"① 可见尽管贬所的自然条件极为艰苦,但黄庭坚获得了地方官的扶助,与他们往来甚密,他的谪居生活应该平淡而从容,精神状态也不会太差。这种状态在徽宗崇宁年间亦是如此,张孝祥有一篇《高侍郎夫人墓志铭》,其间提到了黄庭坚在

---

① 《黄庭坚诗集注》,《山谷别集诗注》卷下,第1471页。

太平州的一段经历:

> 侍郎为太平州判官,摄州事,山谷来为守,谪久贫甚,既入境矣,复坐党事免。侍郎得党帖,不以告,迎候如礼。山谷既视印,已乃知之,侍郎为治归装,甚饬备,过于久所事。①

这位高侍郎名作高卫,在两宋之际并不是一位显要官员,更与黄庭坚没有任何的姻亲或学缘关系。但是其时尚处一介判官的他却能够以礼迎候,甚至在收到崇宁党禁诏令的时候还敢藏之不告,地方官员对党禁的态度以及予以元祐士大夫的礼遇程度即可以想见。不仅南方官员持有这样的态度,北方贬谪地的士民亦是如此。叶梦得《岩下放言》就云张舜民崇宁、大观间因党籍废居长安时,关中人无贵贱以为父师②。这种以谪居的元祐士大夫为学术宗师的现象在南方诸州更为普遍,最典型的便是杨时于福建教徒授学,传播二程的思想。于是元祐学术虽在京城空间被严禁,但在地方上却一直薪火相传,且追随者极多。

文学领域也呈现与学术相同的朝野离立面貌,三代制度建设时期,京城始终坚持严禁诗赋的高压政策,并希望地方同样也能如此。但是真实情况依然事与愿违,元祐文学特别是苏门文学在地方始终保持很强的生命力,朱弁《曲洧旧闻》甚至说:"崇宁、大观间,海外诗盛行,后生不复有言欧公者。是时朝廷虽尝禁止,赏钱增至八十万,禁愈严而传愈多,往往以多相夸。士大夫不能诵坡诗,便自觉气索,而人或谓之不韵。"③不仅如此,地方官员亦出现类似高卫那样的违背禁令的行为,如徐州太守就未按要求拆毁黄

---

① 张孝祥著,徐鹏校点《于湖居士文集》卷二九,上海古籍出版社,1980年,第289页。
② 《岩下放言》卷下,第348页。
③ 朱弁著,孔凡礼点校《曲洧旧闻》卷八,中华书局,2002年,第204—205页。

楼及苏轼手书黄楼碑,而是悄悄将石碑投入护城河中,并将黄楼改名"观风"而已①。

在这样的政治生态下,谪居中的元祐士大夫在地方上其实具备较强的影响力,他们的学术、文学观念仍然可以在地方传播,并得到数量可观的追随学习者,将其代代相传下去。由于贬谪之人对写作诗文终究有所顾虑,所以他们就接续着崇宁之前就形成的词体"日常化"转型道路,选择词体作为日常文学活动,这未尝不是词体雅化历程中的重要契机,其终于可以完全走进士大夫的日常之间。元祐士大夫及其后学在自我创作之余,还用追和词的写作树立起与京城有别的地方经典词人,并通过自己在地方的影响力使其成为徽宗朝地方词坛的主流范式。

二、我本苏门:黄庭坚的追和东坡词

上文已经提过,黄庭坚在元祐年间就已经填有和韵苏轼的词作,只不过那时还保持着私淑王安石的个性。到了绍圣贬谪黔南之后,他的词风发生了向欧苏一系的转变,和韵东坡词的作品也逐渐增多,风格词法上都在向苏轼学习与靠拢,比如这阕《南歌子》:

南 歌 子

诗有渊明语,歌无子夜声。论文思见老弥明。坐想罗浮山下、羽衣轻。　　何处黔中郡,遥知隔晚晴。雨余风急断虹横。应梦池塘春草、若为情。②

词中同时提到了黔中与广东罗浮山,可知是黄庭坚绍圣三年(1096)

---
① 《却扫编》,第157页。
② 《山谷词校注》,第156页。

前后于黔南贬所寄怀谪居惠州的苏轼所作。全词工整疏朗,使用接近徒诗的笔法与节奏,将自我愁绪与故友追思在清旷的文字间悠悠地透露出来,非常有东坡词的感觉。实际上黄庭坚就是在用苏轼的三阕《南歌子》之韵:

南 歌 子
和前韵

日出西山雨,无晴又有晴。乱山深处过清明。不见彩绳花板、细腰轻。　　尽日行桑野,无人与目成。且将新句琢琼英。我是世间闲客、此闲行。

又
寓 意

雨暗初疑夜,风回忽报晴。淡云斜照着山明。细草软沙溪路、马蹄轻。　　卯酒醒还困,仙材梦不成。蓝桥何处觅云英。只有多情流水、伴人行。

又
再用前韵

带酒冲山雨,和衣睡晚晴。不知钟鼓报天明。梦里栩然蝴蝶、一身轻。　　老去才都尽,归来计未成。求田问舍笑豪英。自爱湖边沙路、免泥行。①

三阕词的写作时间尚无定论,邹同庆、王宗堂与薛瑞生均已明辨朱孝臧元丰二年(1079)作于湖州说之误,但二者各自的系年却相差甚远,

---

① 三词见《苏轼词编年校注》,第364、367、368页。

邹王二人将其定在元丰五年的黄州,而薛瑞生则提前至嘉祐八年(1063)凤翔府签判任上。① 出现系年困难的原因在于这三阕词内部证据相互错杂,无论将其置于哪一时间段,都能从中找到矛盾的词句。其实没有必要一定将三者系在同一时期,上文已经充分论述过苏轼有唱和数年前词作的习惯,这三阕词也有追和前韵的可能,尤其是第三首,从情感到风物都与前二首有明显的差异。第一阕词首句化用刘禹锡《竹枝词》中的名句"东边日出西边雨,道是无晴却有晴",由于这是刘禹锡外任夔州时写下的句子,再结合末句"我是世间闲客此闲行"来看,这首词作于黄州要更为合理。而且三词均呈现成熟的清旷萧疏风格,词中人物的风神也是深入骨髓的空寂轻灵,完全是苏轼通判杭州时期应酬词以外的个性化词风的延续,不太可能作于倅杭之前。但无论如何,黄词与苏词的写作时间相隔十年以上应是没有问题。黄庭坚不仅用苏词的韵部,而且也在效法东坡清旷的词风,表现自己面对贬谪生活时同样也可以萧然闲散、云淡风轻。不过黄庭坚终究无法完全达到苏轼于平易流畅间自起波澜的高度,几处长句的用词与节奏依然有拗逆的痕迹,二人才性的区别可见一斑。或许是黄庭坚太习惯写世俗语言下的艳情词与佛禅词了,转型初期的他一下子尚难以扭转过来;亦或许是他的才情与个性终究与苏轼有所隔阂,王安石的那种做派要更适合他吧。

除了这阕和韵苏轼十余年前之词的《南歌子》,黄庭坚在贬谪川黔时期也有其他和韵苏轼的词作,无一例外都是唱和苏轼写于很久之前的作品。比如绍圣四年(1097)重九日,黄庭坚填了两阕《点绛唇》寄怀他的从弟黄嗣直,词序里明确交代了他是用"东坡余杭九日《点绛唇》旧韵"②。苏轼的原作就是上文提到过的两阕寄赠苏坚的

---

① 详见《东坡词编年笺证》,第9—13页《苏轼词编年校注》,第365—366页。
② 《山谷词校注》第231页。

《点绛唇》,分别作于元祐四年(1089)、元祐五年的重阳日,原韵与和作依然相隔了近十年之久。黄庭坚屡屡追和苏轼多年前旧作的现象非常有趣,这些词篇并不是写给他的,也不是脍炙人口的流行名篇,但他却能在很多年后再作唱和,而且在词韵词法词情上皆能与原词保持高度相似。这不太可能是有人在贬所上出示给他看,毕竟他偶然获阅不曾知晓的苏轼旧诗时会郑重记下本末再依韵唱和,只可能是他手头有一种苏轼词集,他在谪居生活中经常翻阅追摹以度日常。这对于探究北宋后期的词集编纂与流传意义重大,将其与苏轼能够追和自己数年前的旧作结合起来分析,则可以判断当时地方士大夫已经具备了自觉保存整理词集的意识,他们将词作也当作自我生命的记录,这是词体写作日常化转向之后必然会发生的事情。尽管苏轼的词集不太可能像万俟咏那样获得真正的刊刻出版,但在《大声集》还未盛传都下的时候,经他自我保存整理过的词集早就流传于地方苏门圈子中,很可能以稿本的形式相互抄传,黄庭坚手头的本子或许是在贬谪前夕的绍圣元年七月于彭蠡之上相遇南谪的苏轼时所获,从而得以在之后的生命时空中反复阅读与追和。可以想见,崇宁党禁之后苏轼与苏门学士的词集在地方上也是通过转相抄写的形式流传,为苏门中人继续追和东坡词以及地方后学学习苏轼词法奠定了文本基础。

黄庭坚追和东坡词的频率在徽宗即位之后愈发频繁,但词中情感却有前后差异。元符三年(1100)正月,徽宗即位,逐渐赦归被贬谪的元祐士大夫,黄庭坚也在是年五月重新起为宣德郎,添差鄂州盐税。他旋即东归,于次年四月抵达荆南待命。其时尽管秦观不幸卒于北归途中,但其他苏门中人都顺利归至江淮一带,如苏轼便从儋州抵达常州,黄庭坚非常期待与他们能在贬谪之后重新相见,故于是年七夕节填词表达这种心意:

鹊 桥 仙

席上赋七夕词

朱楼彩舫,浮瓜沉李,报答春风有几。一年尊酒暂时同,别泪作、人间晓雨。　　鸳鸯机综,能令侬巧,也待乘槎仙去。若逢海上白头翁,共一访、痴牛骏女。①

此词中的"海上白头翁"显然指的是渡海北归的苏轼,这阕表达相见期待的歌词正是和韵苏轼写于二十七年前的《鹊桥仙》(缑山仙子)②,黄庭坚在词中也重复使用了其间名句"痴牛骏女",并将"天风海雨"翻作为"人间晓雨",可见此时对苏词的追摹已经愈发熟练。黄庭坚似乎觉得一阕和韵词不足以表达此刻迫切的心情,他又写了另一首《鹊桥仙》,这回是严格依韵苏轼作于元祐五年(1090)的《鹊桥仙·七夕和苏坚韵》,黄庭坚在词中直言与苏轼"八年不见"的苦闷,并表达了期待与其一起归老江湖的愿望③。这两阕词既是历尽沧桑之后的平淡话语,也是黄庭坚此刻内心深处最真切的愿望,他愿意相信自己能够在平淡安逸中了此余生,因为他对刚即位的徽宗充满了期待,他曾写下"岁行辛巳建中年,诸公起废自林泉。王师侧闻陛下圣,抱琴欲奏南风弦。孤臣蒙恩已三命,望尧如日开金镜。但忧衰疾不敢前,眼前黑花耳闻磬"的诗句④,尽管黄庭坚自己已经无心入朝为官,但仍然相信可以在圣明新天子的治下获得与同门诸君归老渔樵的机会。

然而最终还是事与愿违,就在黄庭坚填完这两阕《鹊桥仙》之后没多久,建中靖国元年(1101)七月二十八日,苏轼病逝于常州,黄庭

---

① 《山谷词校注》第136页。
② 苏轼原词写于熙宁七年(1074),词云:"缑山仙子,高清云渺,不学痴牛骏女。凤箫声断月明中,举手谢时人欲去。　　客槎曾犯,银河波浪,尚带天风海雨。相逢一醉是前缘,风雨散、飘然何处?"《苏轼词编年校注》,第65页。
③ 《山谷词校注》,第134页。
④ 《黄庭坚诗集注》,《山谷别集诗注》卷下,第1483—1484页。

坚再也实现不了重会苏轼的愿望。崇宁元年(1102),新一轮党禁开始,黄庭坚再度被贬,这回的羁管地是广西宜州,归老渔樵的愿望也随即破灭。黄庭坚在生命的最后三年,依然不断和韵东坡词,此时的词作就完全是身后追和了,既是对已故师友的追忆,亦是苏门中人身份的自我认定,从而词情不再充满希望,而变得略显憔悴,生命的虚空感愈发明显,早年词作间的佛禅况味被以一种近似苏轼的方式重新表达。崇宁三年,黄庭坚在前往宜州贬所的途中遇到了诗僧惠洪,二人借《西江月》一调唱和:

西 江 月

崇宁甲申,遇惠洪上人于湘中,洪作长短句见赠云:"大厦吞风吐月,小舟坐水眠空。雾窗春色翠如葱。睡起云涛正拥。往事回头笑处,此生弹指声中。玉笺佳句敏惊鸿。闻道衡阳价重。"次韵酬之。时余方谪宜阳,而洪归分宁龙安。

  月侧金盆堕水,雁回醉墨书空。君诗秀色雨园葱。想见衲衣寒拥。 蚁穴梦魂人世,杨花踪迹风中。莫将社燕等秋鸿。处处春山翠重。①

此时苏轼已经去世三年,惠洪较为不合时宜地用了苏轼《西江月·平山堂》之韵。苏轼词已见前引,是与这首词同样的东冬韵,而且惠洪"此生弹指声中"一句明显就是回应苏轼的"半生弹指声中",应该就是在追和东坡词,只是"此生"与"半生"的一字之别使得惠洪词情决绝得毫无希望。黄庭坚接续着惠洪的追和写作,他试图消解惠洪的绝望,一方面承认人生如梦如幻与双方漂泊无助的现实,另一方面又以轻倩的"处处春山翠重"收束,近似苏轼的清旷风格与轻灵姿态再

---

① 《山谷词校注》,第167页。

次出现,既然没有办法改变现实,那就不如通达一些,心地放开之后就可以发现处处皆春。结句或许也回应着苏轼"未转头时皆梦",既然人生如梦,那不如就不要醒来了吧,梦中毕竟有处处皆春的美好,旷达背后仍有一种无奈的憔悴在。

当黄庭坚抵达宜州之后,他与从兄黄大临发生了一场送别唱和事件。据吴曾《能改斋漫录》记载:

> 贺方回为《青玉案》词,山谷尤爱之,故作小诗以纪其事。及谪宜州,山谷兄元明和以送之云:"千峰百嶂宜州路,天黯淡,知人去。晓别吾家黄叔度。弟兄华发,远山修水,异日同归处。尊罍饮散长亭暮。别语缠绵不成句。已断离肠能几许。水村山郭,夜阑无寐,听尽空阶雨。"山谷和云:"烟中一线来时路。极目送,幽人去。第四阳关云不度。山胡声转,子规言语,正是人愁处。 别恨朝朝连暮暮。忆我当年醉时句。渡水穿云心已许。晚年光景,小轩南浦,帘卷西山雨。"洪觉范亦尝和云:"绿槐烟柳长亭路。恨取次,分离去。日永如年愁难度。高城回首,暮云遮尽,目断人何处。 解鞍旅舍天将暮。暗忆丁宁千万句。一寸危肠情几许。薄衾孤枕,梦回人静,彻晓萧萧雨。"①

黄氏兄弟此番唱和之后,围绕贺铸《青玉案》的追和成为历代词人相继尝试的写作。然而追和行为并非如吴曾所说始自黄家兄弟,早在十三年前的元祐七年,苏轼就曾和韵贺词送别苏伯固归吴②,由于

---

① 《能改斋漫录》卷一六,第 189—190 页。
② 苏轼《青玉案·和贺方回韵送伯固归吴中故居》词云:"三年枕上吴中路。遣黄耳、随君去。若到松江呼小渡。莫惊鸥鹭,四桥尽是,老子经行处。 辋川图上看春暮。长记高人右丞句。做个归期天已许。春衫犹是,小蛮针线,曾湿西湖雨。"这首词的作者另有作蒋璨或姚进道者,然自唐圭璋、曹树铭诸家皆已论证诸本《东坡词》均载此词,东坡的作者权当属无疑。《苏轼词编年校注》,第 716 页。

贺词道尽江南闲情,故而非常切合苏伯固此去之目的地吴中,可以说明贺铸此词写作年代非常早,而且苏轼也极为欣赏。黄氏兄弟也是在送别宴席上次韵唱酬,黄庭坚在分别之后又一再重和,这些与苏轼旧词写作生态的相似表明和韵动机并非仅仅如吴曾所言极赏贺铸,应也有借东坡旧韵追怀凭悼并感伤自己之境遇的心态。由于元符二年(1099)到崇宁三年(1104)之间,苏门群体已经出现过一次由苏轼发起的追和秦观《千秋岁》(水边沙外)的公共性文学事件,故而此番唱和《青玉案》也会抱有类似的心态。观惠洪后来也加入唱和行列,可知当时已经有公共化的趋势,只是黄庭坚抵达宜州之时,苏门中人在世者已经不剩多少了,无法再现如《千秋岁》那样的声势。

崇宁四年重九日,黄庭坚登上宜州城楼,又填了一阕《南乡子》:

南 乡 子
重阳日宜州城楼宴集,即席作

诸将说封侯。短笛长歌独倚楼。万事尽随风雨去,休休。戏马台南金络头。　　催酒莫迟留。酒味今秋似去秋。花向老人头上笑,羞羞。白发簪花不解愁。①

《道山清话》云:"山谷之在宜也,其年乙酉,即崇宁四年也。重九日登郡城之楼,听边人相语:'今岁当鏖战,取封侯。'因作小词云(词略)。倚阑高歌,若不能堪者。是月三十日,果不起。范寥自言亲见之。"②据此则知这首词是可考山谷词中最晚的一阕,也即黄庭坚的绝笔。尽管《道山清话》将此词缘起说成听闻封侯之言,但仔细查看此词的

---

① 《山谷词校注》,第133页。
② 佚名著,赵维国整理《道山清话》,第98页。

韵脚就可以知晓黄庭坚又在追和苏轼那阕《南乡子·重九涵辉楼呈徐君猷》。此时距离他上一次追和已过六载,词情也从借苏轼词韵效法东坡词路发展到直抒愤懑的凄厉。可见黄庭坚绍圣年间被贬黔南之后,始终坚守与强调自己的苏门身份。既然自己被归入这层身份而受贬谪,那就时刻提醒自己我本苏门中人吧,也不枉受此一番声名。这种心态下的词体写作一直贯穿黄庭坚整个晚年生涯,直到生命的最后依旧如此。山谷词私淑王安石的痕迹至此愈发不显,尽管他极大地推动了苏轼词在地方的流传以及词体日常化的深入,但早期词作呈现的锋芒锐气与自我个性似乎也随之弱化,不知是他的幸运还是不幸。

三、苏门追忆:晁补之追和形式的悼念词

黄庭坚借追和词怀念师友、感伤身世的写作在崇宁年间并非孤例,当时尚在世的元祐士大夫多填制追和悼念词,他们谪居或退居于不同的地方,呈现着相互独立又遥相呼应的创作格局。后苏轼时代的地方文坛领袖苏辙本不常填词,在崇宁党禁退居颍滨时也是如此,此时借追和词写作悼念过往岁月与已逝同人主要由苏门学士承担,晁补之便是其中的代表。

晁补之本身就是苏门学士中的填词能手,他在元祐年间供职馆阁时就经常写作宫廷歌词。虽然秦观一向被视作苏门词家的典范,但是他的词终究不能脱去世俗歌曲色彩,倒是晁补之却能够填出完全符合士大夫对于颂体之词期待的乐章,而且能为其在宫廷音乐趣味间找到平衡,黄庭坚就曾捻出此点而极赏"晁子庙中雅歌"。晁补之高超的宫廷乐章写作能力显然也会延伸至词体文学中,故而当其在崇宁年间写作欧苏一系的追和词时,也十分得心应手。

绍圣期间的党禁对于晁补之影响不是很大,他曾一度被贬至处州监酒税,但地理位置也要比苏轼诸人宽松许多,而且他旋遭母丧,

得以护柩归里,故而当时没有类似黄庭坚的遭际与心态,也就没有留下追和词篇。崇宁党禁开始之后,晁补之也没有南迁,而是免官回乡,在山东金乡过着退居生活。尽管境遇有别,但在苏轼及苏门同人去世的消息相继传来的时候,孤居家中的晁补之不可能不为之动容,从而兴起与苏黄诸人相似的情感,于是在崇宁、大观年间,追和词写作一度成为他的闲居日常。比如这阕《离亭宴》:

离 亭 宴
次韵吊豫章黄鲁直

丹府黄香堪笑。章台坠鞭年少。细雨春风花落处,醉里中人传诏。却上五湖船,悲歌楚狂同调。　　青草荆江波渺。香炉紫霄簪小。人去江山长依旧,幼妇空传辞妙。洒泪作招魂,枫林子规啼晓。①

这阕词的写作时间显然在崇宁四年(1105)黄庭坚逝世之后,和韵黄庭坚写于建中靖国元年(1101)的《离亭燕·次韵答黎功略见寄》(十载尊前谈笑)。自绍圣党禁以来,晁补之的主要行迹在山东,而黄庭坚则漂泊西南,两人再未相见。也就是说两首词在时间和空间两个维度上都存在较大的距离隔阂,反映着严苛党禁之下,苏门文学自有一套流传系统,或许传播速度会迟缓一些,但并不影响地方波及的广度。晁补之毕竟没有经历过真正的岭南谪居生活,故而这阕追和词没有自悼身世的感伤或者清旷萧散的自我解嘲,全部都是从追悼对象落笔,用比较本色的词法再现黄庭坚曾经的风流以及想象其被贬时候的凄凉,追忆故人的情感就在这盛衰对比间体现出来。同样的结构与情感表达也见于悼念秦观的追韵词《千秋岁·次韵吊高

---

① 《晁氏琴趣外篇·晁叔用篇》卷二,第76页。

邮秦少游》①,可见晁补之的追和词写作更注重往事追忆与苏门词学的保留。

晁补之借追和词展现自我当下情感的词作也不是没有,比如这阕《满庭芳》:

满 庭 芳
用东坡韵题自画《莲社图》

归去来兮,名山何处,梦中庐阜嵯峨。二林深处,幽士往来多。自画远公莲社,教儿诵、李白长歌。如重到,丹崖翠户,琼草秀金坡。　　生绡,双幅上,诸贤巾履,文彩天梭。社中客,禅心古井无波。我似渊明逃社,怡颜盼、百尺庭柯。牛闲放,溪童任懒,吾已废鞭蓑。②

苏轼在元丰七年(1084)自黄移汝时曾写过一阕《满庭芳》(归去来兮)别黄州邻里,一年之后蒙恩放归常州阳羡时又自和一阕,晁补之就是用这两阕词的韵脚题自画《莲社图》。苏轼的那两阕词都是咏叹人生无多,是经历重大挫折之后终于得归渔樵的感慨,也体现着贯穿东坡黄州诗词文的人生如梦思辨。晁补之这首词学习苏轼以文为词的手段,也述及渔樵之事,但没有太多空寂幻灭的情感,而是略显平静地述说着自己已然习惯这种闲居生活。若说晁补之完全没有不甘与无奈也不尽然,这是题写在《莲社图》上的词,晁补之很可能在借慧远等十八人庐山结社一事暗指自己曾经参与的西园雅集。那次西园集会上,驸马王诜召集来了十六人,荟萃了苏门群英,是苏轼被拥戴为文坛盟主的标志性事件,这样来看,晁补之借用苏轼词韵题画也就非常

---

① 《晁氏琴趣外篇·晁叔用词》卷二,第78页。
② 同上书,卷三,第99页。

适宜了。只是此词的写作时间已经是大观四年(1110),党禁已经实施了八年之久,晁补之的不甘情绪很难讲会有多么激烈,更多还应该是继承他一直以来的追忆主题。他的实际生活状态应该就是此词末句所言的闲淡疏懒,他在这样的光景中就是以词题中交代的图画、填词等活动为日常,追忆着逝去同人与往日时光。晁补之追和词体现的身世情绪淡化意味着词体的日常化转向又进入了一个新的领域,其开始可以平静地抒写闲居日常的一切,逐渐与造成这一生活局面的政治因素相脱离。

四、苏门再传:李之仪与南渡前向子諲的追和词

晁补之追和词中自我感伤的淡化在李之仪的词章里表现得更为明显,李之仪虽然与苏轼过从甚密,但似乎不被后世划入苏门的核心群体,他在崇宁之后的追和苏门之词中也表现着与群体中人相对异质的特征。如和韵秦观的《千秋岁》:

千　秋　岁
用秦少游韵

深秋庭院,残暑全消退。天幕迥,云容碎。地偏人罕到,风惨寒微带。初睡起,翩翩戏蝶飞成对。　　叹息谁能会。犹记逢倾盖。情暂遣。心常在。沉沉音信断。冉冉光阴改。红日晚,仙山路隔空云海。①

这阕词尽管和韵秦观,但内容却近于类型化情感表达,写作手法也很传统,词中被幽闭在深秋庭院的那个人似乎被想象为秦观,他在偏僻的贬所回忆着往日同人间的欢娱,伤感而今音信阻断的落寞。如果

---

① 《全宋词》,第441页。

不这样强作解释,就把词中人当作普通的思念远方情人的形象,同样也很通畅。总之这阕词完全没有体现词人李之仪的个人情感,看不出他对自身贬谪经历的感受,不仅与苏黄等人的和作迥异,就是与晁补之词相比,在与政治遭际的联系上还要隔膜许多。李之仪的追和词写作模式并非偶出,另一阕追和黄庭坚的词作同样也是如此:

蓦 山 溪
少孙咏鲁直长沙旧词,因次韵

青楼薄幸,已分终难偶。寻遍罗绮间,悄无个、眼中翘秀。江南春晓,华发乱莺飞,情渐透。休辞瘦。果有人相候。　　醉乡路稳,常是身偏后。谁谓正欢时,把相思、番成红豆。千言万语,毕竟总成虚,章台柳。青青否。魂梦空搔首。[①]

李之仪的这阕词是非常传统的男女相思之作,词中设景也是春日艳阳下的江南,若不强作解人,并不能看出其间有什么寄托。然而黄庭坚的《蓦山溪》(鸳鸯翡翠)原词却并非这样简单,那是他崇宁三年(1104)奔赴宜州贬所途中赠予衡阳所遇歌妓陈湘的作品[②]。黄庭坚在贬谪宜州时期还有另外两阕赠给陈湘的歌词,都与这阕词一样体现着借儿女之情抒身世之恨的情感。李之仪的和韵显然把自我之恨删去,并将湘桂替换成江浙,成为一阕彻头彻尾的传统男女愁怨的歌词。或许他在席间听闻此曲时,也只是更多地将黄庭坚的原作当成闲情之赋吧。

李之仪这种追和苏门的独异举动显然与他的词学主张密切相关,这将在下节详述。不过这种写作模式也可以体现苏门旧词仅仅

[①]《全宋词》,第450页。
[②]《山谷词校注》,第36页。

是李之仪的一个话头,他或许并不同意如苏黄这样在词中深切地表达自我政治化情绪,但又需要向世人展示自己苏门中人的身份。毕竟此时的地方词坛已经广为流传着苏门词声,追和苏门歌词已经被仍健在的苏门学士推动得欲成一时风气,自己若不也稍作涉猎,则词学主张难以推广,自我词坛地位也无法树立。于是李之仪不仅频繁追和苏轼的词篇,而且运用各种各样的唱和手段,有趣的是,他使用的方式往往非常传统。《满庭芳》(一到江南)一词的小序云"八月十六夜,景修咏东坡旧词,因韵成此"①,然而现存东坡词中未见倚《满庭芳》调咏中秋者,亦无如李之仪和词一样押寒山先韵者。其实苏轼那阕著名的《水调歌头》(明月几时有)正是押此韵部,也恰是题咏中秋,似乎景修吟咏的就是这阕名篇,而李之仪则用《水调歌头》的韵部填就此《满庭芳》。这实际上是在用欧阳修式异调用韵形式在唱和苏词,不过新词内容也与苏轼原唱的两地兄弟之情无关,而是回到了传统的男女相思。除此之外,李之仪还使用过再现原词首句的传统唱和方式,他针对的就是苏轼《临江仙》(九十日春都过了),其词云:"九十日春都过了,寻常偶到江皋。水容山态两妖娆。草平天一色,风暖燕双高。　酒病恹恹何计那,飞红更送无聊。莺声犹似耳边娇。难回巫峡梦,空恨武陵桃。"②上文已经讲过,苏轼共有两阕以此句开头的《临江仙》,一首写于熙宁九年送别陈令举席上,一首写于十九年后的惠州贬所。然而无论是熙宁年间的依依惜别还是绍圣时期的天涯况味,李之仪的和词都没有再现,他似乎在表现自己退居时的日常生活,抒发着在一片寻常的暮春风景下感到的寂寞无聊。不过他在结尾仍然不忘点一笔巫山与武陵,使得词情又带上了男女艳情遗恨的面纱。这些例证无不表明,苏轼与其门人确实在地方词坛享有盛

---

① 《全宋词》,第438页。
② 同上书,第751页。

誉,但是他们词作中的自我人生情感并不受李之仪的重视,李之仪只是将其当作仿效借鉴以及推广自己词法的经典篇章。

不管怎样,李之仪终究与晁补之年纪差近,所以他能够在徽宗朝自由表达与苏轼不同的词学主张。但是对于那些在徽宗朝不过二十余岁的苏门再传弟子来说,此时尚未建立成熟的词学观,苏轼及其词篇就是心手追摹的范本,是不可逾越的规矩。这些苏门再传往往出生在元祐、绍圣年间,崇宁党禁之时他们并未受到牵连,但由于刚刚步入仕途,故而大多在地方为官,于是获得接触苏门学士的机会。在苏门学士的影响下,他们会学习苏轼的词法词风,而最便捷的学习方式就是模拟苏轼名篇的结构或依韵唱和。比如向子䜩南渡之前就填有这样一阕《虞美人》:

虞 美 人
宣和辛丑

去年雪满长安树。望断扬州路。今年看雪在扬州。人在蓬莱深处若为愁。 而今不恨伊相误。自恨来何暮。平山堂下旧嬉游。只有舞春杨柳似风流。①

宣和辛丑乃宣和三年(1121),向子䜩三十七岁,距离他首次拜见徐俯学习山谷诗法已过十载。这首词的上片章法显然模仿自苏轼《少年游》"去年相送,余杭门外,飞雪似杨花。今年春尽,杨花似雪,犹不见还家"诸句,而且"平山堂下""舞春杨柳"云云无不指向苏轼《西江月·平山堂》诸句。从宣和二年开始,向子䜩就在镇江任江淮发运司主管文字之职,经常前往一水之隔的扬州,这片欧阳修与苏轼皆曾为守的空间应该就是向子䜩填词效法苏轼的契机。是年向子䜩又获召

---

① 向子䜩著,王沛霖、杨钟贤笺注《酒边词笺注》,江西人民出版社,1994年,第95页。

对,除淮南转运判官,他在赴楚州就任的路上曾枉道颍昌拜访苏过,王兆鹏指出:"芗林此次与苏过交游,对其深入了解苏轼其人其词自不无裨益。"①由于这阕《虞美人》的存在,可知向子諲在此之前就已经决定步趋苏堂,故而才会有拜访苏过之行,以求获得深入了解。不过这阕早期效苏之词纯属模仿习作,既没有苏轼原词的流畅,也不能体认欧苏二公就平山堂而发之感慨。但从此之后,向子諲在苏门词法的路上一去不返,南渡之前就已经有追和苏轼词作的出现:

卜 算 子

东坡先生尝作《卜算子》,山谷老人见之云:"类不食烟火人语。"芗林往岁见梅追和一首,终恨有儿女子态耳。

竹里一枝梅,雨洗娟娟静。疑是佳人日暮来,绰约风前影。新恨有谁知,往事何堪省。梦绕阳台寂寞回,沾袖余香冷。②

由于向子諲曾为黄庭坚收葬,又主要游学于黄庭坚外甥徐俯门下,故其文学师承是黄庭坚及其身后之江西诗派。由于黄庭坚词风前后不统一,后期词作又个性减弱,故而江西诗人在词体文学上找不到明确的法系,往往就以高度日常化的方式或传统宴饮歌词偶一为之。或有对词体文学也有追求者,但他们无论选择哪种词学道路,都需要如这篇词序这样或多或少与黄庭坚拉上关系。这阕词追和苏轼著名的《卜算子》(缺月挂疏桐),虽然二者的词中形象有人鸿之别,但是亦步亦趋的痕迹仍然太过明显,也只是一阕习作而已。此词的小序显然是南渡后追加,所谓"终恨有儿女子态耳"就是云此时尚未完全掌握苏轼词法,尚执泥于男女相思的传统词情中。但也已经足以说明在

---

① 王兆鹏《向子諲年谱》,王兆鹏《两宋词人年谱》,文津出版社,1994年,第494页。
② 《酒边词笺注》,第102页。

大晟词人盛行京城的时代,苏轼已经成为地方词人学习的经典。

五、地方经典:徽宗朝其他地方词人对苏轼的摹效

不仅苏门学士或苏门传人在徽宗朝地方词坛追和或摹效东坡词,非苏门作者群体于此时也形成了这样的写作习惯,进一步促成了苏轼被树立为徽宗朝地方词坛的经典作家。向子䛊《卜算子》词序透露着江西诗法传人在词体领域一般是秉承男女艳情相思的传统,这一点倒是和李之仪接近而与苏轼有别,所以向子䛊会为其效仿苏轼的江北旧作犹存儿女子态而感到遗憾。一般认为,诸如向子䛊这般南渡前后词风存在差异的词人是经历家国之变后才大规模效法苏轼,但是从这篇词序与向子䛊的写作实践来看,他在宣和年间就已经步趋苏堂,南渡后只不过延续了江北旧习,所谓的变化只是靖康之难使他能够更好地理解苏黄诸人谪居时候的心态与词情。向子䛊的转效苏轼其实还是晚了点,摹效苏轼在此之前早成地方词坛的风气。如谢逸这阕《望江南》:

望 江 南

临川好,柳岸转平沙。门外澄江丞相宅,坛前乔木列仙家。春到满城花。 行乐处,舞袖卷轻纱。谩摘青梅尝煮酒,旋煎白雪试新茶。明月上檐牙。[①]

这阕吟咏临川春日的小词不能不让人联想到苏轼吟咏密州春日的名篇《望江南·超然台作》:"春未老,风细柳斜斜。试上超然台上看,半壕春水一城花。烟柳暗千家。 寒食后,酒醒却咨嗟。休对故人

[①]《全宋词》,第840页。

思故国,且将新火试新茶。诗酒趁年华。"①谢逸不仅使用苏轼原词词调与韵部,更有明显因袭的句子,摹仿的性质毋庸置疑。但谢逸只是描述了一番春日丽景与茶酒相欢,没有苏轼那种将自我意气灌注其间的风流与潇洒,既是二人不同个性才气所致,也是因为谢逸这首词带有更多的习作色彩。由于谢逸卒于政和二年(1112),从而可以再次想见徽宗在忙于京城三代制度建设的时候,无暇顾及地方文学风尚的控制,苏轼在地方词坛仍然能够广为流传。

谢逸其实并不像向子諲那样被后世认为接武苏轼,身为江西诗派二十五法嗣之一的他从学于吕希哲,与苏门没有学术渊源,一直以来都被认作是花间遗绪的传人,词评家多以"轻倩"一词论之,符合江西诗人词体写作的主流特征。这么一位词人出现了效仿苏轼的习作更能说明苏词在徽宗朝地方词坛的流行程度,江西诗人通过学习苏轼词法以适度消解他们词风中过重的绮罗香泽之态,这与向子諲的说法相吻合,只是大多数江西诗人并没有向子諲那么极端。不过江西诗人在当日获得盛名的词还是那些融合苏轼词法的篇章,比如谢逸的这阕《江神子》:

江 神 子

杏花村馆酒旗风。水溶溶。飐残红。野渡舟横,杨柳绿阴浓。望断江南山色远,人不见,草连空。　　夕阳楼外晚烟笼。粉香融。淡眉峰。记得年时,相见画屏中。只有关山今夜月,千里外,素光同。②

这阕词据胡仔《苕溪渔隐丛话》引《复斋漫录》所云可知是谢逸题于黄

---

① 《苏轼词编年校注》,第164页。
② 《全宋词》,第839页。

州关山杏花村馆驿的墙壁之上,在当日"过者必索笔于馆卒,卒颇以为苦,因以泥涂之"①,可见非常符合当时的审美趣味。这阕词不是简单的花间式男子作闺音式艳情,由于开篇出现了真实的地名杏花村馆,从而词中男性就与词人谢逸牵连上了关系,独居馆驿而思念远方佳人的男性很大程度上来自谢逸的真实感受,所以他写起来就少了几分代言体之隔膜,词情就随着自己的心绪一泻而出,造就与轻倩不太一致的风格,呈现如唐圭璋所评"极清婉"的面貌②。清婉或清丽其实是苏轼杭倅时期刚刚接触词体写作时就形成的自我风格,谢逸这阕词写作地点黄州也不能不让人怀疑是否与苏轼有所牵连。东坡词中正有一阕《江城子·恨别》与此词风神一致,词云:"天涯流落思无穷。既相逢。却匆匆。携手佳人,和泪折残红。为问东风余几许,春纵在,与谁同。　　隋堤三月水溶溶。背归鸿。去吴中。回首彭城,清泗与淮通。寄我相思千点泪,流不到,楚江东。"③这阕词与谢词同一韵部,亦存在颇为雷同的词句,内容同样是表达男性对女性相思不舍之情感,而且苏轼也运用实际存在的地名告诉读者词中男性就是即将离开徐州移任湖州的自己,于是词情宣泄得极沉着,一往情深。身处黄州杏花村馆驿的谢逸显然为了表达自己此刻的相思情绪,摹效了苏轼这阕词的豪放路数,使其词在花间余绪中更加真切,也算是在黄州这块特别的空间里对这位词坛先辈一种致敬。而从南来北往之人对这阕题壁词的反应来看,地方词坛还是更为接受熔铸苏轼清丽词风的深情之作。

江西诗人利用摹效苏轼达到消解花间之香艳的目的,而苏门文学渊源较江西诗人更淡的青年词人也在徽宗朝追和东坡,摹效着苏门词法。如南渡前尚未考中进士的周紫芝留下了这么一阕《水

---

① 《苕溪渔隐丛话》后集卷三三,第 256 页。
② 唐圭璋《读词札记》,唐圭璋《词学论丛》,上海古籍出版社,1986 年,第 658 页。
③ 《苏轼词编年校注》,第 262 页。

调歌头》：

水 调 歌 头

王次卿归自彭门，中秋步月作

濯锦桥边月，几度照中秋。年年此夜清景，伴我与君游。万里相随何处，看尽吴波越嶂，更向古徐州。应为霜鬓老，西望倚黄楼。　　天如水，云似扫，素魄流。不知今夕何夕，相对语羁愁。故国归来何事，记易南枝惊鹊，还对玉蟾羞。踏尽疏桐影，更复为君留。①

词序中的彭门即徐州，既言友人归自彭门，则显然作于南渡之前。徽宗即位的时候，周紫芝方十八岁，他的青春岁月与北宋最后的时光相伴随，是徽宗朝落落江湖的青年文学家群体的代表。尽管周紫芝曾游学于张耒、李之仪门下，但是他的学术、文学并未恪守苏门传统，于是无论诗词都呈现着别具一格的特色，在南渡诸公中特为杰出。然而不守家法不代表不曾心手追摹，这阕词由于题咏中秋，而且与徐州空间有所瓜葛，故而周紫芝选择了苏轼苏辙兄弟熙宁十年(1077)徐州中秋唱和词的韵部。极少填词的苏辙此时正与兄长在徐州共度中秋，想起了去岁兄长遥寄他的《水调歌头》(明月几时有)，故而和韵一阕云："离别一何久，七度过中秋。去年东武今夕，明月不胜愁。岂意彭城山下，同泛清河古汴，船上载凉州。鼓吹助清赏，鸿雁起汀洲。　　坐中客，翠羽帔，紫绮裘。素娥无赖，西去曾不为人留。今夜清尊对客，明夜孤帆水驿，依旧照离忧。但恐同王粲，相对永登楼。"②苏辙确实不大习惯填词，故而他的和作没有顾及

---

① 《全宋词》，第 1132 页。
② 同上书，第 459 页。

韵脚,只是使用了最简单的唱和词调方式。倒是苏轼这个时候已经对填词非常熟练,故而依着弟弟的韵脚和了一首云:"安石在东海,从事鬓惊秋。中年亲友难别,丝竹缓离愁。一旦功成名遂,准拟东还海道,扶病入西州。雅志困轩冕,遗恨寄沧洲。　岁云暮,须早计,要褐裘。故乡归去千里,佳处辄迟留。我醉歌时君和,醉倒须君扶我,惟酒可忘忧。一任刘玄德,相对卧高楼。"①相同的韵部之外,苏氏兄弟在词中表达的退官相乐之期待也与周紫芝友人归乡的写作缘起相吻合,而且周紫芝词中那些"几度照中秋""此夜清景""黄楼""不知今夕何夕""疏桐影"等等从东坡词中翻用的词句也不断提醒着读者他的词篇与苏轼的渊源。

既然周紫芝不囿于苏门家法,那么他的词集中显然还会有摹效其他词家的作品,这些作品也都使用着同韵部兼翻用名句的方式。比如一阕摹效晏幾道的《鹧鸪天》下片云:"香合小,翠帘重。今宵何事偶相逢。行云又被风吹散,见了依前是梦中。"②显然在翻写小晏名句"今宵尽把银釭照,犹恐相逢是梦中。"再如一阕没有任何题序说明的《天仙子》词云:"雪似杨花飞不定。枝上冻禽昏欲暝。寒窗相对话分飞,箫鼓静。灯炯炯。一曲阳关和泪听。　酒入离肠愁欲凝。往事不堪重记省。劝君莫上玉楼梯,风力劲。山色暝。忍看去时楼下径。"③无疑是用韵摹效张先名作《天仙子·时为嘉禾小倅,以病眠不赴府会》④。这些词作表明词体文学写作日常化后,词人填词越来越不注重即席应歌之音乐,脱离音乐地模仿名家名作成为词人练习写作技巧的最常规方式。周紫芝模仿晏幾道词作还有另外两阕《鹧鸪天》,他在晚年为这三阕词补写的小序中交代这是少年习作⑤,可知

---

① 《苏轼词编年校注》,第 211—222 页。
② 《全宋词》,第 1135 页。
③ 同上书,第 1142 页。
④ 张先原韵见下文所引,周紫芝词与之相较,不仅韵部相同,更有多处雷同词句。
⑤ 《全宋词》,第 1135 页。

这种词体写作生态与意识也是在徽宗朝就已经建立起来的。这种类似诗歌的学习训练方式显然渊源于苏轼对欧阳修词的学习,所以尽管周紫芝转益多师,但在方式使用上终究具有强烈的苏门印记①。这段重要的词史信息被明确承载于谢逸从弟谢薖一阕并不出彩的《虞美人》中:

虞 美 人

九日和董彦远

金钗尽醉何须伴。蕊糁浮杯乱。黄花香返岭梅魂。好把一枝斜插向乌云。　坡词欲唱无人会。桃叶知何在。与君同咏一联诗。但道老来能趁菊花时。②

同样卒于政和年间的谢薖在词中告诉读者,徽宗朝的文人始终对东坡词有着欣赏需求,但是已经难以闻于歌喉,只能通过阅读来感受其音节与词情。词章与音乐脱离的后果自然是词人将填词等同于写诗,从而谢薖会将他与董逌唱和《虞美人》一事说成"同咏一联诗"。于是可以非常有理由地说,诗词的联系在徽宗朝地方词坛已经完全摆脱了应歌小诗的媒介,词体完成了日常化转型,可以自由地吟咏自我日常生活以及日常间的非艳情亦疏离于政治的情绪。在那些可供青年词人摹效练习以接触与理解词体写作的经典词人中,苏轼无疑是最杰出的那一位。

---

① 如周紫芝《青玉案·凌歊台怀姑溪老人李端叔》词云:"青鞋忍踏江沙路。恨人已、骑鲸去。笔底骅骝谁与度。西州重到,可怜不见,华屋生存处。　秋江渺渺高台暮。满壁栖鸦醉时句。飞上金鸾人漫许。清歌低唱,小蛮犹在,空湿梨花雨。"这首追忆李之仪的词很明显步韵贺铸的《青玉案》,应是缘于李之仪是和韵贺词最早的一批词人,与苏轼、黄庭坚诸人的追和词手段同一机杼。词见《全宋词》,第1140页。
② 同上书,第912页。

第四节　日常与本色：徽宗朝地方雅词的多重面貌

随着词体日常化转型的完成,自由吟咏士大夫生活与情感的儒雅传统也彻底建立。苏轼被树立为地方词坛经典意味着这种雅词传统渊源于东坡词法,前面数节内容即从词体唱和功能发展的角度梳理了东坡词法如何一步步在传统建立中发挥作用。不过上文论述也表明,地方士大夫词人并非一味效仿苏轼,他们的词篇往往呈现与东坡词不一样的风格与样制。于是地方词坛共同关注与认可的东坡词法是苏轼独特的词体写作精神,而实现这种精神的手段与风格则可以各取门径。实际上,在词体写作日常化转型之后,填词成为了士大夫日常生活方式之一,那么不同的生活状态显然会产生与之相符的词风与体制,题材也会随着生活内容的丰富而扩展,徽宗朝地方雅词写作也就呈现着多样化的特征,基本建构起南渡后的词坛格局,正统的东坡词风只是其中的一种而已。

一、本色当行：晁补之、李之仪的闲居词

上文已经提过,士大夫闲居家中的情境与词中幽闭空间有着天然的相通,屋舍内的男性与闺阁里的女子其实没有区别,闲居诗歌就已经具备这种文本时空的近似,比如黄庭坚这首《呻吟斋睡起五首呈世弼》(其一)：

> 棐几坐清昼,博山凝妙香。兰芽依客土,柳色过邻墙。巷僻过从少,官闲气味长。江南一枕梦,高卧听鸣根。[1]

---

[1] 《黄庭坚诗集注》,《山谷外集诗注》卷二,第 790 页。

睡醒的诗人其实并没有下床,他就好像《花间集》里慵懒的女子一样,正在回味着刚刚那场美好的梦。诗人所处的空间此刻人迹罕至,博山炉里聚集的香烟提醒读者时间也是缓慢而凝重的。这些都是词中习见的内容,只不过人物形象男女有别。既然闲居诗已经如此接近词境,那么直接用词体表现这样的闲居日常更会适应传统的词法。晁补之就写过这样的乡间闲居日常词:

梁　州　令

田野闲来惯。睡起初惊晓燕。樵青走挂小帘钩,南园昨夜,细雨红芳便。平芜一带烟光浅。过尽南归雁。江云渭树俱远。凭阑送目空肠断。　　好景难常占。过眼韶华如箭。莫教啼鴂送韶华,多情杨柳,为把长条绊。清尊满酌谁为伴。花下提壶劝。何妨醉卧花底,愁容不上春风面。①

全词一片伤春愁绪,起笔点出词中人闲居睡醒,承以卷帘后外部风景的铺叙,虽是盎然春意,但却乐景哀情。过片点明词旨,在春光未盛时便感伤春尽,如此敏感的时间意识是词家惯用的主题,但词人没有像苏轼那样构建一种新颖的感觉空间,而就是使用着百无聊赖的传统。词篇最后结以烂醉花下,以酒掩盖词中人的愁容,让其就此睡去,使得全词内容是一种由醒到睡的流转,但词末又隐含着酒醒后又将是一番同样的轮回。这种情感与传统词中女性完全一致,读者很难辨认词中人的性别。不过词人还是悄悄地留下了一个线索。"樵青走挂小帘钩"一韵看上去与李清照"试问卷帘人,却道海棠依旧"没有什么不同,但樵青是出自张志和的典故,张志和把唐肃宗赏赐给他的婢女命名为"樵青",于是这里的卷帘人便不是女主人的女仆,感伤

---

① 《晁氏琴趣外篇·晁叔用词》卷一,第26页。

春日的词中人是一位男性,晁补之就是在描写自我乡居生活落寞无聊的日常。

晁补之在词中展现的退居日常面貌显然与上文提过的崇宁党禁遭遇相关,他毕竟没有被远谪,反倒是领着祠禄退居故乡,因此他的闲居词不会带上太多苏黄谪居词中的哀怨色彩。晁补之以传统男子作闺音式词法与词情表现男性退居生活也是遵循着自己的词学观念,他的观点主要见于那段著名的"晁无咎评本朝乐章":

> 世言柳耆卿曲俗,非也。如《八声甘州》云:"渐霜风凄惨,关河冷落,残照当楼。"此真唐人语,不减高处矣。欧阳永叔《浣溪沙》云:"堤上游人逐画船,拍堤春水四垂天,绿杨楼外出秋千。"要皆妙绝。然只一"出"字,自是后人道不到处。苏东坡词,人谓多不谐音律,自然,居士词横放杰出,自是曲子中缚不住者。黄鲁直间作小词,固高妙,然不是当行家语,是着腔子唱好诗。晏元献不蹈袭人语,而风调闲雅,如"舞低杨柳楼心月,歌尽桃花扇底风",知此人不住三家村也。张子野与耆卿齐名,而时以子野不及耆卿。然子野韵高,是耆卿所乏处。近世以来,作者皆不及秦少游,如"斜阳外,寒鸦数点,流水绕孤村",虽不识字人,亦知是天生好言语。①

这段话围绕的中心就是"当行",即旧题陈师道所言的"本色"。从二者的论述来看,他们所谓的"本色当行"就是词体的传统写作方式,当士大夫用词体表达自我生活与意趣时,同样也需要遵守这种规范。不过二人也坚持词体要用来表现士大夫世界,只有将士大夫意趣与传统词体样制完美统一的词篇才算是绝妙好词,二者对苏轼的赞许

---

① 《能改斋漫录》卷一六,第188页。

与批评以及推崇秦观的共识正是基于这种词学观念。那么词体传统写作方式要以什么为依据？李之仪《跋吴思道小词》一文以《花间》小阕、柳永长调为宗的基本观念恰好可以作为陈、晁二说的注脚，晁补之也是出于这种原因而为柳永正名。如是上面分析的《梁州令》便是一阕高度本色的士大夫闲居词。

词之本色与士大夫生活相统一的词法并非始于晁补之，张先才是创其滥觞的词人。他那阕著名的《天仙子》词云：

天　仙　子
时为嘉禾小倅，以病眠不赴府会

《水调》数声持酒听。午醉醒来愁未醒。送春春去几时回。临晚镜。伤流景。往事后期空记省。　　沙上并禽池上暝。云破月来花弄影。重重帘幕密遮灯，风不定。人初静。明日落红应满径。①

这阕词的笔法非常传统，词中人午醉方醒，幽闭在秾丽婉媚的空间中，不仅空间内外的陈设与景物放在《花间集》里的女子闺阁中非常协调，而且从"临晚镜。伤流景""重重帘幕密遮灯""明日落红应满径"等句子来看，词中人完全就是一副伤感年华流逝的女性模样。但是张先却通过词序留下线索，告诉读者词中人就是他自己，一位病眠不赴府会的男性士大夫。如此可以从另一个角度看待晁补之对张先的评价，即张先之所以较柳永韵高，是因为他运用词体传统手段表现的是士大夫的生活与情感世界。张先这阕词反映的也是士大夫闲居府中的一个场景，可见描述士大夫闲居日常的词本就有本色写作的传统。这种词对于张先来说只是偶尔的尝试，崇宁党禁时期的晁补

---

① 《张先集编年校注》，第7—8页。

之则在词体日常化转型的背景下将其推而广之,他不仅以本色行之词体创作新精神,就是一些句法章法的革新也用本色面貌展现。比如这阕《水龙吟》:

水　龙　吟
次韵林圣予惜春

问春何苦匆匆,带风伴雨如驰骤。幽葩细萼,小园低槛,壅培未就。吹尽繁红,占春长久,不如垂柳。算春常不老,人愁春老,愁只是,人间有。　　春恨十常八九,忍轻辜、芳醑经口。那知自是,桃花结子,不因春瘦。世上功名,老来风味,春归时候。纵樽前痛饮,狂歌似旧,情难依旧。①

这阕词围绕着"惜春"展开吟咏,是最传统最本色的主题,词人构建的词中空间也同样是传统的幽闭园林。然而词人却并非使用整齐的铺叙句式,而是以散句行词,不忌重字,巧用顶真修辞,将春去的场景、人间的惜春以及生发出的惆怅情绪依次娓娓道来,是采用苏轼以文为词新法的显例,或是仿效苏轼《水龙吟·次韵章质夫杨花词》而来。但又因为全词浓郁的本色氛围,从而使得晁补之的以文为词呈现出接近易安体的语言风格。

从这首词的分析中可以看出,词学中的本色界定其实有种模棱两可的感觉。如《梁州令》《天仙子》这样完全用传统词笔与结构,只留一点点性别提示者,当属无疑义的本色词,但是如《水龙吟》这样的词作难免会使人心生疑惑。为此施议对非常精辟地给出了解决方案,认为:"像词的词就是本色词,不像词的词就是非本色词。亦即似词之词即为本色词;非似,则非也。本色与非本色,就依靠似与非似

---

① 《晁氏琴趣外篇·晁叔用词》卷一,第48—49页。

四个字来区分。"并从题材角度进一步阐释道:"歌词创作之本色或者非本色,辨别方法有二:一看其所写是印象、感觉,还是思想、认识;二看其所写为有理之理,还是无理之理。"①施议对的"似与不似"标准非常巧妙地解决了判断本色的问题,于是《水龙吟》一词不仅使用了传统词体写作手法,而且词情仍然属于一种印象感觉,所以本色程度也比较高。这样再来审视晁补之的闲居词,则一些个人情感色彩很浓的词作依然具备明显的本色特征。试看这阕《摸鱼儿》:

摸 鱼 儿
东皋寓居

买陂塘、旋栽杨柳,依稀淮岸江浦。东皋嘉雨新痕涨,沙觜鹭来鸥聚。堪爱处,最好是、一川夜月光流渚。无人独舞。任翠幄张天,柔茵藉地,酒尽未能去。　　青绫被,莫忆金闺故步。儒冠曾把身误。弓刀千骑成何事?荒了邵平瓜圃。君试觑。满青镜、星星鬓影今如许。功名浪语。便似得班超,封侯万里,归计恐迟暮。②

这首词也写于崇宁、大观闲居金乡之时,词情不再是《梁州令》那种闲闷闲愁,而是退居士大夫的日常叹老追怀,故而个人性情感更为浓烈。这种叹老追怀与闺中待夫之妇的情绪还是比较近似的,词中思妇在面对春光时也会如此感慨红颜憔悴而追怀往日的欢娱,于是这种士大夫个人情绪仍然可以用本色包裹。晁补之便使用了上片写景下片抒情的经典结构,而且上片铺叙的还是春景,从而自我身世的感伤是被传统的伤春情绪牵引出来的。于是无论下片抒情使用了多么

---

① 施议对《李清照本色词的言传问题》,《北京大学学报》(哲学社会科学版)2015 年第 3 期。
② 《晁氏琴趣外篇·晁叔用词》卷一,第 15 页。

典型的以文为词手段,全词仍然笼罩着浓郁的伤春气氛,终究是一阕用无理之理一泻感受的似词之词。这首词的本色手段其实直启辛弃疾的闲居词,刘熙载《艺概》就云:"无咎词堂庑颇大。人知辛稼轩《摸鱼儿》(更能消几番风雨)一阕,为后来名家所竞效,其实辛词所本,即无咎《摸鱼儿》(买坡塘旋栽杨柳)之波澜也。"①辛弃疾的《摸鱼儿》与之相比,融入了更多的比兴寄托手段,但包裹词情的本色外衣确实是酌取晁补之的半勺春水。

晁补之闲居词的本色风格也展示着熟习词体传统的词人对尊体的执着,到了徽宗朝,词体已经可以完全如诗歌那样自由吟咏日常,于是强调歌词文体的独立性就显得尤为必要。这种写作态度尤为明显地体现在晁补之的一阕集句词中:

江 城 子
集句惜春

双鸳池沼水溶溶。桂堂东。又春风。今日看花,花胜去年红。把酒问花花不语,携手处,遍芳丛。　　留春且住莫匆匆。秉金笼。夜寒浓。沉醉插花,走马月明中。待得醒时君不见,不随水,即随风。②

上文已论,集句词是最能体现士大夫退居日常的词体样式,自王安石以来,士大夫都会写作集句以排解闲居的寂寞无聊。北宋集句词主要从诗歌中寻找句源,李商隐和白居易是最常被使用的两位诗人,然而晁补之却突破了这种传统,尽管他的这首集句词中也使用了李商隐"昨夜星辰昨夜风"与白居易"今日看花来"两句,但掩盖不了以词

---

① 刘熙载著,袁津琥校注《艺概注稿》卷四词曲概,中华书局,2009年,第505页。
② 《晁氏琴趣外篇·晁叔用词》卷一,第43页。

句为主要句源的新变。词中依次可以见到张先《一丛花》"双鸳池沼水溶溶。南北小桡通"、欧阳修《浪淘沙》"今年花胜去年红"、冯延巳《蝶恋花》(一作欧阳修,李清照即有此误会)"泪眼问花花不语,乱红飞过秋千去"、欧阳修《浪淘沙》"总是当时携手处,游遍芳丛"、晏殊《诉衷情》"人散后,月明中。夜寒浓"、欧阳修《定风波》"须知花面不常红。待得酒醒君不见。千片。不随流水即随风"等词句,非常强烈地体现着词体独立于诗外的意识。晁补之所用的词句以欧阳修词为甚,但是东坡词却无一句入选,或有显示填词家法之意。强调本色与士大夫意趣结合的晁补之其实也不认为东坡词符合他的词学标准,倒是开启苏词门径的欧阳修被他高度赞扬为"妙绝",盖欧公晚年气骨开张,在抒发自我心志与闲居趣味之际并未与早年歌词本色疏离太多。由此可见,晁补之词并非只是苏轼与辛弃疾之间的承接那么简单,欧阳修才是晁补之真正远祧的对象。欧苏之外,晁补之也对柳词心手追摹,否则无法实现其本色当行的追求,张炎所言"晁无咎词名冠柳"即是明证[①],刘熙载"无咎词堂庑颇大"的总概诚然非虚。

不过晁补之的本色闲居词主要集中于慢词一体,明确表示远宗《花间》而辅之晏欧的李之仪倒是可以为其补足令曲领域的缺憾。上文在讨论李之仪追和苏门词篇的时候,已经提到过他每每借颇具个人性政治愁绪的原韵填制传统男女艳情主题,已经是一种本色写作了,而且他都是选择令曲篇章进行创作,因此这里只需再举一例即可:

南 乡 子
夏日作

绿水满池塘。点水蜻蜓避燕忙。杏子压枝黄半熟,邻墙。风送荷花几阵香。　　角簟衬牙床。汗透鲛绡昼影长。点滴芭

---

① 张炎《词源》卷下,第267页。

蕉疏雨过,微凉。画角悠悠送斜阳。

又

睡起绕回塘。不见衔泥燕子忙。前日花梢都绿遍,西墙。犹有清风递暗香。　　步懒恰寻床。卧看游丝到地长。自恨无聊常病酒,凄凉。岂有才情似沉阳。①

漫长的夏日本来就是闲居之人最感时间凝固的无聊时候,两阕词吟咏的正是这个主题,与相同的韵脚一起构成了闲居词人的日常生活。然而二词都保持着词体的传统写法,即寂寞无聊的词中人被幽闭在屋舍之内,他无法改变困居于此的现状,除了静观一日的物候变迁或以醉酒消磨时光之外,什么事情也不能做。尽管读者会更倾向于把词中人就当作李之仪本人,但是空间内外由传统意象带来的慵懒而香艳气息始终使这两阕《南乡子》呈现似词之词的面貌。

综上可见,苏门学士在词体一途与苏轼有承继又有区别,应该将其区分为东坡词法与苏门词法两者,真正完全承继苏轼词法的其实非常罕见,大多都是遵循秦观、陈师道、晁补之、李之仪等苏门学士的思路,在词体革新的道路上坚守其体之本色。

二、贵族风尚:古乐府与东山词

除了晁补之、李之仪等苏门学士及其后学外,徽宗朝地方词坛还有一类词人群体也在探索着词体功能扩展之后的本色道路。他们并非典型的科举士大夫,而是出身贵胄之家,曾经在京城拥有过轻车肥马的富贵生活,只是如今家道中落,从京城流落到地方。这一群体的词体写作经历与苏门词人完全不同,他们的填词基础是从京城贵族

---

① 《全宋词》,第450页。

宴饮歌词那里打下,不似苏门词人能够很早接触到苏轼的词作,因此当他们不得不面对与接受词体日常化转型的时候,也会主张词之本色与自我个性意趣的调和,但选择的路径家数也就会与晁补之等人不同。贺铸便是徽宗朝地方词坛这一词人群体的代表。

贺铸(1052—1125),字方回,其五代姑祖母嫁于赵匡胤,虽然病逝于北宋建立之前,但是建隆三年(962)被追册为皇后,谥号孝惠,故而贺铸犹是外戚之后。贺铸更娶北宋宗室济国公赵克彰之女为妻,为其又添一层皇家亲属身份。尽管如钟振振指出的那样,无论是父族贺家还是妻族赵家,在贺铸一辈与北宋皇室的关系已经相对疏远,无力为贺铸提供优越的政治与经济依托[①],但是贺铸毕竟还可以依靠家族门第恩补武官,且在二十岁前后过着风流倜傥、好义任侠的京城生活,故而贺铸仍然很熟悉贵戚生活中的种种,审美趣味也应与之接近。

贵戚身份与少年京城生活为贺铸的歌词打上了富丽而传统的底色,他也写过庆贺徽宗二十初度的《天宁乐·铜人捧露盘引》[②],可见对京城颂体之词的写作程式也非常熟悉。但是光凭京城歌词本色不足以造就被后世词论家反复提及的"秾丽""幽艳"词风,他显然在此基础上另有出新。贺铸一族毕竟不如开国勋戚那样家财万贯,其父贺安世又亲自教其五七言律诗,注定着他与京城市井那些游手好闲之徒不太一样,从而获得了李清臣与苏轼的推荐,由武职改换文阶,增添了中下级士大夫的身份。徽宗即位之初,他在太平州与黄庭坚、李之仪、张耒等人往来频繁,与苏门的关系变得更加密切。这样一来,贺铸在自己的词学基础之外,不会不受到苏门词学观念的影响。诸葛忆兵就判断贺铸"继苏轼之后,比较全面地承继了苏轼作风且将

---

① 详见钟振振《北宋词人贺铸研究》,文津出版社,1994年,第36—39页。
② 贺铸著,钟振振校注《东山词》卷一,上海古籍出版社,1989年,第1页。

'诗化'革新推向深化",并指出他主要努力于"如何将'诗化'的革新与歌词的传统协调起来,在将'言志'传统引入歌词之时顾及词独有的审美特征"。① 从诸葛忆兵对贺铸艺术努力方向的解释中可以看出,他所说的"诗化"本质上就是本章所言之词体"日常化"转型。上文已论,"日常性"是宋诗的特质之一,王安石的集句歌词就已经开启融宋诗入词的趋势,到了苏轼手中被广泛使用,于是造成了与词体本来面貌的隔阂,晁补之、李之仪就是通过词体传统结构章法与意象典实的手段解决这一问题。但是"以诗为词"在花间时代即已开始,只不过词之诗以齐梁宫体、晚唐艳情为主,深谙传统词理的贺铸便从这点入手,将苏轼使用的宋诗回转到晚唐传统,并为词体大量引入乐府诗的元素,以此实现本色与革新的统一。

词体文学本就可以因配乐歌辞的性质与乐府诗发生联系,从而被容纳进广义的乐府范畴之中。这种情况一旦发生,词体文学也就会被加以本不具备的乐府诗文体性质与功能,恰好可以作为词体雅化的一种理论依据。如第一章所论,士大夫得以参与宫廷乐章的写作就是有赖于乐府的媒介作用,使其能够与诗教之颂体相联系,从而消解士大夫写作的心理障碍。而在词体功能日常化扩展的时代,乐府诗又一次发挥了这种作用。乐府诗本不囿于花间尊前,汉乐府就已经在歌唱着广阔的社会生活。到了唐代,文人更是能够通过自创毫无音乐联系的新题乐府以吟咏时局与内心情志。因此如若将词体本之于乐府,则能够解决词体文学传统题材局限的问题。这在宋人心中已是共识,钱志熙便通过考察宋人词集以乐府命名的现象指出:时人不仅会在音乐性角度称词为乐府,也会借用无入乐之实的乐府表达所作歌词非必入乐而义近徒诗的性质。② 但是真正在填词技法

---

① 诸葛忆兵《徽宗词坛研究》,第 197—198 页。
② 详见钱志熙《论词体的徒诗化进程》,《词学》第二十五辑,第 10—11 页。

上实践以乐府行士大夫日常志趣的"以乐府为词"者还得推属贺铸,如这阕《行路难》:

行　路　难

> 缚虎手。悬河口。车如鸡栖马如狗。白纶巾。扑黄尘。不知我辈可是蓬蒿人。衰兰送客咸阳道。天若有情天亦老。作雷颠。不论钱。谁问旗亭美酒斗十千。　　酌大斗。更为寿。青鬓常青古无有。笑嫣然。舞翩然。当垆秦女十五语如弦。遗音能记秋风曲。事去千年犹恨促。揽流光,系扶桑,争奈愁来一日却为长。①

此词倚调《小梅花》,但贺铸却直接标用乐府旧题《行路难》,盖欲与词意相契合。贺铸应该在编集之时将所有词篇均如此改换为与内容相应的新名,故陈振孙有"以旧谱填新词,而别为名以易之"的解题②,今传宋本《东山词》残卷正是这样的体例。这种标题方式与词体传统无涉,乃是属于乐府诗的手段,是贺铸有意识地以乐府诗行词之明证。这阕词抒发少年任侠情绪,与多首唐人旧题乐府《行路难》内容一致,风格上也呈现出与词体传统有别的浩然雄健之姿,此外句句押韵且频繁换韵的格式亦非慢词习见,故而此词在内容、体制与风格上都与乐府诗更为亲近,其实就是一阕以长短句体式写就的旧题乐府。蔡嵩云《柯亭词论》即云:"《小梅花》系东山创调,一名《梅花引》,体近古乐府,宜径用古乐府作法,软句弱韵,均所最忌。贺作笔力陡健。"③这是从句读节奏的角度阐述此调与乐府诗的联系。除了这阕《行路难》外,贺铸其他的纵横奇采之词亦从乐府化出,如《将进酒》(城下路)一

---

① 《东山词》卷一,第103页。
② 《直斋书录解题》卷二一,第618页。
③ 蔡嵩云《柯亭词论》,《词话丛编》,第4916页。

阕又是将《小梅花》之名改作乐府旧题以咏史抒怀,夏敬观即批云:"是汉魏乐府。"①钟振振更指出贺铸名篇《六州歌头》(少年侠气)与旧题乐府的关系,云:"味其文义,岂非一首《结客少年场行》乎?——《乐府诗集》卷六六《杂曲歌辞》引《乐府解题》曰:'《结客少年场行》,言轻生重义,慷慨以立功名也。'又按云:'《结客少年场》,言少年时结侠任客,为游乐之场,终而无成,故作此曲也。'词意与此题旨,吻合无间。"②这样来看,很难讲贺铸这些词篇是真的在吟咏自己的少年往事还是单纯借长短句形式写作传统的旧题乐府,他很可能是为应歌传统扩容了可以表达的类型化情感范畴。不过就算贺铸曾经确实有过这段生活,也可以表明他需要借助古乐府的媒介才能完成用词体书写此类日常生活的写作意图。

尽管夏敬观将数阕雄壮奇采的《小梅花》评为汉魏乐府,但从上引《行路难》中可以看出贺铸并未化用多少汉魏乐府语典,绝大部分还是从唐人诗句中觅来的语料。赵闻礼在《阳春白雪》中就指出:"右三阕隐括唐人诗歌为之,是亦集句之义。然其间语意联属,飘飘然有豪纵高举之气。酒酣耳热,浩歌数过,亦一快也。"③可见贺铸的"以乐府为词"主要借鉴唐人旧题乐府的写作经验,不仅翻用的乐府成句大量来自唐人,而且还存在隐括唐人旧题乐府的词篇④。除却字面之外,唐人旧题乐府对东山词的影响还表现在词体格律与写作模式上。贺铸有阕《台城游》(南国本潇洒),调倚《水调歌头》怀古金陵。《水调歌头》的格律本是十九句八平韵,贺铸却将十一处仄收句都处理成韵,从而使这首词呈现平仄通押句句押韵的体式,这显然是来自古乐府押韵体式的影响⑤。此外贺铸还借用吟咏乐府旧题的写作模式翻

---

① 夏敬观《呋庵词评》,《词话丛编补编》,第 3453 页。
② 钟振振《北宋词人贺铸研究》,第 141 页。
③ 赵闻礼编,葛渭君校点《阳春白雪》外集,见《唐宋人选唐宋词》,第 1009 页。
④ 如《小梅花》(思前别)一阕隐括卢仝旧题乐府《有所思》,参见《东山词》卷四,第 460 页。
⑤ 同上书,卷一,第 139 页。

咏词体旧调。如其词集中收有六阕《捣练子》,以定格联章的方式吟咏了思妇为征人捣练、制衣、寄衣的全过程①。由于内容完全吻合题意,且捣练之曲古已传唱,故其并非涉及西夏战事,而只是古捣练曲之旧题新咏,与重写杨柳大堤这种乐府旧题无异②。贺铸的"以唐人旧题乐府为词"其实是在"以晚唐诗为词"的基础上加以翻新,既能够缓解"以宋诗为词"对词之正体的太过偏离,也能够适应词体日常化转型之后的表达需要。叶梦得在《贺铸传》中提到:"尤长于度曲,掇拾人所遗弃,少加隐括,皆为新奇。尝言:'吾笔端驱使李商隐、温庭筠,当奔命不暇。'"③这段话道出了贺铸填词的心态以及师承对象,既然是掇拾旧句成篇以求新奇,那么他大多数的词篇应该没有特定个人性情事的创作契机,还是符合词体文学的写作传统。李商隐的出现也是在另一层面遵循传统,因为其本就是词家惯用的诗源。不过温庭筠确实展现了贺铸乐府立场下的填词新变。温庭筠的乐府诗与徒诗之间存在着强烈的风格差异,由于温庭筠多本齐梁乐府旧题,故其乐府诗辞藻富丽、语句工整、情事幽怨,充满着江南迷离秾艳之色,与其清疏流畅的徒诗迥异,倒是与贺铸的词风相近。从而贺铸驱使的并非是温庭筠的徒诗或歌词,而依然是其旧题乐府。这也说明贺铸在融乐府诗入词的时候,是结合汉魏与齐梁二者而不偏废的。

其实李商隐诗歌本身就效法齐梁,典丽幽洁的唯美倾向与侧艳的偏颇都是二者共同的特征。于是贺铸引唐人旧题乐府入词依然是传统的延伸。这种词体写作方式其实是具有贵戚背景的词人共同的

---

① 如《小梅花》(思前别)一阕隐括卢仝旧题乐府《有所思》,参见《东山词》卷四,第38—42页。
② 《捣练子》一曲已见于敦煌歌辞,其一辞云:"孟姜女,杞梁妻。一去烟山更不归。造得寒衣无人送,不免自家送征衣。"可见古辞就是借捣练吟咏制衣、送衣一事,贺铸的写作意图更应是旧题旧意的重新歌唱。见王重民辑《敦煌曲子词集》上卷,商务印书馆,1954年,第29页。
③ 叶梦得《石林居士建康集》卷八,《宋集珍本丛刊》第三十二册,第800页。

追求,他们以此将宴饮歌词的富丽与艳情本色保持下来,又借用唐人乐府诗中的典雅句子消解淫艳奢豪的俗气,以追求富而有学、情而有节的状态。贺铸词秾艳的风格便是由此而生。同时,他们也取径乐府诗"感于哀乐,缘事而发"的写作精神,或在情事中寄寓自我人生感慨,或是将一时之遭际化作美人芳草,但却又不完全说破情事的指向,打开了词体独特的寄托法门。晏幾道《乐府补亡自序》中所谓:"考其篇中所记悲欢合离之事,如幻、如电、如昨梦前尘,但能掩卷怃然,感光阴之易迁,叹境缘之无实也。"正是此意。同样拥有贵戚身份的晏幾道也在用齐梁乐府玉溪诗为其小山词建构出朦胧凄美的文本世界,这也是贺铸词风幽艳一面的形成基础。试看贺铸这阕著名的《芳心苦》:

芳　心　苦

杨柳回塘,鸳鸯别浦。绿萍涨断莲舟路。断无蜂蝶慕幽香,红衣脱尽芳心苦。　　返照迎潮,行云带雨。依依似与骚人语。当年不肯嫁春风,无端却被秋风误。①

这阕词吟咏的荷花,不仅是齐梁乐府常见的比兴意象,也经常被直接咏唱。贺铸"依依似与骚人语"一句将词情更上承楚骚传统,挖掘出齐梁乐府最深处的文学基因,故而读者总会感到其间隐约有寄托的痕迹。陈廷焯在《云韶集》中就批道:"此词必有所指,特借荷寓言耳。通首如怨如慕,如泣如诉,有多少惋惜,有多少慨叹。淋漓顿挫,一唱三叹,真能压倒古今。"②但此词究竟寄托何事则未必需要深究,其本身已经给予读者很强的审美体验。钟振振所言"春风为新党,秋风为

---

① 《东山词》卷一,第78页。
② 陈廷焯选评,张若兰辑录《云韶集辑评》卷三,《词话丛编补编》,第1456页。

旧党"未免过于穿凿,一旦将词中意象坐实到现实生活中,词情魅力就会因情感指向的瞬间单一而大大削弱。陈廷焯在《白雨斋词话》中对此词再做品评:"此词骚情雅意,哀怨无端,读者亦不自知何以心醉,何以泪堕。"①这句话道出了应该持有的最佳阅读态度,毕竟贺铸没有使用指向性很强的典故与意象,就是给出了一片凄冷清幽的秋日荷花池,并用结句的议论将画面中的哀怨重笔勾勒出来,但依然没有点破是什么勾起他如此深重的惆怅,从而读者不知道为何心醉堕泪。实际上读者因此词而心醉堕泪与同情慨叹贺铸的人生经历毫无关系,而是词中给出的画面与末句的理趣触发了自我心中的怨恨,这种怨恨可以来自读者当下经历的多样情事,也可以只是内心深处的莫名闲愁,这种情感的多重指向性便是这阕词的魅力所在,一切坐实春风秋风之所指的努力都没有必要,不管答案为何,多少都会有强作解人之憾。

根据上文的分析可以看到贺铸并不能胜任全面承继苏轼词法的地位,毕竟苏轼词中大部分的寄寓还是有很明确的政治、人事指向,而且二者词风明显有着秾丽与清疏之别,这实际上与二者所秉承的不同诗体有关,即乐府诗与徒诗的文体差异,亦与贵戚子弟和科举士大夫的不同身份密切相关。但是要说东山词与东坡词的联系,除了日常化的填词精神之外,当属《芳心苦》这种清幽迷离的词章,这是苏轼在浙西清丽山水间开辟的新路,比如他的这阕《江城子》:

江 城 子

湖上与张先同赋,时闻弹筝

凤凰山下雨初晴。水风清。晚霞明。一朵芙蕖,开过尚盈盈。何处飞来双白鹭,如有意,慕娉婷。　　忽闻江上弄哀筝。

---

① 《白雨斋词话》卷一,第1171页。

苦含情。遣谁听。烟敛云收,依约是湘灵。欲待曲终寻问取,人不见,数峰青。①

要说这阕词有什么本事,那就只是小序中说的与张先泛舟西湖时听到湖上传来一阵筝声,至于是否如笔记中所说是一倾慕苏轼十余年的女子当筵献曲请求赐词则不一定,这个本事既不能帮助读者理解词意,反而会限制词情的感发力度。词中通过化用钱起《湘灵鼓瑟》的名句"曲终人不见,江上数峰青"明确表示并没有看到弹筝者,于是读者不仅不知道筝声为何而哀苦,就连弹筝者的性别也无法确认②,从而不能从词句本身坐实情意具体指向。其实也没有这个必要,这阕词的情绪就是随着哀筝声起而从上片的清丽愉悦转入下片的惆怅。这种惆怅迷离而绵长,散落在清丽山水的各个角落,莫名而起,莫名飘逝,却又余音袅袅,哀转不绝,任何伤心之人都能体认到这种情绪,也足以勾起潜藏读者心中的任意哀愁,已经达到了极高的情感表达效果,任何的本事都无法为其再度增色添彩。苏轼此词显然是贺铸的先声,二者不仅都以江南山水设色造境,也都将情绪晕染得缥缈迷离,只是苏轼借助唐人徒诗达到此种效果,与贺铸使用齐梁乐府有所差异,或可再举一例以述之:

忆 秦 娥

晓朦胧。前溪百鸟啼匆匆。啼匆匆。凌波人去,拜月楼空。

---

① 《苏轼词编年校注》,第 31 页。
② 尽管苏轼化用钱起《湘灵鼓瑟》诗句,而且词中言"依约是湘灵",但依约一词已经表明弹筝者的形象无法被词人明确分辨。而且湘灵也并不一定就指潇湘二妃,《楚辞·远游》云:"张咸池奏《承云》兮,二女御《九韶》歌。使湘灵鼓瑟兮,令海若舞冯夷。"应是湘灵鼓瑟的典出之处,洪兴祖补注云:"上言二女,此湘灵乃湘水之神,非湘夫人也。"可见湘灵的性别亦存两说。见洪兴祖著,黄灵庚点校《楚辞补注》,上海古籍出版社,2015 年,第 273、275 页。

去年今日东门东。鲜妆辉映桃花红。桃花红。吹开吹落,一任东风。①

这阕令曲实际上是重新吟咏崔护的"人面桃花",但与崔护诗的直白叙述不同,贺铸还是将情绪揉碎在秾丽的景物之中,句法依然从唐人旧题乐府翻出。词中的凌波人究竟指谁并不重要,可以是贺铸曾经邂逅的女子,可以是君王的寄托,也可以是心中任意一种可望而不可即的美好情愫。毕竟曹植《洛神赋》中的这位凌波仙子频繁出现在东山词中,早已成为贺铸笔下的一种表征符号,或许贺铸确有所指,但重要连接信息却被掩盖,读者只能根据自我的记忆存储经验寻觅其所指,于是会有千差万别的方向,但终极的情感体验却是一致的。此词的结句更将已经迷离的情绪抛掷在一年年的桃花开落中,虽未说破,但无可奈何之间更增无限烟水迷茫之感,令人不知所以地感到清冷与怅惘。正如俞陛云所言:"开落听诸东风,妙在不说尽,味在酸咸外矣。"②这阕词应该是有寄托的,但寄托的究竟是什么并不知道,词情的魅力就在这说与不说之间达到极致,这便是贺铸在苏轼词法基础上为词体日常化书写披上的本色外衣。

三、内在转向:叶梦得宣政年间的日常生活与词体酬唱

"日常化"写作的主要内容是无关政治的普通日常生活,而词体文学原初样态是宴饮歌词,本就与政治没有关系,因此词体日常性的雅化意义并非是单向的疏离政治,而是在广袤的士大夫生活空间中多向发展。总的来说,日常化转型使得词体文学一方面获得了干预政治的尊体途径,另一方面又迅速触及另一层面的无关政治领域,二者几

---

① 《东山词》卷三,第347页。
② 俞陛云《唐五代两宋词选释》,《宋词选释》,上海古籍出版社,2011年,第200页。

乎是同时发生的。当苏轼指出向上一路,用词体慨叹自我政治遭遇的时候,他也开始写作数量可观的闲居词。这些闲居词篇只是在描绘日常生活的见闻,没有任何的政治寄寓。如这阕著名的《浣溪沙》:

浣 溪 沙

簌簌衣巾落枣花,村南村北响缲车,牛衣古柳卖黄瓜。
酒困路长惟欲睡,日高人渴漫思茶。敲门试问野人家。①

词中就写了一次乡间陌上的旅途经历,将词人所见所闻以及一次寻常的讨茶事件直白地记录下来,完全没有政治寄寓。而且这阕词写于徐州知州任上,苏轼尚未经历乌台诗案,故其也没有后期词作暗含的对谪居生活落寞无聊的无奈感。苏轼另有同一时间段写成的四阕《浣溪沙》,内容都是乡间见闻,充分展示了地方官员公家政务以外的生活情趣。这种日常化写作模式极易与两浙山水间的渔樵主题相融合,抒发士大夫不由贬谪而生的宦途憔悴与还乡意趣。苏轼在黄州之前就已经反复用词体咏唱这样的归去情绪,而黄州之后添入的贬谪元素使其更具普遍意义,更能激发士大夫群体的共鸣,促进了这种题材在词体中的普及。在徽宗朝严酷的朝野离立状态下,这种脱离政治的归田情绪是地方士大夫在樽俎酬唱之时都会表达的主题,并不牵涉朝野词人的身份。比如晁补之这阕《金盏倒垂莲》:

金盏倒垂莲
依韵和次膺,寄杨仲谋观察

诸阮英游,尽千钟饮量,百丈词源。对舞春风,螺髻小双莲。
念两处、登高临远,又伤芳物新年。此泪不待,桓伊危柱哀弦。

---

① 《苏轼词编年校注》,第235页。

身闲未应无事,趁栽梅径里,插柳池边。野鹤飘飘,幽兴在青田。也莫话、书生豪气,更铭功业燕然。毕竟得意,何如月下花前。①

此词尽管寄赠杨应询,但是主要期待读者却是叔父晁端礼。晁补之在上片追忆叔侄二人往日的游兴,下片则转入对自己闲居现状的描述,结句呼唤在外寻觅功名的晁端礼,不如归来和自己共享月下花前的闲适。此词的情绪在自我泄愤和江湖意趣间反复激荡,没有使用词体本色将其包裹,是一阕完全承继苏轼的作品。晁端礼的原韵也是如此,尽管他更多就杨应询立意,但同样表达着"此外莫问升沉,且斗尊前"这种从政治中脱身而去之感②,而且词风也与晁端礼惯有的京城格调不同,与东坡非常近似。可见无论苏门词人还是京城词人,在表达这种情感的时候都会向苏轼靠拢,此类日常性题材的写作才是徽宗朝词坛真正从写作精神到写作方法都承继苏轼的领域,代表词人不得不首推叶梦得。

叶梦得绍圣四年(1097)中举,年方二十一岁,由于其时正处于第一次禁锢元祐士大夫时期,且其父辈仕宦不显,未与元祐士大夫有太多交集,故叶梦得不可能被列入党籍,崇宁党禁对其没有负面影响。崇宁年间,叶梦得依附于蔡京门下,受到蔡京的举荐而"骤显贵",在大观二年(1108)升至中书舍人。不过大观三年五月,他未知何故落职,归居吴中故里。经过了六年退居生活后,政和五年(1115)被重新起用,任蔡州知州,后移任颍昌。宣和二年(1120),他又罢知颍昌府,以提举南京鸿庆宫的祠禄身份又退居吴中。叶梦得在徽宗朝虽历经起落,但终究要比受到禁锢的元祐士大夫自在逍遥,而且宣政年间的退居生活又使他在靖康之后未被划归蔡京党羽,反而被授予尚书左

---

① 《晁氏琴趣外篇·晁叔用词》卷四,第136—137页。
② 《全宋词》,第549页。

丞、江东安抚制置大使的要职。从而叶梦得在徽宗朝地方词坛一方面继承苏轼以词体记录政治无关的日常生活,一方面又不会跟元祐士大夫那样或多或少带有寄寓身世遭际的凄厉词风,完全就是书写脱离政治的士大夫日常闲情。

众所周知,叶梦得的词体写作也有着由传统艳情向东坡词风的转变过程,关注《题石林词》即云:"元符中,予兄圣功为镇江椽,公为丹徒尉,得其小词为多。是时,妙龄气豪,未能忘怀也。味其词,婉丽绰有温、李之风;晚岁落其华而实之,能于简淡时出雄杰,合处不减靖节、东坡之妙。"[①]可见叶梦得二十余岁时写过大量花间传统艳词,然而今本词集只剩下《贺新郎》(睡起流莺语)一阕传统艳情之作。观此阕被放在开卷第一首,或是叶氏本人有意为之,明己之词法本能吟风弄月,并不陌生于词体传统。不过关注所谓晚岁落其华的词风变化并非要到南渡之后,在徽宗宣政十五年间,叶梦得度过了三十五岁到五十岁的生命时空,已届晚岁之初,词风词法的转变就是在这段时期发生与定型。这再次表明词体学苏不是南渡之后才兴起的热潮,在徽宗宣政年间已经蔚为大观。

从现存《石林词》诸阕来看,叶梦得学苏契机与首次创作高潮是政和六年(1116)至宣和二年(1120)复起知蔡州、颍昌二郡之时。叶梦得知蔡州时年已四十,故其在府治修筑一堂而名之"不惑",词中也表达着人到中年万事休的平淡与失落。比如这阕《满庭芳》:

满 庭 芳

三月十七日,雨后极目亭寄示张敏叔、程致道

麦陇如云,清风吹破,夜来疏雨才晴。满川烟草,残照落微明。缥缈危栏曲槛,遥天尽、日脚初平。青林外,参差暝霭,萦带

[①] 叶梦得《石林词》卷首,《宋名家词》,第475页。

远山横。　　孤城。春雨过,绿阴是处,时有莺声。问落絮游丝,毕竟何成。信步苍苔绕遍,真堪付、闲客闲行。微吟罢,重回皓首,江海渺遗情。①

蔡州是京畿四辅区域内的重镇,经济与人口皆应相对繁庶,但却被叶梦得写成荒凉人寂的样子,似乎他登临的不是紧郡名胜,而是柳词中的荒野孤馆。由于叶梦得未受党禁牵连,此刻又是重新启用,所以不存在天涯沦落的贬谪怨愤,只是完全放下知州身份后宦途憔悴的情绪表达。张敏叔、程致道收到此词之后曾和韵寄还,叶梦得又再和一阕寄酬,同样也是表达与政治生活毫无关系的渔樵闲趣。这回他不再借蔡州风景表达归乡之意,而是直接追忆故乡风景,明言此心长在吴中山水间,而且还以"笑茅舍何时,归计真成"②的句子极言自己无法抽身而去的无奈,似乎毫不顾虑知州责任。叶梦得与朋友围绕此词的往来唱和酬答已然是日常化写作的典型实践,他更在一年之后调任颍昌时又和韵此词赠答寄来问候的王道济,据词中"何人为我,重唱余声"云云推断③,王道济的问候信札中应该也包含一首次韵这阕《满庭芳》的词作,反映着叶梦得在政治生活之外的日常交游非常频繁,而交往的方式与媒介正是歌词,亦可想见日常化转型之后词体文学的写作生态。

尽管蔡州任上叶梦得已经有这种成熟的日常化词体写作,但是这几阕《满庭芳》依然有强烈的柳词铺叙笔法的痕迹。而在知颍昌府后,这种痕迹才逐渐淡化,典型的苏轼词法句法才大规模出现在他的笔下,这段时间可谓叶梦得学苏的黄金时期。上文提到过向子諲学苏的契机是因为身临欧阳修与苏轼共同出守过的空间扬州,似乎同

---

① 叶梦得著,蒋哲伦笺注《石林词笺注》,上海古籍出版社,2014年,第52—53页。
② 同上书,第56—57页。
③ 同上书,第58—59页。

时接受六一词的熏染是词人学苏的必备基础。叶梦得此刻所在的颍昌虽不是类似扬州的空间,但颍昌东南六百里的颍州却符合条件,这是欧阳修晚年退居的地方,苏轼在谪居岭海之前也曾出守于此。或许两处地名实在过于接近,而且都有以西湖名之的湖景,叶梦得将自己身处的颍昌错认为欧苏二人前后存在过的颍州。他在写于颍昌的一阕《江城子》中就这样提到:"满携尊酒弄繁枝。与佳期。伴群嬉。犹有邦人、争唱醉翁词。应笑今年狂太守,能痛饮,似当时。"①无论叶梦得是不是故意犯错,词中的误会意味着他在颍昌过着近似欧阳修的生活,他频繁参与仅仅满足自我娱乐需要的诗酒聚会,日常化的词体写作愈发频繁。比如这两阕《临江仙》:

临 江 仙
晁以道见和答韩文若之句,复答之二首

三月莺花都过了,晓来雪片犹零。嵩阳居士记行行。西湖初水满,遥想縠纹生。　　欲为海棠传信息,如今底事长醒。不应高卧顿忘情。留春春不住,老眼若为明。②

临 江 仙
十一月二十四日同王幼安、洪思成过曾存之园亭

学士园林人不到,传声欲问江梅。曲栏清浅小池台。已知春意尽,为我著诗催。　　急管行觞围舞袖,故人坐上三台。此欢此宴固难陪。不辞同二老,倒载习池回。③

二词分别记录了叶梦得两次日常交往事件,与政治环境、州郡事务都

---

① 叶梦得著,蒋哲伦笺注《石林词笺注》,上海古籍出版社,2014年,第77页。
② 同上书,第112页。
③ 同上书,第117页。

毫无关系,完全看不到宣和初年京城熙攘的升平展示与地方多艰的民生局势,只有士大夫在诗酒往来间表露的惬意与风流。欧阳修也在颍州过着这样的生活,但是他的身份毕竟是退居士大夫,而且诸如《采桑子》十首这样记录闲居生活的词篇都是围绕游湖宴饮活动展开,词人在词中并不现身说法,丝毫不透露自己在活动中的形神,只是静观湖边风景与参与其间的游女,借此传递自我情绪,还是词体的传统写法。叶梦得却不是这样,词中描绘的人物就是身为颍昌知府的他,自己的行为与情感被直白地记述下来,展现出一个完全脱离官员身份的士人形象,既冲击着在职士大夫固化的进取形象,也极大解构了传统词法,但二者却又极为契合宋诗"日常化"的特质。第一阕词的文本中出现了东坡词的身影,相同的韵部与近似的词语无不在提示此词效仿苏轼名篇《临江仙》(夜饮东坡醒复醉),可见驾驭这种日常化写作还得以苏词为依托。两阕词中的交游对象并不是一拨人,但他们都曾有过往来唱酬的词篇,叶梦得也分别写作了多首同韵词,表明他在公务之外的活动频繁而多彩,而且可以毫不顾虑天下之任,不仅范仲淹进退亦忧的终极追求在这个时候悄悄退却,甚至已经变化到进也可以不忧的局面。

科举士大夫高昂士风的消退并不仅仅体现在叶梦得这样学淑王安石、出入蔡京门下的士人身上,在徽宗朝严苛的朝野离立状态下,元祐士大夫的后人也无法承担起承继庆历精神的责任,而逐渐习惯于叶梦得这样的生活方式。元人陆友仁《研北杂志》有这样一段记载:

> 叶梦得少蕴镇许昌日,通判府事韩晋公表,少师持国之孙也,与其季父宗质彬叔,皆清修简远,持国之风烈犹在。其伯父,丞相庄敏公玉汝之子宗武文若,年八十余致仕,耆老笃厚,历历能论前朝事。王文恪公乐道之子实仲弓,浮沉久不仕,超然不婴世故,慕嵇叔夜、陶渊明为人。曾鲁公之孙诚存之,议论英发,贯

穿古今。苏翰林二子迨仲豫、过叔党,文采皆有家法,过为属邑鄢城令。岑穰彦休已病,羸然不胜衣,穷今考古,意气不衰。许元宗干誉,冲澹靖深,无交当世之志,皆会一府。其舅氏晁将之无斁,自金乡来,过说之。以道居新郑,杜门不出,遥请入社,时相从于西湖之上,辄终日忘归,酒酣赋诗,唱酬迭作,至屡返不已。一时冠盖人物之盛如此。①

这段陆友仁声称引自《许昌唱和集》的记载全面记录了叶梦得在许昌的交游情况,其间包括韩维之子韩宗质、韩维之孙韩表、韩缜之子韩宗武、王陶之子王实、曾公亮之孙曾诚、苏轼之子苏迨、苏过,皆是北宋名臣之后,但他们身上其实并未留存多少父祖之辈的风烈,除了闲坐说当年,已经没有力行进退皆忧的锐气与环境。他们与叶梦得结社颍昌西湖之上,日常生活就是上引词篇中展示的园林清赏、诗酒唱酬,只追求个人精神的愉悦与满足,不复过问政事与天下,刘子健揭示的中国士大夫内在转向在这个时候已经开始。

宣和二年(1120),叶梦得因触犯用事宦官杨戬而落职,卜居湖州卞山之石林谷,进入了效苏之后第二阶段的词体写作时期。由于颍昌时期与苏门后人的交往,叶梦得已经非常熟练东坡词法,故落职之初便填了一阕《念奴娇》(故山渐近)②,词中多处檃括陶渊明《归去来兮辞》,无疑是向苏轼檃括《归去来兮辞》全文的《哨遍》致敬,也以苏轼的形式表达前词之归去愿望终已实现的情感。当叶梦得在卞山安顿下来后,他更心安理得地继续着颍昌时期的生活方式,但是他依然活跃在地方官员圈子中,只不过身份从座主郡守转换成宾客友人。时任湖州知州的葛胜仲与叶梦得相从甚密,留下了数量可观的唱酬

---

① 陆友仁《研北杂志》卷上,中华书局,1985年,第50—51页。
② 《石林词笺注》,第41—42页。

词作,其间体现着葛胜仲也选择着叶梦得在颍昌任上的生活方式,如这阕《定风波》:

定 风 波

七月望,赵伻置酒,与鲁卿同泛舟,登骆驼桥待月

千步长虹跨碧流。两山浮影转螭头。付与诗人都总领。风景。更逢仙客下瀛洲。　　袅袅凉风吹汗漫。平岸。遥空新卷绛河收。却怪姮娥真好事。须记。探支明月作中秋。①

湖州是浙西的核心区域,泛舟太湖是最常见的游赏之事,张先就已经填写过与士大夫游湖的词篇,浙西清丽词风与渔隐传统在蘋花摇曳间更显雅致。而在叶梦得身处的宣和年间,这种生活方式与词体写作的传统和时代风气结合,便产生了如此逍遥世外的词篇。葛胜仲同韵唱和了两首,词中的自己完全没有知州身份,而和叶梦得这位退居士大夫一样沉醉于湖光山色与朋僚相欢之中。叶梦得在复答葛胜仲和作的词篇里写下"何妨分付属沧洲"的句子②,或许透露了他们的心态,无论身在何方、身居何职,都可以将此地的山水当作沧洲而归隐其间,不必去计较纷扰的天下与公家事。可见在徽宗宣政时代,不仅苏轼日常化的词体写作精神已经普及,将政治疏离于私人空间之外的风雅独乐也成为地方士大夫最普遍的生活方式。

四、京城元夕:江湖漂泊与旧游追忆

追忆京城旧游是《乐章集》中的主要题材之一,第二章已经分析过,这些词作意象大量重复,章法结构也十分相近,而且词中人通常

---

① 《石林词笺注》,第71—72页。
② 同上书,第75页。

是一位幽闭于荒野孤馆中的男性形象，故而更可能是柳永为应歌题材的扩展，即代文士立言的类型化情感。但是柳永的努力不仅加深着京城地方繁庶荒凉对举的感觉文化认同，而且为士大夫提供了用词体表达江湖羁旅况味的契机。在徽宗时代，随着词体日常化写作转型的完成，士大夫词人更可以凭借柳词传统直接在词中表达自我切身实地的羁旅愁思与旧游追忆。再加之徽宗朝严苛的朝野离立使得大量士大夫名列党籍而不能回到京城，因而他们在闲居或漂泊江湖时也会主动追忆这片回不去的空间，又从新的角度与柳词传统对接。

最先在徽宗朝表达追忆京城旧游情绪的是来到地方的京城词人群体，代表人物就是晁端礼，试看他的这阕《雨中花》：

雨　中　花

流水知音，轻裘共敝，相逢才换星霜。多少风亭棋酒，画阁丝簧。纤指声犹余响，红粉泪已成行。怅绿波浦上，芳草堤边，又整归航。　　新移槛竹，手种庭花，未容烂熳飞觞。归去也、重趋丹禁，密侍清光。醉帽斜萦御柳，朝衣浓惹天香。帝城春好，多应不念，水郭渔乡。①

这阕词在形式上是经典的词人之词，每一韵都以对句构成，凭借极高的专业素养将送别主旨徐徐唱出。词中的行人将要归去京城，送行者满怀羡慕，用京城与地方的感觉文化差异暗示着自己也对回到京城充满期待。作为晁补之叔父的晁端礼，显然不是占籍东京，但是词中送行之人的京城归愿确实是在表达自我情绪。京城词人往往如此重视京城的繁庶，以至于时过境迁，总是会念念不忘壮游于此的青春岁月。晁端礼曾唱和晏幾道的《鹧鸪天》，他采用的方式是重写其间

---

① 《全宋词》，第 544—545 页。

歌咏升平的内容,并一口气写了十首,第十首即云:"金碧觚棱斗极边。集英深殿听胪传。齐开雉扇双分影,不动金炉一喷烟。　红锦地,碧罗天。升平楼上语喧喧。依稀曾听钧天奏,耳冷人间四十年。"①直接道明词中追忆京城旧游的人就是他自己,日常化词体写作在京城与地方两处都产生着影响。

既然词体已经能够直接表达自我对京城的追忆,那么宋代京城最繁华喧闹的时空元夕自然会成为最被频繁赋咏追忆的对象。晁端礼便已开此法门:

金人捧露盘

天锡禹圭尧瑞,君王受厘,未央宫殿。三五庆元宵,扫春寒、花外蕙风轻扇。龙阙前瞻,凤楼背耸,中有鳌峰见。渐紫宙、星河晚。放桂华浮动,金莲开遍。御帘卷。须臾万乐喧天,群仙扶辇。　云间,都人望天表,正仙葩竞插,异香飘散。春宵苦长短。指花阴,愁听漏传银箭。京国繁华,太平盛事,野老何因见。但时效华封祝,愿岁岁闻道,金舆游宴。②

这阕词非常典型地体现着徽宗朝京城词人群体的颂体本色,上片就是用富丽的笔调铺叙着元夕盛景。下片则将铺叙的对象从景物转入游人。词人在一片歌舞升平中通过"京国繁华"一韵突然揭示出词中的太平景象全是出自词中野老的想象,尽管素材来自过往的回忆,但是依然改变不了此时此刻身在地方的事实。这种陡然翻转深得"潜气内转"的要义,同时也借此突出词人对于京城的怀念。

晁端礼卒于政和三年(1113),并没有赶上徽宗朝朝野词坛的黄

---

① 《全宋词》,第 565 页。
② 同上书,第 546 页。

金时期,但是宣政年间借元夕追忆京城与旧游的主题在词体写作中越来越普及,很多词作都体现着他的影响,比如下面这两首词:

感皇恩
闰上元
阮阅

芝检下中天,春寒犹浅。余闰银蟾许重看。满城灯火,又遍高楼深院。宝鞍催绣毂,香风软。　　憔悴慢翁,萧条古县。随分良辰试开宴。且倾芳酒,共听新声弦管。夜阑人未散。更筹转。①

鹧鸪天
元夕次韵干誉
叶梦得

夹路行歌尽《落梅》。篆烟香细袭寒灰。云移碧海三山近,月破中天九陌开。　　追乐事,惜多才。车声遥听走随雷。十年梦断钧天奏,犹记流霞醉后杯。②

据陈垣《二十史朔闰表》可知,阮阅经历的闰上元发生在政和六年(1116)③。此词上片铺叙京城元夕盛景,下片突然转入现实,交代自己落魄江湖随分开宴的现状,章法与情感即从晁端礼《金人捧露盘》一曲化出。叶梦得之曲的结构亦是上片追忆过往元夕的盛景与欢纵,下片则转入枯寂的现实。此词结句"十年梦断钧天奏"云云显然承袭晁端礼《鹧鸪天》"依稀曾听钧天奏,耳冷人间四十年",交代出这阕词大约作于颍昌任上,既不是退居吴中,也不是南渡之后,但这种

---

① 《全宋词》,第826—827页。
② 《石林词笺注》,第158页。
③ 陈垣《二十史朔闰表》,古籍出版社,1956年,第133页。

借追忆京城元夕以感慨此身潦倒的情绪已经如此浓烈。

不受党禁牵连的词人会在任职地方的时候于词中追忆元夕怀念京城,同处地方的贬谪士大夫当然更会如此。据胡仔的引录可知,惠洪在《冷斋夜话》里曾提到:"予谪海外,上元,椰子林中,渔火三四而已。中夜闻猿声凄动,作词曰:'凝祥宴罢闻歌吹,画毂走,香尘起,冠压花枝驰万骑。马行灯闹,凤楼帘卷,陆海鳌山对。当年曾看天颜醉,御杯举,欢声沸。时节虽同悲乐异,海风吹梦,岭猿啼月,一枕思归泪。'又有《怀京师诗》云:'十分春瘦缘何事,一掬归心未到家。'"① 惠洪的小词同样用着上片追忆下片叹今的章法,体现着京城元夕是朝野词人共同记忆,而同样主题的《怀京师诗》更凸显着这是徽宗朝身处地方的士大夫普遍拥有的日常情绪。

如此普遍的元夕追忆词写作也促使着词人突破情感表达的元夕限制,蔡伸便借除夕表达类似的江湖漂泊情绪:

一 剪 梅
甲辰除夜

夜永虚堂烛影寒。斗转春来,又是明年。异乡怀抱只凄然。尊酒相逢且自宽。　　天际孤云云外山。梦绕觚棱,日下长安。功名已觉负初心,羞对菱花,绿鬓成斑。②

词题中的甲辰乃宣和六年(1124),蔡伸在异乡的宦途羁旅中感到了憔悴与疲惫,他已离家在外寻觅功名多年,但始终无法成就一番大事的现状让他怀疑功名是不是他心底最真切最朴素的追求,或许就在故乡的雪月花下沉醉要更好些,毕竟不会空负自己的青春岁月。这

---
① 《苕溪渔隐丛话》前集卷五六,第 385 页。
② 《全宋词》,第 1334 页。

种士大夫人生选择的内转情绪与叶梦得的诗酒日常本质相同,都是那个时代影响士风的写照。于中下层官职中沉浮的蔡伸也会在寻常诗酒中表达这种情绪:

念 奴 娇

当年豪放,况朋侪俱是,一时英杰。逸气凌云,佳丽地、独占春花秋月。冶叶倡条,寻芳选胜,是处曾攀折。昔游如梦,镜中空叹华发。　邂逅萍梗相逢,十年往事,忍尊前重说。茂绿成阴春又晚,谁解丁香千结。宝瑟弹愁,玉壶敲怨,触目堪愁绝。酒阑人静,为君肠断时节。①

这阕词的写作契机是重会十年前豪游朋侪,词中追忆的往事早已水逝云飞,于是带给词中人无尽惆怅,但其间看不到任何国破与兵乱迹象,就是两位沧海重逢的故友的追忆。这种兔葵燕麦式的伤感并非只有家国之恨才能引起,反而是漂泊江湖的中下层士大夫的常见情绪,无论持怎样词学观念的徽宗朝词人,都已经在用类似徒诗的笔法节奏将其在词体文学中表达:

临 江 仙
晁冲之

忆昔西池池上饮,年年多少欢娱。别来不寄一行书。寻常相见了,犹道不如初。　安稳锦屏今夜梦,月明好渡江湖。相思休问定何如。情知春去后,管得落花无。②

---

① 《全宋词》,第 1309 页。
② 《晁氏琴趣外篇·晁叔用词》卷二,第 265 页。

相　见　欢
秋　思
毛　滂

十年湖海扁舟。几多愁。白发青灯今夜不宜秋。　　中庭树。空阶雨。思悠悠。寂寞一生心事五更头。①

晁冲之和毛滂均在靖康前后下世,显然不会借词表达家国之恨的主题,但两词依然可以如此萧瑟凄凉,旧游追忆与内向情绪与南渡词人无甚差别,南渡之痛只不过将士大夫这种日常情感放大出来了而已。晁冲之与毛滂的词风又多与苏门疏离,更近京城词人群体,但这两首词却呈现着近似苏门的清疏流畅,可见词体写作日常化转型之后,词人学习仿效的词家不断增多,他们会根据主旨表达的需要自由切换自我身份与词法词风。

五、别是一家:雅词各体成熟后的词史总结

上章与本章的论述已经足以说明,词体文学在徽宗执政时期的面貌与仁宗以来的新变及传统已经大为不同,当是进入了一个新的发展时期。如果说崇宁、大观年间尚处于酝酿与过渡阶段,那么政和二年则是比较公允的时间分期结点,朝野词坛写作都在本年前后成熟,并在各自的道路上继续前行。当然,文学创作新时段的来临不仅在于作品的变化,还需要有人完成总结前代创作史与提出新时代创作要求的工作,这才能说明时人已经具备对文学新时段的自觉意识,李清照的《词论》便扮演着这样的角色,姑略引如下:

自后郑、卫之声日炽,流靡之变日烦,已有《菩萨蛮》《春光

---

① 《全宋词》,第895页。

好》《莎鸡子》《更漏子》《浣溪沙》《梦江南》《渔父》等词,不可遍举。五代干戈,四海瓜分豆剖,斯文道息,独江南李氏君臣尚文雅,故有"小楼吹彻玉笙寒""吹皱一池春水"之词,语虽奇甚,所谓"亡国之音哀以思"也。逮至本朝,礼乐文武大备,又涵养百余年,始有柳屯田永者,变旧声,作新声,出《乐章集》,大得声称于世,虽协音律,而词语尘下。又有张子野、宋子京兄弟,沈唐、元绛、晁次膺辈继出,虽时时有妙语,而破碎何足名家。至晏元献、欧阳永叔、苏子瞻,学际天人,作为小歌词,直如酌蠡水于大海,然皆句读不葺之诗尔,又往往不协音律者。何耶?盖诗文分平侧,而歌词分五音,又分五声,又分六律,又分清浊轻重。且如近世所谓《声声慢》《雨中花》《喜迁莺》,既押平声韵,又押入声韵;《玉楼春》本押平声韵,又押上去声韵,又押入声。本押仄声韵,如押上声则协,如押入声则不可歌矣。王介甫、曾子固,文章似西汉,若作一小歌词,则人必绝倒,不可读也。乃知词别是一家,知之者少。后晏叔原、贺方回、秦少游、黄鲁直出,始能知之。又晏苦无铺叙。贺苦少典重。秦即专主情致,而少故实。譬如贫家美女,虽极妍丽丰逸,而终乏富贵态。黄即尚故实,而多疵病,譬如良玉有瑕,价自减半矣。①

作为两宋词史上第一篇完整系统的词学论文,李清照的《词论》在现代学术界已经获得了非常深入的阐释,但是站在雅词传统与朝野离立的角度来看尤有未尽之憾。李清照以李八郎的故事引入词史叙述,简要交代唐末五代词风之后,以评判南唐君臣的"文雅"一词道出了自己的词法追求,即字面之雅与士大夫精神世界表达的结合。"亡国之音哀以思"一语又表明李清照已经熟悉以诗教论词的批评话语,

---

① 徐培均笺注《李清照集笺注》卷三,上海古籍出版社,2009年,第266—267页。

最理想的佳作应该是反映治世的安以乐之声。于是李清照《词论》表达的词学观念，就是徽宗宣政年间朝野词坛双方相继成熟之后的融合产物。

接下来的内容实际上是李清照对本朝词史的叙述，她并未简单地按照时间先后罗列词人，而恰恰是分朝野两条线索梳理脉络。她最先在仁宗朝"礼乐文物大备"的设定下提出柳永，高度肯定了柳永开创词体宋调的词史地位。若与前文评述南唐君臣的句子联系，则可以看出李清照是本着"治世之音安以乐"的立场评述柳词展现时代新貌的部分，对柳永的评价当然是极高的。但她随后即以"词语尘下"一语否定柳永的俗体之词，因为这些词作既不符合字面之雅，也与士大夫个人情感无关。作为京城专业词坛开山宗师的柳永，其对后世的影响显然是连续而深远的，是故李清照在柳永之后列出了张先以下的一串名字，并按照生年先后为他们排序，这便是从仁宗朝以下历代京城专业词人群体的代表，他们的特征自然与柳永相仿佛，但却没有柳永开创格局的气象，或只流传下一两名句名篇，或如张先那样忙碌于应酬之际的词风词法转换，自我个性并不强烈，故而会有"破碎何足名家"的断语。由于李清照最后提到了晁端礼，可见这条线索一直梳理到了她自己所在的徽宗时空，由此也说明，其后列举的活动于晁端礼之前的词人，是另外一条发展脉络上的人物。

这条发展脉络自然是与京城专业词人对立的士大夫词人。李清照虽然在这里只标举了晏欧苏三人，但也是一条连贯的时间线索，即晏欧开创在前，苏轼踵武其后，李清照明确指出三人的特征就是"以诗为词"，可见她认为"以诗为词"并非苏轼的开创，而是从晏欧那里的承袭。当然李清照并没有否定晏欧苏的词作，反倒是高度肯定了他们"以诗为词"的成就。正如顾易生所言："《词论》中称晏殊、欧阳修、苏轼等'学际天人，作为小歌词，直如酌蠡水于大海'，那是非常崇高的评价，才如大海者，余力作小词，固当优为之。这说明李清照并没有排斥文章硕学、诗赋大家以其如椽巨笔濡染词苑的意思。"①李清照反对的是"以诗为词"之后对词体本色的偏离,这种偏离最明显的就是疏于音律,故而其后出现了屡屡被人提起的讨论音律文字。但这段话并非意味着李清照的主张仅仅是严于音律,她只是从声律的角度指出晏欧苏的不足,与她肯定完柳词又指出其俚俗之不足同一机杼。而且李清照的本色观也并非只局限在严守音律上,她马上就用王安石与曾巩为代表的另一群体标识其他的应守之法度。后世论者始终奇怪于李清照何以会认为王安石与曾巩没有写过词作,但是曾巩确实只有一首词流传至今,而王安石的词作全部由集句方式写就,李清照将其与集句诗归为一谈亦非不可能。但无论如何,李清照提到二人的目的是辨析文章与歌词的关系,俨然是针对其时已经流传的"以文为词"之法,表明在严守音律之外,她也不满过分以文章句法节奏行词,要求回到词体本色的章法结构与句法节奏。

李清照的词史梳理对朝野双方各有褒贬,这展示着身处徽宗宣政之时的她,显然意识到词体雅化在不同路径上都取得了丰硕的成果,使得当下的词体写作发生了剧变,本朝词史应该于斯被分成前后两个时期,下一步的词学任务应该是将朝野词坛融会贯通,形成既吸收"以诗为词"成果又保持词之本色的新面貌。于是她在其后列举出的四位知晓"别是一家"的词人就是作为新时期的代表词人。这段内容的领起字"后"应不是简单的时间延续,而是有着词史转折的意味,是在词史宏观视野下展开论述,故不需囿于某位词人的生卒年月,只要保证四人的写作可以与上文诸家分属前后两个时代即可。晏贺秦黄四人显然可以分成两组,贵戚之后的晏幾道与贺铸上承京城专业词坛,秦观和黄庭坚则不用多说是士大夫词的传人。但是四人又未做到最高标准的融通。晏幾道由于不怎么写慢词,故而无法施展代

---

① 顾易生《关于李清照〈词论〉的几点思考》,《文学遗产》2001 年第 3 期。

表专业词人成就的铺叙手段;贺铸以旧题乐府为诗又使其过于偏向应歌传统,展现士大夫生活与意趣的典雅庄重环节便被削弱;秦观专情致少故实的创作又不能展现士大夫学识的博雅,从而无法呈现财富与知识相合的徽宗朝新兴富贵追求;但任何事情都是过犹不及,黄庭坚就太过展示学问,于是又掩盖了词体字面疏朗的应歌本色。李清照以大胆犀利的论述为进入新时期的词体文学提出了最高的写作标准,正如龙榆生所言:"易安所认为歌词之最高标准,应须具备下列各事:协律、铺叙、典重、情致、故实。神明变化于五者之中,文辞与音律兼重,乃为当行出色。彼于柳永以'词语尘下'为病,而对东坡则嫌其'不协音律'。果以东坡之'逸怀豪气',运入声调谐美之歌曲,庶几力争上游,而为易安所心悦诚服矣。"①李清照的词学主张就是如此用歌词传统行词学新法,在士大夫本位的立场上将字面雅辞、意趣儒雅、学识博雅、词情雅正等多重宋人雅词内涵融通无间。

这种词学主张显然与上文提到的陈师道、晁补之与李之仪三人论词同一精神,无论是在朝野词人二元分立的论述模式,还是在融汇柳永与晏欧的习词路径等方面,都没有太大的出入,而且《词论》的行文用句上也能看到承袭三者的痕迹,可见李清照的"别是一家"说承继着苏门词人的词体本色观,主要寻求用词体本色展现士大夫生活与意趣的方式,不仅否定专业词人代歌妓立言的俗词写作,也不直接推崇他们代帝王立言的颂体之词,但却也肯定颂体之词的存在意义。这样来看,李清照心目中的典范作家应该是未在《词论》中品评的一位词人。他不是周邦彦,清真词在徽宗朝尚处于岑寂无闻的状态,而且偏属新党的周邦彦与苏门群体本就有着政治上的鸿沟之限,所以李清照未提到周邦彦或者根本没看过清真词是相当正常的事情。这位词人应该是李清照的山东乡党晁补之。晁补之确实与李清照有过

---

① 龙榆生《漱玉词叙论》,《龙榆生学术论文集》,第337—338页。

交往,他曾多次向士大夫称赞李清照的诗歌①,故其在词体文学领域也对其有所指点亦属可能。陈祖美即推测李清照随赵明诚屏居青州的那几年恰逢晁补之于金乡守母丧,二人曾赴金乡为晁补之庆寿,故获得向晁补之请教词学的机会②。彭国忠亦从晁补之"评本朝乐章"中已经提出"俗""妙""闲雅""小词""当行"等与《词论》契合的词学概念角度,进一步认可李清照与晁补之的关系③。上文关于晁补之闲居词的分析亦可以从创作本身再添新证,晁补之不仅提出这样的标准,自己的实践也确实在本色词法、士大夫日常情绪表达以及以文为词新法等方面做到了较为完美的融合。

李清照的《词论》公认为写于南渡之前,自不存在词分南北之偏,文中将晏殊与苏轼并提意味着也没有婉约豪放之别,这是北宋人在士大夫雅词立场下对本朝词史的认识:词体从《花间》、南唐而来,于仁宗朝发生京城专业词人与士大夫词人的分野,各自选择了一些雅词内涵后便齐头并进,直至徽宗朝发展成熟。于是词体文学便进入了新阶段,其时的创作目标就是融汇朝野两线,将不同路径上的雅化成果荟萃于一。李清照以自己的写作配合着她的词学主张,其是以士大夫意趣即苏门词法为本的,故而是以词体本色修正苏门偏颇。相应地,晁端礼的例子就可以说明徽宗朝京城词人群体亦不能避开融融汇朝野的时代大势,但他们应是在传统笔法的基础上添入日常生活与情绪的表达。可以想见,就算没有建炎南渡这一突发事件,北宋朝野词人也会按照这条雅词方向继续深入,最终达到贯通二者精华的极工状态,只不过究竟以哪方立场为主要、谁又会成为经典词人等问题就或许另有机缘了。

---

① 朱弁《风月堂诗话》卷下,中华书局,1991年,第8页。
② 陈祖美《李清照评传》,南京大学出版社,1995年,第64页。
③ 彭国忠《李清照〈词论〉价值重衡》,《文学遗产》2008年第3期。亦见《唐宋词学阐微——文本还原与文化观照》,第199页。

第五章
秩序重建：高宗朝词坛的异动与承继

宣和七年(1125)，金兵的入侵破灭了徽宗以上化下的复归三代之梦，他废止了一系列展示升平的礼乐制度，并匆忙退位，自称"太上皇"，让儿子钦宗去应付兵临城下的金人。徽宗的仓皇辞庙显然无力回天，两年之后，开封城破，徽、钦二帝被俘入金，唯一幸免于难的徽宗之子赵构在南京应天府登基，拉开了建炎南渡的序幕。这是两宋政治史上最重要的转折点，也是影响中国历史的大变局之一，显然会对文学的发展产生强烈震荡，特别是那些亲身经历南渡的作家，中原板荡一定会使他们的作品呈现出与之前不一样的面貌。陈廷焯即如是云："二帝蒙尘，偏安南渡，苟有人心者，未有不拔剑斫地也。南渡后词，如赵忠简《满江红》、张仲宗《贺新郎》、朱敦儒《相见欢》、张安国《浣溪沙》……此类皆慷慨激烈，发欲上指。词境虽不高，然足以使懦夫有立志。"①当代学者多因此将建炎南渡视作词体南北宋之别的变化转关，重点研究南渡词人群体笔下的新变。如黄文吉即明确指出："南渡词人介于南北宋之间，不但是政治递变中的重要人物，更在词坛转变过程中扮演关键性角色，这是从事词学研究者所不可不注意的。"②

不过政治的剧变是否可以直接迁移到文学史的分期上？南渡词

---

① 陈廷焯《白雨斋词话》卷八，第1287—1288页。
② 黄文吉《宋南渡词人》，学生书局，1985年，第2页。

人的作品确实发生了变化,但是这种变化的性质究竟是什么?作为由北入南的词人,南渡后的写作是否与先前真的迥然有别?陈廷焯列举的这些词作当然是南渡之后最富时代精神的歌声,但是它们是否就是词坛主流?这些都是考察南渡词坛时必须关注的问题,即厘清南渡词坛是怎么变化的,这些变化究竟重不重要,它们与前代的关系与对后世的影响是怎样的。在这些问题中,南渡词人的前后变化是最容易被察觉与阐释的话题,王兆鹏即指出:"南渡词人,在靖康之难前,主要因袭花间范式,多柔情软调,艺术上也少有创新。只有王以宁、李纲超越于当时的词坛风气之外,而步武东坡范式,抒发自我情怀。靖康之难后,由于时代的巨变,南渡词人群改变了创作观念,强化了主体意识,创作上都先后转向东坡范式的自我化、个性化,并取得突破性的进展。"①这段论述已经成为目前认识南渡词人的共识,靖康之难为词坛带来的最大变化就是东坡词法词风的兴盛与普及。然而上一章的论述已经充分说明,东坡词在徽宗朝就已经非常流行,词人已经习惯将填词当作一种日常活动,直接用其表达自我在日常生活中的非政治状态与情绪。对于年轻一代的词人来说,摹效东坡词法已经是非常普及的习词途径,如向子諲、叶梦得等南渡词人在徽宗朝时就已经转向东坡范式的创作。不仅如此,苏门词人尝试以本色包裹苏词新法,甚至连京城词人群体也积极借鉴东坡手段雅化颂体之词,显示着徽宗朝词坛出现了融通朝野的突破方向。东坡范式很显然在徽宗朝宣政年间就已经地位稳固,不需要南渡之变为其提供扩大影响并获得突破的条件。

实际上宋人并不将建炎南渡视为词风转变的标志,就是到了清人那里也未将词中南北之界定在靖康之难。只有在经历清末民初"数千年未有之大变局"后,建炎南渡对文学史的影响才被凸显到最

---

① 王兆鹏《宋南渡词人群体研究》,第8—9页。

重要的位置。其实传统学者始终强调文学史分期不能被时代所囿，特别是面对身历两代的作家，既要看到他们因时局变化而产生的前后之异，也要注意他们在前后两代创作的连续性。尽管政治确实对文学影响深远，但二者始终不是完全重合的，文学的内在动力使其发展脉络具备着先行性与连续性的特征，故而不可简单地以人论世，亦不可如此以世次人。这种特征在南北宋之交体现得尤为明显，前贤主要关注的南渡后之词法革新、地域转变、创作生态、作者心态等要素绝大多数在徽宗朝即已萌发甚至成熟，有的还渊源于更早的传统。建炎以来的词人就是沿着徽宗朝确立好的路线，经由短暂的家国剧变之震荡，换一种方式重新上路，最终完成原来即已指明之发展目标。就词体雅化与词史发展来说，徽宗至高宗之间的确发生了异动与变革，但也存在着承续，而且承续才是高宗词坛的主流风气，因为各条雅化路径上的主流文本形态在徽宗词坛均已奠定，朝野双方也各自形成了自己的艺术范式与经典词人，甚至还出现了融合不同雅化路径的新时代词学主张。因此南渡之后的词坛，势必还会按照徽宗词坛奠定好的基调进一步发展，将业已草创的雅词与词论推向成熟。愤慨国事的词作尽管切合时代脉搏，但却在文学艺术性上与徽宗词坛的朝野双方均有所脱离，从而陈廷焯会对于南渡词人愤慨国事的词作予以"词境不高"之评。其实这种用词体感慨家国之恨的异动，也是承袭着徽宗词坛的一种雅化道路而来，只不过在特定的时代背景下，词体承载的独特内容被极度放大而已。

如果再深入追究前贤何以重点关注南渡之变，或许还有两点值得反思的原因。其一就是与词分南北相互牵扯的婉约豪放之对立，局限了对于苏轼词风影响力的判断。沿袭花间传统的词作通常就被简单地认为不太受苏轼影响，只有与政治联系密切的词体个人情感表达才是继承东坡词风的面貌，是故若非亲身经历惨痛的家国之变，浪漫的婉约派词人是不会唱出东坡式铁板铜琶的，也不会有流落江湖的都城记忆与身世浮沉的哀痛。于是南宋雅词的苏门传统与士大夫文学的性质就被遮蔽，又进一步加深了婉约豪放之间的壁垒。其二则是南渡词人或南渡词坛的命名本身就更多地指向由北入南的词人，于是家国之事自然会成为首先被关注的焦点，这是由语意局限导致的思维惯性。黄文吉在为南渡词人定义的时候即云："所谓'南渡词人'，如前所述，是以时间为划分要素，并不专指南渡的北人。因对国事的关怀，及恢复故土的决心，并无南北之分，如李纲、张元幹等都是主战甚力的南人，尤其许多南人都曾仕宦于北方，又随朝廷南渡，更无从区分。"①黄文吉虽然注意到了南渡词人之名的地域局限，但仍然遗漏了南渡前后都生活在南方的词人，他们的生活与词作是否随着南渡而发生改变？这一群体的数量与黄文吉定义的南渡词人相比究竟谁更为庞大？同时，尽管黄文吉定义的南渡词人确实关怀国事、主战甚力，但是他们是否始终用词作抒发恢复中原的决心？如果不是，那么这些与政治疏离的日常生活与词体写作又是渊源何呢？黄文吉的研究范围本就是南渡词人，这些并不是他需要斟酌的问题，但是本书试图在宏观的角度考察词体雅化的流变，故而不得不考虑名称会产生的意义束缚，或许使用更宽泛的高宗词坛概念更能统摄大部分历经南北的词人。本章的讨论即以上述各项反思为基础，试图在词分南北与婉约豪放架构之外探究高宗词坛对徽宗词坛的异动与承继，勾勒出这一时期为孝宗中兴时代的雅词与豪气词奠定的共同基础。

第一节　南渡前后两浙士大夫的日常化雅词写作

　　第二章已经讨论过，科举士大夫主导的两浙地区在北宋前期即

---

① 黄文吉《宋南渡词人》，第6页。

已成为有别于京洛的词体文学创作中心。清丽山水、诗僧群体、历史传统等多重因素促使文期酒会、渔樵山林成为士大夫在两浙的普遍生活方式。这种与京城富贵相异的生活状态与清雅意趣不断为两浙歌词扇入清丽之风,林泉高致也随之成为两浙歌词的重要题材之一。在徽宗朝严苛的朝野离立政治局势下,两浙地区的林泉诗酒传统被进一步放大,士大夫的内在转向在这里尤为突出,参与其间的词体文学不断书写着湖山与园林之中疏离政治的世外桃源式意趣,成为地方雅词的重要范式。上一章对于叶梦得与葛胜仲湖州唱和词的论述即可见诸一二,但似乎不足以说明这种生活方式与词体写作是两浙地区各阶层士人的通例,故而本节再选取几位不同身份的词人进行讨论,这样可以更全面地展现徽宗朝两浙生活的面貌与性质。同时本节将论述的时间范围扩展至南渡之后,一窥两浙地区尽管随着建炎南渡从地方行政单位转型为京畿核心区域,此地传统的生活方式与词体写作仍然得以承续与保留。

一、地方官员:无涉党争与东堂词的两浙日常

本书对于徽宗朝的论述主要围绕朝野离立展开,究其实质,依然是利用以党争模式讨论北宋中后期文学、政治现象的阐释框架。党争是北宋中后期以来非常突出的政治现象,宋代士大夫又追求政治、学术与文学三位一体的人格,故而核心政治人物往往就是文坛重要作家,所以该解释系统足以把握两宋文学史的重要特质。尽管如此,在政治生活中自觉具备党派归属意识的士大夫其实也就是处于政治核心的少数群体,大多数中下层地方官员并不需要明确站队,甚至哪怕已经入朝为官,还是可以游走于新旧两党之间,无论哪方上台执政,对他们都没有太大的正面或负面影响。比如参与西园雅集的蔡肇,亦与王安石私交甚笃,深受荆公赏识,绍圣与崇宁两次党禁对他的仕途就没有任何影响,他始终按照正常资序迁转。就是苏门学士

之首的黄庭坚,在元祐朝也没有强烈的蜀党归属感,倒是始终念念不忘自我对王安石的私淑。只是后来因苏门身份遭受贬谪,这才使他彻底坚定了党派意识,文学创作亦随之一变。从群体数量上来看,大部分中下层士大夫的经历与选择是类似蔡肇的,他们的日常往往就是安然优游于自我圈子之间,文学作品也就疏离于政治。再加之北宋后期"周程、欧苏之裂"现象的产生,士大夫三位一体的理想越来越难以实现,从而这一群体中更具文学特长的士大夫就愈加逃离于政治之外,在山林江湖、文期酒会间不断钻研文学技巧的精工。

有趣的是,具备这种身份的士大夫很多占籍两浙,而且又都有在两浙为官的经历。蔡肇便是丹阳人,叶梦得与葛胜仲也分别为苏州人与丹阳人,他们的生活方式与词体写作在词坛的渊源或许就是乌程人氏张先。上文已论,张先为官之时便出入于各种应酬场合,根据座主的审美趣味选择相应的词风与词法以即席填词,但他却都能够基本符合各人的艺术标准。张先致仕之后便退居吴兴,日常生活不是赴杭参与郡守宴会,就是在水光湖色间吟咏藕花渔笛,完全没有政治家国的抱负与关怀。张先时代就已经松动的人品与文品之简单关联,到了党争愈发激烈的哲宗、徽宗两朝,在两浙词人身上体现得更加明显,毛滂与其《东堂词》便是较为典型的案例。

毛滂乃衢州江山清漾人氏,终其一生基本以微官浮沉于州县之间。尽管他也曾在陕西、江西等地为官,但主要的仕宦区域还是集中在两浙诸县,绝大多数的日常化词体写作也就发生于此,亦可见词体文学在两浙日常生活间的普及与重要。在毛滂的日常化歌词中,东堂是非常重要的元素,大量日常活动围绕东堂开展。这是他元符元年(1098)任吴兴武康令时改造官舍而成的园林空间,他曾在一阕《蓦山溪》的小序中详细交代此事本末:

东堂,武康县令舍尽心堂也,仆改名东堂。治平中,越人王震所作。自吴兴刺史府与五县令舍,无得与东堂争广丽者。去年仆来,见其突兀出翳荟间,而菌生梁上,鼠走户内,东西两便室,蛛网黏尘,蒙络窗户。守舍者云:前大夫忧民劳苦,眠饭于簿书狱讼间。是堂也,盖无有大夫履声,姑以为田廪耳。又县囷有屋二十余间,倾挠于蒿艾中,鸱啸其上,狐吟其下,磨镰淬斧,以十夫日往夷之,才可入。欲以居人,则有覆压之患。取以为薪,则又可怜。试择其蝼蚁之馀,加以斧斤,乃能为亭二,为庵、为斋、为楼各一,虽卑隘仅可容膝,然清泉修竹,便有远韵。又伐恶木十许根,而好山不约自至矣。乃以生远名楼,画舫名斋,潜玉名庵,寒秀、阳春名亭,花名坞,蝶名径。而叠石为渔矶,编竹为鹤巢,皆在北池上。独阳春西窗得山最多,又有酴醾一架。仆顷少时喜笔砚浅事,徒能诵古人纸上语,未尝与天下史师游,以故邑人甚愚其令,不以寄枉直。虽有疾苦,曾不以告也。庭院萧然,鸟雀相呼,仆乃得饱食晏眠,无所用心于东堂之上。①

地方守令扩整屋舍本是寻常之事,况且两浙地区修建园林的风气更加浓郁。虽然无论何种身份的士大夫都乐于此道,但是都或多或少地会在记文题词中用自我抱负或道德操行遮掩潜意识里存在的对玩物丧志之不安。或许这是一阕词的小序,使得毛滂可以不必忌讳,作为现任令长的他丝毫不掩饰自己对悠游闲散生活状态的向往,这与北宋士大夫关怀民生心忧天下的固有印象与群体追求截然相反。毛滂在这段文字中倒是提到了一位符合固有印象的人,他是前任武康县令,但是毛滂却隐隐对其因勤于政事、忧民劳苦而荒废丽园华堂感到不满。在这段文字的最后,毛滂提到自己只喜笔砚间事,只懂典故旧闻,而不知如何治县安民,无疑是在为自己定性。他

---

① 《全宋词》,第 870 页。

认定自己只是一介文士,而无显著的政治才干与追求,故而才会乐见县衙无事而安享自在悠闲。这种自我身份认同解构了三位一体的人格追求,使其将官职简单地当作谋生的手段,从而兴趣点也就集中在自我内在的日常,官舍生活也就与退居愈发接近了。毛滂一阕《清平乐》即如是云:

清 平 乐
送贾耘老、盛德常还郡。时饮官酒于东堂,二君许复过此

杏花时候。庭下双梅瘦。天上流霞凝碧袖。起舞与君为寿。　　两桥风月同来。东堂且没尘埃。烟艇何时重理,更凭风月相催。①

词序中提到的贾耘老即贾收,湖州著名隐士,善为诗,好饮酒,亦与苏轼交好,二人酬唱极多。尽管苏轼也以郡守身份与贾收交往,并写就不少展现林泉萧散形象与意趣的诗篇,但是苏轼皆从对方落笔,诗词中的蘋洲渔唱之所皆是贾收的生活空间,疏离政治优游岁月的人物形象与生活方式基本也是对贾收的描摹,与自己无关。但是毛滂则并非如此,他将烟艇意象置于东堂之中,俨然把自己的官舍当作可供隐士生活的空间,意味着他虽然身居一县之长,但更看重内在与隐士相仿佛的身份,他也正在官舍中过着这样的生活。毛滂另有一阕《清平乐》,或许写于送别贾收之后不久,其下片云:"明年春色重来。东堂花为谁开。我在芦花深处,钓矶雨绿莓苔。"②可见尽管贾收已走,杏花时候也即将过去,但改变不了他近乎吏隐的生活状态。他甚至在词中明确呼吁世人不要将他的身份定性为县令:

---

① 《全宋词》,第858页。
② 同上书,第859页。

浣 溪 沙

本是青门学灌园。生涯浑在乱山前。一犁春雨种瓜田。别后倩云遮鹤帐,来时和月寄渔船。旁人莫做长官看。①

毛滂连用邵平和于陵子仲的典故,以两位拒绝出仕的古之隐者消解着自己实际的官员身份,似乎就是在暗示为官是出于生计的迫不得已。词中亦出现来自苏轼《如梦令·有寄》"江上一犁春雨"的语典,展示着日常化的词体写作总是绕不开苏轼的影响。毛滂显然对东坡词非常熟悉,东坡词和韵己作的日常化特征在《东堂集》中亦有典型展现。元符元年(1098)重阳节,毛滂因病不能饮酒,姑洌小云团一杯荐以菊花为代,他兴致勃勃地用《玉楼春》一调将这件不能再琐屑的日常之事记录下来。两年后的重阳节,毛滂已离开武康客居开封,但当他听闻武康旧友用其故事以云团酌酒之后,即依前韵又填了一阕《玉楼春》②。两阕词写作时间的两年间隔不仅说明毛滂随身携带着底稿,也意味着毛滂将这些日常生活当作自己的生命痕迹认真记忆。

毛滂对苏轼词法的熟悉显然与他和苏轼交往密切有所关系,曾枣庄已经详细梳理了苏轼与毛滂父祖及其本人的交游情况③,然而毛滂却不能算作严格意义的苏门学士,他既没有因为与苏轼的关系获罪远谪,反倒是在崇宁、大观年间干谒蔡京,入职议礼局,并写下赋咏祥瑞与贺谀蔡京的颂体之词。其实不必对毛滂的出处选择太过非议,究其原因还是由于沉沦下僚与羁宦地方的身份所致,这是每一位看不到政治生涯希望的中下层官员都会感到的无奈。毛滂曾在给蔡京的书信中这样说到:"某今年五十七岁矣,宦游三十许

---

① 《全宋词》,第 861 页。
② 同上书,第 867 页。
③ 曾枣庄《苏轼与毛滂》,《文学评论》1985 年第 3 期。

年,官不过从六品,家无一金产,子弟无一人有升斗之禄。而四十口之家须某主撮以活身。"①这种生活状态其实与南宋后期江湖文人境况相仿,在漂泊各地与请托时相等方面完全可以视作江湖文人的先声,只不过他尚且不能只靠文学干谒谋生,还是需要依附当朝权臣以获得引荐升官。在这种落拓生涯与憔悴心态下,故乡清丽山水与林泉传统就会对他产生着一种独特的精神抚慰力量,经常在天涯求宦的时候被他追忆。如《浣溪沙》一词云:"锦里无端无素书。长安秋晚忆家无。故人来此尚踟蹰。　旧事殷勤休忘了,老来凄断恶消除。小楼雪夜记当初。"②便是在京城遇见吴中故友时追怀故乡山水间的悠乐。于是当他回到故乡郡县为官时,就会很自然地选择与两浙山水相适应的内向生活方式,这也是两浙地区士大夫生活日常选择的共有心态。徽宗朝供职两浙的士大夫因此多以赏梅、观雪、泛舟、雅集等为日常,并用词体记录并参与这些日常琐事,成为自我存在的证明与意义。这些士大夫与毛滂一样,基本出入于新旧两党之间,填词时并没有朝野家法的束缚,既能填制颂体之词,也可以一展苏门风神,因而最能体现他们创作个性的两浙日常词作就天然地呈现着融通朝野的特征,又在两浙的蘋花山水间被打上了浓郁的清丽幽洁印记。

二、江湖闲士:吕渭老宣和年间的词体写作

在武康、嘉禾等县辗转为官的毛滂落魄潦倒,生活状态与人生情感近似于南宋江湖文人,徽宗时代真正的江湖闲客嘉兴人吕渭老倒是过着萧散滋润的生活。陈振孙云吕渭老"宣和末人,尝为朝士"③,但从他的词作来看,吕渭老宣和年间主要还是活动于松江、嘉兴一

---

① 毛滂《重上时相书》,周少雄点校《毛滂集》卷一〇,浙江古籍出版社,2012年,第247页。
② 《全宋词》,第862页。
③ 《直斋书录解题》卷二一,第625页。

带,为官时间应非常短暂,主要身份还是闲居两浙的文士,因此能够比毛滂更自由地用词体抒发疏离政治的日常情绪。再加之他似乎不怎么为生计忧愁,所以词中呈现的两浙日常生活也要比毛滂更加细致与具体。先看这阕《水调歌头》:

水 调 歌 头

十月初十日,同周元发谒姚氏昆季,多不遇。因与说道小饮,出其兄进道作水调歌头一韵,几二十首,读之,殆不胜情。次其韵作一篇,怀其人,亦以赠元发、说道。

扁舟思独往,樯影划晴烟。要伴人随明月,踏破水中天。谁信骑鲸高逝,空对笔端风雨,如泛楚江船。老子穷无赖,端欲把降竿。　　白蘋汀,归老计,似高闲。平生爱我,一言相置二刘间。准拟何山松桂,折足铛能安稳,芋火对阑残。何必少林语,立雪问心安。①

据词序可知,吕渭老此词是在姚进道身后的追和,姚氏原唱应无涉吕渭老,但是二十首《水调歌头》被其弟收集传播,使吕渭老阅后产生想见其人的思念情绪,故而追韵一阕。这再次说明词体文学已经成为两浙文士的生命印记,作者可以用词体记录自我于世间的痕迹,读者也可以通过词体还原作者的形象与生活,亲友亦开始重视身后的词集整理与流传。吕渭老在他的追韵词中重建了姚进道形象,完全就是湖光蘋渚间的萧散隐士,唯一能够为其身份或特长定性的就是"笔端风雨"一句,说明诗歌是姚进道仅有的人生追求,写诗就是他的生命方式与存在意义。不过吕渭老借词起兴也说明词体在他们意识里已经和诗没有本质区别了,填词也成为诗人得以成为诗人的必要条

① 《全宋词》,第1454页。

件。吕渭老在词末用禅宗典故进一步烘托仅仅追求歌诗的生命特征,"折足铛"典出《景德传灯录》,汾州大达无业国师曾云:"看他古德道人得意之后,茆茨石室,向折脚铛子里煮饭吃过三二十年,名利不干怀,财宝不为念。大忘人世,隐迹岩丛。君王命而不来,诸侯请而不赴。岂同我辈贪名爱利,汩没世途?"①吕渭老显然是借此云姚进道没有名利之欲,其后他又用懒残僧故事进一步交代姚进道也没有口腹之欲。他甚至在最后一句否定了禅宗二祖慧可立雪断臂一事,似乎将执着于最高真理的追求也当做了身外之欲,想要告诉世人姚进道也没有这一层欲望。这可谓完全解构了三位一体的人格追求,毛滂在政治无望之际尚且还需要从古人纸上之语积累学问与知识,吕渭老则将学术环节与政治一并砍去,而且还将文学追求只局限在诗歌领域上。吕渭老的自我形象也在词中相伴出现,故而对于姚进道风神的追忆即是自我的定位与期许,亦可以视作两浙闲士群体的共同追求,两浙日常生活的风尚即可想见。

吕渭老这阕追韵词确实与原作者相关,但是他在此之后又屡屡追和此词,单纯借用形式的性质就愈加浓烈,如下引这阕:

水 调 歌 头

壬寅九月,谒季修,题其书室壁曰秋斋梦谒,复以进道韵续之

秋斋多梦谒,舌本欲生烟。独步一庭明月,雁字已横天。作个生涯不遂,松竹雨荒三径,却忆五湖船。小阮贫尤甚,犊鼻挂长竿。　　白鸥汀,风共水,一生闲。横琴唳鹤,要携妻子老云间。灯火荧荧深夜,高卧南窗折几,杯到不留残。莫遣江湖手,遮日向长安。②

---

① 《景德传灯录》卷二八,第1008页。
② 《全宋词》,第1454—1455页。

根据小序可知此词写于宣和四年(1122),而最初的追韵词写于某年十月,故二者至少相隔一年,自可想见吕渭老日常间应该反复把玩姚进道的二十阕《水调歌头》。此词是为友人季修的书室而作,完全与姚进道没有关系,但依然展现了两浙隐士形象。词中也提到了生活上的窘迫,但却没有毛滂无奈憔悴之感,自然是因为吕渭老与朋友安然闲居于两浙故乡,没有毛滂选择在外奔波求官而带来的寄人篱下之患。他自己也深知此道,故在另一阕追韵姚进道的《水调歌头》下片中这样写道:"功名事,须早计,真安闲。高才妙手,不当留意市廛间。俄已山林长往,尘面时时拂镜,齿发甚衰残。廊庙非吾事,茅屋且安安。"①明确表达了自己对政治的淡漠。

吕渭老追和姚进道的《水调歌头》共计八阕,他自己有一段总结性的跋语,其云:"何山道人《水调歌头》二十首一韵,余和之,计前后凡八首。道人之语,如谢康乐诗,出水芙蓉,自然可爱,余诚不足以继其后。呜呼,道人死矣,仙耶人耶,皆不知。俟如其数,焚香烧以与之。魂如有灵,当凌云一笑。"②这段话透露的追和词创作精神无疑是与苏黄是一致的,即在作者身后频繁次韵是出于追慕其人与追玩其词。某一词作的填写缘起与实际内容可以不必与原唱有关,但词学宗尚与生活情趣却与其暗自相联,有一种借此认定自我身份以及与逝去尊者人神交流之感。吕渭老在识语中更借用钟嵘对谢灵运诗的评价品鉴姚进道之词,亦吻合苏门后学的论词风尚,说明苏门词法在宣和年间已经植根两浙。不过"出水芙蓉"之语还是透露着两浙词人的审美追求始终避免不了吴山越水影响下的清丽幽洁。

尽管吕渭老已经熟习苏门词体日常化的写作精神,而且也提出清丽幽洁的审美追求,但是他的词作确实如自己所言没有达到这一

---

① 《全宋词》,第1455页。
② 同上书,第1456页。

标准,完全不如毛滂之词的清美娴雅,并不是深受东坡词影响的面貌。而且吕渭老没有留下京城颂体作品,他的词作中也看不到受这种专业歌词影响的痕迹,其实在另一层面限制着他的词作成就。他有限的行迹是造成这种局面的重要原因,从词中可以看出,吕渭老宣和年间主要就活动于环太湖流域,以苏州、松江、嘉兴、杭州诸地为主,最远驻足地不过是扬州。这片活动范围并不与徽宗朝苏门群体退居闲居区域重合,吕渭老也就无从接触苏门后学的词学指点了。但是吕渭老尽管行踪不广,却并不妨碍他也常常发出如毛滂那样的漂泊江湖之感与故人水逝云飞之叹。如《好事近》一阕云:"长记十年前,彼此玉颜云发。尊酒几番相对,乐春花秋月。　而今各自飘零,憔悴几年别。说着大家烦恼,且大家休说。"①吕渭老的朋友皆分居于松江、华亭、钱塘数地,互相之间相隔并不遥远,按理不会产生这种各自飘零十年不见的情况。但是从追韵姚进道的八阕《水调歌头》来看,他们的生活往往就安于自己的居所,并不会经常出行,这本身就阻隔了故友的交往。当其偶动探望邻县友人之思时,也总是会被疾病或琐事牵绊,也就不了了之,以至蹉跎岁月。但毕竟这一群体的行踪都局限在环太湖流域,男性友人还是可以经常相见,于是感慨天涯寥落年华蹉跎的情绪就被迁移到歌女家伎之上,这些依附于主人的女性确实会随着主人的境遇变迁或一时兴起而遣散离去,当日常的诗酒集会中突然不见其中的一位时,就会触发词人心中的时间意识。如下面这两阕小词:

思　佳　客

竹西从人去数年矣,今得归,偶以此烦全美达之

　　曾醉扬州十里楼。竹西歌吹至今愁。燕衔柳絮春心远,鱼

---

① 《全宋词》,第 1471 页。

入晴江水自流。　　情渺渺,梦悠悠。重寻罗带认银钩。挂帆欲伴渔人去,只恐桃花误客舟。①

卜　算　子

余每为歌诗,使李莲歌之,即解人深意。自去年七月,亲往华亭,□□矣,余为之辍笔。昨夜酒醒,卧不能稳,试作《卜算子》以寄之

渡口看潮生,水满蒹葭浦。长记扁舟载月明,深入红云去。荷尽覆平池,忘了归来路。谁信南楼百尺高,不见如莲步。②

很难讲吕渭老对这两位歌女有多少真情实感,但是也足以说明在他们看似闲散枯寂的林泉生活中,亦不断闪动着这些女性的身影。她们就如湖边摇曳的蘋花一样,是两浙日常生活中必不可少的点缀,从而也会被词人反复追忆,成为词体文学世界里两浙生活的表征,怀念曾经的歌姬也就这样成为两浙词体写作的日常题材。

虽然徽宗朝野词坛对吕渭老的影响均不是太深,但是他的词作却在两浙林泉传统之外隐隐承袭着另外一条线索。《水调歌头》(扁舟思独往)一阕已经出现了不少禅宗典故,说明阅读佛典、参悟禅理也是吕渭老日常活动之一,于是同为日常生活的词体写作也就少不了直接填入佛禅义理的词,吕渭老的《圣求词》中六阕《渔家傲》便是这类词作③。这不能不让人联想起黄庭坚在瓜洲渡口调倚禅僧用来歌唱道情的《渔家傲》吟咏佛禅理趣的创作。上章已经论述过,黄庭坚的佛禅词是其私淑王安石的表现,而王安石的集句歌曲皆是晚年退居半山园所作,于是今日苏南地区在当时很可能就流行着王安石

---

① 《全宋词》,第 1463 页。
② 同上书,第 1469 页。
③ 同上书,第 1449—1450 页。

的特殊词风,黄庭坚在镇江填写《渔家傲》便是尝试地方流行变体的表现,吕渭老这六阕《渔家傲》也就同样沿袭着王安石的江南遗韵。其实,赵师罴在《圣求词序》中就已经透露着此中消息,这篇写于嘉定五年(1212)的序文这样追溯圣求词的渊源:

> 世谓少游诗似曲,子瞻曲似诗,其然乎? 至荆公《桂枝香》词,子瞻称之,此老真野狐精也。诗词各一家,惟荆公备众作艳体,虽乐府柔丽之语,亦必工致,真一代奇材。①

尽管赵师罴是借用王安石诗词兼备来类比吕渭老于诗名外亦擅词章,但他偏偏特为拈出王安石未尝不是一种联系的暗示。于是王安石不仅是黄庭坚的文学私淑,也是两浙地区词体传统的暗流,促使吕渭老为代表的两浙闲士群体在表现闲居日常时会出现一种较为滑稽近俗的文句风格。这自是来自佛禅词的特殊句法与意趣的变化,不仅影响着南宋退居士大夫的日常词作,其清疏豪宕者更实启稼轩。

三、退居大员:叶梦得绍兴五年所作诸阕同韵《临江仙》

毛滂与吕渭老的两浙日常与叶梦得宣政年间在颍昌、吴中等地的生活样态并无区别,可见这种生活方式是与身份不太相关的时代共性。只是作为高级官员的叶梦得,他有毛滂、吕渭老两类群体所无的经济实力,从而能够大规模藏书造园,过着规格比较高的富贵文雅生活。若结合第三章对于徽宗的考察,可以发现徽宗的宫廷生活其实就是两浙意趣,他不仅从两浙地区移花运石,也将此地的生活方式用国家力量在京城空间筑成最精致最高级的状态。随着靖康难起,徽宗本人的生活当然一去不返,两浙地区也在建炎初年遭受兵乱,故

---

① 吕渭老《圣求词》卷首,《宋名家词》,第1240页。

而宣政年间生活方式的无法继续便成为文学史家首要考察的对象。赵师岂就列举吕渭老"忧国忧身到白头,此生风雨一沙鸥""尚喜山河归帝子,可怜麋鹿入王宫"等爱君忧国之句,以述靖康难后的生活状态变化着他本来清新俊逸的诗风。

但是这些诗句在吕渭老笔下的出现其实是强烈的时局变化影响到了他的日常生活,从而文学写作得以出现与政治相关的内容。这最多只能是局部的震荡,并不能以此言吕渭老的生活状态与文学创作发生了质的变化。其实南宋初年两浙地区的生活方式总体还是承继着徽宗朝的面貌,词体写作同样也以疏离政治的林泉意趣为主,往往看不到时下战乱流离的动荡局势。叶梦得的这阕《临江仙》便突出地体现着此特征:

临 江 仙
乙卯八月九日,南山绝顶作台新成,与客赏月作

绝顶参差千嶂外,不知空水相浮。下临湖海见三州。落霞横暮景,为客小迟留。　卷尽微云天更阔,此行不负清秋。忽惊河汉近人流。清霄元有路,一笑倚琼楼。①

乙卯即绍兴五年(1135),此时宋金和议未成,尚处兵戈不息、国是难定之时,忠义重臣仍汲汲追求恢复大业。叶梦得这阕词主要记述建台于苏州南山,却是与国事无关的日常风雅之举。词中情绪也仅是登临之畅与赏月之趣,与徽宗时代的生活意趣和词风词情没有差别,就是强作比兴寄托之解似也很难达成。叶梦得在词中好像身处与外界封闭的桃源空间,当下所有的动乱流离都与他丝毫无关,处于南渡之后的他依然过着与之前一样的疏离政治而风雅山林的退居生活。

---

① 《石林词笺注》,第127页。

这对于一位建炎年间官至尚书左丞并出任江东安抚大使兼知建康府兼寿春等六州宣抚使的边防重臣来说,似乎不大符合身份,只能说徽宗时代与两浙地区的生活日常并没有随着国家之难而消失或中断。

叶梦得这阕词体现的生活与日常化写作并非偶一为之,写下这首词的次日,叶梦得又与客登台,并依韵再作一阕云:

临 江 仙
明日与客复登台,再用前韵

一醉三年那易得,应须大白同浮。已知绝景是吾州。姮娥仍有意,更肯为人留。　　万籁无声遥夜永,人间未识高秋。从来我客尽风流。故知怜老子,尤胜在南楼。①

这还是一副与国事无关的姿态,非常满足于此刻诗酒风流的生活。叶梦得在词末用了庾亮登南楼的典故,是南渡后石林词中大量涌现晋宋故实之变化的体现,亦标志着南宋词坛开始将视线从陶渊明扩展到其他晋宋人物身上,自然是以南宋人将本朝类附东晋的心态体现,或多或少透露着此刻的日常生活终究不能与家国之难完全脱离。或许叶梦得用庾亮的典故除了自许此刻的谈咏风流外,也是为自己这种不合时宜举动推脱,既然作为手握重兵而又希冀北伐的庾亮尚且可以在南楼上竟坐清谈,那么他这样一位退居官员又有何不可呢?于是他次日连续第三次登台,又依韵填了一阕《临江仙》:

临 江 仙
明日小雨,已而风雨大作,复晚晴,遂见月,与客再登

卷地惊风吹雨过,却堪香雾轻浮。遥知清影遍南州。万峰

---

① 《石林词笺注》,第129页。

横玉立,谁为此山留。　　邂逅一欢须共惜,年年长记今秋。平生江海恨飘流。元龙真老矣,无意卧高楼。①

由于有了前日用庾亮的开脱,叶梦得这回更心安理得地抒发自己的山林佳兴,他觉得今年这件雅事是需要年年长记的,显然是表达能够一直过着这种生活的期望。词末又一次出现了乱离时代的典故,许汜因陈登留宿他时不交一辞更自卧大床而向刘备抱怨,却遭致刘备的斥责:"君有国士之名,今天下大乱,帝王失所,望君忧国忘家,有救世之意;而君求田问舍,言无可采,是元龙所讳也,何缘当与君语?如小人,欲卧百尺楼上,卧君于地,何但上下床之间邪。"②此时的天下亦与汉末一样动乱不堪,帝王失所,这个典故的使用更加有力地说明叶梦得知晓自己的生活方式与时代的强烈冲突,但是他居然明言自己无意效仿陈登,而是义无反顾地选择被刘备唾弃的求田问舍。百尺楼的典故后来被辛弃疾反复使用,稼轩既为自己的蹉跎岁月而羞愧,亦期待出现刘备这样的英雄人物,其实是一种对当下时局的无奈,与叶梦得形成了鲜明对比。然而尽管叶梦得这样说,但也没有什么人以此批判他,只能说明两浙地区的生活方式在南渡之初依然普遍,时人对此也习以为常,心中默许。

叶梦得不仅安然优游山林,而且也做到了"年年长记今秋"的承诺。一年之后的中秋,他已经从苏州又住回湖州下山石林谷,但文期酒会的生活依然继续。想去年之事,发现同游之人已不在身边,顿生今昔之感,故又依韵填制一阕:

---

① 《石林词笺注》,第130页。
② 《三国志》卷七《魏书·陈登传》,中华书局,1959年,第229—230页。

临 江 仙

诏芳亭赠坐客

一醉年年今夜月,酒船聊更同浮。恨无羯鼓打梁州。遗声犹好在,风景一时留。　　老去狂歌君勿笑,已拚双鬓成秋。会须击节溯中流。一声云外笛,惊看水明楼。①

此词依旧是与去年一样的清歌自乐,毫不顾忌时下未定的政局。"会须击节溯中流"一句在那个时代背景下出现极易引起误会,读者很容易将其认作是叶梦得用祖逖中流击楫之事抒发收复中原澄清天下的心志。叶梦得亦心中自知,故其特地在此句下作一小注云:"世传《梁州》,西凉府初进此曲,会明皇游月宫还,记《霓裳》之曲适相近,因作《霓裳羽衣曲》,以梁州名之。是夕,约诸君明夜泛舟,故有梁州、中流之句。"明确告诉读者他这里的中流击节只是扣舷作歌而已,是一件疏离政治的风雅之举,完全没有思怀祖逖之意。这无疑是在说收复中原的壮志就让别人去完成吧,我叶梦得就在湖光山色间度此余生就可以了。他在另一阕依韵追怀南山台会饮的《临江仙》上片云:"草草一年真过梦,此生不恨萍浮。且令从事到青州。已能从辟谷,那更话封留。"②则更明确地表达了养生修道不愿出仕的内向选择。尽管叶梦得在《水调歌头》(秋色渐将晚)、《八声甘州》(故都迷岸草)等词中自言深受君王猜忌而不被重用,但是他屡次复起又每每毫无征兆地被撤职显然也与他自身操行有所干系,不然史传作者肯定会微讽君王或批判权臣,如今的未加言说则有种为尊者讳的味道。无论是否如此,这五阕同韵《临江仙》反映着叶梦得在绍兴初年完全延续着徽宗时代的生活日常与词体写作方式,这位退居大员尚且如此,两浙

---

① 《石林词笺注》,第 131 页。
② 同上书,第 133 页。

间的州郡属官与萧散闲士延续的情况则更会普遍。而且从叶梦得词作中还可以看出,在其退居期间的日常活动中,存在着一个数量可观的周边文人群体,这些人陪同叶梦得诗酒唱和、泛湖登高,显然也是过着徽宗时代的生活,并不断扩大日常化词体写作的作者群体。

四、南渡异动：南渡北人与江南士人的心态异同

叶梦得词风在南渡前后差异不大无非是因为他占籍江南,家国之变对他来说并没有切肤之痛,他始终可以在苏州与湖州两地的园林别墅中安然高卧。同为江南人的张纲在绍兴年间被解官回乡之时亦写有下面这阕《感皇恩》:

感 皇 恩

休 官

解组盛明时,角巾东路。家在深村更深处。扫开三径,坐看一川烟雨。故山休笑我,来何暮。　　苦贪富贵,多忧多虑。百岁光阴能几许。醉乡日月,莫问人间寒暑。兴来随短棹,过南浦。①

这阕词与叶梦得一样,不见南渡战乱,亦无恢复中原之慷慨,只有一片安享园林疏离政治的宣政习气。张纲在政治生活中正直刚烈,屡抗章言事,但并不影响他退居时选择这种方式以度日常。这种朝堂内外不一样的生活态度其实就是北宋后期高昂士风退却后的日常化常态,只不过张纲在南渡后拥有继续为之的空间而已。真正词风发生一定转变,而且在朝野内外都表达着中原之思的词人大多就是南渡而来的中原人氏,他们在建炎绍兴之际刚刚流落到江南,没有可供退居的空间,自然无法拥有两浙退居日常,文学史上经常提及的陈与

---

① 《全宋词》,第1197页。

义、吕本中、朱敦儒等人皆是如此。

如若追究这些南渡北人转变之前的生活样态,则并非是月下花前的浅斟低唱,相应而生的词作也不是缺少创新的柔情软调,而就是与上述毛滂、吕渭老、叶梦得诸人相一致的日常化面貌。陈与义在《次韵答张迪功坐上见贻张将赴南都任》一诗中即云:"千首能轻万户侯,诵君佳句解人忧。梦阑尘里功名晚,笑罢尊前岁月流。世事无穷悲客子,梅花欲动忆吾州。明朝又作河梁别,莫负平生马少游。"①诗中提到的马少游是北宋中后期士大夫非常钦羡的历史人物,苏门之人尤为慨叹他的出处选择。据《后汉书·马援传》记载:"(援)从容谓官属曰:'吾从弟少游常哀吾慷慨多大志,曰:"士生一世,但取衣食裁足,乘下泽车,御款段马,为郡掾吏,守坟墓,乡里称为善人,斯可矣。致求盈余,但自苦耳。"当吾在浪泊、西里间,虏未灭之时,下潦上雾,毒气重蒸,仰视飞鸢跕跕堕水中,卧念少游平生时语,何可得也!'"②故而马少游代表的是选择内在的士大夫群体,与北宋中叶积极进取的士风相悖。其实这个典故的意义更多指向的是马援突然间理解了马少游的规劝,更适合表达着平生慷慨壮志者在遭受挫折之后感到的无奈与忧伤。苏门之人正是在历经宦海浮沉、仕途剧变后才对马少游心生追慕,秦观就是典型。然而陈与义年未三十便出此语,就完全不是元祐士大夫的心态,而是徽宗朝内在转向的风气体现,与叶梦得颍州、吴兴生活方式的选择同一机杼。南渡前的陈与义不仅如此规劝友人,还经常用诗歌吐露这种内向生活方式也是对自我的期待:

谨次十七叔去郑诗韵二章以寄家叔一章以自咏

乡里小儿真可怜,市朝大隐正陶然。固应聊颂屈原橘,底事

---

① 白敦仁校笺《陈与义集校笺》卷一,浙江古籍出版社,2014年,第126页。
② 《后汉书》卷二四,中华书局,1965年,第838页。

便歌杨恽田。广陌遥知驹款段,曲池犹记鹭联拳。对床夜语平生约,话旧应惊岁月迁。①

其　三

镜中无复故人怜,却愧谋生后计然。叔夜本非堪作吏,元龙今悔不求田。怀亲更值薪如桂,作客重看栗过拳。万事巧违高枕卧,忧来一夕费三迁。②

诗中不仅明确将自己此刻的生活定性为市朝大隐,而且也反用陈登刘备之典,是非常鲜明的与庆历士大夫大相径庭的内向生活方式。如果将这两首诗与叶梦得诸阕《临江仙》对读,则可以清晰地看到二者的出处选择与生活方式是完全一致的,叶梦得南渡之后的退居生活就是延续着徽宗朝的主流方式。同时,诗词之间的互通也说明叶梦得南渡之后将徽宗朝日常化诗歌写作经验迁移到词体中来,进一步深化了"以宋诗为词"与词体日常化写作,也通过这种方式为南宋词引入了晋宋人物的故实,奠定了此后充满晋宋意趣的词体风神之基础。

失去朝隐生活空间的陈与义在南渡之后对自我的转变也有着清醒的认识,他曾写下《题继祖蟠室》诗三首:

云起炉山久未移,功名不恨十年迟。日斜疏竹可窗影,正是幽人睡足时。

万卷吾今一字无,打包随处野僧如。短檠未尽残年债,欲问班生试借书。

中兴天子要人才,当使生擒颉利来。正待吾曹红抹额,不须

---

① 《陈与义集校笺》卷七,第174页。
② 同上书,第178页。

辛苦学颜回。①

据"中兴天子要人才"一句可知,这三首诗写于建炎之初。第一首是对自己战乱前幽居闲适的马少游式生活的追忆;第二首则言今日乱离,风雅生活的基础图书已经零散殆尽,自己也无法重回曾经的生活状态;第三首则否定了颜回深居陋巷而独乐夫子之道的生活,提出要奋战沙场、收复中原的追求。三诗条理清晰地叙述了自己因靖康之难而产生的心态转变,叶梦得等两浙士人显然与这种经历大相径庭,他们的园林、图书、古器等日常玩物依然在故乡等待着退居的他们。

在这样的状态下,南渡北人的歌词当然会发生变化,但是却并不是完全像诗歌那样直白浅显地将一切悲伤与愤懑倾泻而出,也不会总是大声铿嗒地呼喊着杀敌驱寇。这些词人在徽宗朝的时候毕竟生活在中原,如陈与义等人更是出入京畿区域,深受徽宗赏识,所以他们更熟悉京城词人群体的专业词法,在表达新主题新情绪时还是会在意词体的本色。如陈与义、吕本中诸人实际上是复归苏黄贬谪歌词的精神,虽然没有明显的艳情之事,但依然会借用情境将身世之感委婉化,这将在下节详论。而朱敦儒则开辟了另一条路径,即引入李煜词为中原之恨的抒发寻找词体传统的依托,如这阕著名的《相见欢》:

金陵城上西楼。倚清秋。万里夕阳垂地大江流。　　中原乱。簪缨散。几时收。试倩悲风吹泪过扬州。②

《相见欢》一名《乌夜啼》,世传李煜填有两阕,皆是脍炙人口的名作,其一云:"无言独上西楼。月如钩。寂寞梧桐深院锁清秋。　　剪不

---

① 《陈与义集校笺》卷七,第466—467页。
② 朱敦儒著,邓子勉校注《樵歌校注》卷下,上海古籍出版社,2010年,第351—352页。

断。理还乱。是离愁。别是一番滋味在心头。"①朱敦儒此词不仅主韵脚与李煜同一韵部,而且过片换仄韵处也与李煜一致,故有很大可能就是追和此词而作。如朱敦儒这般的南渡北人,既占籍洛阳,又见享升平,遇家国变迁后的心态极易与李煜相亲近,故词风借其一转既能切合境遇,亦可不废本色,更能对接上流落之地两浙的词统,既是后主词接受史上的重要高潮,也比较吻合李清照在《词论》中提出的雅化要求。

第二节　朝野转换与东坡词朝野影响的加深

　　东坡词地位的显著提升是建炎南渡对词坛最重要的影响之一,前人对此已有非常全面的论述。如沈松勤云:"弥漫于士林的'党元祐'情结与愈演愈烈的'崇苏'热潮,对文学命运的走向产生了直接的影响。其中一个重要标志,就是作为'以诗赋为元祐学术'的主要对象,苏轼的典范意义得到了身份不一、政见有异的作家的广泛认同,形成了一个以'崇苏'为荣的庞大文学群体。在认同中形成的所谓'苏轼词派',则从正面推进了宋词的发展。"②钱建状亦指出:"苏黄等元祐学术文化的典范意义,在徽宗一朝被降低到了最大限度,但因着政局的变化,靖康以后,特别是高宗一朝,元祐学术文化的影响却被加倍补偿了。这种影响,表现在诗坛上,是江西诗派的崛起;表现在词坛上,是南渡词人群体风格或趋于豪放,或流于清旷,多为东坡范式所笼罩。"③这些对于南渡与东坡词接受史关系的论述已经成为目前两宋词史的常识,主要观点就是苏轼词坛经典地位的确立是从南

---

① 《南唐二主词校订》附录一,第83页。
② 沈松勤《南宋文人与党争》,人民出版社,2005年,第345页。
③ 钱建状《南宋初期的文化重组与文学新变》,厦门大学出版社,2006年,第113页。

渡之后开始的,而这一过程的政治契机便是以诗赋为本的元祐学术随着南渡被官方推崇。

但是上一章已经论述过,苏轼及其东坡词在徽宗朝虽然不是京城主流词风,但在地方上早已被树立为词坛经典,不仅苏门学士通过自己的词作推广东坡词法,新一代词人无论持何种身份与政见,都将东坡词视为习词之时需要反复摹习的典范作品,向子湮、周紫芝等人皆在南渡之前作如是尝试,朝野词人又都在做着融合朝野的努力。于是南渡后东坡词地位的显著提升并不是因政治变迁产生的新变,而是在此背景下东坡词的流传与接受得以迅猛加速的异动。而这场异动的契机不仅仅是南渡之后政治、学术领域的朝野转换,也与地理空间的朝野变化相关。在徽宗朝,京城地理空间就是四辅围出的京畿区域,苏门学士则多因贬谪而退居长江以南,徽宗朝地方词坛学苏的主力大多就是占籍江南的士人。随着中原沦陷,徽宗朝京城词人群体不仅和大晟府音乐器物、文献一样零散四逸,而且也丧失了自我生存空间,反倒是东南一隅成为了政治核心地带,本就在此蔚然大观的东坡词与两浙词风被一起凸显出来。以这种视角重新考察南渡后东坡词风对词坛的影响,则可以发现诸多以往被认作南渡后产生的词坛新貌,其实都在徽宗朝就已兴起。而且苏轼的影响也并非如上引论述中所言只是单方面扩大了徽宗朝地方词坛的声势,以至于产生了可被称为"苏轼词派"的重要群体,而是在徽宗朝以来的融通朝野趋势下,对朝野词坛双方的影响都得到了加强。

一、建炎更化与颂体之词的消退

高宗即位之后,为了巩固自己的皇权地位与凝聚士大夫对宋室的忠诚,他做了一系列的更化改制,如废止徽宗朝的一系列政策、贬谪徽宗朝在朝重臣、重新启用元祐士大夫及其后人等等。这些政策都催化着东坡词地位的提升速度,前贤更反复强调科举领域的更化在其间发挥着尤为重要的意义。自王安石于熙宁年间罢考诗赋以来,诗赋在科举考试中始终没有恢复熙宁之前的地位,就是在元祐时期,也只是会试兼考诗赋,殿试则仍旧未复①。到了徽宗时代,科举考试又复归王安石的政策,修习诗赋更是成为元祐党人身份的象征。高宗即位之后,在复归元祐的更化浪潮下,科举领域也很快受到影响:

> (建炎二年四月)丙戌,诏后举科场讲元祐诗赋、经术兼收之制。中书省请习诗赋举人不兼经义,习经义人止习一经,解试、省试并计数各取,通定高下。礼部侍郎王绚请前降举人兼习律义、《孙子义》等指挥勿行。从之。自绍圣后,举人不习词赋者,近四十年。绚在后省,尝为上言:"经义当用古注,不专取王氏说。"上以为然,至是申明行下。②

这道兼试诗赋的诏令在次年正式施行,伴随着的是诏试学官亦并用诗赋③,并在大理少卿吴瑊的进谏下废除了不得以诗赋私相传授的政和禁令④,诗赋的地位确实得到显著提升,而以诗赋见长的苏门士人自然因此被重新重视,文学也重获繁荣。但科举领域的更化是否意味着诗赋回到了熙宁之前的地位?元祐学术是否就如论者所说以诗赋为代表而本质偏重于文学?上引材料已经明确说明,建炎二年的科举更化是复归元祐科举之制,可见依然强调以经义为重,殿试也未兼考诗赋,官方只是承认了士人需要具备诗赋写作的能力故而予以兼收,但并没有将其提升到至关重要的位置。建炎科举政策最重要的更化还是改变了经义领域独尊王安石的政策,将二程之学也上升为官方

---

① 详见祝尚书《北宋后期科举罢诗赋考》,祝尚书《宋代科举与文学考论》,大象出版社,2006年,第233—241页。
② 李心传著,胡坤点校《建炎以来系年要录》卷一五,中华书局,2013年,第367页。
③ 同上书,卷一七,第407页。
④ 同上书,卷一八,第421页。

承认的学说。高宗于即位之初首先召见与起用的也正是二程门徒：

> （建炎元年八月）壬申，召布衣谯定赴行在。定，涪陵人，学于伊川程颐，靖康中，召为崇政殿说书，定以言不用，辞不受。至是犹在东都，尚书右丞许翰荐于朝，诏宗泽津遣赴行在。自熙、丰间，程颢、程颐以道学为天下倡，其高第门人有故监察御史建阳游酢，监西京竹木务上蔡谢良佐，今徽猷阁待制、提举西京嵩山崇福宫将乐杨时。其后党祸作，颐屏居伊阙山，学者往从之，而定与尹焞为首。至大观以后，时名望益重，陈瓘、邹浩皆以师礼事时，而胡安国诸人实传其学。……是时，给事中许景衡、左司员外郎吴给、殿中侍御史马伸皆号得颐之学。已而传之浸广，好名之士多从之，亦有托以自售于时，而识真者寡矣。①

可见真正主要代表元祐学术的是二程之学，诗赋确如叶梦得所言只是在崇宁党禁时期扩大打击范围而被添入元祐学术中的。究其原因，则无非王安石在经义与文学两方面都取得了极高成就，而"周程、欧苏之裂"以来，二程之学与苏门诗赋分领元祐士大夫经义与文学的典范，也就在各自领域成为王学的对立面，在建炎之后科举仍然重经义的情况下，二程之学的地位当然要比苏门文学高出许多，苏门后学获得的政治利益也就远不及二程门人。于是科举领域的更化尽管推动了苏门文学的影响，但若没有徽宗朝的先导与积淀，光靠这场更化的动力似乎不足以产生苏门文学影响力突然爆发的新变。

　　高宗在建炎时期一系列的更化政策为词体文学带来的异动不仅是东坡词影响力的加速，京城词人群体与颂体之词的暂时退却也是重要表现，这也从另一面为东坡词提供了传播与流行的空间。由于建炎

---

① 《建炎以来系年要录》卷八，第 228 页。

至绍兴初年仍然是靖康之难的延续,南宋政权尚未取得立国根基,故而高宗用终止礼乐活动的方式向天下士人展示自己对中原沦丧的哀痛。建炎元年十月,高宗下诏:"政和以来诸庆节号真元、宁贶、天成、天符、天应者,皆罢之,惟开基节如故。"①与民同乐的节庆本是"太平家法"的重要手段,也是颂体之词的重要写作空间,高宗的禁令也就使得颂体之词失去了存在依凭。同样地,高宗在建炎之初也对祥瑞上报予以制止,颂体之词又失去了一种重要的写作需求。不仅如此,颂体文学的作者群体也受到冲击,他们一方面因为靖康之难漂泊四方,一方面则被视为徽宗朝失败政治中的宵小之辈而不受待见。建炎二年七月,高宗明确下诏:"京官到行在者,并令吏部审量,非政和以后进书颂及直赴殿试之人,乃听参选。"②可见就算颂体文学作者成功抵达行在,他们也无法重新获得官职。其实在本年二月,高宗就已经颁布了一道更为重要的诏令:"自来以内侍官一员兼钤辖教坊,朕方日极忧念,屏绝声乐,近缘内侍官失于检察,仍带前项,可减罢,更不差置。"③这是将宫廷音乐机构在名义上的残留也一并废置,颂体之词的作者与词作连音乐依托也失去了。这道诏令同时也剥夺了宦官在名义上对音乐系统与歌词趣味的主导地位,士大夫也就理所当然地填补上了这一空缺。

在上述两方面的共同作用下,词坛领域的朝野转换在高宗朝初年即已完成,徽宗朝京城词人群体悄然隐去,而地方经典东坡词则成为朝中主流。士大夫词人自身对此也有清醒的认识,故而积极地在词学各个领域抢占阵地,试图巩固朝野转换带来的大好局面。曾慥的《乐府雅词》与王灼的《碧鸡漫志》便是分别通过词选与词论的方式进一步弘扬苏门词法,从二者皆把柳永树立为标靶可以看出,高宗朝词论家秉承着李清照的本朝词史二分脉络,只是在异动的格局下,他

---

① 《建炎以来系年要录》卷一〇,第273页。
② 同上书,卷一六,第394页。
③ 同上书,卷一三,第333页。

们对于融通的兴趣比较弱,这尤以王灼为甚。由于《乐府雅词》与《碧鸡漫志》皆成书于绍兴和议之后,故而二者皆重点抨击柳词之俗,但是这并不代表南渡后的士大夫词人不介意京城词人擅长的颂体之词,他们在绍兴和议之前同样也对此提出强烈指责,李清照于舆论领域的一次意见发表就是其间的代表。陆游在《老学庵笔记》中提到:"张子韶对策,有'桂子飘香'之语。赵明诚妻李氏嘲之曰:'露花倒影柳三变,桂子飘香张九成。'"①李清照提到的柳永露花倒影之词即是第二章论述过的《破阵乐》(露花倒影),而张九成的桂子飘香则出自为他带来状元身份的殿试对策。这道策论篇幅很长,主要内容是痛陈宋金形势,认为若要恢复必须"去逸节欲,远佞防奸",其实是一篇较为慷慨激昂的文字。但是据《建炎以来系年要录》所载,高宗是因为深为感动下引这段内容而将其擢为第一的:

> 陛下之心,臣得而知之。方当春阳昼敷,行宫别殿,花气纷纷,窃想陛下念两宫之在北边,尘沙漠漠,不得共此融和也,其何安乎？盛夏之季,风窗水院,凉气凄清,窃想陛下念两宫之在北边,蛮毡拥蔽,不得共此疏畅也,亦何安乎？澄江泄练,夜桂飘香,陛下享此乐时,必曰:西风凄动,两宫得无忧乎？狐裘温暖,兽炭春红,陛下享此乐时,必曰:朔雪冞丈,两宫得无寒乎？至于陈水陆、饱珍奇,必投箸而起曰:雁粉腥羊,两宫所不便世食,其能下咽乎？居广厦、具深宫,必抚几而叹曰:穷庐区脱,两宫必难处也,居其能安席乎？②

这段文字与全篇风格稍有差异,张九成以华丽的词藻叙述高宗怀念徽

---

① 陆游著,李剑雄、刘德权点校《老学庵笔记》卷二,中华书局,1979 年,第 17 页。
② 《建炎以来系年要录》卷五二,第 1078 页。

钦二帝之情,以至于自己因此无法安居逸乐,一位孝悌之主的形象跃然纸上。李清照提到的"桂子飘香"也见于其间,可知李清照的嘲讽只是针对这段大受高宗感动的部分而发。李清照为何将张九成的对策与柳永之词相提并论是历来争论不休的话题,论者多认为李清照在吟风弄月的角度将二者系联,从而批评李清照所论失当。但若将考虑的范围限制在这段话上,则可以从颂体文学的角度寻找到柳词与张文之间的联系。柳永的《破阵乐》已见前论,就是一阕赋颂北宋帝王游幸金明池的词作,其通过精湛的铺叙技巧呈现君王与民同乐的升平画面。尽管华丽词藻、工整对仗的背后无甚作者自我深意,但却是一阕典型而优秀的代帝王立言的颂体词篇。张九成的这段文字虽因时代不同不是铺陈升平游赏,但也是一次代君王立言的行为,只是将颂扬的笔触转换到高宗之孝悌上,由此赋颂高宗诚可谓中兴之主也。张文同样词藻华丽,对仗工整,虽流露出伤痛情意,但终究是代主立言、抒主之情,与柳词实属同调。若此次对策不是发生于绍兴二年,而是在绍兴和议之后,张九成或即发出类似柳词之赋颂内容亦未可知。是故李清照将张九成与柳永并提讥讽,非是以之与柳永吟风弄月作品相类,而是从颂体的角度两相并论,否定在国运危急之时颂体文学的存在意义。这场舆论事件对于徽宗朝京城词人群体来说,无疑是致命的,以至于王灼甚至将柳永的羁旅行役之词的意义一并否定[①]。

二、江西诗人诗法论词的普及

前文已经论述过,北宋时期令曲通过应歌小诗与诗体相联系,使得"以诗为词"发生从晚唐艳情诗传统到宋诗的转型,而王安石集句

[①] 王灼提到:"前辈云'离骚寂寞千年后,戚氏凄凉一曲终',戚氏,柳所作也。柳何敢知世间有离骚。"可知北宋词坛还是高度肯定柳永代文士立言的词作对士大夫群体的开创意义,但王灼为了打压徽宗朝京城词人群体在绍兴和议后的复兴势头,不惜将其一笔抹杀。《碧鸡漫志》卷二,第84页。

歌词的写作与普及则促使令曲进一步向日常化之宋诗靠拢。王安石已经开始集本朝诗人诗句入词，苏轼则进一步打通诗词之间的联系，甚至出现了这样一阕令曲：

定 风 波

咏红梅

好睡慵开莫厌迟。自怜冰脸不时宜。偶作小红桃杏色。闲雅。尚余孤瘦雪霜姿。　　休把闲心随物态。何事。酒生微晕沁瑶肌。诗老不知梅格在。吟咏。更看绿叶与青枝。①

咏梅是北宋中后期逐渐普及的词体题材，这阕词看上去也就是寻常篇章，但却是檃括自苏轼本人的诗作《红梅三首》(其一)："怕愁贪睡独开迟，自恐冰容不入时。故作小红桃杏色，尚余孤瘦雪霜姿。寒心未肯随春态，酒晕无端上玉肌。诗老不知梅格在，更看绿叶与青枝。"②已然是日常化写作时代，作者对于诗词之分渐无太大的区别的迹象。既然创作是这样，论词领域也同样会产生界限模糊的特征。早在宋仁宗朝，晏殊就将自己偶得妙语同时用于诗词二体，而梅尧臣更以文体平等心态与欧阳修讨论王琪《望江南》"烟径掠花飞远远，晓窗惊梦语匆匆"之句与李尧夫诗句"花前语涩春犹冷，江上飞高雨乍晴"孰优孰劣③。到了神宗朝，随着苏轼不断开拓词体日常化写作，诗化论词也突破了摘句品评的传统方式，论者开始用宋诗技法观照令曲歌词并直接为词体提出与诗歌一致的写作要求。黄庭坚便是北宋最突出的代表，他不仅在《小山词序》中特别提出"寓以诗人句法，清壮顿挫，能动摇人心"为晏幾道词作正名，而且还直接评价秦观《踏莎

---

① 《苏轼词编年校注》，第462页。
② 《苏轼诗集合注》卷二一，第1076页。
③ 《能改斋漫录》卷一七，第211页。

行》(雾失楼台)一词"语意极似刘梦得楚蜀之间诗也"①。显然是将其"夺胎换骨""点铁成金"等诗歌理论运用到词体中来,日常词体写作也需要讲求字法、炼字以及熔铸前人诗句的技巧。

  诗法论词虽然在黄庭坚等苏门文士去世后发展缓慢,但在徽宗一朝始终不绝如线,终于在高宗即位初期的词坛异动中获得了爆炸式的普及,这实际上有赖于高宗建炎更化带给诗坛的重要影响。沈松勤指出:"徽宗时期是'江西诗派'发展的初始阶段,那么高宗朝则是其鼎盛时期;而鼎盛时期的到来,一个不可或缺的驱动力,就是'党元祐'的朋党政治;其中的重要标志是该群体的政治地位空前高涨。"②江西诗派的全盛与徽宗朝江西诗人在南渡后地位的空前提升也对东坡词在词坛迅猛加速影响力有所促进,因为徽宗朝江西诗人的词体创作已经将摹效东坡词推展为词坛之一时风气。但是,如第四章所论,江西诗人填词效苏是以黄庭坚为中介的,他们在词体领域实际上也还是秉承自己的诗学统。于是当他们在高宗初年获得空前地位的时候,对词坛的影响就不仅仅只面向东坡词了,更包括山谷词影响力的提升以及词论领域以诗法论词的大行。南宋笔记中大量关于诗法论词的记载就是高宗朝词坛异动对于后世最为深远的影响之一。如袁文在《瓮牖闲评》中道:"黄太史《西江月》词云:'断送一生惟有,破除万事无过。'此皆韩退之之诗也,太史集之,乃天成一联,陈无己以为切对而语益峻,盖其服膺如此。"③便是引述黄庭坚词体创作中夺胎换骨之例为诗法论词张本,说明南渡之后江西诗人已经非常自觉地将诗歌追求运用在词体上。陆游《老学庵笔记》亦云:"唐韩翃诗云:'绿杨碧潭春洗马,楼前红烛夜呼人。'近世晏叔原乐府词云:'门外绿杨春系马,床前红烛夜呼卢。'气格乃

---

① 黄庭坚《跋秦少游踏莎行》,《山谷题跋》卷九,第95页。
② 沈松勤《南宋文人与党争》,第330页。
③ 袁文著,李伟国校点《瓮牖闲评》卷五,上海古籍出版社,1985年,第51页。

过本句,不谓之剿可也。"①乃是用点铁成金论述词体文学中对前人诗歌成句的化用。费衮更在《梁溪漫志》里如此说到:"张芸叟词云:'回首夕阳红尽处,应是长安。'人喜诵之。乐天《题岳阳楼》诗云:'春岸绿时连梦泽,夕波红处近长安。'盖芸叟用此换骨也。"②这里明确用"换骨"一词评价词作,可见诗法论词在费衮心中已经不需要太过掩饰了,诗词在创作精神上无甚差异已经成为他那个时代的共识。其实如费衮这般直接用江西诗法术语讨论词作已见于中兴时代通晓江西诗法的诗坛大家之语,魏庆之《诗人玉屑》引录了杨万里对"夺胎换骨"的论述,其指出苏轼"殷勤昨夜三更雨,又得浮生一日凉"化用唐人诗句"因过竹院逢僧话,又得浮生半日闲",并明确表示苏轼"用古人句律,而不用其句意者",是为"以故为新,夺胎换骨"的典范③。杨万里在此处分明是论述江西诗法,但却拉了苏轼小词《鹧鸪天》(林断山明竹隐墙)作为例证,显然是诗法词法不分的表现,亦说明诗法论词在南渡之后得到了非常大的认同度。既然江西诗人可以用小词作为群体诗法的例证,那么他们自己从事词体文学创作的时候显然会以此为准。在袁文看来,黄庭坚已经身体力行地用江西诗法填制小歌词,那么高宗词坛的江西诗人承继这种填词方式也就理所当然。不过也必须看到,江西诗人用来论证江西诗法的词作皆是令曲,他们的相应实践也都选择令曲的形式,说明尽管诗法论词、诗法作词已经是南渡后词坛流行风气,但仍然延续着令曲与诗相互系联、界限模糊的传统。

三、词体写作日常化后士大夫对词集保存的重视

上文已经提到,随着词体写作的日常化,徽宗朝士大夫已经逐渐

---

① 《老学庵笔记》卷五,第65页。
② 费衮著,金圆校点《梁溪漫志》,上海古籍出版社,1985年,第81页。
③ 魏庆之著,王仲闻点校《诗人玉屑》卷八,中华书局,2007年,第266页。

将词视为留存世间的自我生命痕迹,这种意识在两浙词人身上甚至达到非常自觉的程度。随着南渡之后东坡词风的加速普及,这种对于词体的认识态度已不再集中于吕渭老等两浙词人身上,而成为较为普遍的观念,特别是南渡北人,每每通过江北之词追忆过往的人事。米友仁就写下过这样的题跋:

> 绍圣丙戌仲夏中浣,先子礼部撰乐章,寄声《诉衷情》,献汲公相国庆旦生申。余方数岁,今复获观,感激无已。回禄之后,难得矣。敷文阁直学士、右朝议大夫、提举佑神观友仁谨跋。①

米友仁通过《诉衷情》一词了解到其父在哲宗时代与朝廷重臣间的交往,也由此寄托着自我对于中原往事与故土的追思,使得寿词具备了政治应酬之外的阅读意义。政治活动之外,米友仁也通过词章寻找其父日常生活中的交游痕迹:

> 先子礼部绍圣中与南徐太守侍讲尚书周仁熟于甘露寺法堂试赐茶。泛舟之金山,谒佛印,因书乐章作《满庭芳》歌之。先子挥翰如龙跳天门,虎卧凤阁,故历代宝之,永以为训。敷文阁直学士、朝议大夫、提举佑神观米友仁谨跋。②

米友仁关于米芾手书乐章的跋语还有数条,皆是这样借之记录其父的生命痕迹,可见南渡士人对于单阕日常化词作已经有非常强烈的保存与传世意识。既然如此,那么士大夫对于词集的编纂与保存也会相应予以重视。

---

① 米友仁《献汲相国纪庆诉衷情帖跋》,《全宋文》第 143 册,第 177 页。
② 米友仁《满庭芳词帖跋》,同上书,第 178 页。

一般认为,北宋时代尚未将词视作可以让作者不朽于后世的文字,是故全集中不见收录词作的现象。但实际上在词体写作日常化转型之后的徽宗朝,士大夫就会将那些参与进自我日常生活中的非类型化情感词作也收到文集之中:

> 余顷客京师,与姚致道游,因识其弟进道,与之语,词气翛然,绝出尘垢之外。若世之利害毁誉,无足以动其心者,余固已奇之矣。及见其诗文,一如其为人。一日,出稿一大卷,盖日有所赋也。对景遇物,感怀遣兴,风花之朝,雪月之夕,赠遗唱酬,操笔立成,若借书于手,兴寄高远,句律超妙,有老于文学而昼窗夜烛、抽肝擢胃、苦心罢精、冥搜不能到者。……未及卒于京师,年才三十,悲夫!下世之后,文字散落,致道访亲旧间,篇搜句缀,得古律诗、长短句与夫杂书,仅成两编,特平生之十一,且要余为序其首。①

张守这篇序文反复称言京师,自是写于南渡之前。文中明确提到了为姚进道编集时收录了长短句,可见姚进道日所赋者并无太大的诗词之分,张守那一大段对其创作的论述是杂糅各体文学而谈的,非常符合徽宗朝的朝野文学风气。不仅如此,这位江湖文士的词作被收录进身后编纂的文集,反映着重视词作也是徽宗朝重要的文坛现象。无论是姚进道兄弟还是张守,他们都占籍两浙,在此地浓郁的词体日常化写作传统下,两浙士人成为了徽宗朝具备非常强烈的保存词作自觉意识的主力军。于是当南渡之后,两浙成为政治核心区域,这种对于词集的重视显然更会延续下来,而且随着东坡词法的加速传播,也在士大夫群体间提升了普及速度。南宋初年为北宋先贤编纂全集

---

① 张守《姚进道文集序》,张守《毗陵集》卷一一,中华书局,1985 年,第 163 页。

的时候收录词作已经成为常见现象,如王珏所刻王安石《临川先生文集》本自绍兴十年(1140)詹大和刊本,收录两卷集句歌词;乾道九年(1173)高邮军学刊刻的秦观《淮海集》中也收录了三卷长短句,可见随着高宗朝的异动与延续,将词作收入文集不再是一件有损名公巨儒、本乡先贤甚至祖辈功德的事。以至于黄沃会在整理其父黄公度词集之后郑重提醒后人道:"在时号知稼翁,因以名集,凡十一卷,先已命工锓木。而此,近方搜拾,未得其半,姑录而藏之,以传后裔,谨毋逸坠云。"①完全将词也视作必须代代相传的祖德。

如此一来,南宋士大夫也逐渐对词集的校雠提出更高的要求,既然是传之后世的不朽文字,那显然要以最精审的面貌留存,以求最精准地留下作者生前的影像。周刊就为其父周紫芝词集做了这样的跋识:

> 先父长短句一百四十八阕,先是浔阳书肆开行,讹舛甚多,未及修正,适乡人经由渭宣城搜寻此,未得其半,遂以金受板东下。未及,好事者辐辏访求,鬻书者利其得,又复开成,然比宣城本为善,盖刊亲校雠也。去岁武林复得二章,今继《忆王孙》之后。先父一时交游,如李端叔、翟公巽、吕居仁、汪彦章、元不伐,莫不推重。平生著述,缀集成七十卷,锓板襄阳。黄州开《楚辞赘说》《诗话》二集。尚有《尺牍》《大闲录》《胜游录》《群玉杂嚼》藏其家,以俟君子广其传云。乾道九年闰正月十五日,男刊拜书。②

书商有意识地请作者的家人为词集校雠补遗,意味着市场有较大的善本需求,普通读者对词体文学的态度也具备了与作者相若的意识。

---

① 黄公度《知稼翁词》卷末,《宋名家词》,第1309页。
② 周紫芝《竹坡词》卷末,《宋名家词》,第1237页。

周刊也对自己审定的本子颇为自得,在他看来,词集与其他著作一样,是后世了解父亲光辉伟岸形象的重要窗口。不过无论是周紫芝还是黄公度,他们的词集都是依靠儿辈或乡党搜拾访求而成,其实与范纯仁缀辑晏幾道词集、姚致道搜罗其兄词作等并无差异,尚未发展到作者晚年手定删削的程度。因此尽管时人对词集的认识态度已经有所深化,但仍旧不能说是一种政治动荡下的新变,还是一种从徽宗朝而来的加速延续。

四、逃禅词中的苏词影响与东坡形象

既然徽宗朝就已经出现了融通朝野的趋势与实践,而且徽宗朝京城词人群体笔下的风雅生活与日常化文本面貌在南渡之后一直延续着,那么高宗初期发生的词坛异动就不仅会让早已学苏的词人更加直接地使用东坡词法,而且也使得延续徽宗朝京城词风的词人在他们的作品里增强东坡词的元素。比如扬无咎的这阕《解蹀躞》:

解 蹀 躞
吕倩倩吹笛

金谷楼中人在,两点眉翚绿。叫云穿月,横吹楚山竹。怨断忱忱因谁,坐中有客,犹记在、平阳宿。　泪盈目。百转千声相续。停杯听难足。漫夸天海风涛旧时曲。夜深烟惨云愁,倩君沉醉,明日看、梅梢玉。①

扬无咎(1097—1169),字补之,晚号逃禅老人,占籍江西清江,虽历经南北,但建炎南渡对他的生活与文学创作影响甚微。其在高宗时屡受征召,但因不直秦桧而拒绝出仕,故而隐逸山林,布衣终生,他的一

---

① 《全宋词》,第1529页。

卷《逃禅词》基本就是山林文士清雅生活的反映。除了词体文学之外，扬无咎在书画领域亦取得了极高艺术成就，尤以墨梅最为著名。刘克庄就曾评价云："艺之至者不两能，善画者不必妙词翰，有词翰者类不必工画。前代惟王维、郑虔兼之。维以词客画师自命，虔有三绝之名。本朝文湖州、李龙眠亦然。过江后称杨补之，其墨梅擅天下，身后寸纸千金。所制梅词《柳梢青》十阕，不减《花间》《香奁》及小晏、秦郎得意之作。词画既妙，而行书姿媚精绝，可与陈简斋相伯仲。顷见碑本，已堪宝玩，况真迹乎？孟芳此卷，宜颜曰'逃禅三绝'。"①扬无咎的书、画、词三者皆擅，这是徽宗与北宋中后期士大夫在艺术领域共同追求的目标，而且从刘克庄的论述中也可以看到，他的审美趣味和作品风貌要与徽宗更为亲近。建炎南渡之后，随着"周程、欧苏之裂"越来越重，徽宗朝以来的士大夫内在转向也越来越普及，无意仕进或退居乡里的士大夫也愈发在意这三种艺术门类，以至于成为南宋之后文士的日常。如此，扬无咎在徽宗朝至南宋孝宗中兴时期可谓扮演着承上启下的角色，不仅三者皆擅，而且对三者都追求同样的精致化样制与文人风雅意趣的表达，共同反映与参与着自己的日常生活。

这么一位具备浓郁徽宗朝京城词坛色彩的词人，他的这阕《解蹀躞》依然有着强烈的东坡词印记。从词的小序可知，扬无咎这阕词吟咏侍儿吹笛，苏轼正有一阕同样缘起的词作，调倚《水龙吟》："楚山修竹如云，异材秀出千林表。龙须半翦，凤膺微涨，玉肌匀绕。木落淮南，雨晴云梦，月明风袅。自中郎不见，桓伊去后，知孤负、秋多少。

闻道岭南太守，后堂深、绿珠娇小。绮窗学弄，梁州初遍，霓裳未了。嚼徵含宫，泛商流羽，一声云杪。为使君洗尽，蛮风瘴雨，作霜天晓。"②苏轼此词据说是为赵晦之的侍儿所作，虽然扬无咎之词与其用

---

① 刘克庄《杨补之词画》，辛更儒笺校《刘克庄集笺校》卷一〇七，中华书局，2011年，第4468—4469页。
② 《苏轼词编年校注》，第298页。

调有别，但还是可以明显看出扬无咎在构思布局、章法意脉以及典故处理等方面借鉴了苏轼，而且"横吹楚山竹""天风海涛旧时曲"等皆是苏轼屡用之故实。可知南渡之后不仅南渡北人以及有强烈功业抱负的士大夫词人大行东坡词法，那些内在转向极深的山林文士与富贵清要也从东坡词中袭取路数，词坛上并没有士大夫与江湖的截然对立，二者都在继承着徽宗朝融通朝野的雅词路线，只是各有取舍而已。

不过扬无咎的身份毕竟不是南渡北人，他不大以东坡词为基础展开朝野融合，更多时候通过和韵田为等大晟词人的作品寻找灵感，这才符合他偏向专业词人的词学立场。但是在东坡词加速普及又成为当朝典范的异动下，他也必须更多地表现东坡元素，不然无法和当时异军突起的主流词人群体交往，也就很难被他们接受。扬无咎通过截取苏轼丰满形象的一部分，巧妙地完成了这项看似两难的任务。他有这么两阕吟咏端午的词：

南　歌　子
次东坡端午韵

小雨疏疏过，长江滚滚流。落霞残照晚明楼。又是一番重午，身寄南州。　　罗绮纷香陌，鱼龙漾彩舟。不堪回首凤池头。谁道于今霜鬓，犹自淹留。

又
己未和韵

波静明如染，山光翠欲流。晚来乘兴上章楼。楼外谁歌新唱，知有黄州。　　拟泛银河浪，聊乘藕叶舟。蓬山应自隐鳌头。借问谪仙何在，今为谁留。①

---

① 《全宋词》，第1556页。

己未即绍兴九年(1139),正是苏轼词风异动最盛之时,扬无咎在这种风气下也尝试着追韵东坡的写作。苏轼的《南歌子》也是同韵两阕,其云:"山与歌眉敛,波同醉眼流。游人都上十三楼。不羡竹西歌吹、古扬州。　菰黍连昌歜,琼彝倒玉舟。谁家水调唱歌头。声绕碧山飞去、晚云留。""古岸开青葑,新渠走碧流。会看光满万家楼。记取他年扶路、入西州。　佳节连梅雨,余生寄叶舟。只将菱角与鸡头。更有月明千顷、一时留。"①苏轼两词作于元祐五年(1090)知杭州任上,吟咏端午日西湖游赏之景,扬无咎的和韵亦是作于端午西湖,从第二阕"楼外谁歌新唱,知有黄州"一句来看,扬无咎很可能是在端午宴集的时候听闻有人歌唱苏轼端午词,从而乘兴和韵。这场江湖文士与苏轼经由杭州与西湖发生的联系并不是偶然,西湖之上的生活始终就以疏离政治的富贵风流为主,这在下一节将会详论,苏轼亦曾在杭州度过这样的西湖岁月,从而通过杭州与西湖既可以让江湖文士继续填写反映他们日常生活的风雅歌词,也能够适应时代异动以允许苏轼的身影闪烁其间,东坡词法与词风也就这样顺畅地被专业词人所吸收,融汇与改进他们自身的填词路数。

专业词人通过杭州与西湖得以与苏轼交汇,这种方式也使得他们笔下的苏轼形象与苏门后学、南渡北人等士大夫群体心目中的苏轼有所差异。扬无咎的这阕《水龙吟》就典型地反映出经其截取后的苏轼形象:

水　龙　吟
赵祖文画西湖图,名曰总相宜

西湖天下应如是。谁换作、真西子。云凝山秀,日增波媚,宜晴宜雨。况是深秋,更当遥夜,月华如水。记词人解道,丹青

---

① 《苏轼词编年校注》,第613、616页。

妙手,应难写、真奇语。　　往事输他范蠡。泛扁舟、仍携佳丽。毫端幻出,淡妆浓抹,可人风味。和靖幽居,老坡遗迹,也应堪记。更凭君画我,追随二老,游千家寺。①

扬无咎这阕题画词又通过西湖联系上了苏轼,"宜晴宜雨""月华如水""淡妆浓抹"等句都是源出东坡诗词,而且也较直接地让苏轼形象出现于词中。但是扬无咎勾勒出的苏轼形象完全没有南渡初年高涨的心怀天下、贬谪苦闷、清旷超脱等政治元素,而是将其与范蠡、林逋并提,只有一副无关政治、燕游山林的内转化面貌。扬无咎有时甚至在咏妓词中也用东坡词韵,这从另一层面深化了这种扁平式的东坡形象。他的《点绛唇·赵育才席上用东坡韵赠歌者》词云:"小阁清幽,胆瓶高插梅千朵。主宾欢坐。不速还容我。　　换羽移宫,绝唱谁能和。伊知么。暂听些个。已觉丝成裹。"②这阕传统艳情词用苏轼《点绛唇·杭州》之韵,其词云:"闲倚胡床,庾公楼外峰千朵。与谁同坐,明月清风我。　　别乘一来,有唱应须和。还知么。自从添个。风月平分破。"③扬无咎还是通过杭州与苏轼发生联系,并将苏轼原韵借庾亮酒杯浇自我政治愤懑之块垒全然隐去,完全换成一副宴饮风流的模样。由于这是一阕填写于友人席上之词,可以想见,这种与杭州、西湖密切相关的风流太守形象已经成为两浙士人、专业词人的主要认识,在不久的将来,越来越成为士人间的主流。

第三节　绍兴和议与颂体复归

高宗朝的词坛异动其实并未持续很长时间,随着绍兴十二年

---

① 《全宋词》,第1526页。
② 同上书,第1563页。
③ 《苏轼词编年校注》,第630页。

(1142)宋金第一次和议的签订与生效,建炎以来的一系列政策再次发生改变,各方政治势力在又一次朝野转换中重新布局。新政治局面下,高宗初年发生的词坛异动也就此结束,徽宗京城词坛的审美趣味与相应词作在杭州重生并兴盛。这是一场否定之否定的过程,并非简单的倒退或复归,看似重现的徽宗朝格局始终受到异动带来的影响。当然,南渡之变始终是今日词史的论述主题,本节还是先从承继与复归说起。

一、绍兴和议签订前徽宗"令出于中"精神的恢复

众所周知,南渡之初的建炎更化是以废置崇观与复归元祐为主要精神,高宗除了在政治、人事、学术等各领域贯彻相关方针外,更明确宣称自己"最爱元祐"。高宗的政策与言论虽然确实充分提高了元祐政事与元祐学术的地位,而且使得以程学士大夫为代表的群体大量跻身政治核心阶层,但其实并不能以此断言高宗的真实想法。在靖康之难的大背景下,高宗显然不可能选择亡国祸首蔡京尊奉的政策与学术,他必须站在对立面以凝聚士人恢复的决心以及对其新政权的信任与支持。树立政权与皇权的合法性是高宗即位之初在抗金恢复之外另一迫在眉睫的课题,余英时就指出:"高宗的帝统直接得之于'元祐皇后',为了维护政权的合法基础,他事实上已非推尊宣仁和元祐之政不可。"[①]但是随着时局渐次稳定,高宗为维系皇权之正统势必要上承徽宗,于是绍兴之初在继续恢复元祐之人与元祐学术的同时,徽宗朝的某些政策精神也悄然得以承继与恢复。

高宗最坚决承继的徽宗之法就是"令出于中"精神,他在绍兴二年(1132)便恢复了御笔之制,是年九月首以御笔除拜綦崇礼为

---

① 余英时《朱熹的历史世界》,第 270 页。

翰林学士①。然而建炎元年(1127),谏官卫肤敏曾进谏云:"比来王
羲叟除命,旨自中出,用御宝以行下,既不由宰臣之进拟,又不由铨部
之差注,议者咸谓因戚里佞幸干请而与之。舜辅及洪,初不由台臣之
弹奏,又不由部使者之纠劾,议者咸谓因近习谗谮而逐之。此二事
者,若甚微,而所系于国体者甚大。前此所以召乱致祸者,皆由于此,
在今日不可不戒。愿特诏有司,自今除授并行遣有罪之人,并须经由
三省及宰执进呈方得施行。或有干求请托,乞御宝以行下者,并重置
于法,令御史台觉察以闻。"②高宗当时是采纳卫氏建议的,但现在却
以御笔除免大臣,显然发生前后政策出入。其实在御笔除拜綦崇礼
数日之前,高宗即御笔批降医官樊端彦因汤药有劳,特除遥郡刺史。
这遭致了大臣的强烈反对,他们即用建炎之例批评高宗的前后矛盾:
"陛下临御以来,深戒侥幸之弊事,有不由朝廷者,皆许覆奏,所以绝
群小之求。今奉御笔,恐斜封墨敕复自此始,愿下三省评议。"③尽管
臣僚如此言说,但高宗却不为所动,继续加大御笔批降的频率,实际
上意欲重归徽宗"令出于中"精神,并试图以此提升自己身为帝王的
威权。

恢复御笔之制后,高宗便用这种方式消解因否定宣政之政与宣
政得官之人而对当下用人造成的限制:

> 御笔:"靖康、建炎以来,上书授官之人,并令免吏部审量。"
> 时方下诏求言,论者以为:"近岁因上书直言而得官者,乃与宣和
> 以前投赋献颂之人,例皆审量,故忠正之士,咸以为耻,未敢尽
> 言。"故有是命。④

---

① 《建炎以来系年要录》卷五八,第 1171 页。
② 同上书,卷一一,第 287—288 页。
③ 同上书,卷五八,第 1170 页。
④ 同上书,第 1172 页。

将某人或某群体的行为定性为宣政风习是南渡后党争的重要手段,这一方面可以稳固元祐后学重归朝中后的政治地位,但另一方面也造成了新的禁锢,使得南渡之初人事、舆论等全部极端地倒向元祐士大夫,对帝王威权的树立产生极为不利的反作用。绍兴元年(1131),高宗就因时相吕颐浩喜用出自蔡京、王黼门下的材吏而下诏向臣僚解释云:"逮朕嗣位以来,遵用太上玉音,追复元祐臣僚官职,又录用其子孙,亦欲破朋党之论也。方今国削而迫,殊乏贤能干蛊之士,与共图治,而于推择除授之际,尚以蔡京、王黼门人为嫌,似未通变。自今应京、黼门人,实有材能者,公举而器使之,庶几人人自竭,以济艰难之运。"①高宗的这番开脱在南渡更化最高涨之时发出,显然收效甚微,元祐后学特别是程学士大夫继续不断在朝廷集中,特别是在素尊程颐之学的赵鼎为相时,甚至出现"有伪称伊川门人以求进者,亦蒙擢用"②的鱼龙混杂局面。高宗亦早已想改变这种现象,在赵鼎为相之前的绍兴三年,廷前就曾发生这么一场争论:

> 上谓大臣曰:"元祐党人固皆贤,然其中亦有不贤者乎?"吕颐浩等曰:"岂能皆贤?"徐俯曰:"若真元祐党人,岂有不贤?"③

徐俯的回答非常硬气,直接驳斥了吕颐浩的回答,使得元祐后学得以继续占领朝政。但是高宗的询问已经透露他本心非是专属元祐,而是欲用徽宗"令出于中"的手段,不偏向任何一方,以此提高自己的威权。既然高宗有这样的心思,而且元祐后学确实又将政治与人事滑向另一个极端,故而当战事渐定,就会有人出来重议此事。绍兴六年二月,陶恺进言云:"陛下未能建大中至正之道,未能平党与,未能修

---

① 《建炎以来系年要录》卷四八,第1001页。
② 同上书,卷八八,第1708页。
③ 同上书,卷六七,第1315页。

政,未能用人。"①陶恺之言的绍述倾向过于明显,从而出守州县,但其拉开了攻击元祐学术独专以及恢复部分徽宗政策的大幕。同年十二月,陈公辅进言云:

> 自熙丰以后,王安石之学,著为定论,自成一家,使人同己。蔡京因之挟绍述之说,于是士大夫靡靡党同,而风俗坏矣。仰惟陛下天资聪明,圣学高妙,将以痛革积弊,变天下党同之俗,甚盛举也。然在朝廷之臣,不能上体圣明,又复辄以私意,取程颐之说,谓之伊川学,相率而从之,是以趋时竞进、饰诈沽名之徒,翕然胥效,倡为大言,谓尧、舜、文、武之道传之仲尼,仲尼传之孟轲,轲传颐,颐死无传焉。狂言怪语、淫说鄙喻,曰:"此伊川之文也。"幅巾大袖,高视阔步,曰:"此伊川之行也。"能师伊川之文,行伊川之行,则为贤士大夫,舍此皆非也。臣谓使颐尚在,能了国家事乎? 取颐之学,令学者师焉,非独营私植党,复有党同之弊。如蔡京之绍述,且将见浅俗僻陋之习,终至惑乱天下后世矣。②

陈公辅熟练运用了比附宣政的政治攻击话语,指出程学士大夫徒取伊川之说、伊川之行而不明辨人才真伪,导致朝中充斥着趋时竞进,饰诈沽名之徒,其实际上与蔡京当年结党营私之恶无异,此论完全击中了元祐后学之失的要害。次年正月,周秘亦在高宗面前云:"昨者在廷之臣,以一家之学,诱天下之人,而使之同己,士大夫靡然从之,风俗几为之变。陛下灼见其弊,乃因臣僚论列,特降圣训,且使布告中外。命下礼部,郎官欲遵故例,遍牒所属。"③可知发难程学已经成

---

① 《建炎以来系年要录》卷九八,第 1861 页。
② 同上书,卷一〇七,第 2019 页。
③ 同上书,卷一〇八,第 2028 页。

为当时之风气，而周氏所言也提到高宗亦已下诏明令不主一家，则陈、周等人的言论确实与高宗令出于中而不主一说的内心意识契合。尽管沈松勤论证周秘提到的诏书是张浚代为批旨，是"张浚以朋党之名，欲一举倾去赵鼎党人之意"①，但高宗亦对张浚有所防范，他就曾让人转告吴玠云："玠自小官拔擢至此，皆出于朕，非由张浚也。大丈夫当自结主知，何必附托大臣而后进？"②无疑是在强调自己在人事任命与政策制订领域的主导权，故而那封张浚草拟的诏书不也未尝可以视作高宗的意旨。

除了对于二程学术的遏制，苏门文学也同样受到了冲击。高宗确实在南渡之初恢复科举兼考诗赋之制，而且在绍兴五年三月殿试新进士时提出："诗赋取士，累年未闻。有卓然可称者，俟唱名日，可将省试诗赋高等人，特与升甲，以劝多士。"③无疑是在进一步提升诗赋的地位。然而两年之后，廷前就出现了这番讨论：

> 权礼部侍郎吴表臣言："科举校艺，诗赋取其文，策论取其用，二者诚不可偏也。然比年科举，或诗赋稍优，不复计策论之精粗，以致老成实学之士，不能无遗落之叹。欲望特降谕旨，今年秋试及将来省闱，其程文并须三场参考。若诗赋虽平，而策论精博，亦不可遗。庶几四方学者知向慕，不徒事于空文，皆有可用之实。"辅臣进呈，上曰："文学、政事，自是两科。诗赋止是文词，策论则须通知古今，所贵于学者修身、齐家、治国，以治天下。专取文词，亦复何用？"张守曰："此孔门四科，所以文学为下科也。"乃如所奏，行下。④

---

① 沈松勤《南宋文人与党争》，第 41 页。
② 《建炎以来系年要录》卷一一七，第 2169 页。
③ 同上书，卷九三，第 1784 页。
④ 同上书，卷一一三，第 2117 页。

这使得诗赋的地位重新下降,而与之相联的苏学士大夫也就与程学士大夫一并遭受到政治上的攻击。可见在绍兴七年之时,高宗在全面打击元祐学术高涨的地位,试图改变元祐学术独尊的现状。

高宗政策的转变与反复除了受士大夫借此党争的影响之外,也与必须打压王学的政治环境消失有关。在高宗提出"最爱元祐"的那场与范冲的谈话中,可以发现高宗在"变坏祖宗法度"之外,另有一层唾弃王学的原因:

> 上又论王安石之奸曰:"至今犹有说安石是者。近日有人要行安石法度,不知人情何故直至如此?"冲对:"昔程颐尝问臣:'安石为害于天下者何事?'臣对以新法,颐曰:'不然,新法之为害未为甚,有一人能改之即已矣。安石心术不正,为害最大。盖已坏了天下人心术,将不可变。'臣初未以为然,其后乃知安石顺其利欲之心,使人迷其常性,久而不自知。且如诗人多作《明妃曲》,以失身为无穷之恨。至于安石为《明妃曲》,则曰'汉恩自浅胡自深,人生乐在相知心',然则刘豫不是罪过也。今之背君父之恩,投拜而为盗贼者,皆合于安石之意。此所谓坏天下人心术。"上曰:"安石至今犹封王,岂可尚存王爵?"①

在靖康之难的背景下,北宋即已盛行的华夷之辨被空前放大,再加之中原刘豫伪齐政权的存在,高宗显然不能够再尊奉王学,否则就将会像范冲所言那样,投降金人的刘豫无罪而自己并非唯一合法的汉家政权,这显然会从根本上动摇南宋的立国之基。然而这个问题在绍兴七年金熙宗废伪齐之后便不复存在,高宗可以重新利用王学之说与元祐学术相抗衡,为其"令出于中"的政治目的服务。

---

① 《建炎以来系年要录》卷七九,第1488页。

果然,在打击二程学术与苏门文学等准备工作实施之后,绍兴八年高宗与张焘发生了一场重要的对话:

> 焘曰:"自昔有为之君,未有不先定其规模,而能收效者。臣绍兴初始蒙召对,首以治道当先定其规模为言,于今七年矣。所谓规模者,臣未见其有一定之说。臣窃观方今朝廷施设之方,朝令夕改,其事大体重,不可轻举者,莫如六飞之顺动。往者前临大江,继又退守吴会,曾未期年,而或进或却,岂不为黠虏所窥乎?此无他,规模不素定故也。陛下之所朝夕相与断论国是者,二三大臣而已。而一纪之间,命相之制,凡十有四下,执政递迁者,亦无虑二十余人,非规模不定,任之不一,责之不专,致此纷纷乎?日月逝矣,大计不容复误,愿陛下以先定规模为急。规模既定,未有治效不著。"上叹息曰:"此诚方今急务。朕非不欲立定规模。缘宰辅数易,未有定论耳。"遂擢焘兵部侍郎。①

高宗在对话中明确表达了对于国是、政令专出于己并长期保持稳定的愿望,张焘更直接说出"陛下之所朝夕相与断论国是者,二三大臣而已",显然是秉承徽宗"与二三士大夫共治天下"的理念强调帝王对于政治的主导。这种观念当然获得高宗的认可,他希望能有长期执政的宰执帮助其议定国是。若再回顾高宗建炎元年所说之"崇、观以来,所以变乱祖宗之法者,皆由宰臣持禄固宠,惟恐忤上皇之颜色也。故于政事,未尝少有可否,所以致前日之祸。自今当以为戒"②,则今昔对比非常强烈,更可以看出高宗在建炎年间的广开言路只是权宜

---

① 《建炎以来系年要录》卷一一九,第2223页。
② 同上书,卷一一,第292页。

之计,他实际上还是希望能够像其父那样拥有一个稳定而出于自己主导的国是。

在与张焘廷对之后,高宗便开始了全方面的再次更化。绍兴十年三月,高宗诏云:"臣僚论事,自今只陈事之当否,无或蹈袭前日崇、观、宣、政为口实,可告戒中外,务尽致恭之礼。"①这从根本上否定了南渡以来比附宣政的政治攻击话语体系的合理性,为其后向徽宗朝的政策回转铺平道路。绍兴十一年十二月,正值绍兴和议签订与生效的前夜,高宗在臣僚面前将佛教视作异端,并明确表示:"士大夫不师六经,而尽心佛说,殊为可笑。"②便是在学术之外的领域亦遵循徽宗政策精神的显例。同月,高宗又谓大臣曰:"有帝王之学,有士大夫之学。朕在宫中,无一日废学,然但究前古治道,有宜于今者,要施行耳,不必指摘章句,以为文也。士大夫之学则异于此。须用论辩古今以为文,最不可志于利。学而志于利,则上下交征,未有不危国者。"③则更明确区分了帝王与士大夫的职责,帝王才是今日施行何种政策方针的决定者,而士大夫只是以文粉饰或提出建议的辅助者。两年之后,高宗在与秦桧的谈话中更明确表示:"王安石、程颐之学,各有所长,学者当取其所长,不执于一偏,乃为善学。"④方笑一就此指出在高宗心中"'新学'完全被当作一种学说来看待,其为一家之说,与'道学'并无二致。这可以说是自靖康以来,对'新学'的一个最客观公允的评论。宋高宗将它完全与导致北宋亡国的罪责脱钩。其又赞成颁布经说集成,于王安石、程颐之学不再偏废,一并收入其中,可使学者互参,此举其实等于在一定程度上恢复了'新学'的官学地位"⑤,很明确地揭示出高宗这段谈话对于政策朝徽宗复归的指导意义。其实此

---

① 《建炎以来系年要录》卷一三四,第 2507 页。
② 同上书,卷一四三,第 2691 页。
③ 同上书,第 2693—2694 页。
④ 同上书,卷一五一,第 2853 页。
⑤ 方笑一《两宋之际的学派消长与学术变局》,《学术月刊》2013 年第 2 期。

年是绍兴和议生效后的第二年,高宗能够毫无忌讳地重新定性王安石是和议签订前一系列政策方针转变的继续与结果。当绍兴和议签订之后,南宋朝廷的合法性得到金朝的最终确认,已无荡国或另现伪朝之忧,兼之宋代第二次"收兵权"亦已完成,故而高宗可以真正行使帝王权力,开展自己的政治主张。高宗将王安石与程颐等而视之显然意在既不尊道学也不尊王学,而是要建立一个由皇权定下的学术纲目,重归徽宗"令出于中"的状态。是故从绍兴初年开始,建炎更化就已经渐趋消弭,到了和议签订前夕,大政方针已然基本完成向徽宗朝精神的复归。

二、绍兴和议后的礼乐重举

绍兴十一年(1141),宋金和议草订。是年除夕,岳飞被杀。十二年夏四月丁卯,韦太后偕徽宗梓宫发五国城,金遣完颜宗贤护送梓宫,高居安护送皇太后。同年八月,韦太后抵达临安,绍兴和议正式生效。高宗在完成收兵权与复归徽宗政策精神之后,又获得了另一项政治资本,不仅自己的政权获得金人承认,一段时期内可无战乱之忧,而且生母与徽宗梓宫的迎回也使得他的皇权来源可以直溯徽宗,内部亦更趋稳定。故而在韦太后抵达临安之后的十月,高宗颇为自信地对大臣说:"天下幸已无事,惟虑士大夫妄作议论,扰朝廷耳。治天下当以清净为本,若各安分不扰,朕之志也。"[①]完全否定了大臣自由言政的权利,政策国是全然统一于中,文学中的讽谏传统也随即再次于中央消退。

既然高宗认为天下从乱离成功恢复到安定,自己的使命也从立国转变为治国,那么这种中兴局面显然需要与之相配的礼乐制度,于是徽宗最擅长运用的礼乐手段便也重新恢复。当韦太后刚刚抵达临

[①]《建炎以来系年要录》卷一四七,第 2773 页。

安之后,高宗便下诏解除乐禁,目的是为皇太后上寿之用①,但随之而来的便是音乐机构与郊庙雅乐的全面重置与复奏。绍兴十三年五月,太常寺言郊祀仗内鼓吹乐工八百八十四人全阙,高宗下诏悉数补全②,此事应是为了同月天申节庆典之用,是日"宰臣率百官上寿,京官任寺监簿已上及行在升朝官并赴。始用乐。近臣进金酒器、银香合焉,郡县锡宴,皆如承平时"③。天申节是高宗的生辰,建炎初并未设置。而据上文所言建炎时期只保留开基节可知,天申节的添入意味着建炎废除的政和诸节庆应已全然复置,而"皆如承平时"云云更是表明高宗的礼乐活动在内容与规模等方面完全承袭徽宗时代的惯例,于是以颂体之词写作见长的徽宗朝京城词人群体又重新获得了写作空间。在宫廷郊庙雅乐复置之后,绍兴十四年二月,教坊也获得了重置,共召入乐工四百十六人④,表明燕乐歌辞也重新获得大量的创作需求。尽管建炎时期在名实两面都取消了宦官对于教坊的领导,但是是年复置教坊重新以宦官充任钤辖,可见宫廷音乐的审美趣味又回到了徽宗时代的宦官主导,柳永及其乐章势必将重获朝中主流的地位。

  不仅颂体之词赖以生存的音乐得以重举,南宋中央对于颂体文学的态度也发生了翻转。绍兴十二年十一月,高宗便下诏重开献颂之途,以赋咏皇太后回銮之盛事,结果献赋颂者千余人,文理可采者四百余人,他们皆相应获得进官免解的待遇。⑤ 此风一开,士人纷纷效法,如臧保衡献皇太后还慈宁宫颂而特进一官之例屡见记载⑥,从而高宗在绍兴二十二年明确表示:"近有士人投献诗赋之类,其间文

---

① 《建炎以来系年要录》卷一四七,第 2774 页。
② 同上书,卷一四九,第 2811 页。
③ 同上书,第 2813 页。
④ 同上书,卷一五一,第 2848 页。
⑤ 同上书,卷一四七,第 2781—2782 页。
⑥ 同上书,卷一四九,第 2814 页。

理可采者,可取旨与免文解。"①将献颂进官确认为一项常规制度。重开赋颂之外,其他各项礼乐制度也渐次恢复,临安太学、景灵宫、搜访图书等均在同时展开建设,而高宗对于祥瑞的态度也在礼乐制度重建的氛围中发生转变:

> 时太庙仁宗室柱生芝草九茎,左迪功郎沈中立为颂以献。戊申,上谕大臣曰:"朕每以岁丰为上瑞,虽灵芝、朱草,固未尝以为意,至于宗庙产芝,则非他比。有沈中立进颂,俟降出,可观之。"翌日,诏中立用意可嘉,特循一资。既而左朝奉郎、主管台州崇道观勾龙廉献《太庙殿室圣孝金芝颂》,诏进秩一等,添差夔州路安抚司参议官。②

尽管高宗坚持着建炎年间"以丰年为瑞"的说法,但还是承认了祥瑞对于中兴时代的必要意义,并予以献祥赋瑞者进秩的恩赐,虽不能完全与徽宗宣政年间等同,但至少可以说明当前的礼乐制度已经回归到正常模式,而颂体文学的作者也就重新受到朝廷的重视,再次于政治核心区域获得了生存空间。

绍兴和议之后的礼乐制度建设情况被吕中《大事记》较为详尽地记载下来,后被四库馆臣从《永乐大典》中辑录李心传《建炎以来系年要录》时引为附注而流传至今:

> 绍兴十一年置玉牒所;十二年作崇政、垂拱二殿;十三年筑圜丘、建太社、太稷、国子监、太学;十四年置宗子学,建秘书省、御书院;十六年建武学;二十五年建执政府;二十六年筑两相第;

---

① 《建炎以来系年要录》卷一六三,第3092页。
② 同上书,卷一六八,第3192页。

二十七年建尚书六部,定都;二十年而郊庙、宫省之制,亦已具备矣。绍兴十年明堂备大乐;十三年初谒景灵宫,合祭天地,建金鸡肆赦、班乡饮酒仪;十四年作浑天仪,复教坊乐工;十五年行大朝会礼;十六年制常行仪卫,耕籍田,郊备祭器,设八宝作景钟,阅礼器奏新乐;十七年祠高禖;十九年定蜡仪;十八年图景灵宫酌享功臣,息兵;三十年而礼乐文物亦略备矣。①

可见绍兴和议之后,随着政局的稳定,南宋主要政治任务就是重建礼乐制度、展示中兴景象。这些礼乐工程基本都在绍兴二十年前后完成,于是高宗朝后期已经具备了重现徽宗朝京城图景与生活方式的物质条件,与之相配合的徽宗朝京城词人即专业词人又重新成为词坛在朝的主流作者群体。

三、杭州感觉文化认同与士庶生活习尚

在高宗的政策变动与礼乐重建影响下,词坛在绍兴和议之后又发生了一次朝野转换,专业词人再次于政治核心区域取得了主流地位,而东坡词风影响下的士大夫词人再次退居地方。政治变迁之外,杭州特定的城市感觉文化认同与市民习尚也有力地推动着徽宗朝京城文化风尚与审美趣味在此继续。

杭州是两浙地区的核心城市之一,更有西湖之胜,故而两浙地区特有的清丽山水与林泉雅趣自然也是杭州重要的感觉文化认同,诗僧群体的聚集以及苏轼在填词初始时就形成的个人风貌都印上了强烈的两浙清丽印记,这些皆在第二章有所讨论。同样的,太湖地区疏离政治的内向化日常也每每发生于西湖之上,陈尧佐《涵碧桥记》即云:

---

① 《建炎以来系年要录》卷一四八,第 2799—2800 页。

> 两越之郡,杭为大,郭山堞野,宇秀宅异。附郭之胜,又得西湖焉。……暮春三月,时和圄空,乃同太守密学咸君纶方扁舟,侣嘉客,泛清风于蘋末,舣细浪于烟外。筹兹既坏之址,挺乎必葺之议,涓吉肇事,浃日而毕。观夫虹夭矫而欲飞,鹤翱翔以始归,冠盖利往,坎窜攸济。万目以之改观,千峰于焉而增气,虽草□渔□,莫不歌于斯、游于斯,咸乐其成也,矧众君子乎!①

从陈尧佐描述的与太守游湖场景中,完全可以想象苏轼、张先与郡守陈襄湖上唱酬的画面,应也是这般自在悠闲。尽管陈尧佐这篇记文主要强调杭州的燕游清雅之乐,但是开篇数句也透露着杭州另外一层感觉文化认同,即繁庶。

唐宋时代对于两浙的感觉文化认同是与繁庶市井对立的水郭山村,但是杭州却是非常罕见的例外,北宋人就常常提到杭州的繁华与侈靡的生活方式,如朱彧《萍洲可谈》中的这段记载:

> 杭州繁华,部使者多在州置司,各有公帑。州倅二员,都厅公事分委诸曹,倅号无事,日陪使府外台宴饮。东坡倅杭,不胜杯酌,诸公钦其才望,朝夕聚首,疲于应接,乃号杭倅为"酒食地狱"。后袁毂倅杭,适与郡将不协,诸司缘此亦相疏,袁语所亲曰:"酒食地狱,正值狱空。"传以为笑。②

朱彧透露着士大夫在杭州主要还是过着疏离政治的生活方式,虽然符合两浙总体风气,但是苏轼、袁毂对此的疲惫却又说明杭州生活与士大夫习惯的林泉清雅日常不完全一样。所谓"酒食地

---

① 陈尧佐《涵碧桥记》,《全宋文》第 10 册,第 11—12 页。
② 《萍洲可谈》卷下,第 166 页。

狱"云云就是指杭州士人的朝夕聚首是以豪宴纵饮为乐,尽管朱彧没有正面描写宴饮场景,但已经可以想见杭州生活与东京的近似。李朴在《丰清敏公遗事》中将朱彧未明说的内容点破:"几岁,改知杭州,在杭凡三年。杭为东南会府,民物繁富甲天下,风俗以侈靡自尚。公素以简俭恬静称,始至,吏辈以为公必革奢费,过为削弱以取禀。公徐度其宜,裁以中制。"①可见杭州的官吏已经非常习惯侈靡的生活方式,才会对新任太守简俭恬静的作风感到恐惧。但尽管如此,丰稷其实并没有做太大改变,他只是在尊重杭州风俗的前提下稍作规整,亦可以看出这种生活方式已经深深植根于杭州的城市文化中。

笔记中展现的杭州生活状态得到了词体文学的呼应,词人笔下的杭州强烈体现着豪侈繁庶的感觉文化认同,柳永那阕著名的《望海潮》(东南形胜)便是以赋咏京都的凌云健笔将杭州的繁华铺张出来。若与第二章提到过的赋咏苏州的柳词《双声子》(晚天萧索)相较,可见同样作为两浙繁郡的苏州只有清丽山水而无相应的繁庶场面。如若考察与《望海潮》相近的柳永苏州投赠词,依然呈现出苏杭两地的感觉文化差异:

木兰花慢

古繁华茂苑,是当日,帝王州。咏人物鲜明,风土细腻,曾美诗流。寻幽。近香径处,聚莲娃钓叟汀洲。晴景吴波练静,万家绿水朱楼。　　凝旒。乃眷东南,思共理,命贤侯。继梦得文章,乐天惠爱,布政优优。鳌头。况虚位久,遇名都胜景阻淹留。赢得兰堂酝酒,画船携妓欢游。②

---

① 李朴著,燕永成整理《丰清敏公遗事》,《全宋笔记》第二编第八册,第136页。
② 同上书,第239—240页。

这首词很明显是苏州赠主之作,其间虽也出现"万家"之语,但读者并不会就此产生市井繁华的感觉,毕竟词人绝大多数的笔触还是投向吴中清丽山水,而且开篇的吴王旧事早已给读者预设了一种繁华属于往昔的感觉。词人在下片更是将视线聚焦在座主身上,再也没有提供铺叙繁华的文本空间,从而这位文雅贤侯在词中的背景就只有胜景而无名都。柳词的这种感觉文化认同也能在张先词中看到。作为北宋最擅长逢场作戏的词人,张先在两浙故乡的词作大多抒发士大夫于湖光潋色中的闲适意趣,完全是一片与城市对立的空间与生活方式。但是一旦来到了杭州,他的投赠词作就变成了这幅模样:

破 阵 乐
钱 塘

　　四堂互映,双门并丽,龙阁开府。郡美东南第一,望故苑、楼台霏雾。垂柳池塘,流泉巷陌,吴歌处处。近黄昏,渐更宜良夜,簇簇繁星灯烛。长衢如昼,暝色韶光,几许粉面,飞鬟朱户。和煦。雁齿桥红,裙腰草绿。云际寺、林下路。酒熟梨花宾客醉,但觉满山箫鼓。尽朋游、同民乐,芳菲有主。自此归从泥沼,去指沙堤,南屏水石,西湖风月,好作千骑行春,画图写取。①

此词写于英宗治平四年(1067),投赠的座主应是蔡襄。词人在开篇就重复了笔记中屡屡提及的"东南第一郡",直接定下了繁富的基调。上片的最后两韵更是铺叙着夜市繁华,这是开封元夕常见的景象,使得下片再怎样铺叙西湖风月也始终无法呈现与湖州、苏州等地类似的清兴,反倒是产生出类似帝王巡幸金明池的盛况。张先还经常在词中重复柳永《望海潮》中的话头,就是在送别蔡襄、郑獬的《喜朝天》

---

① 《张先集编年校注》,第36页。

(晓云开)与《天仙子》(持节来时初有雁)二词中,同样不忘用"十万人家"渲染一下将要离开的杭州。于是杭州的繁庶与豪侈不仅在现实生活中是如此,在文学领域的感觉文化认同中也是底蕴深厚的共识。

杭州的这种生活风气与感觉文化认同在南渡之初依然存续。由于南渡初期政权草定,战事未已,国家经济无法正常运转,再加之二帝蒙尘,北宋又因奢华升平之政而覆灭,故而高宗对外倡导简朴生活方式,但是普通市民甚至权贵之家却并没有因此而改变,这在禁止铺翠销金之饰的政策执行上体现得非常典型。绍兴八年(1138),宰执奏请禁涂金、铺翠、鹿胎等首饰,高宗表示赞同,但补充了一句"宫中禁之甚急,民俗久当自化,不必过为行禁也"①。可见高宗也是意识到了杭州地区根深蒂固的豪侈生活,故而试图采用温和的手段,让民众循序渐进地改变自己生活习惯。但是事情的发展超乎了高宗的想象,一年之后,他对辅臣说道:"铺翠销金之饰,屡诏禁止,宫中虽无敢犯,而有司奉行不虔,市肆公然为之。权贵之家,至有销金为舞衫者。可重立告,赏在必行。"②可见从普通市民到政府官员再到富家权贵,基本未将高宗的命令当回事,高宗只好改用强硬的行政手段以儆效尤。但是政策的变化同样未能起到作用,绍兴二十六年,高宗无奈地表示:"华侈之服,如销金之类,不可不禁。近时金绝少,由小人贪利,销而为泥,甚可惜。天下产金处极难得,计其所出,不足以供销毁之费。虽屡降指挥,而奢侈之风终未能绝,须申严行之。"③高宗禁止铺翠销金之饰的失败显然表明南宋士庶习惯于豪侈的生活方式,这一方面是由于徽宗朝生活风习的南来与延续,另一方面也有赖于南宋行在地区杭州的城市文化传统,使徽宗东京生活方式与审美趣味可以被完美地复制在西湖山水间,而以专业词人为代表的徽宗京城词

---

① 《建炎以来系年要录》卷一二一,第2266页。
② 同上书,卷一二八,第2414页。
③ 同上书,卷一七四,第3333—3334页。

人群体也就重获大展其才的城市空间。

当然,杭州毕竟与东京有别,而且也并非所有的高宗朝士人都乐于在杭州继续"升平"时代的生活,这在南渡北人身上体现得最为明显,从而在他们的笔下,杭州呈现出特殊的感觉文化认同。在《枫窗小牍》中有这么一段话:"汴中呼余杭,百事繁庶,地上天宫。及余邸寓山中,深谷枯田,林莽塞目,鱼虾屏断,鲜适莫搆,惟野葱苦荬,红米作炊,炊汁许许,代脂供饮。不谓地上天宫,有此受享也。"①作者在其间承认了北宋时期对杭州的感觉文化认同就是繁庶,但他自己亲身所见所感却与当年的听闻完全不同,是一片水村荒谷的萧瑟场景。这显然是因为作者南渡北人的身份使其片面选择杭州另一层的文化感觉,以抒发其内心的家国之恨。但是他的话有力地凸显出杭州集富贵豪奢与林泉山水双重文化于一身的属性。其实早在嘉祐二年(1057),欧阳修便在《有美堂记》中详细地论述过杭州的这种特征:

> 若乃四方之所聚,百货之所交,物盛人众,为一都会,而又能兼有山水之美,以资富贵之娱者,惟金陵、钱塘,然二邦皆僭窃于乱世。及圣宋受命,海内为一,金陵以后服见诛,今其江山虽在,而颓垣废址,荒烟野草,过而览者莫不为之踌躇而凄怆。独钱塘,自五代始时知尊中国,效臣顺,及其亡也,顿首请命,不烦干戈。今其民幸富完安乐,又其俗习工巧,邑屋华丽,盖十余万家。环以湖山,左右映带。而闽商海贾,风帆浪舶,出入于江涛浩渺、烟云杳霭之间,可谓盛矣。

> 而临是邦者,必皆朝廷公卿大臣若天子之侍从,又有四方游士为之宾客,故喜占形胜,治亭榭,相与极游览之娱。然其于所

---

① 旧题百岁老人袁褧著,俞纲、王彩艳整理《枫窗小牍》,《全宋笔记》第四编第五册,第219页。

取,有得于此者必有遗于彼。独所谓有美堂者,山水登临之美,人物邑居之繁,一寓目而尽得之。盖钱塘兼有天下之美,而斯堂者又尽得钱塘之美焉,宜乎公之盛爱而难忘也。梅公,清慎好学君子也,视其所好,可以知其人焉。①

欧阳修详细描述了杭州二美兼具的特点,并给出了为何其能在两浙山水间的主流风气下不失豪奢之盛的理由,盖是因其曾为吴越旧都,这也再次说明在北宋人心中,都城是繁华富美的必要条件。而自金陵因南唐丧乱重归唐五代的沧桑文化感觉后,杭州便成为两浙地区唯一的山水富贵兼具的都会,因而不同身份的人在此都能够获取自己期待的生活方式与审美体验。欧阳修在文末特别指出在二美兼具的杭州,士大夫获得了围绕在其身边的大量游士,于是追求道德学问的士大夫就获得了实践其文学风尚与审美趣味的作者群体,从而使杭州地区的文风也在富贵豪侈、林泉渔隐之外打上了属于士大夫的清美风雅的印记。这种传统并非世俗社会的一味竞豪斗奢,也不同于林泉之际的完全内转,而是依然带着道德天下的追求,清丽与学问是其重要特征。欧阳修的主张被他的学生苏轼发扬光大,苏轼两任杭州的经历不仅为后世提供了与西湖联系的风流贤太守形象,也通过自己的诗词文作品将结合两浙林泉雅趣的士大夫西湖文学推向成熟。从而杭州地区在绍兴和议之后既可以在本地内向型林泉风气下,完美兼容与复活徽宗朝东京生活方式及审美趣味,也可以同时接纳南渡后词坛异动带来的东坡元素。林泉风气、东京审美、东坡元素三种因素在杭州地区反复激荡,很快随着南宋中央直隶区域的稳固而扩展到整个两浙地区,被后世称为南宋雅词的词风与词人也就在此出现与盛行。

---

① 欧阳修《有美堂记》,《欧阳修诗文集校笺》居士集卷四〇,第 1035—1036 页。

四、中兴之颂：由野归朝的太平歌词

随着绍兴和议后的礼乐复兴，颂体文学重新获得了来自宫廷的写作需求，于是颂体之词也与颂体诗文一样，相关作品与作者群体很快重现。这些词人其实并非都是阿谀奉承以求仕进，不少人确实觉得战事消弭是值得大为称颂的中兴盛事。如周紫芝就写过这样一阕《水龙吟》：

水 龙 吟
天申节祝圣词

黄金双阙横空，望中隐约三山眇。春皇欲降，渚烟收尽，青虹正绕。日到层霄，九枝光满，普天俱照。看海中桃熟，云幡绛节，冉冉度、沧波渺。　　遥想建章宫阙，□薰风、月寒清晓。红鸾影上，云韶声里，蒙天一笑。万国朝元，百蛮款塞，太平多少。听尧云深处，人人尽祝，似天难老。①

天申节即庆祝高宗生日之庆典，上文已言这是韦太后抵达临安后第一个国家级别的礼乐仪式。虽然无法断言周紫芝这阕词就是写于绍兴十三年首庆天申之时，但是作为经历过南渡战乱的士人，他投身于完全不带家国之恨的颂词写作，却是与其在政治上的主和论调息息相关。建炎元年，周紫芝曾上书高宗言金人甚强，新建之政权只能勉求自治。于是在如今和议签订，半壁江山已无自保之虞时，他显然是非常兴奋与满足的，因而这阕在高宗生日之时的颂圣之作不能说完全没有真情实感。从写作技法上来看，这是一阕非常工整规范的颂体之词，全篇基本都用对句行韵，而且也加以正对、鼎足对等不同对句方式的参差变化，铺叙着皇城清晨初醒到庆典喧腾这段时间的葱

---

① 《全宋词》，第 1128 页。

葱佳气,周紫芝显然在南渡前对京城词人群体的作品心手追摹。上一章已经提到,周紫芝在南渡之前亦曾摹效东坡词,可见词人的政治观点与词法承习之间没有太大的必然联系,也表明从徽宗到高宗,苏轼始终保持着对朝野词坛的双向影响,专业词人必须一定程度接受苏轼的词风,士大夫群体中也可以出现朝野二体兼具的词人。

宣城人周紫芝对于中兴的理解以及和议后的词体文学创作比较典型地反映了占籍江南士人的南渡心态,同样经历南渡而占籍南方的莆田人蔡伸也在和议之后写下欣喜的词篇:

减字木兰花

彤庭龙尾。礼备天颜知有喜。九奏初传。耳冷人间十七年。盈成持守。仁德如春渐九有。三辅名州。好整笙歌结胜游。①

这阕词写于绍兴十三年(1143),此时刚刚解除乐禁,江南重现祥和欢娱的礼乐之声,这让舟行秀州的蔡伸感到非常欢畅,于是写就此词并寄赠秀州知州刘卿任。由于这阕词不是应制应典之作,故而更可见绍兴和议之后的中兴赞歌亦有由心而生者。词中"耳冷人间十七年"显然是化用晁端礼《鹧鸪天》(金碧觚棱斗极边)的名句"耳冷人间四十年",以表现战乱终于结束,自己重遇欢乐与升平的悲喜交加之情。晁端礼词句的出现意味着绍兴和议之后,颂体之词的创作规范还是要从大晟词人那里寻找范式,两浙地区已经重新兴起了喜好徽宗朝京城词风的流行时尚。如今既然政治上已不能再用宣政之例攻讦政敌,那么效仿与欣赏徽宗朝京城词人群体特别是大晟词人群体的词作词法也不再是什么忌讳,只是在南渡之初的词坛异动中,大部分在宣政年间无比流行的大晟词人失去了经典化的机会,当下词人与听

---

① 《全宋词》,第1329页。

众需要重新树立可以代表徽宗朝京城词人群体成就的新典范作家，一位影响深远的词人也就呼之欲出了，这将在下节详论。

当然，占籍南方的词人并非是绍兴和议后颂体之词的主力军，更多赋咏中兴太平的词作是由南渡北人身份的词人写就的，如朱敦儒这阕《胜胜慢》：

胜　胜　慢
雪

红炉围锦，翠幄盘雕，楼前万里同云。青雀窥窗，来报瑞雪纷纷。开帘放教潇洒，度华筵，飞入金尊。斗迎面，看美人呵手，旋浥罗巾。　　莫说梁园往事，休更羡，越溪访戴幽人。此日西湖真境，圣治中兴。直须听歌按舞，任流香，满酌杯深。最好是，贺丰年，天下太平。①

尽管周紫芝、蔡伸这样占籍南方的士人对于中兴有所真情实感，但是朱敦儒则根本不可能真心为和议签订后的安定感到喜悦兴奋。遗憾的是，他也不得不写作这种颂体之词。王应麟《玉海》卷一九五"绍兴瑞雪"条记载："(绍兴)十三年十二月庚寅，瑞雪应时，百官诣文德殿拜表称贺，自是岁如之，迄今不改。癸巳，赐喜雪御筵于尚书省，初复故事也。"②可见这阕词的写作时间也不早于绍兴十三年，同样是和议签订之后祝颂复归的典型例证。高宗为展示其中兴之主的形象，基本恢复了繁密的颂体之词的写作场合。当某位官员擅长填词，又正好在京，那么其就必须发挥所长扮演点缀中兴的角色，就是南渡北人也概莫能外。这样一来，高宗身边也逐渐形成出入宫廷的御用

---

① 《樵歌校注》卷上，第90页。
② 王应麟《玉海》卷一九五，江苏古籍出版社、上海书店，1987年，第3584页。

词人群体,随时为颂体之词的写作需要做好准备。这些御用词人大多具备南渡北人身份,毕竟他们曾在中原耳濡目染过徽宗京城词坛的盛世,颂体之词的写作也就远比闲居江南地方的文士本色当行得多。曹勋与康与之便是他们中的佼佼者,尽管二人一曾被囚燕山、一曾远逐岭海,但在和议签订之后仍然写就大量诸如《浣溪沙·西园赏牡丹,寿圣亲见双花,臣下皆未睹,折以劝酒,词亦继成》《瑞鹤仙·上元应制》等工整典雅的颂体之词,既可见颂体之词的发生场合非常琐细与频繁,也可以想见他们在应制之时难免会有文不达意的无奈。在这样的礼乐环境下,南宋宫廷内外充斥着这些颂体之词,临安最主流的词风与审美趣味也就越来越与徽宗朝东京趋于一致。而文本背后蕴含的东京与杭州城市风景与感觉文化也越来越接近,以至于孝宗朝宰相史浩会在听闻苏州人士赋咏平江元夕的《宝鼎现》后会特为填制展示临安元夕之盛的同调词,以展现地方不及的皇都之盛[1],这无论在文本内容还是写作心态,就完全和北宋东京毫无二致了。

  颂体之词以外,表达类型化情感的传统令曲在高宗朝特定时代背景下也被视作中兴颂声。朱敦儒就曾经为曹勋两阕令曲《酒泉子》(霜护云低)、《谒金门》(春待去)作跋云:"读二词,洒然变俚耳之焰烟,还古风之丽则,宛转有余味也。盖治世安乐之音欤。恨无韩娥曼声长歌,以释予幽忧穷厄之疾。但诵数过,增老夫暮年之叹。"[2]曹勋的这两阕令曲如下引:

酒 泉 子

  霜护云低,竹外斜枝初璀璨,仙风吹堕玉钿新。度清芬。

---

[1] 《全宋词》,第1643页。
[2] 同上书,第1592页。

叹寒冰艳了无尘。不占纷纷桃李径,一庭疏影冷摇春。月黄昏。①

谒 金 门

春待去。帘外连天飞絮。老大心情慵纵步。草迷池上路。春去不知何处。欲问谁能分付。但有清阴遮院宇。晚莺和暮雨。②

可见二词并不是歌咏升平的颂体之词,也没有表达个性化情感或寄托深意,而是晏欧传统下的类型化闲愁,即个体生命在永恒宇宙面前领悟到的时间意识以及相应之忧伤。这种闲愁其实就是一种富贵姿态,需要没有任何现实忧虑的词人才能最为切宜地表达,故而晏殊才会对此最为擅长。如此朱敦儒将二词视作"治世安乐"之音也就可以理解,因为闲愁的表达需要太平天下的环境。在承平之时,天下安康,不仅如晏欧那般的大臣可以诗酒园林,普通中层士大夫也可以自在悠游,不必为生计担忧,故而每每在宴饮之暇产生莫名闲愁。然而暮年的朱敦儒完全失去了属于他的承平环境,无法再如南渡之前那样櫵唱太平,精神状态就是其自言之幽忧穷厄。但是曹勋这两首词分明咏唱着闲愁的歌声,似乎世人普遍觉得如今又重现了治世的升平,这实际上就是绍兴和议之后社会共识的写照,只不过对于朱敦儒这样的南渡北人来说,自然是情怀不似旧家时,也就无心重享太平,只能徒增暮年之叹。可见绍兴和议之后,社会面貌与词坛风气大体回到了徽宗时代的样态,颂体之词与本色歌词又重新占据了京畿地区的主流,而南渡北人的家国情绪表达只不过是短暂兴起的变徵之声,随着词坛异动的结束,终将无奈接受明日黄花的命运。

---

① 《全宋词》,第 1592 页。
② 同上书,第 1594 页。

五、以雅为名：《乐府雅词》《复雅歌词》等词选中的朝野立场与词坛雅正争夺

随着绍兴和议的签订，乐禁的解除，以专业词人为主的京城词风再次复归，词坛基本恢复了徽宗朝的秩序，对于雅词的探索也就重新展开。但与徽宗时代不同的是，在词坛异动的余波下，朝野双方在绍兴年间并没有完全离立，坚持士大夫立场的词人甚至还拥有更强一些的力量。于是当专业词人以咄咄之态强势复归时，士大夫词人为了保住异动期的词坛地位，就尝试主动发声，在词作与词论两方面都做出努力。专业词人在颂体之词之外，也同样尝试其他身份下的词体写作，将笔触伸进原属于士大夫擅长的个性化情感世界。于是绍兴和议之后词坛各方势力纷纷通过各种词学手段展示自我立场，最终在词论领域爆发了关于雅词之正的争夺。

当日的争夺痕迹主要见于词评词论，还是由士大夫词人最先发声，矛头直指专业词人代歌妓立言的一环，以否定其词之雅，最具代表性的莫过于王灼《碧鸡漫志》。士大夫之论的弱点其实非常明显，他们一方面将自我作品视作抒发士大夫情感意趣的本色当行，以否定专业词人代文士立言之词的地位；另一方面则继续将颂体之词的雅词性质模糊化。专业词人则很快抓住此点展开回应，主要就通过乐府将词系联上诗教传统，以强调颂体之词的高度典雅性。实际上当时持士大夫立场的论者也有意识地上承诗教，王灼在《碧鸡漫志》开篇即引用《舜典》《乐记》强调歌词"情动于中而形于言"的性质，并直接指出："古人初不定声律，因所感发为歌，而声律从之，唐、虞禅代以来是也。"[①]自是依托诗教传统为士大夫词人不重声律张本。尽管朝野双方从先秦典籍中各取所需，但相同的本质则显然说明上承乐府诗教的词源观念是高宗朝词坛的共识。这

---

① 《碧鸡漫志》卷一，第74页。

当然源于徽宗朝的词学遗产,只不过专业词人需要从士大夫词人那里重新夺回主导权。朝野双方的这种争夺实际上将词体雅化推入了新的层面,早先的由俗入雅已不再是主要课题,朝野双方各自的雅化任务都已经完成,如今需要确定的是哪一方的立场才是雅词之正。

南渡以来批量出现的词选为这场雅正之争开辟了一块新战场,此时词选已不再都是《花间集》那样的简单应歌唱本,而增添了以供文人案头欣赏的功能,于是词家可以借此发表词学观念。绍兴和议签订之后,这种新方式很快得以普及,选者纷纷为自己的词选冠以"雅"名,即是当时朝野词坛围绕雅正争夺的反映。但是以往的研究只是将以雅为名的词选笼统地视作"中兴"时期对于前代词坛"浮靡"之失的扭转,并不作具体之分别考察。其实这些词选虽用同样的"雅"字命名,但细究之下即可发现各自的内涵与立场其实不尽相同,它们分别展示了朝野词人的雅正观,最具代表性的就是曾慥《乐府雅词》与鲷阳居士《复雅歌词》。

二者之中,《乐府雅词》的立场相对明显,曾慥在自序中说得比较明确:

> 予所藏名公长短句,裒合成篇,或后或先,非有诠次,多是一家,难分优劣。涉谐谑则去之,名曰《乐府雅词》。九重传出,以冠于篇首,诸公《转踏》次之。欧公一代儒宗,风流自命,词章幼眇,世所矜式;当时小人或作艳曲,谬为公词,今悉删除。凡三十有四家,虽女流亦不废。此外又有百余阕,平日脍炙人口,咸不知姓名,则类于卷末,以俟询访,标目"拾遗"云。绍兴丙寅上元日,温陵曾慥引。①

---

① 曾慥选,曹元忠原校,葛渭君补校《乐府雅词》卷首,《唐宋人选唐宋词》,第295页。

从"涉谐谑则去之""小人作艳曲谬为欧公之词"等句可以明显看出曾慥论词的士大夫立场,即追求字面之雅与士大夫情感意趣的表达。若说《乐府雅词》不收苏轼是因为其时曾慥家中并未藏有东坡词,后来他即刊刻东坡词别集行世以作弥补①,但柳永亦未见于《乐府雅词》就不能再用这样的选源理由来解释,很难想象曾慥家中没有盛传于世又奉为京城词坛经典的《乐章集》,这只能是曾慥士大夫词学立场使然。但是曾慥实际上割舍不了内心深处对颂体之词的雅词认同与喜爱,于是采用了迂回的方式为京城专业歌词提供了入选空间。《乐府雅词》开篇收录了五套转踏与一套大曲,内容就是歌咏古代美女故事或寄情男女相思,与序文中的排斥谐谑艳曲相悖。曾慥也意识到这个问题,故而在序文中声明这些套曲是九重传出的宫廷歌词与诸公继作,乃是利用皇家正声观念为这些谐谑歌词赋予礼乐文化意义,从而获得入选的合法性。曾慥在卷末所附之两卷"拾遗"也本之相似的精神,其间出现了大量正编不收的颂体之词,显然是一种留有余地的文本空间。这样曾慥的雅词立场就可以得到更明确的界定,他应该是在士大夫本位的前提下,追求朝野词体的融通,即是与李清照《词论》的苏门立场相近,而非完全的东坡拥趸。

鲖阳居士的《复雅歌词》由于散佚殆尽,故而其雅词立场难以彰显。有赖于吴熊和先生的发现,鲖阳居士为此书撰写的序文节录得以重见,这也成为解鲖阳居士的词学观念与雅词立场的重要渠道:

孟子尝谓今之乐犹古之乐,论者以谓今之乐,郑卫之音也,乌可与《韶》《夏》《濩》《武》比哉! 孟子之言,不得无过。此说非也。

《诗》三百五篇,商、周之歌词也。其言止乎礼义,圣人删取以为经。周衰,郑、卫之音作,诗之声律废矣。汉兴,制氏犹传其

---

① 详见萧鹏《〈乐府雅词〉四题》,《南京师大学报》1990 年第 1 期。

铿锵。至元、成间,倡乐大盛,贵戚、五侯、定陵、富平、外戚之家,淫侈过度,至与人主争女乐,而制氏所传,遂泯绝无闻矣。《文选》所载乐府诗,《晋志》所载《砯石》等篇,古乐府所载其名三百,秦汉以下之歌词也。其源出于郑、卫,盖一时文人有所感发,随世俗容态而有作也。其意趣格力,犹以近古而高健。更五胡之乱,北方分裂,元魏、高齐、宇文氏之周,咸以戎狄强种,雄据中夏。故其讴谣,淆糅华夷,焦杀急促,鄙俚俗下,无复节奏,而古乐府之声律不传。

周武帝时,龟兹琵琶工苏祗婆者,始言七均;牛洪、郑译因而演之,八十四调始见萌芽。唐张文收、祖孝孙讨论郊庙之乐,其数于是乎大备。迄于开元、天宝间,君臣相为淫乐,而明皇尤溺于夷音,天下熏然成俗。于是才士始依乐工拍弹之声,被之以辞句;句之长短,各随曲度,而愈失古之声依永之理也。温、李之徒,率然抒一时情致,流为淫艳猥亵不可闻之语。我宋之兴,宗工巨儒,文力妙于天下者,犹祖其遗风,荡而不知所止。脱于芒端,而四方传唱,敏若风雨,人人歆艳,咀味于朋游樽俎之间,以是为相乐也。其韫骚雅之趣者,百一二而已。以古推今,更千数百岁,其声律亦必亡无疑。

属靖康之变,天下不闻和乐之音者,一十有六年。绍兴壬戌,诞敷诏旨,弛天下乐禁。黎民欢抃,始知有生之快,讴歌载道,遂为化围,由是知孟子以今乐犹古乐之言不妄矣。①

吴先生在辑录这段材料后认为:"《复雅歌词》的宗旨则尤为明显,标举'复雅',其意盖在开一代新风。崇雅正而黜浮艳,这是有鉴于北宋

---

① 鲷阳居士《复雅歌词序略》,第23—24页。

末年词风的衰靡而提出的,是南宋词风转变的新趋势。"①其后沈松勤在此基础上进一步指出"鲖阳居士的这一雅俗之辨不是以词艺本身而是以传统儒学的诗乐观为依据的",并明确认为鲖阳居士选择"承袭了自先秦以来儒家'以道止欲'的诗乐观"这一方面的诗教内容。②所谓"以道止欲"即诗教传统中"发乎情、止乎礼义""乐而不淫,哀而不伤"等内容,主要强调情感的中正有节,是士大夫词人经常用来抨击俗体之词浮艳淫靡的理论。王灼就这样说过:"或问雅郑所分。曰:中正则雅,多哇则郑。至论也。何谓中正?凡阴阳之气,有中有正,故音乐有正声,有中声。"③王灼显然是选择了与专业词人以宫廷音乐为正声有别的雅正观。

但是鲖阳居士这篇《复雅歌词序略》的雅正观与王灼的词情雅正不在一个范畴,从现存文字来看,《复雅歌词》序文并不以词情词意为主要讨论内容,只是附带一提而已,鲖阳居士重点论述的是词乐与声律。上引第一段提出了一个重要命题,即孟子今乐如古乐之语是否正确。鲖阳居士先引用了时人对孟子之语的论述,明显可以看出时人站在雅俗乐分立的立场言今乐为俗、古乐为雅,故而得出今乐非古乐的结论。但是鲖阳居士在其后明确给出了自己的判断"孟子之言,不得无过。此说非也"。即他认可孟子而反对时人,认为今乐与古乐相同,下文就是对此观念展开的详细论述。

鲖阳居士是通过音乐史的梳理来论证他的今乐如古乐说的。首先他将古乐定义为商周歌词,如此春秋的郑卫之音就是与其相对的俗乐。由于秦汉歌词皆源出郑卫,故其时古乐雅律已经不传,只余一片俚俗之音。但郑卫俗曲好歹也是华夏之声,而在东晋南朝时代,就是这一点也无法坚守了。随着五胡乱华之后胡地音乐的流入,东晋

① 吴熊和《关于鲖阳居士的〈复雅歌词序〉》,《吴熊和词学论集》,第92—93页。
② 沈松勤《唐宋词社会文化学研究》,浙江大学出版社,2007年,第290、293页。
③ 王灼《碧鸡漫志》卷一,第80页。

南朝音乐由俗乐再降为华夷杂奏，与中原古乐正声越来越远。音乐状况在唐朝变得更加糟糕，连郊庙乐这种国家礼乐仪式都用上了胡地音乐系统，更别说唐玄宗为满足个人享受而设立的梨园法曲了。于是当下音乐完全违背了古乐的理念，从而会出现温韦这种专主情致但淫艳猥亵之词。这种情况在北宋建立后其实并未扭转，就是学际天人的宗工巨儒也延续着这种音乐喜尚并为之撰词，音乐状况没有任何的复古改变。行文至此，鲖阳居士全部站在需要他驳斥的时人立场，完全就是对今乐非古乐的有力论证。但由于他在开篇就已经明确自己的观点，故而在做出"声律亦必亡无疑"之断语后，他势必会展开一系列的驳论。但遗憾的是，今存文本在此句之后只剩一段，而且是突然从北宋士大夫词跳至描述绍兴乐禁解除之时的社会风貌，由此下以"由是知孟子以今乐犹古乐之言不妄矣"的结论，显然太过苍白无力，根本没有解答今乐何以从上文所言之胡夷乐复归古之雅乐的问题。

由于现存文本是"序略"，故而鲖阳居士的具体论证一定是在被删节的部分中，而缺失也极有可能发生在引文倒数第二段与最后一段之间。由于鲖阳居士历数商周歌词、郑卫俗曲、秦汉乐府、东晋南朝乐府、唐郊庙歌词、玄宗梨园法曲、温韦词、北宋士大夫词，可见他的行文严格按照历史发展线索而下，那么在北宋士大夫词与解除乐禁之间，缺失的惟有大晟雅乐与高宗乐禁了。如此，能够承担今乐向古乐复归的重要使命者，也就只能是大晟雅乐了。这样一来，鲖阳居士的雅词立场就并非士大夫词人的情之正了，反而是专业词人的乐之正，他也并不认为北宋末年的词风衰靡而要求复雅，反倒是对大晟词人的作品持以极高的评价。其实最后一段也隐隐透露着这种意识，其云"属靖康之变，天下不闻和乐之音者，一十有六年"，就是说明靖康难前，天下已经再次拥有与古乐相同的和乐，能被这样称之的音乐当然也只有以复归三代为目标而创制的大晟雅乐了。

从《复雅歌词》现存之吉光片羽中亦能找到鮦阳居士专业词人雅词立场的旁证,鮦阳居士并不将颂体之词排除在雅词之外,也未像曾慥那样采用迂回策略,反倒直接收录了大晟词人政和二年之后的大量美颂之作,万俟咏的多首颂体慢词就有赖于《复雅歌词》才得以流传,这显然说明鮦阳居士更多秉承了国风小雅之美刺为雅,大雅颂诗亦为雅的理念。而且其书对于音律乐谱尤为重视,陈振孙即提到:"《复雅歌词》五十卷,题鮦阳居士序,不著姓名。末卷言宫调音律颇详,然多有调而无曲。"①显然与王灼全然抵制音律的立场甚殊,是鮦阳居士秉持专业词人立场的重要证据。当然,如曾慥在士大夫立场下不忘颂体之词一样,鮦阳居士也体现着融合朝野的时代精神。他也改变了北宋专业词人对颂体之词的偏重,通过国风小雅的讽喻传统将士大夫词特别是东坡词也拉进自己的雅词系统。如其笺释苏轼《卜算子》(缺月挂疏桐)一词云:"缺月,刺明微也。漏断,暗时也。幽人,不得志也。独往来,无助也。惊鸿,贤人不安也。回头,爱君不忘也。无人省,君不察也。拣尽寒枝不肯栖,不偷安于高位也。寂寞吴江冷,非所安也。此词与《考槃》诗极相似。"②鮦阳居士在面对东坡词时,往往就是如此以诗教之比兴寄托解词,并总会强调苏轼在讽喻怨悱之余不忘的爱君之心。

曾慥与鮦阳居士利用词选展示各自的雅词立场其实在绍兴和议前即有先例,黄大舆的《梅苑》虽未以雅为名,但已然隐含有这层意蕴,其自序云:

  自琼林、琪树、瑶华、绿萼之异不列于人间,目所常玩,如予东园之梅,可以首众芳矣。若夫呈妍月夕,夺霜雪之鲜;吐嗅风

---

① 《直斋书录解题》卷二一,第632页。
② 鮦阳居士著,赵万里辑录《复雅歌词》,《词话丛编》,第60页。

晨,聚椒兰之酷。情涯殆绝,鉴赏斯在,莫不抽毫遗滞,劈彩舒哀。召楚云以兴歌,命燕玉以按节。然则妆台之篇,宾筵之章,可得而述焉。己酉之冬,予抱疾山阳,三径扫迹,所居斋前,更植梅一株,晦朔未逾,略已粲然。于是录唐以来词人才士之作,以为斋居之玩。目之曰《梅苑》者,诗人之义,托物取兴;屈原制骚,盛列芳草。今之所录,盖同一揆。聊书卷目,以贻好事云。岷山耦耕黄大舆载万序。①

黄大舆秉持的就是士大夫日常化雅词立场,即士大夫疏离于政治之外的生活意趣与内向精神风貌。黄氏序文的核心便是一个"玩"字,长短句歌词已经被他明确视作与梅花同类的斋居赏玩之物,词体写作的日常化于此获得了明确的宣言。黄氏序文的写作时间颇为关键,己酉即高宗建炎三年(1129),此时新政权刚经历苗刘兵变,正处于内忧外患交织的极不稳定状态,黄大舆却能够在岷山之阳斋居萧散、赏花闲玩,于叶梦得绍兴闲居词之外再次表明词坛异动的背后,暗流涌动着的是来自徽宗朝的强烈延续。黄大舆并非不知道自己的雅词立场与时代政局相矛盾,因而在序文的最后引入了诗教中的比兴二义,以避免自己遭受玩物丧志的指责。无论黄大舆的"托物取兴"真假与否,至少能从中看到,将词体上承乐府诗教以张本自己的词学观念在建炎年间即已被士大夫熟练运用,从而复雅之论只能是从徽宗朝继承下来的词学遗产,而非南渡造成的转变。只不过绍兴和议之后,高宗词坛围绕雅词之正的争夺非常激烈,于是才会被格外凸显出来。

朝野双方不仅各自编辑词选展示自我雅词立场,还会在一些以雅为名的词别集中继续展开争夺,张孝祥的《紫微雅词》就是其时最

---

① 黄大舆编,许隽超校点《梅苑》卷首,《唐宋人选唐宋词》,第195页。

显著的代表。张孝祥的词集在其去世一年之后的乾道七年(1171)由刘温父搜辑而成,并请张孝祥的门客汤衡作序。汤衡在序文中这样交代张孝祥的词学师承:"夫镂玉雕琼,裁花剪叶,唐末词人非不美也,然粉泽之工,反累正气。东坡虑其不幸而溺乎彼,故援而止之,惟恐不及。其后元祐诸公,嬉弄乐府,寓以诗人句法,无一毫浮靡之气,实自东坡发之也。于湖紫微张公之词,同一关键。"并于最后称赞之云:"衡尝获从公游,见公平昔为词,未尝著稿,笔酣兴健,顷刻即成,初若不经意,反复究观,未有一字无来处。自仇池仙去,能继其轨者,非公其谁与哉?"①汤衡显然秉持非常经典的士大夫雅词立场,而且通篇奉苏轼为圭臬,没有丝毫融通专业歌词的痕迹,更是与王灼同调的偏执一端。汤衡序文写于乾道七年六月十五日,然而就在是年十一月,陈应行也为《紫微雅词》题写了一篇序文,字里行间隐约可见对汤序的针锋相对。其开篇称赞张孝祥诗赋词文皆擅,达到了欧曾苏黄都未有的高度,显然是本着词体别是一家的意识,实际上就是反对汤衡"寓以诗人句法"之说。其后陈应行更以这么一段话展现着强烈的专业词人雅词立场:

> 比游荆湖间,得公《于湖集》,所作长短句凡数百篇,读之泠然洒然,真非烟火食人辞语。予虽不及识荆,然其潇散出尘之姿,自然如神之笔,迈往凌云之气,犹可以想见也。使天假之年,被之声歌,荐之郊庙,当其《英》《茎》《韶》《濩》间作而递奏,非特如是而已。②

"非烟火食人辞语"即向子諲引述的黄庭坚评东坡词之论,陈应行通

---

① 张孝祥《于湖词》卷首,《宋名家词》,第930页。
② 同上书,第929页。

过复述此语以肯定张孝祥词已经达到了士大夫立场下的最高雅词标准,张孝祥已然具备高超的填词水准。但是张孝祥终究英年早逝,他的词并没有上荐之郊庙,他也没有利用其特长谱写属于中兴时代乐声的机会,这让陈应行感到殊为遗憾。"非特如是而已"即是表明张孝祥现在的雅词成就犹有不足,毕竟在专业词人立场下,乐之正就是要比情之正高出一个层级。汤衡与陈应行的序文生动展示了朝野词人就雅词之正的争夺,更可以看出在孝宗时代,专业词人比士大夫词人更有融合朝野的意识,从而他们又获得了政治因素之外的另一层优势。

第四节 融通朝野的雅词追求与周邦彦的经典化

持士大夫立场的论者在雅之正的争夺中最重要的成果就是成功否定了柳永的经典地位,他们无限放大了柳词中代歌妓立言的比重,避而不谈颂体之词的意义,还遮蔽了柳永的士大夫身份,消解了他在代文士立言方面的贡献,单纯地从词达情正的诗教视角认其为"野狐外道"。不仅如此,士大夫词人还积极勾勒苏轼之后的词统脉络,大批词人被列入苏门名下,成就浩大之声势。专业词人一方面无力为柳永遭致的抨击正名,另一方面又由于政治因素而无法建构出能与士大夫分庭抗礼的词人统绪。为此,他们必须为自己寻找一位新的经典人物,这位词人不仅需要高度的专业素养,能够代表徽宗朝京城词人群体的最高成就,还要能够与南渡之后苏轼影响迅猛加速的时代异动相适应。就这样,周邦彦终于在南渡之后获得了从幕后到台前的机会,真正进入了词坛视野。其实朝野词坛的争夺也体现在周邦彦身上,士大夫词人也试图将美成拉入他们的词统中,为其提供符合专业与本色的元素,这些现象都说明融通朝野是高宗朝词坛的主题与雅词发展的趋势。这是清真词能够于南渡之后脱颖而出的重要原因,也是理解周邦彦之所以被后世奉为"集大成"的有效窗口。

一、南渡后大晟词人经典化可能性丧失与周邦彦的凸显

可以设想,如果不发生靖康之难,徽宗得以更长久地贯彻"令出于中"与升平展示,以大晟词人为首的京城词人群体的词坛领军地位将会一直延续。上文已经提到,元祐士大夫的后人在宣和年间已经没有多少父祖气格,那么一旦朝野离立能够持续更长时间的话,他们也将老去,更年轻一辈身上还能存留多少科举士大夫的高昂精神则更颇可怀疑。这样的话,万俟咏、曹组等大晟词人就应该可以获得经典化契机了。但金兵入侵这一突发事件粉碎了徽宗"丰亨豫大"的幻梦,大晟府的撤销与东京的沦陷分别使大晟词人的政治庇佑与生存空间丧失,他们旋即退出了词坛的中心。不仅如此,大晟词人在南渡后也基本失去政治空间。高宗建炎更化的主题就是将靖康之难的罪名清算到徽宗朝政治政策上,南宋政府与士大夫当然不能对徽宗有什么非议,故而一切的矛头全部指向了以蔡京为首的宣政年间京城执政群体,从江湖还归庙堂的元祐士大夫及其后人就对蔡京、王黼等人展开全面批判,而且也不遗余力地指责当时通过蔡京得势以及向蔡京献媚的文士群体。于是为展示升平的礼乐工程服务的大晟词人也就在这场朝野转换的异动中被视作谄谀蔡京的小人,并且元祐士大夫依然保留着音乐官员近似于弄臣戏子的不屑心态,使得宫廷文人因政治而兴又因政治而衰的历史再一次重复。

在南渡之初这样的政治生态下,大晟词人无法享受到身为南渡北人的政治福利,他们的身份反而会成为履历中的污点,为其带来不幸。如果某位南渡北人在徽宗朝只担任过协律郎之类的升平局所官员,那么他想要在高宗新政权中重新复职则基本不可能。胡寅就曾以此理由缴还任命刘偁复任秘阁修撰的词头,他在奏疏中这样说到:

> 臣谨按刘侁复服事蔡攸，以叨官爵，天下共知。其所历差遣，则为大晟府按协声律，则为提举道箓院管干文字，而非士大夫之所肯为也。其所转官，则缘按乐精熟，及修道箓院，与管干明节皇后园陵，而非年劳之所当得也。其所赐带，因撰《祥应记》，而非品识之所当赐也。其所被谴，则以臣僚论其谄事蔡攸，交结童贯而贬降，则以臣寮论其诡计密谋，附会奸恶而褫职；至于勒停废弃，不与士齿，而非过误不幸，情可矜宥之人比也。①

在南渡初期追述宣政故事的政治攻击手段盛行之背景下，刘侁复供职大晟府、道箓院的经历非常刺眼，他正因此在建炎更化之初被褫职，胡寅只不过在旧事重提。刘侁复就这样终未复官，就此潦倒终生。这场风波说明文士若在宣政年间供职升平局所，或因为展示升平之功而获转官，就会受到来自士大夫群体的巨大歧视与压力，因为这些经历在南渡之初难免会使人产生蔡京、蔡攸党羽的联想。这对大晟词人来说无疑是致命的，社会舆论对他们不以为然，甚至自己的家族成员有时也深以为耻。陆游之父陆宰就曾提到："昭德晁氏多贤，自蔡京专国以来，皆安于外官，无通显者。有疏族，居济州，以京荐为大晟府协律郎，举族耻之。"②可见南渡之初士大夫判断蔡京之党的标准就是看宣政年间是居于外官还是庙堂高位，这种标准进而成为人格评判的依据。陆宰所说的晁氏疏族即晁端礼，他确实供职过大晟府，与之关系密切的亲友也在极力为其撇清与蔡京的关系。晁说之在为晁端礼撰写的《宋故平恩府君晁公墓表》就言之："公乃被迅召入大晟府，奉旨作为一时瑞物之辞，乃还公承事郎、大晟府按协声律。咸曰彻乎其众望也。盖公于语言酬酢之初，失师臣之微矣。是

---

① 胡铨《缴刘侁复秘阁修撰》，容肇祖点校《斐然集》卷一五，中华书局，1993 年，第 321 页。
② 陆游著，孔凡礼点校《家世旧闻》卷下，中华书局，1993 年，第 212 页。

行也,不知公者谓公喜矣,知公者为公耻之。"①尽管晁说之努力推脱与掩饰晁端礼入职大晟府时的心态,并着重强调晁端礼极短的供职时间,但依然改变不了晁氏"举族耻之"的命运,他还是被以君子自居的元祐士大夫及其后人打入深渊,人名与词名从此暗淡不闻。但好在晁端礼卒于政和二年,这终究能够让六卷《闲斋琴趣外篇》得以留存。但是历经南渡的大晟词人就没有这样幸运,他们遭遇到和刘偁复一样的政治禁锢,并在汹汹舆论间被斥责为道德极低的奸邪小人,他们的词章也就随之湮没不闻了,如曹组者更遭遇到词集被毁板的极端命运。至于那位曾盛传都下的万俟咏,南渡后的结局同样凄凉,《建炎以来系年要录》记载:"(建炎四年)通直郎万俟咏者,工小词,尝为大晟府制撰得官。至是因所亲携书入禁中,乞进官二等。上览而掷之。"②作为南渡的遗老旧官,不仅没有被嘉奖忠贞,自己的得意作品反而被皇帝任意丢弃,此中原因在《中兴小纪》里有所交代:"六月壬申,上谓宰执曰:'卿等识万俟咏者否?必是小人!昨其亲戚奏求迁两官,朕已掷之矣。'对曰:'实如圣谕。'张守因奏咏工小词,尝为大晟府撰乐章以得官者也。"③生于徽宗大观元年(1107)的高宗并不熟悉这位他幼时的都城明星,可见万俟咏在都下盛行的地位终如流星一般瞬间消散了。

和晁端礼、万俟咏诸人相比,周邦彦确实并非仅仅依靠升平局所的供职经历入官,但是他的仕宦经历与元祐士大夫也差异很大。周邦彦并没有参加科举考试,他于元丰年间入太学,因进献《汴都赋》而获试太学正。在经历庐州教授、溧水县令等低级地方官后,又因向哲宗重诵《汴都赋》而获改官。这种献赋入官的经历其实与万俟咏进词得官并没有本质的区别。尽管周邦彦有无提举大晟府尚存争议,但

---

① 晁说之《嵩山文集》卷一九,《四部丛刊续编》本。
② 《建炎以来系年要录》卷三四,第777页。
③ 熊克著,顾吉辰、郭群一点校《中兴小纪》卷八,福建人民出版社,1985年,第103页。

他确实于徽宗大观年间供职议礼局,参与《政和五礼新仪》的制订,在大观四年礼成之时获得转两官的优赏,之后屡见超转。可见从官职升迁的角度来看,他的身份依然与晁端礼、万俟咏等京城词人群体更为亲近,显然可以被南渡之后的专业词人挑选出来作为他们的前辈经典。但是今日周邦彦形象中的士大夫身份要比专业词人身份凸显许多,这或许是因为他做到了绝大多数大晟词人没有达到的政治高度,毕竟其历任诸州知府的差遣,又带有文学渥的贴职。除此之外,在大晟词人风光最盛的宣政年间,周邦彦并不在京城,而是历任河中府、隆德府、明州、真定府等地方郡守之职,这与南渡之后对徽宗朝安于外官者的人格赞赏相合,使得周邦彦这么一位倾向新党的士大夫会被高宗朝异动时期的舆论所接受,没有晁端礼式的人品之虞。其实南宋人始终在强调周邦彦的士大夫身份,无论是强焕在《片玉词序》中提到的良好政声,还是楼钥于《清真先生文集序》里宣扬的学识与修养,无一不是为周邦彦与大晟词人趋同的词作润饰,使其可以不受太强的人格评价冲击。这样一来,专业词人将周邦彦奉为经典就是一种比较安全的选择。毕竟在那个道德性命至上的时代,人格评价往往是左右文名流传的最基本要素。除非世俗间的流传程度达到柳永那样的高度,否则一旦被冠以负面的人格品行评价或者士大夫身份被掩盖,那么其作品很难在后代获得流传。从这一点来说,万俟咏、晁端礼诸人在徽宗禅位之时便已然失去了经典化的可能。

身份因素之外,周邦彦的词作也与士大夫词人某些词学追求相契合,这是其在南渡之初得以经典化另一个重要契机。王灼《碧鸡漫志》"各家词短长"条这样描述北宋词的发展脉络:

> 王荆公长短句不多,合绳墨处,自雍容奇特。晏元献公、欧阳文忠公,风流缊藉,一时莫及,而温润秀洁,亦无其比。东坡先

生以文章余事作诗,溢而作词曲,高处出神入天,平处尚临镜笑春,不顾侪辈。或曰,长短句中诗也。为此论者,乃是遭柳永野狐涎之毒。诗与乐府同出,岂当分异。若从柳氏家法,正自不分异耳。晁无咎、黄鲁直皆学东坡,韵制得七八。黄晚年闲放于狭邪,故有少疏荡处。后来学东坡者,叶少蕴、蒲大受亦得六七,其才力比晁、黄差劣。苏在庭、石耆翁入东坡之门矣,短气踢步,不能进也。赵德麟、李方叔皆东坡客,其气味殊不近,赵婉而李俊,各有所长,晚年皆荒醉汝颍京洛间,时时出滑稽语。贺方回、周美成、晏叔原、僧仲殊各尽其才力,自成一家。贺、周语意精新,用心甚苦。毛泽民、黄载万次之。叔原如金陵王谢子弟,秀气胜韵,得之天然,将不可学。仲殊次之,殊之赡,晏反不逮也。张子野、秦少游俊逸精妙。少游屡因京洛,故疏荡之风不除。……沈公述、李景元、孔方平、处度叔侄、晁次膺、万俟雅言,皆有佳句,就中雅言又绝出。然六人者,源流从柳氏来,病于无韵。①

王灼的这段叙述大唱"以诗为词",但实际上与李清照《词论》中的词人分类大体一致。上文已论,李清照是按照朝野两线叙述北宋词史的发展脉络的,她首先将柳永视作晓畅音律但词语俚下的专业词人之祖,并为其列举了一串后劲名单,其末尾出现了晁端礼的名字,可见李清照以晁端礼为代表将徽宗朝京城词人群体归于柳永一派。王灼也是如此划分,尽管他没有单列柳永,但是他在提到大晟词人时还是得说一句"源流从柳氏来",可见柳永这一条词史脉络是任何词论家都绕不过去的。对于另一条主线索而言,李清照将晏殊、欧阳修、苏轼共同视作北宋前期士大夫词人,而王灼则将苏轼单独列出。这种差异只不过是王灼要突出苏轼的词坛地位,故而将王安石、晏殊、欧

---

① 王灼《碧鸡漫志》卷二,第83页。

阳修三人视作苏轼的先声,但还是将他们视作以余力为词但不分诗词文区别的词家。不过从李清照的王安石未作小词到王灼的荆公词雍容奇特,还是可以看出南渡之后词体文学来自王安石的暗流逐渐增强的变化。至于王灼在苏轼之后拉杂出的一大串名单,不过是为"苏轼词派"充实门户,无甚特殊意义。在说完"苏轼词派"之后,王灼与李清照一样并提了晏幾道、贺铸、秦观诸人,显然说明他觉得这些词人与东坡词风有所疏离,但还是可以通过一些线索认可他们士大夫词的性质,为"苏轼词派"在专业性上的不足作一补充。至于这些词人何以能够联系上苏轼词风,则显然与王灼反复强调的"以诗为词"密切相关。晏幾道与贺铸是将唐人诗句熔铸于词的典型代表,宋人屡屡提及小晏化用唐人诗句之例,而贺铸更是自云"笔端驱使李商隐、温庭筠,常奔命不暇"。更为重要的是,贺铸在崇观年间即退居苏州,直到宣和末年依然在世,并且与张耒、李之仪等苏门学士交往甚密,符合徽宗朝正直士大夫的标准,完全可以与大晟词人分别视作徽宗词坛朝野两方的代表。随着南渡后词坛异动的开始,江西诗派诗法论词主张的兴起,贺铸词名也就得到进一步提升。由于王灼为了突出苏轼的地位,将黄庭坚移入苏轼词派后劲之中,故而在此补充进了李清照没有提及的周邦彦,将其与贺铸一并称为"语意精新,用心甚苦",显然看重的就是周邦彦也具备善于熔铸前人诗句的能力,这也是南宋论者的共识。如《谈薮》中即云:"本朝词人罕用此(红叶)事,惟周清真乐府两用之。《扫花游》云:'随流去,想一叶怨题,今到何处。'《六丑·咏落花》云:'漂流处,莫趁潮汐。恐断红尚有相思字,何由见得。'脱胎换骨之妙极矣。"① 此处再次出现了诗法论词现象,可见清真词已被江西诗人当作标识自我词法的典范。周邦彦也的确实在诗句入词上做出了突出贡献,毕竟晏幾道与贺铸的作品多在

————————
① 传庞元英著,金圆整理《谈薮》,《全宋笔记》第二编第四册,第202页。

令曲中融唐人之诗,周邦彦则将其扩展到了慢词领域。作为南渡之后迅速普及的诗法论词观念,如果没有慢词的参与势必是不完整的,周邦彦恰好为士大夫立场的词人填补了空白,从而成为士大夫词人与专业词人又一争夺的对象。

综上可见,周邦彦及其词作呈现着很强的驿寄朝野特征,从而在南北局势大定、雅颂复归之时,他可以迅速适应融通朝野的要求。乐禁解除之后,无论世俗社会还是宫廷贵戚,都重新追求婉转优美、动听易歌的乐章,东坡词风显然对此心力不足,惟有工于音律、讲究字面章法的大晟词人才能满足这种音乐娱乐需求。但是绝大多数的大晟旧作又由于词人的政治禁锢、道德评价而无法被重新歌唱,惟有出入于朝野之间、没有太多道德性命方面顾虑的周邦彦可以被选择为怀旧经典,于是绍兴年间才会出现临安盛传周邦彦《兰陵王》一曲的现象。当然,除了政治、道德因素之外,周邦彦还具备其他大晟词人没有的地域优势。大晟词人多为中原人,周邦彦却是钱塘人,更在溧水、明州、严州等两浙州县任过地方官,这为其词作的保存提供了躲避战乱的机缘,成为周邦彦南渡后经典化道路上又一重要因素。

二、清真词结集性质与集中诸词的作者立场

今日可见关于清真词结集的最早论述当属强焕淳熙七年(1180)正月所作之《片玉词序》,其时强焕在溧水县令任上,这是周邦彦元祐八年(1092)所任差遣。强焕发现他在遣兴娱宾的时候,溧水歌女首先会歌唱周邦彦词,因此感慨于溧水百姓对清真词的珍爱,从而"哀公之词,旁搜远绍,仅得百八十有二章,釐为上下卷,乃辍俸余,鸠工锓木,以寿其传"[①]。强焕的记载说明溧水地区是重要的清真词流行空间,但是他在此编辑周邦彦词集时,仍然需要依靠旁搜远绍的传统

[①] 周邦彦《片玉词》卷首,《宋名家词》,第399页。

方式才能完成,说明当时并没有一部较为完整的可供歌女演唱的周邦彦词集,强焕的工作实际上是在没有底本的情况下自起炉灶。

不过还是可以根据现有材料推测强焕编集时的主要文献来源。溧水肯定是首要搜罗的区域,此处很可能存在着一种清真词小集。陈振孙在著录《清真杂著》时就这样说到:"邦彦尝为溧水令,故邑有词集。其后有好事者取其在邑所作文记诗歌,并刻之。"①尽管陈振孙提到的溧水词集有可能就是强焕所辑《片玉词》,但是其对《清真杂著》的说明则透露着如果溧水在强焕之前就刻有小集的话,那么应该也是以在邑所作歌词为主,这符合唐宋诗文小集编纂的习惯。于是至少可以下这样的判断,强焕在溧水地区听到与搜集的歌词绝大部分就是作于此地。

溧水之外,另一重要文献来源应是明州,周邦彦于政和五年(1115)以直龙图阁就任明州知州,随即迁居奉化,其子孙也就于此地繁衍②。周邦彦的文集《清真先生文集》便是在此地刻成,由四明楼氏家族的名臣楼钥参与编纂。楼钥在为文集所写的序文中提到:"公尝守四明,而诸孙又寓居于此。尝访其家集而读之,参以他本,间见手稿,又得京本文选,与公之曾孙铸裒为二十四卷,中更兵火,散坠已多,然足以不朽矣。"③是故此处不仅可以搜集到周邦彦在明州任上所作词,还能够因家集所藏而流存作于其他地区特别是京城的乐章。但正如楼钥所言那样,周邦彦的作品在流传过程中终究遭遇到靖康兵火,在当时词名尚且不显的情况下,京城乐章当然会散佚得更为严重,因此其能够流传于明州者终究还是少数。

除了溧水与明州两地外,还有两处曾刊刻或典藏周邦彦的文集。一是上文提到的严州,此地郡学曾刻有《清真集》与《清真诗余》两种;

---

① 《直斋书录解题》卷一七,第517页。
② 周希哲修,张时彻纂《宁波府志》卷三九传一五流寓,嘉靖三十九年刊本。
③ 楼钥著,顾大朋点校《楼钥集》卷四八,浙江古籍出版社,2010年,第907页。

一是杭州,万历《杭州府志》著录有一种周邦彦文集,多达一百卷①。此种文集虽然并不见于宋代书目文献,但仍可以说明周邦彦的故乡杭州也曾是重要的清真词流传区域。

综上可见,强焕的主要文献来源应是溧水、明州、严州、杭州四地,皆集中在两浙地区,而且各地流传着的主要是周邦彦在此地所为词,于是强焕所辑《片玉词》中当然就以地方词作为主,更以两浙之词为甚。可以旁证此点的是,南宋前期笔记在敷演某阕清真词本事的时候,也主要将故事场景设置在两浙地区。如王明清云《风流子》(新绿小池塘)是为溧水主簿妾室所作②,《瑞鹤仙》(悄郊原带郭)乃钱塘绝笔之词③,洪迈云《点绛唇》(辽鹤西归)乃寄怀姑苏营妓岳七楚云④等皆是如此。至于那些与李师师的京城传说,都要在理宗端平之后才逐渐出现。这样看来,《片玉词》中不见颂圣贡谀之作亦是结集性质所致。周邦彦既然因献《汴都赋》入仕改官,而且以摹效苏轼句法之诗为蔡京上寿⑤,那么他应该也不会放弃他的歌词才能而不写颂体之词,大晟府中存有其词乐谱亦可谓相关暗示。但是这些京城之词与强焕可以利用的文献渠道并不兼容,从而强焕搜罗到的词终究以作于两浙地区者为主。而且无论强焕还是楼钥,都在序文中有意识地强调周邦彦的士大夫身份,故而就算强焕从明州地区搜罗到颂体之词,也未可知他是否会因编集立场而删汰。

除了以地方词作为主之外,另一值得注意的结集性质是集中之词大多写于周邦彦供职议礼局之前。周邦彦任溧水县令在元祐八年

---

① 徐栻修,陈善纂《(万历)杭州府志》卷五三艺文上,台北成文出版社,1983年,第3334页。
② 《挥麈录余话》卷二,第38页。
③ 王明清著,戴建国、赵龙整理《玉照新志》卷二,《全宋笔记》第六编第二册,第144—145页。
④ 洪迈著,何卓点校《夷坚志》夷坚三志壬卷七,中华书局,1985年,第1521—1522页。
⑤ 《苕溪渔隐丛话》后集卷三六引《复斋漫录》云:"《西清诗话》记其父蔡元长喜周邦彦《祝寿诗》云:'化行禹贡山川外,人在周公礼乐中。'余以为此乃模写东坡《藏春坞》诗'年抛造物甄陶外,春在先生杖履中'是也。"第286页。

至绍圣三年之间,故而溧水地区流传的清真词大多写于美成改官之前。尽管王明清指出周邦彦晚年曾短暂居住于严州,但其在建中靖国元年写有《睦州建德县清理堂记》①,可知徽宗即位前后亦曾居住于此。而且据万历《续修严州府志》载,周邦彦曾于元丰中在严州宁顺庙留有题名②,可知周邦彦青年时期便已驻足过严州,从而此地所流传的歌词也应以徽宗之前为多。至于家乡杭州,周邦彦成年之后并不常居于此,故而流传于钱塘的歌词当然以"疏隽少检,不为州里推重"③的少年词作及暮年还归退居之词为主。这种现象在现代学者的清真词系年工作中亦可得到印证,如孙虹将其认为可以编年的清真词列出一"清真编年词一览表",表中共有词73阕,其中被系在大观之前的作品多达46阕,接近总数的三分之二④,其间还属溧水、荆州等改官之前作品更加具备可靠的编年依据。是故今传清真词不仅以两浙地方词作为主,更以中青年作品居多。由于《政和五礼新仪》修成之后,周邦彦才获得知州差遣,得以渐次步入中高级官员阶层,故而大量写于此前的集中诸词就以终日为生计迁转而碌碌奔走的下僚身份写就。于是清真词除了可以体现专业词人立场外,还能使绍兴和议之后流寓江南的南渡北人以及逐渐兴起的江湖文士群体获得情感共鸣。很显然,清真词的这种结集性质与词作立场也有力推动着其人其词在南渡之后的经典化。

三、集大成:清真词的"潜气内转"

上文从政治身份、后人接受与词集性质三个角度论述了周邦彦在南渡之后得以词名彰显的原因,当然,作家经典化的论题终归绕不

---

① 周邦彦著,罗忼烈笺注《清真集笺注》(修订本)中编诗文笺,上海古籍出版社,2008年,第537—538页。
② 吕昌期修,俞炳然纂《(万历)续修严州府志》卷五,书目文献出版社,1991年,第105页。
③ 《宋史》卷二〇三《文苑六·周邦彦传》,第13126页。
④ 《清真集校注》附录三"清真编年词一览表",第437—442页。

开作品本身的因素。无论是陈振孙"词人甲乙"的评价,还是周济"清真集大成者也"的判断,都说明南宋至今的论者始终对清真词众体兼备而俱精的特点格外注意,这正是清真词作品本身蕴含的经典化质素,其在徽宗至高宗朝朝野融通的雅词追求中得到了完美释放。周邦彦的集大成可谓是对于北宋歌词的全面总结,他在传统花间范式的令曲、屯田蹊径的慢词、中下层士大夫心态等方面都有所涉猎,更留下了多阕汇通之词。不过光有继承并不足以确立周邦彦崇高的身后词名,清真词中还呈现出强大的创造力量,这主要体现在章法结构方面的高度精致化,是以极高的艺术水准前瞻性地展现出徽宗朝京城词坛的艺术特质。

清真词在章法结构方面特征概括起来就是词家常提之"潜气内转",这是一种后起而重要的词学术语,主要由清代同治、光绪朝的词论家即常州词派后劲广泛使用在词学批评中,他们以之评论的宋代词人主要就是周邦彦与吴文英。然而尽管"潜气内转"已成为词学研究的常用术语,对其引入词学的过程及发展的历史也有详细的探讨①,但是"潜气内转"究竟指的是什么?它有怎样的表现形式?清真词是如何运用"潜气内转"的?"潜气内转"对于词体章法结构产生了怎样影响?这些问题并没有得到有效的阐释。

实际上,清人并不仅仅在词学领域使用"潜气内转",奚彤云就较早地指出同光之际的学者也将"潜气内转"建构成骈文批评理论的重要术语,用以揭示出骈文特有的艺术表现形态,主要倡导者为谭献与朱一新②。此论一出,即被广泛接受,甚至影响到了散文领域,相关研究者认为"潜气内转"是骈散二体兼具的艺术特质,他们与骈文研究者一起努力探讨其内在含义。文章学领域的研究已经揭示出"潜气

---

① 参见彭玉平《词学史上的"潜气内转"说》,《文学评论》2012年第2期。亦见彭玉平《中国分体文学学史(词学卷)》,山西教育出版社,2013年,第159—187页。
② 奚彤云《中国古代骈文批评史稿》,华东师范大学出版社,2006年,第145页。

"内转"的主要表现形式,概括说来有这么几个方面:一是"行文发生承接或转折时,不用虚词作过渡,在语言上不见承转的痕迹,但实际上意脉却在暗中发生承转",一是"文章通过硬转陡接的笔法,跳宕腾挪,致使语言之链发生断裂,而文章的意脉却似断实连,若隐若现"。①这些论述完全可以被词学借鉴,因为正如奚彤云指出的那样,以"潜气内转"评论骈文的学者就包括了诸如谭献这样的常州词派宗师,杨旭辉也指出常州词派成员基本都是骈文写作的名家,骈文学家是他们先于词学家的文艺身份②,从而他们在词学与骈文两个领域使用的"潜气内转"应具备一致的内涵。

由此清真词在章法结构方面的开拓就能得到具体的解释,即一阕词承载的时空场景变得更为繁杂,词人不断往复切换词中的时空与词中人的性别,而且出现不用虚字标识转折发生处的现象,看似断裂的片段实际上有内在的意韵系联。柳永虽然在词中也频繁使用时空跳跃法,但是他总是会以虚字领起一段意韵,而且所有的转折与变换都被一根明晰的线索串联起来,这应该是本自铺叙帝王燕游的颂体之词的写作经验。还是以《八声甘州》为例说明:

八 声 甘 州

对潇潇、暮雨洒江天,一番洗清秋。渐霜风凄惨,关河冷落,残照当楼。是处红衰翠减,苒苒物华休。惟有长江水,无语东流。　不忍登高临远,望故乡渺邈,归思难收。叹年来踪迹,何事苦淹留。想佳人,妆楼颙望,误几回、天际识归舟。争知我、倚阑干处,正恁凝愁。③

---

① 详见余祖坤《论古典文章学中的"潜气内转"》,《中南民族大学学报》(人文社会科学版) 2012 年第 1 期。
② 详见杨旭辉《清代骈文史》第六章"常州派骈文创作的兴盛与文章理论的新变",人民出版社,2013 年,第 317—448 页。
③ 《乐章集校注》(增订本),第 101 页。

柳永严格遵照一韵为一个意义单元的准则,于韵与韵之间发生跳跃与转折。"对"字领起首韵,点出词中人此刻所在之初秋傍晚的时间;"渐"字领起的一韵主要将视线放在远处,以宏大平远的风物描绘既体现从夏到秋的大时间流动,也刻画此刻夕阳西下的小时间变化;"是处"一词则标明视线由远处空间转入近前,领起对眼前具体花木的描绘;而"惟有"一词又将视线转回到远处的江水。上片对于空间的描写极富层次,又线索明晰。过片从景物转入自我情感,虽然没有领字,但分片的天然隔断本就是一种转折的标志;"叹"字领起当下自我情绪,"想"字标识着由我方时空转入对方时空,而"争知"又表明时空被切回了当下。在这些领头虚字的作用下,柳永的时空转换非常明晰,再加之"上片写景下片抒情"的结构,柳永仍然是表现一种线性的思绪过程,即黄雅莉指出的:"柳永善铺叙,但多是平铺直叙,一般为时空序列的结构,即按事情发生、发展的时空顺序来组织词作的结构,明白晓畅,但失之于平板单一而少变化。"①

采用"潜气内转"之法的清真词就突破了平板单一的局限,不以虚字连接时空转换是最明显的表现形式,这种硬接可以增添情感陡然一转的波折:

意　难　忘

衣染莺黄。爱停歌驻拍,劝酒持觞。低鬟蝉影动,私语口脂香。莲露滴,竹风凉。拚剧饮淋浪。夜渐深,笼灯就月,子细端相。　　知音见说无双。解移宫换羽,未怕周郎。长颦知有恨,贪耍不成妆。些个事,恼人肠。试说与何妨。又恐伊、寻消问息,瘦减容光。②

---

① 黄雅莉《宋词雅化的发展与嬗变——以柳、周、姜、吴为探究中心》,第367页。
②《清真集校注》,第24页。

全词主要内容是描摹歌妓样态,在"些个事"一句之前,皆为词家习见的静观女性之笔。然而从这句开始忽然宕开,在没有任何时间转换提示下突然从词中人端详女性转到词中人述说自身情感,瞬间点明这位男性词中人所在的空间依然是孤寂幽闭的,上文所写之欢娱场景皆是过往之回忆,如今已化作梦幻泡影。这便是潜气内转,过往的欢娱与此刻的幽独看似独立,实际有暗线相通。而两处时空并非按照上片过去、下片现在的结构分布,而是打破上下片对立,将过往的回忆一笔延伸至下片,在快要煞尾处方以雄健笔力凭空硬转,产生了更动人情的艺术效果。俞平伯《论诗词曲杂著》云:"(结句)一经点破,上文艳冶都化作深悲,而深悲仍出之以微婉。"①俞氏所谓微婉者,盖言词人在潜气内转后只是侧面点明词中人相隔天涯,并未进一步揭示究竟身在何处,也没有直接描摹当下情感活动,还是从对方着笔,在又一层转折中想君思我锦衾寒,迅速又发生了一次潜气内转。于是全词以今昔对比为总体结构,末尾突然接以传统"鄜州月夜型"之一部分,使得全词时空呈现过去那里——现在这里——现在那里的流转,词中人心已神驰到彼,而词则从对面飞来,故而可言之微婉,亦可见清真笔力。由于潜气内转融入了词人精深的思致,故而转折处的更动人情会依照题材与词情呈现出不同的情感深度,如下面这阕词就体现着凄厉而非微婉的艺术效果:

拜 星 月 慢

夜色催更,清尘收露,小曲幽坊月暗。竹槛灯窗,识秋娘庭院。笑相遇,似觉琼枝玉树相倚,暖日明霞光烂。水盼兰情,总平生稀见。　　画图中,旧识春风面。谁知道,自到瑶台畔。眷恋雨润云温,苦惊风吹散。念荒寒,寄宿无人馆。重门闭,败壁

---

① 俞平伯《论诗词曲杂著》,上海古籍出版社,1983年,第654页。

秋虫叹。怎奈向,一缕相思,隔溪山不断。①

此词在开篇一韵就点出月夜幽坊的时空,而下一韵则继续告知读者幽坊空间的主人是一位女性,词中人曾经来过这里,与这位秋娘有过一段往事。然而"竹槛灯窗"却使得时空有些恍惚,因为这并非是女性闺阁的常见景象,反倒是男性客馆的典型特征。词中人在接下来两韵中与秋娘重逢,梦想成真的喜悦使得他觉得今夜秋娘格外地光鲜美艳,甚至达到了平生稀见的迷人程度。然而这场重逢与上词一样终究是一场虚空,过片明显化用杜甫"画图省识春风面"一句,陡然告诉读者秋娘已经仙逝。"谁知道"一韵更进一步揭示出上片相逢的空间并非旧地闺阁,而是彼岸仙境。于是这阕词实际上是悼亡之作,词中人在梦中与秋娘夜月相逢,当梦中的甜蜜被荒寒的惊风吹散后,他猛然惊觉自己仍然处于幽闭的孤馆空间,于是上片令人恍惚的"竹槛灯窗"也就有了归宿。这阕词在结构上最大的亮点就是过片的潜气内转,周邦彦将事实包裹在典故之间,刚换头时并不能察觉到什么,但读完此韵后会突然惊悟杜甫的诗句,明白周邦彦已经不带任何铺垫地将美好赤裸裸地拆解,上片所叙其实是一场人鬼相逢,陡然生出浓重的凄厉甚至恐怖之感。

　　从对上面两阕词的分析中可以看出,清真词以潜气内转方式构建的词体章法结构打破了"上片写景下片抒情"的模式,景与情在文本中四散分布,不再有集中铺叙景或情的大段词句。不同的时空也不再随着思绪流转的线索有序转换,而是在不经意间陡然变化,当读者读竟转折处后方才能恍然大悟。这种章法结构具有显著的立体感,读者不能再像阅读直线型结构的柳词那样一歌到底,而是需要来回咀嚼玩味,方能明晓潜藏其间的线索,从而产生审美体验。于是词

---

① 《清真集校注》,第 202 页。

作成为一个不可被拆散的整体,若不综观全词则不能欣赏到其间的精妙,很难再像令曲或柳词那样可以通过摘录佳语妙句进行品鉴。这样一来,词人必须具备深厚的笔力、精深的思致以及对乐章撰制的专业技术,不然不能建造一件完整的玲珑七宝。从反面角度来说,词人也可以借助这种立体结构展示自己的高妙思力与丰富技巧,比如下面这阕《忆旧游》,或许是清真词中章法结构最为复杂的词篇:

忆　旧　游

记愁横浅黛,泪洗红铅,门掩秋宵。坠叶惊离思,听寒螀夜泣,乱雨萧萧。凤钗半脱云鬓,窗影烛花摇。渐暗竹敲凉,疏萤照晚,两地魂消。　　迢迢。问音信,道径底花阴,时认鸣镳。也拟临朱户,叹因郎憔悴,羞见郎招。旧巢更有新燕,杨柳拂河桥。但满眼京尘,东风竟日吹露桃。①

此词的时空结构特别繁复,乍一眼读过去会发现秋景与春景错杂其间,感觉十分凌乱,但若前后反复对读,则能寻觅到其间近乎现代性的奥妙。开篇冠以领字"记",领起下文的记忆场景。"愁横浅黛,泪洗红铅"自然是离别时佳人的愁容,但根据后文可以知道,此词与佳人相对应的时空是春日闺阁,而第一韵的最后一句"门掩秋宵"则是秋景,应是此词男性词中人所处的当下时空。这样来看,周邦彦不仅在韵与韵之间采用潜气内转之法,更打破了一韵为一个意义单元的习惯,一韵内部亦可以发生转折,从记忆时空硬转到当下,领字"记"并没有如传统那样领住全韵。实际上周邦彦在这里用倒装句法达到潜气内转的效果,全韵正常语序应为"门掩秋宵,记愁横浅黛,泪洗红铅",即秋宵孤馆引起了词中男性追忆往事。"坠叶"一韵承继上文转

---

① 《清真集校注》,第199页。

入的当下场景,铺陈出此刻的秋宵风物,实际上是在补叙兴起上韵回忆的原因。"凤钗"一韵又在没有任何提示下转变时空,这是词中人对此时此刻佳人模样与神态的设想,因为已是夜晚,故而她半脱云鬟,即将入睡,但应该也对着半明半暗的烛光难以入眠,思念着远方的我吧。上片最后一韵由"渐"字领起,"暗竹敲凉,疏萤照晚"并非专指对方或己方,而是两地之共态。最后一句"两地魂消"既收束末韵,更绾合上片,暗示全词主旨就是赋咏两地各自的相思,于是上片时空于两地来回跳跃的原因即可明了。

过片并未发生时空转变,而是承接上片孤馆思人的情绪,让词中男性发出问候现状的声音。从"道径底花阴"一句开始,时空突然间发生混乱,当下明明秋意未浓,但其后却突然跳至春意阑珊。这是因为周邦彦又在一韵内部采用潜气内转手法,而且扩展了领字的领起容量。"问音信"一句显然是男问女之辞,而"道"字往下则是女答男的内容,两句的主语已经悄悄变换,但却又合乎文脉。"道"字其实是一个领字,从此开始一直到全词最后一句,都被这个"道"字领起,而词句的内容则是女性对男性的回答。但这段回答却还是男性的设想之辞,即代佳人立言,想象佳人思我之场景。不过这种思妇怀远的场景为词中习见,多是幽闭在闺阁的女子面对春日的艳阳芳草,产生伤怀念远的情绪,于是"道"字领起的部分就自然地转到用传统词笔描绘闺中女性于暮春之时的所见所感,也就与当下秋晚并不矛盾。这种结构布局与宋画中习见之重屏图同一机杼。画中的室内场景本来没有可以施展山水技巧的空间,但画家却巧妙地运用屏风这一载体,在屏风上作一山水,从而于室内静物之外一展山水画技。相应地,此词的预设时空为初秋客馆,看似只能运用游子悲秋的技巧,不能体现描摹伤春的功夫。然而周邦彦巧妙运用"鄜州月夜型"结构中的设想手段,凭空生出一封回信,以之作为铺叙伤春内容的载体,从而可以在一词之中同时出现伤春悲秋两种情感,最大限度地展示自己的填词技巧。此词体现的章法结构极为工巧精细,不仅需要词人的雄厚才思,更需要细密的布局与精巧的打磨,才能在时空错综方面完全成熟地展现了叶嘉莹提出的梦窗词之现代性[①]。当然,要想达到如此"潜气内转"的艺术高度,必然要对于词体各方面的艺术技巧都极其熟稔,故而将"潜气内转"视为周邦彦集大成地位的代表,当不为过。

在"潜气内转"之法的运用下,清真词标志着词体文学在章法结构方面已经进入了极其工的时代。这些词篇承载的情感并不是天涯游子在羁旅孤馆中产生的瞬间情绪,所以它们不会是一时兴起而题于壁上的作品,更可能是沉潜数日后在案头仔细构思出来的,也可能是与南宋词社相仿的切磋词艺之产物。但不管是哪种可能,这些词作的写作目的并非简单地抒发自我情感或即席付与歌女演唱,而是可供自己或三五好友在日常无事之时反复把玩欣赏的艺术品。但最后需要指出的是,大晟词人的作品在愈发精工的章法结构与"潜气内转"的转接手法等方面完全与清真词互通,如今存曹组《蓦山溪》(草薰风暖)、万俟咏《三台·清明应制》等。这是徽宗朝京城词人群体的共同艺术特征,也符合在徽宗文艺路线指导下出现的重样制精致、轻个性情感表达的京城文艺共性。只是缘于经典化历程中的不同命运,大晟词人今日存词极少,故而造成了"潜气内转"是周邦彦一人独尊的印象。

[①] 叶嘉莹在《拆碎七宝楼台——谈梦窗词之现代观》一文中指出了梦窗词近于现代化的两种特征:"其一是他的叙述往往使时间与空间为交错之杂揉;其二是他的修辞往往凭一己之感性所得,而不依循理性所惯习知的方法。"其后叶嘉莹分别详细论述了二者的具体表现,从中可以看出有意以思力设置的时空混乱与百余年前的清真词完全一致,故而叶嘉莹总结的第一条现代性特征就是从周邦彦那里开始,另一条则是吴文英借鉴李贺、李商隐诗做出的变化。参见《迦陵论词丛稿》,北京大学出版社,2008年,第117—122页。

结　语

　　唐宋词体发轫于世俗里巷,而与之相配合的音乐又大量来源西域,因此词体的由俗入雅就成为贯穿词史的主题。文人士大夫在染指词体文学之初就开始了雅化实践,他们不仅致力于将词体文学世界由世俗社会提升到自我群体生命空间,也为音乐领域的正声事业而努力。词体雅化便是在字面、内容、章法、音乐、词人等多重领域共同完成的由胡入华、由俗入雅的尊体过程。自花间时代以来,词人在雅化路程上或执一端,或兼数者,扮演的角色虽不尽相同,但最终的精神旨归却是一致的。这对于柳永来说同样也是如此,正所谓雅有小大、乐因时异,北宋世俗社会最流行的曲调不再是已受诗客雅化的唐五代令曲,而是拥有新唱法、新乐声的慢词,从而柳永的"代歌妓立言"之词并非是把已经开始雅化的词体重新市场化、世俗化,而是主动触及时代新声,并将文人士大夫的雅化思想引入其间,丰富了雅词的文体范式。不仅如此,柳永还选择了与令曲雅化不同的思路,若说令曲雅化偏向于风诗与小雅的怨刺传统,慢词则逐渐走上了大雅与颂的美颂道路,成为宋词发展的两条线索,最终皆在徽宗朝政和二年得以大成,随即逐渐相互交融并生发出新的分支。因此从这个意义上来说,南宋雅词当然存在,以姜夔、吴文英等词人作为南宋雅词的代表亦无问题,但是若以之认为南宋词坛存在着一个独以醇雅为追求、为特色的风雅或典雅词派则未是,姜吴诸人只是两宋词体雅化进程中的自然阶段,是诸多雅词面貌的一相而已,只是他们的词作包含的雅词意蕴最为丰富。

　　词体雅化的实质内容是将原本抒发世俗民众生活与情感的文体转变为抒发上层社会特别是士大夫的生活与情感,文本的精神风貌与审美趣味也由之发生相应转换,从而雅化的方式其实就是"以诗为词"。从白居易与刘禹锡的词体写作及其围绕《春词》的诗词唱和即可看出,文人士大夫初步染指词体之时,就是以自己熟习的诗体经验为创作依凭。不过在传统词论中,"以诗为词"主要被用来衡说东坡词与苏门词法,以至于这一命题在宋元以后逐渐成为词学效苏者的专属。但如此一来也就产生了局限,难道其他词人就没有"以诗为词"么?夏承焘就出乎其外地指出姜夔以江西诗派瘦硬之法入词,以成其词之特殊面貌,故而学者近年来将"以诗为词"命题移之姜吴诸人,逐渐认识到这也是贯穿词体雅化史的重要现象。如郭锋即云:"宋人也是用作诗的方法、心态来填词的,诗情词意完全一致。我们从唐宋诗学上说明诗学对词学的影响作用,首先是创作层面上以诗为词手法的广泛运用;其次是理论上的渗透,词学理论往往来自诗学,而连接词学概念的逻辑关系也出自诗学,占据宋诗主流派别江西诗派对于宋代词学影响较大;再次宋代词学的理论体系也来自唐宋诗学,来自江西诗派。"并由此进一步判断:"我们阅读南宋雅词流派作者的词集,发现他们确实是以作诗的心态来填词的。"[1]这种创作观念在词学领域便表现为"以诗衡词",陈福升在探讨柳永与周邦彦接受史后即认为:"宋人对诗、词的体性和功能早有区分,认为'诗庄词媚''诗言志而词言情',显然两种文学体裁各有所长。但是纵览千年词史的流变,词学批评以致词作的创作上却明显地表现出向诗看齐的倾向。"这便是"词的鉴赏、批评深受诗论的影响,一直存在以诗衡词的倾向"[2]。

---

[1] 郭锋《清空:宋代词学的创作风格》,高等教育出版社,2016年,第334页。
[2] 陈福升《繁华与落寞:柳永、周邦彦词接受史研究》,北京大学出版社,2016年,第278页。

尽管"以诗为词"是通贯词史的命题,但是并不能笼统地以之概括所有词人的雅化尝试,用来入词的诗体是随着词史的发展而变化的。在花间时代,诗客根据艳情主题与贵戚宴饮写作场合选择以宫体诗、晚唐艳情诗为词;南唐词人则在此基础上选择以晚唐诗为词,尤以李商隐、温庭筠为甚,进一步消解艳情主题的艳俗色彩;这种诗料选择在西昆体大昌的北宋初年进一步深化,使得以晚唐诗为词被确立为词体写作的一种本色传统。与西昆体相应,宋初另一种诗歌写作思潮白体诗也深刻影响到了词体,特别是士大夫词人的写作,白居易与杜甫的诗句越来越多地出现在乐章中,又开启了宋人以本朝诗入词的法门,成为词体雅化的另一种方式。于是宋诗好为议论与日常化的性格也就成为一种雅词样制,分别与之相关的"以文为词"与疏离政治的林泉主题也就应运而生,二者其实皆是"以宋诗为词"的不同表现。当词体雅化发展到这一阶段时,自然而然就会产生两种相对的观念:一是继续深化"以诗为词",将乐府诗教传统全面融于词体,以至于词体从创作到批评与诗愈发趋同,诗词除了形式上的齐言杂言之分外,并没有任何区别;一是在"以诗为词"的基础上强调词体的文体个性与自我传统,不能因"以诗为词"的雅化手段而丢弃词体的本来属性,比如作为音乐文学的音律特征、主情致的书写传统以及精工的章法、结构。这便是"词别是一家"说的精神,是词体雅化的多元路径相互碰撞而成的一条雅词趋势。

就词体雅化的主要发生场所而言,除了贵戚与士大夫的私第宴饮之外,宫廷同样是重要的雅词空间,活动其间的帝王与专业词人扮演了至关重要的雅化角色。设立于开元、天宝年间的梨园便是较早的一次宫廷干预词体雅化的行为,唐玄宗凭借政治权力与艺术修养,领导制作了融合新兴燕乐与清商旧乐的法部诸曲,初步涉及了属于词体文学的华夏之声。当然,唐玄宗的梨园始终停留在燕乐层面,并没有触及宫廷雅乐系统,这项使命在有宋雅乐的制作需求下被接续由于北宋宫廷音乐机构具有雅俗混杂的性质,故而当宋真宗首次大举礼乐之时,世俗社会流行的慢曲便获得了雅化契机。宫廷对于词体雅化的推动大成于徽宗朝,不仅其时的京城词人群体创作了精工的慢词样制,并成为后世专业词人的典范,而且成功制作的大晟雅乐更为词坛提供了官方音乐标准。姜夔于《大乐议》中指出:"绍兴大乐,多用大晟所造。"①可见就是到了南宋,大晟雅乐依然保持着中央认可之音乐基础的地位。就诗教中的"雅正"一语而言,除了情感的平和中正之外,道德立场下的正邪之辨是另一种重要范畴,而先王之命则是判别正邪的最重要标准,是故以复归三代为旗号而制作的有宋之乐大晟雅乐从其诞生之日起就带上了王朝正声的性质,终南宋一朝皆未改变,也就更会被南宋遗民自然地视作象征故国的乐声。张炎便在《词源》卷下的开篇如是云:

> 古之乐章、乐府。乐歌、乐曲,皆出于雅正。粤自隋、唐以来,声歌间为长短句。至唐人则有尊前、花间集。迄于崇宁,立大晟府,命周美成诸人讨论古音,审定古调,沦落之后,少得存者。由此四十八调之声稍传。而美成诸人又复增演慢曲、引、近,或移宫换羽,为三犯、四犯之曲,按月律为之,其曲遂繁。美成负一代词名,所作之词,浑厚和雅,善于融化词句,而于音谱,且间有未谐,可见其难矣。②

这样来看,张炎的雅词立场其实非常鲜明,他就是将宫廷雅乐视作乐章之正源。这种雅正之词从唐人开始逐渐沦丧,直至大晟雅乐出现才重新获得以正天下的宫廷雅乐,南宋歌词之声律曲调皆由大晟而

---

① 《宋史》卷一三一乐六,第3050页。
② 张炎《词源》卷下,第255页。

出。是以张炎所谓之雅词,不仅是与世俗对立之雅,也是符合帝王意志与宫廷文艺趣味的国家之正,于是他才会同时强调字面和雅、情感中正与严守音律。张炎在《词源》中多次透露着这种双重雅词内涵,如"簸弄风月,陶写性情,词婉于诗。盖声出莺吭燕舌间,稍近乎情可也。若邻乎郑卫,与缠令何异也"①、"词欲雅而正,志之所之,一为情所役,则失其雅正之音"②等论述即是如此,其间既有词主情致与情感中正等南宋雅词共识,亦包括对宫廷乐声的强调,盖其求雅乃一种姿态、一种格调,乃从有宋之正声而来,不同于蛮夷,亦不同于草民。这样来看,张炎对于大晟雅乐的恪守,尊奉以大晟词人为代表的徽宗京城词人群体为前代经典也就理所当然,他其实是在李清照勾勒出的两条词史脉络中做出了选择。

由于大晟雅乐是有宋宫廷正声,故而张炎对于大晟乐律的坚守也包含着作为遗民的他保留故国文献、记忆故国往事之强烈意愿。《词源》成稿于宋亡三十余年之后,此时的张炎已不再有亡国之初北上求官的意愿,只是漂泊于两浙湖山之上,遗民心态愈发浓厚。所以他在《词源》卷下开篇发出之"今老矣,嗟古音之寥寥,虑雅词之落落"③的感叹,自然饱含着遗民对于故国文化也随着政权一并沦丧的痛楚。陆文圭所作《词源》跋语有云:"淳祐、景定间,王邸侯馆,歌舞升平,居生处乐,不知老之将至。梨园白发,濛宫蛾眉,余情哀思,听者泪落。君亦因是弃家,客游无方,三十年矣。昔柳河东铭姜秘书,悯王孙之故态,铭马淑妇,感讴者之新声,言外之意,异世谁复知者。"④无疑是同代之人感同身受的细推之语,诚可作为张炎雅词论背后蕴含的遗民心态之注脚。陆文圭的跋语还透露着不仅宫廷正声是

---

① 张炎《词源》卷下,第263页。
② 同上书,第266页。
③ 同上书,第255页。
④ 同上书,附跋,第269页。

故国的象征,张炎推尊的雅词内容也是重要的往事记录。赋咏升平的颂体之词是张炎远祖的经典徽宗朝京城词人群体最主要的题材,这在前后历史大环境之下来看,当然有粉饰太平、服务皇权之嫌;而张炎自己在宋亡前的词体写作则多是贵戚公子富贵风雅生活的记录,同样也会遭致后人醉生梦死、不顾家国之讥。但是对于刚刚经历板荡的士人来说,并不会对这些内容抱以太多的道德指责,反倒是将之视作弥足珍贵的承平记忆。这种心态在南渡之初便有先例,陆游《晁伯咎诗集序》中云:"其名章秀句,传之士大夫,皆以为有承平台阁之风。盖晁氏自文元公以大手笔用于祥符、天禧间,方吾宋极盛时,封太山、礼百神、歌颂德业,冶金伐石,极文章翰墨之用。汪洋渟潴,五世百余年,文献相望,以及建炎、绍兴,公独殿其后。"①真宗的天书封禅在当时即被人视作一场政治闹剧,但陆游却于南渡之后对当时歌功颂德的应制文学予以承平台阁可观极盛的评价,明确展现出颂体之词在亡国后拥有的浓郁追忆意义。陆游曾多次表达过这种观念,其《跋吕侍讲岁时杂记》亦云:"承平无事之日,故都节物及中州风俗,人人知之,若不必记。自丧乱来七十年,遗老凋落无在者,然后知此书之不可阙。吕公论著,实崇宁、大观间,岂前辈达识,固已知有后日耶?然年运而往,士大夫安于江左,求新亭对泣者,正未易得。抚卷累欷。"②这段话与宋亡之后的遗民心态完全一致,是故以铺叙繁华、吟咏节序见长的专业词人之京城雅词便亦是不可阙的承平文字,张炎在《词源》以周邦彦为远祖,以姜夔为当代典范的论述既符合自己两浙贵戚的词学趣味,亦是表达故国之思的需要。尽管这样一来,张炎确实首次勾勒出了一个风雅或典雅词派的轮廓,但其后世构建的性质亦非常鲜明,并不能以之而言在当日便存在着一个自觉意识

---

① 陆游《渭南文集》卷一四,《陆游集》,中华书局,1976年,第2100页。
② 同上书,卷二九,第2252页。

的周姜词派,不用说姜夔根本没有这样的想法,就是张炎自己在亡国前的词学活动也不尽符合《词源》所述的相关要求。至于朱彝尊等人因推尊乡党及建立清代浙西词派的需要,从而片面择取张炎之说并尤重姜夔,捻出一条浙西词统,则是后话了。

综观本书讨论的真宗至高宗朝的词坛生态与词体雅化进程,其实融合了两种彼此相对的文学史叙述模式——社会历史模式与文体内在生命模式。强调知人论世的中国传统文论主要是以社会历史模式建构批评话语,传统词学也概莫能外,最重要的词史论述框架"词分南北"便是典型的社会历史叙述模式,即以王朝更替作为词史分期断限。但这种单一的叙述模式遮蔽了词体文学自身发展的内在逻辑,将完整连贯的"徽宗—钦宗—高宗"三朝词史脉络割裂为二,如此苏门词法在徽宗朝地方词坛即已蔚然成风的现象隐而不显,同时以大晟词人为代表的徽宗朝京城词人群体对词体雅化发展的独特意义也被削弱。词体文学在南宋时代,其内在逻辑支配下的自我生命尚未发展到词人从前代创作经验中可以总结出所有技法、风格的阶段,新的文体生命质素还在不断涌现。姜吴也好,辛刘也罢,都是徽宗朝词坛确立的雅词传统于南宋孝宗中兴时代的继续嬗变,他们共同构成了南宋雅词的面貌,并没有一位自觉建立派系意识的人物出现。这与清代浙西词派、常州词派等完全不同,在朱彝尊的时代,词体文学的所有花样都可以从前代作品中总结出来,词家填词皆是从前辈词人间选取宗主而参杂诸家,以求在一种境界内达到圆融,是故才有建立词统、开宗立派的必要。词体于宋于清,实际上是两种不同性质的生命存在。

对于"婉约豪放"来说,当是文体内在生命模式下构建的论述框架,但其是从"词分南北"延伸出来的,故而在探讨孰为婉约孰为豪放时非常受政治因素影响。这无疑落入了又一个困局,过于简单地在社会历史与文体内在生命间寻找联系,从而产生了更为简单直白的豪放词派与婉约词派的二元框架,南宋雅词也就被简单化地论述为姜吴诸家的婉约词法,以苏门群体为代表的士大夫词为雅化所作的努力及其在雅词中无可替代的地位即无从说起。实际上外部环境与内在生命是一种复杂的结合,不能因社会历史变迁而忽略文体自身发展规律,也不能过分强调文体特性而不顾文体置身其间的社会历史变迁。本书的论述即是基于这种理念,既试图揭示徽宗朝在词史脉络中奠定传统的经典地位,亦从身份转换的角度分析南宋词人多元化的词体写作。不过本书依然存有社会历史模式的局限,通篇以朝野离立作为叙述框架还是沿用了以党争把握宋代文史脉络的模式,这无疑又是一种新的二元对立。对于宋代文学研究来说,特别是南宋文学,突破党争视阈的思维模式,重新划分并定义意义单元,应是寻觅新现象、获得新理解新认识的一种路径。当然,这是需要继续努力的课题了。

参考书目

白居易.白居易集[M].顾学颉校点.北京:中华书局,1979.

百岁老人袁褧.枫窗小牍[M].俞纲、王彩艳整理.//上海师范大学古籍整理研究所.全宋笔记(第四编第五册).郑州:大象出版社,2008.

包弼德.斯文:唐宋思想的转型[M].刘宁译.南京:江苏人民出版社,2001.

包伟民.宋代城市研究[M].北京:中华书局,2014.

保苅佳昭.新兴与传统:苏轼词论述[M].上海:上海古籍出版社,2005.

北京大学古文献研究所.全宋诗[M].北京:北京大学出版社,1996.

蔡凌.苏轼以文为词研究[D].贵州:贵州大学,2007.

蔡嵩云.柯亭词论[M].//唐圭璋.词话丛编.北京:中华书局,1986.

蔡絛.铁围山丛谈[M].冯惠民点校.北京:中华书局,1983.

曹辛华,张幼良.中国词学研究[M].福州:福建人民出版社,2006.

柴望.柴氏四隐集[M].//四川大学古籍整理研究所.宋集珍本丛刊(第86册).北京:线装书局,2004.

昌庆志.北宋馆阁文人词创作研究[M].合肥:黄山书社,2014.

常德荣.宋代宫词刍论[J].安徽大学学报(哲学社会科学).2011,2.

晁补之.晁氏琴趣外篇[M].刘乃昌校注.上海：上海古籍出版社,1991.

晁说之.晁氏客语[M].黄纯艳整理.//朱易安、傅璇琮等.全宋笔记(第一编第十册).郑州：大象出版社,2003.

晁说之.嵩山文集[M].四部丛刊续编.

车锡伦,刘晓静."小唱"考[J].中华戏曲.2007,1.

陈昌强.南北宋之争与清代浙西词派的演进[J].南京大学学报(哲学·人文科学·社会科学).2014,4.

陈匪石.宋词举[M].南京：江苏古籍出版社,2002.

陈福升.繁华与落寞：柳永、周邦彦词接受史研究[M].北京：北京大学出版社,2016.

陈傅良.陈傅良诗集校注[M].郁震宏校注.杭州：浙江古籍出版社,2010.

陈鹄.西塘集耆旧续闻[M].郑世刚点校.北京：中华书局,2002.

陈景沂.全芳备祖[M].北京：农业出版社,1982.

陈均.皇朝编年备目纲要[M].许沛藻,金圆,顾吉辰,孙菊园点校.北京：中华书局,2006.

陈亮.陈亮龙川词笺注[M].姜书阁笺注.北京：人民文学出版社,1980.

陈亮.龙川集[M]//四川大学古籍整理研究所.宋集珍本丛刊(第65册).北京：线装书局,2004.

陈师道.后山诗话[M]//何文焕.历代诗话.北京：中华书局,1981.

陈师道.后山诗注补笺[M].任渊注,冒广生补笺,冒怀辛整理.北京：中华书局.1995.

陈书良.江湖——南宋"体制外"平民诗人研究[M].北京：中国

国际广播出版社,2013.

陈苏镇.两汉魏晋南北朝史探幽[M].北京:北京大学出版社,2013.

陈廷焯.白雨斋词话全编[M].北京:中华书局,2013.

陈维崧.湖海楼词集[M].四库备要.

陈未鹏.宋词与地域文化[D].苏州:苏州大学,2008.

陈旸.乐书[M]//景印文渊阁四库全书(211).上海:上海古籍出版社,1987.

陈与义.陈与义集校笺[M].白敦仁校笺.杭州:浙江古籍出版社,2014.

陈元锋.北宋馆阁翰苑与诗坛研究[M].北京:中华书局,2005.

陈元靓.岁时广记[M].北京:中华书局,1985.

陈垣.二十史朔闰表[M].北京:古籍出版社,1956.

陈振孙.直斋书录解题[M].徐小蛮,顾美华点校.上海:上海古籍出版社,2015.

陈子龙.幽兰草[M].沈阳:辽宁教育出版社,2000.

成明明.北宋馆阁与文学研究[M].北京:中国社会科学出版社,2007.

程大昌.演繁露[M].许沛藻,刘宇整理.//上海师范大学古籍整理研究所.全宋笔记(第四编第八册).郑州:大象出版社,2008.

崔敦诗.西垣类稿[M].//续修四库全书(1318).上海:上海古籍出版社,2002.

村上哲见.宋词研究[M].杨铁婴,金育理,邵毅平译.上海:上海古籍出版社,2012.

道元.景德传灯录[M].朱俊红点校.海口:海南出版社,2011.

邓椿.画继校注[M].刘世军校注.桂林:广西师范大学出版社,2015.

邓广铭.宋朝的家法和北宋政治改革运动[J].中华文史论丛.1985,3：85—90.

邓乔彬.词学廿论[M].上海：上海古籍出版社,2005.

邓廷桢.双砚斋词话[M].//唐圭璋.词话丛编.北京：中华书局,1986.

邓小南.祖宗之法：北宋前期政治述略(修订版)[M].北京：生活·读书·新知三联书店,2014.

邓子勉.论山谷词[J].南阳师范学院学报(社会科学版).2003,1：55—59.

邓子勉.宋金元词籍文献研究[M].上海：上海古籍出版社,2009.

刁忠民.宋代台谏制度研究[M].成都：巴蜀书社,1999.

杜甫.杜诗详注[M].仇兆鳌注.北京：中华书局,1979.

范公偁.过庭录[M].储玲玲整理.//上海师范大学古籍整理研究所.全宋笔记(第六编第五册).郑州：大象出版社,2013.

范镇.东斋记事[M].汝沛点校.北京：中华书局,1980.

范仲淹.范文正公集[M].四部丛刊.

方诚峰.北宋晚期政治体制与政治文化[M].北京：北京大学出版社,2015.

方勺.泊宅编[M].许沛藻,杨立扬点校.北京：中华书局,1983.

方笑一.两宋之际的学派消长与学术变局[J].学术月刊.2013,2.

房日晰.论宋词的唐调与宋腔[J].文艺研究.2013,10.

费衮.梁溪漫志[M].金圆校点.上海：上海古籍出版社,1985.

冯金伯.词苑萃编[M].//唐圭璋.词话丛编.北京：中华书局,1986.

冯乾.清词序跋汇编[M].南京：凤凰出版社,2013.

冯延巳.阳春集校注[M].黄畬校注.天津：天津古籍出版社,1993.

符继成,赵晓岚.词体的唐宋之辨：一个被冷落的词学命题[J].

文艺研究.2013,10.

符继成.走向南宋:"贺周"词与北宋后期文化[D].长沙:湖南师范大学,2010.

傅增湘.宋代蜀文辑存[Z].北京:北京图书馆出版社,2005.

高晦叟.珍席放谈[M].孔凡礼整理.//朱易安、傅璇琮等.全宋笔记(第三编第一册).郑州:大象出版社,2003.

高儒.百川书志[M].上海:古典文学出版社,1957.

葛洪.西京杂记[M].北京:中华书局,1985.

葛晓音.汉唐文学的嬗变[M].北京:北京大学出版社,1990.

龚明之.中吴纪闻[M].张剑光整理.//朱易安、傅璇琮等.全宋笔记(第三编第七册).郑州:大象出版社,2008.

顾易生.关于李清照《词论》的几点思考[J].文学遗产.2001,3.

郭锋.清空:宋代词学的创作风格[M].北京:高等教育出版社,2016.

郭麐.灵芬馆词话[M].//唐圭璋.词话丛编.北京:中华书局,1986.

郭茂倩.乐府诗集[M].北京:中华书局,1979.

韩经太.韩经太古典文学论集[M].北京:北京语言大学出版社,2012.

韩梅.唐宋词与唐宋文人日常生活[D].杭州:浙江大学,2007.

韩琦.安阳集[M].//四川大学古籍整理研究所.宋集珍本丛刊(6).北京:线装书局,2004.

韩元吉.南涧甲乙稿[M].北京:中华书局,1985.

何薳.春渚纪闻[M].张明华点校.北京:中华书局,1983.

贺铸.东山词[M].钟振振校注.上海:上海古籍出版社,1989.

洪迈.容斋随笔[M].上海:上海古籍出版社,1978.

洪迈.夷坚志[M].何卓点校.北京:中华书局,1985.

洪适.盘洲文集[M].//四川大学古籍整理研究所.宋集珍本丛刊(45).北京:线装书局,2004.

洪兴祖.楚辞补注[M].黄灵庚点校.上海:上海古籍出版社,2015.

胡劲茵.北宋徽宗朝大晟乐制作与颁行考议[J].中山大学学报(社会科学版).2010,2.

胡劲茵.从大安到大晟——北宋乐制改革考论[D].广州:中山大学历史学系,2010.

胡铨.斐然集[M].容肇祖点校.北京:中华书局,1993.

胡适.白话文学史[M].上海:上海古籍出版社,1999.

胡适.词选[M].北京:中华书局,2007.

胡仔.苕溪渔隐丛话[M].北京:人民文学出版社,1962.

黄纯艳."汉唐旧疆"话语下的宋神宗开边[J].历史研究.2016,1.

黄公度.知稼翁集[M].//四川大学古籍整理研究所.宋集珍本丛刊(44).北京:线装书局,2004.

黄海.宋南渡词坛研究[D].杭州:浙江大学,2004.

黄裳.演山先生文集[M].//四川大学古籍整理研究所.宋集珍本丛刊(24).北京:线装书局,2004.

黄庭坚.黄庭坚全集[M].刘琳,李勇先,王蓉贵校点.成都:四川大学出版社,2001.

黄庭坚.山谷词校注[M].马兴荣,祝振玉校注.上海:上海古籍出版社,2011.

黄庭坚.山谷诗集注[M].任渊,史容,史季温注,刘尚荣校点.上海:上海古籍出版社,2003.

黄庭坚.宜州家乘[M].黄宝华整理.//朱易安、傅璇琮等.全宋笔记(第二编第九册).郑州:大象出版社,2006.

黄文吉.黄文吉词学论集[M].台北:学生书局,2003年.

黄文吉.宋南渡词人[M].台北：学生书局,1985.

黄休复.茅亭客话[M].赵维国整理.//朱易安、傅璇琮等.全宋笔记(第二编第一册).郑州：大象出版社,2006.

黄雅莉.宋词雅化的发展与嬗变——以柳、周、姜、吴为探究中心[M].台北：文津出版社,2002.

黄以周等.续资治通鉴长编拾补[M].顾吉辰点校.北京：中华书局,2004.

黄艺鸥.北宋音乐编年史[D].上海：上海音乐学院,2013.

惠洪.冷斋夜话[M].黄宝华整理.//朱易安、傅璇琮等.全宋笔记(第二编第九册).郑州：大象出版社,2006.

吉川幸次郎.宋元明诗概说[M].李庆、骆玉明等译.上海：复旦大学出版社,2012.

江少虞.宋朝事实类苑[M].上海：上海古籍出版社,1981.

江顺怡.词学集成[M].//唐圭璋.词话丛编.北京：中华书局,1986.

姜斐德.宋代书画中的政治隐情[M].北京：中华书局,2009.

蒋哲伦.《石林词》和南渡前后的词风转变[J].文学评论.1985,5.

蒋哲伦,杨万里.唐宋词书录[M].长沙：岳麓书社,2007.

焦循.雕菰楼词话[M].//唐圭璋.词话丛编.北京：中华书局,1986.

金恩景.苏门四学士词学研究[D].上海：复旦大学,2010.

金国正.南宋孝宗词坛研究[M].上海：上海人民出版社,2011.

金启华,张惠民等.唐宋词集序跋汇编[M].南京：江苏教育出版社,1990.

久保田和男.宋代开封研究[M].郭万平译.上海：上海古籍出版社,2009.

康瑞军.宋代宫廷音乐制度研究[M].上海：上海音乐学院出版社,2009.

孔安国传,孔颖达正义.尚书正义[M].黄怀信整理.上海:上海古籍出版社,2007.

孔凡礼.苏轼年谱[M].北京:中华书局,1998.

孔平仲.谈苑[M].池洁整理.//朱易安、傅璇琮等.全宋笔记(第二编第五册).郑州:大象出版社,2006.

况周颐.蕙风词话[M].//唐圭璋.词话丛编.北京:中华书局,1986

李秉忠.也论宋词的"豪放派"与"婉约派"——兼评吴世昌先生等人的观点[J].山西师大学报(社会科学版).1988,1.

李朝军,毛晓华.晁端礼年谱[M].河南教育学院学报.2006,1.

李朝军.柳永传人与大晟词人——试论晁端礼词[M].宁夏大学学报(人文社会科学版).2005,4.

李处权.崧庵集[M].//景印文渊阁四库全书(1135).上海:上海古籍出版社,1987.

李飞跃.唐宋词体名词考诠[M].北京:文化艺术出版社,2015.

李格非.洛阳名园记[M].孔凡礼整理.//朱易安、傅璇琮等.全宋笔记(第三编第一册).郑州:大象出版社,2008.

李贵.中唐至北宋的典范选择与诗歌因革[M].上海:复旦大学出版社,2012.

李华瑞."唐宋变革"论的由来与发展[C].天津:天津古籍出版社,2010.

李璟,李煜.南唐二主词校订[M].无名氏辑.王仲闻校订.北京:中华书局,2007.

李朴.丰清敏公遗事[M].燕永成整理.//朱易安、傅璇琮等.全宋笔记(第二编第八册).郑州:大象出版社,2006.

李清照.李清照集笺注[M].徐培均笺注.上海:上海古籍出版社,2002.

李清照.李清照集校注[M].王仲闻校注.北京：人民文学出版社，2012.

李焘.续资治通鉴长编[M].北京：中华书局，2004.

李调元.雨村词话[M].//唐圭璋.词话丛编.北京：中华书局，1986.

李心传.建炎以来朝野杂记[M].徐规点校.北京：中华书局，2000.

李心传.建炎以来系年要录[M].胡坤点校.北京：中华书局，2013.

李攸.宋朝事实[M].北京：中华书局，1985.

李幼平.大晟钟与宋代黄钟音高标准研究[M].上海：上海音乐学院出版社，2004.

李昭玘.乐静先生李公文集[M].//四川大学古籍整理研究所.宋集珍本丛刊(27).北京：线装书局，2004.

李之仪.姑溪居士文集[M].//四川大学古籍整理研究所.宋集珍本丛刊(27).北京：线装书局，2004.

厉鹗.厉鹗集[M].罗仲鼎，俞浣萍点校.杭州：浙江古籍出版社，2016.

廉布.清尊录[M].汤勤福，张丽整理.//上海师范大学古籍整理研究所.全宋笔记(第四编第三册).郑州：大象出版社，2008.

梁葆莉.宋代祝颂词研究[D].北京：北京师范大学，2007.

梁建国.朝堂之外：北宋东京士人交游[M].北京：中国社会科学出版社，2016.

梁启勋.词学[M].北京：中国书店，1985.

梁清远.雕丘杂录[M].//续修四库全书(1135).上海：上海古籍出版社，2002.

林萃青.宋代音乐史论文集：理论与描述[M].上海：上海音乐学

院出版社,2012.

凌廷堪.梅边吹笛谱[M].北京:中华书局,1985.

刘攽.彭城集[M].上海:商务印书馆,1937.

刘攽.中山诗话[M].//何文焕.历代诗话.北京:中华书局,1981.

刘崇德,龙建国.姜夔与宋代词乐[M].南昌:江西高校出版社,2006.

刘方.唐宋变革与宋代审美文化转型[M].上海:学林出版社,2009.

刘佳.不边之边:明代诗体观念研究[D].上海:复旦大学,2018.

刘俊文,黄约瑟.日本学者研究中国史著选译[C].北京:中华书局,1992.

刘克庄.后村题跋[M].北京:中华书局,1985.

刘克庄.刘克庄集笺校[M].辛更儒笺校.北京:中华书局,2011.

刘少雄.词学文体与史观新论[M].台北:里仁书局,2010.

刘少雄.会通与适变——东坡以诗为词问题新诠[M].台北:里仁书局,2006.

刘少雄.南宋姜吴典雅词派相关词学问题之探讨[M].台北:台湾大学文学院,1995.

刘熙载.艺概注稿[M].袁津琥校注.北京:中华书局,2009.

刘昫.旧唐书[M].北京:中华书局,1975.

刘学.曹组曹勋父子词合论[J].长沙理工大学学报(社会科学版).2007,3.

刘扬忠.唐宋词流派史[M].福州:福建人民出版社,1999.

刘义庆,刘孝标注.世说新语笺疏[M].余嘉锡笺疏.北京:中华书局,2007.

刘永济.词论[M].北京:中华书局,2010.

刘永济.唐五代两宋词简析[M].北京:中华书局,2010.

刘禹锡.刘禹锡集[M].卞孝萱等点校.北京：中华书局,1990.

刘再生.中国古代音乐史简述[M].北京：人民音乐出版社,1989.

刘珍等.东观汉记校注[M].吴树平校注.北京：中华书局,2008.

刘子健.两宋史研究汇编[M].台北：联经出版事业公司,1987.

刘子健.中国转向内在：两宋之际的文化内向[M].赵冬梅译.南京：江苏人民出版社,2002.

刘尊明,甘松.唐宋词与唐宋文化[M].南京：凤凰出版社,2009.

刘尊明,田智会.试论周邦彦词的传播及其词史地位[J].文学遗产.2003,3.

刘尊明,王兆鹏,曹济平,曾朝岷.全唐五代词[M].北京：中华书局,1999.

刘尊明,王兆鹏.唐宋词的定量分析[M].北京：北京大学出版社,2012.

柳立言.何谓"唐宋变革"[J].中华文史论丛.2006,1.

柳永.乐章集校注(增订本)[M].薛瑞生校注.北京：中华书局,2012.

龙建国.唐宋音乐管理与唐宋词发展研究[M].天津：南开大学出版社,2012.

龙榆生.词曲概论[M].北京：北京出版社,2014.

龙榆生.词学季刊[Z].北京：国家图书馆出版社,2015.

龙榆生.龙榆生学术论文集[M].上海：上海古籍出版社,2017.

楼钥.楼钥集[M].顾大朋点校.杭州：浙江古籍出版社,2010.

陆龟蒙.甫里先生文集[M].四部丛刊本.

陆心源.皕宋楼藏书志[M].北京：中华书局,1990.

陆游.家世旧闻[M].孔凡礼点校.北京：中华书局,1993.

陆游.老学庵笔记[M].李剑雄,刘德权点校.北京：中华书局,1979.

陆游.陆游集[M].北京：中华书局,1976.

陆友仁.研北杂志[M].北京：1985.

罗忼烈.词学杂俎[M].成都：巴蜀书社,1990.

罗忼烈.诗词曲论文集[M].广州：广东人民出版社,1982.

罗烨.醉翁谈录[M].上海：古典文学出版社,1957.

洛地.词体构成[M].北京：中华书局,2009.

吕昌期修,俞炳然纂.(万历)续修严州府志[M].北京：书目文献出版社,1991.

吕渭老.圣求词[M]//毛晋.宋名家词.上海：上海古籍出版社,2014.

吕肖奂,张剑.两宋地域文化与家族文学[J].江海学刊.2007,5.

吕祖谦.吕氏家塾读诗记[M].四部丛刊续编.

马端临.文献通考[M].北京：中华书局,2006.

马俊芬.宋词与苏杭[D].苏州：苏州大学,2011.

马里扬.北宋士大夫词研究[D].北京：北京大学,2012.

马里扬.内美的镶边：宋词的文本形态与历史考证[M].上海：上海古籍出版社,2018.

马兴荣,吴熊和,曹济平.中国词学大辞典[M].杭州：浙江教育出版社,1996.

毛亨传,郑玄笺,孔颖达疏,陆德明音释.毛诗注疏[M].朱杰人,李慧玲整理.上海：上海古籍出版社,2013.

毛晋.宋名家词[Z].上海：上海古籍出版社,2014.

毛滂.毛滂集[M].周少雄点校.杭州：浙江古籍出版社,2012.

毛奇龄.西河词话[M].//唐圭璋.词话丛编.北京：中华书局,1986.

毛先舒.填词名解[M].//四库存目丛书·集部四二五.济南：齐鲁书社,1997.

孟元老.东京梦华录校注[M].邓之诚校注.北京：中华书局，1982.

米芾.书史[M].吴晓琴，汤勤福整理.//朱易安、傅璇琮等.全宋笔记(第二编第四册).郑州：大象出版社，2006.

苗建华.陈旸《乐书》成书年代考[J].音乐研究.1992,3.

缪钺、叶嘉莹.灵溪词说正续编[M].北京：北京大学出版社，2014.

耐得翁.都城纪胜[M].北京：中华书局，1962.

内山精也.传媒与真相：苏轼及其周围士大夫的文学[M].朱刚等译.上海：上海古籍出版社，2005.

内山精也.庙堂与江湖：宋代诗学的空间[M].上海：复旦大学出版社，2017.

聂安福.两宋词坛雅俗之辨[J].中国韵文学刊.1996,1：59—67.

聂先，曾王孙.百名家词钞[Z].//续修四库全书(1721).上海：上海古籍出版社，2002.

欧明俊.词学思辨录[M].北京：人民出版社，2011.

欧阳修，宋祁.新唐书[M].北京：中华书局，1975.

欧阳修.归田录[M].储玲玲整理.//朱易安、傅璇琮等.全宋笔记(第一编第六册).郑州：大象出版社，2003.

欧阳修.六一词[M].//毛晋.宋名家词.上海：上海古籍出版社，2014.

欧阳修.六一诗话[M].//何文焕.历代诗话.北京：中华书局，1981.

欧阳修.欧阳修词校注[M].胡可先、徐迈校注.上海：上海古籍出版社，2015.

欧阳修.欧阳修诗文集校笺[M].洪本健校笺.上海：上海古籍出版社，2009.

欧阳修撰,徐无党注.新五代史[M].北京:中华书局,2015.

彭百川.太平治迹统类[M].适园丛书.

彭国忠.《乐记》:宋代词学批评的纲领[J].文学遗产.2014,5.

彭国忠.唐宋词学阐微:文本还原与文化观照[M].合肥:安徽大学出版社,2008.

彭国忠.元祐词坛研究[M].上海:华东师范大学出版社,2002.

彭孙遹.金粟词话[M].//唐圭璋.词话丛编.北京:中华书局,1986.

彭乘.墨客挥犀[M].孔凡礼点校.北京:中华书局,2002.

彭玉平.中国分体文学学史(词学卷)[M].太原:山西教育出版社,2013.

平田茂树.宋代政治结构研究[M].林松涛,朱刚等译.上海:上海古籍出版社,2010.

钱建状.南宋初期的文化重组与文学新变[M].厦门:厦门大学出版社,2006.

钱建状.宋代文学的历史文化考察[M].福州:福建教育出版社,2012.

钱可则修,郑瑶、方仁荣纂.景定严州续志[M].//中华书局.宋元方志丛刊(4).北京:中华书局,1990.

钱世昭撰.钱氏私志[M].查清华,潘超群整理.//朱易安、傅璇琮等.全宋笔记(第二编第七册).郑州:大象出版社,2006.

钱志熙.论词体的徒诗化进程[J].词学(第二十五辑).上海:华东师范大学出版社,2011.

钱锺书.管锥编[M].北京:生活·读书·新知三联书店,2007.

钱锺书.谈艺录[M].北京:生活·读书·新知三联书店,2001.

潜说友.咸淳临安志[M].杭州:浙江古籍出版社,2012.

浅见洋二.距离与想象:中国诗学的唐宋转型[M].金晨宇、冈田千惠译.上海:上海古籍出版社,2005.

秦观.淮海居士长短句笺注[M].徐培均笺注.上海:上海古籍出版社,2008.

青山宏.唐宋词研究[M].程郁缀译.北京:北京大学出版社,1995.

饶宗颐.词集考:唐五代宋金元编[M].北京:中华书局,1992.

任半塘.词学研究[M].南京:凤凰出版社,2013.

上海古籍出版社.唐宋人选唐宋词[G].上海:上海古籍出版社,2004.

邵伯温.邵氏闻见录[M].李剑雄,刘德权点校.北京:中华书局,1983.

沈括.梦溪笔谈[M]//朱易安、傅璇琮等.全宋笔记(第二编第三册).郑州:大象出版社,2006.

沈松勤.南宋文人与党争[M].北京:人民出版社,2005.

沈松勤.唐宋词社会文化学研究(增订本)[M].杭州:浙江大学出版社,2007.

沈义父.乐府指迷[M].//唐圭璋.词话丛编.北京:中华书局,1986.

沈作喆.寓简[M].俞纲,萧光伟整理.//上海师范大学古籍整理研究所.全宋笔记(第四编第五册).郑州:大象出版社,2008.

施坚雅.中华帝国晚期的城市[C].叶光庭等译.北京:中华书局,2000.

施议对.百年词学通论[J].文学评论.2009,2.

施议对.词与音乐关系研究[M].北京:中华书局,2008.

施议对.李清照本色词的言传问题[J].北京大学学报(哲学社会科学版),2015.

施议对.宋词正体:施议对词学论集第一卷[M].澳门:澳门大学

出版中心,1996.

施蛰存,陈如江.宋元词话[M].上海:上海书店,1999.

司马光,胡三省音注.资治通鉴[M]."标点资治通鉴小组"校点.北京:中华书局,1956.

司马光.涑水记闻[M].邓广铭,张希清点校.北京:中华书局,1989.

司义祖整理.宋大诏令集[Z].北京:中华书局,1962.

宋存标.倡和诗余[M].沈阳:辽宁教育出版社,2000.

宋谦.灯昏晓镜词[M].宣统二年(1910)铅印本.

宋秋敏.唐宋词与流行文化[M].上海:上海人民出版社,2013.

宋翔凤.乐府余论[M].//唐圭璋.词话丛编.北京:中华书局,1986.

苏利海.从文人之雅走向学人之雅——朱彝尊与姜夔、张炎"雅词"辨[J].浙江学刊.2013,2.

苏轼.东坡词编年笺证[M].薛瑞生笺证.西安:三秦出版社,1998.

苏轼.东坡词拾遗[M].曾慥拾遗.//吴讷.唐宋名贤百家词[Z].天津:天津古籍出版社,1989.

苏轼.东坡乐府笺[M].朱孝臧编年、龙榆生笺.上海:上海古籍出版社,2009.

苏轼.苏轼词编年校注[M].邹同庆、王宗堂校注.北京:中华书局,2002.

苏轼.苏轼诗集合注[M].冯应榴辑注.上海:上海古籍出版社,2001.

苏轼.苏轼文集[M].孔凡礼点校.北京:中华书局,1986.

苏舜钦.苏舜钦集[M].沈文倬校点.上海:上海古籍出版社,1981.

苏象先.丞相魏公谭训[M].储玲玲整理.//朱易安、傅璇琮等.全宋笔记(第一编第十册).郑州：大象出版社,2003.

苏辙.栾城集[M].曾枣庄,马德富校点.上海：上海古籍出版社,1987.

孙虹.北宋词风嬗变与文学思潮[M].北京：中华书局,2009.

孙康宜.词与文类研究[M].李奭学译.北京：北京大学出版社,2006.

孙克强.清代词学批评史论[M].上海：上海古籍出版社,2008.

孙维城.宋韵——宋词人文精神与审美形态探论[M].合肥：安徽大学出版社,2002.

唐圭璋,王仲闻,孔凡礼.全宋词[Z].北京：中华书局,1999.

唐圭璋.词学论丛[M].上海：上海古籍出版社,1986.

陶宗仪.说郛[M].北京：中国书店,1986.

藤本猛.風流天子と「君主独裁制」—北宋徽宗朝政治史の研究[M].京都：京都大学学術出版会.2014.

田安(Anna M. Shields).缔造选本：《花间集》的文化语境与诗学实践[M].马强才译.南京：江苏人民出版社,2016.

田况.儒林公议[M].储玲玲整理.//朱易安、傅璇琮等.全宋笔记(第一编第五册).郑州：大象出版社,2003.

田同之.西圃词说[M].//唐圭璋.词话丛编.北京：中华书局,1986.

脱脱.宋史[M].北京：中华书局,1985.

汪圣铎点校.宋史全文[M].北京：中华书局,2016.

王安石.临川先生文集[M].上海：复旦大学出版社,2016.

王得臣.麈史[M].黄纯艳整理.//朱易安,傅璇琮等.全宋笔记(第一编第十册).郑州：大象出版社,2003.

王国维.人间词话疏证[M].彭玉平疏证.北京：中华书局,2011.

王国维.王国维全集[M].谢维扬,房鑫亮主编.杭州:浙江教育出版社,2010.

王力.汉语诗律学[M].//王力.王力文集(14).济南:山东教育出版社,1989.

王楙.野客丛书[M].王文锦点校.北京:中华书局,1987.

王明清.挥麈录[M].燕永成整理.//上海师范大学古籍整理研究所.全宋笔记(第六编第二册).郑州:大象出版社,2013.

王明清.玉照新志[M].戴建国,赵龙整理.//上海师范大学古籍整理研究所.全宋笔记(第六编第二册).郑州:大象出版社,2013.

王鹏运.四印斋所刻词[Z].上海:上海古籍出版社,1989.

王闢之.渑水燕谈录[M].吕友仁点校.北京:中华书局,1981.

王钦臣.王氏谈录[M].储玲玲整理.//朱易安、傅璇琮等.全宋笔记(第三编第三册).郑州:大象出版社,2008.

王瑞来.近世中国——从唐宋变革到宋元变革[M].太原:山西教育出版社,2015.

王水照,保苅佳昭.日本学者中国词学论文集[C].上海:上海古籍出版社,1991.

王水照.当代名家学术思想文库·王水照卷[M].沈阳:万卷出版公司,2011.

王水照.宋代文学通论[M].开封:河南大学出版社,1997.

王水照.王水照自选集[M].上海:上海教育出版社,2000.

王伟勇.南宋词研究[M].台北:文史哲出版社,1987.

王伟勇.诗词越界研究[M].台北:里仁书局,2009.

王晓骊.闲雅·高雅·清雅——论宋代雅词发展的三个阶段[J].山西师大学报(社会科学版).2001,1.

王易.词曲史[M].南京:江苏古籍出版社,2005.

王应麟.玉海[M].南京:江苏古籍出版社,上海:上海书店,

1987.

王禹偁.小畜集[M].四部丛刊本.

王运熙.乐府诗述论[M].上海：上海古籍出版社,2006.

王增瑜.宋徽宗时的宦官群[A].//黄正建.隋唐辽宋金元史论丛(第五辑)[C].上海：上海古籍出版社,2015.

王兆鹏,刘尊明.宋词大辞典[M].南京：凤凰出版社,2003.

王兆鹏.对宋词研究中"婉约"、"豪放"两分法的反思——兼论宋词的分期[J].枣庄师专学报.1990,1.

王兆鹏.两宋词人年谱[M].北京：文津出版社,1994.

王兆鹏.宋南渡词人群体研究[M].南京：凤凰出版社,2009.

王兆鹏.唐宋词汇评(唐五代卷)[G].杭州：浙江教育出版社,2004.

王兆鹏.唐宋词史的还原与建构[M].武汉：湖北人民出版社,2005.

王兆鹏.唐宋词史论[M].北京：人民文学出版社,2000.

王志勇.宋徽宗朝"御笔"与北宋后期政治[J].宋代文化研究(第十七辑)：594—604.

王重民.敦煌曲子词集[M].上海：商务印书馆,1954.

王灼.碧鸡漫志[M].//唐圭璋.词话丛编.北京：中华书局,1986.

魏庆之.诗人玉屑[M].王仲闻注解.北京：中华书局,2007.

魏泰.东轩笔录[M].李裕民点校.北京：中华书局,1997.

温庭筠.温飞卿诗集笺注[M].曾益笺注.上海：上海古籍出版社,1998.

文莹.湘山野录[M].郑世刚,杨立扬点校.北京：中华书局,1984.

吴蓓.南宋雅词的特质与时代因素[J].浙江学刊,2003,3.

吴曾.能改斋漫录[M].刘宇整理.//上海师范大学古籍整理研究所.全宋笔记(第五编第四册).郑州：大象出版社,2012.

吴昌绶、陶湘.景刊宋金元明本词[Z].上海：上海古籍出版社，2012.

吴处厚.青箱杂记[M].李裕民点校.北京：中华书局.1985.

吴衡照.莲子居词话[M].//唐圭璋.词话丛编.北京：中华书局，1986.

吴惠娟.论万俟咏词的流行与衰落[J].词学(第三十一辑).上海：华东师范大学出版社，2014.

吴坰.五总志[M].黄宝华整理.//上海师范大学古籍整理研究所.全宋笔记(第五编第一册).郑州：大象出版社，2012.

吴梅.词学通论[M].上海：上海古籍出版社，2010.

吴讷.唐宋名贤百家词[Z].天津：天津古籍出版社，1989.

吴世昌.词林新话[M]//吴世昌.吴世昌全集(第6册).石家庄：河北教育出版社，2003.

吴世昌.词学论丛[M]//吴世昌.吴世昌全集(第4册).石家庄：河北教育出版社，2003.

吴世昌.唐宋词概说[M].北京：北京出版社，2014.

吴熊和.唐宋词汇评(两宋卷)[G].杭州：浙江教育出版社，2004.

吴熊和.唐宋词通论[M].北京：商务印书馆，2003.

吴熊和.吴熊和词学论集[M].杭州：杭州大学出版社，1999.

吴则虞.清真词版本考辨[J].西南师范学院学报，1957.

伍三土.宋词音乐专题研究[D].扬州：扬州大学，2013.

奚彤云.中国古代骈文批评史稿[M].上海：华东师范大学出版社，2006.

夏承焘.夏承焘集[M].杭州：浙江古籍出版社，1997.

夏敬观.吷庵词评[M].//葛渭君.词话丛编补编.北京：中华书局，2013.

夏小凤.苏黄集句词论略[J].词学(第三十四辑).上海：华东师范

大学出版社,2015.

向子諲.酒边词笺注[M].王沛霖,杨钟贤笺注.南昌：江西人民出版社,1994.

萧统.文选[M].李善注.上海：上海古籍出版社,1986.

谢桃坊.词学辨[M].上海：上海古籍出版社,2007.

谢桃坊.宋词辨[M].上海：上海古籍出版社,1999.

谢桃坊.中国词学史(修订版)[M].成都：四川人民出版社,2015.

谢元淮.填词浅说[M].//唐圭璋.词话丛编.北京：中华书局,1986.

谢章铤.赌棋山庄词话[M].//唐圭璋.词话丛编.北京：中华书局,1986.

熊克.中兴小纪[M].顾吉辰,郭群一点校.福州：福建人民出版社,1985.

徐度.却扫编[M].朱凯,姜汉椿整理.//朱易安、傅璇琮等.全宋笔记(第三编第十册).郑州：大象出版社,2006.

徐利华.宋代雅乐乐歌研究[D].天津：南开大学,2012.

徐梦莘.三朝北盟会编[M].上海：上海古籍出版社,1987.

徐培均.秦少游年谱长编[M].北京：中华书局,2002.

徐师曾.文体明辨[M].罗根泽校点.北京：中华书局,1962.

徐栻修,陈善纂.(万历)杭州府志[M].台北：成文出版社,1983.

徐松.宋会要辑稿[M].刘琳等校点.上海：上海古籍出版社,2014.

徐自明.宋宰辅编年录校补[M].王瑞来校补.北京：中华书局,1986.

许兴宝."小词"考述[J].中国韵文学刊.2003,2.

薛砺若.宋词通论[M].上海书店,1989.

薛瑞生.周邦彦别传：周邦彦生平事迹证稿[M].西安：三秦出版

社,2008.

薛玉坤.宋词与江南区域文化:人地关系的视角[M].北京:中国华侨出版社,2007.

严迪昌.清诗史[M].杭州:浙江古籍出版社,2002.

晏幾道.小山词[M].//朱孝臧.彊村丛书.扬州:广陵书社,2005.

晏殊,晏幾道.二晏词笺注[M].张草纫笺注.上海:上海古籍出版社,2009.

杨海明.唐宋词论稿[M].镇江:江苏大学出版社,2010.

杨海明.唐宋词论稿续[M].镇江:江苏大学出版社,2010.

杨海明.唐宋词史[M].镇江:江苏大学出版社,2010.

杨杰.无为集[M].//四川大学古籍整理研究所.宋集珍本丛刊(15).北京:线装书局,2004.

杨湜.古今词话[M].//唐圭璋.词话丛编.北京:中华书局,1986.

杨万里.论清真词在宋代的文学效应[J].上海师范大学学报.1997,1:95—100.

杨万里.宋词与宋代的城市生活[M].上海:华东师范大学出版社,2006.

杨小敏.蔡京、蔡卞与北宋晚期政局研究[M].北京:中国社会科学出版社,2012.

杨旭辉.清代骈文史[M].北京:人民出版社,2013.

杨彦龄.杨公笔录[M].黄纯艳整理.//朱易安、傅璇琮等.全宋笔记(第一编第十册).郑州:大象出版社,2003.

杨亿.武夷新集[M].//四川大学古籍整理研究所.宋集珍本丛刊(2).北京:线装书局,2004.

杨荫浏.中国古代音乐史稿[M].北京:人民音乐出版社,1981.

杨仲良.皇宋通鉴长编纪事本末[M].//续修四库全书(387).上海:上海古籍出版社,2002.

叶帮义.北宋文人词的雅化历程[D].苏州：苏州大学,2002.

叶嘉莹.词学新诠[M].北京：北京大学出版社,2008.

叶嘉莹.迦陵论词丛稿[M].北京：北京大学出版社,2007.

叶嘉莹.唐宋词名家论稿[M].北京：北京大学出版社,2008.

叶嘉莹.唐宋词十七讲[M].北京：北京大学出版社,2007.

叶梦得.避暑录话[M].徐时仪整理.//朱易安,傅璇琮等.全宋笔记(第二编第十册).郑州：大象出版社,2006.

叶梦得.石林词笺注[M].蒋哲伦笺注.上海：上海古籍出版社,2014.

叶梦得.石林居士建康集[M].//四川大学古籍整理研究所.宋集珍本丛刊(32).北京：线装书局,2004.

叶梦得.岩下放言[M].徐时仪整理.//朱易安,傅璇琮等.全宋笔记(第二编第九册).郑州：大象出版社,2006.

叶绍翁.四朝闻见录[M].沈锡麟,冯惠民点校.北京：中华书局,1989.

佚名.朝野遗记[M].钟翀整理.//上海师范大学古籍整理研究所.全宋笔记(第七编第二册).郑州：大象出版社,2016.

佚名.道山清话[M].赵维国整理.//朱易安,傅璇琮等.全宋笔记(第二编第一册).郑州：大象出版社,2006.

佚名.新刊国朝二百家名贤文粹[Z].//续修四库全书(1653).上海：上海古籍出版社,2002.

伊沛霞.宋徽宗[M].韩华译.桂林：广西师范大学出版社,2018.

尹洙.河南先生文集[M].四部丛刊.

永瑢.四库全书总目[M].北京：中华书局,1962.

余靖.武溪集[M].//四川大学古籍整理研究所.宋集珍本丛刊(3).北京：线装书局,2004.

余英时.朱熹的历史世界[M].北京：生活·读书·新知三联书

店,2011.

余祖坤.论古典文章学中的"潜气内转"[J].中南民族大学学报(人文社会科学版).2012,1.

俞陛云.唐五代两宋词选释[M].上海：上海古籍出版社,2011.

俞剑华注译.宣和画谱[M].南京：江苏美术出版社,2007.

俞平伯.论诗词曲杂著[M].上海：上海古籍出版社,1983.

俞平伯.唐宋词选释[M].北京：人民文学出版社,2005.

虞云国.两宋历史文化丛稿[M].上海：上海人民出版社,2011.

虞云国.宋代台谏制度研究(增订本)[M]上海：上海书店,2009.

袁文.瓮牖闲评[M].李伟国校点.上海：上海古籍出版社,1985.

乐史.宋本太平寰宇记[M].北京：中华书局,2000.

曾巩.曾巩集[M].陈杏珍,晁继周点校.北京：中华书局,1984.

曾敏行.独醒杂志[M].朱杰人整理.//上海师范大学古籍整理研究所.全宋笔记(第四编第五册).郑州：大象出版社,2008.

曾枣庄,刘琳.全宋文[M].上海：上海辞书出版社,合肥：安徽教育出版社,2006.

曾枣庄.苏轼与毛滂[J].文学评论,1985,3.

曾慥.高斋漫录[M].俞纲,王燕华整理//上海师范大学古籍整理研究所.全宋笔记(第四编第五册).郑州：大象出版社,2008.

詹安泰.李璟李煜词校注[M].上海：上海古籍出版社,2015.

詹安泰.宋词研究[M].//詹安泰.詹安泰全集(第二册).上海：上海古籍出版社,2011.

张邦基.墨庄漫录[M].孔凡礼点校.北京：中华书局,2002.

张邦炜.北宋宦官问题辨析[J].四川师范大学学报(社会科学版).1993,2.

张春义.大晟乐府年谱汇考[M].杭州：浙江大学出版社,2016.

张春义.大晟府及其乐词通考[M].北京：中国社会科学出版社,

2017.

张方平.乐全先生文集[M].//四川大学古籍整理研究所.宋集珍本丛刊(5).北京:线装书局,2004.

张宏生.江湖诗派研究[M].北京:中华书局,1995.

张惠民.宋代词学审美理想[M].北京:人民文学出版社,1995.

张惠民.宋代词学资料汇编[Z].汕头:汕头大学出版社,1993.

张惠言.词选[M].南京:南京大学出版社,2011.

张明华.徽宗朝诗歌研究[M].上海:上海古籍出版社,2008.

张明华.论古代集句词的基本特征及发展原因[J].文史哲,2016.

张屏.两宋词雅化进程研究[D].上海:华东师范大学,2011.

张守.毗陵集[M].北京:中华书局,1985.

张舜民.画墁录[M].汤勤福整理.//朱易安,傅璇琮等.全宋笔记(第二编第一册).郑州:大象出版社,2006.

张伟然.中古文学的地理意象[M].北京:中华书局,2014.

张先.张先集编年校注[M].吴熊和,沈松勤校注.上海:上海古籍出版社,2012.

张孝祥.于湖居士文集[M].徐鹏校点.上海:上海古籍出版社,1980.

张孝祥.张孝祥词校笺[M].宛敏灏校笺.北京:中华书局,2010.

张炎.词源[M].//唐圭璋.词话丛编.北京:中华书局,1986.

张綖.诗余图谱[M].//续修四库全书(1735).上海:上海古籍出版社,2002.

张一南.中晚唐七律向齐梁宫体诗的功能扩张[J].云南大学学报(社会科学版).2015,4.

张咏.乖崖先生文集[M].续古逸丛书本.

张元幹.芦川词笺注[M].曹济平笺注.上海:上海古籍出版社,2010.

赵崇祚.花间集校注[M].杨景龙校注.北京：中华书局,2014.

赵令畤.侯鲭录[M].孔凡礼点校.北京：中华书局,2002.

赵升.朝野类要[M].王瑞来点校.北京：中华书局,2007.

赵万里.校辑宋金元人词[Z].北京：国家图书馆出版社,2014.

赵维平.中国历史上的散乐与百戏[J].中央音乐学院学报.2006,1.

赵晓兰.宋人雅词原论[M].成都：巴蜀书社,1999.

郑骞.从诗到曲[M].曾永义编.北京：商务印书馆,2015.

郑骞.景午丛编[M].台北：台湾中华书局,1972.

郑麟趾.高丽史[M].重庆：西南师范大学出版社,北京：人民出版社,2014.

郑玄笺,孔颖达疏.毛诗注疏[M].朱杰人,李慧玲整理.上海：上海古籍出版社,2013.

郑玄注,孔颖达正义.礼记正义[M].吕友仁整理.上海：上海古籍出版社,2008.

郑长铃.陈旸及其《乐书》研究[M].北京：文化艺术出版社,2005.

中华书局编辑部点校.全唐诗(增订本)[M].北京：中华书局,1999.

钟振振.北宋词人贺铸研究[M].台北：文津出版社,1994.

周邦彦.乔大壮手批周邦彦片玉集[M].乔大壮手批.济南：齐鲁书社,1985.

周邦彦.清真词笺注[M].罗忼烈笺注.上海：上海古籍出版社,2008.

周邦彦.清真集校注[M].孙虹校注;薛瑞生订补.北京：中华书局,2007.

周辉.清波杂志校注[M].刘永翔校注.北京：中华书局,1994.

周济.介存斋论词杂著[M].//唐圭璋.词话丛编.北京：中华书局,1986.

周济.宋四家词选[M].上海:古典文学出版社,1958.

周庆云.历代两浙词人小传[M].杭州:浙江古籍出版社,2012.

周希哲修,张时彻纂.宁波府志[A].嘉靖三十九年刊本.

周紫芝.竹坡词[M].//毛晋.宋名家词.上海:上海古籍出版社,2014.

朱弁.风月堂诗话[M].北京:中华书局,1991.

朱弁.曲洧旧闻[M].孔凡礼点校.北京:中华书局,2002.

朱敦儒.樵歌校注[M].邓子勉校注.上海:上海古籍出版社,2010.

朱刚.唐宋"古文运动"与士大夫文学[M].上海:复旦大学出版社,2013.

朱刚.唐宋四大家的道论与文学[M].北京:东方出版社,1997.

朱孝臧.彊村丛书[Z].扬州:广陵书社,2005.

朱彝尊.词综[M].上海:上海古籍出版社,2005.

朱彝尊.曝书亭集[M]//清代诗文集汇编(116).上海:上海古籍出版社,2010.

朱彧.萍洲可谈[M].李伟国整理.//朱易安,傅璇琮等.全宋笔记(第二编第六册).郑州:大象出版社,2006.

诸葛忆兵.徽宗词坛研究[M].北京:北京出版社,2001.

诸葛忆兵.宋代文史考论[M].北京:中华书局,2002.

祝穆.方舆胜览[M].祝洙增订,施和金点校.北京:中华书局,2003.

祝尚书.宋代科举与文学考论[M].郑州:大象出版社,2006.

祝尚书.宋代文学探讨集[M].郑州:大象出版社,2007.

祝尚书.宋集序跋汇编[Z].北京:中华书局,2010.

庄绰.鸡肋编[M].夏广兴整理.//上海师范大学古籍整理研究所.全宋笔记(第四编第三册).郑州:大象出版社,2008.

卓人月,徐士俊.古今词统[M].谷辉之校点.沈阳:辽宁教育出版社,2000.

宗廷虎,李金苓.中国集句史[M].济南:山东文艺出版社,2009.

邹祗谟.远志斋词衷[M].//唐圭璋.词话丛编.北京:中华书局,1986.

Patricia Buckley Ebrey, Maggie Bickford. *Emperor Huizong and Late Northern Song China: The Politics of Culture and the Culture of Politics*. Cambridge: Harvard University Asia Center, 2006.

图书在版编目(CIP)数据

朝野与雅俗:宋真宗至高宗朝词坛生态与词体雅化研究/赵惠俊著.
—上海:复旦大学出版社,2019.7(2021.1 重印)
(复旦宋代文学研究书系第二辑/王水照主编)
ISBN 978-7-309-14187-0

Ⅰ.①朝… Ⅱ.①赵… Ⅲ.①宋词-诗词研究 Ⅳ.①I207.23

中国版本图书馆 CIP 数据核字(2019)第 036136 号

朝野与雅俗:宋真宗至高宗朝词坛生态与词体雅化研究
赵惠俊　著
出　品　人/严　峰
责任编辑/王汝娟

复旦大学出版社有限公司出版发行
上海市国权路 579 号　邮编:200433
网址:fupnet@fudanpress.com　http://www.fudanpress.com
门市零售:86-21-65102580　　团体订购:86-21-65104505
外埠邮购:86-21-65642846　　出版部电话:86-21-65642845
上海盛通时代印刷有限公司

开本 890×1240　1/32　印张 16.375　字数 389 千
2021 年 1 月第 1 版第 2 次印刷

ISBN 978-7-309-14187-0/I·1135
定价:89.00 元

如有印装质量问题,请向复旦大学出版社有限公司出版部调换。
版权所有　　侵权必究